셰익스피어 4대 비극

햄릿 / 오셀로 / 리어왕 / 맥베스

셰익스피어 4대 비극

초판 1쇄 | 2022년 8월 5일 발행

지은이 | 셰익스피어
옮긴이 | 박수남
교   정 | 이정민
디자인 | 인지숙
일러스트 | 이혜인
펴낸이 | 이경자
펴낸곳 | 북앤북

주소 | 경기도 고양시일산동구 산두로128. 909동 202호
전화 | 031-902-9948
팩시밀리 | 031-903-4315
등록 | 제 313-2008-000016호

ISBN 979-11-86649-64-0 03840
잘못된 책은 구입하신 서점에서 바꾸어 드립니다.

셰익스피어 4대 비극

셰익스피어 지음 / 박수남 옮김

북·앤·북

- 이 책은 셰익스피어의 37편의 희곡 작품 중 서로 다른 배경과 서로 다른 줄거리를 통해, 인간의 심리 속에 숨어있는 다양한 비극적 요소들을 절묘하게 구성해 낸 걸작으로 알려져 있는 《햄릿》 《오셀로》《리어 왕》《맥베스》를 수록하였다.
- 본문에 나오는 인명과 지명은 개정된 '한글 맞춤법'과 '외래어 표기법'을 따랐으며 관행상 굳어진 표기는 그대로 실었다.
- 배우나 연출을 지망하는 학생이나 일반인이 쉽게 읽을 수 있게 그림을 넣고, 딱딱한 문어체 문장을 되도록 쉬운 말투로 풀어 권말에 작품에 관한 해설과 연표를 수록했다.

■셰익스피어에 대하여

    윌리엄 셰익스피어는 1564년 4월 26일, 중부 워릭셔 주의 소도시 스트랫퍼드 어 폰 에이번의 홀리 트리니티 교회에서 세례를 받았다. 세례에 얽힌 당시의 상황들로 미루어 볼 때 그가 태어난 날짜는 23일로 추정되고 있다. 그가 죽은 날짜 또한 공 교롭게도 1616년 4월 23일이다. 그의 아버지 존 셰익스피어는 다른 고장에서 이주 해 와서 잡화상·푸줏간·양모상(羊毛商) 등을 경영하여 부유해졌고, 사회적 지위에 있어서도 이 시(市)의 재무관과 시장까지 지낸 바 있다. 존은 이렇게 축재의 수완과 사회적인 출세의 수완을 겸비한 인물이었다. 존은 슬하에 자녀를 열 명이나 두었다. 그 셋째가 윌리엄 셰익스피어이다. 셰익스피어의 교육 과정은 그 고장 그래머 스쿨 을 5학년 과정에서 중퇴했으리라고 추측된다. 셰익스피어가 그래머 스쿨을 마치지 못한 것은 가세가 기운 탓으로 보고 있다. 시인 벤 존슨은 후일 셰익스피어를 가리 켜 '라틴어는 조금 알고 그리스어는 거의 모르는 사람'이라고 평한 바 있다. 그러나 셰익스피어는 그래머 스쿨에서 익힌 라틴어를 토대로 라틴어 고전들을 충분히 읽어 낼 만큼 명민한 두뇌의 소유자였다.

    셰익스피어는 1582년 11월 28일 스트랫퍼드의 서쪽 약 1마일 지점에 있는 쇼터리 라는 마을의 지체 높은 농부의 딸 앤 해서웨이와 결혼한다. 그때 그는 열여덟 살이 었으며, 신부는 여덟 살 위인 스물여섯이었다. 결혼한 지 5개월 뒤인 1583년 5월 23 일에 큰딸 수잔나가 태어났다. 그리고 1585년 2월에는 쌍둥이 아들 햄넷과 딸 주디 스가 태어났다. 여기서 기록은 일단 중단되고 있다. 셰익스피어의 결혼생활에 대해서는 논쟁이 분분하다. 연상의 여인과의 결혼생활이 불행했다고 논증하는 학자들도 있지만 반드시 그렇지만은 않을 것이다.

우리가 알고 있는 셰익스피어(William Shakespeare)의 생애는 그의 작품 세계와도 일치한다. 그의 천재성은 상식에 뿌리박고 있다. 이러한 현실적인 사고방식에 근거한 그의 천재적 상상은 낭만적 환상보다 월등히 높은 차원을 날고 있다.

엘리자베스 시대의 전기관(傳記觀)으로 보든지 또는 당시의 극작가의 미천한 사회적 위치라는 점에서 볼 때 셰익스피어는 놀라울 만큼 풍부한 전기의 자료를 남겨두었다. 첫째 자료는 교회·관공서·궁정 등에 남아 있는 기록, 둘째 자료는 동시대인들이 셰익스피어에 대해서 언급한 기록, 셋째 자료는 전해져 내려온 전설이다. 여기에 그의 작품 또한 중요한 자료가 되었는데, 이것은 다른 작가들의 경우처럼 작품 속에 자서전적인 요소가 들어 있다는 뜻이 아니라 작품 전체에 일관하여 흐르고 있는 셰익스피어의 정신과 그의 내면적인 상(像)을 보여주고 있는 것이다.

런던의 극계에 발을 들여놓은 셰익스피어는 직책의 선택 여부가 있을 수 없었다. 그는 우선 '레스터 백작 소속 극단'에 취직하여 관객이 타고 온 말을 지키는 말지기를 했다. 《맥베스》에서 밤중의 문지기의 훌륭한 대사는 이 시절의 생생한 체험이었는지도 모른다. 이 무렵 그의 직책은 비록 말지기였으나 극단의 일원(一員)으로 가끔 극에 관여할 기회가 있었다. 그는 그 기회를 잘 이용하여 재능을 인정받게 되고 배우로 등용된다. 그러나 배우로서의 셰익스피어는 그리 뛰어나지는 못했던 것 같다. 후일에 《햄릿》의 유령 역이나 《뜻대로 하세요》의 아담 노인 역 등 단역으로 분장했다고 전해 오고 있다.

셰익스피어는 그 후 극단 전속작가가 되었다. 당시 극단 전속작가란 대개 타인의 인기 있는 작품을 개작(改作)하는 직책이었다. 일종의 표절이다. 당시에는 표절 판이 가능할 정도로 판권이 보장되어 있지 않았기 때문에 타인의 작품을 어떠한 형태로든지 개작할 수 있었다.

셰익스피어는 습작기가 끝나고 제2기에 접어들면서 그의 집념이었던 비극을 시도한다. 그의 최대 관심인 사랑을 주제로 한 《로미오와 줄리엣》이 그것이다. 그러나 이 극은 아름다운 서정성에도 불구하고 한낱 운명 비극으로 그치고 말았다. 아직 그의 역량으로는 성격 창조에까지는 미치지 못했다.

셰익스피어의 발전기인 제2기에 사극의 체계를 매듭짓고 낭만 희극을 완성했음은 앞에서 밝힌 바와 같다. 《리처드 2세》, 《헨리 4세》 제1·2부, 《헨리 5세》, 이 4편의 사극은 셰익스피어의 이른바 제2군(群)의 사극으로, 제1군의 사극과 마찬가지로 질서와 무질서의 대결이 전개되고, 제1군의 사극에서 벌어지는 장미전쟁의 치욕적인 역사의 원인으로 파악되고 있다.

셰익스피어의 비극은 《줄리어스 시저》를 필두로 막이 열린다. 고매한 이상을 가진 브루투스는 로마의 독재화를 막기 위해 시저를 쓰러뜨린다. 그러나 냉혹한 정치 세계에서 이상주의는 현실에 패배할 수밖에 없는 것이다. 셰익스피어가 비극을 쓰게 된 내적인 동기에 대해서는 앞에서 지적했지만, 그 동기를 외적으로 추구하는 학자들이 있다. 그것은 에섹스 백작의 실각 사건(1601년) 때문이다.

그의 문학적 생애를 4기로 나누어 볼 때 제1기(1591~1595)는 습작 시대로서 특히 말로의 영향을 받았다. 《말괄량이 길들이기》 등의 희극과 《로미오와 줄리엣》의 비극이 나왔다. 제2기(1596~1600)는 희극과 사극의 완성기로서 인간 관찰의 눈이 뚜렷해지고 기법이 숙련되어 당시의 극단에 뚜렷한 존재가 되었다. 이 시기의 희극은 낭만적 경향을 보여 준다. 《한여름 밤의 꿈》, 《베니스의 상인》, 《줄리어스 시저》 등이 있다. 제3기(1601~1609)는 심각한 비극이 쓰인 시대로서 4대 비극이 잇달아 발표되었다. 컴컴한 심연을 들여다보는 듯한 인생 응시의 표정, 전율할 정도의 심각한 비극성, 장대한 스케일 등은 일찍이 유례를 보지 못했던 작품들이다. 4대 비극 중 《햄릿》은 일종의 복수극으로 덴마크의 왕자 햄릿이 부왕을 죽이고 그 어머니를 왕비로 삼아 왕위에 오른 숙부에게 복수를 하고, 본인도 죽게 된다는 줄거리로 햄릿의 사색적 성격은 19세기 낭만주의에 의해 한층 높이 평가되었고 이 비극을 셰익스피어의 대표작으로 여기게 했다. 특히, 햄릿의 독백 "죽느냐 사느냐 그것이 문제로다(To be or not to be That is the question)."는 널리 알려진 명언이다. 제4기 (1610~1611)는 마지막 시기로 폭풍이 지난 다음의 잔잔한 심경이라고 표현할 수 있다. 체념과 화해의 심경을 반영한 작품들을 보여준 전기극의 시기이다.

만인(萬人)의 마음을 가진 셰익스피어는 고귀한 정신의 상승과 몰락의 묘사에 그치지 않았다. 또한 어두운 고독이나 비극만을 추구하지도 않았다. 그는 인생의 즐거운 면에도 주목했다. 초기의 희극들은 인생의 밝은 면, 즐거운 면을 그리고 있다.

1607년 6월 5일 셰익스피어는 고향에 돌아왔다. 장녀 수잔나는 유능한 의사 존 홀과 결혼했다. 1608년 2월 7일 외손녀 엘리자베스의 탄생을 보았다. 이 무렵 영국의 극장은 종래의 노천극장보다 옥내 소극장으로 그 취향이 변해갔다. 셰익스피어 극단은 이미 오래 전부터 '블랙 플라이어스' 옥내 소극장에서 겨울철이나, 야간이나,

우천에도, 귀족 등 소수의 고급 관객들을 상대로 공연을 하고 있었다.

셰익스피어가 만년에 몰두한 것은 낭만 극이었다. 낭만 극은 이 무렵의 조류 (潮流)이기도 했다. 그의 낭만 극은 음모·배신에 의한 골육의 이산(離散)으로부터 그 재회와 상봉, 그리고 관용과 화해를 주제로 한 것이었다. 《페리클리이즈》, 《심벨리인》, 《겨울밤 이야기》 등은 골육의 상봉과 관용의 극들이다. 마지막 낭만 극 《태풍》의 주인공이 마(魔)의 지팡이를 바다에 버리고 귀향하는 모습은 극작의 영필(靈筆)을 버리고 귀향하는 작가 자신을 연상케 한다. 비극으로부터 낭만 극으로의 변천을 두고 셰익스피어의 자신의 신교로의 귀의라고 논하는 상징 주의적 해석도 있다. 비극시대와 같은 고뇌와 부조리는 가셔지고 신에게 귀의한 종교적 신앙의 은총이 돋보인다.

셰익스피어는 젊어서부터 건실하고 실리적인 경제관념을 지니고 절도가 있으며, 언행이 일치하며, 성품은 온화하였다. 고향에 은퇴할 무렵의 생활은 윤택했다. 은퇴한 뒤 얼마 있다가 벤 존슨이 영국 최초의 계관시인이 된 것을 축하하여 친구들과 모여 주연을 가진다. 이것이 원인이 되어 사망했다고 전해지고 있다. 향년 52세, 1616년 4월 23일이 그의 기일이다. 그의 유해는 고향의 홀리 트리니티 교회 가장 안쪽에 가족들의 유해와 함께 잠든다.

차례 / 셰익스피어 4대 비극

햄릿

Hamlet

덴마크

클로디어스	덴마크 왕
햄릿	왕(先王)의 아들, 현왕(現王)의 조카
폴로니어스	현왕의 고문관이며 재상
호레이쇼	햄릿의 친구
레어티스	폴로니어스의 아들
볼티먼드	
코닐리어스	} 노르웨이로 파견되는 사절
로젠크랜츠	
길덴스턴	} 햄릿의 동창
오즈리크	경박한 멋쟁이 귀족
마셀러스	
버나도	} 근위장교
프란시스코	
거트루드	덴마크 왕비, 햄릿의 어머니
오필리아	폴로니어스의 딸
신사	
사제	
레날도	폴로니어스의 하인
배우 몇 사람	
산역꾼 두 사람	
포틴브라스	노르웨이 왕자
노르웨이 부대장	
영국 사신들	

그 밖에 궁정 귀족, 귀부인, 병사, 선원, 사자, 시종, 군중, 선왕의 유령 등등

덴마크의 왕자 햄릿은 극심한 슬픔과 우울증에 사로잡혀 있다. 자신의 어머니 거투르드가 아버지인 선왕 햄릿이 죽은 지 두 달도 채 지나지 않아 왕이 된 숙부와 결혼을 했기 때문이다. 어머니의 빠른 재혼으로 근친상간의 추악한 세상을 한탄한다. 그러던 중 성을 지키는 병사들 앞에 죽은 선왕의 유령이 나타난다. 친구인 호레이쇼의 도움으로 선왕의 유령을 만난 햄릿은 그로부터 엄청난 사실을 듣게 된다. 숙부인 클로디어스가 왕권과 왕비를 탐하여 아버지가 잠자는 틈을 타 귀에 독약을 흘려 넣어 자신을 독살했다는 말과 함께 복수를 부탁한다.

아버지의 복수를 다짐한 햄릿은 동생이 권력을 탐하여 형을 독살하는 내용의 연극을 연출한다. 그것을 본 숙부가 안색이 변하며 괴로워하는 것을 보고 그의 죄를 확신하지만, 기도하고 있는 숙부를 지옥으로 보낼 수 없어 복수를 미룬다. 그러던 중 휘장 뒤에 숨어 자신과 어머니의 대화를 엿듣는 오필리아의 아버지 폴로니어스를 숙부로 오인하여 그를 죽인다.

프랑스로 유학을 갔던 폴로니어스의 아들 레어티스는 아버지를 죽인 자가 햄릿임을 알고 그를 죽이기 위해 왕과 왕비가 지켜보는 가운데 독을 바른 칼로 햄릿과 검술시합을 한다. 검술 시합에서 레어티스와 맞선 햄릿은 독을 묻힌 칼끝에 상처를 입지만 그 칼을 빼앗아 레어티스에게 치명상을 입힌다. 죽어가는 레어티스로부터 모든 음모를 듣게 된 햄릿은 클로디어스를 독칼로 찌르고, 친구인 호레이쇼에게 사건의 전말을 밝혀 달라는 유언과 함께 자신도 고통스러운 죽음을 맞는다.

제1막

제1막 제1장

엘시노어 성(城).

성벽 위 좌우에는 망대로 통하는 문이 있다. 별이 총총하여 맑고 매우 추운 밤, 창을 든 보초 프란시스코가 왔다 갔다 하고 있다. 종소리가 자정을 알린다. 곧 다른 보초 버나도가 무장을 하고 성 안에서 나온다. 그는 어둠 속에서 들려오는 프란시스코의 발소리를 듣고 경계한다.

버나도 누구냐?

프란시스코 넌 누구냐? 정지, 이름을 대라!

버나도 국왕 폐하 만세!

프란시스코 버나도?

버나도 그래.

프란시스코 정확히 제 시간에 왔군.

버나도 지금 막 열두 시를 쳤어. 자, 내가 왔으니 가서 자게, 프란시스코.

프란시스코 교대해 줘서 고맙네. 얼마나 추운지 마음까지 우울해지더군.

버나도 별 이상 없었나?

프란시스코 생쥐 한 마리 얼씬하지 않았네.

버나도 그래, 잘 자게. 호레이쇼와 마셀러스에게 같이 보초를 서고 싶거든 빨리 오라고 전해 주게.

호레이쇼와 마셀러스가 온다.

프란시스코 (발소리를 듣고) 지금 오는 모양이군. 정지! 누구냐?

호레이쇼 이 나라의 친구.

마셀러스 덴마크 왕의 신하.

프란시스코 수고하게.

마셀러스 잘 가게. 누가 교대해 주었나?

프란시스코 버나도가. 그럼 부탁하네. (프란시스코 퇴장)

마셀러스 이봐, 버나도!

버나도 아, 호레이쇼도 같이 왔는가?

호레이쇼 (악수를 하며) 손만 왔네.

버나도 잘 왔네, 호레이쇼. 잘 왔어, 마셀러스.

호레이쇼 그래, 그것이 오늘 밤에도 나왔는가?

버나도 아직은 못 봤어.

마셀러스 호레이쇼는 우리들이 허깨비를 본 거라며 도무지 믿어주지 않아. 두 차례나 우리 눈앞에서 벌어진 무서운 광경이었는데 말이야. 그래서 오늘 밤에는 우리와 함께 망을 보자고 했지. 망령이 또 나타나면 그때는 우리 눈을 믿어줄 게 아닌가. 말을 건네 볼 수도 있을 거고 말이야.

호레이쇼 쯧쯧, 나오긴 뭐가 나와!

버나도 어쨌든 좀 앉게. 우리가 이틀 밤이나 목격했단 말일세. 그렇게 막무가내로 귀를 막지만 말고 한번 들어 보게.

호레이쇼 그럼 잠깐 앉아서 버나도의 얘기나 들어 볼까?

버나도 바로 어젯밤에 북극성의 서쪽, 저기 보게. 저 별이 지금 반짝이고 있는 저 자리까지 와서 하늘을 환히 비추기 시작했을 무렵 그때 막 종이 새벽 1시를 쳤는데……,

유령이 나타난다. 갑옷을 빈틈없이 입고 손에 지휘장을 들고 있다.

마셀러스 쉿, 조용히! 저것 봐, 또 나왔어!

버나도 선왕의 모습과 똑같아.

마셀러스 자네는 학자잖아, 호레이쇼. 말을 좀 걸어 보게.

버나도 선왕과 똑같지? 잘 봐, 호레이쇼.

호레이쇼 이렇게 똑같을 수가! 무서워서 소름이 다 돋는군.

버나도 말을 걸어 주었으면 하는 눈치야.

마셀러스 말 좀 건네 보게, 호레이쇼.

호레이쇼 너는 무엇이기에 이 밤중에 배회하느냐? 더욱이 이미 지하에 잠드신 선왕의 늠름하고 빛나는 갑옷을 입고 있지 않느냐? 하늘을 두고 명령한다. 순순히 대답하라!

마셀러스 화가 났어.

버나도 아, 가버리잖아.

호레이쇼 멈춰라! 말해라, 말해! 명령한다! 대답하라.

유령이 사라진다.

마셀러스 가버렸어. 말하기 싫은 모양이야.

버나도 호레이쇼, 왜 그러나? 자네 떨고 있군, 얼굴빛도 창백하고. 자, 어떻게 생각하나, 망상이 아니지?

호레이쇼 아! 놀랐네. 내 눈으로 똑똑히 보았는데 어떻게 믿지 않을 수 있겠는가?

마셀러스 선왕과 똑같지?

호레이쇼 같다 뿐인가! 선왕께서 야심만만한 노르웨이 왕과 싸우셨을 때의 무장이 저랬었지. 험악한 담판이 깨져 썰매를 타고 온 폴란드 군사 사절들을 빙판에 내동댕이치셨을 때의 잔뜩 찌푸린 표정과 똑같네. 참으로 해괴하군.

마셀러스 지금까지 이렇게 세 번, 시간도 똑같은 자정에 우리 보초들 앞을 의젓하게 지나갔지.

호레이쇼 이것을 어떻게 생각해야 할지 모르겠네만, 나라에 무슨 변괴가 일어날 징조가 아닐까 하는 생각이 드는군.

마셀러스 자, 우리 좀 앉지. 좀 물어 보겠네만, 무엇 때문에 밤마다 이렇게 엄중한 경비를 세워 우리들을 괴롭히고, 왜 매일같이 번쩍이는 대포를 만든다느니 외국에서 무기 탄약을 사들인다느니 야단법석이며, 무슨 이유로 조선공들을 징발하여 휴일도 없이 혹사시키는가? 대체 어떤 사태가 닥쳐왔기에 밤낮으로 비지땀을 흘리게 하느냐 말이야. 누가 알면 설명 좀 해보게.

호레이쇼 내가 설명해 주지. 적어도 소문은 이렇다네. 방금 우리 앞에 모습을 나타내신 선왕께서는 여러분도 알다시피 오만한 야욕에 불타는 노르웨이 왕 포틴브라스의 도전을 받지 않았는가? 용감무쌍하신 우리 햄릿 왕께서는 이미 세상에 용맹을 떨친 분이었기에 적을 일격에 무찌르셨네. 그놈은 목숨과 함께 그의 모든 영토를 승리자인 햄릿 왕에게 몰수당했는데 그건 기사도 법칙에 의한 엄격한 약조에 따른 것이었지. 물론 그쪽에서도 상당한 영토를 걸었었는데 만약 포틴브라스가 이겼다면 우리의 영토가 적의 손아귀에 들어갔을 걸세. 하지만 이러한 약조에 따라 영토가 우리 쪽에 귀속되었지. 그런데 포틴브라스의 혈기왕성한 풋내기 아들이, 노르웨이 변방 이곳저곳에서 그저 배만 채우면 만족하는 무뢰한들을 끌어 모아 무모한 전쟁을 일으킬 기미를 보이고 있다네. 즉, 제 아비가 잃은 영토를 무력으로 되찾겠다는 수작이지. 물론 우리 조정에서도 그걸 환히 알고 있다네. 이것이 우리의 군비를 서두르는 주된 동기 같아. 우리가 경비를 서는 이유나 온 나라 안이 들끓는 이유도 다 그 때문인 것 같네.

버나도 그런 것 같아. 이치에 맞는 이야기야. 그 기분 나쁜 유령이 갑옷을 입고 보초 앞을 지나간다는 것, 더욱이 선왕과 모습이 똑같다는 것은 전쟁이 다시 일어난다는 조짐인지도 몰라.

호레이쇼 하기야 티끌도 마음의 눈에 들어가면 따갑지. 옛날, 한창 번영을 누리던 로마에서도 영웅 시저가 쓰러지기 직전에 무덤들이 텅텅 비고 수의를 입은 시체들이 로마의 거리를 헤매면서 끙끙거리며 울부짖었다고 하더군. 게다가 별은 훨훨 타는 불의 꼬리를 끌고, 핏빛 이슬이 내렸으며, 태양은 병이 들고, 바다를 지배하는 달도 말세인 것처럼 어두워졌다고 하지 않는가? 이 나라의 백성들에게도 두려운 재앙을 예고하듯 하늘과 땅의 상서롭지 못한 징조들을 보여주지 않았나? 다가올 운명과 재난의 전조로서 말일세.

유령이 다시 나타난다.

호레이쇼 쉿, 저것 봐. 또 나타났어. 죽는 한이 있더라도 이번에는 기어코 가로막자. (두 팔을 벌리고 유령 앞을 가로막는다.) 멈춰라, 헛것아! 소리를 낼 수 있거든 말해 보라. 너에게는 위안이 되고 내게는 축복이 될 만한 좋은 일이 있다면 말해라. 미리 알아서 피할 수도 있을지 모를 조국의 비운을 네가 알고 있거든 오, 제발 말해 다오! 혹시 흔한 얘기처럼 네 생전에 착취하여 땅속 깊숙이 묻어 둔 재물에 미련이 남아 떠도는 망령이라면 그렇다고 말을 해라. (닭이 운다.) 가지 말고 말해! 마셀러스, 못 가게 막아!
마셀러스 창으로 찌를까?
호레이쇼 서지 않거든 그렇게 해.
버나도 여기다!
호레이쇼 여기다!

유령이 사라진다.

마셀러스 가버렸어. 존귀한 혼령을 난폭하게 대한 우리가 잘못한 거야. 아무런 반응도 없는데 허공에 창을 휘둘러대는 우리의 꼴만 더 우습게 됐군.
버나도 무슨 말인가 하려다가 그만 닭이 울었단 말이야.
호레이쇼 그때 움찔 놀라더군. 죄지은 사람이 호명이라도 당한 것처럼 말일세. 듣기로는 수탉은 새벽을 알리는 나팔수라는군. 그 우렁찬 목청은 태양신을 깨우고 그 울음소리에 물과 불, 육지와 공중에 떠다니던 망령들이 허둥지둥 제 집으로 달아난다는데 이제 보니 그 말이 맞군그래.
마셀러스 수탉 소리를 듣더니 그만 사라졌어. 성탄을 축하하는 계절이면 새벽을 알리는 닭이 밤새도록 노래를 불러, 망령들은 감히 인간세상에 나오지도 못한다나. 그러면 밤은 깨끗해져서 별의 저주도 미치지 못하고 요정도 붙지 못하며 마녀들도 맥을 못 추지. 그처럼 그 계절은 청정하다네.
호레이쇼 나도 그런 말을 들은 적이 있는데 그럴듯하군. 저것 보게. 새벽이 적갈색 망토를 걸치고 저기 저 산마루의 이슬을 밟으며 넘어오고 있네. 자, 파수도 그만 걷어치우세. 그런데 내 생각에는 우리가 밤에 봤던 일을 햄릿 왕자님께 알리는 것이 좋을 것 같아. 그 망령이 우리에게는 말을 안했지만 왕자님께는 반드시 무슨 말을 할 거야. 자네들은 어떻게 생각하나? 왕자님께 말씀드리는 것이 우리의 우정이나 직책으로 봐서 당연하지 않겠는가?

마셀러스 그래, 그렇게 하세. 마침 오늘 아침에 왕자님을 만나 뵐 수 있는 장소를 내가 알고 있지. (모두 퇴장)

제1막 제2장

성 안 회의실.

나팔소리가 울려 퍼진다. 덴마크 왕 클로디어스, 왕비 거트루드, 중신들, 폴로니어스와 그의 아들 레어티스, 그리고 볼티먼드와 코닐리어스, 모두 성장을 하고 대관식에서 물러나온다. 끝으로 검은 상복을 입은 햄릿 왕자가 고개를 숙이고 등장, 왕과 왕비가 옥좌에 앉는다.

왕 사랑하는 형님인 햄릿 왕이 돌아가신 기억이 아직 생생하여 만백성이 다 수심에 차 있고, 다같이 비탄에 잠겨 슬퍼함은 당연한 일이오. 그러나 이성을 되찾고 자연의 섭리를 극복한 나는 선왕을 깊이 애도하면서도 내 자신의 본분을 잃지 않았소. 지난날의 형수를 무용의 나라 덴마크의 왕비로 맞이한 것도 그 때문이오. 이는 실의 중에 기쁨으로, 말하자면 한 눈으로 울고 한 눈으로 웃으며, 장례식은 성대하게 결혼식은 구슬프게, 슬픔과 기쁨을 똑같이 나누며 왕비를 맞이한 것이오. 이 일에 있어 나는 그대들의 현명한 의견에 귀를 기울였으며 그대들 또한 나의 의견에 찬성해 주었소. 다들 감사하오. 다음 문제는 다 알다시피 저 젊은 포틴브라스에 관한 일인데, 우리 실력을 과소평가하는지 아니면 형님이 돌아가셔서 우리나라가 분열되고 해체될 줄로 알았는지 꿈같은 헛된 기대를 품고 있소. 기어이 성가시게 편지를 보내서는, 지혜롭고 용감하셨던 형님께 제 아비가 잃은 영토를 되돌려 달라고 요구하고 있소. 이것은 그쪽 사정이고 우리의 대책이 문제인데, 오늘 회의를 갖는 것도 그 때문이오. 여기 노르웨이 왕에게 보내는 편지가 있소. 왕은 젊은 포틴브라스의 숙부로서 늙고 병들어 줄곧 자리에 누워 있어 조카의 야심을 잘 모르는 것 같더군. 그의 계획에 필요한 군대를 숙부인 왕의 백성 가운데에서 징발해야 하는 형편이니 곧 노르웨이 왕에게 편지를 보내 그의 행동을 저지시키라고 요구하기로 했소. 이에 그 사신으로서 코닐리어스와 볼티먼드를 임명하오. 노르웨이 왕과 교섭할 개인적 권한은 여기에 조항이 밝혀져 있으니 그 범위 안에서 절충하도록 하오. 그럼 어서 가서 임무를 완수하고 돌아오도록 하오.

코닐리어스, 볼티먼드 예, 분부대로 서둘러서 이행하겠습니다.

왕 가상하오. 잘 다녀오오. (두 사람 퇴장) 그리고 레어티스, 너는 무슨 이야기지? 부탁이 있다고 한 것 같던데, 이치만 닿는다면야 이 덴마크 왕이 안 들어줄 리 없지. 대체 네 소원이 무엇이냐, 레어티스? 네가 굳이 조르지 않아도 다 들어주고 있지 않느냐? 이 덴마크 왕과 네 부친과는 머리와 심장 사이도 그보다 더 가깝지 못할 것이고, 손과 입도 그보다 더 밀접하지는 못할 게다. 그래, 네 청이 무엇이냐?

레어티스 황공하오나 폐하, 저를 프랑스로 돌아가게 해주십시오. 폐하의 대관식에 참석하고자 기꺼이 귀국하였지만 이제 그 의무도 끝난 지금, 솔직히 말씀드리면 제 마음은 벌써 프랑스에 가 있습니다. 황공하오나 부디 허락해 주십시오.

왕 부친의 허락은 받았느냐? 폴로니어스 경은 어떻게 생각하오?

폴로니어스 예. 자식 놈이 어찌나 졸라대는지 하는 수 없이 본의 아닌 승낙을 해주었습니다. 저도 간청하오니 떠나도록 허락해 주십시오.

왕 레어티스, 가서 잘 지내도록 해라. 휴가를 주마. 아무쪼록 열심히 공부하고 돌아오너라. 자, 내 조카이자 이제는 내 아들이 된 햄릿!

햄릿 (방백) 숙부와 조카 사이는 되겠지만 아버지와 아들 사이라니, 어림없다!

왕　네 얼굴에는 아직도 어두운 구름이 끼었는데 어찌된 일이냐?

햄릿　그렇지 않습니다. 저는 너무 많은 햇살을 받고 있는 걸요.

왕비　햄릿, 그 어두운 상복을 벗고 덴마크 왕을 좀더 정답게 바라보렴. 그렇게 눈을 내리뜨고 땅속에 묻힌 아버님만 찾고 있으면 되겠니? 이제 그만해라. 너도 알지 않느냐. 생명이 있는 자는 반드시 죽어 세상을 하직하고 영원으로 떠나기 마련이란다.

햄릿　예, 어머님. 그렇게 되겠지요.

왕비　그런데 어째서 너는 별스럽게 구는 것처럼 보이느냐?

햄릿　그렇게 보입니까? 사실입니다. 그렇게 보이든 말든 관심 없습니다만 어머님, 이 새까만 외투의 격식을 갖춘 엄숙한 상복, 호들갑스러운 한숨이나 강물처럼 넘치는 눈물, 억지로 찌푸려 보이는 얼굴이나 그 밖의 모든 슬픔을 나타내는 형식과 분위기나 얼굴 표정으로도 저의 심정을 그대로 표현할 수는 없다는 것입니다. 겉으로 보이는 그것들은 정말 그럴듯하게 보이겠지요. 그 따위 연극은 아무나 할 수 있습니다. 하지만 제 가슴속에 있는 것은 그런 겉치레와는 다릅니다.

왕　아버지를 그토록 애도한다는 것은 참으로 아름답고 가상한 성품이다. 그러나 알아두어야 할 것은 네 아버지도 아버지를 여의셨고 그 아버지 또한 아버지를 여의셨지. 그리고 뒤에 남은 자는 자식된 도리로 어느 기간 상중을 지키는 거야. 그렇다고 언제까지나 비탄에 잠기는 것은 신을 모독하는 고집이란다. 그리고 대장부답지 못한 일이다. 이는 하늘을 거역하는 불손함일 뿐 아니라 마음속에 신앙도 인내심도 없으며 분별과 교양이 없는 자임을 드러내는 일이야. 죽음을 피할 수 없다는 것은 누구나 다 알고 누구나 보고 들을 수 있는 일처럼 당연한 일인 것을, 그것을 왜 굳이 슬퍼해야 한단 말이냐? 쯧쯧. 그것은 하느님과 고인에게 죄가 되는 일이요, 자연의 도리와 이성에도 어긋나는 것이다. 이성에 비추어 보건대 어버이의 죽음은 평범한 일이다. 태초에 인간이 죽음을 당하였을 때부터 오늘 죽은 이에 이르도록 '죽음만은 피할 수 없다.'고 이성은 외치고 있지 않느냐. 제발 그 무익한 비애는 던져버리고 나를 친아버지로 여겨 다오. 세상에 공포하거니와 너는 나의 왕위를 계승할 사람이요, 너의 가장 인자한 아버지 못지않게 나도 너를 사랑하고 있다. 너는 뷔텐베르크 대학으로 돌아가고 싶어하나 그것은 나의 뜻과 어긋나는 일, 제발 여기에 남아 나의 충신으로서 그리고 나의 조카이자 아들로서 나의 기쁨과 위안이 되어 다오.

왕비 이 어미의 기도가 헛되지 않게 해 다오. 햄릿, 제발 뷔텐베르크에 가지 말고 우리와 함께 있어 다오.

햄릿 아무쪼록 어머님 분부대로 하겠습니다.

왕 음, 그 기특한 대답, 참으로 반갑구나. 이 덴마크에서 나와 다름없이 지내도록 해라. 왕비. 햄릿이 이렇게 기꺼이 승낙해 주니 내 마음이 여간 기쁘지 않소. 이를 축하하는 뜻에서 오늘 이 덴마크 왕이 축배를 들 테니 즐거운 한 잔마다 축포를 울려 하늘에 알립시다. 그러면 하늘도 왕의 주연에 화답하여 지상에 환희의 천둥을 울려 주지 않겠소. 자, 갑시다.

나팔소리. 햄릿만 남고 퇴장한다.

햄릿 아, 더러워질 대로 더러워진 이 육체, 녹고 녹아 이슬이 되었으면! 자살을 엄금하는 신의 계율만 없었더라면 자살해 버릴 텐데. 아, 세상일이 모두 따분하고 멋없다. 진부하고 무익하구나. 아, 싫다, 싫어. 땅의 무성한 잡초 같은 세상에는 천하고 더러운 것들만 활개를 치는구나. 게다가 이렇게 되다니, 돌아가신 지 겨우 두 달 아니, 두 달도 채 못 된다! 참 훌륭한 왕이셨어. 숙부에 비하면 하늘과 땅 차이였는데…… 어머니를 끔찍이도 사랑하셨지. 행여 하늘에서 불어오는 바람이 거셀까 어머님 얼굴을 감싸주셨는데. 아, 이 모든 기억들을 떨쳐버릴 수는 없는 것일까? 늘 아버지께 의지하시던 어머니, 그 사랑을 받아 어머니의 애정도 한층 깊어지는 것처럼 보였지. 그런데 채 한 달이 지나지 않아……, 아예 생각하지를 말자. 약한 자여, 그대 이름은 여자인가? 겨우 한 달, 니오베처럼 온통 눈물에 젖어 가엾은 아버지의 유해를 따라가던 신이 닳기도 전에 아, 그 어머니가, 그런 어머니가 숙부의 품에 안기다니……. 사리를 모르는 짐승이라도 조금은 더 슬퍼했을 것이다. 한 형제라고는 하나, 나와 헤라클레스만큼이나 차이가 나는 자와 한 달도 안 되어 어머니는 결혼했다. 거짓 눈물로 벌게진 눈의 짓무른 자국이 가시기도 전에 그렇게도 허겁지겁 시동생과 불의의 잠자리로 달려가다니! 세상이 잘못되어 가고 있는 것이다. 결코 용납할 수 없는 일이다. 그러나 이 말은 가슴이 터져도 입 밖에 내서는 안 된다.

　　호레이쇼, 마셀러스, 버나도 등장.

호레이쇼　안녕하십니까, 왕자님!

햄릿　아니, 호레이쇼……, 호레이쇼가 틀림없겠다?

호레이쇼　바로 그렇습니다. 왕자님! 왕자님의 하찮은 충복이지요.

햄릿　무슨 소릴. 나의 좋은 친구지. 내가 오히려 그렇게 말하고 싶네. (악수한다.) 그런데 호레이쇼, 뷔텐베르크에서는 왜 돌아왔나? 아, 마셀러스도. (악수하려고 손을 내민다.)

마셀러스　왕자님!

햄릿　정말 반갑네. (버나도에게) 아, 자네도 별일 없었나? (호레이쇼에게) 그런데 자네 정말 무슨 일로 뷔텐베르크에서 돌아왔나?

호레이쇼　워낙 놀기를 좋아하는 놈이라서요.

햄릿　자네의 적들이 그런 말을 해도 곧이들을 내가 아닌데, 하물며 자기 욕을 하는 자네 말을 내가 믿을 줄 아나? 자넨 게으름뱅이가 아니야. 대체 무슨 일로 엘시노어에 왔나? 돌아가기 전에 술고래가 되는 법을 가르쳐 주지.

호레이쇼　실은 선왕의 국상에 참례하러 왔습니다.

햄릿　제발 농담하지 말게. 우리 어머니의 혼례를 보러 왔겠지.

호레이쇼　그러고 보니 참, 잇달아서…….

햄릿　절약이야, 절약. 초상 밥이 식어서 그대로 잔칫상에 나온다 이 말이거든. 그런 일을 겪으니 차라리 원수를 만나는 게 훨씬 나았을 거다. 호레이쇼! 아버님이, 아버님의 모습이 보이는 것 같다.

호레이쇼 어떻게 말씀입니까?

햄릿 내 마음의 눈으로 말이야.

호레이쇼 저도 한 번 뵌 적이 있습니다. 참 훌륭한 왕이셨습니다.

햄릿 어느 모로 보나 훌륭한 인물이셨지. 다시는 그런 인물을 만날 수 없을 거야.

호레이쇼 왕자님, 실은 어젯밤에 뵈었습니다.

햄릿 뵈었다구? 누구를?

호레이쇼 아버님이신 선왕 말씀입니다.

햄릿 아버님, 선왕을?

호레이쇼 잠시 마음을 가라앉히시고 제 말을 들어주십시오. 그 괴이한 일을 말씀드리겠습니다. 이 사람들이 증인입니다. (마셀러스와 버나도를 바라본다.)

햄릿 제발 어서 얘기해 주게!

호레이쇼 실은 여기 있는 마셀러스와 버나도 두 사람이 이틀 밤을 같이 보초 서다가 목격한 일입니다. 쥐 죽은 듯이 고요한 밤중에 아버님의 모습을 닮은 형상이 머리 꼭대기에서 발끝까지 완전 무장을 하고 나타나서, 겁에 질린 두 사람 앞을 엄숙한 걸음걸이로 천천히 걸어가셨답니다. 그것도 손에 쥔 지휘장이 닿을 듯이 가까이 세 번씩이나 말입니다. 그 동안 두 사람은 너무나 무서워서 멍청히 선 채 말도 걸어 보지 못했답니다. 이 무서운 일을 제게 말해 주기에 셋째 밤에는 저도 같이 보초를 섰습니다. 그랬더니 두 사람의 말처럼 같은 시각에 같은 모습으로 그 망령이 나타났습니다. 저는 아버님을 알고 있습니다. 망령의 모습이 생전의 선왕의 모습과 똑같았습니다.

햄릿 그게 어딘가?

마셀러스 저희들이 보초를 선 망대 위입니다.

햄릿 말을 걸어 보지 않았나?

호레이쇼 걸어 보았습니다. 그러나 대답은 없었습니다. 다만 한번 고개를 들고 무슨 말을 할 것처럼 보였는데 바로 그때 닭이 요란하게 우는 바람에 질겁하고 사라져버렸습니다.

햄릿 참으로 이상하구나.

호레이쇼 절대로 거짓말이 아닙니다. 저희들은 이 일을 말씀드리는 것이 의무라고 생각했습니다.

햄릿 물론 당연하지. 하지만 마음에 걸리는구나. 오늘 밤에도 보초를 서는가?

마셀러스, 버나도 예.

햄릿 갑옷을 입었더라고 했지?

마셀러스, 버나도 예, 갑옷을 입고 있었습니다.

햄릿 머리꼭대기에서 발끝까지?

마셀러스, 버나도 예, 머리에서 발끝까지.

햄릿 그럼 얼굴은 못 보았겠군.

호레이쇼 아니오. 보았습니다. 마침 투구의 얼굴가리개를 올리고 있었으니까요.

햄릿 그래, 성난 얼굴이던가?

호레이쇼 성난 얼굴이라기보다는 슬픈 표정이었습니다.

햄릿 창백하던가 아니면 혈색이 좋던가?

호레이쇼 매우 창백했습니다.

햄릿 자네를 지그시 바라보던가?

호레이쇼 눈도 깜박이지 않았습니다.

햄릿 내가 그 자리에 있었더라면…….

호레이쇼 무척 놀라셨을 겁니다.

햄릿 그랬을 테지. 그래, 오래 머물러 있었나?

호레이쇼 보통 속도로 백은 족히 헤아릴 만한 시간이었습니다.

마셀러스, 버나도 조금 더 길었네. 더 긴 시간이었어.

호레이쇼 내 생각에는 그렇게 오랜 시간이 아니었네.

햄릿 수염은 희끗희끗하던가?

호레이쇼 생전에 뵈었을 때처럼 검은 수염에 은빛 수염이 섞여 있었습니다.

햄릿 오늘 밤에는 나도 보초를 서겠다. 또 나타날지도 모르니까.

호레이쇼 반드시 나타날 것입니다.

햄릿 존귀한 선친의 모습을 하고 나타난다면, 지옥불이 입을 열어 잠자코 있으라고 명령한다 해도 내가 말을 걸어 보겠다. 자네들에게 부탁하는데 아직까지 이 일을 숨겼거든 앞으로도 침묵을 지켜주게. 그리고 오늘 밤에 무슨 일이 벌어지더라도 입 밖에 내지 말아주게. 자네들의 호의에는 보답하겠네. 그럼 잘들 가게. 밤 열한 시와 열두 시 사이에 망대에서 만나세.

모두 충성을 다하겠습니다.

햄릿 아니, 우리들의 우정에 의지하는 거야. 그럼 잘들 가게. (모두 인사를 하고 퇴장) 아버님의 혼령이라! 갑옷을 입고! 상서롭지 못한 징조인데 무슨 흉사가 생기려나 보다. 밤이 기다려지는구나. 그때까지 가만히 기다려라, 나의 영혼아! 설령 악행이 대지에 덮였더라도 언젠가는 사람의 눈에 드러나고 마는 법이다. (퇴장)

제1막 제3장

폴로니어스 저택의 방.
레어티스와 그의 누이 오필리아 등장.

레어티스 이제 짐도 다 실었다. 그럼 잘 있어라. 순풍에 떠나는 배편이 있거든 잠만 자지 말고 이곳 소식을 전해주렴.

오필리아 안 그럴 것 같으세요?

레어티스 그리고 햄릿님에 관한 일인데, 그분에게 호의를 보이고 있는 모양이지만 그건 다 한때의 기분이고 청춘의 혈기인 걸 알아라. 이른 봄에 피는 제비꽃이랄까? 일찍 피지만 지는 것도 빠르고 아름답지만 오래 가지 않는다. 한순간의 덧없는 향기, 잠깐의 위안, 그뿐이란다.

오필리아 그뿐일까요?

레어티스 그렇다고 생각해야지. 사람은 육체의 근육과 피부만 성장하는 것이 아니라 내부에 있는 마음과 정신도 함께 성장하는 거야. 지금은 햄릿님도 너를 사랑하겠지. 그분의 순수한 마음을 더럽히는 거짓은 아직 없을 거다. 그렇지만 지위가 지위니만큼 왕자라는 신분의 지배를 받는 그분의 뜻도 그분 것이 아니라는 점을 명심해야 해. 신분이 낮은 사람들과는 달리 마음대로 움직일 수가 없단 말이야. 한 나라의 안위가 그분의 판단 여하에 달려 있으니까. 그래서 왕비를 선택할 때도 자기가 다스리는 국민들의 뜻에 따라간단다. 그러니 너를 사랑한다고 말씀하시더라도 그대로 믿지 않는 게 현명하다. 이 나라 백성들의 찬동이 따라야 하는 특별한 지위에 있는 분의 말씀이거든. 그분이 부르는 사랑의 노래에 솔깃해져서 정신을 잃고 보배 같은 정조를 내주는 날에는, 얼마나 수치스러운 일이 될 것인지 잘 판단해야 해. 조심해라, 오필리아. 내 말을 명심해야 한다. 애정에서 한발 물러서서 욕망의 위험한 화살이 미치지 않는 곳에 있어야 해. 정숙한 처녀는 달님 앞에 고운 살을 내놓는 것조차 부끄럽게 여긴다더라. 아무리 숙녀라 해도 세상의 험담은 피하지 못하고, 봄철의 새싹은 틔우기도 전에 벌레한테 먹히기 쉽고, 이슬 어린 아침처럼 싱싱한 청춘에는 독기 가득한 해를 입을 수 있다고 한다. 그러니 조심해라. 조심하는 게 상책이야. 청춘이란 상대가 없어도 저절로 욕망이 일어나는 법이니까.

오필리아 오빠의 좋은 말씀은 가슴에 소중히 간직하여 마음의 파수꾼으로 삼겠어요. 하지만 오빠, 악덕한 목사처럼 나한테는 험한 가시밭길이 천당으로 가는 길이라고 가르쳐주면서 오빠는 뻔뻔스러운 방탕아처럼 환락의 꽃길을 가시면 안 돼요.

레어티스 내 걱정은 안 해도 돼. 너무 오래 얘기했구나. (폴로니어스 등장) 아버님이시군. 축사가 거듭되면 축복도 갑절이 되겠지. 좋은 기회다. 다시 작별 인사를 드려야겠다. (무릎을 꿇는다.)

폴로니어스 아직도 여기 있었느냐, 레어티스? 빨리 배를 타야지. 원 녀석도! 돛은 순풍을 안고 너를 기다리고 있다. 자, 부디 나의 축복이 너와 함께하길! (아들 머리에 손을 얹는다.) 몇 마디 훈계를 할 테니 단단히 명심해 두어

라. 속마음을 함부로 입 밖에 내지 말 것이며, 옳지 못한 생각을 행동에 옮기지 마라. 친구는 사귀되 잡스러워선 안 되고 한번 사귄 좋은 친구는 마음속에 쇠고리로 단단히 걸어두어라. 하지만 잘난 체하는 풋병아리들과 악수나 하다가는 손바닥만 두꺼워진다. 싸움은 하지 않도록 해라. 그러나 일단 하게 되면 상대방이 앞으로 너를 조심하도록 철저히 해라. 누구의 말에나 귀를 기울이되 네 의견은 말하지 마라. 즉, 남의 의견은 들어주되 판단은 삼가라는 말이다. 옷차림에는 지갑이 허락하는 데까지 돈을 써도 좋지만 요란하게 치장하지는 말아라. 값지되 번쩍거리지 않는 옷을 입도록 해라. 옷은 인품을 나타낸다. 프랑스의 상류계급 인사들은 이 방면에 세련된 눈을 지니고 있단다. 돈은 빌리지도 말고 빌려 주지도 말아라. 빌려 주면 돈과 사람을 잃고 빌리면 절약하는 마음이 무디어진다. 무엇보다도 네 자신에게 성실하여라. 그러면 밤이 낮을 따르듯 자연히 남에게 성실한 사람이 되는 법이다. 이 훈계가 네 가슴에 새겨지기를 빌겠다. 그럼 잘 가거라.

레어티스　다녀오겠습니다.

폴로니어스　시간 없다. 어서 가거라. 하인들이 기다리고 있다.

레어티스　(일어서면서) 잘 있어라, 오필리아. 내가 한 말 잊지 말고.

오필리아　이 가슴속에 잘 간직하고 자물쇠를 잠갔으니 열쇠는 오빠가 맡으세요. (둘은 작별의 포옹을 한다.)

레어티스　잘 있어. (레어티스 퇴장)

폴로니어스　오필리아. 오빠가 무슨 말을 하더냐?

오필리아　저, 햄릿님 얘기예요.

폴로니어스　그렇지 않아도 네게 한번 묻고 싶었는데 마침 잘 되었다. 듣자니 햄릿님이 요즈음 너한테 자주 드나들고 너 역시 그저 선선히 만나 준다면서? 나더러 조심하라고 일러준 사람이 있었다. 그게 사실이라면 확인해야겠다. 네가 내 딸로서 지켜야 할 체면을 잘 모르고 있으니 큰일이다. 대체 둘 사이는 어떤 것이냐? 사실대로 말해 보아라.

오필리아　요즘 왕자님은 제게 몇 번이나 사랑을 고백하셨어요, 아버지.

폴로니어스 사랑? 허! 이런 철부지 같은 말 좀 들어 보게. 하기야 위험한 꼴을 겪어 본 적이 없으니. 그래, 그 '고백'인가 뭔가 하는 말이 곧이들리더냐?

오필리아 모르겠어요, 어떻게 생각해야 할지.

폴로니어스 저런, 내가 가르쳐주마. 그런 고백을 진심으로 알아듣고 좋아하고 있으니 너는 아직도 어린아이로구나. 이런 비유를 하는 것은 조금 그렇지만……, 좀더 비싸게 처신하도록 해라. 그렇지 않으면 너는 나를 웃음거리로 만들 게다.

오필리아 아버지, 그분은 진실한 마음으로 저를 사랑한다고 하셨어요. 절대 거짓이 아니라시며 하늘에 몇 번이나 맹세하셨는걸요.

폴로니어스 그게 바로 바보를 잡는 덫이란 말이다. 타오르는 열정은 함부로 맹세를 하게 하는 법이지. 애야, 그렇게 불타는 것은 열보다는 빛이 더 많이 나고 불꽃은 열과 함께 사라지고 만단다. 그런 것을 진짜 진심인 줄 알았다가는 큰일 난다. 앞으로는 처녀로서 몸가짐을 함부로 하지 말고 만나자고 해도 쉽게 응해서는 안 된다. 좀 도도하게 굴란 말이다. 햄릿님으로 말하자면 나이도 젊고 너보다는 훨씬 자유로우신 분, 그걸 염두에 두고 대해야 한다. 요컨대 오필리아, 그분의 맹세를 믿어서는 안 돼. 그런 맹세는 겉과 달리 속으로 더러운 욕심을 채우려고 여자에게 잘못을 저지르게 하는 뚜쟁이처럼 말만 신성하고 거룩한 체하는 거야. 그러기에 더욱 잘 속지. 다시 한 번 분명히 말해 두는데, 앞으로는 왕자님과 말을 나누거나 만나서는 안 된다. 알겠지? 나의 명령이다. 자, 들어가자.

오필리아 분부대로 하겠어요, 아버지. (두 사람 퇴장)

제1막 제4장

망대 위.
햄릿, 호레이쇼, 마셀러스, 망대에서 등장.

햄릿 공기가 살을 에는 듯이 차구나. 정말 추운 날이다.

호레이쇼 살을 콕콕 찌르는 것 같군요.

햄릿 지금 몇 시나 됐지?

호레이쇼 아직 자정은 안 된 것 같습니다.

마셀러스 아닙니다. 밤 열두 시를 쳤습니다.

호레이쇼 그래? 난 못 들었지. 그럼 슬슬 그 유령이 나타날 때가 됐군. (갑자기 성 안에서 나팔소리와 대포소리) 저건 뭡니까, 왕자님?

햄릿 왕이 밤새도록 주연을 베풀고 부어라 마셔라 난장판이라네. 왕이 라인 포도주를 한 잔 들이켤 때마다 저렇게 북을 치고 나팔을 불어서 왕의 축배를 사방에 떠들썩하게 알리는 거야.

호레이쇼 풍습입니까?

햄릿 그래. 하지만 이곳 태생이고 이 나라 풍습에 젖어 있는 나까지도, 지키는 것보다 깨뜨리는 편이 도리어 명예스러울 거라는 생각이 든다네. 저런 술타령 덕분에 온 세상 사람들이 우리를 비난하고 경멸하며 주정뱅이 돼지니 욕을 하고 있거든. 그러니 아무리 훌륭한 공적을 세워도 모처럼의 명예가 다 헛것이 되고 마는 것이야. 개인의 경우에도 타고난 성격적인 결함이 있으면 흔히 있는 일이라네. 인간의 출생은 제 마음대로 되는 것이 아니니 물론 당사자의 잘못은 아니지. 하지만 어떤 사람은 성질이 너무 과격해서 이성의 울타리를 넘기도 하고, 어떤 사람은 성벽이 지나쳐서 세상 관습에 어긋나기도 하거든. 어쨌든 선천적이든 후천적이든 성격적인 결점을 하나 짊어진 사람들은 순수한 미덕을 아무리 많이 가지고 있더라도 그 하나의 흠 때문에 세상의 시선들은 부패한 것으로 받아들인단 말이야. 고귀한 성품도 티끌만한 결점 때문에 그 본질을 의심받고 비난을 듣게 마련이고.

유령이 나타난다.

호레이쇼 왕자님, 저기 보십시오. 드디어 나타났습니다.

햄릿 모든 천사들이여, 우리를 보호해 주소서! 그대는 성령인가, 악마인가? 천상의 영기인가, 지옥의 독기인가? 그대 마음속에 숨어있는 선악의 의도는 모르겠지만 그런 수상한 모습으로 나타났으니 말을 건네 보지 않을 수 없다. 내 그대를 덴마크의 햄릿 왕, 아버님이라 부르리라. 오, 대답해 주십시오! 답답해서 가슴이 터질 지경입니다. 돌아가신 후 교회의 격식대로 매장된 아버님의 유해가 어떻게 수의를 벗어던지고 나타나신 겁니까? 아버님을 안치한 무덤이 왜 그 육중한 대리석 입을 벌려 아버님을 다시 뱉어낸 것입니까? 죽은 시체가 다시 완전 무장을 하고 어스름 달빛 아래 나타나 이 밤을 무섭게 만드는 까닭은 무엇입니까? 현세에 사는 우리의 영혼이 알 수 없는 의혹으로, 이토록 우리의 간담을 서늘하게 하는 까닭이 무엇입니까? 말해 보십시오. 무엇 때문입니까? 어떻게 하란 말입니까? (유령이 손짓한다.)

호레이쇼 따라오라고 손짓합니다. 왕자님께만 할 얘기가 있나 봅니다.

마셀러스 보십시오. 다른 데로 가자고 아주 점잖게 손짓하고 있습니다. 그렇지만 따라가지 마십시오.

호레이쇼 절대로 가시면 안 됩니다.

햄릿 아무 말도 하지 않으려고 하는데, 좋아, 따라가 보겠다.

호레이쇼 안 됩니다, 왕자님.

햄릿 왜, 무서울 게 뭐가 있나? 바늘만큼의 값어치도 없는 나의 목숨이다. 내 영혼 역시 저와 마찬가지로 불멸인데 무슨 짓을 하겠는가?

호레이쇼 만일 바닷속에라도 끌려가시면 어떻게 하시겠습니까? 혹시 바다로 쑥 튀어나온 무서운 절벽 꼭대기로 유인해 갈지도 모릅니다. 그러다가 갑자기 괴물로 변하여 이성의 힘을 빼앗고 미치게라도 만들면 어떻게 하시려고요. 생각해 보십시오, 까마득한 절벽 위에서 저 아래 바다를 내려다보며 거센 파도 소리만 듣고 있어도 아무런 이유도 없이 미칠 것처럼 괜히 불안해지는 법이랍니다.

햄릿 계속해서 손짓하고 있구나. 가시오. 따라 가겠소.

마셀러스 안 됩니다, 왕자님.

햄릿   놓아라!

호레이쇼   진정하십시오. 못 가십니다.

햄릿   나의 운명이 부르고 있다. 온몸의 핏줄이 저 네메아의 사자의 힘줄처럼 부풀어 오르는구나. 저렇게 부르고 있지 않느냐. 어서 놓아라! (뿌리치고 칼을 뺀다.) 비키라니까! 가시오, 따라가겠소.

유령이 옆의 작은 망대 쪽으로 사라진다. 햄릿이 그 뒤를 따라간다.

호레이쇼   환상에 홀려서 결사적이야.

마셀러스   따라가 보세. 가만히 있을 수는 없지 않은가?

호레이쇼   따라가 봐야지. 이게 대체 무슨 일일까?

마셀러스   이 덴마크의 어딘가가 썩어 있는 거야.

호레이쇼   하늘에다 맡기는 수밖에…….

마셀러스   자, 따라가 보세. (모두 퇴장)

제1막 제5장

성벽 밑 빈터.
성벽의 문이 열리고 유령 등장. 햄릿은 뽑은 칼을 십자가처럼 받쳐 들고 그 뒤를 따라 걸어 나온다.

햄릿   어디로 가는 거요. 말하시오. 이제 더는 가지 않겠소.

유령   (뒤돌아보면서) 잘 들어라.

햄릿   그러겠소.

유령   유황불이 타는 지옥의 업화에 몸을 맡겨야 하는 시간이 다가온다.

햄릿   아, 가엾은 망령!

유령   날 동정하지 말고 내 얘기를 잘 들어라.

햄릿 말하시오. 듣겠소.

유령 듣고 나거든 나의 원수를 갚아야 한다.

햄릿 뭐라고요?

유령 나는 네 아비의 혼령이다. 밤에는 어둠 속을
헤매어 다니고, 낮에는 불에 휩싸여 탄식하며 생전에
저지른 악행이 깨끗하게 타기를 기다려야 하는 것이
내 운명이다. 연옥의 비밀을 말한다면 네 영혼은 당
장 두려움에 오그라들고 네 젊은 피는 얼어붙을 것

이며, 두 눈은 유성처럼 눈구멍에서 튀어나오고 곱슬곱슬한 네 머리칼은 화
난 고슴도치의 바늘 같은 털처럼 가닥가닥 곤두서리라. 그러니 영원한 저승
의 비밀을 살아있는 인간에게 전할 수는 없다. 들어라, 들어라, 오, 들어봐
라! 일찍이 네가 아비를 조금이라도 사랑했거든…….

햄릿 오, 하느님!

유령 그 비열하고 무도한 암살을 복수해 다오.

햄릿 암살?

유령 암살은 아무리 좋게 보아도 비열하지만, 이 경우에는 그야말로 가장
비열하고 괴이하고 무도한 살인이었다.

햄릿 어서 말씀해 주십시오. 원수를 갚으러 쏜살같이 날아가겠습니다.

유령 기특하다. 이런 말을 듣고도 분기하지 않는다면 저승에 흐르는 레테
강변의 무성한 잡초보다도 더 아둔한 인간이다. 자, 햄릿, 들어보아라. 내가
정원에서 잠들어 있을 때 독사에 물려 죽은 것으로 세상에 알려지고 덴마
크 백성들은 그 꾸며진 죽음의 원인에 감쪽같이 속고 있더구나. 햄릿! 실은
네 아비를 물어 죽인 그 독사가 지금 아비의 왕관을 쓰고 있단다.

햄릿 아, 어쩐지 그런 예감이 들더라니! 역시 숙부가!

유령 그렇다. 악마의 지혜와 음험한 재주를 가진 그 음탕하고 불륜의 짐승
같은 놈! 아, 그토록 교묘하게 여자의 마음을 농락할 수 있다니 얼마나 간
사한 지혜와 재주인가! 그렇게도 정숙하던 왕비의 마음을 꾀어 수치스럽게
도 그놈의 음란한 잠자리로 끌어들였다. 햄릿, 이게 웬 배신이냐? 결혼식에

서 한 맹세를 자나 깨나 한결같이 지켜온 나의 사랑을 배반하고, 천품이 나와는 비교도 안 되는 그 비열한 놈하고 배가 맞다니! 정숙한 여자는 욕정이 천사로 가장하여 유혹한다 해도 움직이지 않지만, 음탕한 여자는 빛이 나는 천사와 짝을 지어도 천상의 잠자리에 싫증을 내고 쓰레기통에서 썩은 고기를 뒤진단다. 가만, 벌써 새벽 공기의 냄새가 나는구나. 간단히 이야기하마. 나는 오후에 늘 하던 습관대로 그날도 정원에서 마음 놓고 낮잠을 자고 있었다. 그때 너의 숙부가 헤보나 독액이 든 병을 들고 살금살금 다가와서는, 문둥병처럼 피부를 뭉그러뜨리는 그 끔찍한 독약을 내 귀에 부어 넣었단다. 이 독약은 사람의 피를 굳게 하는 극약이라, 수은처럼 삽시간에 온몸의 모든 혈관을 구석구석 돌아 우유에 초를 한 방울 떨어뜨리듯 맑고 건강한 피를 응고시키고 만다. 당장 매끄러운 피부에 보기에도 징그러운 문둥이처럼 부스럼이 솟아나고 피가 응고되어 버렸다. 나는 낮잠을 자다가 이렇게 아우의 손에 생명과 왕관과 왕비를 한꺼번에 빼앗기고 말았던 것이다. 하필이면 죄악의 꽃이 만발한 시기에 목숨이 갑자기 끊겨 성찬식도 못 올리고, 신부님의 위안도 받지 못하고, 임종 도유식도 못 치르고, 참회도 못하여 온갖 죄상으로 몸과 마음이 더럽혀진 채 하늘의 심판장에 끌려가고 말았구나. 아, 무섭다, 무서워! 너무나도 무섭다! 만일 너에게 효심이 남아 있거든 이대로 참아서는 안 된다. 덴마크 왕의 침상을 패륜과 음욕의 자리가 되게 해서는 안 된다. 그러나 어떤 수단을 쓰더라도 이성을 잃지 말고 네 어미를 해칠 생각은 하지 마라. 네 어머니는 하느님께 맡겨라. 쿡쿡 찔러대는 양심의 가시에 맡겨라. 이제 돌아가야겠다. 반딧불이 희미해지는 것을 보니 날이 새는 모양이다. 잘 있어라, 잘 있어라. 나를 잊지 말아라! (유령은 땅속으로 사라지고, 햄릿은 미친 듯이 무릎을 꿇는다.)

햄릿 오, 해와 달이여, 별이여, 대지여, 또 뭐가 있지? 지옥도 불러 볼까? 무슨 소리! 흥분하지 마라, 햄릿. 오, 나의 육체여, 약해지지 말고 꿋꿋이 버티어 다오. (일어선다.) 잊지 말라고요? 그러겠습니다, 가엾은 혼령이여! 이 미친 뇌 속에 조금이라도 기억이 남아 있는 한 잊지 않겠습니다. 잊지 말라고요? 좋습니다. 내 기억의 장부에서 하찮은 기록일랑 싹싹 지워 버리겠습니다. 책에서 얻은 격언, 젊었을 때 관찰에서 얻은 모든 형상과 경험을 지워버리겠습니다. 당신의 명령만을 기억 속에 간직해 두고 하찮은 것들과 섞지 않겠소. 맹세코 그러겠습니다! 오, 참으로 고약한 여자! 오, 악당아, 악당아, 미소를 띠고 있는 저주 받을 악당아! 그래, 수첩에 적어 둬야지. (무언가를 적는다.) 인간은 생글생글 미소를 짓고 있으면서도 악마가 될 수 있다. 적어도 이 덴마크에서는 틀림없이 그럴 수 있다. 숙부, 분명히 적어 놓았소. 다음에는 내 자신의 격언, '잘 있어라, 잘 있어라, 이 아비를 잊지 말아라'에 대해서. (무릎을 꿇고 칼집에 손을 얹고 맹세한다.) 이제 맹세했다. (기도를 올린다.)

호레이쇼와 마셀러스, 성문에서 나와 어둠 속에서 햄릿을 불러대고 있다.

호레이쇼 왕자님, 왕자님!

마셀러스 햄릿 왕자님!

호레이쇼 하느님, 왕자님을 보살펴 주소서!

마셀러스 보살펴 주소서!

호레이쇼 왕자님, 왕자님, 어디 계십니까?

햄릿 어이, 여기다. 이쪽으로 오라! (두 사람이 햄릿을 발견한다.)

마셀러스 왕자님, 괜찮으십니까?

호레이쇼 어떻게 됐습니까, 왕자님?

햄릿 아주 근사한데!

호레이쇼 말씀해 주십시오.

햄릿 안 돼, 누구한테 말하려고?

호레이쇼 저는 맹세코 하지 않습니다.

마셀러스 저도 맹세합니다.

햄릿 그렇다면 사람의 마음이 그런 일을 생각할 수 있을까? 어떻게 생각하나? 그런데 비밀은 지킬 테지?

마셀러스, 버나도 우리 두 사람 맹세합니다. 왕자님.

햄릿 덴마크에 사는 악인치고 악당 아닌 놈이 없다니까.

호레이쇼 그 말을 하려고 유령이 일부러 무덤에서 나올 것까지는 없었습니다.

햄릿 그래, 맞았어. 자네 말이 옳아. 그러니 이제 구구하게 더 말할 것 없이 악수나 하고 헤어지는 게 좋을 것 같군. 자네들도 볼일이 있을 것 아닌가. 누구나 다 저마다 할 일이 있는 법이니까. 나는 기도하러 가겠네.

호레이쇼 허황하고 부질없는 말씀만 하십니다.

햄릿 자네 감정을 상하게 해서 미안하네. 정말 미안해.

호레이쇼 감정이 상하다니요? 별 말씀 다하십니다.

햄릿 (호레이쇼에게) 아냐, 그럴 일이 있어. 정말이야. 매우 감정 상하는 일이 있네. 아까 나온 헛것 말인데 그건 진짜 망령이야. 망령과 무슨 얘기를 나눴는지 궁금하겠지만 그건 참아주게. (두 사람에게) 그런데 친구로서 학자로서, 그리고 군인으로서 내 부탁을 들어주겠나?

호레이쇼 무엇입니까, 왕자님? 기꺼이 들어드리겠습니다.

햄릿 오늘 밤에 본 일을 아무에게도 누설하지 말게.

마셀러스, 버나도 절대로 하지 않겠습니다.

햄릿 그래, 맹세하게.

호레이쇼 맹세코 누설하지 않겠습니다.

마셀러스 저도 누설하지 않겠습니다. 맹세코.

햄릿 (칼을 빼들고) 이 칼을 두고 맹세하게.

마셀러스 이미 맹세했습니다, 왕자님.

햄릿 정식으로 이 칼을 두고 맹세하게.

유령 (지하에서) 맹세하라!

햄릿 하하, 이 망령도 그렇게 말하는군. 거기 있었나, 친구? 자, 이 친구가 지하에서 하는 소리 들리지? 어서 맹세하게.

호레이쇼 맹세의 말씀을 하십시오.

햄릿 오늘 밤에 본 일을 절대로 누설하지 않겠다고. (두 사람이 칼자루에 손을 대고 맹세한다.)

유령 (지하에서) 맹세하라!

햄릿 이거 신출귀몰이로군. 우리 자리를 옮겨 볼까. 자네들, 이쪽으로 와서 내 칼에 손을 대게. 오늘 밤에 들은 일을 절대로 누설 않겠다고 이 칼을 두고 맹세하게.

유령 (지하에서) 그 칼을 두고 맹세하라!

햄릿 잘도 쫓아오는군, 두더지 선생! 그렇게 빨리 땅속을 뚫고 돌아다닐 수도 있나, 대단한 공병 군인 같군! 자, 한번 더 옮겨 보세.

호레이쇼 허, 그것 참 기괴하다.

햄릿 그러니까 낯선 손님으로 생각하고 환영이나 해두게. 하늘과 땅 사이에는 우리 철학으로는 상상할 수도 없는 일이 얼마든지 있다네. 호레이쇼, 신의 가호를 받으려거든 아까처럼 맹세하게. 나는 앞으로 필요에 따라 괴상한 행동을 할는지도 몰라. 그럴 때 내가 아무리 이상하게 보이더라도 자네들은 팔짱을 끼거나 고개를 갸웃거리면서 혹은 의미심장한 표정으로, "그래, 그래. 우리도 알고 있어.", "설명하려면야 할 수도 있지." 한다든가, "잠자코 있지 뭐." 하든지, "말해도 된다면." 하는 모호한 말투로 마치 내 신상의 비밀을 알고 있는 것처럼 하지 말아 달라는 거야. 자, 신의 가호를 두고 맹세하게.

유령 (지하에서) 맹세하라!

햄릿 진정해라, 진정해, 친구. 이 불안한 영혼이 부탁하네. 지금은 비록 가엾은 햄릿이지만 하느님이 허락하신다면 언젠가 자네들의 우정에 보답할 수 있을 거야. 자, 같이 들어가세. 제발 입을 다물어야 해. (혼잣말 비슷하게) 정말 혼란스럽구나. 아, 지긋지긋하다. 내가 그것을 바로 잡을 운명을 타고 나다니! (두 사람에게) 자, 같이 들어가지. (모두 성문으로 퇴장)

몇 주일이 지난다.

제2막

제2막 제1장

폴로니어스 저택의 방.
폴로니어스와 하인 레날도 등장.

폴로니어스 이 돈과 편지를 레어티스에게 전
해 주어라, 레날도.

레날도 예.

폴로니어스 아니, 이렇게 하는 편이 더 낫겠다.
그 애를 만나기 전에 그 애의 행적부터 살펴보아라, 레날도.

레날도 저도 그럴 생각이었습니다.

폴로니어스 그래? 잘 생각했다. 잘 생각했어. 먼저 파리에는 어떤 덴마크
사람들이 와서 살고 있는지, 그들이 누구이며 어떤 생활을 하고 있는지, 어
떤 친구들과 사귀고 돈을 얼마나 쓰고 있는지 알아보아라. 그런 것들을 넌
지시 물어보다가 누가 레어티스를 안다고 하거든 그때 그 녀석에 관한 질문
으로 좁혀가는 거야. 그리고 너도 그 애를 좀 알고 있다는 눈치를 슬쩍 보
여라. 이를테면, "그 사람 아버지와 친구들을 압니다. 본인도 조금은 알죠."
하는 식으로 말이다. 알겠느냐, 레날도?

레날도 예, 잘 알겠습니다.

폴로니어스 "본인도 조금은 알죠, 하지만" 해놓고선 이렇게 계속하는 거야.
"잘은 모르지만 그는 굉장히 거친 사람입니다. 이러이러한 나쁜 버릇이 있
구요." 이렇게 생각나는 대로 몇 가지 버릇을 주워섬겨라. 그래도 그 녀석
체면이 너무 깎일 만한 욕은 안 된다. 그 점은 매우 조심해라. 그저 구김살
없는 젊은이에게 으레 따라다니는 분방하고 거친 행동이나 흔한 실수 정도

로 해두어야 한다.

레날도 이를테면 도박 같은 것 말씀입죠?

폴로니어스 그렇지. 또 술, 칼싸움, 논쟁, 다툼, 외도……, 이런 정도면 상관없을 게다.

레날도 그렇지만 외도라면 도련님의 체면이 조금 상하겠습니다.

폴로니어스 상관없다. 말이야 하기에 달렸다. 하지만 그 이상의 욕을 덧붙여서 이름난 오입쟁이로 만들어서는 안 된다. 그건 내 본 뜻이 아니다. 자유분방한 나이에 흔히 있는 탈선처럼 들리도록 해라. 불같은 성격의 일시적인 폭발이나 혈기를 못 이긴 정열적인 행동이랄까 아무튼 누구나 한때 겪는 것처럼 말하는 게야.

레날도 그런데 저어……,

폴로니어스 왜 그러느냐?

레날도 예, 그 까닭을 알고 싶습니다.

폴로니어스 그래, 내 속마음은 이렇단다. 내 딴에는 묘안인 것 같은데, 내 아들을 슬쩍 험담해 보는 거지. 어쩌다 그만 실언이 튀어나온 것처럼 말이다. 상대방이 만약 그 애의 나쁜 짓을 직접 보았다면 반드시 맞장구를 칠 것이다. "예, 그래요." 하든가, 자기네 지방의 말투나 신분에 따라 "친구", 또는 "선생" 하고 적당히 부르면서 말이다.

레날도 예, 그렇겠죠.

폴로니어스 그리고 그 사람은 에, 에, 그 사람은 말이야, 어? 내가 무슨 말을 하려고 했더라? 원, 내 분명히 무슨 말을 하려고 했는데……. 내가 어디까지 말했지?

레날도 "맞장구를 칠 것이다." 하고, "친구"라든가, "선생"이라고 한다는 데까지 말씀하셨습니다.

폴로니어스 맞장구를 칠 것이다? 아, 참 그렇지! 상대방은 이렇게 맞장구를 칠 게 아니냐. "나도 그 사람을 압니다. 어제도 만났습니다." 아니면, "얼마 전에 만났습니다."라든가, "이러이러한 때 이러이러한 사람과 같이 가는 것을 봤습니다." "댁의 말마따나 도박을 하고 있었습니다. 많이 취해 있더군요." "테니스를 하다가 말다툼을 했습니다." 하든가 또 어쩌면, "어떤 영업집에 들어가는 것을 보았습니다." 영업집이란 유곽을 말하는데 아무튼 그런저런 소리를 할 게 아니냐. 이렇게 거짓 미끼를 던져서 진짜 잉어를 낚자는 거지. 만사에 나처럼 지혜와 선견지명이 있는 사람은 이렇게 간접적인 방법으로 사실을 알아낸단다. 그러니 너도 내가 일러준 대로 하면 틀림없이 내 아들의 행적을 알아낼 것이다. 알아들었느냐?

레날도 예, 잘 알겠습니다.

폴로니어스 그리고 네 눈으로도 그 애 동정을 잘 살펴야 한다.

레날도 염려 마십시오.

폴로니어스 사실을 털어놓게 해서라도 말이다.

레날도 잘 알았습니다.

폴로니어스 그럼, 잘 다녀오너라. (레날도는 퇴장하고, 오필리아가 허겁지겁 달려 들어온다.) 아니, 오필리아. 무슨 일이냐?

오필리아 아버지, 너무 무서웠어요.

폴로니어스 대체 뭐가 말이냐?

오필리아 아버지, 제가 방에서 바느질을 하고 있는데, 햄릿님이 웃옷의 앞가슴을 풀어헤치고 모자도 없이, 때 묻은 양말은 고리가 벗겨져 발목까지 흘러내린 모습으로 뛰어들어오셨어요. 그러고는 창백한 얼굴에 슬픈 눈으로, 마치 무서운 말을 전하기 위해 지옥에서 풀려나온 사람처럼 몸을 떨면서 제 앞으로 다가오셨어요.

폴로니어스 너에 대한 사랑으로 미친 것 아니냐?

오필리아 모르겠어요, 아버지. 그럴지도 몰라요.

폴로니어스 그래, 뭐라고 하더냐?

오필리아 제 손목을 잡더니 한발 물러서서 한쪽 손으로 이렇게 이마 위를 가리고 초상화라도 그리려는 듯이 제 얼굴을 유심히 들여다보기 시작하셨어요. 한참 그러고 나더니 나중엔 제 팔을 가볍게 흔들고 고개를 세 번 끄덕끄덕하시면서 한숨을 푹 내쉬었어요. 얼마나 처량하고 무거운 한숨인지 그분의 온몸이 산산이 부서지고 숨이 끊어지는 것만 같았어요. 그러고 나서야 제 손목을 놓아 주셨죠. 저를 어깨너머로 돌아보시면서 끝까지 저한테서 눈길을 떼지 않은 채 그대로 곧장 밖으로 나가셨어요.

폴로니어스 같이 가서 왕을 뵈어야겠다. 이것이 바로 사랑의 광증이라는 게야. 한번 발작하면 제 몸을 스스로 망치고, 마침내는 자제력을 잃어 어떤 무모한 짓을 하게 될지 모르거든. 본디 인간의 본성을 괴롭히는 격정이 다 그렇지만 사랑만큼 무서운 것은 없지. 거 안됐구나. 그런데 너 요새 그분께 무슨 심한 말이라도 했느냐?

오필리아 아뇨. 다만 아버님 분부대로 편지를 돌려보내고 찾아오지 마시라고 거절했을 뿐예요.

폴로니어스 그래서 실성하신 거다. 참으로 안됐구나. 내가 좀더 자세히 주의해서 살펴볼 것을 그랬어. 글쎄, 그분이 한때의 객기로 너를 망치려고 하는 줄 알았지 뭐냐. 이렇게 되고 보니 내 의심이 원망스럽구나. 정말 늙은이들은 지나치게 쓸데없는 걱정을 하게 마련이고 젊은 녀석들은 하나같이 분별이 없단 말이야. 자, 왕께 가보자. 어쨌든 이 사실을 말씀드려야겠다. 가서 사실을 말하면 노여워하시겠지만 비밀로 해두었다가는 나중에 더 큰 화근이 되겠다. 자, 어서 가자.

제2막 제2장

성 안 알현실.
정면 입구 뒤쪽에 큰 복도가 있고 입구 좌우에는 막이 내려져 있으며, 그 안쪽에 문이 보인다. 나팔소리. 왕과 왕비가 로젠크랜츠, 길덴스턴 등을 거느리고 등장.

왕 반갑구나, 로젠크랜츠, 길덴스턴. 전부터 만나고 싶기도 했지만, 갑자기 수고를 끼칠 일이 생겨서 급히 너희 두 사람을 불러 오게 했다. 너희들도 어느 정도는 알고 있겠지만 햄릿의 변모가 —이렇게 표현하지 않을 수 없다.— 어찌나 심한지 겉으로나 속으로나 아주 다른 사람이 되어버렸다. 부친의 별세 이외에는 이렇게까지 지각을 잃어버리게 된 원인을 알 길이 없구나. 그래서 너희들에게 부탁하고 싶은 것은, 어려서부터 왕자와 함께 자라 그 기질을 잘 알고 있을 터이니 잠시 이 궁성에 머물면서 왕자의 벗이 되어 다오. 즐거운 놀이도 권해 보고 기회를 잘 살펴서 왕자의 고민이 무엇인지 알아봐주렴. 원인을 알면 치료할 방법도 있을 게 아니냐.

왕비　햄릿은 늘 그대들 얘기를 했어요. 그대들처럼 햄릿이 그리워하는 벗은 또 없을 거예요. 잠시 이곳에 머물면서 친절하게 힘이 되어 준다면 이렇게 일부러 찾아준 데 대해 왕께서도 잊지 않고 응분의 보답을 하실 거예요.

로젠크랜츠　두 분의 높으신 권한으로 명령하는 것이 마땅한데 부탁이라니 황공하기 그지없습니다.

길덴스턴　분부대로 저희들은 죽음으로써 충성을 다할 것을 맹세합니다.

왕　고맙다, 로젠크랜츠, 길덴스턴.

왕비　고마워요. 너무 많이 변한 내 아들에게 한번 가 봐요. 두 분을 햄릿이 계신 곳으로 안내해 드려라.

길덴스턴　하느님, 저희들의 체류와 충성이 햄릿님께 위로가 되고 도움이 되게 하소서!

왕비　아멘! (로젠크랜츠와 길덴스턴, 예를 올린 뒤 퇴장)

폴로니어스 등장. 왕에게 이야기를 한다.

폴로니어스　폐하, 사절단이 노르웨이로부터 좋은 소식을 가지고 돌아왔습니다.

왕　경은 언제나 기쁜 소식을 가져오는 사람이야.

폴로니어스　그렇습니까, 폐하? 저는 하느님께나 은혜 깊은 폐하께나 제 영혼을 받들듯 의무를 다하는 몸입니다. 신은 드디어 햄릿님의 광증의 원인을 알아냈습니다. 대강 알아낸 것 같습니다만 혹시 틀렸다면 이 머리도 이제는 늙어서 예전같이 국정을 바로 살피지 못하게 된 것이 분명합니다.

왕 어서 말해 보오! 참으로 궁금하오.

폴로니어스 사신들을 먼저 접견하십시오. 신이 알아낸 것은 그저 성찬 뒤의 입가심으로나 삼으시면 될까 합니다.

왕 그럼 경이 가서 사신들을 맞아들이시오. (폴로니어스 퇴장) 거트루드, 재상이 햄릿의 광증에 대한 원인을 알아냈다는구려.

왕비 그렇지만 선친의 별세와 우리의 갑작스러운 결혼 이외에 다른 원인은 없는 것 같은데요.

왕 어쨌든 알아봅시다. (폴로니어스가 볼티먼드와 코닐리어스를 데리고 등장) 경들의 귀국을 환영하오. 그래, 볼티먼드. 우방 노르웨이 왕은 뭐라고 했소?

볼티먼드 (두 사람에게 예를 올린 뒤) 폐하의 친서에 대하여 지극히 정중한 말씀을 주셨습니다. 저희들의 첫 번째 제의에 곧장 신하를 파견하여 조카 포틴브라스의 모병을 중지시켰습니다. 그 모병이 폴란드와 싸우기 위한 준비인 줄로만 알았던 것이, 조사해 보니 사실은 폐하에 대한 음모였음이 밝혀졌다고 합니다. 늙고 병들어 자리에 누운 자신의 무기력함을 알고 이렇게 속이다니 이 얼마나 원통한 일인가 하고 분하게 생각하여, 즉시 중지 명령을 내리고 포틴브라스는 이에 따라 모병을 중지했습니다. 그리고 노왕의 대단한 꾸지람을 받고 결국 다시는 폐하에 대해 감히 무력행사를 꾀하지 않을 것을 숙부 어전에서 맹세했습니다. 노왕은 지극히 만족하여 연금 삼천 크라운에 해당하는 토지를 내리고, 이미 모집한 군대는 폴란드 원정을 하기로 했는데, (편지를 왕 앞에 바치면서) 그 원정을 위한 군대가 폐하의 영토를 지나가도록 허가해 주시기 바란다는 것이었습니다. 영토를 지나감에 있어 이쪽의 안전과, 그쪽의 행동 규범 등에 대해서는 이 편지에 자세히 적혀 있습니다.

왕 (편지를 받으면서) 음, 잘 되었소. 이 편지는 나중에 읽어 보고 신중히 고려한 뒤에 회답하기로 하겠소. 하여간 경들의 활약을 치하하오. 물러가서 쉬도록 하오. 저녁에는 축하연을 베풀겠소. 귀국을 진심으로 환영하오! (볼 티먼드와 코닐리어스, 예를 올린 뒤 퇴장)

폴로니어스 일이 원만히 해결되었습니다. 그런데 폐하, 그리고 왕비님, 여기서 국왕의 주권은 어떠하여야 하고 신하의 본분은 무엇이며, 어째서 낮은 낮이고 밤은 밤이며, 시간은 시간인가 하는 문제를 따지는 것은 공연히 밤과 낮과 시간을 허비하는 것밖에 안 됩니다. 그래서 무릇 간결은 지혜의 진수요, 장황은 그 손발과 겉치레이므로 간단히 말씀드리겠습니다. 감히 말하지만 햄릿 왕자님은 실성하신 것이 분명합니다. 왜냐하면 진정한 실성의 의미를 규정하건대 실성한 것 이외에는 아무것도 아닌 것, 곧 실성이 아니겠습니까? 하지만 이건 그만해 두고.

왕비 핵심을 말씀하세요, 익살은 그만 떠시고.

폴로니어스 왕비님, 신은 결코 익살을 떠는 것이 아닙니다. 왕자님의 실성, 그건 사실입니다. 사실이어서 유감된 일이며 유감이지만 사실입니다. 이런 어리석은 익살, 이제 그만하겠습니다. 글쎄 익살을 떨 생각은 조금도 없으니까요. 그런데 왕자님의 실성, 일단 실성으로 단정한다면 남은 문제는 이러한 결함의 원인을 알아내는 일입니다. 왜냐하면 이러한 결함에는 반드시 원인이 있게 마련이거든요. 그런데 남은 문제라는 것이 이러하오니 신중히 고려하십시오. (웃옷 안에서 몇 장의 편지를 꺼낸다.) 신에게 딸이 하나 있습니다. 분명히 지금은 딸년임에 틀림없습니다. 이 딸년이 아비에 대한 효심과 의무에서, 보십시오, 이런 것을 내놓았습니다. 부디 살펴 주십시오. (햄릿의 편지를 읽는다.) '천사 같은 내 영혼의 우상, 아름다운 오필리아에게……,' 문구가 졸렬하군요. 게다가 속되구요. '아름다운', 이건 속된 표현입니다. 하여튼 들어보십시오, 이렇습니다. (읽는다.) '당신의 티 없이 새하얀 가슴에, 이 말을…….'

왕비 그 편지를 햄릿이 오필리아에게 보냈단 말씀이에요?

폴로니어스 잠깐만 기다리십시오, 왕비님. 모두 읽어 드리겠습니다.

　'별은 불이 아닐까 의심하고
　태양은 과연 돌까 의심하고

진리도 거짓이 아닐까 의심스러울지라도

나의 사랑만은 의심하지 말아 주오.

아, 사랑하는 오필리아. 나는 이런 운율에 서툰 사람이라 사랑의 고민을 시로 잘 읊어낼 만한 위인이 못 되오. 그러나 나는 당신을 가장 깊이, 무엇보다도 깊이 사랑하고 있소. 이것만은 믿어 주오. 잘 있으시오, 아름다운 여인. 이 몸이 살아있는 한 영원히 당신의 것인 햄릿 드림'

딸년은 이 편지를 순순히 이 아비에게 내놓았습니다. 뿐만 아니라 둘이서 언제 어떻게 어디서 정담을 나누었나 하는 것까지도 모두 저에게 털어놓았습니다.

왕 오필리아는 어떻게 했소? 그의 사랑을 받아들였소?

폴로니어스 저를 어떻게 생각하십니까?

왕 물론 충성되고 결백한 인물인 줄 알고 있지.

폴로니어스 그런 인물이면 얼마나 좋겠습니까? 그런데 어떻게 생각하실지 모르겠습니다만 실은 딸년이 고백하기 전부터 저는 이미 눈치 채고 있었습니다. 만약 이 아비가 날개를 단 이 뜨거운 사랑을 보고 책상이나 테이블 위의 장식용 서적처럼 멍청하게 방관했다면 저를 어떻게 생각하시겠습니까? 폐하, 그리고 왕비님! 아니올시다. 소신은 즉시 손을 써서 딸년에게 말했습니다. "햄릿님은 왕자의 신분, 네게는 하늘의 별이다. 이건 도저히 안 되는 일이다." 그리고 앞으로는 햄릿님이 출입하시는 장소에서 몸을 피하고 심부름 온 사람도 들이지 말 것이며, 선물도 받지 말라고 타일렀습니다. 딸년은 물론 제 말을 따랐습니다. 하지만 이렇게 거절당한 햄릿님께서는, 간단히 말씀드리자면 비탄에 빠져 단식하시다가 다음에는 불면, 그 다음에는 쇠약, 그 다음에는 방심, 이렇게 차츰차츰 쇠락하여 마침내 지금처럼 되신 것입니다.

왕 당신은 어떻게 생각하오?

왕비 그럴지도 모르지요. 있을 법한 일이에요.

폴로니어스 지금까지 신이 '그렇다'고 말씀드려서 그렇지 않은 때가 단 한번이라도 있었는지요.

왕 아마 없었던가 보오.

폴로니어스 만약 그렇지 않다면 (자기 머리와 어깨를 가리키며) 이것을 여기서 잘라버리십시오. 그저 실마리만 잡히면 이치의 진상을 찾아내겠습니다. 설사 그것이 지구 한복판에 묻혀 있다 할지라도 말씀입니다.

이때 햄릿이 정면 입구로 해서 복도로 들어온다. 단정치 못한 옷차림으로 책을 보며 들어오다가 실내에서 말소리가 들리자 커튼 뒤에 숨는다.

왕 좀더 자세히 알아볼 길은 없을까?

폴로니어스 아시다시피 햄릿님은 가끔 이 큰 복도를 몇 시간이나 왔다 갔다 하십니다.

왕비 정말 그래요.

폴로니어스 그런 때를 노려 딸년을 이곳에 보내 볼까 합니다. 그 후에 폐하와 저는 커튼 뒤에 숨어 두 사람이 만나는 것을 살펴보는 것입니다. 만약에 왕자님이 딸년을 사랑하는 것이 아니고 따라서 사랑 때문에 실성하신 것이 아니라면, 신은 폐하를 받드는 중책을 포기하고 시골에 가서 마소를 부리며 농사나 짓겠습니다.

왕 아무튼 시험해 봅시다.

햄릿, 책을 읽으면서 걸어 나온다.

왕비 저것 보세요. 가엾은 것이 슬픈 얼굴로 책을 읽으면서 걸어오고 있어요.

폴로니어스 두 분께서는 저리로 가십시오. 신이 상대해 보겠습니다. 아, 어서들 피해 주십시오. (왕과 왕비, 허둥지둥 자리를 뜬다.) 햄릿 왕자님, 안녕하십니까?

햄릿 아, 잘 있네.

폴로니어스 저를 아시겠습니까?

햄릿 알고말고. 포주 영감 아닌가?

폴로니어스 아닙니다. 왕자님.

햄릿 그렇지, 지금 세상에는 정직한 인간이 만에 하나나 있을까.

폴로니어스 그렇긴 하군요.

햄릿 만약에 태양이 개의 시체에다 구더기를 들끓게 한 경우, 썩은 살도 키스는 좋다는 얘기지……. 자네에게 딸이 있나?

폴로니어스 예, 있습니다.

햄릿 햇빛 아래 너무 나다니게 하지 말게. 세상을 알아가는 건 좋지만 임신을 하게 되면 큰일이니까. 그러니 조심해, 친구. (다시 책으로 눈을 돌린다.)

폴로니어스 (방백) 이것 좀 봐, 여전히 내 딸 타령이 아닌가. 그렇지만 처음에는 날 몰라보고 포주 영감이라고 했겠다. 심하게 돌았는데, 돌았어. 하기야 나도 젊어서는 사랑으로 고민깨나 했었지. 그때와 별 차이 있을라구. 한 번 더 말을 걸어 보자. 뭘 읽고 계십니까, 왕자님?

햄릿 말이다, 말, 말.

폴로니어스 주제가 무엇입니까?

햄릿 누구 사이의 문제?

폴로니어스 아니, 지금 읽고 계시는 책이 무엇에 관한 주제냐는 말씀입니다.

햄릿 (폴로니어스에게 대들 자세. 폴로니어스는 슬금슬금 물러선다.) 욕설이지 뭐야! 풍자가 놈이 여기 뭐라고 했는고 하니, 늙은이들은 수염이 희고 얼굴은 주름살투성이에 눈에서는 진한 호박색 송진 같은 눈곱이 흘러나오고, 조급해서 정신력은 없는데다가 무릎에는 영 힘이 없다더군. 하나하나 옳은 말이지. 그렇다고 이렇게 쓰는 건 옳지 못해. 자네만 하더라도 나같이 다시 젊어질 수 있거든. 게처럼 뒤로 기어갈 수만 있다면 말이야. (다시 책을 읽기 시작한다.)

폴로니어스 (방백) 돌긴 돌았는데 말에 조리는 있단 말씀이야. (큰 목소리로) 바깥 공기는 해롭습니다. 안으로 들어가시지요.

햄릿 내 무덤 안으로?

폴로니어스 (방백) 그렇지, 거기라면 바깥 공기를 안 쐬게 되겠지. 이따금 의미심장한 대답을 하거든! 미치광이의 한마디는 가끔 정곡을 찌른단 말씀이야. 이성과 제정신을 가진 사람은 생각지도 못할 말을 하거든. 이쯤에서 그만하고 이제 내 딸과 만나게 할 방법이나 연구해 보자. (큰 목소리로) 왕자님, 죄송합니다만 이제는 물러가겠습니다.

햄릿 어서 물러가라구, 내가 선선히 허락할 수 있는 것은 그것밖엔 없으니. 내 목숨은 제외하고, 내 목숨은 제외하고 말이다.

폴로니어스 그럼 안녕히 계십시오. (인사를 한다.)

햄릿 따분한 영감쟁이 같으니! (다시 책을 들여다본다.)

로젠크랜츠와 길덴스턴이 걸어온다.

폴로니어스 햄릿 왕자님을 찾아가는 길인가? 저기 계시네.

로젠크랜츠 대감, 안녕히 가십시오. (폴로니어스 퇴장)

길덴스턴 왕자님!

로젠크랜츠 안녕하십니까, 왕자님!

햄릿 (쳐다보면서) 이거 참 반가운 친구들이군! 길덴스턴, 어떻게 지냈나? (책을 덮는다.) 아, 로젠크랜츠도! 그래, 요새 자네들 사정은 어때?

로젠크랜츠 그저 그렇습니다.

길덴스턴 너무 행복하지 않은 것이 다행이라고나 할까요. 행운의 여신 모자 꼭대기에는 올라가지 못하고 있습니다.

햄릿 구두 밑창도 아니고?

로젠크랜츠 예, 왕자님.

햄릿 그럼, 여신의 허리께쯤 되겠군. 가운데쯤에서 여신의 총애를 받고 있단 말이지?

길덴스턴 예, 은밀한 가운데서 받고 있습니다.

햄릿 여신의 허리께에서? 그럴 테지! 행운의 여신은 음탕하니까. 다른 소식이라도 있나?

로젠크랜츠 없습니다. 세상이 정직해졌다는 것밖에는.

햄릿 그렇다면 말세도 가까워졌다는 얘기지. 하지만 그런 소식은 믿을 수 없어. 좀더 자세히 물어보겠는데, 그래, 자네들은 행운의 여신께 무슨 죄를 졌기에 이곳에서 감옥살이를 하게 됐지?

길덴스턴 감옥이요?

햄릿 덴마크는 감옥이야.

로젠크랜츠 그렇다면 이 세계도 감옥이게요.

햄릿 훌륭한 감옥이지. 그 안에는 독방도 있고 병동도, 지하 감방도 있지. 그 가운데서도 덴마크는 가장 지독한 감옥이라구.

로젠크랜츠 저희들은 그렇게 생각하지 않습니다.

햄릿 그렇다면 자네들한테는 이곳이 감옥이 아닌가보군. 원래 좋고 나쁜 것은 다 생각하기 나름이니까. 하지만 나한테는 감옥이란 말이야.

로젠크랜츠 그것은 왕자님께서 대망을 품고 계시기 때문입니다. 왕자님의 뜻을 담기에 이 나라는 너무 좁습니다.

햄릿 아아, 나는 호두 껍데기 속에 갇혀 있어도 내 자신을 넓은 세상의 왕이라 생각할 수 있는 사람이야. 나쁜 꿈만 꾸지 않았다면 말이야.

길덴스턴 그 꿈이 대망인 것입니다. 대망의 실체는 꿈의 그림자에 지나지 않으니까요.

햄릿 꿈 자체가 그림자에 지나지 않는 거지.

로젠크랜츠 옳은 말씀입니다. 대망이란 사실 공기처럼 허무한 것이라 결국 그림자에 지나지 않는 듯싶습니다.

햄릿 그렇다면 거지야말로 실체고 왕이나 거들먹거리는 영웅호걸들은 거지의 그림자가 되는 셈이군. 어전에나 갈까? 요즈음 나는 이치를 잘 따질 수 없게 되었다네.

로젠크랜츠, 길덴스턴 모시고 가겠습니다.

햄릿 아니, 자네들을 하인 취급할 수 있나? 솔직히 말해서 요새는 내 뒤를 따라다니는 사람들 때문에 지긋지긋하단 말이야. 그런데 친구로서 묻겠네.

무슨 일로 이 엘시노어에 왔나?

로젠크랜츠 왕자님을 뵙고 싶어서 왔습니다. 다른 뜻은 없습니다.

햄릿 나는 지금 거지나 다름없는 신세라 인사도 제대로 못하지만 아무튼 고맙네. 하긴 자네들에게는 지나친 인사가 되겠군. 자네들, 누가 불러서 온 것 아닌가? 정말 오고 싶어서 왔나? 그저 자연스런 방문인지 아닌지 나한테 는 바른대로 말해도 돼. 자, 어서들 말해봐.

길덴스턴 뭐라고 말씀드려야 좋겠습니까, 왕자님?

햄릿 무슨 말이든 정확하게만 말하면 되네. 자네들은 누군가가 불러서 왔어. 얼굴에 그렇다고 씌어 있는걸. 딴청을 피울 만큼 자네들은 아직 교활하 지가 못해. 왕과 왕비가 불러서 왔다는 걸 다 알고 있단 말이야.

로젠크랜츠 무슨 목적으로 말씀입니까?

햄릿 그거야 자네들이 대답할 일이지. 친구로서의 도리로 보나, 같은 젊은 이의 우의로 보나, 서로의 변함없는 우정의 의무로 보나 말일세. 언변이 좋 은 사람 같으면 이보다 더 훌륭한 말로 자네들을 감동시켰을 텐데. 자, 이제 솔직히 대답하라구. 자네들은 누가 불러서 왔지, 아닌가?

로젠크랜츠 (길덴스턴에게) 어떻게 하지?

햄릿 (방백) 누가 속을 줄 아나. (큰 목소리로) 나를 사랑하거든 숨기지 말 게!

길덴스턴 왕자님, 실은 불러서 왔습니다.

햄릿 그 이유는 내가 말하지. 내가 먼저 말하면 자네들은 털어놓지 않아도 되고, 왕과 왕비로부터 비밀을 누설했다는 비난을 털끝만큼도 받지 않을 게 아닌가. 웬일인지 모르지만 요즈음 나는 모든 일에 흥미를 잃고, 여느 때 즐 기던 운동도 모두 그만두었네. 마음이 우울하여 이렇듯 빼어난 풍광도 황량 한 곳처럼 느껴지고 더없이 장대한 저 천개, 저 대기, 보게나! 우리 머리 위 찬란한 공간, 불빛 같은 황금의 별들로 아로새겨진 장엄한 하늘, 저것마저 독기가 깃든 탁하고 더러운 것으로만 보이거든. 인간이란 얼마나 조화로운 걸작인가. 고상한 이성, 무한한 능력, 그 명백하고 감탄할 만한 행동과 자태 나 천사 같은 행동을 보게. 신의 지혜를 지닌 인간은 세상의 꽃이요, 만물의 영장이 아닌가! 그런데 그게 나와 무슨 상관인가? 먼지덩어리에 지나지 않는 인간에게서는 어떠한 기쁨도 발견할 수 없단 말이야. 여자도 마찬가지야. 웃는 것을 보니 자네들은 그렇지 않은 모양이군.

로젠크랜츠 그런 뜻에서 웃은 게 아닙니다.

햄릿 그럼 왜 웃었나? '인간에게서 내가 기쁨을 못 느낀다.'고 말했을 때 말이야.

로젠크랜츠 왕자님께서 인간이 싫으시다니 그 배우들은 얼마나 냉대를 받을까 하는 생각이 들어서 그랬습니다. 오는 도중에 연극단을 만났습니다. 그들은 왕자님께 연극을 보여 드리려고 지금 이리로 오고 있는 참입니다.

햄릿 국왕 역을 맡는 배우는 대환영이야. 공손하게 맞이하지. 무예를 닦는 기사 역에게는 검과 방패를 실컷 휘두르게 할 거고, 애인 역을 맡은 이의 탄식이 헛되지 않게 후한 대우를 해 주지. 풍자가 역은 끝까지 하도록 내버려둘 거고, 어릿광대 역에게는 사람들을 웃겨서 허파를 터뜨리게 할 거야. 여자 역은 마음대로 수다를 떨게 내버려 둬야지. 그렇지 않고는 대사가 술술 나오지 못할 테니까. 어디에 소속된 배우들인가?

로젠크랜츠 왕자님께서 애호하시던 도시의 그 비극 배우들입니다.

햄릿 어쩌다가 지방을 돌아다니게 됐지? 도시에 있는 편이 명성이나 수입 등 어느 모로 보나 더 나을 텐데.

로젠크랜츠 최근의 한 사건으로 도시의 공연이 금지된 것 같습니다.

햄릿 내가 그곳에 있을 때처럼 평판은 여전한가? 그때처럼 관객이 많은가?

로젠크랜츠 그렇지 못합니다.

햄릿 왜? 고리타분해졌는가?

로젠크랜츠 아닙니다. 그 배우들은 꾸준히 노력하고 있습니다. 그런데 최근에 매 새끼들 같은 소년극단이 나타나서 요란스레 고함을 질러대고 맹렬한 박수갈채를 받고 있습니다. 이 극단이 대유행이 되어 보통극은 —그들은 이렇게 부릅니다.— 사정없이 배척당하고 있습니다. 그래서 좀 세련됐다는 사람들은 작가들의 붓끝이 두려워 보통극으로는 감히 출입을 못하는 형편입니다.

햄릿 뭐, 소년 배우들이라고? 누가 유지를 하는데? 보수는 어느 정도이고? 그럼 변성기 이전까지만 배우 노릇을 하겠단 말인가? 그 애들도 자라면 보통 배우가 될 텐데, 달리 생계가 마련된다면 괜찮지만 그렇지 못한 경우에는 결국 자기네 장래를 욕하는 셈이 되지 않는가? 나중에 그렇게 만든 작가를 원망하지 않을까?

로젠크랜츠 사실 양쪽의 시비는 굉장했답니다. 게다가 세상 사람들까지 염치도 없이 그 싸움에 불을 지르는 형편입니다. 그래서 한때는 작가와 배우가 싸우는 장면이 없는 각본은 팔리지 않을 정도였답니다.

햄릿 말도 안 되는 일이!

길덴스턴 정말 굉장한 싸움이 벌어졌습니다.

햄릿 결국 소년극단이 이겼나?

로젠크랜츠 예, 그랬습니다. 극장마다 모조리 된서리를 맞았습니다.

햄릿 하기야 그다지 이상할 것도 없지. 지금 덴마크 왕으로 계신 내 숙부의 경우를 봐도 그러니까. 선왕이 살아계셨을 때는 숙부를 멸시하던 사람들까지도, 지금에 와서는 왕의 초상화랍시고 조그만 그림 한 장에 수십 더컷, 아니 백 더컷씩이나 돈을 쓰는 세상이니까. 제기랄, 이런 부조리는 철학으로도 설명할 수 없을 걸세.

나팔소리.

길덴스턴 배우들이 도착한 모양입니다.

햄릿 아무튼 자네들, 엘시노어에 잘 왔네. (머리를 숙여 인사한다.) 손을 주게, 사람을 환영할 때는 마땅히 예법이 따라야 하니까. 자, 악수하세. (두 사람과 악수한다.) 이제 내가 배우들을 더 정중하게 환영한다고 오해하지야 않겠지. 미리 말해두지만 그들은 어느 정도 친절하게 대해야 한단 말이야. 정말 잘들 왔네. 그런데 내 숙부님

겸 아버님과 숙모님 겸 어머님은 속고 계시다네.

길덴스턴 무엇에 말씀입니까?

햄릿 내 광기는 북서풍일 때뿐이야. 남풍일 때는 멀쩡하거든.

폴로니어스 등장.

폴로니어스 아, 두 사람 잘 있었는가?

햄릿 (폴로니어스가 오는 것을 보더니 두 사람에게) 앗, 길덴스턴, 그리고 자네도 귀 좀 이리 대봐. 저기 오는 저 큰 아기는 아직도 기저귀 신세를 못 면하고 있어.

로젠크랜츠 아마도 다시 어린애가 되셨나 봅니다. 늙으면 어린애가 된다고 하니까요.

햄릿 배우들이 왔다는 얘기일 테니 들어봐. (두 친구에게 일부러 큰 소리로) 자네 말이 맞았어. 월요일 아침이었지, 정말 그랬어.

폴로니어스 왕자님, 반가운 소식입니다.

햄릿 나도 반가운 소식이 있지. 로스키우스가 로마의 배우였을 때…….

폴로니어스 배우들이 도착했습니다.

햄릿 이것 봐.

폴로니어스 제 명예를 걸고…….

햄릿 그때 배우들은 저마다 노새를 타고 왔노라!

폴로니어스 천하의 명배우들입니다. 비극, 희극, 역사극, 전원극은 물론, 전원 희극, 역사 전원극, 비극적 역사극, 비희극적 역사 전원극, 그 밖의 고전극, 신작극 할 것 없이 모두 다 능숙합니다. 세네카도 너무 무겁게 다루지 않고 플라우투스도 너무 가볍게 다루지 않으며 정형물이나 자유물이나 천하에 이들을 따를 자가 없습니다.

햄릿 오, 이스라엘의 판관 예프타여, 그대는 참으로 훌륭한 보배를 가졌구나!

폴로니어스 어떤 보배를 가졌습니까, 왕자님?

햄릿 아, 왜! '무남독녀 귀여운 딸 애지중지 길렀도다.'

폴로니어스 (방백) 여전히 내 딸 타령이군.

햄릿 내 말이 옳지 않은가, 예프타 영감?

폴로니어스 저를 예프타라 부르신다면, 저도 애지중지 기른 딸이 하나 있습니다.

햄릿 아니, 그러면 노래가 이어지지 않아.

폴로니어스 그럼 어떻게 하면 이어집니까?

햄릿 '신만이 아시는 운명으로' 그리고 그 다음은 이렇지. '예외 없이 그 일이 일어났도다.' 이 성가 제1절을 보면 더 자세히 알 수 있으니 이제 그만하는 게 좋겠네. 저기 배우들이 오는군. (배우, 너덧 명 등장) 어서들 오게, 배우 여러분. 잘 왔네. 참 반가워. 귀한 친구들! 진심으로 환영하네. 아, 자네는 코밑에 장식을 길렀나? 요전에는 없었는데. 그걸 길러 내 앞에서 어른 행세를 하려고 덴마크에 왔나? 아, 아가씨도 왔군! 아가씨는 전보다 구두 굽 높이만큼 천당에 가까워졌는걸. '제발 제 목소리에 금이 가지 않게 해주십시오.' 하고 하느님께 빌어야 해. 금화도 금이 가면 못쓰거든……. 배우 여러분들, 정말 반갑소. 프랑스의 매사냥꾼을 닮아 우리는 뭐든지 보기만 하면 덤벼든다오. 그럼 당장 한마디 들어볼까. 어디 솜씨 좀 보여주지. 아주 비장한 역할로 말이야.

배우 1 어떤 것이 좋으시겠습니까, 왕자님?

햄릿 언젠가 들려준 것 있지 않나? 아마 상연은 한 번도 안 됐을 거야. 아니, 한 번쯤 상연됐던가? 여하튼 내 기억으로는 대중에게 인기가 없는 연극이었네. 개발에 편자라고, 대중들이 알 턱이 있나. 그렇지만 내가 보기엔 참 훌륭한 연극이었어. 아니, 나뿐 아니라 나보다 식견이 높은 분들도 같은 의견이었으니까. 장면 구성도 좋고 적절한 대사에 능숙한 연기도 좋았고. 어떤 비평가의 말에 따르면, 억지로 소박하게 만들려고 문장에 얄팍한 말투를 함부로 쓰거나 멋을 부리기 위해 대사에 마구 양념을 친 흔적이 없다더군. 작품이 진실하고 건전하며 재미가 있으면서도 필치가 화려하지 않고 수수한 작품이라고 말했지. 그중에 내가 좋아하는 대사가 있었는데, 아에네아스가 디도에게 이야기하는 대목 말이야. 그중에서도 프리아모스 왕의 최후에 관한 부분이 특히 좋더군. 아직까지도 기억하고 있지. 거기서부터 시작하게나. 가만 있자, '사나운 피로스, 휘르카니아의 비호처럼.' 아니지, 피로스로 시작하기는 하는데……. '사나운 피로스, 마음도 시커먼데 시커먼 갑옷을 입고 칠흑같이 어두운 밤에 그 흉측한 목마의 뱃속에 숨어들더니, 이제 그 무섭고 시커먼 얼굴에 또다시 처참한 피를 칠하였구나! 머리에서 발끝까지 피투성이라. 아비의 피, 어미의 피, 딸 아들의 피. 거리에서는 불꽃이 타올라 피를 말리며 생지옥의 불인 양 학살자의 앞길을 비춰 준다. 분노의 불길에 피는 아교처럼 온몸에 엉겨 붙어 몸은 부풀어 오르고, 홍옥 빛깔의 눈을 번들거리며 지옥의 악마 같은 피로스는 트로이아의 노왕, 프리아모스를 찾는다!' 자, 받아서 계속해 주게.

폴로니어스 허, 참으로 잘하십니다. 그 자연스런 운율이며 억양하며 일품입니다그려.

배우 1 '마침 그때 보니, 노왕은 그리스군을 치려하나 힘이 부족하여 손이 말을 듣지 않고 허공을 가르는 낡은 칼은 땅에 떨어지고 만다. 이 기회를 놓칠세라 프리아모스에게 달려들어 분노의 칼을 내리치는 피로스. 노왕의 칼은 빗나가고 그의 매서운 칼바람에 노왕은 힘없이 쓰러  지고 만다. 이때 무심한 일리움 궁전도 일격의 아픔을 느꼈는지 불길에 싸인 누각은 와르르 땅 위에 쓰러져 천지가 무너지는 듯. 이 엄청난 굉음에 피로스는 귀청이 찢어진 양, 보라! 프리아모스의 백발을 향해 내리치던 칼은 허공에 얼어붙고 피로스도 그림 속의 폭군처럼 얼빠진 채 우뚝 서서 어찌할 바를 모른다. 마치 폭풍이 오기 전처럼 천지가 고요해지고 구름은 멈추며, 바람은 말이 없고 대지는 죽은 듯이 잠잠하다. 이때 느닷없이 천둥 소리가 허공을 찢자 잠시 망설이던 피로스의 적의가 되살아나 그를 분발시키니, 군신 마르스의 불후의 갑옷을 단련하던 애꾸눈 거인 퀴클롭스의 철퇴와 같은 피로스의 혈검은 프리아모스의 머리 위에 사정없이 떨어진다. 물러가라, 너 부정한 운명의 여신아! 오, 천상의 신들이여! 뜻을 모아 이 여신의 권력을 빼앗고, 여신의 물레바퀴에서 살과 테를 부수어 둥근 물레 통만 구천 번을 굴러 지옥의 밑바닥에 떨어지게 하소서.'

폴로니어스 그건 너무 길군요.

햄릿 이발사에게 부탁해서 잘라버리게 할까? 그대의 수염과 함께 말일세. 어서 다음을 계속하게. 이 양반은 웃음거리나 음란한 장면이 나와야지 그렇지 않으면 조는 사람이니까. 자, 어서 헤카베 대목을 부탁하네.

배우 1 '그러나 아, 가엾다. 남편 잃은 왕비는 몸을 감싸고……,'

햄릿 왕비는 몸을 감싸고?

폴로니어스 거 참 좋군. '왕비는 몸을 감싸고'라, 좋구면.

배우 1 '맨발로 이리저리 허둥거리며 활활 타는 불을 끄려는 듯 눈물을 억수같이 흘린다. 왕관이 있던 머리에는 초라한 천 조각이 얹혀 있고, 많은 자식들을 낳아 뼈만 남은 허리에 비단 의상은 간데없이 엉겁결에 주워 걸친 담요 한 장뿐, 왕비의 이런 모습을 본 사람이라면 어느 누가 독설로써 운명의 여신을 저주하지 아니할까! 신들이 이 광경을 본다면, 그리고 피로스가 칼을 휘둘러 남편의 사지를 난도질하는 참경을 보고 지르는 왕비의 울부짖는 소리를 듣는다면, 지상의 일에 무심한 신들도 하늘에 반짝이는 부수한 별들의 눈을 눈물로 적시게 하고 왕비의 슬픔을 함께 나누리라.'

폴로니어스 저런, 얼굴빛이 변하고 눈물까지 글썽거리는군. 이제 그만하게.

햄릿 이제 그만. 나머지는 잠시 뒤에 듣기로 하지. 그럼 대감, 이 배우들을 잘 좀 부탁하오. 부디 후하게 대접해 주오. 아시겠소? 이들은 역사의 축소판이자 연대기이니 죽은 뒤 좋지 못한 묘비명을 받기보다 살아있을 때 이 사람들의 구설을 듣지 않는 편이 나을 거요.

폴로니어스 이들의 신분에 맞게 대접하지요.

햄릿 원, 대감도, 더 잘 대접해요! 분수에 따라 대우한다면 세상에 회초리를 면할 사람이 누가 있겠소? 그대의 명예와 체면에 어울리게 대접하시오. 상대방에게 그만한 자격이 없으면 없을수록 이쪽의 선심은 그만큼 더 빛날 테니까. 데리고 가시오.

폴로니어스   자, 이리들 오게. (문 쪽으로 간다.)

햄릿   따라가게. 내일 여러분들의 연극을 보기로 하지. (배우 1을 가로막고) 여보게, 《곤자고의 시역》을 상연할 수 있나?

배우 1   예, 왕자님.

햄릿   그럼 내일 밤 그걸 상연해 다오. 그런데 대사 가운데 내가 쓴 열대여섯 줄쯤 덧붙이고 싶은데 외울 수 있겠나?

배우 1   물론이죠. 왕자님! (폴로니어스와 다른 배우들 모두 퇴장)

햄릿   됐다. 그럼 대감을 따라가게. 대감을 너무 놀리지는 말고. (배우 1 퇴장. 다음에는 로젠크랜츠와 길덴스턴을 향하여) 자네들도 밤에 다시 만나세. 엘시노어엔 잘 와 주었어.

로젠크랜츠   그럼 안녕히 계십시오. (두 사람 퇴장)

햄릿   그래, 잘 가게! 이제 나 혼자 남았구나. 아, 나는 어쩌면 이렇게 지지리도 못난 비열한 인간일까! 아까 그 배우 좀 보라! 실로 신기하지 않은가. 허구일 뿐인 가공의 정열에 취해서 상상력만으로 스스로의 영혼을 움직이고, 그로 인해 안색은 창백해지며 눈물을 글썽이고 고뇌로 얼굴이 일그러지며 목소리까지 메고, 동작 하나하나가 상상에 따라 온갖 표정을 다 나타내지 않던가? 아무런 이유도 없이 오직 헤카베 때문에! 대관절 헤카베가 그에게 무엇이며 그는 헤카베에게 무엇이기에 그가 울어야 하는가? 만약 그가 나만큼 분격하고 슬퍼할 동기를 지녔다면 어떻게 할까? 눈물로 무대를 잠기게 하고 무서운 대사로 관중의 귀를 찢고, 죄 지은 자들을 미치게 하고 죄 없는 자는 두려움에 떨게 하고, 어리석은 자를 현혹시켜 관중의 눈과 귀를 멍청하게 만들어 놓을 것이다. 그런데 나, 아둔하고 미련한 이 못난 놈은 얼간이처럼 대의명분도 찾지 못한 채 선왕을 위해 할 말도 못하고 있지 않은가. 흉계에 빠져 왕위와 가장 귀중한 생명마저 빼앗기고 말았는데……. 나는 비겁한 놈인가? 누가 나를 악한이라고 부르는가? 누가 내 머리통을 후려갈기는가? 누가 내 수염을 뽑아 내 얼굴에 불어대는가? 내 코를 비틀고 나를 거짓말쟁이라고 욕하는 자가 누구인가? 나한테 그러는 자가 누구인가? 제기랄, 있어도 할 수 없지, 달게 받을 수밖에. 나는 간이 비둘기만도 못하고 그놈의 포악에 성낼 배짱도 없다. 그런 배짱이 있었다면 벌써 그 악당의 썩은 고기로 하늘의 솔개 떼를 살찌우게 했을 것이다. 잔인하고 음흉하고 철면피 같은 악당! 아, 복수! 이 얼마나 못난 자식이냐! 참 장하구나. 친아버지를 참살당하고 하늘과 지옥이 복수하라고 명령하는데도 창부처럼 말로만 토하고 입속에서나 욕설을 중얼거리다니. 갈보 같은 자식! 남창아, 수치를 알아라! 분기해라! 머리를 짜내……. 그래, 연극을 구경하다가 박진감 있는 장면에서 감동한 나머지 죄를 지은 놈들이 그 자리에서 자기의 죄상을 털어놓았다고 하지 않던가. 살인죄는 입이 없어도 정말로 신기하게 털어놓는 법이다. 아까 그 배우들을 시켜 숙부 앞에서 아버지의 살해 장면과 비슷한 연극을 하게 해야지. 그걸 보는 숙부의 표정을 살펴 움찔하면 그때는 주저할 것 없이 급소를 찌르자. 잘못 짚었다면 내가 본 혼령이 마귀일지도 모른다. 마귀는 어떤 형태든 취할 수 있으니까. 그래, 어쩌면 내가 허해지고 우울해진 틈을 타나를 파멸의 구렁텅이로 끌고가려고 나타났는지도 모르지. 그럴 때는 특히 마귀가 힘을 발휘한다니까. 좀더 확실한 증거를 잡기 전에 왕의 본심을 살피기에는 연극이 제일이다. (퇴장)

하루가 지난다.

제3막

제3막 제1장

알현실로 이어지는 복도.
벽에는 커튼이 드리워져 있다. 중앙에는 탁자가 놓여 있고 한쪽 구석에는 십자가가 달린 기도대가 있다. 왕과 왕비 등장. 그 뒤에 폴로니어스, 로젠크랜츠, 길덴스턴 등장. 좀 뒤에 오필리아 등장.

왕 결국 어떤 방법을 써도 끝내 알아낼 수 없었단 말이지, 햄릿이 왜 그렇게 광태를 부리며 소란스럽게 하는지?

로젠크랜츠 자신도 기분이 이상하다는 것을 인정하고 계시지만 그 원인에 대해서는 도무지 내비치지 않으십니다.

길덴스턴 게다가 남이 캐어묻는 것을 싫어하는 눈치로, 진상을 알아보려고 털어놓도록 유도하면 슬쩍 미친 사람으로 가장하여 교묘하게 피해버리십니다.

왕비 반갑게 맞아주던가요?

로젠크랜츠 아주 점잖게 대해 주셨습니다.

길덴스턴 그렇지만 억지로 하시는 것 같았습니다.

로젠크랜츠 말씀을 스스로 내켜서 하지는 않았지만 묻는 말에는 선선히 대답하셨습니다.

왕비 오락이라도 권해 보았어요?

로젠크랜츠 예, 실은 마침 여기 오는 도중에 극단을 만났기에 그 말씀을 드렸더니 퍽 반가워하셨습니다. 배우들은 지금 궁 안에 와 있습니다. 아마 오늘 밤에 왕자님 앞에서 연극 한 편을 할 것입니다.

폴로니어스 그렇습니다. 그리고 두 분께서도 부디 관람하시도록 청해 달라는 말씀이 있으셨습니다.

왕 기꺼이 관람하고말고! 그 애 마음이 그런 일에라도 쏠린다고 하니 그나마 반가운 일이야. 그럼 두 사람은 그 애 기분을 더욱 북돋아 이런 오락에 마음이 끌리도록 노력해 다오.

로젠크랜츠 예, 그렇게 하겠습니다. (로젠크랜츠와 길덴스턴 퇴장)

왕 거트루드, 당신도 좀 들어가 계시오. 실은 햄릿을 은밀히 불러 놓았소. 여기서 오필리아와 우연히 만나는 것처럼 하려는 것이오. 그 애의 부친과 나는 여기 숨어서 두 사람이 만나는 장면을 몰래 엿볼 생각이오. 다 햄릿을

위해 하는 일이니 엿본다고 죄 될 거야 없지 않겠소? 여하튼 그 애의 행동을 살펴보아 병의 원인이 과연 사랑에서 온 것인지 알아낼 참이오.

왕비 그렇게 해요. 오필리아, 햄릿이 그렇게 된 원인이 다행히도 네 아름다움 때문이라면 얼마나 좋겠니? 그러면 너의 그 상냥한 성품으로 그 애를 다시 성한 사람이 되게 하고 두 사람이 기쁜 일을 맞이하기를 바랄 수도 있지 않겠느냐?

오필리아 저도 그렇게 되기를 바랍니다. (왕비 퇴장)

폴로니어스 오필리아, 여기서 서성거리고 있어라. (기도대에서 책을 들어 오필리아에게 준다.) 책에 빠져 있는 것처럼 가장하고 있으면 혼자 있어도 수상해 보이지 않을 게다. 이건 마귀의 본성에다 경건한 척 가면과 가장으로 사탕발림하는 수작이라 죄가 되는 일이기는 하지만 세상에 흔히 있는 일이니라.

왕 (방백) 과연 그렇다. 그 말이 내 양심을 따갑게 채찍질하는구나! 화장술로 곱게 단장한 창녀의 얼굴이 추악하다고 한들 그럴싸한 말로 꾸민 내 행실보다 추하지는 않을 것이다. 아, 무서워라, 이 죄과의 짐!

폴로니어스 오는 소리가 들립니다. 어서 숨으시지요, 폐하. (두 사람 커튼 뒤에 숨는다. 오필리아는 기도대 앞에 무릎 꿇는다.)

햄릿 침통한 표정으로 등장.

햄릿 사느냐 죽느냐 그것이 문제로다. 가혹한 운명의 화살을 참아내는 것이 중요한가, 아니면 고통의 물결을 두 손으로 막아 이를 조절하는 것이 중요한가? 죽는 것, 잠드는 것, 그것뿐이다. 마음의 번뇌도 육체가 받는 온갖 고통도 잠들면 모든 것이 끝난다. 그렇다면 죽고 잠드는 것이야말로 열렬히 찾아야 할 삶의 극치가 아니겠는가? 잔다, 그럼 꿈도 꾸겠지. 아, 여기서 걸리는구나. 이 세상의 온갖 번뇌를 벗어던지고 영원한 죽음의 잠을 잘 때 어떤 꿈을 꾸게 될 것인지를 생각하면 망설여지나 보다. 이 망설임이 비참한 인생을 오래 끌게 하는 것이다. 그렇지 않으면 누가 참겠는가. 이 세상의 비난과 조소를, 폭군의 횡포를, 세도가의 모멸을, 모욕당한 사랑의 고통을, 질질 끄는 재판을, 관리들의 오만을, 덕 있는 사람이 당해야 하는 소인배의 불손을, 한 자루의 단도만 있으면 깨끗이 청산할 수 있는 것을 누가 이 무거운 짐을 지고 따분한 인생에 신음하며 진땀을 빼겠는가? 죽은 뒤의 두려움과 한번 가면 영영 돌아오지 못하는 미지의 세계가 결심을 무디게 하고 그래서 저승으로 가느니 차라리 현재의 고통을 참게 만드는 것인가? 분별력 때문에 우리는 모두 겁쟁이가 되는구나. 생기 넘치던 결심은 창백한 병색으로 물들고, 의기충천하던 큰 사업도 그 때문에 옆길로 새어 실행력을 잃고 만다. 가만, 아름다운 숲의 여신 오필리아! 기도 중이거든 내 죄의 용서도 함께 빌어 주오.

오필리아 (일어나면서) 왕자님, 오래 뵙지 못했어요. 그 동안 안녕하셨어요?

햄릿 매우 고맙소. 잘 있소. 잘 있소. 잘 있소.

오필리아 저, 제게 주셨던 선물을 벌써부터 돌려드리려고 했는데……. 지금이라도 받아 주시면 좋겠어요.

햄릿 아니오. 나는 아무것도 선물한 것이 없소.

오필리아 어머, 왕자님께서 저한테 주신 선물을 모르시다니요. 다정한 말씀까지 곁들이셔서 선물이 더욱 값지게 여겨졌었는데 지금은 그 향기도 사라졌답니다. 돌려드리겠어요. 보내는 이의 진심이 담겨 있지 않은 선물이란 아무리 값진 것이라도 고귀한 성품을 지닌 사람에게는 초라해 보이기 때문입니다. 자, 여기 있습니다. (품에서 보석을 꺼내어 햄릿 앞의 탁자 위에 놓는다.)

햄릿 (상대편의 음모를 눈치 채고) 하하! 당신은 정숙하오?

오필리아 네?

햄릿 당신은 아름다운가?

오필리아 무슨 말씀이신지요?

햄릿 정숙하고 아름답다면 그 정숙과 아름다움이 너무 가까이 지내지 않게 하는 것이 좋을걸.

오필리아 아름다움과 정숙보다 더 잘 어울리는 조화가 있을까요?

햄릿 　정말이야. 아름다움의 힘은 정숙한 여자를 금방 창녀로 바꾸어 버리거든. 정숙은 아름다운 여자를 제대로 이끌지 못하지만 말이야. 예전 같으면 이것이 전혀 반대로 들렸겠지만 지금은 진리임을 확증해 주는 좋은 예가 생겼소. 나도 한때는 당신을 사랑했었지.

오필리아 　저도 정말 그렇게 믿고 있었어요.

햄릿 　믿지 말았어야 했어. 오래 된 큰 나무에 미덕을 아무리 접붙여 봐야 본래의 성질은 사라지지 않거든. 나는 당신을 사랑하지 않았던 거야.

오필리아 　그렇다면 저는 더욱더 속았던 거군요.

햄릿 　(기도대를 가리키며 차츰 열변을 토한다.) 수녀원으로 가라. 뭣 때문에 죄 많은 인간을 낳고 싶어하는가? 나 자신도 꽤 성실한 인간이다. 그런데도 어머니가 차라리 나를 낳지 않았더라면 싶을 만큼 나는 온갖 죄를 짓고 있다. 오만하고 복수심이 강하고 야심도 많고 그 밖에 또 무슨 죄를 지을지 모른다. 그것을 일일이 생각해 낼 힘도, 그것에 형태를 부여할 상상력도, 그것을 실행에 옮길 시간도 없을 만큼 많은 죄악을 짊어지고 있는 사람이다. 나 같은 인간이 하늘과 땅 사이를 기어 다니면서 대체 무슨 일을 한단 말인가? 우리는 모두 악당들이다. 아무도 믿지 마라. 수도원이나 찾아가라! (갑자기 정신을 차린 듯) 아버지는 어디 계시오?

오필리아 　집에 계세요.

햄릿 　그럼 못 나오게 문을 꼭꼭 닫아 걸으시오. 밖에 나와서 바보짓을 못하게. 잘 있으시오. (햄릿 퇴장)

오필리아 　(기도대 앞에 무릎을 꿇고) 오, 인자하신 하느님, 저분을 구해주소서!

햄릿 　(다시 돌아와서 광란한 태도로) 만일 네가 결혼한다면 지참금 대신 저주를 내려 주마. 네가 얼음처럼 정결하고 눈처럼 순결하더라도 세상의 욕설을 면치는 못하리라. 수녀원으로 가라, 수녀원으로 가. (거칠게 왔다 갔다 하면서) 기어이 결혼을 하려거든 바보와 해라. 영리한 사람이라면 너와 결혼했다가는 괴물이 되어버린다는 것을 너무나 잘 알고 있다. 수녀원으로 가라, 그것도 빨

리 가라. 잘 가거라. (후닥닥 뛰어나간다.)

오필리아 아, 하느님. 저분이 정신을 차리게 해주소서!

햄릿 (다시 돌아와서) 나도 들어서 잘 알고 있다. 너희들이 얼굴에 덧칠을 한다는 걸. 하느님이 주신 얼굴 위에 위선의 탈을 뒤집어쓰고 있다. 어정거리며 엉덩이를 흔들고 혀짤배기소리로 신의 창조물에다 별명을 붙이는가 하면 부정한 짓을 해놓고 모른다고 잡아뗀다. 제기랄, 이제 더는 못 참겠다. 그 때문에 나는 미쳤다. 이제 다시는 세상 연놈들이 결혼하지 못하게 할 테다. 기왕 결혼한 것들은 살려두지만 딱 한 놈만은 안 된다. 결혼을 안 한 것들은 그대로 수녀원으로 가라! (햄릿 퇴장)

오필리아 아, 그토록 고상하시던 분이 저리 되시다니! 귀족답고 나라의 꽃이자 희망이며, 예절의 모범으로 모든 사람이 우러러보던 왕자님이 저렇게 비참해지실 줄이야! 그리고 세상 여자들 가운데 가장 괴롭고 불쌍한 나, 음악과도 같은 그분의 맹세에 달콤한 꿈을 맛본 적도 있었는데. 지금은 그 기품 있고 고귀한 이성이 금이 간 종처럼 엉뚱하고 거친 소리를 내는구나. 활짝 핀 청춘의 비할 데 없이 아름다운 용모와 자태가 광란의 바람을 맞고 저렇게 져버리다니! 오, 가슴을 저미는 듯 슬프구나. 옛일을 기억하는 이 눈으로 이런 꼴을 보다니! (기도를 드린다.)

왕과 폴로니어스가 커튼 뒤에서 살그머니 나타난다.

왕 사랑 때문이라고? 당치 않은 소리! 그 애 마음은 결코 사랑으로 향하고 있지 않아. 조리는 다소 맞지 않으나 그 말 한마디 한마디가 미친 사람 같지 않다. 가슴속에 무엇인가를 숨긴 채 드러내지 않으려고 저렇게 우울한 게 틀림없다. 그 무엇인가를 가지고 밤낮으로 머리를 썩이고 있으니 저렇듯 실성할 수밖에. 그것이 껍질을 깨고 나온다면 아무래도 위험할 것 같다. 그걸 막기 위해서는 빨리 결정을 내려야한다. 저 애를 영국에 보내기로 하자. 밀린 조공을 독촉한다는 명목으로 수만리 바닷길을 떠나 이국의 색다른 풍물을 구경하노라면 마음속에 맺혀 있던 고민도 자연 가실 것이 아닌가. 이

방안이 어떠하오. (오필리아가 다가온다.)

폴로니어스 묘안이십니다. 하지만 그 수심의 뿌리는 역시 실연에 있다고 생각합니다. 무슨 일이냐, 오필리아? 햄릿님이 하신 말씀은 전하지 않아도 좋다. 다 들었으니까. 폐하, 처분대로 하십시오. 하지만 연극이 끝난 뒤 왕비님께서 조용히 햄릿님을 부르셔서 수심의 까닭을 말하라고 간곡히 분부하시면 어떻겠습니까? 허락하신다면 신이 숨어서 두 분의 대화를 자세히 엿듣기로 하겠습니다. 그렇게 해서도 근원을 찾아낼 수 없는 경우에는 영국에 보내시든 어디 적당한 곳에 감금하시든 뜻대로 하심이 좋을까 합니다.

왕 그렇게 하오. 귀인의 광증을 내버려 둘 수는 없는 일이오. (모두 퇴장)

제3막 제2장

성 안의 홀.
양쪽에 관람석이 마련되어 있고, 전면에 연단이 있다. 막 뒤는 안 무대.
햄릿과 배우 세 사람 등장.

햄릿 (배우 1에게) 대사는 아까 내가 했던 것처럼 혀끝으로 가볍게 굴리듯이 하게. 보통의 배우들처럼 신파조로 떠들어댄다면 차라리 도시의 진령사를 불러다가 떠들게 하겠네. 그리고 너무 자주 손으로 허공을 톱질하지 말고 점잖게 해야 해. 감정이 격해져서 격류나 폭풍이나 회오리바람을 일으키게 하는 순간일지라도 자제를 잃지 말고 부드럽게 할 줄 알아야 하는 거야. 가발을 쓴 난폭한 배우가 관중의 귀청이 찢어지도록 함부로 고함을 질러대 감격적인 장면을 망쳐놓는 꼴을 보면 정말 화가 난다니까. 엉터리 무언극이나 와자지껄 떠드는 것밖에 이해하지 못하는 관중이라면 모르지만, 그런 배우는 채찍으로 갈겨주고 싶어진단 말이야. 난폭한 터머건트 신이나 폭군 헤롯왕보다 한 술 더 뜨는 인간처럼 제발 그런 짓만은 하지 말아 다오.

배우 1 그러지는 않겠습니다.

햄릿 그렇다고 너무 활기가 없어서도 안 돼. 중용을 지켜서 연기에 대사를, 대사에 연기를 일치시켜야 해. 특히 자연의 이치를 벗어나서는 안 된다는 점을 명심하라구. 무엇이든 지나치면 연극의 목적에서 벗어나거든. 연극의 목적은 예나 지금이나 자연을 거울에 비추어 선은 선한 모습으로 악은 악한 모습으로 반영하여 시대의 양상을 그대로 보여주는 거니까. 그게 지나치거나 반대로 모자랄 때 서툰 관객은 웃을는지 모르나 식견 있는 관객은 한탄하지 않을 수 없지. 안목을 지닌 한 사람의 비난은 많은 관객의 칭찬보다 더 중요한 법. 참, 나도 본 적이 있는데 지독한 배우가 한 명 있었지. 남들은 칭찬이 대단했지만, 좀 지나친 말 같으나 대사는 기독교도답지가 않고 게다가 그 걸음걸이는 기독교도는커녕 이교도 아니, 인간의 걸음걸이가 아니었단 말이네. 그저 꺼떡거리기나 하고 얼마나 고함을 지르는지, 이건 창조주가 제자들을 시켜 얼치기로 만든 인간이라고 생각될 정도였네. 인간의 흉내를 냈지만 너무나 비인간적이었어.

배우 1 저희 극단은 그런 점에 관해서는 상당히 고쳐졌다고 생각합니다.

햄릿 물론 철저히 고쳐야지! 그리고 어릿광대 역도 대본 이외의 대사는 말하지 않도록 해야 해. 그중에는 둔한 관객을 웃기려다 자기가 먼저 웃는 자들이 있는데, 그 사이 정작 필요한 대사는 까맣게 잊어버리거든. 광대가 그 따위 수작으로 치사한 야심을 드러내 보이는 건 말도 안 되는 소리지. 자, 어서들 준비하게. (배우들, 커튼 뒤로 들어간다. 이윽고 폴로니어스, 로젠크랜츠, 길덴스턴 등장) 아, 대감! 왕께서는 오늘 밤의 연극을 보시오?

폴로니어스 예, 왕비님과 함께 곧 나오실 겁니다.

햄릿 그럼 가서 배우들을 재촉해 주시오. (폴로니어스, 예를 올린 뒤 퇴장) 자네들도 가서 거들어 주겠나?

로젠크랜츠 예. (로젠크랜츠와 길덴스턴도 퇴장)

햄릿 어서 오게, 호레이쇼!

호레이쇼 등장.

호레이쇼 부르셨습니까?

햄릿 호레이쇼, 내가 지금까지 사귄 사람들 가운데 자네만큼 올바른 사람도 없네.

호레이쇼 오, 왕자님!

햄릿 아니, 아니, 아첨이 아니네. 자네는 그 훌륭한 정신 말고는 의식의 다른 길이 없는 사람. 그러한 자네에게 아첨해서 내 무슨 이익을 바라겠는가? 가난뱅이에게 아첨할 필요가 어디 있는가? 바보 같은 세도가를 핥는 일은 달콤한 혓바닥을 가진 놈에게 맡기고, 아첨으로 이득이 따를 만한 곳에는 무르팍이 잘 굽혀지는 놈더러 가서 굽실거리라지. 알겠나? 내 영혼이 분별력을 지녀 사람을 분간할 줄 알게 된 뒤부터 자네를 내 영혼의 벗으로 삼았었네. 자네는 인생의 모든 고통을 다 겪으면서도 전혀 꿈쩍하지 않을 뿐더러 운명의 신이 내린 상과 벌을 똑같이 감사한 마음으로 받아들이는 사람이야. 감정과 이성이 잘 조화되어 운명의 신의 손가락이 희롱하는 대로 소리 내는 피리가 되지 않는 사람, 그런 사람은 복 받은 사람이네. 정열의 노예가 되지 않는 사람, 그런 사람이 또 있다면 내게 보여 주게. 내 마음속 깊은 곳에 간직하고 있겠네. 그런데 자네가 바로 그런 사람이야. 말이 좀 길어졌군. 오늘 밤 왕 앞에서 연극이 상연되는데, 그중 한 장면은 선친의 최후에 대해서 내가 자네에게 얘기한 그 장면과 흡사하네. 그 장면이 나오거든 온 정신을 집중하여 내 숙부를 살펴보게. 만일 숙부의 숨은 죄악이 어느 대목에서도 드러나지 않는다면, 우리가 본 유령은 악귀가 분명하고 나의 상상은 불의 신 불카누스의 대장간처럼 추잡했던 셈이지. 나도 그의 얼굴에서 잠시도 눈을 떼지 않을 테니 숙부를 잘 살펴보게. 나중에 우리 두 사람의 의견을 모아 왕의 태도에 대한 판단을 내리기로 하세.

호레이쇼 잘 알겠습니다, 왕자님. 연극을 하는 동안 왕의 움직임을 한순간이라도 놓치는 일이 있으면 그때는 제가 벌을 받겠습니다. (안에서 나팔소리와 북소리)

햄릿 연극을 보러 나오는구나. 나는 미친 체하고 있어야 해. 자네도 가서 앉게.

왕과 왕비 등장. 이어서 폴로니어스, 오필리아, 로젠크랜츠, 길덴스턴, 그 밖의 대신들 등장. 저마다 자리에 앉는다. 왕과 왕비와 폴로니어스는 같은 쪽에 자리 잡고 맞은편에는 오필리아, 호레이쇼, 그 밖의 사람들.

왕　어떠냐, 햄릿?

햄릿　원기 왕성합니다. 카멜레온처럼 공기를 먹고 공허한 약속으로 속이 그득합니다. 이런 모이로는 닭도 살이 오르지 않지요.

왕　동문서답이로구나, 햄릿. 그건 내 물음에 상관없는 말들이다.

햄릿　이제는 제 말도 아닙니다. 입 밖으로 나와 버렸으니까요. (폴로니어스에게) 대감은 대학 시절에 연극을 했다지?

폴로니어스　그랬습니다. 괜찮은 연기라는 평을 들었지요.

햄릿　무슨 역을 맡았는데?

폴로니어스　율리우스 역을 했습니다. 신전에서 암살을 당했지요. 브루투스가 나를 죽였습니다.

햄릿　이런 늙은이를 죽이다니, 브루투스도 어지간히 잔혹한 놈이로군. 배우들은 다 준비되었나?

로젠크랜츠　예, 왕자님. 분부만 기다리고 있습니다.

왕비　애, 햄릿. 이리 와서 내 곁에 앉아라.

햄릿　아뇨, 어머님. 이쪽에 더 강한 자석이 있는 걸요. (오필리아 쪽으로 간다.)

폴로니어스　(왕에게) 호오! 저 말씀 들으셨습니까? (두 사람이 햄릿을 지켜보며 속삭인다.)

햄릿　아가씨, 무릎 위에 누워도 괜찮겠소?

오필리아　안됩니다. 왕자님.

햄릿　머리만 무릎 위에 얹겠다는 말이오.

오필리아　그렇다면, 왕자님. (햄릿, 오필리아의 발 아래 앉는다.)

햄릿　내가 무슨 상스러운 짓이라도 할 줄 알았소?

오필리아　그런 생각은 안했습니다.

햄릿 처녀 다리 사이에 눕는다, 거 괜찮은데?

오필리아 무슨 말씀이세요?

햄릿 아무것도 아니오.

오필리아 퍽 명랑하세요.

햄릿 누가? 내가?

오필리아 네, 왕자님

햄릿 그야 나는 허튼 소리나 지껄이는 놈에 지나지 않으니 명랑해지는 수밖에 더 있겠소? 저기 좀 봐요, 우리 어머니의 저 명랑하신 얼굴을. 아버지가 돌아가신 지 채 두 시간도 안 되는데. (왕비가 얼굴을 돌리고 왕과 폴로니어스와 뭔가를 속삭인다.)

오필리아 아녜요. 두 달의 배나 됩니다.

햄릿 그렇게 오래 됐나? 그렇다면 상복을 악마에게 물려주고 나는 담비 털가죽 옷이라도 입어야겠군. 맙소사! 두 달 전에 죽었는데 아직도 잊히지가 않다니, 명성있는 위인이라면 죽은 뒤에도 반년은 거뜬히 남을 수 있겠군. 그 뒤에는 교회를 지어야지, 그렇지 않으면 목마처럼 잊히고 말 테니까. 그 비문은 이런 거지. '아아, 목마는 잊혀졌다!'

나팔소리, 정면의 막이 양쪽으로 열리고 안 무대가 나타난다. 안 무대에서 무언극이 시작된다.

무언극

왕과 왕비가 정답게 등장하여 서로 껴안는다. 왕비는 무릎을 꿇고 왕에 대한 애정의 맹세를 과장해서 표현한다. 왕은 왕비를 일으켜 앉히고 머리를 왕비의 어깨에 기대고 나서, 꽃이 만발한 언덕에 눕는다. 왕비는 왕이 잠든 것을 보고 그 자리를 떠난다. 곧 한 사나이가 등장하여 왕의 머리에서 왕관을 벗겨 들고 그 왕관에 키스를 하고는, 잠든 왕의 귀에 독약을 부어 넣고 나간다. 왕비가 돌아와 왕이 죽은 것을 알고 몹시 슬퍼하는 동작을 한다. 독살한 사나이가 서너 명의 부하를 데리고 다시 돌아와 왕비와 함께 슬퍼하는 체한다. 시체가 들려 나간다. 독살한 사나이는 왕비 앞에 선물을 내놓으면서 사랑을 구한다. 처음에는 쌀쌀한 태도를 보이던 왕비도 결국 그의 사랑을 받아들인다. (막이 닫힌다.)

무언극이 진행되는 동안 햄릿은 초조한 듯이 자주 왕과 왕비를 바라본다. 왕과 왕비는 처음부터 끝까지 폴로니어스와 무슨 말을 속삭이고 있다.

오필리아 저건 무슨 뜻이죠, 왕자님?
햄릿 원, 형편없는 엉터리군. 저건 음모를 뜻하는 거요.
오필리아 무언극이 연극의 전체 줄거리인가 보죠?

막 앞에 배우 한 사람이 등장. 왕과 왕비는 그제야 그쪽으로 눈길을 모은다.

햄릿 저 배우의 말을 들어보면 알겠죠. 배우들은 비밀을 숨겨 두지 못하고 모두 털어놓거든.
오필리아 그러면 아까 그 무언극의 의미도 설명해 줄까요?
햄릿 (거친 말투로) 물론이지! 당신이 해 보이는 어떤 몸짓이라도 설명해 줄 걸. 부끄러워하지 말고 어떤 행동이라도 해봐요. 저 배우가 금방이라도 그 뜻을 설명해 줄 테니까.
오필리아 어머, 짓궂은 분. 저는 연극이나 보겠어요.
배우 지금부터 상연하는 비극을 너그러우신 여러분께서 끝까지 보아주시기를 저희 극단 일동을 대표하여 청하옵니다. (배우 퇴장)
햄릿 이게 개막사인가? 아니면 반지 이름인가?
오필리아 너무 짧아요.
햄릿 여자의 사랑처럼.

왕과 왕비로 분장한 두 배우.

극중 왕　우리의 마음이 사랑으로 합쳐지고 신성한 결혼의 신이 우리의 손을 백년가약으로 맺어주신 날부터, 태양신의 수레는 해신의 바닷길과 지신의 둥근 땅을 이미 서른 번이나 돌았고 열두 번을 찼다가 기우는 달도 지구를 서른 번이나 돌았구려.

극중 왕비　참으로 기나긴 여로, 앞으로도 해와 달이 횟수를 거듭하여 우리의 사랑이 이어지게 하소서! 그런데 슬프게도 요즈음 왕께서 병환이 나시어 기상이 평소 같지 않으시니 저는 여간 염려되지 않습니다. 그렇더라도 제가 염려한다고 해서 조금도 언짢게 생각하지 마세요. 원래 여자는 사랑을 하면 걱정하기 마련이고, 여자의 사랑과 걱정은 같은 크기로 따라다니는 법이라 둘 다 전혀 없는가 하면 둘 다 지나치기 일쑤랍니다. 제 사랑이 크니 걱정도 크답니다. 사랑이 커지면 하찮은 걱정도 두려움으로 바뀌고 두려움이 커지면 사랑 또한 자라는 법입니다.

극중 왕　나는 머지않아 당신을 떠나야 할 몸이오. 내 생명의 힘이 쇠약해져 더 이상 기력이 없소. 그대는 이 아름다운 세상에 살아남아 존경을 받고 더욱 사랑을 받으시오. 그리고 혹시 다정한 사람을 만나면…….

극중 왕비　아, 그만하세요! 그런 일은 제 가슴에 변심이라도 일어나야 할 수 있는 일이예요. 재혼을 할 바에야 저주를 받겠어요. 첫 남편을 죽인 여자가 아니라면 어떻게 재혼을 하겠습니까?

햄릿　(방백) 아, 쓰다, 써.

극중 왕비　재혼하려는 마음은 천한 물욕이지 결코 사랑이 아닙니다. 두 번째 남편의 품에 안겨 키스를 받는 것은 돌아가신 남편을 두 번 죽이는 일입니다.

극중 왕　당신의 말을 나는 진심이라고 믿겠지만 사람들은 결심을 깨뜨리기 일쑤라오. 사람의 의지는 기억의 노예에 지나지 않는 것, 생길 때는 맹렬하나 유지하기는 약하다오. 그것은 마치 열매와 같은 것으로 안 익었을 때에는 가지에 매달려 있다가도 익게 되면 저절로 떨어지고 말지. 자신에 대한 빚을 갚는 것을 잊는 것도 어쩔 수 없
거니와 격정에 의해 세운 뜻은 그 격정이
식는 것과 함께 끝나는 것이오. 슬픔이나
기쁨, 격정의 시간이 지나면 실행력도 함
께 사라지고 말아 하찮은 일로 희비가 뒤바뀌기가 십상이오. 이 세상에 변
하지 않는 것이 없으니 우리의 사랑이 운명과 더불어 변함은 조금도 이상한
일이 아니오. 사랑이 운명을 이끄느냐 운명이 사랑을 이끄느냐 이것은 아직
도 풀지 못한 문제요. 세도가가 몰락하면 주변의 무리들도 흩어지고, 미천
한 자도 성공하면 어제의 원수가 친구로 변하는 것이오. 이것은 사랑이 운
명을 따르는 증거이며, 부유한 자는 친구가 부족하지 않는 반면 가난한 자
는 부실한 친구를 시험해 보다 도리어 원수를 사고 마는 법이오. 어쨌든 결
론을 맺자면 우리의 뜻과 운명은 엇갈리기 때문에 계획은 늘 뒤바뀌지. 뜻
하는 것은 마음대로지만 성과는 뜻대로 되지 않는 법이오. 그러니 그대가
지금은 재혼할 뜻이 없더라도 그 뜻은 나의 죽음과 더불어 사라질 것이오.

극중 왕비 땅이 양식을 주지 않고 하늘이 광명을 주지 않으며, 낮과 밤의
오락과 휴식이 거부되고 믿음과 희망이 절망으로 변할지라도, 설사 감옥에
갇혀 평생 은자같이 살고 기쁨을 빼앗는 온갖 재앙이 내게 덮쳐 나의 소망
을 짓밟으며, 영겁의 고민이 현세뿐 아니라 내세까지 나를 쫓아올지라도 남
편을 잃고 어떻게 또다시 남의 아내가 될 수 있겠어요!

햄릿 (오필리아에게) 설마 저 맹세를 깨뜨릴까!

극중 왕 참으로 굳은 맹세구려. 자, 잠시 혼자 있게 해주오. 피곤에 지쳤으
니 조금 자고 나면 이 지루한 하루가 개운해질 것 같소. (잠이 든다.)

극중 왕비 편히 주무세요. 우리들 사이에 행여 재앙이 닥치는 일이 없었으
면……. (퇴장)

햄릿 어머니. 이 연극, 마음에 드십니까?

왕비 맹세하는 대목이 너무 장황스러운 것 같구나.

햄릿 그렇지만 결국 맹세를 지킬걸요.

왕 햄릿은 연극의 내용을 알고 있느냐? 극중에 해괴한 점은 없느냐?

햄릿 아뇨, 그저 장난입니다. 장난으로 독살하는 것뿐이고 해괴한 점은 전혀 없습니다.

왕 연극의 제목이 무엇이었느냐?

햄릿 《쥐덫》이라고 합니다. 왜 그런 제목이냐구요? 물론 비유지요. 이 연극은 비엔나에서 일어난 암살 사건을 그대로 따서 만든 것입니다. 왕의 이름은 곤자고, 왕비의 이름은 뱁티스타라고 합니다. 이제 곧 아시게 될 것입니다만 대단히 흉측한 내용입니다. 하지만 뭐 상관없잖습니까? 왕께서나 저희들처럼 양심이 깨끗한 사람들에게는 아무렇지 않습니다. 제 발 저린 놈은 떨게 합시다. 우리들은 아무렇지도 않으니.

이때 루시어너스로 분장한 배우 1 등장. 까만 옷차림에 손에는 독약이 든 병을 들고 있다. 얼굴을 잔뜩 찌푸리고 거만한 태도로 잠자는 왕 곁으로 다가간다.

햄릿 저건 왕의 조카 루시어너스라는 사람입니다.

오필리아 왕자님은 해설자처럼 설명을 잘 하시네요.

햄릿 꼭두각시들의 희롱하는 수작만 봐도 당신과 애인 사이의 관계를 해설하듯 난 해설을 잘할 수 있다구.

오필리아 너무하세요, 왕자님! 너무하세요.

햄릿 너무하지 못하게 하려면 아마 신음깨나 해야 할걸.

오필리아 말씀이 점점 더 험하시네요.

햄릿 남편에게나 그렇게 하라구! (무대를 바라보며) 시작해라, 살인자! 뭐야, 얼굴만 찌푸리지 말고 어서 시작하라니까. 어서, '까마귀는 까악까악 복수하라고 울부짖는다.'서부터.

루시어너스 가슴속은 시커멓고 손은 재빠르며, 때는 무르익고 확실한 약, 다행히도 마침 보는 사람도 없다. 캄캄한 밤중에 약초를 캐어 세 번의 마녀의 주문 속에 말리고 세 번의 독기를 쐬어 만든 독약이여! 자연의 마력과 놀랄 만한 약효를 발휘하여 당장에 저 건강한 생명을 끊어라. (독약을 왕의 귀에 붓는다.)

햄릿 왕위를 빼앗으려고 정원에서 왕을 독살하는 장면입니다. 곤자고 왕 이야기는 지금까지 전해져 내려오는 전설로 훌륭한 이탈리아어로 씌어 있습니다. 계속 보시면 저 살인자는 곧 왕비를 유혹하여 손에 넣게 됩니다.

  왕이 창백해진 얼굴로 비틀비틀 일어선다.

오필리아 왕께서 일어나세요.

햄릿 왜? 무서워 놀라셨나?

왕비 어떻게 된 일이죠? 몸이 불편하신가요?

폴로니어스 연극을 중지해라!

왕 등불을 가져오너라! (밖으로 비틀비틀 걸어 나간다.)

폴로니어스 등불을 비추어라, 등불, 등불을! (햄릿과 호레이쇼만 남고 모두 퇴장)

햄릿 다친 사슴은 울어라.
  성한 암사슴은 춤을 추어라.
  밤새워 지키는 놈, 잠을 자는 놈,
  이렇듯 세상은 굴러간다.
어때, 이만하면 나도 극단에 한몫 낄 수 있겠지? 옷에 새의 깃털이나 잔뜩 달고 샌들에 장미꽃 리본이나 매면 말이야. 앞으로 내 팔자가 기구해지면……

호레이쇼 반 몫은 되겠습니다.

햄릿 아니지, 한 사람 몫이야.
  알지 않느냐. 오, 마귀야.
  제우스신은 쫓겨나고
  이 땅을 통치하는 것은
  몹시 으스대는 한 사나이.

호레이쇼 운율이 잘 맞지 않는군요.

햄릿 호레이쇼. 그 유령의 말을 이제는 천 파운드라
도 주고 사겠네. 자네도 보았는가?

호레이쇼 예, 잘 봤습니다, 왕자님.

햄릿 그 독살 장면 때도?

호레이쇼 자세히 살펴보았습니다.

　　로젠크랜츠와 길덴스턴이 돌아온다.

햄릿 허어! (두 사람에게 등을 돌리고) 자, 음악을 울려라! 자, 피리를 불
어! 왕께서 연극이 싫으시다면 아니, 정말로 싫으신 거다. 자, 음악, 음악!

길덴스턴 왕자님, 죄송합니다만 한 말씀 드리고자 합니다.

햄릿 얼마든지 드리게나.

길덴스턴 실은 폐하께서…….

햄릿 그래, 어떻게 되셨는가?

길덴스턴 몹시 언짢아하시는 기색으로 침실로 들어가셨습니다.

햄릿 과음하셨나?

길덴스턴 아닙니다. 화가 나셨습니다.

햄릿 그렇다면 의사한테 알리는 게 낫지 않을까? 섣불리 내가 치료한다고
했다가는 점점 더 화를 내실걸.

길덴스턴 좀 조리 있게 말씀해 주십시오, 왕자님. 그렇게 요점을 피하시지
만 마시고.

햄릿 얌전하게 듣겠다. 어서 말해 봐.

길덴스턴 어머님이신 왕비님께서 대단히 염려하시면서 저를 보내셨습니다.

햄릿 잘 오셨습니다.

길덴스턴 왕자님, 그런 인사는 이 자리에 어울리지 않습니다. 죄송하지만 사
리에 맞는 대답을 해주시면 어머님의 분부를 전해드리겠지만 그렇지 않으시
면 이만 물러가겠습니다. (예를 올린 뒤 돌아서려고 한다.)

햄릿 그건 못하네.

길덴스턴 뭐가 말씀입니까?

햄릿 사리에 맞는 대답 말이야. 나는 머리가 돌았잖은가. 하지만 할 수 있는 대답이라면 자네가 묻는 말에 아니, 자네 말대로 어머님의 물음에 선선히 대답해주지. 그러니 이제 그만하고 용건을 말해 보게. 그래, 어머님께서?

로젠크랜츠 그럼 말씀드리겠습니다. 어머님께서는 왕자님의 행동이 너무나 뜻밖이라 매우 놀라셨다고 합니다.

햄릿 그래? 대단한 자식이로군. 어머님을 그렇게 놀라시게 하다니. 그래, 그 놀라움 뒤에는 아무 말씀도 없으셨는가?

로젠크랜츠 하실 말씀이 있으니 주무시기 전에 어머님 방으로 와 주시라는 분부이십니다.

햄릿 알았어. 분부대로 하지. 지금보다 열 배쯤 훌륭한 어머니라고 생각하고 말이야. 용건이 더 있나?

로젠크랜츠 왕자님, 전에는 저를 아껴주셨습니다.

햄릿 지금도 아끼고 있지. 버릇 나쁜 두 손에 맹세하지만.

로젠크랜츠 왕자님, 요즈음 우울해하시는 원인이 무엇입니까? 우울한 마음을 친구에게 숨기시는 것은 왕자님 스스로를 부자유 속에 가두시는 일입니다.

햄릿 출세를 못해서 그러네.

로젠크랜츠 원, 별말씀을. 왕자님을 덴마크 왕의 후계자로 책봉한다는 왕의 선언이 있지 않았습니까?

햄릿 그야 그렇지. 하지만 '풀이 자라기를 기다리다 못해 망아지는 굶어 죽고' 이 속담도 어째 케케묵었구나. (배우들이 피리를 들고 등장) 아, 피리가 나왔구나. 어디 보자. (피리를 하나 받아들고 길덴스턴을 한쪽 구석으로 데리고 간다.) 이리로 잠깐만, 그런데 왜 자꾸만 사람을 몰아세우나? 나를 덫에라도 몰아넣으려고 그러나?

길덴스턴 왕자님. 제가 직책상 좀 지나치는 일이 있더라도 애정으로 인한 무례라고 생각해 주십시오.

햄릿 무슨 소리인지 잘 모르겠구나. 이 피리 좀 불어 주겠나?

길덴스턴 저는 불 줄 모릅니다, 왕자님.

햄릿 부탁하네.

길덴스턴 정말 불 줄 모릅니다.

햄릿 제발 부탁하네.

길덴스턴 만질 줄도 모릅니다, 왕자님.

햄릿 거짓말하는 것만큼이나 쉽다구. 이렇게 구멍을 손가락으로 막고 입으로 바람만 불어넣어봐. 굉장한 음악이 나올 테니까. 잘 봐, 여기를 눌러서 음조를 바꾸는 거야.

길덴스턴 하지만 저는 조화롭게 아름다운 소리를 낼 줄 모릅니다. 그런 재주가 없습니다.

햄릿 아니, 그렇다면 자네는 어지간히도 나를 얕잡아본 모양이군! 나 같은 건 마음대로 불어 보겠단 말이지? 나의 어디를 누르면 음조가 바뀌는지 알고 있는 것처럼 내 마음속의 비밀을 빼내고 싶단 말이지. 최저음에서 최고음에 이르기까지 나를 죄다 울려보고 싶다 이런 말이군. 이 조그만 악기 속에는 음악의 절묘한 소리가 다 들어 있는데 불 줄 모른다……. 제기랄, 내가 피리보다 다루기 쉬워 보이나? 나를 악기처럼 취급하는 것은 좋지만 화나게는 해도 소리 나게는 못하네! (폴로니어스 등장) 아, 대감!

폴로니어스 왕자님, 왕비님께서 하실 말씀이 있으니 곧 오시라는 분부입니다.

햄릿 저기 저 낙타처럼 생긴 구름이 보이시오?

폴로니어스 아, 예. 꼭 낙타를 닮았군요.

햄릿 족제비같이 생겼는데.

폴로니어스 아, 정말 고래 같습니다.

햄릿 그럼 곧 가뵙는다고 이르시오. (방백) 사람을 조롱해도 분수가 있지. (큰 소리로) 곧 가겠소!

폴로니어스 그렇게 말씀드리지요. (폴로니어스, 로젠크랜츠, 길덴스턴 퇴장)

햄릿 '곧'이라고 말하기는 쉽지. 자, 다들 물러가 주게. (햄릿만 남고 모두 퇴장) 밤이 깊었구나. 지금은 마귀들이 활개를 칠 시간. 무덤은 입을 크게 벌리고 지옥에서는 무서운 독기를 세상에 내뿜는다. 지금만 같으면 나도 산 사람의 뜨거운 피를 마실 수 있고, 낮에는 엄두도 못 낼 잔인한 행위도 할 수 있다. 가만 있자, 우선 어머니한테 가 봐야지. 심장아, 천륜을 잃지 마라. 이 성실한 가슴속에 폭군 네로 같은 마음을 들어오게 하면 안 된다. 가혹하게는 대하더라도 자식의 도리는 잊지 말아야지. 혀끝으로 찌르되 칼은 쓰지 않을 테다. 이 일에 있어서만은 마음과 혀가 서로를 속여 말로는 아무리 거칠게 욕하더라도 그것을 행동으로 옮겨서는 결코 안 된다. 알았나? 내 영혼아! (퇴장)

제3막 제3장

성 안 복도.
한쪽에 기도대가 놓여 있다. 복도 바깥쪽은 알현실. 왕, 로젠크랜츠, 길덴스턴 등장.

왕 마음에 안 드는 녀석이다. 미치광이를 그렇게 내버려 둔다는 것은 위험한 일이야. 위임장을 써 줄 테니 제군들은 그것을 가지고 그 녀석과 함께 영국으로 떠날 준비를 하도록 해라. 끊임없이 발생하는 광증의 위험을 이렇게 가까이 두고서야 어찌 나라의 상태가 편안할 수 있겠느냐.

길덴스턴 곧 준비하겠습니다. 성덕에 목숨을 의지하고 사는 백성의 안전을 보호해 주시고자 하심은 참으로 거룩하고 황송한 베풂이십니다.

로젠크랜츠 사사로운 개인의 생명도 위험할 때에는 지력을 다하여 보호하는데 하물며 무수한 생명이 그 안위에 달려 있는 옥체야 두말할 나위도 없습니다. 국왕의 불행은 옥체 한 몸에 그치는 재앙이 아니라 소용돌이처럼 주변의 모든 것을 끌어들입니다. 아니면 높은 산정에 장치된 무거운 수레바퀴처럼 큰 바퀴살에는 조그만 인간들이 수없이 많이 매달려 있어, 바퀴가 굴러 떨어지면 함께 무너지고 맙니다. 폐하의 탄식은 온 백성의 신음소리인 것입니다.

왕 어서 준비해서 빨리 떠나 다오. 여태까지 방임했던 이 위험에 쇠고랑을 채워야겠다.

로젠크랜츠, 길덴스턴 서둘러 준비하겠습니다. (두 사람 퇴장)

폴로니어스 등장.

폴로니어스 폐하, 햄릿님은 지금 왕비님 방에 들어가십니다. 신은 커튼 뒤에 숨어서 두 분의 이야기를 엿듣겠습니다. 왕비님께서는 아마 대단히 심하게 꾸중하실 것입니다만, 폐하의 말씀대로 모자간이라 자연 아드님 편으로 생각이 치우칠지도 모르므로 왕비님 이외의 누군가가 엿듣는 것이 좋겠습니다. 그럼 다녀오겠습니다, 폐하. 침전에 드시기 전에 결과를 말씀드리겠습니다.

왕 고맙소. (폴로니어스 퇴장. 왕, 이리저리 걸어 다니면서) 아, 부패한 내 죄악의 악취가 하늘까지 닿는구나. 인류 최초의 저주를 받은 형제 살인의 죄. 그 때문에 마음은 아무리 간절해도 기도를 드릴 수가 없구나. 기도하고 싶은 마음은 강하나 그보다 더 큰 죄책감에 압도당하고 만다. 한꺼번에 두 가지 일을 하려는 사람처럼 어디서부터 시작할까 망설이다가 양쪽을 다 못하고 마는구나. 비록 이 저주 받은 손이 형의 피로 더럽혀졌을지라도 자비로운 하늘에는 이 손을 백설처럼 희게 씻어 줄 단비가 없을까? 자비가 죄인에게 베풀어지지 않는다면 또 어디에 베풀어진다는 것인가? 죄를 미리 막기도 하고 일단 죄를 지은 다음에는 용서해 주는 이중의 힘이 있기에 기도를 올리는 것 아닌가? 그렇다면 나도 얼굴을 들자. 나의 죄과는 이미 과거의 일이니. 그렇지만 아, 뭐라고 기도를 드려야 용서받을 수 있을까? "비열한 살인죄를 용서하소서." 하면 될까? 그럴 수는 없다. 살인으로 인한 이득을 아직도 다 갖고 있지 않은가? 나의 왕관과 나의 야심과 나의 왕비를. 죄의 이득을 그대로 가진 채 용서를 받을 수 있을까? 이 세상의 부패의 흐름 속에서는 범죄의 손도 황금으로 도금하여 정의를 밀어낼 수 있겠지. 부정한 수단으로 얻은 재물로 국법을 매수하는 일도 흔히 보니까. 그러나 천상에서는 속임수가 통하지 않아. 우리의 모든 행위는 증거가 그대로 드러나니 지은 죄에 대해서는 일일이 고백하지 않으면 안 된다. 그렇다면 어떻게 해야 좋은가? 앞으로 어떻게 하면 되는가? 회개해 보자. 회개로 안 될 일이 있겠는가? 그러나 회개할 수 없는 경우에는 어떻게 하나? 아, 비참한 신세로다. 죽음처럼 어두운 내 마음! 오, 덫에 걸린 새와 같은 이 영혼, 벗어나려고 몸부림칠수록 더 꼼짝할 수 없게 되는구나! 천사여, 도와주소서! 어디 한번 해보자. 자, 구부려져라, 억센 무릎아. 부드러워져라, 강철 같은 마음아. 갓난아기의 살결처럼 부드러워져서 모든 일이 잘 되어 주었으면……. (무릎을 꿇는다.)

　이때 햄릿이 알현실로 등장하여 왕이 기도하고 있는 것을 보고 멈추어 선다.

햄릿　(복도 입구에 다가서면서) 기회는 지금이다. 마침 기도를 하고 있구나. 자, 해치우자. (칼을 빼든다.) 그러면 악한은 천당으로 가고 나는 드디어 원수를 갚게 된다. 그런데 가만 있자, 이건 생각해 볼 문제구나. 악한이 내 아버지를 죽였는데 그 보답으로 아들인 내가 악한을 천당에 보내? 아니, 이건 복수가 아니라 도리어 사례를 하는 꼴이 된다. 저자의 손에 의해 아버지는 현세의 온갖 욕망과 죄를 짊어진 채, 죄업이 5월의 꽃처럼 한창 만발하고 있을 때 살해당하지 않았는가. 그러니 저승에서 어떤 대접을 받게 될 것인지 하느님 말고 누가 알겠는가? 우리 인간 세상의 기준으로 미루어보면 아마 무거운 벌을 받으실 게 틀림없다. 그런데 저자가 기도로써 영혼을 깨끗이 씻어 천당의 길을 떠나기에 꼭 알맞은 이때 죽이는 것이 과연 가련한 아버지에 대한 복수가 되겠는가? 천만에. (칼을 다시 칼집에 꽂는다.) 칼아! 참고 기다렸다가 좀더 살기 가득한 기회를 엿보아라. 만취하여 곤드라졌을 때나 격분했을 때나 도박이나 폭언을 할 때, 그 밖에 전혀 구원의 여지가 없는 나쁜 짓을 하고 있을 때, 그런 때에 저자를 쳐라. 그러면 뒷발로 하늘을 차고 굴러 떨어지는 그의 영혼은 자기가 가야 하는 지옥만큼이나 저주 받게 될 테니. 어머니가 기다리고 계신다. 너를 살려두는 것은 너의 괴로운 나날을 연장시켜 주기 위해서다. (그곳을 떠난다.)

왕   (기도하던 자리에서 일어나면서) 나의 말은 하늘로 날아가지만 생각은 지상에 머물러 있구나. 생각이 따르지 않는 말은 결코 하늘에 이르지 못한다. (왕 퇴장)

제3막 제4장

왕비의 침실.
벽에 커튼이 드리워져 있고, 다른 쪽에는 선왕의 초상화와 왕의 초상화가 걸려 있다. 긴 의자와 작은 의자 몇 개가 놓여 있다. 왕비와 폴로니어스 등장.

폴로니어스   곧 오십니다. 단단히 타이르십시오. 장난을 해도 분수가 있어야 하지 않겠습니까? 둘 사이에서 폐하의 역정을 간신히 막았노라고 말씀하십시오. 저는 이 뒤에 숨어 있겠습니다. 제발 혼을 좀 내주십시오.

햄릿   (무대 밖에서) 어머니, 어머니, 어머니!

왕비   그러겠어요. 염려 마세요. 오는 소리가 들리니 어서 숨으세요. (폴로니어스, 커튼 뒤에 숨는다.)

햄릿이 들어온다.

햄릿   어머니, 무슨 일이십니까?

왕비 햄릿, 너의 아버지께서는 너 때문에 대단히 화가 나셨다.

햄릿 어머니, 아버님께서는 어머니 때문에 대단히 화가 나셨습니다.

왕비 아니, 그런 불성실한 대답이 어디 있느냐?

햄릿 아니, 그런 부도덕한 질문이 어디 있습니까?

왕비 왜 그러느냐, 햄릿?

햄릿 왜 그러십니까?

왕비 나를 잊었느냐?

햄릿 잊다니, 천만에요! 왕비시고, 남편 동생의 아내이십니다. 그리고 그렇지 않았더라면 좋았을 것을 불행히도 저의 어머님이십니다.

왕비 정 그렇다면 너를 혼내줄 수 있는 분을 불러야겠다. (퇴장하려 한다.)

햄릿 (왕비를 붙들고) 자, 자, 앉으십시오. 그 마음속을 거울에 환히 비추어 보여 드릴 테니 꼼짝도 하지 마십시오. 그 전에는 한 발짝도 움직이지 못하십니다.

왕비 어쩌자는 거냐? 나를 죽일 참이냐? 사람 살려요!

폴로니어스 (커튼 뒤에서) 큰일 났다, 사람 살려!

햄릿 (칼을 빼들고) 이건 뭐야, 쥐냐? 뒈져라, 뒈져! (커튼 속을 칼로 찌른다.)

폴로니어스 (쓰러지면서) 아이구우, 나 죽는다!

왕비 아이구머니, 이게 무슨 짓이냐?

햄릿 저도 잘 모르겠습니다. 왕입니까? (커튼을 들어 보니 폴로니어스가 죽어 있다.)

왕비 아, 이 무슨 난폭하고 잔인한 짓이냐!

햄릿 잔인한 짓이요? 어머니, 왕을 죽인 동생과 결혼하는 것보다는 나을걸요.

왕비 왕을 죽인?

햄릿 그렇습니다. (폴로니어스의 시체를 보면서) 경솔하게 아무데나 참견하는 못난 바보 같으니. 좀더 나은 인간인 줄 알았지. 다 네 운명으로 받아들여라. 너무 설치면 위험하다는 걸 이제는 알았겠지. (커튼을 놓고 왕비를 향하여) 그렇게 가슴만 쥐어뜯지 마시고 진정하고 앉으십시오. 내가 그 가슴을 쥐어짜 드릴 테니까. 그 가슴에 도리가 통한다면 말입니다. 그 망측한 습관으로 가슴이 놋쇠처럼 굳어서 감정이 전혀 뚫고 들어갈 수 없을 만큼 느낌이 무디어지지 않았기를 바랍니다.

왕비 내가 뭘 어쨌다고 네가 감히 그토록 무례하게 큰소리로 내게 욕을 하며 대드느냐?

햄릿 여자의 정숙함과 수줍음을 더럽히고, 미덕을 위선이라 부르게 했으며, 깨끗하고 진실된 여인의 아름다운 이마에서 장미꽃을 떼어내고 그 자리에 창부의 낙인을 찍었으며, 결혼의 맹세를 저버리고 신성한 결혼 예식을 한낱 광대극으로 만들지 않았습니까? 그런 행동에 하늘도 격분하여 얼굴을 붉히고, 이 단단한 대지도 최후 심판의 날이라도 당한 것처럼 수심에 잠겨 있습니다.

왕비 아니, 내가 대체 어떤 행동을 했다고 이렇게 야단법석이냐?

햄릿 (벽에 걸린 두 초상화 쪽으로 왕비를 데리고 가서) 자, 보십시오. 이 초상화와 그리고 저 초상화를. 같은 피를 나눈 두 형제분의 초상화입니다. 보십시오. 저 빼어난 아름다운 얼굴을, 태양신 아폴론처럼 물결치는 머리카락과 주피터처럼 넓은 이마, 주위를 위압하고 호령하는 군신 마르스 같은 눈, 하늘로 치솟은 산꼭대기에서 갓 내려온 사신 머큐리처럼 의젓한 자세, 실로 모든 신들이 인간의 본보기로서 우리에게 조화와 형상을 보증해 줄 분, 이분이 전 남편이십니다. 자, 다음에는 이쪽 초상화를 보십시오. 현재의 남편입니다. 형을 말려 죽인 병든 보리이삭 같은 놈입니다. 도대체 어머니는 눈이 있습니까? 이렇게 아름다운 산을 버리고 이런 황무지에서 맛있는 먹이를 찾다니, 기가 막히는군! 정말 눈이 있습니까? 이걸 사랑이라고 부를 수는 없는 거지요. 어머니 정도의 나이가 되면 불같은 욕정도 숨이 죽어 순해지고 냉철한 이성에 따르는 게 맞지 않습니까? 어머니의 판단으로는 여기서 이리로 자리를 옮기랍디까? 욕정이 있는 것을 보면 틀림없이 감각도 있을 텐데, 그 감각이 마비되어 버린 것이 틀림없어요. 미치광이도 그런 실수는 안합니다. 하물며 아무리 광증에 자유를 빼앗긴 감각이라도 약간의 식별력은 남아 있을 텐데, 이런 뚜렷한 차이를 구별 못하시
나요? 귀신한테 홀려서 눈뜬 장님이라도 되셨단 말
입니까? 감각이 없더라도 눈이 있으면, 시력이 없더
라도 감각이 있으면, 혹은 손이나 눈이 없어도 귀가
있다면, 다른 아무것이 없어도 코만 있다면, 혹은
비록 병든 감각이 한 조각이라도 남아있다면 이렇
듯 망령을 부릴 수는 없는 것입니다. 아, 수치심! 너의 부끄러움은 어디로
갔느냐? 저주 받을 욕정아, 네가 중년 여인의 뼛속에서 반란을 일으킬 수
있다면 피 끓는 청춘에서는 도덕이 양초처럼 불에 녹아 아예 없어지려무나.
감당 못할 욕정에 빠지더라도 부끄러워할 것은 조금도 없겠구나. 머리에 흰
서리가 내려앉은 늙은이도 정욕의 불길에 활활 타오르고 이성이 간음의 앞
잡이 노릇을 하는 판이니까.

왕비 오, 햄릿, 그만해라. 네 말을 들으니 비로소 이 마음속이 뚜렷이 들
여다보이는구나. 내 마음속에 새겨진 이 시커먼 오점, 아무리 씻어도 지워
지지 않을 게다.

햄릿 아니, 지워지기는커녕 기름에 절인 땀내 나는 이불 속에 들어가 간음
에 넋을 잃고 돼지처럼 엉켜서 시시덕거리고…….

왕비 오, 그만해 둬라. 네 말이 비수처럼 내 가슴을 찌르는구나. 그만해 다
오, 햄릿.

햄릿 살인자, 악당! 선왕의 오백 분의 일만도 못한 하인 같은 놈! 폭군 중
의 폭군, 영토와 왕권을 가로챈 소매치기! 귀중한 왕관을 훔쳐다가 제 호주
머니에 집어넣은 놈…….

왕비 그만!

햄릿 누더기를 걸친 거지와 같은 놈이……, (이때 유령이 나타난다.) 오, 하
늘의 수호신들이여, 저를 구해주소서. 당신들의 날개로 나를 덮어 보호하소
서! (유령에게) 무슨 일로 나오셨습니까?

왕비 오, 제정신이 아니구나.

햄릿 이 불효자식이 어물어물 때를 놓치는 우유부단한 꼴을 꾸짖으러 오

신 것입니까? 말씀하십시오!

유령 잊지 말아라! 내가 이렇게 찾아온 것은 무디어진 네 결심을 날카롭게 갈아주기 위해서다. 하지만 보아라, 네 어머니의 두려움에 떠는 모습을. 고민을 덜어 드려라! 약한 자일수록 미망은 강하게 작용하는 법이다. 자, 어머니에게 말을 건네라, 햄릿.

햄릿 어떠십니까, 어머니?

왕비 오, 어떻게 된 일이냐. 허공을 노려보며 아무 실체도 없는 공기와 이야기를 하다니? 비상경보에 놀란 군인처럼 네 영혼은 눈을 번득이고 잘 빗은 머리카락들이 오물통에라도 빠진 듯 곤두섰구나. 얘야, 진정해라. 비록 영혼이 불길처럼 달아오르더라도 냉정을 찾고 꾹 참아 다오. 아니, 어디를 그렇게 노려보는 거냐?

햄릿 저분을 보십시오! 저렇게 창백한 얼굴로 이쪽을 바라보고 계십니다! 저 모습으로 가슴에 맺힌 원한을 듣는다면 돌도 눈물을 흘릴 것입니다. 그렇게 보지 마십시오. 그렇게 애처로운 눈빛을 하시면 저의 굳은 결심이 꺾이고 맙니다. 그러면 내가 해야 할 일은 빛을 잃어 피 대신 눈물을 흘리게 되고 맙니다.

왕비 누구에게 하는 말이냐?

햄릿 저기 아무것도 안 보입니까?

왕비 아무것도 없잖니!

햄릿 그럼, 아무 소리도 안 들립니까?

왕비 아니, 우리 두 사람의 말소리밖에는…….

햄릿 저기를 좀 보십시오! 지금 사라지고 있지 않습니까? 아버님이! 살아계실 때와 똑같은 모습으로! 보십시오, 저쪽으로 가십니다. 지금 막 문밖으로 나가십니다! (유령이 사라진다.)

왕비 네 눈에 헛것이 보인 게냐? 광증은 종종 그런 환상이 보인다더라.

햄릿 환상? 저의 맥박은 어머니의 맥박과 조금도 다름없이 건강하고 규칙적으로 고동치고 있습니다. 제 말은 절대로 광증에서 나온 말이 아닙니다. 시험해 보십시오. 한 마디도 틀리지 않고 되풀이할 테니까요. 미친 거라면 어

딘가에서 빗나갈 것입니다. 어머니, 제발 부탁합니다. 그렇게 양심에 자기 위안의 고약을 발라 자신의 죄를 잊고 아들의 광증 탓이라고 말씀하시지 마십시오. 그런 고약은 상한 상처를 얇은 막으로 덮어주겠지만 곪은 상처의 뿌리는 자꾸만 속으로 파고들어 모르는 사이에 온몸에 퍼지고 맙니다. 하느님께 죄를 고백하십시오. 지난날의 잘못을 뉘우치고 앞으로는 근신하십시오. 잡초에 거름을 주어 더욱 무성하게 하는 짓은 하지 마십시오. 그리고 이런 충고를 용서하십시오. 이렇게 썩을 대로 썩은 세상에서는 미덕이 악덕에게 용서를 구해야 하지요. 이로운 말을 하는데도 머리를 조아리고 비위를 맞춰야 하는 판입니다.

왕비 아, 햄릿. 너는 내 가슴을 찢어놓는구나!

햄릿 그러면 나쁜 쪽은 버리시고 나머지 좋은 쪽으로 좀더 깨끗하게 살아가십시오. 그럼 안녕히 주무십시오. 그렇지만 숙부의 잠자리에는 가시면 안됩니다. 정절이 없거든 있는 체라도 하십시오. 습관은 악습에 대한 인간의 모든 감각을 먹어 삼켜버리지만 반면에 천사의 역할도 합니다. 올바른 습관이 계속되면 처음에는 어색한 옷 같아도 어느새 몸에 꼭 어울리게 됩니다. 오늘 밤에는 참으십시오. 그러면 내일 밤에는 한결 참기가 쉬워집니다. 이렇듯 습관은 천성을 바꿀 수도 있고 악마를 다스릴 수도 내쫓을 수도 있는 신비로운 힘을 가지고 있습니다. 다시 한 번 안녕히 주무십시오. 하느님의 자비를 구하고 싶다면 함께 축복을 기도해 드리겠습니다. (폴로니어스를 가리키면서) 이 영감은 유감스럽게 되었습니다. 하지만 다 하늘의 뜻, 하느님은 이것으로 저를 벌주시려고 제 손을 빌려 이 늙은이를 처벌하신 것입니다. 저는 신의 벌을 전하고 집행하는 구실을 한 것입니다. 시체는 제가 처리하지요. 그리고 이 사람을 죽인 책임은 제가 지겠습니다. 그럼 다시 한 번, 안녕히 주무십시오. 자식된 도리로 충언을 하자니 이렇게 가혹해지지 않을 수가 없었습니다. 이것은 불행의 서막일 뿐, 더 끔찍한 일이 남아 있습니다. (나가려다 다시 돌아서서) 한 마디만 더 말씀드리지요, 어머니.

왕비   나는 어떻게 하면 좋으냐?

햄릿   내가 절대로 하지 말라고 한 말을 무시하고 무슨 짓이든지 하시지요. 비곗덩어리 왕이 끌거든 다시 침실로 따라가시구요. 음탕하게 볼이나 꼬집히고, "요 귀여운 내 생쥐야." 하는 소리나 들으며 퀴퀴한 냄새나는 입으로 두어 번 입이나 맞추게 하고, 그 징그러운 손가락으로 목을 간질이거든 다 고해바치시지요. 실은 그 애가 미친 것이 아니라 미친 체하고 있는 것이라고 사실대로 알려주시지요. 아름답고 정숙하고 슬기로운 왕비가 아니고서야 누가 그 두꺼비에 박쥐에 수꽹이 같은 놈한테 이런 중대한 일을 숨길 수 있겠습니까? 분별이고 비밀이고 다 소용없지요. 유명한 원숭이 이야기도 있지 않습니까? 지붕에 새장을 들고 올라가서 뚜껑을 열어 새들을 다 날려 보내고 자기도 한번 날아본답시고 그 속에 기어들어가 뛰어내리다가는 지붕에서 떨어져 목이 부러진답니다.

왕비   염려 말아라. 사람의 말이 숨결에서 나오고 숨결이 목숨으로 된 것이라면, 나는 네 말을 누설할 숨결도 목숨도 없구나.

햄릿   저는 영국에 가야 합니다. 아십니까?

왕비   아, 깜박 잊고 있었구나. 그렇게 결정되었단다.

햄릿   국서는 이미 봉해지고 독사처럼 믿음직한 내 친구 두 놈이 왕명을 받았습니다. 그놈들은 길잡이 노릇을 하며 나를 함정으로 몰고 갈 모양이지만 해 보라죠, 제 손으로 묻은 지뢰가 터져서 허공에 날아올라가는 꼴을 구경하는 것도 재미있을 테니까. 수고스럽지만 그놈들이 묻어놓은 지뢰 밑을 석 자 정도 더 파서 놈들을 달나라까지 날아올라가게 만들고 말 테다. 이거 참 재미있겠는데, 외나무다리에서 원수를 만나는 격이군. (폴로니어스를 내려다보며) 이 양반 덕분에 내가 바빠지겠군. 시체를 끌고 가야겠다. 그럼 어머니, 안녕히 주무십시오. 이 대감은 이제야 조용히 입을 다물고 엄숙해졌군요. 살아있을 때에는 어리석은 수다쟁이였는데. 자, 가볼까. 일단 일을 끝내야지. 가겠습니다, 어머니. (시체를 끌고 퇴장. 혼자 남은 왕비는 침대에 엎드려 흐느낀다.)

제4막

제4막 제1장

같은 장소.
잠시 뒤 왕이 로젠크랜츠와 길덴스턴을 거느리고 등장.

왕 (왕비를 안아 일으키며) 왕비의 한숨 소리를 들으니 무슨 일이 있나 보구려. 이 깊은 탄식의 이유를 말해 보시오. 나도 알아야 하지 않겠소? 햄릿은 어디 갔소?

왕비 잠시 우리만 있게 해주세요. (로젠크랜츠와 길덴스턴 퇴장) 아, 오늘 밤에 참으로 끔찍한 일을 당했습니다.

왕 무슨 일이오, 거트루드? 햄릿이 어떻게 했소?

왕비 파도와 바람이 서로의 힘을 겨루며 광란하듯 햄릿은 미쳐버렸어요. 한참 발광하고 있는데 커튼 뒤에서 무슨 소리가 나니까 휙 칼을 빼들더니, "쥐새끼다, 쥐새끼!" 하면서 미치광이처럼 뒤에 숨은 노인을 찔러 죽였어요.

왕 오, 그럴 수가! 그 자리에 내가 있었더라면 변을 당할 뻔했구려. 내버려 두었다가는 나나 당신이나 다른 누구라도 큰 화를 입겠소. 아, 이 유혈 행위를 뭐라고 해명한단 말이오? 젊은 미치광이를 미리 경계하여 나다니지 못하게 바깥과의 접촉을 끊었어야 하는 것을……, 그렇게 하면 세상은 나를 욕할 것 아니오? 그 애를 너무나 사랑했기 때문에 그 방법만은 피하려고 했었소. 결국 환자가 소문나지 않게 병을 숨기려다 도리어 자기 생명을 갉아 먹힌 격이 되었구려. 그 애는 어디 갔소?

왕비 자기가 죽인 시체를 치우러 나갔답니다. 하찮은 광석 속에 묻힌 순금처럼, 그 광기 속에도 한 조각의 맑은 정신이 남아 있었는지 자기가 한 일에 대해서 눈물을 흘렸어요.

왕   왕비, 들어갑시다. 해가 동산에 솟아오르면 햄릿을 배에 태워 보내야겠소. 이 불상사는 권력과 계책으로 적당히 얼버무려 해명하는 수밖에 없겠소. 여봐라, 길덴스턴! (길덴스턴과 로젠크랜츠 다시 등장) 자네들 두 사람은 가서 몇 사람 더 불러 오도록 해라. 햄릿이 광란 중에 폴로니어스를 살해하고 시체를 어디론가 끌고 나간 모양이다. 빨리 가서 찾아보아라. 부드러운 말로 타이르도록 해라. 그리고 시체는 예배당에 안치하여라. 서둘러라! (두 사람 퇴장) 거트루드, 곧 유능한 중신들을 불러서 이 갑작스런 불상사와 계책을 알려야겠소. 세상의 비방은 포탄이 과녁을 맞히듯 지구 끝까지라도 독설을 싣고 가는 법. 그러니 이렇게 선수를 치면 내 명성에는 맞히지 못하고 허탕만 치게 될 거요. 자, 들어갑시다. 지금 내 마음은 갈피를 잡을 수 없고 불안만 가득하오. (두 사람 퇴장)

제4막 제2장

성 안의 다른 방.
햄릿 등장.

햄릿   이만하면 잘 숨겼겠지.
로젠크랜츠, 길덴스턴   (안쪽에서) 햄릿 왕자님!
햄릿   가만, 저 소리는 뭐지? 누가 나를 부르는군. 저기들 온다.

로젠크랜츠와 길덴스턴, 호위병을 데리고 허겁지겁 등장.

로젠크랜츠   시체는 어떻게 하셨습니까, 왕자님?
햄릿   흙과 섞었지, 서로 같은 종류니까.
로젠크랜츠   어디 두셨는지 말씀해 주십시오. 저희들이 찾다가 예배당에 안치하겠습니다.

햄릿 믿지들 말게.

로젠크랜츠 무엇을 말씀입니까?

햄릿 내가 자네들의 비밀은 지킬 수 있고 자네들은 내 비밀을 지킬 수 없다는 걸 말이야. 더구나 왕의 아들이 해면의 질문에 어떻게 대답할 수 있겠나?

로젠크랜츠 제가 해면으로 보이십니까, 왕자님?

햄릿 그래. 왕의 총애와 은혜와 권력을 빨아들이는 해면이지. 하기야 그런 관리들이 왕에게는 가장 필요한 인간들이란 말이야. 왕은 그런 인간들을 원숭이가 능금을 넣어두듯이 입 한쪽에 넣어두지. 처음에는 넣고만 있지만 나중에는 꿀꺽 삼켜버린다구. 자네들에게 뭔가 빨아들이게 해 놓았다가 필요할 때 꾹 짜기만 하면 되거든. 그러면 자네들은 해면이라 다시 속이 바짝 말라버릴 거란 말이야.

로젠크랜츠 무슨 말씀이신지 모르겠습니다, 왕자님.

햄릿 거 다행한 일일세. 쇠귀에는 독설도 염불이거든.

로젠크랜츠 왕자님, 시체를 어디다 두셨는지 말씀하셔야 합니다. 그리고 어전으로 가시지요.

햄릿 시체는 왕과 함께 있지만 왕은 시체와 함께 있지 않아. 같은 것은……,

길덴스턴 왕 같은 것이라니요, 왕자님?

햄릿 아무것도 아니야. 어전에 안내해라. 꼭꼭 숨어라, 머리카락 보인다. (햄릿, 달려 나간다. 모두 뒤를 쫓아간다.)

제4막 제3장

성 안의 홀.
왕이 두세 명의 중신들과 단상의 탁자에 마주 앉아 있다.

왕 그 애를 붙들어서 시체를 찾아오라고 사람을 보냈소. 마음대로 돌아다니게 내버려 두었다가는 또 얼마나 위험할지 모르겠소. 그렇다고 민중들의 사랑을 받고 있는 그 애를 엄벌에 처할 수도 없소. 대개 경박한 민중들이란 이성으로 판단하지 않고 눈에 보기 좋으면 가부를 결정하며 따라서 범죄자가 받는 형벌만 문제시하지 범죄 그 자체는 생각하지 않거든. 일을 원만하게 처리하려면 왕자를 급히 해외로 보내는 수밖에 없소. 오랜 생각 끝에 이런 조치를 취한 것처럼 보이게 해서 말이오. 절망적인 병은 절망적인 방법으로 치료하는 수밖에 다른 방법이 없구려. (로젠크랜츠와 길덴스턴, 기타 등장) 어떻게 되었느냐?

로젠크랜츠　시체를 어디다 감췄는지 도무지 말씀하지 않습니다.

왕　왕자는 어디 있느냐?

로젠크랜츠　밖에 계십니다. 분부가 계실 때까지 감시를 붙여 두었습니다.

왕　이리 불러 오너라.

로젠크랜츠　여봐라, 왕자님을 모셔라!

햄릿, 호위되어 등장.

왕　자, 햄릿. 폴로니어스는 어디 있느냐?

햄릿　식사 중입니다.

왕　식사 중이라, 어디서?

햄릿　먹고 있는 것이 아니라 먹히고 있습니다. 지금 정치 구더기들이 모여서 열심히 먹고 있는 중입니다. 구더기란 놈은 대식가거든요. 우리는 우리가 살찌자고 다른 동물들을 살찌우고, 우리가 살찌는 것은 구더기를 살찌우기 위한 것입니다. 구더기에게는 살찐 왕이나 여윈 거지나 맛은 다르지만 한 식탁에 오르는 두 쟁반의 요리일 뿐이지요.

왕　아아, 아!

햄릿　왕을 뜯어먹은 구더기를 미끼로 고기를 낚고, 구더기를 먹은 그 고기를 사람이 먹을 수도 있습니다.

왕　그게 무슨 뜻이냐?

햄릿 왕이 거지 뱃속을 행차하실 수도 있다는 말씀을 드린 것뿐입니다.

왕 폴로니어스는 어디 있나?

햄릿 천당에요. 사람을 보내어 알아보십시오. 천당에서 찾지 못하거든 다음에는 직접 반대 편에 가서 찾아보시지요. 그렇지만 이 달 안에 찾아내지 못하시면 로비로 통하는 계단에서 냄새가 날 것입니다.

왕 (시종들에게) 거기 가서 찾아보아라.

햄릿 자네들이 올 때까지 도망치지는 않을 거야. (시종들 퇴장)

왕 햄릿, 이번 행동은 내가 몹시 가슴 아파하는 바이며 또 무엇보다도 네 몸의 안전이 걱정되어 하는 말이다. 일이 이렇게 되었으니 너를 이곳에서 한시바삐 떠나보내야겠다. 그러니 곧 떠날 준비를 해라. 배편은 이미 마련되어 있으며 바람도 순풍이고 수행원들도 기다리고 있다. 영국으로 떠날 준비가 모두 갖춰졌다.

햄릿 영국으로요?

왕 그렇다, 햄릿.

햄릿 좋습니다.

왕 그래야지, 내 본의를 알아준다면.

햄릿 그 본의를 꿰뚫어보고 있는 천사가 눈에 보입니다. 하지만 가자, 영국으로! (인사를 하며) 안녕히 계십시오, 어머니.

왕 너의 사랑하는 아버지다.

햄릿 어머니입니다. 아버지와 어머니는 남편과 아내이고 남편과 아내는 일심동체이니 어머니죠. (호위병들을 돌아다보며) 자, 가자, 영국으로! (호위되어 퇴장)

왕 (로젠크랜츠와 길덴스턴에게) 어서 따라가서 바로 배에 태우도록 해라. 머뭇거려선 안 된다. 오늘 밤 안으로 당장 보내야겠다. 너희도 같이 가거라. 그 밖의 절차는 봉서에 다 준비되어 있다. 서둘러 다오. (왕만 남고 모두 퇴장) 영국 왕이여, 우리 덴마크군의 창검이 휩쓸고 지나간 상흔이 아직도 생생하고 붉으며 나의 위대한 힘을 충분히 알아 충성을 자청한 그대이니, 나를 존중한다면 설마 나의 엄명을 냉정히 다루지는 않으렷다. 내용은 국서에 밝혔지만 곧 햄릿을 죽여 없애라. 영국 왕이여, 반드시 실행하라! 열병을 앓는 것처럼 그놈이 내 핏줄 속에서 발악하고 있으니 그대가 나의 병을 고쳐주어야 한다. 그 일이 끝나기 전에는 아무리 좋은 일도 내게 기쁨을 주지 못하리라. (퇴장)

제4막 제4장

덴마크, 어느 항구 근처 평야.
포틴브라스가 군대를 이끌고 진군하고 있다.

포틴브라스 부대장, 가서 덴마크 왕께 문안 여쭈어라. 그리고 포틴브라스가 폐하와의 약속대로 허가해 준 영토를 지나가기를 바란다고 전해라. 우리가 만날 지점은 알고 있지? 만약에 왕께서 바라신다면 어전에 가서 경의를 표하겠다고 말씀드려라.
부대장 분부대로 하겠습니다, 왕자님. (부대장 일행은 작별하고 나간다.)
포틴브라스 (휘하 군대에게) 자, 조용히 전진. (부대를 거느리고 퇴장)

부대장은 성으로 가는 도중에 항구로 향하는 햄릿, 로젠크랜츠, 길덴스턴, 호위병들을 만난다.

햄릿 여보시오, 어디 군대요?
부대장 노르웨이군입니다.
햄릿 무슨 목적으로 가는 겁니까?
부대장 폴란드의 어느 지역을 공략하기 위해서 입니다.
햄릿 지휘관은 누구십니까?
부대장 노르웨이 왕의 조카 포틴브라스 전하십니다.
햄릿 폴란드 중심부로 진격하십니까, 아니면 국경의 일부입니까?

부대장 사실대로 솔직히 말씀드리면, 명분 말고는 아무 이득도 없는 손바닥만한 지역을 점령하러 가는 길입니다. 5더컷의 소작료만 내는 땅입니다. 단돈 5더컷 말입니다. 나 같으면 그런 땅은 붙여먹지 않겠습니다. 노르웨이 왕이나 폴란드 왕이나 그걸 사유지로 팔아도 그 이상 이득은 얻지 못할 것입니다.

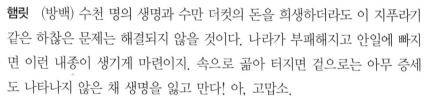

햄릿 그럼 폴란드인들은 그까짓 땅은 수비도 안하겠군요.

부대장 웬걸요. 이미 수비대가 배치되어 있습니다.

햄릿 (방백) 수천 명의 생명과 수만 더컷의 돈을 희생하더라도 이 지푸라기 같은 하찮은 문제는 해결되지 않을 것이다. 나라가 부패해지고 안일에 빠지면 이런 내종이 생기게 마련이지. 속으로 곪아 터지면 겉으로는 아무 증세도 나타나지 않은 채 생명을 잃고 만다! 아, 고맙소.

부대장 안녕히 가십시오. (퇴장)

로젠크랜츠 그럼 가시지요, 왕자님.

햄릿 곧 따라갈 테니 먼저들 가게. (햄릿만 남고 모두 퇴장) 아, 이런 모든 일들이 나를 꾸짖고 둔해진 나의 복수심을 채찍질하는구나! 인간이란 대체 무엇인가! 인간의 주된 행위와 한평생의 삶이 단지 먹고 자는 것뿐이라면? 그렇다면 짐승과 조금도 다를 바 없다. 신이 우리들 인간에게 이렇듯 위대한 사고력을 주고 앞뒤를 살필 수 있도록 한 것은, 신과 같은 능력과 이성을 쓰지 않고 곰팡이가 피도록 내버려 두라는 것이 아니었다. 그렇다면 짐승처럼 잘 잊어버리기 때문인가, 아니면 일의 결과를 너무 세밀하게 따지는 소심한 망설임 탓인가. 사고를 넷으로 나눈다면 그 하나만이 지혜이고 나머지 셋은 언제나 비겁함이기 때문인가. 나는 왜 "이 일은 꼭 해야 할 일이다." 하고 되뇌기만 하고 있는가? 그 일을 실행할 명분과 의지와 실력과 수단을 가지고 있으면서……. 대지와 같은 큰 사례도 나에게 훈계하고 있지 않은가. 저 군대를 보라. 수많은 인원, 막대한 비용, 더욱이 그 인솔자는 가냘픈 젊은 왕자! 그러나 그의 정신은 고매한 공명심으로 가득 차 있고, 미지의 앞날을 코웃음 치면서 달걀 껍데기 같은 하찮은 일에 덧없는 목숨을 무릅쓰고 있지 않은가. 진정으로 위대한 행위에는 물론 그만큼 훌륭한 명분이 뒤따라야 하지만, 남자의 명예에 관계될 때는 지푸라기만한 문제라도 당당히 싸워야 한다. 그런데 나는 이 무슨 꼴인가? 아버지는 살해되고 어머니는 더럽혀진 마당에 이만하면 이성과 피가 분기할 만도 한데 오히려 잠재우고 있으니 창피한 노릇이다. 저것을 보라. 이만 군졸이 코앞에 닥친 죽음을 향해 가지 않는가. 환상과 같은 허망한 명예를 찾아 마치 잠자리에라도 들듯 무덤을 찾아가고 있지 않는가. 양쪽 대군이 자웅을 가릴 수도 없는 조그만 땅, 전사자를 묻을 무덤으로 쓰기에도 모자라는 조그만 땅을 위하여! 아, 이제부터 내 마음은 피비린내 나는 일만 생각하리라. 그 밖에는 아무런 가치도 없으리라! (퇴장)

몇 주일이 지난다.

제4막 제5장

엘시노어 성의 어느 방.
왕비, 시녀들, 호레이쇼, 그리고 시종 한 사람 등장.

왕비 나는 그 애를 만나지 않겠어요.
시종 꼭 뵙겠다고 졸라댑니다. 아주 실성했는지 그 모습이 여간 측은하지 않습니다.
왕비 어떻게 해달라는 거죠?
시종 자꾸 자기 아버지 이야기를 하고 있습니다. 세상에는 별별 괴상한 일이 다 많다면서 헛기침을 했다가 가슴을 쳤다가 하찮은 일에도 화를 냈다가, 무슨 소린지 잘 알아들을 수도 없는 말을 중얼거리고는 합니다. 물론 아무것도 아닌 말들이지만 듣는 사람의 마음을 움직입니다. 사람들은 저마다 그럴듯하게 꿰어 맞춰 마음대로 해석합니다. 그래서 그녀의 눈빛이나 몸짓을 미루어 보아 확실하지는 않지만 큰 불행이 있었다는 걸 짐작하게 됩니다.

호레이쇼 만나서 몇 말씀 해주시는 것이 좋을 것 같습니다. 저러다가 속이 시커먼 인간들의 마음속에 위험한 억측의 씨를 뿌리게 될지 모릅니다.

왕비 그 애를 불러들여요. (시종 퇴장. 방백) 죄악의 본성이 원래 그런 것이지만, 병든 내 영혼에는 사소한 일 하나하나가 큰 재앙의 서곡처럼 여겨지는 구나. 죄지은 마음은 어리석은 두려움에 가득 차서 감추려고 애를 쓰면 쓸수록 도리어 더 드러나게 되나 보다.

　시종이 오필리아를 데리고 등장.
　오필리아는 정신이 나간 듯한 모습이다. 풀어헤친 머리가 어깨까지 내려오고, 손에는 류트(lute, 르네상스 시대 현악기의 일종)를 들고 있다.

오필리아 덴마크의 아름다운 왕비님은 어디 계시죠?

왕비 아니, 오필리아?

오필리아 (노래를 부른다.)
　우리 님과 남의 님을
　어떻게 알아볼까.
　지팡이와 미투리에 모자를 쓴
　순례자가 바로 우리 님.

왕비 애야, 그 노래가 무슨 뜻이냐?

오필리아 뭐라고요? 좀더 들어보세요. (노래한다.)
　님은 갔어요, 아주머니.
　죽어서 이승을 떠났어요.
　머리맡엔 초록빛 잔디 풀
　발치에는 묘석이 하나.

왕비 아니, 애. 오필리아…….

오필리아 제발 좀더 들어보세요. (노래한다.)
　수의는 산꼭대기 눈과 같이 희고…….

왕이 들어온다.

왕비 애를 좀 보세요.

오필리아 (노래한다.)

향기로운 꽃들에 파묻혀

영원한 길 떠나가는데

사랑의 눈물은 비 오듯 하네.

왕 괜찮으냐, 오필리아?

오필리아 고맙습니다. 사람들이 그러는데 올빼미는 본래 빵집 딸이었대요. 우리들은 오늘은 이러고 있지만 내일은 어떻게 될지 아무도 몰라요. 하느님이 식탁에 함께 하시길!

왕 아버지를 생각하고 있구나.

오필리아 제발 그 얘긴 그만두세요. 하지만 사람들이 뜻을 묻거든 이렇게 대답하세요. (노래한다.)

내일은 성 발렌타인의 날

아침 일찍 동이 트면

이 처녀는 당신의 창 밑에 가서

사랑을 기다리고 있을게요.

총각은 일어나 옷을 입고

얼른 방문을 열어 주었네.

처녀는 방으로 들어갔는데

나올 때는 처녀가 아니었다네.

왕 아니, 오필리아!

오필리아 아이 참, 잡담은 그만하고 노래를 끝내야겠어요. (노래한다.)

아아, 이 일을 어찌한다지?

너무나 부끄러운 나의 신세!

아무리 남자의 습성이지만

그것은 너무도 얄미운 처사.

침대에 눕힐 때에는
백년해로를 약속하더니,
이제 와서 핑계가
네가 먼저 찾아오지 않았던들
정말로 그럴 생각이 아니었다네.

왕 언제부터 저 모양이지?

오필리아 모든 일이 다 잘될 거예요. 우리는 참아야 해요. 하지만 그분이 차디찬 땅속에 묻힐 것을 생각하니 울지 않을 수가 없어요. 오빠도 그걸 알게 될 거예요. 좋은 충고 말씀 고맙습니다. 자, 마차야, 가자! 안녕히 주무세요, 아주머니들. 안녕히 주무세요, 아름다운 아주머니들. 안녕히 주무세요, 안녕히 주무세요. (오필리아 퇴장)

왕 따라가 보아라. 잘 살펴 다오. (호레이쇼와 시종, 오필리아를 따라 퇴장) 이 모두가 슬픔이 빚어낸 병이오. 부친의 갑작스런 죽음 때문이오. 보시오! 오, 거트루드. 슬픔은 홀로 오지 않는다더니 그 애 부친이 살해되고 다음에는 햄릿이 떠났소. 하기야 불행의 장본인이니 추방도 당연한 것이지만……. 백성들은 폴로니어스의 죽음에 대해서 억측이 구구하고 유언에 대해 소문이 분분하여 진흙탕처럼 어지럽소. 나도 경솔한 짓을 했소. 쉬쉬해 가며 시체를 허겁지겁 묻어버렸으니……. 그래서 가엾은 오필리아는 판단력을 잃고 실성한 것 같소. 이제 그 애는 인간이란 명목뿐, 단순한 짐승에 지나지 않소. 그런데 이런 것들보다 중요한 일은, 오필리아의 오라비가 무슨 의혹 때문인지 프랑스에서 돌아와서도 도무지 모습을 나타내지 않는 일이오. 그의 귀에 부친의 죽음에 대한 해괴한 소문을 속살거리는 무리들이 어찌 없겠소. 그렇게 되면 진상이 애매하니만큼 나에 대한 비난이 그의 귀에서 거침없이 번져갈 것이오. 아, 거트루드. 이 비난이 죽음의 화살처럼 나의 온몸에 박혀 나는 결국 목숨을 잃게 될 것이오. (이때 밖에서 요란스런 소리가 들려온다.)

왕비 저 소리가 뭐죠?

왕 (큰 소리로) 여봐라! (시종 한 사람 등장) 호위병들은 어디 갔느냐! 문을 지키라고 해라. 대체 무슨 일이냐?

시종 폐하, 어서 피신하십시오! 바닷물이 암벽을 넘어와 무서운 기세로 흘러들 듯 레어티스가 폭도들을 거느리고 들이닥쳐 호위병들을 위협하고 있습니다. 폭도들은 그놈을 왕이라고 부르면서, 마치 이 세상이 새로 시작이나 된 것처럼 모든 질서의 기준인 역사나 관습도 아랑곳없이 입을 모아 소리치고 있습니다. "우리는 레어티스만을! 레어티스를 왕으로 모시자!" 하고 말입니다. 그리고 모자를 공중에 내던지고 손뼉을 치며 "레어티스를 왕으로! 레어티스가 왕이다!" 하고 하늘이 무너져라 외치고 있습니다. (밖에서는 함성이 점점 더 높아진다.)

왕비 제 딴에는 의기양양하게 짖어대지만 냄새를 잘못 맡았어! 방향을 잘못 짚었단 말이다. 이 배은망덕한 덴마크의 개들아!

왕 문이 부서지는구나!

레어티스, 무장을 하고 마구 들어온다. 그 뒤로 군중이 따라 들어온다.

레어티스 왕은 어디 있나? 여러분들은 밖에서 기다리시오.

군중 아닙니다. 우리들도 들어가겠습니다.

레어티스 제발, 이 일은 내게 맡겨 주시오.

군중 그러지요. 기다리겠습니다. (군중, 모두 문 밖으로 물러간다.)

레어티스 고맙소. 문을 지키게. 이 흉악한 덴마크 왕아, 우리 아버지를 내놔라!

왕비 진정해라, 레어티스.

레어티스 진정할 수 있는 피가 내 몸에 한 방울이라도 남아 있다면 나는 우리 아버지의 자식이 아니고, 우리 아버지는 간부의 남편이며 우리 어머니의 정숙한 이마에는 창녀의 낙인이 찍히게 될 것이다. (레어티스, 왕 앞으로 다가간다. 왕비가 그를 가로막는다.)

왕 레어티스, 무슨 이유로 이렇게 엄청난 반역을 도모하느냐? 놔두시오,

거트루드. 나에 대해서는 염려 마시오. 국왕의 몸은 신의 가호가 있으니 역신이 나쁜 뜻을 품고 기웃거릴 수는 있어도 그 뜻을 이루지는 못하는 법이오. 말해라, 레어티스. 왜 이렇게 분개하느냐?

레어티스 우리 아버지는 어디 있나?

왕 죽었다.

왕비 하지만 폐하가 하신 일이 아니다.

왕 뭐든 물어보게 하시오.

레어티스 어떻게 죽었나? 나를 속이지 마라. 충성 따위는 지옥으로나 가라! 군신의 맹세도 흉악한 악마에게 주겠다! 양심도, 신앙도, 모두 지옥의 구렁 속에 떨어져라! 나는 저주 받아도 좋다. 똑똑히 말해 두지만 현세고 내세고 내 알 바 아니다. 될 대로 되란 말이다. 그러나 내 아버지의 원수만은 기어코 갚고 말겠다.

왕 누가 막겠다고 하더냐?

레어티스 천하가 다 덤벼도 못 막는다, 내가 끝내기 전에는. 비록 내 힘이 모자라도 온갖 수단 방법을 다 써서 기어이 해내고 말 테다.

왕 레어티스, 네 아버지의 죽음에 대해 확실한 것을 알고 싶을 텐데……. 네 복수라는 것은 친구와 원수를 가리지 않고 닥치는 대로 해치우겠다는 것이냐?

레어티스 상대는 아버지의 원수뿐이다.

왕 그럼 원수를 알고 싶으냐?

레어티스 아버지의 원수를 알려주는 친구라면 두 팔을 벌려 맞이하겠다. 제 피로 새끼를 기른다는 펠리컨처럼 내 피를 가지고 대접한다.

왕 이제야 너도 기특한 자식답고 훌륭한 신사처럼 말을 하는구나. 네 아버지의 죽음에 대해서 나는 아무런 죄가 없을 뿐 아니라 누구보다 깊이 슬퍼하고 있다. 이는 밝은 햇빛이 네 눈에 스며들듯 확실한 일이다.

군중 (밖에서) 그 애를 들여보내라!

레어티스 뭐야, 저게 무슨 소리냐? (오필리아가 손에 꽃을 들고 다시 등장)

아, 이 몸의 열기야, 나의 뇌수를 태워버려라! 눈물아, 일곱 배로 짜게 되어 내 눈을 바짝 말려버려라! 하늘에 맹세한다. 너를 미치게 만든 아버지의 원수는 한쪽 저울대가 기울도록 넉넉히 갚아주마. 아, 5월의 장미, 귀여운 처녀, 다정한 누이, 오필리아! 이럴 수가! 젊은 처녀의 이성이 이렇게 노인의 목숨처럼 시들 수도 있는가? 부모를 사랑하는 자식의 정은 사랑하는 이를 위해 자기의 가장 소중한 것을 내버리게 마련인가.

오필리아 (노래한다.)

　얼굴도 덮지 않고 관에 얹어 갔지.

　헤이 논 노니, 노니, 헤이 노니.

　무덤에서 눈물이 억수로 쏟아지네.

　나의 소중한 분, 안녕!

레어티스 네가 제정신을 가지고 간절하게 복수를 원한다 해도 이렇게 내 마음을 흔들지는 못했을 거다.

오필리아 (노래한다.)

　어 다운 어 다운, 하고 노래를 부르셔야 해요.

　그분은 지하에 파묻혔으니

　어 다우너,라고 부르세요.

　오, 물레바퀴에 장단이 잘도 맞네!

　주인 딸을 훔친 것은 못된 부하였대요.

레어티스 그 뜻 없는 말들이 내게는 더 뼈저리게 느껴지는구나.

오필리아 (레어티스에게) 로즈메리는 여기 있어요. 이건 잊지 말라는 표시예요. (노래한다.) 제발, 잊지 마세요~. 그리고 이 팬지는 생각해 달라는 꽃이구요.

레어티스 미쳐서도 충고로구나. 잊지 말고 생각해 달라고? 옳은 말이다.

오필리아 (왕에게) 왕께는 이 회향 풀과 매발톱 꽃을 드리겠어요. 왕비님께는 운향을 드릴게요. 저도 좀 갖구요. 이것은 안식일의 은혜라는 풀이랍니다. 아, 왕비님이 꽃을 달 때는 좀 다른 뜻으로 달아야 해요. 데이지도 있어요. 제비꽃을 좀 드리고 싶지만 그 꽃은 모두 시들어 버렸어요. 우리 아버지가 돌아가시던 날에요. 우리 아버지는 훌륭하게 돌아가셨대요. (노래한다.)
　귀여운 로빈새만이 나의 기쁨……

레어티스　수심과 번민과 고뇌와 지옥의 고통까지도 너의 마음속에서는 즐겁고 아름다운 것이 되어버리는구나.

오필리아　(노래한다.)

　다시 오지는 않으시려나?

　다시 오지는 않으시려나?

　아니, 아니, 돌아가셨으니

　결코 다시 오진 않는다네.

　수염은 백설 같고

　머리는 백발이신 분,

　이제 영영 가셨으니

　한탄한들 다시 오리.

하느님, 불쌍히 여기소서! 여러분의 영혼에도 축복이 내리길 하느님께 빌겠어요. 안녕히 계세요. (오필리아 퇴장)

레어티스　저 꼴 봤지! 오, 하느님!

왕　레어티스, 너의 슬픔을 나도 함께 나누고 싶다. 거절할 까닭은 없을 게다. 그럼 가서 네 친구 가운데 누구라도 좋으니 가장 똑똑한 사람을 데려와 이 일을 말해 주고 판단을 시켜보자. 만약 이번 사건에 직접 혹은 간접적으로 내 혐의가 드러난다면 나의 왕국도, 왕관도, 그 밖에 나의 모든 소유물을 네게 넘겨주겠다. 그런데 그렇지 않다면 나의 말을 들어야 한다. 그러면 나와 힘을 합쳐 너의 원한이 풀리도록 힘써 주마.

레어티스　좋소, 그렇게 합시다. 아버지의 그와 같은 죽음, 은밀한 장례식, 유해를 장식한 투구나 칼, 문장도 없었을 뿐더러 예를 갖춘 엄숙한 장례식도 없었다니 억울한 혼령의 원성이 천지에 진동한다. 나는 기어이 진상을 밝히고 말 테다.

왕　그래야지. 죄 있는 곳에 응징의 철퇴를 내리치라! 자, 안으로 들어가자. (두 사람 퇴장)

제4막 제6장

같은 장소.
호레이쇼와 시종 한 사람 등장.

호레이쇼   나를 만나고 싶다는 사람들이 누구요?
시종   선원입니다. 편지를 가지고 왔답니다.
호레이쇼   들여보내시오. (시종 퇴장. 방백) 외국에서
편지를 보내 올 사람이 없는데, 햄릿 왕자님 말고는.

시종이 선원들 몇 명을 안내해 온다.

선원   안녕하십니까요?
호레이쇼   안녕하시오.
선원   댁이 호레이쇼님이십니까? 여기 편지를 가지고 왔는뎁쇼. 영국으로 가
는 사절께서 보내신 편지입니다.
호레이쇼   (편지를 받아서 읽는다.) '호레이쇼, 이 편지를 받아 보거든 왕께
보내는 편지를 가지고 가는 이 사람들을 국왕과 만날 수 있도록 해주게. 우
리는 출항한 지 이틀도 채 못 되어 어마어마하게 무장한 해적단의 추격을
받았네. 우리 배가 속력이 느린 바람에 결국 맞닥뜨려 어쩔 수 없이 용기를
다하여 싸웠다네. 배가 부딪혔을 때 나는 싸우기 위해 해적선으로 건너갔
는데 그 순간 해적선이 우리 배에서 떨어져 결국 나 혼자만 포로가 되고 말
았네. 그들은 의적들처럼 나를 대우해 주었는데 실은 나를 이용하여 나중
에 덕을 보자는 속셈이었지. 따로 봉한 편지는 꼭 국왕의 손에 들어가게 해
주게. 그리고 자네는 죽음에서 도망치듯 급히 나에게로 오게. 자네에게 할
말이 많은데 내 이야기를 들으면 자네는 놀라서 말문이 막힐 걸세. 이 사람
들이 나 있는 곳으로 안내해줄 걸세. 로젠크랜츠와 길덴스턴은 계속 영국

으로 가고 있는데 이 두 사람에 관해서도 할 이야기가 많다네. 잘 있게. 참된 마음의 친구 햄릿.'

(선원들에게) 자, 가져온 편지를 국왕께 전하도록 안내해 드릴 테니 이리들 오시오. 되도록 빨리 전달하고 나를 그 편지를 보내신 분에게로 데려다 주시오. (모두 퇴장)

제4막 제7장

같은 장소.
왕과 레어티스가 들어온다.

왕 이제는 내가 아무런 죄도 없다는 것을 네가 진심으로 믿고 나를 너의 둘도 없는 친구로 알아야 한단다. 이제 잘 알았을 것이지만 귀중한 네 아버지를 살해한 자는 내 생명까지도 노리고 있다.

레어티스 그런 것 같습니다. 그런데 왜 즉시 처벌하시지 않으셨습니까? 응당 처벌하셔야 할 만한 큰 죄가 아닙니까? 폐하의 안전으로 보나 그 밖의 모든 점으로 보나 엄중히 처벌하셔야 마땅한 줄 압니다.

왕 두 가지의 특별한 이유가 있다. 너에게는 하찮게 보일지도 모르나 나에게는 아주 중요한 사유가 된다. 그 녀석의 어머니인 왕비는 그 녀석의 얼굴 보는 것을 낙으로 살아가고 있다. 또 나로 말하면 —이게 내 장점인지 화근인지 모르겠지만— 어쨌거나 왕비는 내 목숨과 영혼에 굳게 맺어져 있어, 별이 궤도를 떠나 움직이지 못하듯이 나도 왕비 없이는 살 수가 없구나. 내가 그를 공공연히 재판하여 처벌하지 못한 또 하나의 이유는 민중이 그를 지극히 사랑하고 있기 때문이다. 사람들은 그 녀석의 허물을 마치 나무를 돌로 변하게 하는 화석 천처럼 애정으로 감싸고, 그놈에게 쇠고랑을 채우면 장신구라며 칭찬하는 형편이다. 그러니 내가 쏜 화살은 그 거센 바람에 부딪쳐 겨냥한 곳으로 날아가기는커녕 내게로 되돌아오고 말았을 게다.

레어티스 그 때문에 나는 소중한 아버지를 잃고 누이는 절망적인 상태에 빠지고 말았습니다. 이제는 아무 소용없는 칭찬이지만 누이는 사람됨이 나무랄 데가 없고 세상의 본보기로 자랑할 만한 아이였습니다. 내 기어이 이 원수를 갚고야 말 겁니다.

왕 안심하고 잠이나 편히 자거라. 위험한 놈이 내 수염을 잡아당기는데도 재미있어 할 만큼 나를 둔한 바보라고 생각해서는 안 된다. 차차 더 자세히 이야기하마. 나는 네 아버지를 나 자신만큼 사랑했다. 이쯤 말하면 너도 짐작이 갈 테지. (이때 사자가 두 통의 편지를 들고 등장) 무슨 소식이냐?

사자 햄릿님한테서 편지가 왔습니다. 이것은 왕께, 이것은 왕비님께 온 것입니다.

왕 햄릿한테서? 누가 가지고 왔느냐?

사자 선원들이라고 합니다. 저는 직접 만나지 않았습니다. 이 편지는 클로디오가 저에게 전해준 것입니다.

왕 너는 물러가거라. (사자 퇴장. 편지를 읽는다.) 레어티스, 너도 들어 보아라. '더할 수 없이 높고 크신

왕께 아룁니다. 저는 알몸으로 폐하의 영토에 다시 상륙했습니다. 내일 알현의 영광을 얻고자 하오며 허락해 주시면 이렇듯 갑자기 기이하게 귀국하게 된 연유를 그때 상세히 말씀드리겠습니다. 햄릿 올림'
이게 무슨 영문이냐? 다른 일행도 다 돌아왔을까. 혹시 날조된 편지인가?

레어티스 글씨를 알아보시겠습니까?

왕 햄릿의 글씨다. '알몸으로' 또 여기 추신에다 '혼자서'라고 했구나. 무슨 까닭인지 짐작이 가느냐?

레어티스 통 모르겠습니다, 폐하. 그렇지만 오라고 하시죠! 이제 무거운 가슴속이 후련해집니다. 그놈에게 맞대놓고 "이놈, 너도 맛 좀 봐라!" 하고 쏘아 줄 수 있게 됐으니까요.

왕 이것이 사실이라면 그 녀석은 어떻게 돌아왔을까? 레어티스, 너는 내가 시키는 대로 하겠느냐?

레어티스 예, 폐하. 가만히 있으라는 무리한 말씀만 아니시라면.

왕 네 마음을 편하게 해주려는 거다. 이렇게 항해 도중에 돌아왔다가 만약 다시 떠날 생각이 없다면 내가 전부터 생각해 온 계략을 그놈에게 써야겠다. 이 계략에 걸리면 그놈도 쓰러질 수밖에 없을 게다. 더욱이 이 계략이라면 그놈이 죽더라도 비난의 바람은 나에게 조금도 불지 않을 것이며 심지어 그 어미까지도 진상을 꿰뚫어보지 못하고 그저 우연한 사고라고 할 게다.

레어티스 폐하, 분부대로 하겠습니다. 저를 그 계략의 수단으로 이용해 주신다면 더욱 기쁘겠습니다.

왕 일이 제대로 되는구나. 실은 네가 외국으로 떠난 뒤 너의 뛰어난 재주에 대해서 칭찬이 자자했다. 칭찬은 햄릿 귀에도 들어갔지. 내가 보기에는 네 재주 가운데서도 가장 시시한 것이었지만 햄릿은 다른 재주보다도 특히 그 재주를 시기하는 모양이더라.

레어티스 무슨 재주 말씀이십니까, 폐하?

왕 모자를 장식하는 띠 같은 것에 지나지 않지만 역시 없어서는 안 될 재주이지. 말하자면 청년들에게는 화려하고 멋진 옷이 어울리고 침착한 노인들한테는 수달피 외투가 건강에나 관록에 어울리지 않느냐. 실은 두 달 전에 노르망디에서 어떤 기사가 이곳에 왔었다. 나도 프랑스인들을 만나도 보고 또 그들과 겨뤄도 봤는데 그들의 씩씩한 기마술의 신기는 대단하더라. 어찌나 신기한 재주를 부리는지 몸이 말의 안장에서 돋아났다고나 할까, 사람이 말과 일체가 된 것 같았다. 상상도 못할 묘기를 눈으로 직접 보기 전에는 도저히 믿을 수가 없을 것이다.

레어티스 노르망디 사람이었습니까?

왕 음, 노르망디 사람이다.

레어티스 라모드가 틀림없습니다.

왕 바로 그렇다.

레어티스 그 사람은 저도 압니다. 그 사람은 정말 프랑스의 꽃이고 보석입니다.

왕 그 사람이 네 재주를 인정하여 극구 칭찬하기를, 검술에 있어서 특히 세검에 으뜸이라며 네 맞상대가 있다면 참으로 볼 만한 시합이 될 것이라고 공언하더라. 프랑스 검객들도 너와 대결하면 동작이나 방어나 눈초리가 무엇 하나 제대로 되지 않는다고 그러면서 말이다. 이 같은 칭찬을 듣고 햄릿은 어찌나 심하게 샘을 내는지, 네가 귀국하면 한번 맞서 보고 싶다며 오직 그것만 바라고 있었단다. 그래서……,

레어티스 그래서 무엇입니까, 폐하?

왕 레어티스, 너는 아버지를 진정으로 사랑했느냐, 아니면 애통은 겉치레 뿐이고 마음은 그렇지 않은 것이냐?

레어티스 왜 그런 말씀을?

왕 네가 선친을 사랑하지 않았다는 것이 아니라, 애정에는 시작하는 시기가 있는 것이고 또 나의 경험으로 미루어 시기가 애정의 불꽃을 세게도 하고 약하게도 한다고 믿기 때문에 하는 말이다. 사랑의 불꽃 속에는 일종의 심지나 차가운 찌꺼기 같은 것이 있어서 이것이 불길을 세게 혹은 약하게도 만들지. 세상사란 한결같이 좋게만 지속되지는 않느니라. 좋은 일도 도가 지나치면 도리어 스스로 사라지는 법. 그러니 한번 하겠다고 마음먹은 일은 바로 실행해야 한단다. 이 '하겠다.'는 마음 자체가 변하기도 하고 세상 사람들의 많은 입방아와 방해에 부딪쳐 약해지고 미뤄지게 마련이거든. 그렇게 '해야 한다.'는 생각도 쓸데없이 탄식만 하면서 미루게 되면 마음은 편할지 모르나 결국 몸에는 해로운 게야. 골자만 말한다면 햄릿이 돌아온다고 하니 그래, 너는 어떻게 할 참이냐? 네가 그의 자식이라는 것을 말로만이 아니라 행동으로 보여주기 위해서 말이다.

레어티스 교회 안에서라도 그놈의 목을 자르겠습니다.

왕 아무리 신성한 장소라도 살인죄가 없어질 수는 없지. 복수는 장소의 제한을 받지 않는다. 하지만 레어티스, 이렇게 하지 않겠느냐? 일단 방 안에 틀어박혀 있어라. 햄릿이 돌아오면 너의 귀국을 알리고 네 재주를 칭찬하는 소문을 내는데 그 프랑스인의 찬사보다 한술 더 떠 네 명성에 더욱 빛이 나게 하는 거다. 그래서 내기를 제의하여 시합으로 승부를 가리도록 하자. 햄릿은 조심성이 없는데다 너그러운 성미라 술책이라는 것을 모르니 시합에 쓸 칼을 잘 살펴보지도 않을 게다. 그러니 슬쩍 농간을 부려 그중 끝이 무디지 않은 칼을 골라 그것으로 멋지게 한 번 찔러 선친의 원수를 갚으란 말이다.

레어티스 그렇게 하겠습니다. 거기다 뜻을 확실하게 이루기 위해 칼끝에 독약을 칠하지요. 실은 어떤 돌팔이 의원한테서 독약을 샀는데 어찌나 효력이 강한지 그걸 조금 바른 칼끝에 살짝 스치기만 해도 목숨을 잃게 됩니다. 달밤에 채취한 약초로 만든 보기 드문 명약으로, 제아무리 효험이 큰 해독제라도 도리가 없지요. 내 칼끝에 이 독약을 칠해 놓겠습니다. 그것으로 피부를 슬쩍 긋기가 무섭게 그놈은 이 세상을 하직할 것입니다.

왕 이것도 생각해 보자. 언제 어떻게 하는 것이 우리 계획에 가장 알맞겠는가 하는 것을 숙고해 보자는 말이다. 실패하여 졸렬하게 계략이 탄로날 바에야 차라리 하지 않는 편이 낫다. 그러니 이 일이 도중에 좌절되는 경우를 대비하여 미리 제2의 수단을 마련해 놓아야 한다. 가만 있자, 두 사람의 기량에 대해서는 공정하게 내기를 한다고 치고, 옳지! 시합에 열을 올리다 보면 땀이 나고 목도 마를 테지. 또 그렇게 되도록 가능한 한 맹렬하게 시합을 해야만 한다. 그래야 그놈이 마실 것을 청할 테고 그때 내가 미리 준비한 독이 든 술잔을 내주는 게야. 그놈이 요행히 독 묻은 칼끝을 벗어나더라도 그 한 모금만으로 우리의 목적은 이루어지는 것이다. 그런데 가만, 저게 무슨 소리냐?

왕비가 울면서 들어온다.

왕비 재앙이 꼬리를 물고 일어나는군요. 네 누이가 물에 빠져 죽었다는 구나, 레어티스.

레어티스 물에 빠지다니!

왕 오, 어디서요?

왕비 거울 같은 수면에 하얀 잎사귀를 비치면서 시냇가에 비스듬히 서 있는 버드나무가 한 그루 있어요. 그 애는 거기서 미나리아재비와 쐐기풀과 데이지나 자란으로 화관을 만들었어요. 무식한 목동들은 자란을 상스러운 이름으로 부르지만 정숙한 아가씨들은 사인지라고들 부르지요. 아무튼 그 화관을 늘어진 버들가지에 걸려고 나무에 올라갔다가 심술궂은 은빛 나뭇가지가 부러지는 바람에 화관과 함께 흐르는 시냇물 속에 떨어지고 만 거예요. 그래도 옷자락이 활짝 퍼져서 마치 인어처럼 물에 둥실둥실 떠 있었어요. 절박한 불행에도 아랑곳없이 그 동안 그 애는 옛 찬송가를 토막토막 불렀는데 그게 오래 갈 리 없지요. 물에 젖어 무거워진 옷이 그 가엾은 것을 물속으로 끌고 들어가 버리고 아름다운 노래소리도 끊기고 말았죠.

레어티스 아, 그래서 죽었습니까?

왕비 물에 빠져 죽었어요, 빠져 죽었어.

레어티스 가엾은 오필리아. 너는 이제 물이 지긋지긋하겠지. 그렇다면 나는 결코 눈물을 쏟지 않겠다. 하지만 이것도 인간의 정, 자연히 흐르는 눈물이야 어찌할 수 없구나. 세상이야 뭐라고 욕하든 눈물을 흘리고 나면 여자 같은 나약한 마음도 사라지겠지. 안녕히 계십시오, 폐하. 하고 싶은 말이 불길처럼 타오르려 하지만 이 어리석은 눈물에 젖어 자꾸만 꺼집니다. (퇴장)

왕 따라가 봅시다, 거트루드. 저 녀석의 분노를 가라앉히느라고 내 얼마나 진땀을 뺐는데……, 분노가 다시 일어날까 두렵소. 쫓아가 봅시다. (두 사람, 레어티스의 뒤를 쫓아간다.)

제5막

제5막 제1장

묘지.

갓 파놓은 무덤, 노송나무가 몇 그루 있고 묘지 입구가 보인다. 두 명의 어릿광대(산역꾼)가 삽과 곡괭이를 들고 등장하여 땅을 파기 시작한다.

광대 1   제멋대로 죽은 여자를 이렇게 기독교식으로 묻어도 되는 건가?

광대 2   된다니까 그래. 어서 파기나 하라구. 검시관이 시체를 살펴보고 기독교식으로 묻어도 좋다는 결정을 내렸으니까.

광대 1   어떻게 그럴 수가 있나? 자기 몸을 지키려고 어쩔 수 없이 뛰어든 것도 아닌데.

광대 2   아무튼 그렇게 결정이 내렸다구.

광대 1   그렇다면 이건 행위이군. 틀림없어. 요는 말이야, 가령 내가 일부러 빠져 죽었다면 이건 행위라는 것이 되는 거라구. 그런데 행위라는 것은 세 종류로 나뉘지. 말하자면 행동하고, 수행하고, 실천하는 거지. 그러니까 이 여자는 일부러 빠져 죽은 거야.

광대 2   하지만 여보게, 내 말 들어 봐.

광대 1   가만있어 봐. 여기 물이 있다고 치고 여기 사람이 있다고 치세. 그런데 만약에 이 사람이 물가로 와서 빠져 죽는다면 그건 두말할 것도 없이 자기가 스스로 죽은 거야, 알겠나?  그런데 만약 물이 와서 사람을 빠뜨려 죽인다면 그건 자기가 죽은 게 아니지. 그러니까 자살하지 않은 자는 제 손으로 목숨을 끊은 게 아니란 말이야.

광대 2   그게 법률이라는 건가?

광대 1   암, 물론이지. 검시관의 검시법이라는 거지.

광대 2   솔직히 말해 만약 귀족 아가씨가 아니었다면 이렇게 기독교식으로 묻히지 못한다구.

광대 1   허, 바른 말 한 마디 하는군. 하기야 가엾은 얘기지. 이 세상은 같은 기독교 신자라도 귀족들은 물에 빠져 죽거나 목매달아 죽기가 쉽게 되어 있으니 말이야. 자, 삽 이리 주게. 그런데 말이야, 귀족집안 치고 조상이 정원 손질하고, 도랑 치고, 산역꾼 일을 하지 않은 사람이 어디 있나? 그네들도 다 아담의 직업을 대물려 받았단 말이야. (파놓은 무덤구덩이에 들어가 본다.)

광대 2   아담도 귀족이었나?

광대 1 암, 그는 이 세상에서 제일 먼저 땅을 가졌던 사람이지.

광대 2 아니야, 안 가졌어.

광대 1 뭐, 그러고도 신자라고? 성경에서 뭘 읽었나? 성경 말씀에 '아담이 팠노라.' 하지 않았나? 땅 없이 어떻게 파? 하나 더 물어보지. 똑바로 대답하지 못할 때는 참회하라고.

광대 2 이거 왜 이래?

광대 1 석수나 배목수나 목수보다 더 튼튼한 걸 만드는 사람이 누구야?

광대 2 그야 교수대 만드는 사람이지. 교수대는 천 명이 빌려 써도 끄떡없거든.

광대 1 거 참, 말 잘했다. 교수대가 제격이지. 하지만 무엇에 제격인가? 나쁜 짓 하는 놈한테 제격이지. 그렇다고 교수대가 교회보다 튼튼하다고 말하는 건 나쁜 거란 말이야. 그러니까 자네는 교수대감이야. 자, 다시 해봐.

광대 2 석수나 배목수나 목수보다 더 튼튼한 걸 만드는 사람이 누구냐고?

광대 1 그래, 대답해봐. 얼른 짐을 벗으라구.

광대 2 옳지, 알았다.

광대 1 말해봐.

광대 2 제기랄, 잘 모르겠는 걸.

광대 1 없는 머리 그만 짜내라구. 느리고 둔한 말을 아무리 때려봤자 속력이 날 리 없으니까. 나중에 그런 질문을 받거들랑 '무덤 파는 산역꾼'이라고 그래. 산역꾼이 만든 집은 최후의 심판날까지 견디니까. 자, 요한 집에 가서 술이나 한 병 받아오게. (광대 2 나간다.)

선원 차림의 햄릿과 호레이쇼 등장.

광대 1 (노래를 하면서 무덤을 판다.)
   젊은 시절에는 사랑을 했네
   참으로 달콤한 사랑을 했네
   당장 죽어도 여한이 없고

그보다 더 좋은 일은 없는 줄만 알았네.

햄릿   이 친구는 자기가 하고 있는 일이 무엇인지 모르는군. 무덤을 파면서 노래를 부르다니.

호레이쇼   익숙해져서 아무렇지도 않게 된 모양이지요.

햄릿   그런가 보군. 쓰지 않은 손일수록 더 예민한 법이니까.

광대 1   (노래한다.)

그러나 슬며시 늙음이 찾아와서

나를 손아귀에 휘어잡더니

차가운 땅속에 밀어 넣었으니

사랑을 한 옛날이 꿈만 같구나. (해골바가지를 한 개 던져 올린다.)

햄릿   저 해골바가지 속에도 한때는 혀가 있어 노래를 부를 수 있었겠지. 그런데 저 녀석은 인류 최초로 사람을 죽인 카인이 살인에 썼던 노새의 턱뼈나 되는 것처럼 해골을 땅에 마구 내동댕이치지 않는가! 지금은 저 바보 녀석한테 함부로 취급당하고 있지만 원래는 정치가의 머리였는지도 몰라. 하느님을 골탕 먹이는 모사꾼 말이야, 그렇지 않은가?

호레이쇼   그럴지도 모르죠, 왕자님.

햄릿   혹은 또 어떤 간신의 것인지도 모르지. "밤새 안녕하십니까, 대감! 요새 편안하십니까, 대감?" 하고 지껄여댔을지도 몰라. 나중에 권세를 얻을 속셈으로 아부하던 아무개 대감의 것인지도 모르지. 그렇잖나?

호레이쇼   예, 왕자님.

햄릿   틀림없어. 지금은 구더기 마님의 신세를 지고 턱뼈는 없어진 채 산역꾼의 삽으로 얻어맞고 있지만 말이야. 이거야말로 덧없는 세상사의 훌륭한 본보기지. 우리가 깨달을 수 있는 눈만 가졌다면 말이야. 이 뼈들은 결국 막대던지기 놀잇감이 되기 위해서 태어났단 말인가? 그렇게 생각하니 내 뼛골이 지끈지끈 아파오는구나.

광대 1   (노래한다.)

곡괭이 한 자루에 삽이 한 자루

수의도 한 벌 있어야 하고

이런 손님 모시기에 꼭 알맞은

흙구덩이를 파야겠구나. (해골바가지를 또 하나 던져 올린다.)

햄릿 또 하나 나왔구나. 저것이 법률가의 해골바가지가 아니었다고 어떻게 말할 수 있는가? 그렇다면 그 능숙했던 궤변과 변설은 지금 어디 갔는가? 그 소송은, 소유권은, 계략은 다 어디로 갔는가? 이 광대 녀석에게 더러운 삽으로 얻어맞고도 왜 가만히 있는가? 왜 폭행죄로 고소하겠다고 말하지 않는가? (해골바가지를 집어 들더니) 흠! 이자는 살아 있을 때 많은 토지를 사들인 놈인지도 모르겠군. 담보 증서니, 소유권 변경 소송이니, 이중 증인이니, 토지 양도 소송이니 갖가지 수단으로 말이지. 그런데 그 소유권 변경 소송과 토지 양도 소송의 결과가 이 훌륭한 머릿속에 흙을 가득 채우는 일이란 말인가? 그 증인들은, 심지어 그 이중 증인들조차도 무엇을 증언하겠다고 하는가? 두 통을 만들어 나눠가진 매매계약서의 매매밖에 더 증언하겠는가? 그런데 이 바가지에야 어디 (해골바가지를 가볍게 두드리면서) 그 토지 양도 증서만이라도 들어가겠나. 더구나 많은 토지 소유자였던 이 사람에게 해골바가지 하나밖에 남은 것이 없단 말이야, 응?

호레이쇼 그렇습니다.

햄릿 증서는 양가죽으로 만들지 않는가?

호레이쇼 예, 송아지 가죽으로도 만듭니다.

햄릿 그따위 증서를 믿는 자들은 양이나 송아지와 다름없지. 저 친구와 말 좀 나눠 볼까. (앞으로 나서며) 그게 누구의 무덤이냐?

광대 1 내 것입니다요. (노래한다.)

이런 손님 모시기에 꼭 알맞은

흙구덩이를 하나 파야겠구나.

햄릿 과연 네 것인가 보구나, 네가 그 안에 있는 걸 보니.

광대 1 댁은 밖에 계시니까 댁의 것은 아닙죠. 나로 말하자면 거짓말은 하지 않으니 이건 내 것이죠.

햄릿 그건 거짓말이다, 그 안에 서서 그걸 네 것이라니. 무덤이란 죽은 사람이 들어가는 곳이지 산 사람이 들어가는 데가 아니거든. 그러니까 너는 거짓말을 하고 있는 거다.

광대 1 이런 걸 산 거짓말이라고 합죠. 이제 댁이 말씀하실 차례입니다요.

햄릿 어떤 남자가 들어갈 무덤을 파고 있느냐?

광대 1 남자 무덤이 아닙니다.

햄릿 그럼 어떤 여자의 무덤이냐?

광대 1 여자의 무덤도 아닙니다.

햄릿 누구를 묻을 참이냐?

광대 1 전에는 여자였습니다만 지금은 가엾게도 죽었답니다.

햄릿 이거 대단히 까다로운 녀석이군! 조심해서 말해야지 함부로 말했다가는 말꼬리 잡히고 말겠다. 정말이지 호레이쇼, 지난 3년 동안 깨달은 일이네만 세상이 어찌나 뾰족해졌는지 농사꾼의 발가락이 지주 발뒤꿈치의 아픈 곳을 건드리는 형편이거든. 너는 언제부터 산역꾼 노릇을 하고 있느냐?

광대 1 내가 이 일을 하기 시작한 날은 바로 선대 햄릿 왕께서 포틴브라스를 무찌르신 날입니다요.

햄릿 그게 언젠데?

광대 1 그걸 모르시우? 바보들도 다 아는데. 햄릿 왕자님이 태어난 날이지 뭡니까. 미쳐서 영국으로 쫓겨 간 햄릿 말입니다.

햄릿 참, 왕자는 왜 영국으로 쫓겨 갔나?

광대 1 그야 미쳤으니까 그렇죠. 거기 가면 제정신을 찾게 되겠죠. 그렇지만 뭐 회복이 안 되더라도 별 상관이 없구요.

햄릿 왜?

광대 1 사람들 눈에 안 띌 테니까요. 그곳 사람들은 모두 왕자님처럼 미쳤답니다.

햄릿 왕자는 왜 미치게 됐을까?

광대 1 소문이 참 괴상하더군요.

햄릿 어떻게 괴상한데?

광대 1 그야 정신을 놓았으니 말입니다.

햄릿　원인이 어디에 있는가?

광대 1　물론 이 덴마크에 있습죠. 나는 어려서부터 삼십 년 동안이나 여기서 산역꾼 노릇을 하고 있습니다요.

햄릿　시체는 무덤 속에 얼마나 있으면 썩나?

광대 1　글쎄요, 죽기 전부터 썩어빠진 놈만 아니라면……, 요새는 마마로 죽은 놈이 많아서 묻기가 무섭게 썩어버리지만 보통은 한 8,9년 가지요. 가죽을 다루는 무두장이는 9년은 갑니다요.

햄릿　무두장이는 왜 더 오래 가나?

광대 1　그야 직업 덕분에 살가죽이 질겨져서 꽤 오래 물을 퉁겨 내거든요. 경칠 놈의 시체를 썩히는 데 물에는 지독한 힘이 있지요. 또 해골바가지구나. 이건 이십삼년 동안 흙 속에 묻혀 있었죠.

햄릿　누구 것인데?

광대 1　빌어먹을 미친 녀석입니다요. 누군 줄 아시우?

햄릿　모르겠는걸.

광대 1　이 미친 녀석, 염병할 녀석 같으니! 언젠가 이 녀석이 내 머리에다 라인 포도주를 병째로 들이붓지 않겠어요? 이 해골바가지는 바로 왕의 어릿광대 요릭의 해골입니다요.

햄릿　이게?

광대 1　예, 그렇습니다요.

햄릿　어디 좀 보자. (해골을 받아 든다.) 아, 가엾은 요릭! 나는 이 사람을 잘 안다네, 호레이쇼. 뛰어난 재담꾼이라 재미있는 소리를 정말 잘했지. 나를 자주 업어줬는데 이렇게 보니 생각만 해도 소름 끼치는군. 구역질이 날 지경이야! 내가 수없이 키스한 입술이 이쪽에 있었겠군. 네 풍자는 이제 어디로 갔나? 좌중을 마냥 웃기던 그 익살, 노래, 신나는 재치 등은 다 어디 갔나? 이렇게 이를 드러내고 있는 꼬락서니를 스스로 한번 놀려 볼 수 없겠나? 정말로 턱이 떨어져 나갔군. 자, 귀부인들에게 가서 말해 줘라. 분을 1인치나 처발라봐야 결국 이런 얼굴을 면치 못합니다 하고. 그렇게 실컷 웃겨

보라구. 호레이쇼. 한 가지 궁금한 게 있네.

호레이쇼 뭐가 말씀입니까, 왕자님?

햄릿 알렉산더 대왕도 흙 속에서는 이런 꼴을 하고 있을까?

호레이쇼 물론이죠.

햄릿 이렇게 냄새가 나고? 에, 퉤! (해골을 땅에 내려놓는다.)

호레이쇼 그렇습니다, 왕자님.

햄릿 사람이 죽으면 어떤 천한 일에 쓰일는지 모르겠구나, 호레이쇼. 알렉산더의 존엄한 유해가 마지막에 술통 마개가 되는 것도 상상 못할 거야 없잖은가?

호레이쇼 그렇게까지 말씀하시는 것은 좀 지나친 상상인 것 같습니다.

햄릿 아니야, 조금도 그렇지 않아. 아주 온당하게 추리해 봐도 결국 그렇게 될 수도 있을 것 같아. 이렇게 말일세. 알렉산더는 흙이 된다, 흙으로 찰흙을 만든다. 그러니 결국 죽은 알렉산더가 변해서 된 찰흙으로 맥주통을 왜 막을 수 없겠는가? 대왕이 죽어서 흙덩이가 되어 벽 구멍을 때운 바람막이 될 수도 있으리니, 오, 한 시대를 두려움에 떨게 했던 그가 지금은 벽을 때워 찬바람을 막는구나! 쉿, 잠깐, 가만있게. 저기 왕비와 조신들을 거느리고 왕이 오는군.

장례 행렬이 묘지에 등장. 뚜껑 없는 관에 든 오필리아의 유해 뒤를 레어티스, 왕, 왕비, 조신들, 법의를 입은 사제 등이 따라온다.

햄릿 누구의 장례식일까. 더구나 의식도 저렇게 간단하게? 아마도 저 유해의 주인은 무모하게 제 손으로 자기 목숨을 끊었나보구나. 하지만 신분은 상당했나보다. 숨어서 살펴보자. (두 사람, 나무 밑에 쭈그리고 앉는다.)

레어티스 의식은 이것이 다입니까?

햄릿 (호레이쇼에게) 레어티스구나. 참으로 훌륭한 청년이지. 잘 지켜보자.

사제 교회가 허락하는 한도까지 정중히 모신 장례식입니다. 사인에 의문스러운 점도 있고 해서 부정한 땅에 묻혀 최후의 심판 날까지 방치될 수도 있었습니다. 고별 기도는커녕 사금파리나 부싯돌이나 조약돌을 던져서 덮을 뻔했습니다. 왕의 칙명으로써 관례를 굽혀, 특별히 귀족 자녀의 장례답게 꽃다발로 꾸미고 꽃을 뿌리고 조종을 치는 장례 절차가 허가된 것입니다.

레어티스 이 이상 예를 갖춰서는 안 되는 겁니까?

사제 이 이상은 안 됩니다! 조용히 세상을 떠난 사람과 같이 취급해서 진혼가를 불러 명복을 빌어준다면 신성한 장례의 격식을 모독하는 것이 됩니다.

레어티스 관을 무덤에 내려라. 아름답고 눈처럼 순결한 몸에서 제비꽃을 피어 다오! (관이 무덤 속으로 내려간다.) 이 야박한 사제야, 내 누이는 네놈이 지옥에서 울부짖고 있을 때쯤 하늘의 천사가 되어 있을 게다.

햄릿 뭐, 그 아름다운 오필리아가?

왕비 (꽃을 뿌리며) 아름다운 처녀에게는 아름다운 꽃을. 잘 가거라! 네가 햄릿의 아내가 되기를 바랐건만……. 그리고 이 꽃으로 네 신방을 꾸며주고 싶었는데 이렇게 네 무덤에 뿌려주게 될 줄이야.

레어티스 오, 세 겹의 재앙이 서른 곱으로 그 저주받을 놈의 머리 위에 쏟아져 내려라. 그놈의 흉악한 행위로 인해 네 순결한 영혼은 미쳐버렸다! 잠깐, 흙을 끼얹기 전에 한번 더 안아봐야겠다. (무덤 속으로 뛰어든다.) 자, 이제 산 사람과 죽은 사람 위에 똑같이 흙을 쌓아 올려라. 이 무덤을 저 옛 펠리온산이나 하늘을 찌르는 푸른 올림포스산보다 더 높게 쌓아 올려라.

햄릿 (앞으로 나서며) 이렇게 요란스레 슬픔을 떠들어대는 자가 누구냐? 그 비분강개의 소리에 하늘의 유성조차 운행을 멈추고 고개를 갸웃거리는구나. 나는 덴마크의 왕자, 햄릿이다. (무덤 속으로 뛰어든다.)

레어티스 (햄릿을 움켜잡고) 이놈, 지옥에 떨어질 놈!

햄릿 악담을 하는군. 내 목에서 손을 놔라. 나는 성을 잘 내는 난폭한 인간은 아니지만 급하면 무슨 짓을 할지 모른다. 그러니 조심하는 것이 현명할 게다. 손을 놓아라.

왕 두 사람을 떼어놓아라.

왕비 햄릿, 햄릿!

모두 자, 두 분 다!

호레이쇼 왕자님, 진정하십시오.

조신들이 둘을 떼어놓는다. 두 사람은 구덩이에서 나온다.

햄릿 내 이 문제를 가지고 눈을 감을 때까지 끝까지 싸울 테다.

왕비 햄릿. 무슨 문제를 말이냐?

햄릿 나는 오필리아를 사랑했다. 사만 명의 오라비의 애정을 다 합친대도 내 사랑에는 미치지 못한다. 너 따위가 오필리아에게 뭘 해준다는 거냐?

왕 아, 레어티스. 그 애는 미쳤다.

왕비 제발 참아 다오.

햄릿 말해 봐라, 뭘 해주려는지. 울 테냐, 싸울 테냐? 굶고 옷을 찢어? 식초를 마실 거냐? 악어를 먹을 테냐? 나도 하겠다. 여긴 통곡하러 왔나? 무덤 속에 뛰어들어서 나를 부끄럽게 만들려고 왔나? 네가 오필리아와 생매장을 당하겠다면 나도 그렇게 하마. 네가 산이 어떻다 수다를 떠는데 우리 위에도 얼마든지 흙을 쌓아 올리게 해라. 태양까지 치솟아 꼭대기가 열기에 타고, 산봉우리가 사마귀만큼 보이게 될 때까지 쌓아 올리게 해! 네가 호언장담을 한다면 질 내가 아니다!

왕비 저게 다 광증 탓이에요. 발작이 일어나면 잠시 저러다가도, 암비둘기가 한 쌍의 황금빛 새끼를 깠을 때처럼 곧 온순해지고 침묵에 잠기지요.

햄릿 이봐, 내게 뭣 때문에 이러나? 나는 늘 너를 아껴 왔는데. 그렇지만 이제 상관없다. 헤라클레스는 마음대로 실컷 해보라지. 때가 되면 고양이도 울고 개도 짖게 될 테니까. (햄릿 퇴장)

왕 호레이쇼, 따라가서 돌봐주어라. (호레이쇼, 햄릿의 뒤를 따라간다. 왕은 레어티스에게) 꾹 참아라. 간밤의 이야기, 잊지 않았겠지? 곧 일에 착수하자. 거트루드, 누구를 시켜 저 애를 좀 감시해 주오. 이 무덤에는 불멸의 기념비를 세워야겠다. 머지않아 평화로운 날이 오겠지. 그때까지 꾹 참고 일을 진행해야 한다.

제5막 제2장

성 안의 홀.

전면에 옥좌가 마련되어 있고 좌우에는 의자와 탁자 등이 놓여 있다. 햄릿과 호레이쇼가 이야기를 나누면서 등장한다.

햄릿 그 이야기는 이만 해두고 다음으로 넘어가지. 이때의 사정은 자네도 잘 기억하고 있지?

호레이쇼 기억하고 있습니다, 왕자님.

햄릿 내 가슴속의 격심한 혼란 때문에 나는 밤에도 잠을 이루지 못했네. 반란을 일으키다 쇠고랑을 찬 선원보다 더 비참했을 거야. 그런데 무모하게도 아니, 이런 경우에는 그 무모를 오히려 칭찬해야겠지. 때에 따라서는 무분별이 도리어 도움이 되고 심사숙고한 계획이 수포로 돌아가는 수도 있으니까. 그러니 대강 모양을 깎는 것은 인간이지만 결국 다듬어서 완성시키는 것은 신의 힘이야.

호레이쇼 과연 그렇습니다.

햄릿 그래서 살며시 선실을 빠져나가 선원용 외투를 걸치고 어둠 속을 더듬어 찾으려던 목표물을 발견하고는, 살그머니 그 꾸러미를 빼내어 선실로 돌아왔네. 불안한 나머지 체면이고 뭐고 얼른 그 국서를 뜯어 봤지. 그랬더니 아, 여보게, 호레이쇼. 왕의 흉계 좀 보게나! 왕의 엄명이라며 덴마크 왕의 옥체가 위험할 뿐 아니라 영국 왕의 생명까지 위태롭다는 둥 터무니없는 이유를 잔뜩 늘어놓고, 나를 살려 두는 것은 화약고를 방치하는 거나 같으니 이 친서를 보는 대로 아니, 미처 도끼날을 갈 틈도 없이 내 목을 치라는 것이었네!

호레이쇼 그럴 수가!

햄릿 이것이 그 친서네. 나중에 틈을 내서 읽어 보게. 그래서 내가 어떻게 했는지 아나?

호레이쇼 말씀해 주십시오.

햄릿 꼼짝없이 흉계에 걸려들고 만 셈인데, 개막사도 하기 전에 내 머릿속에서는 벌써 연극을 구상한 거지. 나는 책상에 앉아 깨끗한 글씨로 새로운 친서를 꾸미기 시작했지. 나도 한때는 이 나라 정객들처럼 서예를 경멸하고 습득한 솜씨를 일부러 잊으려고 애쓴 적도 있었지만 이제 와서 그게 퍽 도움이 되었네. 내가 위조한 친서의 내용을 알고 싶은가?

호레이쇼 예, 왕자님.

햄릿 왕의 간곡한 청탁 서한의 형식으로 했지. 말하자면 영국은 덴마크의 충실한 속국이니만큼 이라든가, 두 나라 사이의 우정은 종려나무처럼 번영하기를 바라니만큼 이라든가, 평화의 여신은 항상 밀 이삭 화환을 쓰고 두 나라 친선의 인연이 되어야하니만큼 이라든가, 이 밖에도 실컷 그럴싸한 '하니만큼'을 쭉 나열하고 나서, 이 친서를 읽는 대로 1초도 망설이지 말고 친서의 지참자 두 명을 사형에 처하되 참회의 여유도 주지 말라고 썼지.

호레이쇼 봉인은 어떻게 하셨습니까?

햄릿 아, 그것 역시 하늘의 도움이 있었지. 마침 내 주머니에 선왕의 옥새가 들어 있었거든. 지금 왕의 옥새는 이걸 본떠서 새긴 거고. 그래서 편지를 먼젓번 것과 똑같이 접어서 서명을 하고 옥새를 눌러 봉인을 한 다음, 바꿔친 것을 아무도 모르게 살그머니 본래 장소에다 갖다 두었지. 그리고 다음날은 해적과 싸웠고 그 뒤의 사정은 자네도 잘 알고 있는 바일세.

호레이쇼 그럼 길덴스턴과 로젠크랜츠는 곧장 영국으로 가고 있겠군요.

햄릿 그 둘은 자청해서 이 일을 맡고 나섰네. 나는 조금도 양심의 가책을 느끼지 않아. 스스로 화를 불러들인 격. 불꽃 튀는 결사의 승부를 벌이고 있는 두 강자 사이에 그런 소인배들이 끼어드는 것은 위험한 일이야.

호레이쇼 그런데 참 악독한 왕도 다 보겠습니다!

햄릿 이쯤 되었으니 나는 이제 그냥 물러설 수는 없지 않은가. 내 아버지인 왕을 죽이고, 내 어머니를 더럽히고, 이 나라 왕으로 오를 나의 희망을 가로막은 데다 까닭 없이 내 목숨마저 낚으려고 그런 간책을 썼으니. 이런 놈은 내 손으로 처치해 버리는 것이 양심에 떳떳할 것 아닌가? 이런 인류의 독충이 세상에 해독을 끼치게 방치해 두는 것이 오히려 죄악이 아니겠는가?

호레이쇼 영국 왕은 일이 어떻게 되었는지 전말을 곧 보고해 올 것입니다.

햄릿 곧 올 테지. 그때까지의 시간은 내 것이네. 어차피 인간의 목숨이란 '하나' 하고 세는 동안에 없어지는 거야. 그런데 호레이쇼, 레어티스에게는 참으로 미안하게 되었어. 그만 흥분하여 이성을 잃었었네. 내 경우에 비춰 봐도 그의 비통한 심정을 잘 알 수 있을 것 같아. 사과해야겠네. 너무 애통해 하는 바람에 나도 그만 울화가 치밀어 올랐단 말이야.

호레이쇼 쉿, 누가 옵니다.

몸집이 작고 경박한 멋쟁이 귀족 오즈리크 등장. 그는 두 어깨에 날개가 달린 것 같은 옷을 걸치고 최신 유행의 모자를 썼다.

오즈리크 (모자를 벗고 허리를 깊이 숙여 절을 하면서) 왕자님의 귀국을 충심으로 환영합니다.

햄릿 고맙네. (호레이쇼에게 방백) 자네, 이 꾸정모기 같은 인간을 알고 있나?

호레이쇼 모릅니다.

햄릿 (호레이쇼에게) 그거 다행이군. 저런 녀석은 알고 있기만 해도 재앙을 입지. 저래 봬도 기름지고 광대한 영지를 가지고 있다네. 짐승 같은 놈이 짐승을 많이 부려 귀족이 되더니만 이젠 저 녀석의 여물통이 왕의 식탁에까지 오르는 판이야. 수다밖에는 아무것도 없는 녀석이지만 엄청난 땅을 소유하고 있는 건 사실이니까.

오즈리크 (또 예를 올린 뒤) 왕자님, 시간이 된다면 폐하의 분부를 전해 올릴까 하옵니다.

햄릿 열심히 정성을 다해서 듣겠네. (오즈리크가 자꾸 절을 하는 바람에 모자가 연이어 흔들리는 꼴을 보고) 모자는 제자리에 올려놓게나, 그건 머리에 쓰는 물건이니까.

오즈리크 감사합니다. 하도 더워서요.

햄릿 아냐, 사실은 대단히 추운 걸. 북풍이 불고 있어.

오즈리크 예, 사실 꽤 춥군요. 왕자님.

햄릿 그런데 역시 매우 무더운 것 같군. 내 체질 때문인지.

오즈리크 굉장합니다, 왕자님. 예, 무덥습니다. 예, 저, 뭐라고 해야 할지 모르겠군요. 그런데 왕자님께 알려드리라는 폐하의 말씀은, 왕자님을 위하여 굉장한 내기를 거셨답니다. 내기의 내용인즉……,

햄릿 (모자를 쓰라고 손짓을 하며) 제발 모자를 쓰게.

오즈리크 아닙니다, 왕자님. 제게는 이게 편합니다. 저, 실은 이번에 레어티스가 귀국했는데 정말 나무랄 데 없는 신사입니다. 여러 가지 뛰어난 기마술을 두루 갖추고, 대인 관계에서도 지극히 친절할 뿐더러 풍채도 당당합니다. 선전 같지만 감히 평한다면 그분이야말로 신사도의 표본이요 모범이라고나 할까요. 하여튼 신사로서 지니고 싶은 모든 미덕은 그분한테서 찾을 수 있답니다.

햄릿 그렇게 찬사를 늘어놓는다고 레어티스에게 해가 될 건 없지. 그렇지만 재고품 정리하듯 그의 장점을 나열하자면 보통 기억력으로는 현기증이 나고 말 거야. 어찌나 빨리 달음질치는지 미처 따라갈 수가 있어야지. 진정으로 그를 칭찬하려면 그를 귀하게 대접해야 할 거네. 그 드물고도 귀한 천품인즉 정말이지 그의 거울만이 비교될 수 있을 뿐 그 밖에 누가 감히 따를 수 있겠나.

오즈리크 참으로 옳은 말씀이십니다.

햄릿 이야기의 취지가 뭐지? 그런 신사를 왜 우리가 조잡한 말로 욕보이고 있는 건가?

오즈리크 예?

호레이쇼 간단하게 이야기하실 수 없습니까? 자, 말씀하시지요.

햄릿 그 신사의 이름을 왜 꺼냈나?

오즈리크 레어티스 말씀입니까?

호레이쇼 (햄릿에게 방백) 이제 말주머니가 텅 비어 버렸군요. 황금의 미사어구 밑천이 다 떨어진 모양입니다.

햄릿 그래, 레어티스 말이야.

오즈리크 왕자님께서도 결코 모르시지는 않으리라 생각합니다만…….

햄릿 그렇게 생각해 주는 것은 좋지만, 뭐 그런대도 별로 내 명예가 될 것도 없지. 그래서?

오즈리크 모르지 않으시리라고 생각합니다만 레어티스가 얼마나 뛰어나냐면……,

햄릿 내가 어떻게 감히 그걸 안다고 할 수 있겠나? 하기야 남을 잘 안다는 것은 나를 아는 일이지만, 나는 그와 우열을 겨루고 싶지 않네.

오즈리크 제가 말씀드리는 것은 그의 무예 말씀입니다. 그의 하인들 평판으로는 천하무적이랍니다.

햄릿 무기는 무엇을 쓰는데?

오즈리크 가는 장검과 단도입니다.

햄릿 두 가지 칼을 쓰는구나. 그래서?

오즈리크 왕께서는 바바리 말 여섯 필을 내기에 걸었답니다. 그리고 그는 프랑스제 장검과 단도 각각 여섯 자루와 혁대, 검가, 그 밖의 부속품 모두를 내기에 내놓았답니다. 그 가운데서도 검가 세 개는 매우 정교하고 칼자루와도 조화가 잘 되어 있답니다.

햄릿 검가가 뭐지?

호레이쇼 (햄릿에게 방백) 설명 없이는 잘 모르겠습니다.

오즈리크 검가는 칼 고리를 말합니다.

햄릿 허리에 대포라도 차고 다닌다면 그 말이 맞을 것 같군. 그렇게 될 때까지는 역시 칼 고리가 좋겠어. 계속해 보게. 여섯 필의 바바리 말에 대하여 프랑스제의 검 여섯 자루와 모든 부속품, 그리고 정교한 검가 세 개라. 그러니 덴마크 대 프랑스의 내기로구나. 그런데 당신 말대로라면 그는 그런 귀한 물건을 왜 내기에 내놓았을까?

오즈리크 폐하께서는 왕자님과 레어티스의 시합을 시키되 아무리 레어티스라도 왕자님께 3합을 더 이기기는 어려울 것으로 보고 계십니다. 그래서 보통의 9합으로서는 레어티스가 불리할 것이므로 결국 열두 합을 시키기로 결정하셨답니다. 햄릿님께서 이 도전에 응하신다면 시합은 곧 시작되겠습니다.

햄릿   내가 싫다고 하면 어떻게 되지?

오즈리크   아니……, 왕자님. 저는 왕자님께서 시합에 나오시는 경우를 말씀드리고 있는 것입니다만.

햄릿   폐하께서 괜찮으시다면 나는 그냥 이 홀을 거닐겠네. 하지만 레어티스도 하고 싶어하고 폐하께서도 꼭 시합을 바라신다면, 마침 운동 시간이니 칼을 가져오게 하지. 폐하를 위해서라도 되도록 이기고 싶군. 지면 창피를 당하고 따끔한 맛을 보게 될 테니까.

오즈리크   가서 그렇게 말씀드릴까요?

햄릿   대략 그런 취지로, 바란다면 미사여구로 장식을 하시든지…….

오즈리크   (예를 취하면서) 앞으로도 잘 부탁드리겠습니다.

햄릿   잘 부탁하네, 잘 부탁해. (오즈리크, 한 번 더 깍듯이 예를 올린 뒤 모자를 쓴 다음 으스대며 나간다.) 자기 자신에게 잘 부탁하는 게 좋을걸. 달리 맡아 줄 사람도 없을 테니까.

호레이쇼   저 푸른 도요새 같은 녀석, 알 껍데기를 머리에 쓰고 도망치는 것 같군요.

햄릿   저 녀석은 제 어미젖을 빨아먹을 때도 젖가슴에 먼저 인사한 인간이라네. 아니, 저 녀석뿐 아니라 이 말세에 꺼덕거리는 숱한 녀석들은, 요즘 풍조에 맞춰 경박한 사교술에 정신이 없고 거품 같은 미사여구나 잔뜩 배워 세파와 싸워 온 훌륭한 사람들의 이론을 속이거든. 그러니 한번 훅 불어보게나, 거품이라 곧 꺼져버릴 테니까.

    귀족이 한 사람 들어온다.

귀족   왕자님, 조금 전 오즈리크 청년이 전해드린 폐하의 분부에 대해 홀에서 기다리신다는 대답이셨는데, 폐하께서 다시 확인해보라는 분부이십니다. 레어티스와의 시합에 지금도 이의가 없으십니까, 아니면 잠시 미루시겠습니까?

햄릿 내 생각은 변함이 없소. 폐하의 뜻을 따를 뿐이오. 폐하께서 좋으시다면 나는 언제든지 상관없소. 지금도 좋고 나중에 해도 좋소. 내 몸의 상태가 지금처럼 좋기만 하다면.

귀족 왕과 왕비님을 비롯하여 모두 지금 나오시고 계십니다.

햄릿 마침 잘 됐군.

귀족 왕비님께서는 시합을 시작하기 전에 왕자님께서 레어티스에게 따뜻하게 한 말씀 해주시기를 바라십니다.

햄릿 당연한 분부시오. (귀족 퇴장)

호레이쇼 이번 내기는 질 것 같습니다, 왕자님.

햄릿 나는 그렇게 생각하지 않아. 그가 프랑스로 떠난 뒤로 나도 계속 연습을 해 왔고 게다가 조건도 유리하니 이길 거야. 그런데 이상하게 가슴 한쪽이 상상도 못할 정도로 욱신거리는군. 하지만 상관없어.

호레이쇼 아니, 왕자님!

햄릿 어리석은 말에 지나지 않아. 여자 같으면 혹 이런 불안감을 꺼림칙해할지도 모르지만.

호레이쇼 마음이 내키지 않으시거든 굳이 하지 마십시오. 제가 달려가서 이리로 오시지 못하게 하고 왕자님께서 기분이 언짢다고 전하겠습니다.

햄릿 그럴 것 없네. 나는 징조 같은 건 두려워하지 않으니까. 참새 한 마리 떨어지는 것도 신의 특별한 섭리야. 지금 오면 나중에 오지 않고, 나중에 오지 않으면 지금 오네. 올 것이 지금 안 와도 결국에는 오고야 마는 거야. 요는 각오야. 목숨을 언제 버려야 좋은지 그 시기는 어차피 아무도 모르는 것 아닌가? 그저 될 대로 되는 거지.

　시종들 등장하여 의자, 방석 등을 갖다 놓고 좌석을 마련한다. 이윽고 나팔수와 북 치는 사람들 등장. 그 다음에 왕과 왕비, 귀족들, 그리고 심판을 맡아볼 오즈리크와 귀족 한 사람 등장. 심판관이 장검과 단검을 벽 앞에 있는 탁자 위에 갖다 놓는다. 끝으로 경기복을 입은 레어티스 등장.

왕   자, 이리 와서 레어티스와 악수해라. (레어티스의 손을 햄릿의 손에 악수 시킨다. 그런 다음 왕비와 함께 가서 자리에 앉는다.)

햄릿   레어티스, 용서해 주게. 내가 잘못했네. 신사답게 용서하게. 여기 좌중이 다 알고 계시고 자네도 이미 들었을 줄 아네만, 나는 심한 정신 착란에 시달리고 있다네. 내가 한 짓에 대해 자네는 자식의 도리로서 정애와 명예와 감정이 몹시 상했을 것이네만, 내 여기서 밝히거니와 광증으로 빚어진 일이었네. 햄릿이 레어티스를 해쳤다면? 결코 햄릿이 아니야. 햄릿이 자아를 빼앗기고 자아가 없는 햄릿이 레어티스를 해쳤다면 그건 햄릿이 한 짓이 아니지. 햄릿은 그것을 부인하네. 그럼 누가 했나? 그의 광증이지. 그렇다면 햄릿도 피해자의 한 사람이야. 내 무례가 고의적인 것이 아니었다는 변명을 제발 이렇게 여러분들 앞에서 너그럽게 받아들이고 양해해 주게. 지붕 너머로 쏜 화살이 우연히 자기 형제를 맞힌 격이라고 이해해 주게.

레어티스   자식의 도리, 오직 이것만이 복수심을 분발시킨 동기였지만 이제 마음이 풀립니다. 그러나 제 명예에 관해서는 이대로 물러서지 않겠습니다. 화해도 하지 않겠습니다. 높은 명예를 가진 어른이 가운데 서서 화해해도 좋다는 선례를 제시하고 제 명예를 세워주기 전에는. 그렇지만 그때까지는 햄릿님이 보여주신 우정을 우정으로 받아들이고 그것을 어기지 않겠습니다.

햄릿   나도 그 말을 고맙게 받아들이고 허심탄회하게 형제끼리의 시합을 하겠네. 검을 다오, 자.

레어티스   내게도 하나 주시오.

햄릿   내, 자네를 돋보이게 하는 역할을 하지. 서툰 나에 비하면 능숙한 자네 솜씨는 밤하늘의 별처럼 반짝일 거야.

레어티스   놀리지 마십시오.

햄릿   아니, 정말이라구.

왕   오즈리크, 두 사람에게 검을 주어라. (오즈리크가 너덧 자루의 시합용 칼을 들고 앞으로 나온다. 레어티스가 그 가운데 하나를 집어 들고 한두 번 흔들어 본다.) 햄릿, 내기를 건 것을 알고 있느냐?

햄릿　예, 잘 알고 있습니다. 친절하게도 제게 유리한 조건을 정해 주셨습니다.

왕　나는 염려하지 않아. 두 사람의 실력은 내가 알고 있으니까. 그렇지만 레어티스의 실력이 많이 나아졌기에 그만큼 조건을 네게 유리하게 해 놓았지.

레어티스　이건 좀 무겁군. 다른 것을 보여주시오. (탁자로 가서 끝이 뾰족하고 독이 칠해진 장검을 집어 든다.)

햄릿　(오즈리크에게서 검을 받아들고) 나는 이게 마음에 드는군. 길이는 다 같겠지?

오즈리크　예, 왕자님.

　심판관과 시종들, 시합을 준비한다. 다른 시종들이 포도주를 담은 병과 잔을 가지고 등장.

왕　포도주 잔을 탁자 위에 올려 놓아라. 그리고 햄릿이 1합이나 2합에서 득점을 하거나 3합에서 비기거든 모든 성벽에서 일제히 축포를 올리도록 하라. 나는 햄릿의 건투를 위해 축배를 들고 술잔에 진주를 넣겠다. 그것은 덴마크의 4대 왕이 왕관에 달았던 진주보다 훌륭한 것이니라. 잔을 이리 다오. 그리고 북을 쳐서 나팔수에게 알리고 나팔수는 바깥 포수에게 알려서, 포성이 천상으로 천상에서 대지로 은은히 울리게 하여 "지금 국왕이 햄릿을 위해 축배를 드노라." 하고 알려라. 자, 시작하라. 심판관들은 정신을 차려 똑똑히 지켜보도록 하라.

　잔이 왕 곁에 놓여진다. 나팔소리, 햄릿과 레어티스, 각각 갈라선다.

햄릿　자, 덤벼라.
레어티스　자, 오시오.

1회전이 시작된다.

햄릿 하나.
레어티스 아니오.
햄릿 심판?
오즈리크 한 대, 정통으로 한 대입니다.

두 사람 떨어져 선다. 북소리와 나팔소리. 그리고 밖에서 대포소리.

레어티스 자, 2회전을.
왕 잠깐, 술을 부어라. (시종이 잔에 술을 따른다.) 햄릿, (진주를 들어 보이면서) 이 진주는 이제부터 네 것이다. 너의 건투를 위해 내가 축배를 들겠다. (왕은 잔을 비우고 그 술잔에 진주를 넣는 체한다.) 햄릿에게 이 술을 들게 하라.
햄릿 이 승부부터 먼저 내겠습니다. 잔은 잠시 거기 놔두십시오. (시종이 잔을 뒤쪽 탁자 위에 갖다 놓는다.) 자, (2회전이 시작된다.) 또 하나. 어떤가?
레어티스 약간 스쳤소. 인정합니다. (두 사람이 떨어져 선다.)
왕 우리 아들이 이길 것 같군.
왕비 저 애는 저렇게 땀을 흘리고 숨이 가빠요. 자, 햄릿. 여기 내 손수건으로 이마를 닦아라. (손수건을 햄릿에게 주고 탁자로 가서 햄릿의 술잔을 든다.) 네 행운을 위하여 내가 축배를 들겠다.
햄릿 고맙습니다.
왕 마시지 마오! 거트루드.
왕비 조금만 마시겠어요, 폐하. 용서하세요. (조금 마시고 잔을 햄릿에게 준다.)
왕 (방백) 저건 독을 탄 술인데! 너무 늦었다!
햄릿 못 마시겠어요, 어머니. 이따 마시겠습니다.

왕비 자, 네 얼굴을 닦아 주마.

레어티스 (왕에게 방백) 이번에 한 대 먹이겠습니다.

왕 글쎄.

레어티스 (방백) 아무래도 양심에 찔리는구나.

햄릿 자, 3회전이야. 레어티스, 자네 힘이 안 들어갔군. 좀 맹렬히 찔러보게. 나를 놀리는 것 같지 않나.

레어티스 그렇게 말씀하신다면, 자, 갑니다.

　3회전이 시작된다.

오즈리크 무승부! (두 사람이 떨어져 선다.)

레어티스 (느닷없이) 자, 간다! (햄릿이 옆을 보는 틈을 노려 상처를 입힌다. 레어티스의 비겁한 행동에 햄릿은 격분하여 레어티스와 격투한다. 그러다가 두 사람은 우연히 칼을 바꿔 쥔다.)

왕 둘을 떼어 놓아라, 둘 다 흥분했다.

햄릿 (레어티스를 향하여) 아니다. 자, 다시!

　왕비가 쓰러진다.

오즈리크 아, 왕비님을 보십시오!

　햄릿은 레어티스에게 깊은 상처를 입힌다.

호레이쇼 양쪽이 피를 흘리고 있다. 왜 그러십니까, 왕자님?

오즈리크 (레어티스를 안아 일으키면서) 왜 그러시오, 레어티스?

레어티스 아, 푸른 도요새처럼 내 덫에 내가 걸렸소. 오즈리크, 내 자신의 술책으로 내가 죽으니 할 말이 없소.

햄릿 왕비님께서는 어떻게 되신 것입니까?

왕 피를 보고 기절하셨다.

왕비 아니다, 아니다, 저 술, 저 술! 아, 나의 햄릿! 저 술, 저 술! 독이 들어 있었다! (쓰러져 죽는다.)

햄릿 오, 나쁜 자식! 어서 문을 닫아 걸어라, 배신이다! 범인을 찾아라!

레어티스 범인은 여기 있습니다. 햄릿님, 햄릿님도 목숨을 잃습니다. 이 세상의 어떤 해독약도 아무 소용이 없습니다. 앞으로 반시간도 살지 못합니다. 그 흉기는 결국 내 자신한테로 돌아왔습니다. 뾰족한 칼끝에 독약이 묻은 흉기가……. 그 간악한 흉계는 결국 내 자신한테로 돌아왔습니다. 보십시오, 나는 이렇게 쓰러져 다시는 일어나지 못합니다. 왕비님께서는 독살되셨습니다. 범인은 왕, 저 왕!

햄릿 이 칼끝에 독을? 그렇다면 독약이여, 네 임무를 다해라! (왕을 찌른다.)

오즈리크, 귀족들 반역이다! 반역이다!

왕 이놈들아, 나를 구해라! 상처를 입었을 뿐이다.

햄릿 살인하고 강간한 이 저주받을 덴마크 왕아! 이 독배를 비워라! (술잔을 억지로 왕의 입에 갖다 대고 기울인다.) 네 진주가 들어 있느냐? 내 어머니를 따라가라. (왕, 숨이 끊어진다.)

레어티스 자기 손으로 만든 독약, 마땅히 먹을 사람이 먹었습니다. 우리 서로 용서하십시다. 햄릿 왕자님, 저와 아버님의 죽음은 왕자님의 죄가 아니고, 왕자님의 죽음은 저의 죄가 아닙니다! (숨이 끊어진다.)

햄릿 하느님이 자네 죄를 용서하시기를! 나도 자네 뒤를 따라가겠네. (쓰러진다.) 나는 죽는다. 호레이쇼, 가엾은 어머니, 안녕히! 이 참변에 파랗게 질려 떨고 있는 여러분에게, 이 연극의 무언배우나 관객이 된 그대들에게 시간만 있다면 냉정한 죽음의 사자는 나를 사정없이 붙잡아 가는구나. 아, 하고 싶은 말이 있는데 이제 어쩔 수가 없다. 호레이쇼, 나는 가네. 자네는 살아남아 나와 나의 입장을 올바르게 전해 주게. 나를 비난하는 사람들에게…….

호레이쇼 살아남다니요? 천만의 말씀입니다. 저는 덴마크인이라기보다 고대 로마인이고 싶습니다. 아직 독주가 남아 있군요. (잔을 든다.)

햄릿 (일어서서) 자네가 대장부라면 그 잔 이리 주게. 자, 놓아. 제발 이리 주라니까! (호레이쇼의 손을 쳐 잔을 마루에 떨어뜨리고 다시 쓰러진다.) 아, 호레이쇼. 전말을 분명하게 밝히지 않고 그냥 내비려 둔다면 내가 죽은 뒤에 어떤 더러운 이름이 남을지 모르지 않겠는가! 자네가 나를 진정 소중히 여긴다면 잠시 천상의 행복을 뒤로 미루고 고생스럽더라도 이 험한 세상에 살아남아 내 이야기를 전해 주게……. (멀리서 진군하는 소리가 들려온다. 이윽고 대포소리. 오즈리크 등장) 저 용맹스러운 소리는 무엇인가?

오즈리크 (돌아와서) 노르웨이 왕자 포틴브라스가 폴란드로부터 개선하여 오는 길에 마침 영국 사절을 만나 용맹스러운 예포를 쏘고 있는 중입니다!

햄릿 아, 나는 죽는다! 호레이쇼. 맹독이 내 정신을 마비시켜 버렸다. 시간이 없어 영국의 소식도 듣지 못할 것 같다. 그래서 미리 말해 두지만 덴마크의 대를 이을 사람은 포틴브라스 밖에 없다. 죽기 전에 내 그를 추천하니 그에게 그렇게 전해 다오. 그리고 사태가 여기에 이르게 된 사정도 자세하게, 나머지는 다 침묵이다……. (숨을 거둔다.)

호레이쇼 아, 이제 고귀한 영혼은 다 사라지고 말았구나. 편히 주무십시오, 다정하신 왕자님. 수많은 천사들의 노래로 왕자님을 안식처로 인도하리다! (진군하는 북소리) 그런데 저 북소리가 어째서 이쪽으로 오고 있지?

　노르웨이 왕자 포틴브라스, 영국 사절, 기타 등장.

포틴브라스 현장이 어딘가?

호레이쇼 무엇을 보고 싶으십니까? 비참하고 놀라운 참변이라면 더 찾으실 필요가 없습니다.

포틴브라스 이 시체더미는 무참한 살육을 말해주고 있구나. 아, 교만한 죽음아, 영원한 지하의 굴속에서 향연이라도 베풀겠단 말이냐? 이렇듯 많은 귀인들을 한 칼로 무참하게 쓰러뜨려 놓다니!

영국 사절 차마 눈뜨고 볼 수 없는 참상입니다. 영국에서 가져온 우리의 보고도 너무 늦었군요. 그것을 들어주실 귀는 이미 감각이 없어졌고, 왕의 명령대로 길덴스턴과 로젠크랜츠를 사형에 처했는데 들어주실 분이 없어졌으니 치사는 어디서 받아야 합니까?

호레이쇼 왕의 입으로는 치하 받지 못합니다. 설령 살아있어 고마워한다 할지라도 왕은 두 사람의 사형을 명한 적이 없으니까요. 아무튼 이 유혈의 참극과 때를 같이하여 한 분은 폴란드전에서 또 한 분은 영국에서 이곳에 도착하셨으니, 이 시체들을 많은 사람들이 볼 수 있게 높은 단 위에 모시도록 명령해 주십시오. 그리고 저로 하여금 아무것도 모르는 세상 사람들에게 이 일이 어떻게 해서 일어나게 됐는지 사건의 전말을 설명하게 해주십시오. 그러면 여러분은 간악한 불륜에 의한 살인, 우발적으로 내려진 판단과 뜻하지 않은 살해, 어쩔 수 없이 감행한 모살, 그리고 끝으로 간계가 빗나가 도리어 그 간계를 꾸민 자들의 머리 위에 떨어지게 된 마지막 국면을 모두 들으실 수 있습니다. 제가 사실대로 다 이야기하겠습니다.

포틴브라스 어서 들어봅시다. 즉시 이 나라의 귀족들을 부르시오. 나로서는 한편으로 애도하면서 이 행운을 맞이하겠소. 이 왕국에 대해서는 다소 잊지 못할 권리를 가지고 있는 사람이오. 이 기회에 그 권리를 주장하지 않을 수 없소.

호레이쇼 그 일에 대해서도 말씀드릴 것이 있습니다. 더구나 그것은 많은 민중들이 지지하는 유력한 분의 입에서 나온 것입니다. 그렇지만 방금 말씀드린 일부터 처리하십시오. 민심이 소란한 이때 음모나 오해로 또 무슨 불상사가 일어날지 모르는 일입니다.

포틴브라스 부대장 네 명은 예를 갖추어 햄릿님을 단상으로 모시도록 하라. 때를 잘 만났던들 세상에 보기 드문 왕이 되셨을 분이다. 자, 왕자님의 서거를 애도하여 군악과 조포를 울려 이분의 덕을 찬양하자. 저 시체들도 들어내라. 이 같은 광경은 싸움터에서는 어울릴지 몰라도 이곳에서는 보기 흉하다. 누가 가서 병사들에게 조포를 쏘게 하라.

병사들이 시체를 들고 퇴장. 그 동안 장례 행진곡. 그리고 조포가 은은히 울려 퍼진다.

오셀로

Othello

베니스 및 사이프러스

등장인물

베니스	공작
브러밴쇼	원로원 의원, 데스데모나의 아버지
다른 의원들	
그레시아노	부러밴쇼의 동생
로도비코	부러밴쇼의 친척
오셀로	베니스 정부에 근무하는 왕족 출신의 무어 인
카시오	오셀로의 부관
이아고	오셀로의 기수(旗手)
로더리고	베니스의 신사
몬타노	사이프러스의 전 총독
어릿광대	오셀로의 시종
데스데모나	부러밴쇼의 딸, 오셀로의 아내
에밀리아	이아고의 아내
비안카	카시오의 정부(情婦)

그 밖에 수병(守兵), 사자(使者), 전령, 관리, 신사, 광대, 악사,
수행원 등

　　베니스 공국의 원로 브러밴쇼의 딸 데스데모나는 흑인 장군 오셀로를 사랑하게 되어 아버지의 반대를 무릅쓰고 결혼한다. 때마침 터키 함대가 사이프러스섬으로 향하고 있다는 보고를 받고 오셀로는 그 섬의 수비를 위해 아내를 데리고 사이프러스로 떠난다. 오셀로의 기수 이아고는 바라던 부관 지위를 카시오에게 빼앗기자 앙심을 품고 두 사람에게 복수를 계획한다. 사이프러스에 도착한 날 밤 이아고는 술이 약한 카시오에게 일부러 술을 마시게 하고 소동을 일으키게 하여 오셀로로부터 파면당하게 하고 데스데모나를 통해 카시오의 복직을 돕도록 권유한다.

　　그 뒤 이아고는 오셀로에게 카시오와 데스데모나가 밀통하고 있다고 보고하고, 오셀로가 그녀에게 주었던 귀한 손수건을 아내 에밀리아에게 훔치게 하여 카시오의 방에 떨어뜨려 거짓 증거를 만든다. 이아고의 거짓말을 믿은 오셀로는 데스데모나를 침대 위에서 목 졸라 죽인다. 나중에 이아고의 아내를 통해 모든 사실을 알게 된 오셀로는 슬픔을 이기지 못해 자살하고 이아고는 가장 잔혹한 형벌을 받아 처형된다.

제1막

제1막 제1장

베니스의 거리.
로더리고와 이아고 등장.

로더리고 흥, 듣기 싫네. 그런 말이 어디 있나? 여보게, 이아고. 내 지갑을 제 것처럼 마구 쓰던 자네가 이 일을 훤히 알고 있으면서 시치미를 떼다니, 어떻게 그럴 수가 있나?

이아고 제길, 막무가내로군. 내가 꿈에라도 그 일을 알고 있었다면 내 목을 치게나.

로더리고 자네는 그자를 미워한다고 그랬지?

이아고 미워하다 뿐인가. 세도가 세 분이 일부러 찾아가서 공손하게 나를 그의 부관으로 천거했었지. 내 가치는 내가 잘 알지만 솔직히 말해 그만한 자격은 충분하단 말일세. 그런데 그 작자는 제 뜻을 고집하면서 잘난 체하고 싶은지, 온통 미사여구에다 군대 용어를 섞어가며 교묘하게 회피하더니 결국은 거절하더라는 거야. "실은 인선은 이미 결정됐소." 하면서. 한데 인선된 자가 대체 누군지 알아? 쳇, 마이클 카시오라는 플로렌스 출신으로 허울뿐인 전술가라구. 지금은 으스대고 있지만 머지않아 욕깨나 볼 사람이지. 그는 실전의 지휘 경험도 없거니와 병력 배치법도 모르는 위인이니 계집애와 다를 게 뭐 있겠나? 그가 아는 건 탁상공론뿐이지. 그 정도야 책이나 읽는 학자들도 논할 수 있어. 경험도 없이 입만 나불대면서 대단한 군인인 체하는 놈이나 발탁되고, 나처럼 로도스 섬, 사이프러스 섬, 거기다 미개한 나라나 개명한 나라 곳곳에서 큰 공을 세운 사람은 요 얌체 같은 녀석 밑에 들어가 꼼짝을 못해야 하다니. 이 약삭빠른 녀석은 제꺽 부관으로 출세하는데 나는 참, 기가 막혀서, 무어인의 기수나 하고 말이지.

로더리고 나라면 그 녀석의 교수형 집행인이 되겠네.

이아고 하지만 별수 있어야지, 고용살이하자면 별별 욕을 다 봐야 하니까. 승진은 추천이나 정실관계로 좌우되고 예전같이 서열 두 번째가 저절로 올라가는 세상이 아니거든. 자, 판단 좀 해보게. 이러니 내가 그 무어인한테 충성을 다 하겠는가?

로더리고 나 같으면 딱 질색이지.

이아고 잠깐, 잠깐. 내가 그자를 따르는 데는 다른 속셈이 있단 말씀이야. 우리는 저마다 주인노릇을 할 수도 없거니와 또 어디 주인이라고 아랫놈들이 굽실거리는 줄 아나? 세상에는 그저 굽실거리며 평생 충성을 다하는 녀석들도 많지만, 그러다가 주인집 당나귀처럼 멍에를 메고 꼴이나 얻어먹다가 늙으면 내쫓기게 마련이거든. 그런 녀석들은 바보 병신이지. 반면 충성을 가장하여 주인에게 굽실거리면서 실속은 실속대로 챙겨 주머니가 두둑해진 후 자신에게 충성을 하는 놈도 있거든. 이게 제정신을 가진 축들이지. 내가 바로 이런 부류의 하나란 말씀이야. 이봐, 내가 만약 무어인 같은 팔자라면 지금 같은 이아고로 있을 필요가 없지. 이건 자네가 로더리고인 것만큼이나 확실한 일이야. 내가 무어인 녀석을 주인으로 받들고는 있지만 사실상 주인은 나야! 그렇지만 본심을 액면 그대로 털어놓느니 차라리 까마귀에게 쪼아 먹으라고 심장을 옷소매에 달고 다니는 게 낫지……. 난 겉보기와는 다른 사람이라네.

로더리고 그 입술 두꺼운 놈은 복도 많지 뭐야, 일이 제대로만 된다면!

이아고 그 여자의 아버지를 깨우는 거야. 그런 다음 그치(오셀로)를 잡으러 가게 해서 딸과 한참 재미보고 있을 때 훼방을 놓게 하는 거지. 녀석이 흐뭇한 기분으로 있을 때 여자의 친척들을 꼬드겨 파리 떼가 꾀듯 들쑤셔 놓는 거야. 그래서 적어도 안절부절못하게 해서 흥을 깨자는 걸세.

로더리고 여기가 그 여자의 아버지 집이군. 어디 불러 볼까.

이아고 불러 봐. 한바탕 요란스럽게, 아닌 밤중에 불이 난 것처럼 말이야.

로더리고 여보시오, 브러밴쇼님! 브러밴쇼 의원님! 여보시오!

이아고 일어납쇼! 여보시오, 여, 브러밴쇼님! 도둑이야! 도둑! 도둑! 집 안을 둘러보고 따님과 돈뭉치를 찾아보시오! 도둑이야! 도둑!

브러밴쇼가 2층 창문에 나타난다.

브러밴쇼 왜 이렇게 사람을 깨우고 야단인가? 대체 무슨 일이냐?

로더리고 의원님, 가족이 안에 다 계십니까?

이아고 문단속은 잘하셨습니까?

브러밴쇼 대체 그건 왜 물어?

이아고 큰일 났습니다, 의원님. 댁에 도둑이 들었어요. 어서 옷이나 입으시지요. 의원님의 심장이 터지고 혼비백산할 일입니다. 지금, 바로 지금, 시커먼 늙은 숫양이 댁의 흰 양을 올라타고 있는 중이니까요. 일어나세요. 어서 종을 쳐서 시민들을 깨우십시오. 그렇지 않으면 그 악마가 의원님의 외손자를 만들고 말 것입니다. 자, 어서 일어나시라니까요.

브러밴쇼 뭐라고, 미쳤나?

로더리고 의원님, 제 목소리를 아시겠습니까?

브러밴쇼 몰라, 누구냐?

로더리고 로더리고입니다.

브러밴쇼 괘씸하군. 내 집 근처에 얼씬대지 말라고 했을 텐데. 딸을 줄 수 없다는 말을 확실하게 하지 않았나? 한데 이게 뭐야, 미친놈같이 술을 잔뜩 퍼마시고 엉큼스럽게 찾아와서 사람들 단잠을 깨우나?

로더리고 의원님, 저 글쎄……,

브러밴쇼 명심해 두라구! 원로원 의원인 내 비위를 거스르다 혼날 줄 알아!

로더리고 좀 진정하십쇼. 의원님.

브러밴쇼 도둑이라고? 여긴 베니스 한복판이야. 내 집은 들판의 외딴 집이 아니라구.

로더리고 브러밴쇼 의원님, 저는 진실을 여쭈러 찾아왔습니다.

이아고 원, 이럴 수가. 의원님께선 신에게 하는 말이라도 악마의 권고라며 거절하실 분이군요. 일껏 알려드리러 왔는데 불한당 취급을 하시다니요. 아프리카산 바바리 말이 따님을 올라타고 있다니요. 말처럼 히잉 우는 외손자들이 생기게 된다구요. 그러니까 경주용 말, 스페인 말들의 일가친척이 되시겠다는 건가요?

브러밴쇼 고얀 놈, 너는 대체 누구냐!

이아고 저는 말입죠. 따님과 무어 놈이 지금 잔등이 둘이고 몸은 하나인 짐승 짓을 하고 있다고 알려드리러 온 사람입니다.

브러밴쇼 이 악당 같으니……

이아고 의원님은……, 원로원 의원입지요.

브러밴쇼 이건 자네 책임이네. 나는 자네를 알아, 로더리고.

로더리고 네, 뭐든 책임지고말고요. 하지만 의원님, 그게 의원님의 뜻입니까? 심사숙고한 끝에 동의하신 일입니까? 아마 그러신가 보군요. 이 한밤중에 아름다운 따님이 무어 놈에게 함부로 안겨 있습니다만, 이걸 알고 있고 또 동의하신 일이라면 저희들이 주제넘은 짓을 했나 봅니다. 그렇지만 모르고 계셨다면 저희들을 그렇게 꾸짖으실 게 아닙니다. 버릇없이 의원님을 조롱하자거나 무시하자는 건 아니니까 오해는 하지 마십시오. 거듭 말씀드리지만 따님이 아버님의 승낙도 없이 나간 거라면 큰 불효를 한 셈이지요. 자식 된 도리나 분별력, 아름다움이며 자신의 미래 등을 방랑하는 떠돌이 이방인에게 죄다 내맡긴 셈이니까요. 당장 살펴보십시오. 제 말이 거짓이라면 법의 처벌을 감수하겠습니다.

브러밴쇼 불을 켜라! 여봐라, 초를 가져와! 모두 깨워! 어쩐지 꿈자리가 사납더라니, 가슴이 두근거리더라니. 불을 켜! 불을! (브러밴쇼 퇴장)

이아고 로더리고, 그럼 나중에 만나세. 나는 가 봐야겠네. 무어의 눈에 띄었다간 내 입장이 난처하니까. 난 정부의 태도를 잘 알고 있어. 무어 놈을 이번 사건으로 다소의 견제는 할망정 쉽사리 파면시킬 수는 없단 말씀이야. 사이프러스에서 전쟁이 벌어졌으니 이 전쟁도 놈이 맡게 돼 있어. 글쎄, 이 녀석 말고는 이 일을 감당할 만한 인물이 없으니 말이야. 지옥의 고통을 받고 있는 나이지만 당장 살아가려면 충성의 깃발을 내걸 수밖에. 사람들을 끌고 놈의 숙소로 가 보게. 틀림없이 거기 있을 걸세. 나도 조금 후에 가 있겠어. 그럼 난 가네. (이아고 퇴장)

브러밴쇼와 횃불을 든 하인들 아래층 입구에 등장.

브러밴쇼 이거 야단났다. 딸은 집에 없어! 이제 희망이 사라진 여생은 슬픔만 남았구나. 여보게, 로더리고. 내 딸을 어디서 보았다고? 아, 불쌍한 것! 무어 놈하고 같이 있더라고 그랬지? 이러니 어디 애비 노릇도 해먹겠나! 내 딸인지 어떻게 알았나? 오, 애비를 그렇게 감쪽같이 속이다니! 그 애가 자네보고 뭐라던가? 여봐라, 촛불을 더 가져와. 일가친척들을 모두 깨워! 정말 결혼을 해버린 것 같던가?

로더리고 아마 그런 줄로 압니다.

브러밴쇼 아이고, 맙소사! 대체 어떻게 나갔을까! 혈육이 다 배반하다니! 딸자식은 겉만 보고 믿지 말라고 세상의 부모들에게 일러줘야겠어. 젊은 처녀의 마음을 흔들어 놓는 마약이 있는 모양이지? 로더리고, 그런 얘기를 들은 적 있나?

로더리고 네, 있습니다.

브러밴쇼 내 아우를 깨워라. 아, 차라리 자네를 사위로 삼을 것을⋯⋯. 자, 한 패는 이쪽으로, 한 패는 저쪽으로 가라. 어디로 가면 그 애와 무어 놈을 잡을 수 있나?

로더리고 몇 사람 데리고 저를 따라오시면 찾아 드리겠습니다.

브러밴쇼 그럼 안내하게. 집집마다 불러 깨워야지. 대부분 내 명에 응할 것이다. 여봐라, 다들 무기를 들어라! 야경꾼을 깨워! 자, 로더리고. 수고는 잊지 않겠다. (모두 퇴장)

제1막 제2장

다른 거리.
오셀로, 이아고, 횃불을 든 수행원들 등장.

이아고 전쟁에서는 살인도 합니다만 모살만은 양심
이 허락지 않습니다. 전 악당이 아니라서 가끔 손해
를 보곤 하죠. 그냥 몇 번이나 생각했는지 모릅니다.
놈(로더리고)의 갈비뼈 밑을 푹 찔러줄까 하고요.

오셀로 내버려 두게.

이아고 그렇지만 놈은 욕설을 마구 늘어 놓으며 장군을 중상하지 않겠어
요? 저는 성인이 못 되어서 겨우 참았습니다. 참, 결혼은 하셨습니까? 아시
다시피 그 의원님은 대단한 인망에다 실력에 있어서는 베니스 공작이나 다
름없는 두 사람 몫의 세력을 가진 분입니다. 그러니까 그분은 이 결혼을 취
소시키거나 또는 국법의 한계 내에서 무슨 부당한 대책을 강구하는지 모릅
니다.

오셀로 맘대로 해보라지. 그 동안의 내 공로로 봐서라도 그분의 고소쯤은
문제없어. 그리고 이건 여태껏 아무에게도 말하지 않았지만, 명예를 위해 자
랑도 필요하다면……, 사실 나는 왕족의 혈통을 이어받은 사람이야. 그것으
로도 이번에 얻은 행운은 정정당당히 요구할 권리가 있지. 여보게, 이아고.
내가 정말로 데스데모나를 사랑하지 않는다면 무슨 이유로 지금과 같은 이
자유를 결혼이라는 울타리 속에 얽매어 놓겠는가. 설사 바다의 보물을 얻는
다 해도 말이야. 그런데 저 횃불들은 뭔가?

이아고 잠을 깬 아버지와 그 일당들입니다. 숨으시는 게 상책입니다.

오셀로 아니, 당당히 만나겠어. 나의 기질이나 신분이나 양심 등 어느 모로
보나 당당히 행동해야지. 그 패들인가?

이아고 아닌 것 같은데요.

카시오와 횃불을 든 몇몇 관리들 등장.

오셀로 베니스 공작의 부하들과 내 부관이군! 한밤중에 수고들 하네! 무슨 일인가?

카시오 공작님으로부터의 사자입니다. 장군님을 급히 모시고 오라는 분부십니다.

오셀로 무슨 일이 일어났나?

카시오 사이프러스에서 정보가 온 모양입니다. 긴급한 일인지 밤새 함대로부터 잇따라 보고가 들어오고 있습니다. 의원들은 거의 다 일어나 베니스 공작 저택에 이미 모였습니다. 공작께서 장군님을 급히 모시고 오라는 분부였지만 숙소에 가 봐도 안 계시고 해서……, 지금 세 패로 사람을 나누어 장군님을 찾고 있는 중입니다.

오셀로 만나서 잘됐네. 안에 일러둘 말이 있어 잠깐 들어갔다 나오겠어. 그러고 나서 곧 같이 가도록 하세. (안으로 들어간다.)

카시오 여보게, 기수. 장군은 여기서 뭘 하고 계셨나?

이아고 뭐, 장군님은 오늘 밤 육지를 달리는 큰 배를 한 척 약탈하셨지. 이게 합법적인 전리품으로 결정된다면 복도 많지 뭐야.

카시오 무슨 말인지 모르겠는걸.

이아고 결혼하셨다네.

카시오 누구와?

오셀로 다시 등장.

이아고 왜 저기……, 장군님, 가보실까요?

오셀로 음, 가세.

카시오 다른 패가 또 장군님을 찾으러 오는군요.

이아고 브러밴쇼예요. 장군님, 조심하십시오. 악의를 품고 온 것이니까요.

브러밴쇼, 로더리고, 횃불과 무기를 든 관리들 등장.

오셀로 정지하라! 움직이지 마라!

로더리고 의원님! 무어 놈입니다.

브러밴쇼 저 도둑놈을 때려눕혀라! (양쪽이 칼을 빼든다.)

이아고 잘 만났다. 로더리고! 너는 내가 상대해주겠다!

오셀로 이아고, 번쩍이는 칼을 칼집에 꽂아라, 이슬에 녹슨다. 의원님, 그만
한 연공이면 무기에 호소하지 않으시더라도 위엄이 통하실 텐데요.

브러밴쇼 이 더러운 도둑놈 같으니! 내 딸을 어디다 감춰 놓았느냐? 이 개
같은 놈! 내 딸을 요술로 홀려 내다니. 글쎄, 이치를 따져 봐라. 요술로 홀
리지 않고서야 그렇게도 상냥하고 아름답고 행복한 딸애가, 이 나라의 유
복한 귀공자와 결혼하는 것도 마다하던 내 딸애가, 남의 웃음거리가 되려
고 애비 슬하를 빠져나가 너 같은 사내의 시커먼 가슴에, 보기만 해도 소름
이 끼치는 그 가슴에 안길 수가 있단 말이냐! 세상 사람들에게 물어봐라.
요술을 부린 게 뻔하다. 연약한 처녀를 마약으로 홀리고 분별을 잃게 하지
않았느냐! 틀림없을 거다. 너를 체포 구금하여 법정에서 진상을 규명할 테
다! 세상을 해치고 금지된 요술을 행한 죄로 저놈을 매질해라! (부하 두 명
이 오셀로를 붙잡는다.)

오셀로 내 몸에 손대지 마라. 두 사람 다 멈춰! 내가 알아서 가겠다. (브러
밴쇼에게) 자초지종을 해명하리다. 어디로 갈까요?

브러밴쇼 법정에 호출될 때까지 감옥에 가 있어!

오셀로 그대로 복종해도 괜찮을까요? 베니스 공작께서 쉽게 양해하실는
지……. 긴급한 국사로 이렇게 사람을 보내어 저를 부르고 계시는데요?

관리 1 그건 사실입니다, 의원님. 공작님께서는 긴급 회의를 소집하셨습니
다. 의원님께도 사람이 갔을 것입니다.

브러밴쇼 뭐? 공작께서 회의를 소집하셨다고, 이 밤중에? 저놈을 묶어라.
나 역시 중대한 일이니 공작께서나 동료 의원들도 이 재앙을 남의 일같이 생
각하지는 않을걸. 이런 불법을 활개 치게 놔둘 바에야 이 나라 정치는 노예

나 이교도 보고 맡으라지. (모두 퇴장)

제1막 제3장

회의실.

베니스 공작과 의원들이 탁자를 에워싸고 앉아 있고, 관리 몇 명이 곁에 대령하고 있다.

공작 이 정보들은 갈피를 잡을 수 없어 믿을 수가 없구려.

의원 1 상호 일관성이 없습니다. 내게 온 서면에는 적 함대의 병력이 백일곱 척이라고 되어 있는데요.

공작 이 서면에는 백사십 척이라고 되어 있소.

의원 2 내게는 이백 척이라고 되어 있습니다. 정확히 일치하지는 않습니다만 이런 경우엔 추측해서 보고하게 마련이니까 착오도 있을 법합니다. 하여간 터키 함대가 사이프러스로 진격하고 있는 것만은 틀림없습니다.

공작 음, 있을 수 있는 일이오. 숫자에 착오가 있다고 해서 안심은 할 수 없소. 실상이 어떤지 매우 우려되오.

수병 (밖에서) 이보시오! 문을 여시오! 이보시오!

관리 1 함대에서 전령이 왔습니다.

수병 등장.

공작 그래 무슨 일인가?

수병 터키 함대가 로도스 섬을 향하여 진격 중입니다. 이 사실을 국가에 보고하라는 안젤로 제독의 명령입니다.

공작 이 정세의 급변 상황을 다들 어떻게 생각하오?

의원 1　도저히 그럴 리가 없습니다. 우리를 속이기 위한 일종의 위장이 아닐까요? 터키에게 사이프러스 섬은 요지일 뿐더러, 다들 아는 바와 같이 로도스 섬 이상으로 이해관계가 있는 동시에 요새 설비나 장비 등은 로도스 섬보다 보잘것없는 실정이니 훨씬 용이하게 공략할 수 있는 상태에 있습니다. 이런 이치로 본다면 터키 군이 졸렬하게 앞뒤를 거꾸로 하여, 쉽고 유익한 공략을 포기하고 무익한 모험을 하리라고는 생각되지 않습니다.

공작　음, 확실히 로도스 섬이 목표는 아닌 것 같소.

관리 1　보고가 또 들어왔습니다.

　사자 등장.

사자　보고 드립니다. 로도스 섬으로 직행 중이던 터키 함대가 그 섬 부근에서 후속 함대와 합류했습니다.

의원 1　음, 그럴 줄 알았지. 후속 함대는 몇 척이나 되더냐?

사자　삼십 척 가량입니다. 다시 행동을 개시하여 공공연히 사이프러스를 향하여 출동하기 시작했습니다. 이상 충성스럽고 용맹한 그 섬의 총독 몬타노 의원님으로부터의 보고이며 선처를 요청하고 계십니다.

공작　음, 확실히 사이프러스가 목표란 말이지. 마르쿠스는 그곳에 없는가?

의원 1　현재 플로렌스에 체류 중입니다.

공작　그분께 내 명의로 문서를 만들어서 급히 사자를 보내시오.

의원 1　마침 브러밴쇼가 오시는군요, 무어 장군도 같이.

브러밴쇼, 오셀로, 이아고, 로더리고, 관리들 등장.

공작　오셀로 장군, 적국 터키 함대 격퇴의 임무를 장군이 당장 맡아 주셔야 되겠소. (브러밴쇼에게) 오신 것을 몰랐구려. 잘 오셨소. 오늘 밤 귀하의 고견을 듣고 조력을 구하려던 참이었소.

브러밴쇼　저 역시 공작 의원님의 고견과 조력을 청하고자 합니다. 죄송하지만 의원님, 이렇게 침상에서 일어나 여기 온 것은 직책상도
아니요, 이 사건 때문도 아닙니다. 또 나라의 위기를 우려해서
도 아닙니다. 실은 제 개인의 비애가 다른 슬픔들을 압도해 버
릴 만큼 어찌나 걷잡을 수 없던지 그저 그 일 밖에는 생각할 수
가 없습니다.

공작 아니, 무슨 일인데요?

브러밴쇼 딸년이! 아, 제 딸년이!

공작 죽었단 말이오?

브러밴쇼 네. 제게는 죽은 거나 마찬가지지요. 돌팔이 의사한테서 구한 마
술과 마약으로 딸년은 농락당했습니다. 바보도 아니고 장님도 아니고 정신
도 말짱한 그 애가 마술에 걸리지 않았다면 이렇게 터무니없는 실수를 할
리가 없습니다.

공작 그놈이 어떤 놈이건 그런 괘씸한 수단으로 영애의 마음을 홀려 귀하
한테서 꾀어낸 놈은 법규에 따라 귀하의 처분대로 극형에 처하시오. 설사
그 범인이 내 자식이라도 용서할 수 없는 일.

브러밴쇼 감사합니다. 바로 이 무어인이 범인입니다. 국사에 관한 의원님의
특명으로 출두한 모양입니다만.

모두 그럴 수가.

공작 (오셀로에게) 당사자로서 해명할 말은 없소?

브러밴쇼 있을 턱이 없지요. 사실이 그러한데.

오셀로 존경하는 원로원 의원 여러분, 내가 이 의원님의 따님을 꾀어낸 것
은 사실입니다. 결혼한 것도 사실입니다. 나의 죄목은 그것뿐입니다. 원래 말
솜씨가 거칠고 점잖은 구변은 못되는 이 사람입니다. 이 두 팔은 힘이 생기
기 시작한 일곱 살 때부터 오늘날까지 줄곧 싸움터에서 전력을 다해 온 탓
으로 전투 이외에는 모릅니다. 따라서 나 자신을 변명할 재주는 없습니다.
그러나 여러분들이 참고 들어주신다면 사랑의 전말을 사실대로 솔직히 말
씀드리겠습니다. 대체 무슨 마약, 무슨 요술, 무슨 주문, 무슨 마술을 써가
지고 —내가 그런 수단을 썼다고 고발당하고 있습니다만— 내가 저분 따님

의 마음을 샀는가를.

브러밴쇼   그렇게도 조용하고 단정하며 행여 마음의 동요가 있을까 얼굴을 붉히던 내 딸이, 천성이나 나이, 국적이나 외모 등 만사를 제쳐 놓고, 보기만 해도 질겁할 인간을 사랑할 리가 없습니다. 병신이나 바보라면 어떨는지 모르지만 티끌만한 흠도 없는 여자가 관습을 어겨 과오를 범할 리 없소. 교활한 악마의 장난이 아니고서야 이런 해괴한 일이 어떻게 일어나겠습니까? 그러니 거듭 단언하지만, 피를 어지럽히는 무슨 강력한 약이나 또는 마법에 의하여 약효를 발휘하는 약으로 딸을 농락한 것이 분명하오.

공작   단언만으로는 증거가 되지 않소. 좀더 확실한 증거 없이는 그런 빈약한 피상적 추측을 가지고 사람을 죄인 취급할 수는 없소.

의원 1   오셀로 장군이 말씀해 보시오. 과연 장군은 비열한 수단으로 처녀의 마음을 유혹했소? 아니면 정당하게 구애하여 서로의 마음을 이해하게 된 것이오?

오셀로   그럴 것 없이 제 숙소로 사람을 보내어 따님을 불러다가 그 아버지 면전에서 물어보시오. 만약 그녀의 대답을 듣고 내게 부당한 점이 있거든, 내가 받고 있는 신임과 지위를 박탈할 것은 물론 사형을 선고하셔도 좋습니다.

공작   데스데모나를 불러 오너라.

오셀로   기수가 안내하게. 어딘지는 자네가 잘 알지. (이아고와 시종 퇴장) 그녀가 올 때까지 신 앞에 나의 죄상을 참회하는 심정으로 여러분께 사실대로 말씀드리겠습니다. 내가 어떻게 그녀의 사랑을 얻게 되었나…….

공작   그럼 말해 보시오, 오셀로 장군.

오셀로   그녀의 아버지는 저를 아끼셔서 종종 댁으로 불러 저의 경험담을 묻곤 했습니다. 전투나 공격한 성, 포위, 승패 등등 해마다 겪어 온 전쟁들. 그래서 저는 어린 시절부터 현재까지의 경험을 전부 말씀드렸지요. 즉, 기가 막힌 모험담이나 바다와 육지에서의 가공할 사건, 위기일발로 성벽을 뚫고 구사일생으로 살아난 이야기나 잔인한 적에게 포로가 되어 노예로 팔렸다가 몸값을 치르고 석방된 얘기, 방랑 시절의 체험담, 예를 들면 거대한 동

굴이며 불모의 사막, 험한 돌산과 암석, 하늘을 찌르는 산악 등등이 자연
화제에 올라 주로 그런 얘기를 해드렸지요. 또 동족을 잡아먹는 식인종이나
앤드로포파이자족의 얘기, 어깨 밑에 목이 달린 미개인 얘기도 해드렸지요.
그런 얘기들을 아버지 옆에 있던 데스데모나도 열심히 들었습니다. 가끔 안
으로 들어가야 할 일이 생기면 얼른 일을 마치고 돌아와서 얘기를 계속 듣
곤 했습니다. 그것을 보고는 언젠가 기회를 노려 그녀가 나의 방랑기를 다
시 한 번 듣고 싶어하게끔 만들었지요. 그녀는 여태까지 띄엄띄엄 들었을 뿐
자세히는 듣지 못했으니까요. 나는 그녀의 요청을 승낙하면서 어렸을 때 고
생했던 얘기를 꺼내어 그녀를 울리곤 했습니다. 내 얘기를 들으며 그녀는 나
의 험난했던 인생을 동정하여 깊은 한숨을 몰아쉬면서 원, 세상에 그런 일
이, 어머나, 신기해라, 딱해라, 가엾게도, 하는 감탄을 늘어놓았습니다. 그
러면서 차라리 듣지 말걸 하면서, 자기도 그런 용감한 남자로 태어났더라면
좋았겠다며 이렇게 당부하더군요. 만약 내 친구 중에 한 여자를 사랑하는
남자가 있다면 그런 경험담을 얘기해 주라고 말입니다. 그러면 남자는 여자
의 사랑을 얻을 거라고요. 이 말에 힘을 얻은 나는 그녀에게 사랑을 고백했
지요. 그녀는 나의 지난날을 동정하면서 나를 사랑해 주었고, 나는 동정해
주는 그녀를 사랑했습니다. 이것이 바로 내가 사용한 요술입니다. 당사자가
왔습니다. 직접 물어보시지요.

데스데모나, 이아고, 시종들 등장.

공작 그런 얘기를 들으면 내 딸이라도 감동하겠소. 브러
밴쇼, 기왕에 이렇게 된 이상 잘 해결되도록 선처하시오.
맨주먹보다는 부러진 칼이라도 있는 게 낫다고 하지 않소.
브러밴쇼 어쨌든 딸년 말을 들어 봅시다. 저 애한테도 죄
가 없는 게 아니라면, 저 사람을 비난한 내 머리에 천벌이
내려도 좋습니다. 자, 애야. 이렇게 여러 의원들 앞에서 묻겠는데 너는 누구
의 말에 복종하겠느냐?

데스데모나 아버지, 저에게는 두 가지 의무가 있습니다. 아버지께선 저를 낳아 주시고 길러 주셨습니다. 이 은혜로 인하여 저는 아버지를 존경해야 하는 의무가 있으며 의무의 주인이신 아버지의 딸입니다. 하지만 여기 남편이 있습니다. 어머니는 아버지를 외할아버지보다 소중히 생각하셨습니다. 그와 마찬가지로 이 딸자식도 무어인을 주인으로 섬기려 합니다.

브러밴쇼 그럼 잘 살려무나. 다 끝이다! 공작 의원님, 국사를 진행시키십시오. 자식을 낳으니 차라리 얻어다 기르는 것이 낫겠군요. 이리 오게, 무어 장군. 이렇게 된 바에야 이의 없이 내 딸을 주겠네. 자네 것이 되지 않았더라면 단연코 거절하겠네만. 너의 행실을 생각하면 무남독녀인 것이 천만다행이지 뭐냐. 네 탈선 때문에 다른 자식들에게 난폭하게 족쇄를 채웠을지도 모르니 말이다. 제 일은 끝났습니다. 공작 의원님.

공작 그렇다면 내가 귀하의 입장에서 조언 한 마디 하겠소. 이번 뜻밖의 일을 발판삼아 두 사람과 화해할 날도 있을 것이오. 섣불리 희망을 걸면 슬픔만 커질 뿐이지만 최악의 경우를 생각하면 슬픔도 끝나지요. 지나간 불행을 슬퍼하는 것은 새 불행을 초래하는 것으로, 화를 당해도 항거할 길이 없어 참는다면 그 악행도 조소거리로 변하오. 도둑을 맞아도 미소를 짓는 자는 오히려 도둑한테서 뭔가를 빼앗는 셈이 되고 무익한 슬픔에 잠기는 자는 자기 자신을 도둑질하는 셈이오.

브러밴쇼 그럼 사이프러스를 터키 놈들에게 점령당해도 웃고만 있으면 안 뺏긴 게 되겠군요. 지금 말씀은 달리 위로할 길이 없는 사람에게는 편리하겠습니다마는, 비애를 참을 수 없는 자에게는 조언도 고통이 될 뿐입니다. 조언이란 이렇게도 저렇게도 해석되는 애매모호한 것입니다. 요컨대 말은 말이니까요. 말을 들었다고 슬픔이 멎었다는 얘기는 자고로 들은 적이 없습니다. 그럼, 어서 국사를 진행시키십시오.

공작 터키 군이 대거 사이프러스로 향하고 있소. 오셀로 장군, 그곳이 요충지임은 장군이 잘 알고 있을 거요. 물론 매우 유능한 총독 대리가 주둔하고 있지만 그곳의 여론으로는 장군이 와 줘야 안심이 된다는 것이오. 그러니 수고스럽지만 신혼의 행복을 미루고 외적 소탕에 나서 주어야겠소.

오셀로 의원 여러분, 습관의 위력으로 저는 거친 전쟁터를 오히려 포근한 깃털잠자리로 여기고 있습니다. 전쟁이 나면 금시라도 뛰어가고 싶은 터이니 당장 가서 터키 침략군 소탕의 의무를 완수하겠습니다. 한 가지 특별히 요청드릴 말씀은 아내의 거처나 수당은 물론 그 밖의 편의 등을 가문에 부끄럽지 않도록 배려해 주시기 바랍니다.

공작 그 일 같으면 장인께 맡기시지.

브러밴쇼 그건 안 될 말씀!

오셀로 저도 반대입니다.

데스데모나 저 역시 싫습니다. 같이 지내면서 불쾌하게 해드리고 싶지 않습니다. 공작님, 제 말에 부디 귀를 기울여 제 소원을 들어주시기 바랍니다.

공작 무슨 소원이지, 데스데모나?

데스데모나 제가 무어님을 사랑하고 같이 살고 싶어한다는 사실은, 부모를 버리고 오직 운명에 따른 이번의 제 행동으로 보아 세상이 다 알 것입니다. 원래 이분의 천직 자체에도 마음이 끌렸습니다. 그리고 이분의 참모습을 발견하고 그이의 명예와 용맹스러움에 저는 온 마음을 바쳤습니다. 그러니 저 혼자 뒤에 남겨져 안일한 날들을 보내면서 남편만 출정하게 한다면 결혼을 한 보람도 없이 독수공방 얼마나 외롭겠습니까? 부디 같이 가게 해 주십시오.

오셀로 아내의 소원을 들어주십시오. 그렇지만 하늘에 맹세하건대 정열과 혈기에 못 이겨 일신의 만족을 채우고자 부탁하는 것은 절대로 아닙니다. 단지 아내의 소원을 이루어주려는 것뿐입니다. 부디 지나친 염려는 하지 마십시오. 제가 아내와 함께 있다고 해서 중대한 국사를 소홀히 하지는 않겠습니다. 만약 가벼운 사랑의 날개의 큐피드 장난에 경박하게 임무를 저버리거든, 하녀들더러 제 투구를 냄비로 쓰게 하고 온갖 끔찍한 재앙을 제 이름 위로 내리게 해도 좋습니다.

공작 두고 가든지 데리고 가든지 장군 마음대로 하시오. 사태가 긴박하니 급히 출발하도록!

의원 1 오늘 밤 출발하시오!

오셀로 네, 그렇게 하겠습니다.

공작 내일 아침 9시 이곳에서 다시 회합을 합시다. 오셀로 장군, 장교를 한 명 남겨 두고 가오. 그 편에 사령장을 전달하겠소. 기타 지휘 통수에 필요한 사령도 같이.

오셀로 그러면 기수를 남겨 두겠습니다. 정직하고 성실한 위인입니다. 그 밖의 무엇이든 보낼 물건들은 그 편에 보내주십시오.

공작 그렇게 하겠소. 그럼 돌아가서 잠깐들 쉬시오. (브러밴쇼에게) 이보시오, 의원. 훌륭한 인품을 아름답다고 해도 좋다면 귀하의 사위는 겉모습은 검어도 참으로 아름다운 인물이오.

의원 1 그럼 무어 장군, 잘 다녀오시오. 데스데모나를 잘 보살피고.

브러밴쇼 무어여! 눈을 가졌거든 아내를 경계하게. 애비를 속인 여자야, 남편인들 못 속이겠나.

오셀로 아내의 절개에 이 생명을 걸죠! (공작, 의원들, 관리들 퇴장) 성실한 이아고, 내 아내를 부탁하네. 자네 부인더러 시중을 들게 하고 때를 봐서 같이 오게. 데스데모나, 얘기할 시간은 한 시간밖에 없구려. 게다가 시간을 지켜야 하는 뒤처리며 타협할 일들이 있소. (오셀로와 데스데모나 퇴장)

로더리고 이아고!

이아고 왜 그러나?

로더리고 나는 이제 어떻게 해야 하나?

이아고 원, 가서 주무시지.

로더리고 당장 물에 뛰어들까?

이아고 그래 봤자 나는 시원섭섭하겠지. 참 어리석은 사람이로군!

로더리고 사는 게 고통일 바에야 이렇게 산다는 게 어리석지. 죽는 게 약이 된다면 차라리 죽는 게 상책이야.

이아고 못난 소리! 나는 이십팔 년 동안 세상을 보아 왔지만 분별력이 생기고부터는 제 자신을 아낄 줄 아는 놈을 보지 못했어. 나 같으면 그까짓 암탉 한 마리 때문에 투신자살할 바에야 차라리 사람 노릇을 그만두고 원숭이나 되겠네.

로더리고　그럼 어떻게 하나? 일이 이렇게 되고 보니 내 힘으로는 어떻게 할 도리가 없잖나?

이아고　힘이라고? 쳇, 이렇게 되든지 저렇게 되든지 다 자기 할 탓 아닌가? 우리의 육체가 정원이라면 의지는 정원사랄까? 쐐기풀을 심던지 상추를 심던지, 히소프를 기르고 독보리를 뽑아내던지, 한 가지로만 꾸미든 여러 종류를 꾸미든, 게으르게 두든 거름을 주며 부지런히 가꾸든……. 아무튼 이러든지 저러든지 모든 게 다 우리 의지에 달려 있지. 인간은 저울처럼 한쪽에는 이성의 저울판이 있어서 다른 편 욕정의 저울판과 균형을 맞추지 않으면 비열한 본능에 사로잡혀 비참한 최후를 당할 수도 있지. 다행히 이성이라는 것이 있어서 욕정의 폭풍이며 육욕의 유혹이며 방종한 색욕을 식힐 수가 있거든. 그러니 아마 자네의 그 애정이라는 것도 결국 그런 욕망의 씨앗이나 마찬가지일 거야.

로더리고　아니, 천만에!

이아고　그렇다면 그건 단순한 욕정의 소용돌이, 의지의 총퇴각일 거네. 여보게, 정신 바짝 차리게나. 투신자살을 하겠다고? 그런 짓은 고양이나 눈먼 강아지를 대신 시키지. 난 한번 우정을 약속한 이상 자네와는 앞으로 영원히 끊을 수 없는 친구가 됐단 말씀이야. 내가 마침내 자네를 도와줄 시기가 왔어. 지갑에 돈을 마련하게. 가짜 수염으로 변장을 하고 전쟁터로 같이 가는 거야. 알겠나? 그 전에 미리 두둑이 돈을 마련하라니까. 데스데모나가 언제까지나 무어 놈을 좋아할 리 없지. 그야 무어인 쪽에서도 매일반이겠지, 시작이 맹렬했으니까……. 무어 족이란 원래 변덕이 심하거든. 그러니까 돈을 마련해. 지금은 로커스트 열매같이 달겠지만 이내 콜로신드 오이같이 쓰다고 뱉어 버릴 놈이야. 여자 또한 젊은 사람한테로 관심이 쏠릴 거야. 그녀석의 육체를 포식하고 나면 그제야 잘못된 선택이었다는 것을 깨달을 테지. 그러니까 돈을 준비하게 돈을. 어차피 지옥에 떨어질 생각이라면 투신자살보다는 좀더 근사한 방법을 찾아야 될 거 아닌가. 일단 돈을 긁어모으라고 돈을. 떠돌이 야만인과 간사한 베니스 계집 사이의 그렇고 그런 관계쯤은 내 지혜와 악마의 총출동으로 남아나지 못할 테니. 그렇게 되면 자네가 여자를 차지할 수 있을 게 아니냐 말이야. 그러니까 돈이라구, 돈. 물에 뛰어들다니! 안 될 말이지. 계집 하나 정복하지 못하고 투신자살을 할 바에는 차라리 실컷 즐긴 후에 교수형을 당하는 게 낫지.

로더리고 자네 말대로 하면 내 소원을 꼭 들어주겠나?

이아고 문제없다니까. 돈이나 마련하게. 내가 골백번이나 말하지 않았나, 나는 무어가 밉다고. 내 원한은 뿌리가 깊어. 자네도 마찬가지고. 자, 그러니 우리 둘이 손을 잡고 원수를 갚자는 말이야. 간통에 성공한다면 자네는 재미를 볼 거고 나는 속이 시원할 거라구. 시간의 뱃속에는 많은 일들이 잉태되어 달이 차면 태어나게 마련이거든. 자, 어서 가서 돈을 장만하게. 내일 아침에 다시 얘기하지. 잘 가게.

로더리고 내일 아침 어디서 만날까?

이아고 내 숙소에서.

로더리고 그럼 아침 일찍 찾아가겠네.

이아고 잘 가게. 참, 이거 봐.

로더리고 왜 그러나?

이아고 제발 부탁인데 물에 빠져 죽지는 말아. 알겠나?

로더리고 생각을 돌렸네.

이아고 그럼 가 보게. 아무 걱정 말고 돈이나 두둑이 장만하라고.

로더리고 땅을 몽땅 팔 작정이야. (퇴장)

이아고 저래서 바보가 늘 내 돈지갑이 되거든. 어차피 저런 바보를 상대로 시간을 낭비할 바에야 실속을 차리지 못하면 내가 그 동안 연마한 지식이나 지혜의 위신 문제지. 가증스러운 무어 놈 같으니. 놈이 내 침대에서 나 대신 무슨 짓을 했다는 해괴한 소문도 나돌고 있지 않은가! 사실 여부는 알 수 없어 단순한 의심뿐이지만 그런 소문을 들은 이상 복수를 하지 않고서는 시원치 않거든. 놈은 나를 철석같이 믿고 있으니 그만큼 내 목적 달성에는 안성맞춤이겠지. 카시오는 미남이라……, 음, 녀석의 지위도 빼앗고 흉계로 일거양득의 효과를 올리는 거다. 음, 음, 그 녀석이 장군 부인과 너무 친하다고 오셀로 귀에 일러바친다. 태도가 나긋나긋하고 반반하게 생긴 놈이니 금방 혐의를 받겠지. 무어 놈은 관대한 편이라 겉으로 성실하게 보이면 속도 그런 줄 알거든. 그러니 나귀처럼 코를 잡고 내 맘대로 끌고 다닐 수 있지. 됐어, 이 수를 쓰자. 겨우 내 계략이 잉태되었군. 이제 지옥과 암흑의 힘을 빌려 이 잉태된 괴물을 세상 볕 쬐게 하는 일만 남았어.

제2막

제2막 제1장

사이프러스의 항구. 부두 근처의 공지. 몬타노와 신사 두 사람 등장.

몬타노 바다에 무엇이 보이오?

신사 1 안 보입니다. 풍랑이 심할 뿐, 하늘과 바다 사이에는 돛대 하나 보이지 않습니다.

몬타노 하긴 육지에서도 엄청난 폭풍이 일었소. 이 성벽만 하더라도 그런 질풍은 받아 본 적이 없었소. 그런 폭풍이 바다를 휩쓸었다면 단단한 참나무 선박도 산사태 같은 노도에 짓눌려 박살이 됐겠지요. 그렇다면 어떻게 된 일일까요?

신사 2 터키 함대는 산산이 흩어진 모양입니다. 이 파도 치는 기슭에서 보십시오. 사나운 파도는 하늘을 찌르고 바람에 뒤끓는 해수면은 무서운 갈기를 풀어헤치면서, 불타는 작은곰자리에 물을 끼얹어 북극성을 지키는 저 별들의 빛을 꺼버릴 기세입니다. 이렇게 성난 바다는 이때까지 본 일이 없습니다.

몬타노 제아무리 터키 함대라도 항구에 들어가 피해 있지 않는 한 침몰했을 거요. 이래도 무사할 리가 없어.

신사 3 등장.

신사 3 보고가 들어왔습니다. 여러분! 전쟁은 끝났습니다. 이 폭풍우가 터키 놈들을 쳐부수고 적의 계획은 좌절됐습니다. 베니스에서 온 우리 배가 적 함대의 대부분이 비참하게 조난당한 것을 목격했다고 합니다.

몬타노 뭐! 그게 정말이오?

신사 3 우리 군함이 입항했습니다. 베로나에서 건조한 배입니다. 용감한 무어인 오셀로 장군의 부관, 마이클 카시오가 상륙했습니다. 무어 장군은 아직 해상에 계신데, 사이프러스 수비의 전권을 위임받았다고 합니다.

몬타노 참 잘 됐소. 그분은 훌륭한 장군이오.

신사 3 그런데 부관 카시오는 터키 함대의 전멸을 기뻐하면서도 몹시 걱정되는 모양입니다. 이 맹렬한 폭풍우로 무어 장군과 헤어지게 되었는데 장군이 무사하시길 빌고 있습니다.

몬타노 무사했으면 좋겠는데……. 나는 그분 밑에서 근무한 적이 있소. 참으로 대장다운 분이지요. 자, 해안으로 가 봅시다! 입항하는 배도 마중하고, 바다의 푸른 빛과 하늘의 푸른 빛을 구별할 수 없을 때까지 오셀로 장군을 기다립시다.

신사 3 네, 그렇게 합시다. 이러고 있는 사이에도 배가 들어올지 모릅니다.

카시오 등장.

카시오 군사적 요충지인 이 섬을 지키는 용감한 당신이 무어 장군을 칭찬해 주시니 감사합니다. 하느님! 장군을 이 풍파로부터 보호해 주소서! 나는 폭풍우 치는 위험한 해상에서 장군을 잃고 말았습니다.

몬타노 장군의 배는 튼튼합니까?

카시오 그 배는 구조도 튼튼하고 선장도 경험이 많은 유능한 사람입니다. 그래서 불안하지만 틀림없이 안전할 거라고 믿습니다. (밖에서 "배다, 배다!"

하는 소리)

신사 4 등장.

카시오 이 소란은 뭐요?

신사 4 시가지는 텅텅 비었습니다. 모두 바닷가로 몰려와서 "배가 보인다!"고 외치고 있습니다.

카시오 장군이 틀림없을 거요. (대포소리가 들린다.)

신사 2 예포를 쏘고 있습니다. 아무튼 우리 함대가 틀림없습니다.

카시오 가서 누가 도착했는지 확인해 주시오.

신사 2 그렇게 하겠습니다. (퇴장)

몬타노 그런데 부관, 장군께서는 부인이 계십니까?

카시오 확실히 운이 좋으신 분입니다. 무슨 말로도 표현할 수 없고 어디서도 볼 수 없는 아름다운 부인을 맞으셨습니다. 아무리 좋은 문구도 부인의 훌륭함을 따를 수 없고, 천성의 아름다움은 어떤 명필로도 표현할 수 없을 만큼 대단한 부인입니다.

신사 2 다시 등장.

카시오 어찌 됐소! 누가 입항한 거요?

신사 2 장군의 기수인 이아고라고 하는 분입니다.

카시오 다행히 빨리 도착했군. 모진 바람도, 거친 파도도, 죄 없는 배를 노리는 비겁한 암초나 여울도, 아름다운 것을 알아봤는지 참혹한 본성을 숨기고 천사와 같은 데스데모나를 무사히 통과시켜 주었군.

몬타노 누구를 말하는 겁니까?

카시오 방금 말한 우리 장군님의 대장이라고 할 부인입니다. 용감한 이아고가 호위하여 우리 예상보다 일주일이나 빨리 도착하신 셈입니다. 하느님, 이제는 오셀로 장군을 보호하소서. 그리하여 장군께서 데스데모나의 품에서 격전을 달래고 우리의 사기를 새로 불타게 하여, 사이프러스 섬 전체가 환희로 들끓게 하여 주소서.

    데스데모나, 에밀리아, 이아고, 로더리고, 시종 등장.

카시오   자, 보시오. 배의 보물이 상륙합니다! 사이프러스의 여러분, 장군 부인께 인사드리시오. 부인, 축하합니다! 하느님의 은총이 부인께 가득하기를!

데스데모나   고마워요, 카시오 부관. 그런데 장군은 어떻게 되셨는지 아세요?

카시오   아직 도착하지 않으셨습니다. 보고도 없습니다만 곧 무사히 도착하실 것입니다.

데스데모나   그렇지만 어떻게……, 어쩌다가 따로 헤어지게 되었나요?

카시오   바다와 하늘의 서로 지지 않으려는 사나운 폭풍우 때문에 헤어졌답니다. 그런데 저 소리는? 배입니다! (밖에서 "배다, 배다!" 예포 소리)

신사 2   예포를 쏩니다. 이번에도 우리 쪽 배입니다.

카시오   가서 알아보고 오시오. (신사 퇴장) 기수, 잘 왔소. (에밀리아에게) 부인도 잘 오셨소. 친절이 다소 지나치더라도 노하지 마오, 이아고. 이렇게 인사 하는 것이 나의 격식이니까. (에밀리아에게 키스한다.)

이아고   나는 아내의 잔소리에 골치가 아픈데, 부관도 그 입술에서 나오는 말을 듣는다면 아마 진력이 날 겁니다.

데스데모나   어머나, 별로 말도 없는 부인에게.

이아고   천만에요. 말이 너무 많아 탈이지요. 이제 자자고 할 때가 더욱 큰 일이구요. 그야 부인 앞에서는 혓바닥을 가슴에 말아 넣고, 하고 싶은 말도 뱃속에서 중얼거릴지도 모르지만요.

에밀리아   별소릴 다 들어보겠네요.

이아고   허허, 대체로 여자들이란, 집에 들어오면 시끄럽게 울리는 종 같고 부엌에선 꼭 살쾡이지. 시치미를 떼고 나쁜 짓도 하는 주제에 한번 성을 내면 마귀 같지. 정작 바쁠 때는 빈둥거리면서 이불 속에선 바쁘게 움직이지.

데스데모나　어머나, 저런. 입도 걸기도 해라!

이아고　아니, 정말입니다. 이게 거짓말이면 나는 터키 사람입니다. (아내에게) 당신이야말로 잠자리에서 일어나면 빈둥거리고 드러누우면 일하는 여자지 뭐야.

에밀리아　그렇게 칭찬하지 않아도 괜찮아요.

이아고　그러니까 칭찬받게 하지 말란 말이지.

데스데모나　나를 칭찬한다면 뭐라고 하시겠어요?

이아고　부인, 그렇게 공격하지 마십시오. 나는 입만 열면 욕부터 먼저 나오는 사람이니까요.

데스데모나　그러지 말고 어서……. 참, 누가 부두에 나갔어요?

이아고　네, 갔습니다.

데스데모나　(방백) 재미는 하나도 없지만 내색하지 말고 들어 봐야지. (큰소리로) 자, 날 칭찬해 봐요, 뭐라고 하실래요?

이아고　지금 입에서 맴돌고 있는 중입니다만, 그 훌륭한 문구가 뇌에 붙어서 마치 끈끈이가 헝겊에 붙은 것처럼 잘 안 떨어지는군요. 억지로 잡아떼면 뇌 속의 골이 튀어나올 지경이라서……. 자아, 이제 시의 여신이 산기가 돌기 시작하는군요. 자, 드디어 낳았어요. 이렇게요.

이아고　얼굴이 희고 지혜 있다면

　얼굴 희니 좋고,

　지혜 있으니 더욱 좋지요.

데스데모나　정말 멋지군요! 그럼 얼굴이 검고 지혜가 있다면?

이아고　얼굴이 검어도 지혜만 있다면 검은 얼굴에 어울리는 얼굴 흰 남편을 얻지요.

데스데모나　점점 나빠지는데요.

에밀리아　얼굴이 희어도 바보라면 어떻게 되고요?

이아고　얼굴이 흰 여자치고 바보는 없지. 바보짓 하더라도 손해는 없어, 뱃속에 자식을 선물 받게 될 테니.

데스데모나   그런 건 술집에서 바보들을 웃기는 오래된 농담이에요. 그렇지 않은가요? 그럼 얼굴도 검고 지혜도 없는 비참한 여자에겐 뭐라고 찬사를 할 건가요?

이아고   얼굴이 검고 바보라도 지혜롭고 아름다운 미인 못지않게 음탕한 장난에는 선수랄까요.

데스데모나   점점 모를 소리만 하시네요! 제일 좋지 않은 것을 제일 칭찬하니. 그럼 정말 훌륭한 여자는 어떻게 칭찬해야 하나요? 정말 훌륭해서 욕을 해주고 싶어도 칭찬을 안 하고는 못 배길 그런 여자 말이에요.

이아고   얼굴이 예뻐도 거만하지 않고

말을 잘 하더라도 조용하고
돈이 많아도 사치하지 않고
맘대로 하고 싶어도 욕심을 버리고
성이 나 복수를 하고 싶어도 꾹 참고
게다가 머리도 여간 좋지 않고
대구가 탐난대서 연어와 바꾸지 않고
생각은 깊으나 겉으로 내색하지 않고
남자들이 따라와도 눈길도 안 주는
그런 여자가 있다면, 그런 여자는…….

데스데모나   어떻게 하죠?

이아고   자식새끼 젖 물리고 가계부나 적게 하지요.

데스데모나   어머나, 시시한 결론이네요! 에밀리아, 아무리 당신 남편 말이지만 곧이 듣지 말아요. 안 그래요, 카시오? 저분은 함부로 무례한 말만 하는 사람인가요?

카시오   본래 입이 건 사람입니다, 군인이니까요. 학자라고 생각하시면 안 됩니다.

이아고   (방백) 저 녀석이 부인의 손을 만지는구나. 그래, 그래. 음, 부인의 귀에 속삭이라고. 이렇게 가느다란 거미줄로 카시오라는 큰 파리를 사로잡는단 말이지. 응, 그렇게 눈웃음치며 알랑거리라고. 잘한다, 저렇게 은근히

하고 있을 때 꼼짝 못하게 만들어야지. 응, 그래. 손가락에 키스하며 신사인 척하지만 내 계략으로 부관 자리도 미끄러질 판이니 그 짓은 참는 게 좋을 걸. 잘했어, 멋진 키스로구나. 훌륭한 인사로군! 또 손가락을 입에 갖다 대고. 차라리 관장기를 입술에 물고 있는 편이 네 신상에는 훨씬 이로울걸! (밖에서 나팔소리) 무어 장군이시다! 그분의 나팔소리입니다.

카시오 확실히 맞습니다.

데스데모나 마중 나가겠어요.

카시오 벌써 여기 오셨군요.

오셀로와 시종들 등장.

오셀로 아, 어여쁜 나의 대장!

데스데모나 그리운 오셀로!

오셀로 당신이 여기 와 있는 걸 보니 정말로 반갑소. 참 기쁘오! 언제나 폭풍우가 지나간 뒤 이런 평화를 가져온다면 바람이 사자를 일으켜 세우게 할 만큼 불어도 괜찮겠소! 배가 아무리 희롱당하여 올림포스 산만큼 높이 쳐들려 천국에서 지옥으로 곤두박질치더라도 상관없어! 죽는다면 지금 이 순간에 죽는 것이 제일 행복할 거야. 뭐라고 말할 수 없을 정도로 충만한 이런 마음은 앞으로도 두 번 다시 오지 않을 것 같소.

데스데모나 어쩌면, 그런 말씀을. 하느님, 우리들의 사랑과 기쁨이 날이 갈수록 점점 더 깊어지게 해주소서!

오셀로 신들이여, 나도 기도드립니다! 이 충만한 기분을 어떻게 표현해야 좋을지 말이 안 나오는군. 이거야 정말 과분한 기쁨이지. 우리 둘 사이가 가장 멀리 떨어졌을 때도 이렇게 하는 거야. (키스한다.)

이아고 (방백) 음, 지금은 장단이 잘 맞는군! 하지만 두고 봐라, 이제 곧 그 줄감개를 비틀어 놓을 테니. 나의 명예를 걸고라도 그렇게 하고말고.

오셀로 자, 성으로 갑시다. 여러분들 들으시오. 전쟁은 끝났소. 터키군은 전멸했소. 이 섬의 내 친구들은 어떻게 지내고 있었소? 데스데모나, 당신도 이 사이프러스에서 대환영을 받을 거요. 나도 대단한 환대를 받은 바 있지. 아, 두서없이 내 이야기만 했군. 너무 기뻐서 혼자 떠들었어. 이아고, 수고 스럽겠지만 부두에 가서 내 짐을 가져와 주게. 그리고 선장을 성으로 안내하게. 그는 좋은 사람이야. 훌륭한 사람이니 잘 대해주게. 데스데모나, 이 렇게 사이프러스에서 다시 만나다니 기쁘기가 한량없소. (오셀로, 데스데모나, 시종들 퇴장)

이아고 (옆에 있는 하인에게) 부두에 가 있게, 나도 곧 가겠으니. (로더리고에게) 잠깐 이리 오게. 비천한 놈이라도 여자한테 반하면 평소보다 훌륭하게 보인다니까. 그러니까 자네도 용기를 내라구. 잘 듣게. 부관은 오늘 밤 야경을 돈다네. 그래서 우선 말인데……, 데스데모나는 분명히 부관을 사랑하고 있네.

로더리고 그 녀석을? 그럴 리가 없어.

이아고 (손가락을 입에다 대고) 조용히 내 말을 듣기나 해. 이것 봐, 그 여자가 애당초 무어한테 반한 것은 꿈같은 거짓말을 주워섬겼으니까 그런 거고 그까짓 거짓말에 언제까지 속겠어? 자네의 판단으로도 이 정도는 알 만하지. 그 여자도 눈요기를 하고 싶을 텐데 그 시커먼 악마 같은 얼굴을 더 봐야 무슨 눈요기가 되겠나? 재미를 본 뒤 열이 식으면 싱싱한 색욕을 한 번 더 부채질해서 만족시켜야지. 그러기 위해선 얼굴도 잘 생기고 나이도 젊고 풍채며 외모도 근사해야 되는데 무어의 모든 면은 낙제야. 그러니 그런 조건들이 부족하다고 여기기 시작하면 자신의 세심한 마음씨도 속았구나 싶어, 여태껏 먹은 것도 토하고 싶어지고 무어가 점점 싫어지고 미워지거든. 이것은 인간의 본성으로써 어떻게 해서든 다른 상대가 필요하게 되는 거야. 그래서 말이야, 반드시 그렇다고 한다면……, 이건 뭐, 자연의 명백한 이치지만 그렇다면 카시오 녀석 말고 누가 그 행운의 계단에 다리를 올려놓고 있단 말인가? 혀도 머리도 잘 도는 놈이니 말이야. 양심은 있지도 않고 더러운 욕정만 만족시키고 나면 점잖은 척 시치미를 떼고 더 이상은 아랑곳하지 않는 놈이지. 조건이 나쁠 때도 기회를 만들어 내는 수완을 가진 꼭 악마 같은 놈이야. 게다가 얼굴은 잘 생겼것다, 나이는 젊것다, 어리석은 풋내기 계집애들이 반할 조건은 모두 갖추고 있어. 완벽하고도 지독한 악당이지. 그래서 그 여자가 눈독을 들인 거야.

로더리고 그 여자가 그렇다고? 믿어지지 않는걸! 그 여자는 천사야.

이아고 쳇, 천사라니! 그 여자가 마시는 술도 다 같은 포도로 만든 게 아닌가? 천사라면 무어 같은 것한테 반하지도 않아. 큰일 날 천사군! 그 여자가 카시오의 손바닥을 만지작거리고 있는 걸 자넨 못 봤나? 눈치도 못 챘어?

로더리고 그야 봤지. 하지만 그건 단순한 인사에 지나지 않았어.

이아고 생각이 달라서 그래. 내 보기엔 틀림없어. 욕정의 서론, 음란한 서막이야. 입술을 그렇게 가까이 맞닿으면 입김을 서로 느끼지 않겠어? 그게 바로 음탕한 생각이 있어서 그런 거지! 로더리고. 그렇게 진행하다가 다음은 진짜 활극을 벌여 꼭 붙어버리고 말거든. 쳇! 아무튼 내 말을 들어 봐. 자네를 도와주려고 베니스에서 데리고 오지 않았나. 오늘 밤 야경으로 나가세. 지휘는 내가 해줄게. 카시오는 자네를 몰라볼 거야. 내가 가까이 있을 테니 무슨 떼를 써서라도 카시오의 비위를 잔뜩 거슬러 놓게. 큰 소리로 떠들든지, 그놈에게 마구 욕을 하든지, 상황에 따라 아무렇게나 자네 마음대로 말이야.

로더리고 알았네.

이아고 그 녀석은 발끈하는 성질이라, 자네를 때리려고 할 거야. 그렇게 나오게 하란 말이야. 그러면 내가 그걸 트집 잡아서 사이프러스의 큰 소동으로 만들어 볼게. 카시오를 파면시키지 않는 한 도저히 진압이 안 될 큰 소동으로 말일세. 그렇게 하면 자네 소원도 성취시키고 내 장애물도 적당히 없애버릴 수 있어. 그렇지 않고서는 도저히 수가 안 생겨.

로더리고 그렇게 해보겠네, 자네가 기회만 만들어 준다면.

이아고 그건 내가 책임 지지. 곧 성에서 만나세. 나는 장군의 짐을 가지러 가야겠어. 자, 그럼 잘 가게.

로더리고 그럼 또 만나세. (퇴장)

이아고 카시오가 그 여자한테 반한다는 것도 있을 수 있는 거구. 무어란 녀석이 못마땅하지만 그런대로 건실하고 인정 많고 훌륭한 놈이지. 데스데모나에게는 아주 소중한 남편이라고 할 수 있지. 하지만 나도 그 여자에게 맘이 있어. 그렇다고 오직 욕정 때문만은 아냐. —하기야 그 점도 전혀 없다고는 할 수 없지만— 한편으로는 원수를 갚기 위해서지. 그 음탕한 무어 녀석이 내 잠자리에 들어간 혐의가 있으니까. 그걸 생각하면 독배라도 마셔서 뱃속이 쥐어뜯기는 것만 같아. 어떻든지 그자와 똑같이 계집은 계집으로 복수해 주지 않고서는 시원치 않겠어. 그렇지는 못하더라도 적어도 무어가 사려 깊은 분별로도 억제 못할 맹렬한 질투쯤은 나게 해야겠어. 우선 저 베니스의 개 로더리고 놈이 몸이 달아 뛰어가려는 것을 내가 잘 붙잡아두었는데 그놈이 나의 계획에 잘 따라와 준다면 마이클 카시오는 내 맘대로 될 수 있지. 무어의 귀가 따갑게 카시오의 험담을 늘어놓아 미칠 정도로 들쑤셔 놓고서도, 너에게 감사한다, 네가 좋다, 사례를 하겠다, 라고 말하게 해줘야지. (이마에 손을 대고) 모든 계획은 이 속에 있지만 아직은 형태를 이루지 못하고 있어. 흉계의 정체는 유사시가 아니면 분명치가 않은 법이거든. (퇴장)

제2막 제2장

거리.
포고 담당이 포고문을 들고 등장, 뒤따라 주민들 등장.

포고 담당 우리의 고귀하고 용감하신 오셀로 장군의 분부를 전달한다. 지금 터키 함대 전멸의 낭보가 들어왔으니 누구나 전승을 축하하라! 더욱이 이 기쁜 보도에 겹쳐 오늘은 장군의 결혼을 축하하는 날이니, 모닥불을 피우고 춤을 추어 마음껏 축연을 벌여라! 이상, 장군의 말씀을 포고한다. 성내의 주방을 개방했으니 5시 현재부터 11시 종이 칠 때까지 모든 음식을 마음껏 드시오. 사이프러스 섬과 오셀로 장군 만세! (모두 퇴장)

제2막 제3장

성 안의 홀.
오셀로, 데스데모나, 카시오, 시종들 등장.

오셀로 마이클, 오늘 밤 야경을 부탁하네. 품위를 잃지 않도록 각자 주의하고 떠들더라도 도를 넘어서는 안 되네.

카시오 모든 일은 이아고가 잘 알아서 할 겁니다. 물론 저도 잘 감독하겠습니다.

오셀로 이아고는 정말 성실한 사람이지. 마이클, 잘 가게. 내일 아침 일찍 만나서 또 얘기하세. (데스데모나에게) 자, 데스데모나. 피로연이 끝났으니 이제 정말 결혼을 한 것이오. 당신과 나는 이제부터가 정말 즐거운 신혼인 거요. (카시오에게) 잘 가게. (오셀로, 데스데모나, 시종들 퇴장)

이아고 등장.

카시오 이아고, 잘 왔네. 우리는 야경을 봐야겠네.

이아고 아직 시간이 안 되었는데요, 부관님. 아직 10시 전입니다. 장군은 데스데모나님이 못 견딜 정도로 사랑스러워 이렇게 일찍 들어가셨군요. 그것도 그럴 수밖에요. 저 주피터 신도 반할 만한 미인하고 아직 하룻밤도 달콤하게 지내지 못하셨으니.

카시오 정말 훌륭한 부인이지.

이아고 거기다 수단도 제법 능란하신 모양이죠, 분명히?

카시오 정말 청순하고 아름다운 분이야.

이아고 얼마나 아름다운 눈을 하고 있어요? 남자의 마음을 뒤흔들어 놓을 것 같잖아요?

카시오 매력 있는 눈이야. 그러면서도 정숙하게 보이거든.

이아고 또 그 목소리는 듣는 이로 하여금 사랑으로 유혹하는 종소리 같지 않습니까?

카시오 정말 완벽한 분이야.

이아고 두 분의 신방에 축복 있으라! 그런데 부관님, 술을 좀 준비했습니다. 실은 밖에서 사이프러스의 젊은 친구들이 얼굴 검은 오셀로 장군의 건강을 위해 축배를 들자고 기다리고 있습니다.

카시오 오늘 밤은 안 돼, 이아고. 나는 술이 약해서 탈이야. 축하를 하더라도 다른 방법이 없을까?

이아고 하지만 그들은 우리의 좋은 친구들인 걸요⋯⋯. 그러지 마시고 한 잔만 하십시다. 다음 잔부터는 내가 대신 마시겠습니다.

카시오 실은 오늘 밤에 벌써 한 잔 했다네. 그것도 물을 타서 마셨는데 이 꼴을 좀 보게. 불행하게도 나는 이게 큰 약점이거든. 나 자신도 그 점을 알고 있으니 무리하지 않겠네.

이아고 기운을 내요! 오늘 밤은 진탕 마셔야죠. 젊은 패들도 그걸 원하고 있어요.

카시오 어디에 있는가?

이아고 입구에서 기다리고 있어요. 들어오게 합시다.

카시오 그럼 들어와도 좋네. 별로 내키지는 않지만. (퇴장)

이아고 벌써 한 잔 마셨다고 했지. 이제 한 잔만 더 먹이면 카시오 놈은 젊은 여자들이 끌고 다니는 개처럼 이빨을 내밀고 짖어대렷다. 또 못난 로더리고는 사랑에 눈이 멀어 앞뒤를 분간 못하고 데스데모나에게 축배를 올린답시고 병째 들이붓듯이 술을 마셨겄다. 그 녀석도 같이 야경을 보기로 했지. 그리고 사이프러스 섬의 그 젊은 친구 세 명 다 집안 좋고 기품 있고 명예를 존중하는 사람들이지만, 싸움 좋아하기로는 이 섬의 알짜들이지. 오늘 밤 술을 먹여서 얼큰하게 해놨는데 그 친구들도 야경이라고? 이 주정뱅이들에게 카시오를 건드리게 하여 온 섬을 떠들썩하게 만들어야지. 아, 그 패들이 오는 모양이다. 내 계획대로 그럴싸하게 진행만 되어 준다면 내 배는 바람 좋고 물때 좋을 때 돛을 달고 떠나는 격이지 뭐냐.

카시오가 몬타노와 섬 신사들을 데리고 다시 등장. 그 뒤를 하인이 술을 가지고 등장.

카시오   아니, 정말 아까 실컷 마셨습니다.

몬타노   조그만 잔인데 뭘 그러나. 세 컵도 안 된다네.

이아고   여, 술을 가져와! (노래한다.)
　술잔을 올려라, 땡그랑 땡땡
　술잔을 올려라, 땡그랑 땡
　군인들도 사람이다.
　아, 그러나 인생은 짧다.
　그러니 군인들아, 술을 마셔라
애들아, 술 좀 가져오라니까!

카시오   허, 참 재미있는 노래군.

이아고   영국에서 배운 거지요. 거기는 모두 술이 세던데요. 덴마크 사람도 독일 사람도 그리고 배불뚝이 네덜란드 사람도, 아무리 술이 세다고 자랑하지만 여, 마셔라! 영국 사람에겐 어림도 없지!

카시오   영국 사람들이 그렇게 애주가던가?

이아고   암요, 덴마크 사람쯤은 문제도 안 되고, 독일 사람을 이기는 데는 땀도 안 흘리고, 네덜란드 사람을 상대할 때는 잔뜩 먹여 토하게 만들어 놓고 그들은 여유작작하게 또 한잔 기울이지요.

카시오   우리 장군의 건강을 위해 축배!

몬타노   부관, 내가 상대를 해주지. 정정당당하게 말이

이아고   아, 즐거운 영국! (노래한다.)
　위대한 스티븐 왕이
　입으신 바지는 단돈 1크라운짜리
　그래도 6펜스 비싸다고
　재단사를 몹시 나무랐다나.
　하물며 너는 지체도 낮으니

사치는 금물이라네,

나라를 위해 낡은 외투로 참고 지내세

술을 더 가져와, 여!

카시오 이건 더 재미있는 노래군.

이아고 또 한번 부를까요?

카시오 아냐. 그런 인색한 자는 왕으로 둘 수 없어. 어쨌든 하느님이 제일 위에 계시지. 아래에 있는 영혼들은 구원 받는 놈도 있고 구원 받지 못하는 놈도 있어.

이아고 옳은 말씀입니다, 부관님.

카시오 그래서 나는 말이야. ―장군이나 다른 높은 귀족들께는 미안하지만― 나는 구원 받게끔 되어 있거든.

이아고 나도 그렇게 되어 있어요. 부관님.

카시오 응, 그래도 미안하지만 나보다는 나중이야. 부관은 기수보다 먼저 구원을 받게 돼 있으니까. 이제 그 얘긴 그만두고 우리들의 임무에 대해서 얘기하세. 하느님, 우리들의 죄를 용서하소서! 여러분, 직무를 완수합시다. 여러분, 나는 취하지 않았소. 이 사람은 내 기수요. 이 사람은 나의 오른손이고 이 사람은 왼손이오. 취하지 않았어. 똑바로 설 수 있고 똑바로 말도 할 수 있어.

모두 그렇고말고요.

카시오 정말 멀쩡해. 그러니까 날 취했다고 생각해선 안 된단 말씀이야. (퇴장)

몬타노 여러분, 망대로 가시오. 자, 야경 준비를!

이아고 지금 나간 그 사람을 보셨습니까? 그 친구는 시저 옆에서 지휘를 해도 부끄럽지 않을 군인입니다. 그러나 방금 그 추태는 도저히 봐줄 수 없습니다. 그런 나쁜 점과 좋은 점이 꼭 반반으로 나뉘어 있어 참 가엾습니다. 오셀로 장군은 저 부관을 대단히 신용하고 계십니다만, 한번 술버릇이 나오면 이 섬에 큰 소동이 일어나지 않을까 염려됩니다.

몬타노 그런 일이 종종 있었나?

이아고 언제나 그것이 서곡이고 그 뒤엔 무조건 자버립니다. 마시고 얼큰히 취하지만 않는다면 시계가 두 바퀴 돌아도 눈을 붙이지 않고 배겨내는 사람인데……

몬타노 그런 사실을 장군에게 알려주는 것이 좋겠군. 원래 관대한 성품이라 아마 모르고 계실 거네. 카시오의 장점만 보고 약점은 보지 못할 거라고 생각지 않나?

로더리고 등장.

이아고 (작은 소리로) 지금이야, 로더리고! 저 부관을 쫓아가게, 어서. (로더리고 퇴장)

몬타노 그렇지만 적어도 장군쯤 되시는 분이 부관이라는 중요한 직책을 그런 결함이 있는 자에게 맡겼다는 것은 정말 유감이군. 무어님에게 사실을 말씀드리는 것이 오히려 낫지 않을까?

이아고 이 훌륭한 섬 전부를 준대도 나는 말씀드릴 수 없습니다. 나는 카시오 부관을 좋아하기 때문에 어떻게 해서든지 그 나쁜 술버릇을 고쳐 드리려고 하니까요. 그런데 이게 무슨 소동일까? (안에서 "사람 살려! 사람 살려!" 하는 비명소리)

카시오가 로더리고를 뒤쫓아 다시 등장.

카시오 이 악당! 이 불한당!

몬타노 어쩐 일인가? 부관.

카시오 건방진 녀석이 내게 지시를 하다니! 술병 속에 처넣어 버릴 테다.

로더리고 나를 처넣어 버리겠다고?

카시오 그래도 지껄여, 이놈이? (로더리고를 때린다.)

몬타노 아서요, 부관. 손을 놓아! (카시오를 붙잡는다.)

카시오 놔요, 놔. 놓지 않으면 당신 대갈통을 부숴 버릴 테야.

몬타노 아아, 자네 취했군.

카시오 취했다고! (몬타노와 싸운다.)

이아고 (로더리고에게 작은 소리로) 저쪽으로 가서 큰일 났다고 떠들란 말이야. (로더리고 퇴장) 그만 하세요. 부관님! 제발 두 분 다! 여기, 누구 손 좀 빌려줘! 부관님…… 이보세요. 몬타노님…… 다들 이리 좀 와 줘요! 이거 볼 만한 야경이 됐군! (안에서 종소리) 누구야, 종을 치는 놈은? 부관님, 제발 그만두시라니까요. 일생의 수치입니다.

오셀로와 시종들 등장

오셀로 어떻게 된 일이야, 대체?

몬타노 제길, 피가 멎지 않아. 치명상이야! 이놈, 죽여버리고 말 테다! (다시 카시오에게 덤빈다.)

오셀로 그만둬라. 그만두지 않으면 목숨이 없다!

이아고 참으세요, 그만둬요! 부관님. 그리고 몬타노님. 두 분 다 지위나 임무를 잊으셨습니까? 장군님의 말씀이 안 들리십니까? 그만, 그만, 창피하지 않습니까?

오셀로 뭐냐, 이게. 허! 왜 이렇게 되었어? 모두 터키인의 흉내를 내고 싶으냐? 그렇게 우리에게 칼을 든 죄로 터키 놈들은 천벌을 받았는데! 그리스도교도의 수치야. 야만적인 소동은 그만둬! 분노를 못 이기고 함부로 손을 대는 놈은 목숨이 아깝지 않은 놈이지. 움직이면 벨 테다. 저 시끄러운 종을 그만 치게 해! 섬 사람들이 놀라겠다. 둘 다 웬일이냐! 이아고, 말해 봐. 누가 먼저 시작한 거냐? 정직하게 말해, 어서!

이아고 저는 잘 모르겠습니다. 이 두 사람은 바로 조금 전만 해도 사이좋은 친구로서 신방에 들어가는 신랑 신부처럼 친했었는데, 그게 글쎄, 갑작스레 별의 힘으로 미치기라도 한 것처럼 칼을 빼들고 서로의 가슴을 겨누고 처참한 격투를 시작했습니다. 왜 이런 바보 같은 싸움이 시작됐는지는 모르겠습니다. 싸움이 한창일 때 겨우 끼어든 이 두 다리를 화려한 전쟁터에서 떳떳하게 잃었더라면 차라리 좋았을 것을 그랬습니다.

오셀로　어쩐 일이냐, 카시오. 이렇게 앞뒤를 분간 못하고 있으니?

카시오　제발 용서해 주십시오. 말씀드릴 면목이 없습니다.

오셀로　몬타노, 당신은 평소에 예의범절이 단정한 분이었소. 나이는 젊어도 근엄하고 온후하다는 것을 세상이 모두 인정하고 높은 분들도 당신을 대단히 칭찬하고 있었소. 그런 당신의 좋은 평판도 아랑곳없이 이 수치를 드러내고 밤중에 소동을 일으킨 것은 도대체 무엇 때문이오? 대답을 해보시오.

몬타노　오셀로 장군, 저는 중상을 입었습니다. 장군의 기수 이아고가 —괴로워서 도저히 말이 안 나옵니다만— 다 알고 있습니다. 아무리 생각해 봐도 저는 오늘 밤 잘못된 말을 하거나 나쁜 짓을 한 기억이 없습니다. 폭력이 날뛰고 있는데 자애가 악덕이고 정당방위가 죄악이라면 몰라도.

오셀로　음, 암만 냉정하려고 해도 참을 수 없군. 아무리 이성을 찾으려 해도 감정이 앞서버려. 내가 조금만 움직이면 아니, 이 팔 하나만 올려도 너희들 중 어느 놈이든지 단칼에 쓰러뜨리고 말 테니. 말해 봐, 이 추잡한 소동은 왜 일어났나? 누가 시작했어? 이 싸움을 일으킨 자는 내 쌍둥이 형제라도 용서 못해. 수비도 풀리지 않고 아직도 민심이 어수선하고 전전긍긍하는 이때에 무슨 짓이냐! 더군다나 한밤의 치안을 맡고 있는 야경대에서 같은 편끼리 사사로운 싸움을 하다니! 해괴망측하구나. 이아고, 누가 처음 시작했느냐?

몬타노　사사로운 정이나 동료의 의리 때문에 사실을 왜곡해서 말한다면 자네는 군인이라고 할 수 없어.

이아고　그렇게 윽박지르지 마세요. 마이클 카시오에게 불리한 이야기를 할 바에야 차라리 내 혓바닥을 빼버리겠어요. 하나 제 생각으로는 사실대로 말한다 해도 카시오게 불리하지는 않을 것 같습니다. 장군님, 바로 이렇습니다. 몬타노님과 제가 이야기를 하고 있는데 누가 사람 살려! 소리 지르며 뛰어 들어왔습니다. 카시오는 칼을 들고 뒤쫓아 와서 그를 찔러 죽인다고 했습니다. 그래서 이분이 카시오를 붙들어 말리고 저는 소리 지르는 녀석을 쫓아갔습죠. 그 녀석 때문에 시민들이 놀라면 안 되니까요. —결국 그렇게 되고 말았습니다만— 그런데 그놈이 어찌나 빠르던지 따라잡지 못했습죠. 그래서 도로 되돌아왔습니다. 칼싸움하는 소리와 카시오가 떠드는 소리가 들려왔으니까요. 돌아와 보니 두 분이 맞붙어 때리고 찌르고 야단났었습니다. 그런 짓을 계속하고 있는데 장군께서 오셔서 떼어놓으신 겁니다. 저는 이것밖에 모릅니다. 그렇지만 인간인 이상 성인군자도 자신을 잊어버리는 수가 있게 마련이지요. 카시오도 이분께 좀 대들긴 했습니다만 사람이 화가 날 때는 자기에게 호의를 가지고 있는 사람마저 때릴 수 있지 않겠어요? 그런데 확실히 카시오는 그 도망간 놈에게서 무슨 큰 모욕을 받아 참을 수가 없었던 것 같습니다.

오셀로 이아고, 잘 알았다. 너는 성실하고 동정심이 많으니까 카시오의 죄를 가볍게 하려고 사건을 축소하는 거다. 카시오, 나는 너를 아끼긴 하나 이제 내 부관으로 둘 수는 없다.

데스데모나, 시종을 데리고 등장

오셀로 봐라, 내 아내까지 잠을 깨지 않았는가! 너를 본보기로 처벌하겠다.
데스데모나 무슨 일인가요?
오셀로 이제 다 끝났소. 여보, 침실로 돌아가시오. 당신의 상처는 내가 직접 봐 드리리라. 저쪽으로 모셔라. (몬타노는 부축되어 나간다.) 이아고, 시가지를 잘 둘러보고 이 난데없는 소동으로 불안해 하는 시민들을 진정시켜 주게. 자, 갑시다. 데스데모나, 군인이란 사건이 생기면 단잠을 자다가도 즉시 일어나야 하오. (이아고와 카시오만 남고 모두 퇴장)
이아고 아니, 당신도 다치셨소, 부관님?
카시오 이제 아무리 약을 써도 소용없게 됐네.
이아고 그럴 리가 있습니까!
카시오 명예, 명예, 명예 말이야! 아, 나는 명예를 잃어버렸어! 내가 가지고 있는 것 중에서 가장 소중한 것을 잃어버렸어. 이제 나는 짐승과 같아. 나의 명예. 이아고, 나의 명예 말이야!

이아고 정말로 어디를 다치신 줄 알았지요. 명예를 다친 것
보다는 그쪽이 더 아픕니다. 명예라는 것은 쓸데없고 허망한
겉치레일 뿐이에요. 그만한 자격이 없어도 들어올 땐 들어오
고 이렇다 할 이유도 없이 나갈 때는 나가는 걸요. 자신이 잃
어버렸다고 생각하지 않는다면 명예를 잃어버린 게 아닙니다.
자, 기운을 내시오! 장군님의 마음을 돌이키는 방법은 얼마
든지 있지요. 잠깐의 노여움으로 면직시키겠다고 하셨지만 정
말 미운 게 아니라 정책상의 처벌이에요. 사나운 사자를 위협하려고 죄 없
는 개를 때려준 셈이지요. 간청하시면 그분의 마음은 금방 풀어지실 겁니다.

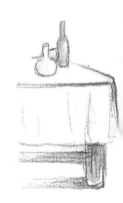

카시오 간청을 하게 된다면 차라리 경멸해 달라고나 간청하겠어. 이런 못난
이, 주정뱅이, 분별도 없는 놈이 저런 훌륭한 지휘관을 속이고 부관으로 앉
아 있느니. 이 주정뱅이! 쓸데없는 소리만 지껄이는 놈! 제 그림자를 보고 큰
소리 탕탕 치는 이 못난 놈! 아, 사람의 눈에 보이지 않는 주신(酒神)아, 남
들은 뭐라고 부르는지 모르지만 네놈은 악마다!

이아고 당신이 칼을 빼들고 쫓았던 놈은 어떤 놈이었습니까? 당신에게 어
떻게 했어요?

카시오 몰라.

이아고 모른다고요?

카시오 여러 가지 생각이 나긴 하는데 확실치 않아. 싸움을 했는데 왜 했
는지 통 모르겠어. 아, 사람은 술을 입속에 처넣어서 스스로 정신 나가게 하
거든! 기뻐하고, 신이 나고, 떠들고, 노래하고, 그래서 자기 스스로를 짐승
으로 만들지!

이아고 하지만 지금은 멀쩡하군요. 어떻게 그렇게 감쪽같이 회복됐습니까?

카시오 주정뱅이 악마가 쑥 들어가고 이제는 화귀신이 나타나셨다네. 한
가지 결함이 들어가면 다른 결함이 나오니 정말 내가 생각해도 정나미가 떨
어져.

이아고 원, 당신은 지나치게 고지식해요. 그야 시국으로 보나 장소로 보나

이런 일이 생긴 건 정말 유감입니다. 하지만 지나간 일은 지나간 일이고 이젠 해결책을 찾으셔야죠.

카시오 복직시켜 달라고 사정해 봐야지. 하지만 주정뱅이라고 하실 테지! 그렇게 말씀하신다면 괴물 히드라같이 입이 열 개라도 할 말이 없지. 이때까지 멀쩡한 인간이 순식간에 바보가 되고 짐승이 되고 말다니! 정말 이상해! 주정뱅이에게 저주나 내려라, 술이란 악마다.

이아고 아니, 술도 정도껏 마시면 긴요한 것입니다. 너무 욕하지 마세요. 그런데 부관님, 내가 당신을 아낀다는 건 알고 계시죠.

카시오 그야 알고 있지. 아, 취하는구먼!

이아고 당신뿐 아니라 누구든지 때로는 취하지요. 한 가지 방법을 가르쳐 드리리다. 지금은 장군 부인이 장군인 셈입니다. 이렇게 말하는 것은 장군님이 부인의 지혜와 아름다움에 넋이 나간 사람처럼 바라보고 온통 정신을 잃은 형편이니까 말입니다. 지금의 당신 심정을 부인에게 솔직히 고백하고, 부인의 도움으로 어떻게든 복직이 되도록 간청 드려 보세요. 부인은 저렇듯 상냥하고 친절하며, 인정도 많고 천사와 같은 마음씨를 가졌으니 부탁을 받으면 그 이상의 것을 못해줘서 미안해할 사람입니다. 이번 일로 장군과 당신 사이는 관절이 빠진 것과 같은데, 부인더러 부목을 대어 붕대를 감아달라고 부탁하는 게 상책입니다. 그렇게만 된다면 한번 금이 간 것이라도 장군과의 사이가 전보다 더 두터워질 것입니다. 이 일에 전 재산을 걸어도 좋아요.

카시오 좋은 방법을 가르쳐 줘서 고맙네.

이아고 진심으로 당신을 위해 그러는 것을 믿어 주세요.

카시오 알았네. 날이 새면 데스데모나님을 찾아뵙고 힘이 되어 달라고 부탁 드려야겠어. 잘 안 되면 내 운명은 글러버리는 거야.

이아고 옳은 말씀입니다. 안녕히 주무십시오, 부관님. 나는 야경 돌아보러 갑니다.

카시오 그럼 잘 가게, 이아고. (퇴장)

이아고 이래도 날 보고 악한이라고 하는 자가 있을까? 지금 말해 준 충고는 어느 모로 봐도 솔직하고 성의 있고 그럴듯할 뿐 아니라 실제로 무어의 마음을 돌려놓을지도 모르지. 데스데모나도 관대한 여자니까 진심으로 사정하면 거절하지 않을 거야. 그 상냥함은 사람들의 볼을 스치는 봄바람 같다고나 할까. 더구나 그 여자는 무어를 맘대로 움직일 수 있거든. 예를 들어 세례를 취소하고 속죄의 신앙을 전부 버리라 해도 좋다고 할 만큼 온통 반해 있으니, 이래라저래라 뭐든지 하느님처럼 그 형편없는 작자를 조종할 수 있단 말이야. 그러니 카시오를 위해 즉효 약을 권한 내가 악한일 수는 없지. 지옥의 비전에 씌어 있기를, 인간에게 극악무도한 대 죄악을 시킬 때면 악마는 천사로 변장하여 유혹한다고 했것다. 내가 지금 하고 있는 것이 바로 그거지! 그 순진한 바보 녀석 카시오가 자기 지위를 복귀시켜 달라고 데스데모나에게 사정을 하고, 그 여자는 무어에게 열심히 간청을 한다. 그 사이에 나는 무어의 귀에다 독약을 부어 넣는단 말씀이야. 부인이 그 녀석을 복직시키려고 하는 것은 실은 자기의 욕정 때문이라는 말의 독약을…… 그러면 데스데모나가 카시오를 위해 애를 쓰면 쓸수록 무어는 아내를 더욱 의심하게 되렷다. 결국 그 여자의 친절을 그물 삼아 아내의 정숙을 독으로 변질시켜 놓고 한꺼번에 두 마리의 토끼를 잡는단 말씀이야.

로더리고 등장.

이아고 어쩐 일이야, 로더리고?

로더리고 여기까지 따라오기는 했지만 내 역할은 사냥감을 쫓는 사냥개역이 아니라 다른 여러 패에 끼어 멍멍 짖는 개 꼴 밖에 안 돼. 돈은 다 써버리고 오늘 밤에는 늘씬하게 두들겨 맞았어. 혼이 난 덕분에 교훈을 얻은 셈이지. 돈은 없어졌지만 대신 지혜는 좀 얻었으니 이쯤에서 베니스로 돌아가라, 이런 뜻이 아니겠는가.

이아고 참을성 없는 사람은 할 수 없군! 어떤 상처라도 나으려면 시간이 걸리는 법이야. 우리들이 하는 일은 이치에 맞게 하는 거지 마술을 부리는 게 아니거든. 이치에 닿게 하려면 시간이 지나는 것을 기다려야 해. 지금 얼마나 잘 되어 가고 있느냐 말이야? 그야 자네가 카시오한테 조금 얻어맞긴 했지. 하지만 그 덕분에 카시오를 몰아내지 않았어? 내 계획은 햇볕을 잘 받고 있지만 그중에서도 꽃이 핀 곳부터 열매가 열린단 말씀이야. 조금만 더 기다리는 거야. 벌써 아침이군. 흥겹게 움직이면 시간도 빨리 간다니까. 자, 어서 돌아가게. 자네 자리로 돌아가 있으라구. 어서 돌아가라니까! (로더리고 퇴장) 두 가지 일을 해야겠군. 여편네를 시켜서 카시오와 부인을 만나게 해야지! 서둘러야겠어. 그 동안 나는 무어 놈과 함께 있다가 카시오가 부인에게 사정하고 있는 현장으로 그를 안내한다는 말씀이야. 음, 바로 그거야. 멀거니 지체하고 있다가 계획을 망쳐선 안 돼. (퇴장)

제3막

제3막 제1장

성 앞.
카시오와 악사 몇 명 등장.

카시오 악사들, 여기에서 아무거나 짧은 걸로 한 곡 연주해 주게. 돈은 충분히 내겠네. 연주가 끝나면, "안녕하십니까, 장군님." 하고 인사하는 거야. (음악)

광대 등장.

광대 아니, 악사들. 당신네들 악기는 나폴리에서 나쁜 병이라도 옮겨 왔소? 그렇게 코맹맹이 소리를 내게.
악사 1 왜요?

광대　좀 물어보겠는데, 이건 늘 이렇게 붕붕 소리가 나는 악기인가요?

악사 1　네, 그렇습니다.

광대　아하, 뭔가 달려 있는 게로군.

악사 1　뭐가 달려 있다니요?

광대　붕붕 소리 나는 것 옆에는 대개 뭐가 달려 있 잖아요? 장군은 여러분의 음악이 어찌나 마음에 드는 지 제발 더 이상 소리를 내지 말아 달라는 분부시오.

악사 1　그럼 그만두겠습니다.

광대　소리 안 나는 음악이라면 더 해도 좋아. 장군께 서는 그다지 음악을 좋아하시지는 않는다니까.

악사 1　그런 음악이 어디 있어요?

광대　그럼 그 피리를 자루 속에 집어넣어요. 나는 들어갈 테니 가라구. 공 중으로 꺼져버려. 어서! (악사들 퇴장)

카시오　여보게, 내 말 좀 들어 봐.

광대　당신 이름은 모르겠습니다만 당신이 말하는 것은 들립니다.

카시오　농담은 그만두게. 자, 적지만 돈이야. 장군 부인의 시중을 들고 있는 분이 일어나거든, 카시오라는 사람이 찾아 와서 잠깐 만나 뵈었으면 하더라 고 전해 주게. 그렇게 해주겠나?

광대　그분이라면 이미 일어나 있어요. 이곳에 나오면 그렇게 알리지요.

카시오　부탁하네. (광대 퇴장)

　이아고 등장.

카시오　마침 잘 왔네, 이아고.

이아고　간밤에는 못 주무신 게로군요?

카시오　그야 할 수 없지. 자네하고 헤어지기 전에 벌써 날이 새지 않았나. 여보게, 실례를 무릅쓰고 자네 부인을 부르러 사람을 보냈네. 용건인즉 데 스데모나 부인을 만나게 해달라는 부탁을 하려고 말일세.

이아고 곧 이리로 나오도록 하죠. 그리고 어떻게 해서든지 무어 장군을 다른 데로 모시고 나가겠습니다. 그러면 편하게 이야기를 하실 수 있을 테니까요.

카시오 참 고맙네. (이아고 퇴장) 내 고향 사람이라도 저렇게 친절하고 정직하지는 않을 거야.

　에밀리아 등장.

에밀리아 안녕하세요, 부관님. 이번에 당한 일은 참 안됐어요. 하지만 다 잘될 거예요. 장군님과 부인이 그 이야기를 하고 계셨어요. 부인은 당신을 무척 변호하시더군요. 하지만 장군님으로서는 부관님이 상처를 낸 상대가 사이프러스 섬의 명사일 뿐 아니라 고위층에 친척을 가진 분이라, 온당한 조치로써 부관님을 면직시키지 않으면 안 되었대요. 그래도 부관님을 아끼고 계신 장군님은 적당한 기회에 복직시키겠다고 말씀하던 걸요.

카시오 그래도 혹시 모르니 잠깐이라도 데스데모나님께 직접 청을 드릴 수 있게 수고 좀 해주시오. 부탁합니다.

에밀리아 그럼 들어오세요. 답답한 마음을 털어놓고 얘기할 수 있는 곳으로 안내해 드리겠어요.

카시오 이거 참 고맙소. (두 사람 퇴장)

제3막 제2장

　성 안의 어떤 방.
　오셀로, 이아고, 그리고 신사 둘 등장.

오셀로 이아고, 이 서류를 선장에게 주면서 원로원에 문안드려 달라고 전해 주게. 나는 이분들과 성벽을 돌아보고 있을 테니 그 일이 끝나면 그리로 오게나.

이아고　네, 잘 알았습니다. 그렇게 하겠습니다.

오셀로　여러분, 요새를 돌아볼까요?

신사 1　기꺼이 동반하겠습니다. (모두 퇴장)

제3막 제3장

성 안의 정원.
데스데모나, 카시오, 에밀리아 등장.

데스데모나　안심하세요, 카시오님. 제가 힘닿는 데까지 해볼 테니까요.

에밀리아　모쪼록 그렇게 해드리세요, 부인. 제 남편도 정말 자기 일같이 걱정하고 있답니다.

데스데모나　참 좋은 분이네요. 카시오님, 걱정 마세요. 어떤 방법을 써서라도 장군과 부관 사이를 예전과 같이 만들어 드리겠어요.

카시오　고맙습니다. 부인, 이 마이클 카시오는 어떤 일이 있어도 부인께 충성을 다하겠습니다.

데스데모나　잘 알겠어요. 고마워요. 부관은 장군을 존경했고 또 오래전부터 함께 한 사이니 안심하세요. 장군께서 설사 부관을 멀리 하는 기색을 보이시더라도 그건 정책상 어쩔 수 없이 그러는 것일 테니까요.

카시오　네. 그래도 부인, 그 정책상이라는 것이 오랫동안 지속되면 그 사이에 하찮은 뜬소문으로도 마음이 움직이고 쓸데없는 것에서 오해의 뿌리가 생기지요. 저는 옆에 없고 저 대신 자리가 메워지면 장군께서는 결국 저의 성의나 공적 같은 것도 곧 잊게 되실 겁니다.

데스데모나　그런 걱정은 말아요. 저 에밀리아가 증인이에요. 꼭 복직되도록 해드리지요. 염려 말아요. 내가 돕는다고 한 이상 언제까지나 힘이 되어 드리겠어요. 남편을 밤새 잠들지 못하게 하고 그가 지칠 때까지 간청하겠어요. 잠자리에서도 조언을 하고, 식탁에서도 설교를 그치지 않고, 그분이 무슨 일을 하든 카시오님의 청을 부탁하겠어요. 그러니 기운을 내세요, 카시오님. 청을 맡은 이상 꼭 소망을 이루어 드리겠어요.

　오셀로와 이아고 등장.

에밀리아　부인, 장군님께서 오십니다.
카시오　부인, 저는 이만 실례하겠습니다.
데스데모나　카시오님, 여기 계세요. 제가 여쭈어보고 올 테니까요.
카시오　아니오, 부인. 지금은, 지금은 괴로워서 제가 직접 청을 드릴 수가 없습니다. (카시오 퇴장)

　오셀로와 이아고 등장.

이아고　저런! 저런, 안 되는데!
오셀로　무슨 일인가?
이아고　뭐, 아무것도 아닙니다. 실은 지금……. 아, 아무것도 아닙니다.
오셀로　지금 아내와 헤어진 건 카시오가 아닌가?
이아고　카시오라니, 그럴 리가 있겠습니까? 그 사람이라면 장군님이 오시는 것을 봤기로서니 죄지은 사람처럼 그렇게 슬그머니 달아날 리가 없습니다.
오셀로　아냐, 분명히 카시오였어.
데스데모나　당신이군요. 방금 여기서 청을 가지고 온 분하고 얘기하고 있었어요. 당신 비위를 거슬러서 비관하는 사람이에요.
오셀로　누구 말이오?
데스데모나　당신의 부관, 카시오님 말예요. 저도 이런 일에 조금 참견할 수 있지요? 그렇다면 그 사람을 곧 용서해 주세요. 그분은 얼마나 당신을 존경한다고요. 실수로 잘못을 저지를 수는 있어도 계획적으로 나쁜 짓을 할 사람은 아니에요. 그건 그의 성실한 얼굴만 봐도 알 수 있어요. 부디 다시 복직시켜 주세요.

오셀로 방금 여기서 나갔소?

데스데모나 네, 그래요. 하도 풀이 죽어서 저까지 슬퍼졌어요. 여보, 카시오를 다시 불러 주실 수 있지요?

오셀로 지금은 안 돼, 데스데모나. 좀더 두고 봅시다.

데스데모나 그럼 금방 해주시겠어요?

오셀로 될 수 있는 대로 빨리 하지, 당신의 청이니까.

데스데모나 오늘 저녁 식사 때요?

오셀로 아니, 오늘은 안 돼.

데스데모나 그럼 내일 점심 때요?

오셀로 내일 점심은 집에서 안 해. 요새에서 장교들을 만나기로 되어 있으니까.

데스데모나 그럼 내일 밤? 그렇지 않으면 화요일 아침, 화요일 낮이나 밤? 수요일 아침이라도 좋으니 시간을 정해 주세요. 그렇지만 사흘을 넘기면 안돼요. 그 사람은 정말로 후회하고 있어요. 그리고 제 생각에 그의 잘못은 ─그야 전시 중에는 잘못한 사람을 본보기로 벌을 주기도 해야 하지만─ 인연을 끊을 정도의 죄는 아닌 것 같아요. 언제 부르겠어요? 말씀해 보세요, 오셀로님. 당신 분부를 제가 거절하거나 푸념한 적이 있었나요? 아, 참, 마이클 카시오는 당신이 제게 청혼하러 오셨을 때도 같이 오지 않았어요? 그리고 제가 당신 험담을 할 때도 언제나 당신 편을 들곤 했지요. 그런 사람을 복직시키는데 이렇게 힘이 들다니, 정말 저 같으면…….

오셀로 아, 알았소. 오고 싶을 때 오라고 하시오. 당신 청은 뭐든지 들어주겠소.

데스데모나 어머나, 별로 대단찮은 청을 가지고……. 장갑을 끼시라든가, 영양가 있는 것을 잡수시라든가, 따뜻하게 하시라든가, 몸조심하시라든가 등등 그런 청이잖아요? 만일 제가 당신의 애정을 시험해 볼 작정이라면, 중대하고 어려워서 여간해서는 허락될 수 없는 청을 부탁할 거예요.

오셀로 뭐든지 들어줄게. 그러니 이쪽도 청이 있는데, 제발 잠깐 동안 나를 혼자 있게 해줘요.

데스데모나 제가 싫다고 할 줄 아셨나요? 천만에요. 다른 곳에 가 있을게요.

오셀로 이따 만나요, 데스데모나. 곧 갈게.

데스데모나 당신 마음 내키는 대로 하세요. 무슨 말씀을 해도 전 순종하겠어요. 에밀리아, 우리 나가요. (데스데모나와 에밀리아 퇴장)

오셀로 귀여운 것! 내가 너를 사랑하지 않는다면 내 영혼에 파멸이 와도 좋다! 너를 사랑하지 않게 된다면 그때는 이 세상이 태초의 어둠으로 되돌아가는 거겠지.

이아고 장군님…….

오셀로 왜 그러나, 이아고?

이아고 마이클 카시오는 장군님의 구혼 시절에 장군님과 부인 사이를 알고 있었습니까?

오셀로 처음부터 끝까지 전부 알고 있지. 그건 왜 묻나?

이아고 그저 좀 생각난 게 있어서요. 그냥 뭐.

오셀로 생각난 거라니 뭔가, 이아고?

이아고 그 사람이 부인과 가깝게 지내고 있다는 것을 저는 모르고 있었지요.

오셀로 그야 우리 둘 사이를 자주 왔다 갔다 했지.

이아고 정말입니까!

오셀로 정말입니까라니, 어디 미심쩍은 데라도 있단 말인가? 그가 정직하지 않다는 건가?

이아고 정직하다고요?

오셀로 정직하다고요라니? 그야 물론이지.

이아고 그럴지도 모르죠.

오셀로 자넨 어떻게 생각하는데?

이아고 어떻게 생각하다뇨?

오셀로 어떻게 생각하다뇨라니! 자넨 내 말을 흉내만 내는군. 무서운 생각

이 머릿속에 있어 남에게 말하지 못하는 것처럼. 이유가 있는 거지? 카시오가 내 아내와 만나는 것을 보고 자넨 "안 되는데." 했지. 뭐가 안 된다는 거지? 그리고 내가 구혼할 적에 그가 우리 둘 사이를 왔다 갔다 했다니까 자네는 "정말입니까?"라고 말했지. 무서운 생각을 머릿속에 담아 놓고 있기라도 한 것같이 미간에 주름을 지으면서 말이야. 나를 위한다면 자네가 지금 생각하고 있는 바를 말해 주게.

이아고 장군님, 물론 저는 충성을 다 바치고 있습니다.

오셀로 나도 그렇게 생각하고 있어. 자네가 성심성의껏 봉사하고 있는 것은 나도 잘 알고 있지. 말을 경솔하게 입 밖으로 내지 않는다는 것도 잘 알아. 그런 자네가 우물우물하니 더욱 불안하군. 그렇게 하는 행동은 허위에 찬 불성실한 놈이라면 남을 속일 때에 쓰는 수작이지만, 정직한 사람일 경우에는 진정 화가 나서 도저히 참을 수 없을 때에 그러는 거니까.

이아고 마이클 카시오로 말하자면 분명히 정직한 사람이라고 생각합니다.

오셀로 나도 그렇게 생각하고 있어.

이아고 사람은 모두 겉모습과 같아야 한다고 생각합니다. 그렇지 않다면 정직한 척하는 얼굴이라도 하지 말았으면 좋겠어요.

오셀로 그렇지, 사람은 겉모습과 같아야 하지.

이아고 그렇다면 물론 카시오도 정직한 분이겠지요……

오셀로 아냐, 또 뭔가가 있어. 마음속으로 되씹고 있는 것을 터놓고 이야기해 봐. 어떤 괴상한 생각일지라도 솔직하게 말해보라구.

이아고 장군님, 용서하십시오. 직책상의 일이라면 명령에 복종하겠습니다만 마음속의 생각을 말할 의무는 노예에게도 없습니다. 생각을 말하라고 하시다니. 원! 그것이 얼마나 더럽고 틀린 생각일지도 모르지 않습니까? 아무리 훌륭한 궁정이라도 때로는 추한 것도 들어 있지 않겠습니까? 아무리 숭고한 마음속이라도 불결한 잡념이 올바른 판단과 마주 하여 사람들을 심판할지도 모르지 않습니까?

오셀로　친구가 모욕을 당한 것을 알면서도 그것을 귀에 넣어 주지 않는 것은 친구를 배반하는 것과 마찬가지야, 이아고.

이아고　제발 장군님……. 사실은 제가 나쁜 버릇이 있어서 남의 과실을 캐내고 질투심으로 엉뚱한 억측을 하곤 하는데, 이번 역시 틀린 추측이 아닐까 합니다. 잘 판단하셔서 이런 망측한 추측에 개의치 마시고 뒤숭숭하고 불확실한 생각 때문에 고민하지 마십시오. 아무리 생각해도 말씀 안 드리는 게 좋을 것 같군요. 장군님의 기분만 상하실 테고 유익하지도 않을 뿐더러 저로서도 남자답지 못하고 불성실하고 천박한 사람만 되고 말 테니까요.

오셀로　대체 무슨 뜻이냐?

이아고　남자나 여자나 좋은 평판은 곧 영혼의 보배와 같습니다. 이것이 지갑과 같은 물건이라면 훔친 놈이나 잃은 자나 별로 대수로운 일이 못됩니다. 그건 중요하다면 중요한 일이지만 사소한 일이라고 한다면 사소한 일이지요. 내 것이 지금은 다른 놈의 것으로 된 것 말고는……, 돈이란 본래 이 세상을 돌고 도는 것이니까요. 하지만 좋은 평판을 도둑맞았다면, 훔친 놈에게는 이득이 하나도 없지만 이쪽은 손해를 보게 되는 것입니다.

오셀로　암만해도 자네 생각을 들어봐야겠어.

이아고　그건 안 될 말씀입니다. 설사 제 마음이 장군님의 손바닥에 있다 해도 적어도 지금은 제가 꼭 쥐고 있으니까요.

오셀로　허!

이아고　장군님, 질투심은 경계하셔야 합니다. 이건 파리한 눈빛을 한 괴물로 사람의 마음을 먹이로 삼고 있어, 먹기 전에 사람의 마음을 마냥 조롱하는 그런 놈입니다. 아내가 간음을 하더라도 그걸 운명이라 단념하고 아내에게 미련을 갖지 않는 남자는 행복합니다. 하지만 깊이 사랑하고 있으면서도 의심을 하고, 의심을 품고 있으면서 더욱 열렬히 사랑하는 남자는 하루하루가 얼마나 저주스럽겠습니까?

오셀로　그야 비참하겠지!

이아고　가난하더라도 만족하는 사람은 큰 부자지요. 그렇지만 큰 부자라도 언젠가는 가난뱅이가 되는 게 아닌가 벌벌 떨고 있다면 마음이 가난하기가 엄동설한과 같다고나 할까요. 아, 인간들이 질투심만은 모르고 지냈으면 합니다.

오셀로   아니, 왜 그런 소리를 하나? 자네는 앞으로 내가 질투에 사로잡혀 달이 모양을 바꿀 때마다 의심을 하게 될 것으로 보이는가? 나는 한번 의심을 품으면 단번에 해결을 짓는 성미라네. 내가 자네 말대로 그런 쓸데없고 허망한 억측에 마음을 쓴다면 나를 겁 많은 염소로 취급해도 좋아. 사람들이 내 아내를 아름답고, 사교성이 좋고, 이야기도 잘하고, 노래도 음악도 춤도 잘한다고 해서 내가 질투를 할 필요는 없지. 이런 점은 정숙한 여자에게 더욱더 빛나 보이거든. 또 나의 약점 때문에 지레 겁을 먹고 아내가 바람을 피울까 봐 걱정하거나 의심하는 일은 더욱 없지. 아내는 자신의 판단으로 나를 선택한 것이니까. 이아고, 나는 의심하려면 잘 살펴본 다음 의심하고 의심한 이상 확실한 증거를 잡겠네. 증거가 잡히면 방법은 하나야……. 즉시 애정을 포기하든가, 또는 질투심을 버리든가.

이아고   그 말씀에 안심이 됩니다. 이제는 장군님을 위한 제 충성에서 나온 생각을 기탄없이 여쭐 수 있으니 명령에 복종하겠습니다. 들어 보십시오. 확증은 없습니다만 부인을 조심하십시오. 특히 카시오와 같이 있을 때 주의해서 살펴보십시오. 의심하지도 말고 그렇다고 신용하지도 말고 잘 지켜보시기 바랍니다. 장군님께서는 관대하고 고결하신 분이니 선한 성품 때문에 모욕을 당하신다면 저로서도 보기 딱할 겁니다. 조심하십시오. 저는 같은 고향 베니스 사람들의 기질을 잘 압니다. 베니스 여자들은 음탕한 장난을 하느님에게는 들키는 한이 있더라도 남편에게는 들키지 않겠다는 식으로, 그녀들의 최고의 도덕이라는 것은 범하지 말라가 아니라 단지 들키지 않게 하라는 것뿐이니까요.

오셀로   정말인가?

이아고   장군님과 결혼하기 위해 아버지를 속인 부인이십니다. 장군님을 속으로 깊이 사랑하고 있었을 때도 장군님의 얼굴이 무서워 몸을 떨고 있었습니다.

오셀로   그건 그랬어.

이아고　그래서 말씀입니다. 그렇게 젊으신 분도 가면을 쓰지 않았습니까? 그것도 아버지를 속이기 위해서 말입니다. 그러니 아버지는 그저 마술인 줄만 아셨거든요. 말이 좀 지나쳤습니다. 용서하십시오. 장군님의 기분을 상하게 한 것 같군요. 부탁입니다만 제가 말씀드린 것은 단지 의심스럽다는 정도로 흘려버리시고, 이 이상 확실한 결론을 캐내기 위해 문제를 확대시키지는 마십시오.

오셀로　그런 짓은 하지 않겠네.

이아고　만약 그런 짓을 하신다면 장군님, 제 말로 인해 엉뚱한 결과가 생겨서 생각지도 않은 일이 벌어질지도 모릅니다. 카시오는 소중한 친구니까요……. 장군님, 아무래도 기분이 상하신 것 같습니다.

오셀로　아니, 그렇지 않아. 데스데모나가 정직한 여자라는 것 말고는 아무것도 생각하고 싶지 않네.

이아고　부인께서 언제까지나 그러하시기를! 그리고 장군님의 마음도 변하지 마시기를 빕니다.

오셀로　하긴 순리를 어기고 나 같은 사람에게…….

이아고　그겁니다, 문제는 바로 그겁니다! 글쎄……, 터놓고 말씀드리자면……, 얼굴빛이나 문벌이 비슷한 자기 나라 남자들의 청혼을 다 거절하지 않았습니까? 보통 그들 중의 하나를 택하는 게 순리일 텐데……. 쳇! 사람이라면 누구나 눈치 챌 수 있지요. 여기에는 분명 불순한 마음이 있습니다. 사실 전혀 어울리지도 않을 뿐더러 부자연스럽거든요. 용서하십시오. 저는 꼭 장군님을 두고 말하는 건 아닙니다. 하지만 걱정은 걱정이죠. 차차 분별력이 생기게 되어 자기 나라 사람과 장군님을 비교해 보고 후회하시는 일은 없어야 할 텐데.

오셀로　알았네, 알아. 뭔가 눈치가 이상하거든 더 알려주게. 자네 부인더러 감시를 하라고 해 주게. 그만 물러가게, 이아고.

이아고　(나가면서) 그럼 물러가겠습니다.

오셀로　내가 결혼을 왜 했을까? 저 정직한 친구는 분명히 지금 말한 것보다 더 많은 것을 알고 있을 거야.

이아고 (되돌아서서) 장군님, 부탁입니다. 이 일은 더 캐지 마시고 그냥 내
버려 두십시오. 카시오를 복직시키는 일도. 확실히 그는 재주도 비상하고 임
무도 충분히 완수할 수 있는 사람입니다만, 잠시만 기다리십시오. 그러면서
그 사람의 인간성이 어떤지를 살펴보십시오. 그러면 또 여러 가지를 아시게
될 겁니다. 그때까지는 제 걱정이 지나친 노파심에서라고 여기십시오. 그리
고 부디 부인을 결백한 분이라고 믿으십시오.

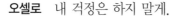

오셀로 내 걱정은 하지 말게.

이아고 그럼, 이만 물러가겠습니다. (퇴장)

오셀로 저 친구는 지극히 성실한 사람이다. 게다가 세상 물정에 밝
아서 사람들의 심리를 꿰뚫고 있어. 데스데모나가 도저히 길들일 수
없는 매라는 것을 확실히 알게 되면, 설사 내 마음으로는 꼭 잡아놓
고 싶더라도 휘파람을 불며 깨끗이 놓아 줘야지. 돌아오지 않아도
되게 바람이 부는 쪽으로 날려 보내 마음대로 먹이를 찾게 해야지.
내가 피부색이 검고 귀족들처럼 고상한 예절이 없다고 해서, 또는 이
미 한창때를 지났다고 해서 —그래도 아직 늙은 나이는 아니지만—
그녀가 날 버렸는지도 모르지. 나는 모욕을 당했다. 나를 구하는 길은 그녀
를 미워하는 거다. 아, 결혼이 원망스럽구나. 입으로는 상냥한 여자를 제 것
이라고 하면서 사실은 제 것이 아니구나! 사랑하는 사람을 남의 마음에 맡
겨 놓고 자기는 한 모퉁이나 차지할 바에야, 차라리 두꺼비가 되어 습기 찬
땅속에서 사는 것이 낫지. 그렇지만 이것은 지체 높은 귀족들이 받는 저주
거든. 차라리 하층계급 사람만도 못해. 죽음과 마찬가지로 피할 수 없는 운
명인가. 간음한 아내를 얻고 이마에 뿔 돋친다는 이 저주는 어머니의 태내에
서 꿈틀거리기 시작한 그 순간부터 정해진 운명인가. 데스데모나가 오는군.

데스데모나와 에밀리아 등장.

오셀로 아, 저 여자가 불의를 저지르다니, 만일 사실이 그렇다면 하늘은 스

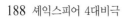

스로를 속인 거다! 나는 믿을 수 없어.

데스데모나 무슨 일이에요, 오셀로님? 만찬 시간이에요. 당신이 초대한 섬의 유지 분들이 아까부터 기다리고 계시는데.

오셀로 미안하오.

데스데모나 왜 그렇게 목소리에 기운이 없으세요? 어디 편찮으세요?

오셀로 머리가 좀 아파서……

데스데모나 밤에 못 주무신 탓일 거예요. 손수건으로 꼭 동여매 드릴게요. 한 시간도 못 되어 곧 나을 거예요.

오셀로 손수건이 너무 작군. (머리에 매어 준 손수건이 풀어져 바닥에 떨어진다.) 같이 들어갑시다.

데스데모나 어떡하지요? 기분이 많이 언짢으신 모양이군요. (오셀로와 데스데모나 퇴장)

에밀리아 이 손수건이 손에 들어와서 잘 됐지 뭐야. 이건 부인이 무어님한테 처음으로 받은 선물이라지. 우리 집 고집불통 남편은 이걸 훔쳐내라고 내게 골백번도 더 졸라댔었지. 하지만 절대로 잃어버려서는 안 된다는 무어님 말씀 때문에 부인께서는 한시도 손에서 떼놓지 않고 소중히 하시는 걸. 이 무늬를 본떠 이아고에게 만들어 줘야지. 이걸로 대체 뭘 하려는 것인지 내가 신경 쓸 바는 아니지만 변덕이 심한 그이의 마음을 즐겁게 해주면 되는 거니까.

　이아고 등장

이아고 난 또 누구라구! 여기서 혼자 뭘 하고 있어?

에밀리아 화내지 말아요. 당신께 드릴 물건이 있으니까요.

이아고 내게 줄 물건? 신통한 것이 있을라구…….

에밀리아 뭐라구요?

이아고 신통치 않단 말이야, 바보 계집과 산다는 건.

에밀리아 말이면 다예요? 손수건을 드린다면 뭐라고 할래요?

이아고   무슨 손수건?

에밀리아   무슨 손수건이라니? 왜, 무어님이 데스데모나님께 처음 선물한 거요. 훔쳐오라고 당신이 귀찮게 조르던 것 말이에요.

이아고   훔쳐냈어?

에밀리아   아녜요. 어쩌다 부인이 떨어뜨리셨어요. 내가 옆에 있다가 운 좋게 그걸 주웠어요. 봐요, 이거예요.

이아고   기특하군. 이리 줘.

에밀리아   대체 이걸로 어쩌려는 거지요? 훔쳐오라고 그렇게도 야단이더니.

이아고   (잡아채며) 당신이 신경 쓸 거 없어.

에밀리아   손수건이 없어진 걸 알면 부인은 미쳐버릴 거예요.

이아고   모르는 체하고 있어. 다 쓸 데가 있으니까. 그럼 저쪽으로 가 있어. (에밀리아 퇴장) 카시오 숙소에 이걸 떨어뜨려 놓고 무어 놈의 눈에 띄게 해야지. 공기처럼 가벼운 일이라도 질투에 사로잡혀 있는 놈에게는 성서의 구절만큼 효력 있는 증거가 될 거야. 이걸 써먹어야지. 무어는 내 독약에 벌써 마음이 변해 가고 있어. 원래 위험한 억측도 독약과 같아서, 처음에는 거의 아무 맛이 안 나지만 혈액 속에 조금만 작용하면 화산처럼 불타오르거든. 거 봐, 말이 끝나기가 무섭게 저기 오는군!

   오셀로 다시 등장.

이아고   아편이건 만드라고라(마취제)건 세상에 있는 어떤 수면제를 먹어도 어제까지처럼 편안한 잠을 자지는 못할걸.

오셀로   아! 아! 나를 배신하다니!

이아고   아아, 장군님! 그 일은 잊어버리세요.

오셀로   꺼져! 물러가! 너는 나를 고문대에 올려놓았다. 섣불리 알고 있느니 차라리 모욕당하는 게 낫겠다.

이아고   왜 그러십니까? 장군님!

오셀로 내 아내가 음탕한 짓을 했다고는 느끼지도 않았거니와 보지도 못했고 생각하지도 않았어. 그래서 괴롭지도 않았다. 그날 밤에도 난 잘 잤다. 기분도 좋고 명랑했다. 그녀의 입술에서 카시오의 키스 자국은 찾아내지 못했어. 도둑맞아도 도둑맞은 줄을 모르는 놈에게는 가르쳐주지 않는 편이 좋아. 그러면 도둑을 안 맞은 거나 다름없으니까.

이아고 그런 말씀을 들으니 송구스럽습니다.

오셀로 만일 온 진영의 병사들이 하나도 빠짐없이 그녀의 아름다운 몸을 향락했다 하더라도 나만 모르고 있으면 행복했을 것 아닌가. 아아, 평온한 마음과 영원히 작별이구나! 만족할 줄 아는 마음도 안녕! 깃털장식을 한 부대도, 공명수훈을 다투는 전쟁도 마지막, 아, 마지막이다! 울어대는 군마, 드높은 나팔소리, 마음이 설레는 북소리, 귀를 울리는 피리소리, 장엄한 군가, 그 어떤 영광스러운 전쟁의 자랑도 찬란함도 장관도 다 마지막이다! 그리고 아아, 위력 있는 대포야, 무서운 절규로 천둥의 신 주피터의 성난 외침을 압도해 버리는 너하고도 작별이다! 오셀로의 직분은 다 끝나고 말았다.

이아고 왜 그런 말씀을 하십니까, 장군님?

오셀로 이놈아, 내 아내가 음탕한 계집이라면 확실한 증명을 해 봐라. 증거를 보여라. 눈에 보이는 증거를 대라! (이아고의 멱살을 잡는다.) 그렇지 못하면 나의 영원히 죽지 않는 영혼에 두고 맹세하지만 내 격분을 받느니 차라리 개로 태어났더라면 좋았을 걸 하게끔 만들겠다.

이아고 그런 심한 말씀을?

오셀로 증거를 내게 보여라. 그렇지 않으면 적어도 증명을 해라. 한 점의 의심을 품을 틈바구니도 구멍도 없는 확실한 증거를 보여라. 그렇지 못하면 죽은 목숨일 줄 알아라!

이아고 장군님, 그건…….

오셀로 만약 사실무근으로 그녀를 중상하고 나를 괴롭혔다면 새삼스레 기도 따위는 그만둬. 양심 같은 건 내던져 버리고 죄업에다 죄업을 쌓아 올려라! 하늘을 울리고 땅을 놀라게 할 만한 나쁜 짓을 해라! 이런 죄악보다 더한 죄는 있을 수 없다.

이아고 말씀이 너무 심하십니다. 장군님은 지금 온전한 마음을 가지고 계신 분이십니까? 저는 사직하겠습니다. 면직시켜 주십시오. 아, 난 정말로 못난 놈이다. 성심성의껏 얘기한다는 것이 그만 악당이 되어버렸어! 정말 해괴한 세상이로구나! 다들 정신 차리시오. 조심하시오. 정직하면 위험한 세상입니다. 덕택에 하나 배웠습니다. 이제부터는 남에게 친절하지 않기로 했습니다. 친절을 베풀면 원망을 산다는 것을 알았으니까요.

오셀로 아냐, 기다려! 자네의 성실을 의심하고 싶지는 않아.

이아고 약아져야 되겠습니다. 정직한 자는 바보가 되어 힘들게 땀을 흘리고 손해를 볼 테니까요.

오셀로 사실 나는 아내가 결백하다고 생각되다가도 금방 그렇지 않을 거라는 생각이 든다. 자네 역시 정직한 사람이라고 생각하다가도 한편으로는 그렇지 않다고 생각된다. 아무래도 증거가 있어야 해. 달님의 얼굴같이 깨끗하던 그녀의 이름이 지금은 더러워지고 시커메져서 마치 내 얼굴빛 같아. 밧줄이나 단검이나 독약이나 불이나 그녀를 처박을 우물이 여기 있다면 난 가만있지 않겠어. 아아, 증거가 있어야 해, 증거가!

이아고 장군님, 너무 흥분에 사로잡혀 계십니다. 얘기해 드린 것이 후회됩니다. 증거를 꼭 보고 싶으십니까?

오셀로 보고 싶지. 아니, 꼭 봐야 되겠어!

이아고 그야 안 되는 것도 아니죠. 그렇지만 어떻게요? 어떻게 보시겠다는 말씀인지……. 장군님께서 설마 구경꾼이 돼서 멍청하게 입을 딱 벌리고……, 보시겠습니까, 그 녀석이 장군님의 부인을 올라타고 있는 것을요!

오셀로 맙소사! 추잡하다. 아아!

이아고 그 현장을 보여 드리기는 좀 어려운 일이요. 둘이 자고 있는 것을 남에게 보인다는 것은 당치도 않은 소리니까요. 그렇다면 어떻게 할까요? 어떻게 해야 만족스러운 증거가 될까요? 장군님께서 직접 눈으로 보실 수는 없는 일이지요. 설사 그분들이 염소처럼 색욕이 세고, 원숭이처럼 음탕하고, 암내 풍기는 늑대처럼 음란하고, 술에 취한 바보처럼 얼간이라도 말입니다. 하지만 만일 확실한 증거에 가까워 틀림없다고 할 만한 것으로도 만족하시겠다면 말하겠습니다.

오셀로 내 아내가 정숙하지 못하다는 산 증거를 대라.

이아고 그런 일은 좀 난처하지만 저도 고지식하게 충성스러운 마음으로 여기까지 발을 들여놓고 말았으니 이야기를 안 할 수도 없군요. 제가 요전에 야경을 돌고 카시오와 같이 자는데, 이가 쑤셔서 잠을 이루지 못했습니다. 이 세상에는 자면서 주책없이 자신이 했던 일을 뇌까리는 놈이 있는데 카시오가 그런 축으로, 그놈이 이런 잠꼬대를 했습니다. '귀여운 데스데모나, 조심합시다. 둘의 사랑을 아무도 모르게 숨겨요.' 그러고는 글쎄, 내 손을 꽉 잡고, '귀여운 것.' 하고 중얼거렸습니다. 그러고는 내게 키스를 하지 않겠습니까. 마치 내 입술에 키스가 돋쳐 있어 그것을 뿌리째 뽑아 낼 기세였습니다. 또 다리를 내 가랑이 위에 척 올려 놓고는 한숨을 내쉬고 또 입 맞추더니 큰 소리로 '당신이 무어한테 가다니 아, 가혹한 운명이구나!' 하고 소리 질렀습니다.

오셀로 아, 망측하다! 끔찍하다!

이아고 그냥 꿈결에 한 짓일 뿐입니다.

오셀로 그렇지만 전에 해본 적이 있다는 증거다. 꿈이라도 얼마든지 의심할 여지가 있지.

이아고 그리고 다른 확실치 않은 증거를 보충하는 것도 되고요.

오셀로 그년을 갈기갈기 찢어 죽여버리겠다!

이아고 하지만 신중하셔야 합니다. 아직 현장을 잡은 건 아니니까요. 부인은 결백할지도 모릅니다. 그런데 한 가지 여쭈어볼 게 있는데요, 딸기를 수놓은 손수건을 부인이 가지고 계신 것을 장군님은 보신 적이 있습니까?

오셀로 아내에게 준 나의 첫 선물이다.

이아고 그런 사실은 전혀 몰랐습니다만, 그런 소중한 손수건으로 카시오가 수염을 닦고 있는 것을 오늘 제가 두 눈으로 확실하게 봤습니다.

오셀로 그게 그 손수건이라면…….

이아고 그것이 아니라도 이미 다른 증거도 있는 터이고, 어쨌든 그 손수건이 부인 거라면 부인이 더욱더 의심스러운 거지요.

오셀로 에잇, 그 못된 놈의 모가지가 천만 개쯤 된다면 그냥 모조리! 복수를 하려 해도 하나로는 부족해, 너무 적어. 이제 모든 것이 확실해진 것 같군. 보아라, 이아고. 이렇게 나의 어리석은 사랑은 하늘로 모두 날아가 버렸다……. 시커먼 복수여, 지옥의 구렁에서 일어나라! 내 마음속에 왕좌를 차지했던 사랑아, 왕관을 저 잔악한 증오에게 넘겨주어라! 내 가슴아, 독사의 혓바닥에서 토해낸 독으로 퉁퉁 부어올라라!

이아고 장군님, 고정하십시오.

오셀로 아아, 피, 피다! 피를 봐야, 피를!

이아고 진정하십시오. 다시 마음이 변하실지도 모르니까요.

오셀로 절대로 변하지 않는다, 이아고. 폰틱 해의 격류가 뒤로 물러서는 법 없이 곧장 프로폰틱 해에서 헬레스폰트 해협으로 흐르듯이, 피가 광란한 내 일념은 복수를 하기 전에는 절대로 뒤돌아보지도 않고, 하찮은 애정 때문에 썰물처럼 물러서지도 않겠다. 단연코 지금 나는 영원히 변치 않는 하늘을 보고 (무릎을 꿇고) 경건하게 신성한 맹세를 하겠다.

이아고 아직 일어나지 마십시오. (같이 무릎을 꿇고) 하늘에서 영원히 빛나는 일월성신도 굽어 살피소서. 우리를 에워싸고 있는 하늘이여, 보소서. 여기 이아고는 내 지혜와 내 팔의 힘과 내 마음을 다해서 배신당한 오셀로 장군님을 위해 봉사하겠습니다. (두 사람 일어선다.)

오셀로 자네의 충성에 진정으로 감사한다. 그렇다면 지금 당장 자네가 할 일을 명령하겠다. 사흘 이내로 카시오는 살아 있지 않다는 보고를 가지고 오라.

이아고 친구지만 그놈의 목숨은 벌써 없어진 거나 다름없습니다. 명령을 내린 이상 해치운 거나 마찬가지입니다. 하지만 부인의 목숨만은 용서하십시오.

오셀로 가증스러운 탕녀! 지옥으로나 떨어져라, 지옥으로! 나는 집에 가서 그 아름다운 악마를 없애버릴 궁리를 해야겠다. 이제부터는 자네가 부관이다.

이아고 언제까지나 충성을 다하겠습니다! (두 사람 모두 퇴장)

제3막 제4장

성 앞.
데스데모나, 에밀리아, 어릿광대 등장.

데스데모나   이봐요, 부관 카시오가 어디에 거주하는지
알아요?

광대   그분이 어디에서 거짓말을 하고 계시는지는 말할
수 없습니다.

데스데모나   왜?

광대   그분은 군인인데 군인이 거짓말을 한다고 했다간 칼침을 맞게요.

데스데모나   원, 어디에 묵고 계시냐 말이에요.

광대   어디서 묵고 계시다고 말씀드리는 것은 곧 어디서 거짓말을 하느냐
와 같습니다.

데스데모나   무슨 소릴 하는 거지?

광대   숙소가 어딘지 저는 모르니까요. 그러니까 무리하게 밝혀서 여기 거
주한다 저기 거주한다고 말하는 건 내 목구멍이 거짓말을 하는 것이 되니
까요.

데스데모나   누구에게 알아볼 수는 없을까?

광대   어디 계신지 온 세계하고 문답을 해야겠군요. 말하자면 찾아다녀 보
고 나서 대답하는 거지요.

데스데모나   찾아서 이리 오시라고 해요. 장군님을 설득했으니까 모든 일이
다 잘될 거라고 전해 줘요.

광대   그런 심부름 같으면 사람의 지혜로 되지요. 그러면 그 일을 맡기로 하
겠습니다. (퇴장)

데스데모나   내가 어디서 그 손수건을 잃었을까, 에밀리아?

에밀리아   잘 모르겠는데요, 부인?

데스데모나　차라리 돈이 잔뜩 든 돈주머니를 잃는 편이 더 나아. 무어님은 진실하셔서 의심 많은 사람들처럼 비열한 데가 전혀 없으니 망정이지, 정말 언짢게 여기실 거야.

에밀리아　그렇게 의심이 없으신 분인가요?

데스데모나　누구, 그분? 그분 고향의 밝은 태양이 그런 기질을 다 빨아들여버린 모양이지.

에밀리아　저기 오십니다!

데스데모나　이번에야말로 카시오님을 불러들이겠다는 말씀이 떨어지기 전에는 결코 그이 곁을 떠나지 않을 테야.

　　오셀로 등장.

데스데모나　당신 기분은 좀 어떠세요?

오셀로　으응, 좋아. (방백) 아, 마음을 숨기기란 정말 괴롭군! 당신은 어떻소, 데스데모나?

데스데모나　좋아요.

오셀로　손을 이리 줘 봐요. 당신 손은 부드럽군.

데스데모나　아직 나이도 어리고 슬픔도 모르니까요.

오셀로　(손을 살피며) 이건 관대하고 마음이 너그럽다는 것을 말하는군. 따뜻하고 윤기가 도는 당신의 이 손은 들어앉아서 단식하고 기도 하고, 그리고 고행과 예배를 해야 할 손이오. 젊고 다정다감한 악마가 숨어 있어서 자주 배신을 한다는 손금이니, 좋은 손이오. 관대한 손이오.

데스데모나　그렇죠? 옳아요. 이 손으로 제 마음을 내어 드렸으니까요.

오셀로　마음이 넓은 손이오. 옛날엔 마음을 허락하고 손을 내줬다는데 요새 격식은 손이 먼저거든, 마음이 아니라.

데스데모나　글쎄, 무슨 말씀인지 잘 모르겠군요. 그건 그렇구, 그 약속은요?

오셀로　무슨 약속?

데스데모나　제가 카시오님을 부르러 사람을 보냈어요. 당신과 직접 이야기해 보라고요.

오셀로 감기가 들었는지 콧물이 자꾸 나오는군. 손수건 좀 주구려.

데스데모나 자, 여기 있어요.

오셀로 내가 준 손수건은?

데스데모나 지금 안 가지고 있는데요.

오셀로 안 가지고 있다고?

데스데모나 네.

오셀로 그러면 안 되는데……. 그 손수건은 어머니가 이집트 여자한테서 얻은 거요. 그 여자는 사람의 마음을 꿰뚫어볼 수 있는 마법사였는데, 어머니께 이렇게 말했다오. 이 손수건을 가지고 있는 동안은 사람들에게 귀여움을 받고 남편의 애정도 식지 않으나, 잃어버리든지 남을 주든지 하면 남편에게 미움을 받고 남편의 마음은 새 재미를 찾게 된다고. 어머니는 돌아가실 때 그걸 내게 주시면서 내가 결혼하게 되면 아내에게 주라고 하셔서 당신에게 준 거요. 그러니 조심하시오. 눈처럼 소중히 하시오. 잃어버리든지 남에게 주든지 하면 그야말로 재앙이 일어날 거요.

데스데모나 어머, 그럴 수가?

오셀로 정말이오. 그 손수건에는 마력이 있어. 세상을 이백 년이나 산 점술가가 예언을 하면서 황홀해져 수를 놓은 것이오. 그 명주실을 뽑아낸 것은 신성한 누에고, 실의 색깔은 사계의 마법사가 처녀의 심장에서 추출한 비약으로 물들인 거요.

데스데모나 어머나! 정말인가요?

오셀로 확실한 이야기요. 그러니까 조심하라구.

데스데모나 차라리 듣지 않았더라면 좋았을걸!

오셀로 뭐라고? 왜!

데스데모나 왜 그렇게 화를 내며 난폭하게 말하세요?

오셀로 없어졌나? 잃어버렸어? 어디다 버렸어?

데스데모나 이를 어쩌나!

오셀로 뭐?

데스데모나 없어지진 않았어요. 하지만 만일 없어졌다면 어떻게 하실래요?

오셀로 뭐라구?

데스데모나 없어지진 않았다니까요.

오셀로 그럼 가지고 와서 내게 보여 봐!

데스데모나 그야 보여 드릴 수 있지요. 그래도 지금은 싫어요. 내 청을 얼버무리려는 것 같은 걸요. 당신, 카시오를 복직시켜 주세요.

오셀로 손수건을 가져와 봐! 왠지 불안하군.

데스데모나 여보, 그만한 분은 다시없어요.

오셀로 손수건을 내놔!

데스데모나 카시오 얘기를 하세요.

오셀로 손수건을!

데스데모나 오직 당신의 호의만 믿고 줄곧 온갖 위험을 같이 겪어 온……,

오셀로 손수건을!

데스데모나 정말 너무 하세요.

오셀로 듣기 싫소! (퇴장)

에밀리아 저래도 시기하지 않는 분이라구요?

데스데모나 이런 일은 처음이야. 암만해도 그 손수건에 이상한 마력이 있나 봐. 그런데 정말로 잃어버렸으니 이젠 어떡하나!

에밀리아 남자의 마음은 1년이나 2년으로는 모릅니다. 남자가 위장이라면 여자는 음식인 셈이지요. 걸신들린 것처럼 먹고서는 배가 차면 토해 버리니까요. 어머, 카시오님과 제 남편이 오는군요.

카시오와 이아고 등장.

이아고 다른 방법이 없습니다. 부인께 부탁하는 수밖에. 아, 마침 잘됐군! 자, 부탁해 봐요.

데스데모나 카시오님! 무슨 일이세요?

카시오　부인, 그 부탁입니다만 부인의 힘으로 한번만 저를 살려주십시오. 그래서 진심으로 더없이 존경하는 장군의 사랑을 되찾게 해주십시오. 이제는 더 기다릴 수가 없습니다. 여태까지의 공로나 현재의 비판이나 또는 앞으로의 충성심을 가지고도 제 죄가 너무 커서 용서를 받을 수 없다면, 그렇다는 말씀이라도 들으면 감사하겠습니다. 그러면 저는 억지로라도 단념하고 운명에 내맡겨 다른 생활 방도를 찾기로 하겠습니다.

데스데모나　착하고 점잖은 카시오님! 다시 간청해 보았지만 지금은 기분이 좋지 않으세요. 장군님 기분이 보통 때와 아주 달라서 같은 사람이라고 볼 수 없을 정도예요. 왜 그러신지 모르겠어요. 당신을 위한 청을 지나치게 많이 해서 그런지, 끝내는 그분의 비위를 상하게 하고 말았으니 어떻게 해야 좋을지 모르겠어요. 하지만 좀더 기다려 보세요, 하는 데까지는 해보겠으니. 나 자신을 위해서라면 하지 못할 일도 해볼 테니까요……. 그러니 조금만 참아요, 네?

이아고　장군님이 역정이 나셨어요?

에밀리아　지금 저쪽으로 가셨어요. 이상하게 안절부절못하시던데요.

이아고　그분도 역정을 내시는 일이 다 있나? 언젠가 병사들이 포탄을 맞아 공중으로 날아가고, 친동생 또한 바로 옆에서 처참하게 날아가 버렸을 때에도 태연자약하셨는데……. 그런 그분도 역정을 내실 때가 있나? 그렇다면 중대한 사건이 있는 모양이로군. 가서 만나 봐야지. 만일 역정을 내셨다면 반드시 이유가 있을 거야.

데스데모나　그렇게 해주세요. (이아고 퇴장) 정치상의 사건 때문일 거야. 베니스에서 무슨 소식이 왔거나, 또는 사이프러스에서 어떤 음모가 탄로났거나 해서 그분의 좋은 기분을 망쳐 놓은 거야. 그런 경우 남자들은 정작 처리해야 할 큰 사건은 그냥 두면서 사소한 일에 조바심치게 마련이지. 정말 그래. 손가락이 아프면 다른 멀쩡한 데까지 아픈 것처럼 여겨지는 거야. 그리고 남자도 신이 아닌 이상 결혼 당시의 자상함이 언제까지나 계속될 거라고 기대해서는 안 되지. 나는 정말 부끄러워, 에밀리아. 군인의 아내답지 못하게 그분이 불친절하다고 불평하다니, 지금 돌이켜보면 내가 나빴어. 그분은 잘못이 하나도 없어.

에밀리아　제발 그런 정치적인 일이라면 좋겠는데요, 부인에게 관계된 당치 않은 상상이나 질투가 아니구요.

데스데모나　왜 그런 말을 해? 난 아무 짓도 안했는데!

에밀리아　그렇지만 의심 많은 사람은 그런 대답만으로는 만족하지 않아요. 이유가 있어서 의심하는 게 아니거든요. 의심되기 때문에 의심하는 것뿐이에요. 의심이란 건 저절로 잉태되고 저절로 태어나는 괴물이니까요.

데스데모나　제발 그런 괴물이 오셀로님 마음속에 들어가지 않게 하소서!

에밀리아　저도 그렇게 되도록 빌겠습니다, 부인.

데스데모나　내가 찾아서 모시고 올게요. 카시오님, 여기서 잠시 거닐고 계세요. 기분이 나아진 것 같으면 당신의 청을 꺼내서 되도록 빨리 결말짓지요.

카시오　진심으로 감사드립니다, 부인. (데스데모나와 에밀리아 퇴장)

비안카 등장.

비안카　안녕하세요, 카시오!

카시오　어떻게 왔소. 아름다운 비안카! 잘 있었어? 지금 당신을 찾아가려던 참이었는데.

비안카　나는 당신 숙소로 가는 길이었어요, 카시오. 일주일씩이나 따돌리기예요? 이레 낮 이레 밤이나? 백육십팔 시간이나요. 기다리는 사람은 그것의 백육십 배나 기다린 양 지루하다구요. 셈하는 데만도 지쳐버릴 지경이에요.

카시오　미안해, 비안카. 내가 요새 우울한 일이 있어서 그랬소. 머지않아 당신을 찾아가서 오랫동안 못 간 벌충을 해 줄게. 그런데 비안카, (데스데모나의 손수건을 주며) 이 수를 좀 본떠 주지 않겠소?

비안카　어머, 카시오. 이게 웬 거예요? 또 좋은 사람이 생긴 거로군! 나를 혼자 내버려 두더니, 이젠 다 알았어요. 어느새 이렇게 되었군요? 좋아요, 다 알았어요.

카시오　이봐, 당신은 대체 누구에게 그런 억측을 배웠는지 모르지만 그런

건 지옥의 마귀한테나 던져 주라고. 다른 여자에게 선물 받은 줄 알고 질투를 하는군. 아니야, 절대로 그렇지 않아, 비안카.

비안카 그럼 누구 거예요?

카시오 누구 건지 몰라. 내 방에 떨어져 있었어. 나는 그 수 모양이 마음에 들어서 주인이 찾으러 오기 전에 ―반드시 찾으러 올 거야.― 본을 떠두고 싶어서 그래. 가지고 가서 본을 좀 떠 줘. 지금은 돌아가 주고.

비안카 돌아가라고요? 왜요?

카시오 장군님을 기다리는 중이야. 여자하고 있어서야 좀 난처하지 않겠어?

비안카 왜 그러는데요?

카시오 당신이 싫어서 그러는 건 아냐.

비안카 아녜요, 싫어서 그러시는 거예요. 아니라면 조금만 바래다 주세요. 그리고 오늘 밤에 오시겠다고 약속하세요.

카시오 바래다 주지만 멀리는 못가. 나는 여기서 기다리고 있어야 하거든. 그렇지만 곧 찾아가 보도록 하지.

비안카 참 고마우셔라. (두 사람 퇴장)

제4막

제4막 제1장

사이프러스 성 앞.
오셀로와 이아고 등장.

이아고 그렇게 생각하십니까?

오셀로 그렇게 생각하느냐고? 이아고!

이아고　말하자면 숨어서 키스하는 것 말입니다.

오셀로　절대로 용서할 수 없지.

이아고　그럼 벌거벗고 남자와 한 시간이나 혹은 그 이상을 같이 자면요? 그러면서도 조금치의 사심도 품지 않다면요?

오셀로　벌거벗고 남자와 잔다고? 그러면서도 조금치의 사심도 품지 않고? 이아고, 그런 짓은 악마라도 위선이라고 욕한다. 깨끗한 마음으로 그런 위험한 짓을 하는 놈은 악마한테라도 유혹당하여 결국 천벌을 받지.

이아고　실제로 아무것도 안 한다면 죄가 아니지요. 그런데 제가 아내에게 손수건을 줬다고 치고…….

오셀로　그랬다면?

이아고　글쎄, 그렇게 되면 그건 아내 것이지요. 그래서 그게 아내 것이라면 그녀가 그걸 누구에게 주건 상관없을 것 같은데요.

오셀로　정조는 아내의 것이다. 그것도 아무에게나 줘도 괜찮다는 거냐?

이아고　여자의 정조란 눈에 보이지 않는 거니까요. 그리고 사실은 그렇지도 않으면서 정숙한 체하는 세상인데요. 그렇지만 그게 손수건이라면……,

오셀로　아, 그런 건 제발 잊어버리고 싶어. 자네는 나에게……, 아아, 머리에서 떠나지 않아. 꼭 까마귀가 열병 앓는 집 주변을 떠나지 않고 불길한 소리로 울어대는 것처럼……. 그놈이 내 손수건을 가지고 있다고 했지?

이아고　네, 그게 어째서요?

오셀로　그건 안 될 말이야.

이아고　아무것도 아니잖습니까? 그놈이 장군님을 모욕하는 것을 제가 들었다고 하더라도, 여기저기 떠들고 다니는 것을 제가 보았다고 하더라도 말입니다. 자기가 설득해서 손에 넣었든지, 여자가 먼저 반해서 저절로 굴러 들어왔든지, 아무튼 떠들지 않고는 못 배기는 그런 놈이 있기는 있습니다만.

오셀로　그놈이 뭐라고 말하던가?

이아고　그런데 미리 말씀드리지만 여차하면 자기는 모른다고 잡아뗄 수도 있습니다.

오셀로　뭐라고 했는데?

이아고   분명히 그자는……, 글쎄, 저어.

오셀로   뭐라고 하던가?

이아고   잤다고요…….

오셀로   내 아내하고?

이아고   같이요. 그리고 타고 태우고 여러 가지로…….

오셀로   그놈과 같이 자! 타고 태웠다고! 내가 속았단 말이지! 음, 같이 잤다고? 에잇, 더럽다! 손수건……, 자백……, 손수건! 자백하고 그 결과로 교수형을 받는 게 순서지만 놈을 먼저 목을 졸라 죽이고 나서 고백시켜야지. 나도 소름이 끼치는구나. 무슨 예감이 들지 않고서야 이렇게 암담한 격정에 휩싸일 리가 없지. 단지 몇 마디 말 좀 들었다고 이렇게 마음이 산란할 수는 없지. 흥! 코와 코를, 귀와 귀를, 입술과 입술을 비벼댔어? 그럴 수가……, 자백했나? 손수건 이야기를? 에잇, 악마 같은 놈! (기절해서 쓰러진다.)

이아고   (방백) 퍼져라, 내 약 기운아. 온몸에 작용하라! 이렇게 하여 고지식한 바보들이 걸려든다. 훌륭하고 정숙한 여자들도 이렇게 억울하게 당하는 거야. (오셀로를 흔들며) 왜 그러십니까, 이보십시오! 장군님! 장군님! 정신 차리십시오! 오셀로 장군님!

카시오 등장.

이아고   카시오님!

카시오   무슨 일인가?

이아고   장군께서 쓰러지셨어요. 두 번째 발작이오. 어제도 한 번 그랬었지요.

카시오   관자놀이 부근을 문질러 드리게.

이아고   아니, 가만두는 게 좋아요. 이 병은 조용히 두어야 해요. 그렇지 않으면 입에 거품을 물고 광포한 미치광이가 되거든요. 아, 움직인다. 곧 의식을 회복하실 거요. 장군의 발작이 가신 후에 카시오님과 중요한 문제를 의논하고 싶은데 지금은 자리 좀 비켜주십시오. (카시오 퇴장) 괜찮습니까, 장군님? 머리가 아프십니까?

오셀로　나를 놀리는 건가?

이아고　장군님을 놀려요? 천만에요! 장군님께서 대장부답게 운명을 견뎌내도록 기도드리고 있습니다.

오셀로　바람난 아내 때문에 뿔이 돋친 남자는 괴물이다, 짐승이다!

이아고　그렇게 말씀하시면 도회지는 짐승이나 신사인 체하는 괴물들로 득실거리게요?

오셀로　그놈이 자백했나?

이아고　정신 차리고 잘 생각해 보세요. 결혼한 남자들은 대부분 장군님과 마찬가지입니다. 매일 밤 눕는 잠자리가 사실은 남의 것인데 제 것이라고 단정하는 남자가 수백만이나 있지요. 장군님의 경우는 약과입니다. 잠자리의 아내를 믿고 부정한 여자의 입술을 핥으며 정숙한 여자라고 생각한다면 그야말로 지옥의 적수, 악마의 조롱감이지요! 저 같으면 사실을 인정하겠습니다. 자신이 처한 입장을 알면 대처하는 방법이 있을 테니까요.

오셀로　음, 자네는 확실히 현명해.

이아고　잠깐 이 자리를 비켜주셨으면 합니다. 아까 장군님께서 상심하여 쓰러졌을 때 —그건 장군님답지 않은 흥분이셨습니다만— 카시오가 왔기에 적당히 돌려보냈습니다. 기절하신 것에 대해서는 잘 얼버무렸습니다만, 할 얘기가 있으니 다시 오라고 했습니다. 그러니까 잠깐 숨어 계시면서 그놈이 장군님을 멸시나 조롱을 하지 않는지 그놈의 얼굴 표정을 빠짐없이 잘 살펴봐 주십시오. 제가 그 이야기를 다시 한 번 물어보지요. 부인과는 어디서, 어떻게, 그리고 전에 몇 번이나 만났고 또 다음에는 언제 만나기로 했는지 등등. 아시겠습니까? 그놈의 표정을 주의해서 살펴보세요. 하지만 참으셔야 합니다. 그렇지 않으면 감정에 빠진 형편없는 사람이 되고 맙니다.

오셀로　자네 말을 듣겠네, 이아고. 나는 누구보다도 냉정히 참아 보겠네. 하지만……, 동시에 누구보다도 잔인한 짓도 해 보이겠어!

이아고　그야 그러셔야죠. 그렇지만 너무 조바심내지 마십시오. 저쪽으로 가 계십시오. (오셀로 퇴장) 그러면 카시오에게 그 비안카, 색을 팔아 옷과 음식을 마련하는 매춘부 이야기를 물어보기로 하자. 그 여자는 카시오에게 반해 있거든. 이것은 매춘부의 숙명이라고나 할까, 뭇 남자들을 속여도 결국은 한 남자에게 속기 마련이니. 놈은 그 여자에 관한 이야기만 하면 웃음을 참지 못하거든.

　카시오 다시 등장.

이아고　(방백) 그 녀석이 웃으면 오셀로는 극도로 흥분하겠지. 카시오에게는 안됐지만 곧 터무니없는 의심을 불러 일으켜 그가 웃는 꼴이나 몸짓이나 들뜬 태도 등 모든 것을 나쁘게만 해석할 거야. (카시오에게) 어떻게 됐습니까? 부관님.

카시오　부관이란 소리는 말게. 그 자리가 떨어져서 괴로워 죽겠다네.

이아고　데스데모나님에게 잘 부탁해 보세요, 틀림없이 잘 될 거라니까요. (작은 소리로) 그렇지만 이 부탁이 비안카 힘으로 된다면 당신 운도 빨리 펴질 텐데.

카시오　흥, 그까짓 게!

오셀로　(방백) 허, 벌써 웃고 있어!

이아고　그렇게 남자를 열렬히 사랑하는 여자는 처음 봤는데요.

카시오　쳇, 하찮은 계집이지! 나한테 반한 것만은 확실하지만.

오셀로　이번에는 마지못해 인정하고 웃으며 얼버무리는군.

이아고　그렇지만 카시오님!

오셀로　이제 그 얘길 시켜 보려고 하는군. 흠, 아주 잘하고 있어.

이아고　그 여자는 당신과 결혼한다고 떠들고 다니던데 당신도 그럴 생각이십니까?

카시오　핫, 하하!

오셀로　의기양양하군. 짐승 같은 놈! 그렇게 당당하단 말이냐?

카시오　그것하고 결혼? 허, 매춘부하고? 미안하지만 나도 그렇게 바보는 아니라네. 얕보지 말게. 핫, 핫, 하!

오셀로 그래, 그래. 당당한 놈은 웃음이 나오는 법이지.

이아고 그렇지만 당신이 그 여자와 결혼한다는 소문인데요.

카시오 농담은 그만두게.

이아고 농담이라뇨? 천만의 말씀.

오셀로 나를 모욕하는군! 음!

카시오 그것은 그 암컷 원숭이가 제멋대로 퍼뜨린 걸세. 내가 약속한 게 아니라 혼자서 내게 반해 우쭐해져서 결혼한다고 제멋대로 말한 모양이지.

오셀로 이아고가 눈짓을 하는군. 이제 얘기를 시작하나 보다.

카시오 그 여자는 방금 전에도 여기 왔었어. 어딜 가나 귀찮게 쫓아다니거든. 지난번에도 항구에서 베니스 사람들과 얘기하는데, 못난 것이 쫓아와서 바로 이렇게 내 목에 매달리지 않겠나…….

오셀로 '아, 사랑하는 카시오님!'이라고 했겠지. 저놈의 몸짓으로 봐서 꼭 그랬을 거야.

카시오 매달리고 늘어지며 울지 않겠어? 그리고는 나를 막 흔들며 끌어당기더라구. 하하!

오셀로 그렇게 해서 내 침실로 끌고 갔다는 거군. 에잇, 저놈의 코를 도려 내 개한테 내던져 주고 싶구나.

카시오 하지만 언제까지나 상대해 줄 수는 없지.

이아고 어라, 저기 오는군요.

카시오 그렇다니까, 저 암캐 같은 것이! 흠, 냄새만은 향수로 코를 찌르는군.

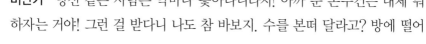

비안카 등장.

카시오 그렇게 나를 쫓아다니면 어쩌자는 거야.

비안카 당신 같은 사람은 악마나 쫓아다니라지! 아까 준 손수건은 대체 뭐 하자는 거야! 그런 걸 받다니 나도 참 바보지. 수를 본떠 달라고? 방에 떨어져 있었는데 누가 떨어뜨렸는지 모른다고? 그럴싸하군요. 어떤 바람둥이년이 준 거겠지. 그걸 나보고 본을 떠달라고? 당신의 바람둥이년에게나 주시구려. 어디서 가져왔는지 모르지만 난 본떠 주기 싫어요!

카시오 이봐, 비안카! 왜 그래, 응!

오셀로 저건 틀림없이 내가 아내에게 준 손수건이다!

비안카 오늘 밤에 식사하러 오세요. 만약 못 오시겠음 나중에 제가 부를 때나 오세요. (퇴장)

이아고 뒤따라 가봐요. 어서요.

카시오 그래야지, 내버려 두면 길거리에서 떠들고 돌아다닐 게 뻔하니까.

이아고 그럼 그곳에서 저녁 식사를 하실 겁니까?

카시오 음, 그럴 생각이야.

이아고 그럼 나도 갈는지 모릅니다. 꼭 할 얘기가 있으니까요.

카시오 꼭 오게. 오는 거지?

이아고 그럴 테니 어서 따라가기나 해요. (카시오 퇴장)

오셀로 (나와서 이아고에게) 저놈을 어떻게 죽일까, 이아고?

이아고 나쁜 짓을 하고도 재미있어 하는 걸 보셨지요?

오셀로 아아, 괴롭구나!

이아고 손수건도 보셨지요?

오셀로 내 거였지?

이아고 분명히 장군님 것이에요! 부인까지 바보 취급하고 있지 않습니까! 부인이 주신 것을 사기의 갈보년에게 주다니.

오셀로 그놈을 두고두고 괴롭혀 죽이고 싶어. 아내는 훌륭한 여자였다! 아름다운 여자였다! 상냥한 여자였다!

이아고 아니오, 이제 그건 다 잊으셔야 합니다.

오셀로 음, 그년도 오늘 밤 안에 썩어버려라, 꺼져 없어져라, 지옥으로 떨어져라! 절대로 살려두지 않을 테다. 내 심장은 돌같이 굳어버렸다. 내 심장을 때리면 손이 부러질 것이다. 아아, 세상에 그렇게 귀여운 것은 없었어. 제왕 옆에 누워 왕을 움직이게 할 수 있는 여자였지.

이아고 안 되겠습니다. 장군님답지 않습니다.

오셀로 아니, 나는 사실을 말하는 거야. 바느질 잘하고 음악도 잘하고 아아, 그것이 노래를 부르면 성난 곰도 얌전해지지. 재주도 많고 재치 있고……

이아고 그러니까 더욱 나쁘다는 겁니다.

오셀로 그래, 정말 그래……. 하지만 그토록 얌전했던 여자가!

이아고 지나치게 얌전하죠.

오셀로 응, 정말 그렇지. 하지만 불쌍하다, 이아고! 정말 불쌍하다.

이아고 부인의 부정을 알면서도 그렇게 미련을 두실 바에야 차라리 정식으로 간통을 허락해 주시지 그러십니까. 장군님만 괜찮다면 다른 사람은 개의할 바가 아니니까요.

오셀로 그년을 갈기갈기 찢어 놓겠어……. 간통을 하다니!

이아고 정말 나쁘십니다.

오셀로 더군다나 나의 부관하고!

이아고 그러니까 더욱 나쁘지요.

오셀로 독약을 가져오게, 이아고. 오늘 밤에 당장! 아름다운 얼굴을 보면 결심이 흐려질 테니 오늘 밤에 당장 말일세, 이아고.

이아고 독약은 안 됩니다. 차라리 목을 조르시지요. 잠자리에서, 부인께서 스스로 더럽혀 놓은 바로 그 잠자리에서 말입니다.

오셀로 음, 그래. 그게 좋겠다. 그래야겠어.

이아고 그리고 카시오는 제 처분에 맡겨 주십시오. 오늘 밤까지는 보고를 가지고 오겠습니다. (안에서 나팔소리)

오셀로 그렇게 하게! 그런데 저건 무슨 나팔소리인가?

이아고 아마 베니스에서 누가 온 모양이지요. 공작님께서 로도비코님을 보내셨습니다. 부인께서 안내하시는데요.

로도비코, 데스데모나, 시종들 등장.

로도비코 안녕하십니까, 장군!

오셀로 어서 오십시오. 잘 오셨습니다.

로도비코 베니스 공작님과 원로원 의원들의 안부를 전해 드립니다. (문서를 준다.)

오셀로 감사히 받겠습니다. (문서를 뜯어서 읽는다.)

데스데모나 특별한 소식이라도 있나요, 로도비코님?

이아고 뵙게 되어 반갑습니다, 의원님. 사이프러스에 잘 오셨습니다.

로도비코 고맙네. 부관 카시오는 잘 있는가?

이아고 네, 잘 있습니다.

데스데모나 안된 일이지만 부관과 우리 장군님 사이가 나빠졌어요. 로도비코님이면 꼭 화해시킬 수 있을 거예요.

오셀로 정말 그럴 수 있을까?

데스데모나 네?

오셀로 (문서를 읽는다.) '이 일은 꼭 이향하시길 바라며, 귀하의……'

로도비코 부인에게 그런 게 아니라 문서를 읽고 계시는 중이오. 정말 장군하고 카시오하고 사이가 나쁜가요?

데스데모나 정말 슬픈 일이에요. 두 분 사이가 예전같이 된다면 저는 뭐든지 하겠어요. 저는 카시오님이 좋으니까요.

오셀로 에잇, 빌어먹을!

데스데모나 네?

오셀로 당신은 제정신이오?

데스데모나 왜 그러실까, 화가 나셨나 봐요.

로도비코 문서에 기분이 상한 모양이오. 카시오를 후임으로 하고 돌아오라는 문서 같은데.

데스데모나 어머, 기뻐라.

오셀로 정말이오?

데스데모나 무엇이 말예요?

오셀로 나도 기뻐, 그렇게 미치는 꼴을 보여줘서.

데스데모나 무슨 말이에요. 오셀로님!

오셀로 (데스데모나를 때리며) 악마 같은 것!

데스데모나 제가 뭘 잘못했는지…….

로도비코 장군, 이 일은 내가 이 눈으로 직접 봤다고 단언해도 베니스에서는 아무도 곧이듣지 않을 거요. 너무하십니다. 위로해 드리시오. 울고 있지 않습니까?

오셀로 에잇, 악마 같은 것, 이 악마야! 만약 대지가 계집의 눈물로 임신한다면 네년이 흘리는 거짓 눈물방울 하나하나에서 악어새끼가 태어날 것이다. 썩 꺼져버려!

데스데모나 그렇게 화가 나신다면 가지요. (가려고 한다.)

로도비코 얼마나 온순한 부인입니까, 장군. 다시 부르시오.

오셀로 이봐!

데스데모나 네?

오셀로 이 여자와 할 말이 있소?

로도비코 누가요? 나 말이오?

오셀로 당신이 불러 달라고 하지 않았소? 이 여자는 몇 번이고 돌아오지요. 아니, 몇 번이고 돌아눕지요. 그리고 울고요. 아주 잘 울어요. 게다가 온순하고요. 당신 말대로 온순하지요. 참 온순하죠. ―자, 더 울어 봐.― 문서는 잘 봤습니다. ―흥, 우는 시늉도 잘도 하는군!― 나더러 귀국하라는 명령이군요. ―당신은 들어가 있어, 이따가 부를 테니.― 명령에 복종하여 베니스로 돌아가겠습니다. ―냉큼 들어가! 꼴도 보기 싫어!― (데스데모나 퇴장) 카시오를 후임으로 하겠습니다. 그리고 의원님, 오늘 저녁 식사를 같이 하십시다. 사이프러스에 잘 오셨습니다. 에잇, 음탕한 것 같으니! (퇴장)

로도비코 저 사람이, 의원들 모두가 이구동성으로 무엇 하나 나무랄 데 없다던 무어 장군인가? 저 사람이 바로 어떠한 감정에도 흔들리지 않는다는 그 사람인가? 지조가 굳고 어떤 사건이나 재난에도 꺾이거나 무너지지 않던 사람인가?

이아고 몹시 변하셨습니다.

로도비코 정신은 멀쩡한가? 머리가 돈 게 아닌가?

이아고 보시는 바와 같습니다. 앞으로 어떻게 되실는지 저로서는 말씀드릴 수 없습니다만, 아직까지 그렇게 되지 않으셨다면 차라리 그렇게 되는 게 낫겠습니다.

로도비코 원, 부인을 때리다니!

이아고 확실히 그건 좋지 않았습니다. 그렇지만 그 정도로 이 일이 끝났으면 좋겠습니다만.

로도비코 늘 그랬나? 아니면 그 문서를 보고 화가 나서 처음으로 그런 짓을 한 건가?

이아고 제가 아는 것을 여쭙기도 난처합니다. 직접 관찰해 보십시오. 제가 말씀드리지 않아도 그분의 행동을 보면 자연 알게 되실 겁니다. 뒤따라 가셔서 거동을 살펴보십시오.

로도비코 유감스럽게도 내가 사람을 잘못 본 것 같아. (두 사람 퇴장)

제4막 제2장

성 안의 어떤 방.
오셀로와 에밀리아 등장.

오셀로 그럼 아무것도 못 봤단 말이지?

에밀리아 못 봤을 뿐 아니라, 들은 적도 미심쩍게 여긴 적도 없습니다.

오셀로 카시오가 내 아내와 같이 있는 것은 봤겠지?

에밀리아 그렇지만 이상한 점은 없었어요. 그리고 그때 두 분이 말씀하시는 것은 한 마디도 빼놓지 않고 죄다 들었어요.

오셀로 둘이서 소곤대지 않던가?

에밀리아 아뇨, 절대로.

오셀로 혹시 에밀리아를 밖에 내보내지 않던가?

에밀리아　그런 적도 없었어요.

오셀로　아내의 부채라든지 장갑이라든지 뭐든 가져오라는 핑계로.

에밀리아　아녜요, 장군님. 절대로 그런 일은 없었어요.

오셀로　이상하군.

에밀리아　장군님, 부인이 결백하다는 것은 제가 영혼을 걸고라도 보증하겠어요. 그렇지 않을 거라는 의심은 버리십시오. 그런 생각은 자기 모독이에요. 그런 의심을 하도록 장군님 머릿속에 넣어 드린 놈이 있다면 반드시 무서운 천벌이 내릴 겁니다! 부인께서 결백하지도 정숙하지도 않고 진실하지도 않다면 이 세상에 행복한 남자는 하나도 없을 겁니다. 아무리 마음이 깨끗한 아내라도 한번 의심이 들면 죄다 더러운 것이 되는 셈이니까요.

오셀로　아내를 불러요. 어서. (에밀리아 퇴장) 저것도 말은 제법 하는군. 그렇지만 바보가 아닌 이상 뚜쟁이라면 그 정도는 말할 수 있지. 간사한 년 같으니, 부정한 비밀의 열쇠는 저것이 쥐고 있어. 무릎을 꿇고 기도를 드리는 것을 내 눈으로 본 적도 있지만 말이야.

　데스데모나, 에밀리아 등장.

데스데모나　부르셨어요?

오셀로　잠깐 이리 와요.

데스데모나　무슨 일이신데요?

오셀로　어디 당신의 눈 좀 봅시다. 얼굴을 좀 봐요.

데스데모나　또 무슨 무서운 생각을 하려고요?

오셀로　(에밀리아에게) 늘 하던 대로 해. 문을 닫아줘. 누가 오면 헛기침을 하든지, 적당히 해줘……. 장사야, 내 장사를 하려는 거야. 어서 나가! (에밀리아 퇴장)

데스데모나　무슨 말씀이세요? 화를 내시는 건 알겠지만 말씀의 내용은 하나도 모르겠어요.

오셀로　이봐, 당신은 대체 누구야?

데스데모나 당신의 아내입니다. 당신의 진실하고 충실한 아내입니다.

오셀로 뭐라고 맹세를 해도 지옥으로 떨어질 뿐이야. 얼굴만은 천사와 같으니 지옥의 악마들도 두려워서 감히 손을 대지 못할 테지. 그러니까 결백하다고 거짓으로 맹세하고 또 하나의 죄를 더하는 거지.

데스데모나 하느님이 모든 것을 알고 계십니다.

오셀로 하느님은 잘 알고 계시고말고. 당신이 부정하다는 것을.

데스데모나 네? 누가요? 누구하고요? 제가 무슨 부정을?

오셀로 아아, 데스데모나! 괴롭군! 가, 가버려!

데스데모나 아아, 슬퍼요! 왜 우세요? 저 때문에 우시는 건가요? 이번 소환을 제 아버지의 계교라고 의심하실지 모르지만 설사 그렇더라도 저를 나무라지 마세요. 당신과 저의 아버지와의 인연이 끊어졌다면 저도 당신과 함께 아버지와의 인연을 끊은 셈이니까요.

오셀로 설사 어떤 어려움이나 고난이 닥치더라도, 모든 고통과 모욕이 내 머리 위에 비처럼 퍼부어 비참한 구령 속에 빠져 육신과 영혼이 꼼짝달싹하지 못하게 된다 하더라도 나는 마음 한편으로 꾹 참고 있을 수 있다. 하지만 아아, 아침부터 밤까지 세상의 조소에 이 몸을 드러내고 책망을 받아야 하다니! 아니지, 그래도 나는 참을 수 있어. 잘 참을 수 있어. 하지만 나는 당신의 그 가슴, 당신의 가슴속에 나의 마음을 간직해 두었었지. 내가 사는 것도 죽는 것도 모두 거기에 달려 있었지. 내 생명의 강물이 흐르는 것도 마르는 것도 당신의 가슴속 샘에 달려 있었어. 그런데 내가 거기서 추방을 당하다니, 그 샘을 더러운 두꺼비들이 흘레질하여 새끼를 치는 웅덩이로 만들어버리다니! 싱싱한 장밋빛 입술을 가진 인내의 천사라도 이렇게 되면 얼굴빛을 바꾸고……. 그렇다, 처참한 지옥의 형상으로 되어버려라!

데스데모나 제발 저의 결백을 믿어 주세요.

오셀로 암, 당신의 결백이란 푸줏간에 날아드는 여름 파리지. 방금 알을 낳았나 하면 벌써 배고파하는, 이 독초 같으니! 눈도 코도 아리게 할 만큼 아름답고 향기로운 독초 같으니. 너 같은 건 태어나지 않았더라면 좋았을 것을!

데스데모나　저도 모르는 사이에 제가 무슨 죄를 범했다는 거지요?

오셀로　이 희고 결백한 종이는, 이 아름다운 책은 여기에 '매춘부'라고 쓰기 위해 만들어졌는가? 무슨 죄를 범했느냐고? 에잇, 이 창부야! 네년이 한 짓을 말하려 하면 내 뺨이 용광로의 불처럼 타올라서 수치심까지 타버리고 재가 되겠다! 무슨 죄를 범했느냐고? 하늘도 코를 틀어막는다. 달도 눈을 감는다! 만나는 사람마다 키스하고 다니는 음란한 바람마저 땅 밑 굴속에서 숨을 죽이고 들으려 하지 않을 거다. 무슨 죄를 범했느냐고? 이 뻔뻔스러운 매춘부야!

데스데모나　정말 너무 하십니다.

오셀로　네가 매춘부가 아니라고?

데스데모나　네. 저는 그리스도 교도입니다. 이 몸은 당신을 위해 소중히 간직하고 더러운 불의는 얼씬도 못하게 했는데, 저를 매춘부라고요? 전 그런 여자는 아닙니다!

오셀로　뭐? 갈보가 아니라고?

데스데모나　아니에요, 절대로.

오셀로　맹세코?

데스데모나　아아, 어떻게 하면 좋을까?

오셀로　그럼 대단히 미안하게 됐군. 나는 당신을 오셀로와 결혼한 베니스의 교활한 창녀라고만 생각했지. (소리를 높여서) 야, 성 베드로의 반대편에서 지옥문을 지키는 아낙네!

　에밀리아 등장.

오셀로　에밀리아로구나. 그래, 에밀리아, 우리의 용건은 끝났어. 자, 수고한 값을 주지. 오늘 이야기는 열쇠로 잠그고 비밀로 해줘. (퇴장)

에밀리아　아아, 저분은 도대체 무엇을 생각하시는 걸까? 어떻게 된 거지? 부인, 도대체 어떻게 된 걸까요?

데스데모나　꿈을 꾸고 있는 것만 같아…….

에밀리아 부인, 도대체 어떻게 되신 겁니까, 장군님이?

데스데모나 누가?

에밀리아 장군님 말예요, 부인!

데스데모나 장군님이라고? 누구?

에밀리아 부인의 남편 말예요. 부인도 참.

데스데모나 내게는 남편이 없어……. 아무 말 말아줘, 에밀리아. 울려고 해도 눈물이 안 나오지만, 말을 하면 눈물이 쏟아질 것만 같아. 오늘 밤엔 잊지 말고 내 침대에 결혼 때 썼던 이불을 깔아줘……. 그리고 자네 남편을 좀 불러다 줘.

에밀리아 정말 이렇게 변해버리시다니! (퇴장)

데스데모나 당연하지, 나 같은 게 이렇게 되는 건 정말 당연해. 그렇지만 내가 무슨 짓을 했다고? 그이는 왜 내게 그렇게 심한 말로 꾸짖는지 모르겠어.

에밀리아, 이아고 등장.

이아고 무슨 용무십니까, 부인? 무슨 일이 있었습니까?

데스데모나 뭐라고 말해야 좋을지 모르겠어요. 어린아이를 가르칠 때는 조용히 쉬운 것부터 가르치는 법이라 그분도 나를 그렇게 꾸중하신 셈인지도 모르겠어요. 그러니까 나도 어린애처럼 꾸중을 들어야겠죠?

이아고 도대체 무슨 일입니까?

에밀리아 어보, 장군님이 부인을 매춘부 취급을 하시면서 차마 입에 담지 못할 말씀을 하셨어요. 온전한 사람이라면 도저히 참을 수 없을 말을요.

데스데모나 내가 정말로 그런 여자일까요?

이아고 그런 여자라니, 부인. 무슨 말입니까?

데스데모나 내게 그렇게 말했다고 지금 에밀리아가 얘기하지 않았어요?

에밀리아 부인을 갈보라고 욕하셨어요. 술에 취한 거지도 자기의 아내를 부를 때 그렇게는 말하지 않을 거야!

이아고 왜 그러셨는데요?

데스데모나　나는 모르겠어요. 난 정말 그런 여자가 아녜요.

이아고　울지 마십시오. 울지 마세요. 도대체 어떻게 된 걸까!

에밀리아　그렇게 많던 좋은 혼처 자리도, 아버지도, 태어난 고국도, 친구도 전부 버리고 오셸로님한테 오셨는데 매춘부란 말을 듣다니 누군들 울지 않겠어요?

데스데모나　나의 운이 나쁜 거야.

이아고　아니, 그럴 수가! 어떻게 그런 생각을 하시게 됐을까요?

데스데모나　글쎄, 정말 모르겠어요.

에밀리아　이건 틀림없이 심술궂은 악한이나 비위를 맞추며 알랑거리는 사기꾼 아니면 거짓말쟁이나 천한 노예놈이 한 자리 차지하려고 이런 중상모략을 꾸민 거예요. 제 말이 틀렸다면 제 목을 바치겠어요.

이아고　바보같이, 그런 놈이 어디 있겠어? 그럴 리 없어.

데스데모나　정말로 그런 사람이 있다면, 하느님께서 용서해 주시기를!

에밀리아　용서가 어디 있어요! 악마더러 뼈다귀까지 질겅질겅 씹게 해야죠! 뭐가 매춘부야? 상대가 누구라는 거야? 어디서? 어떻게? 무슨 증거가 있어? 무어님은 어떤 나쁜 놈이나 비겁하고 야비한 불한당이나 엉뚱하고 몹쓸 놈에게 속은 거야. 아아, 하느님! 그놈들을 양지로 끌어내 주세요. 그리고 정직한 사람들에게 회초리를 주어 그놈을 발가벗겨 세상의 동쪽 끝에서 서쪽 끝까지 끌고 다니며 매를 때리게 해주세요!

이아고　밖에 들리겠어.

에밀리아　빌어먹을 녀석들! 당신의 분별을 흐리게 하여 나와 무어님 사이를 의심하게 했던 것도 바로 그런 녀석일 거예요.

이아고　바보 같으니! 지금 무슨 소리를 하는 거야?

데스데모나　이아고, 어떻게 해야 그이의 마음이 다시 돌아올까요? 가서 좀 물어봐 주세요. 어쩌다가 그런 의심을 샀는지 도무지 모르겠어요. 무릎을 꿇고 맹세해도 좋지만, 나는 마음속으로나 행동으로나 그분의 사랑을 배반한 적은 절대로 없었어요. 그분 외에 다른 사람에게 나의 눈이나 귀나 다른 어떤 감각도 팔린 적은 한번도 없어요. 지금도, 여태까지도, 앞으로도 영원

히 그분만을 진정으로 사랑해요. 설사 비참하게 버림을 받는다 하더라도 말예요. 이 말이 거짓말이라면 어떤 봉변을 당해도 좋아요. 그렇지만 그분의 냉대는 견디기가 힘들어요. 그이가 냉정해지니 나는 살맛을 잃었어요. 그래도 내 애정만은 변함이 없을 거예요. 매춘부라니, 그런 말은 입에 담기도 싫어요. 세상에 있는 보물을 다 가진대도 그런 이름으로 불릴 짓은 할 수 없어요.

이아고　제발 진정하십시오. 그저 일시적인 기분으로 하신 말씀이겠죠. 정치 일이 잘 되지 않아 부인에게 화풀이를 하신 거겠죠.

데스데모나　그것뿐이라면 좋겠어요!

이아고　그것뿐입니다. 틀림없어요. (안에서 나팔소리) 만찬을 알리는 나팔소리입니다. 베니스에서 온 사람들이 기다리고 있습니다. 어서 가보십시오, 울지 마시고. 만사가 다 잘 될 겁니다. (데스데모나와 에밀리아 퇴장)

　로더리고 등장.

이아고　여, 로더리고!

로더리고　자네는 나를 함부로 대하는군.

이아고　뭐가 잘못되었나?

로더리고　매일 요리조리 피하고만 있잖아. 이아고, 지금 보니 자네는 내 편의를 봐주기는커녕 모든 편의를 나로부터 숨기고 있더군. 더 이상은 참을 수 없어. 이젠 누가 뭐래도 바보 취급하는 것을 참고 있지는 않겠어!

이아고　내 말 좀 들어보게, 로더리고.

로더리고　듣는 건 싫도록 들었네. 자네는 언행이 일치하지 않는 사람이야.

이아고　자네의 비난은 정말로 부당하네.

로더리고　절대로 부당하지 않아. 나는 돈을 전부 써버렸어. 데스데모나에게 준다고 자네가 가져간 보석으로 말하자면 신심이 지극한 수녀라도 함락시킬 만한 값비싼 거야. 그녀가 그걸 받았다고 말하지 않았나? 대단히 기뻐하면서 친해지고 싶다는 대답이 있었다고 하지 않았나? 그런데 전혀 진전이 없잖아.

이아고 좋아. 흥, 대단히 좋아.

로더리고 대단히 좋다고? 흥이라고, 뭐가 흥이야! 뭐가 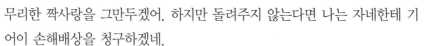 대단히 좋단 말이냐고. 비겁하지 않은가, 자네는. 나도 그렇게 바보 취급만 당하고 있진 않을 테다.

이아고 대단히 좋아.

로더리고 뭐가 대단히 좋아? 데스데모나에게 직접 부딪쳐 보겠네. 만일 보석을 돌려주면 나도 깨끗이 단념하고 무리한 짝사랑을 그만두겠어. 하지만 돌려주지 않는다면 나는 자네한테 기어이 손해배상을 청구하겠네.

이아고 그렇게 말했것다.

로더리고 분명히 말했어. 말한 이상 반드시 실행하겠어!

이아고 음, 이제 보니 자네도 상당히 용기가 있는 사람이군그래. 지금 이 순간부터 자네를 알아 모시겠네. 악수하세, 로더리고. 자네가 화를 내는 것도 무리는 아니지. 그렇지만 분명히 말해 두는데 이 일에 있어 나는 공명정대하게 처신했네.

로더리고 지금까지는 그렇게 안 보이는 걸.

이아고 그야 아직 그렇게 보이지는 않을 거야. 그래서 자네가 의심을 품는 것은 당연하고 정당하지. 그런데 오늘 자네의 모습을 보니 더욱 믿음직스러운데. 자네의 결심과 용기 때문에 말이야. 그게 만약 진짜라면 오늘 밤 실증해 보이게. 그런 다음 내일 밤 자네가 데스데모나와 재미를 못 본다면 나를 이 세상에서 하직시켜도 좋네. 무슨 수를 써서라도 말이야.

로더리고 그래, 무슨 일인데? 이치에도 닿고 내가 할 수 있는 일이겠지?

이아고 글쎄, 베니스의 특명으로 오셀로 자리에 카시오가 앉게 됐단 말씀이야.

로더리고 그게 정말인가? 그럼 뭐야, 오셀로와 데스데모나는 베니스로 돌아가게 되겠군.

이아고　아냐, 그렇지 않아. 그 작자는 모리타니아로 간다네, 아름다운 데스데모나를 동반하고. 하지만 사건이 일어나 여기에 더 머무를 필요가 생긴다면 별문제지. 그렇게 하기 위해서는 카시오를 치워버리는 게 상책이란 말씀이야.

로더리고　치워버리다니, 어떻게?

이아고　오셀로의 자리를 인계할 수 없게 하는 거지, 그놈의 머리를 쪼개서.

로더리고　그 일을 나더러 하라는 건가?

이아고　그렇지, 자네가 자네의 이익과 권리를 위해 하겠다는 용기만 있다면……. 카시오는 오늘 밤 갈보 집에서 저녁을 먹기로 했어. 나도 같이 가기로 했고. 그는 아직 자신의 승진을 모르고 있지. 그 작자가 자기 숙소로 돌아가는 것을 숨어서 지켜보다가 그때 자네 마음대로 요리하면 어떻겠나. 내가 옆에서 거들어 주겠네. 마치 독 안의 쥐 아닌가. 자, 그렇게 멍하니 서 있지만 말고 같이 가세. 죽이지 않을 수 없는 이유를 자세히 들려줄게. 들으면 그럴 수밖에 없다고 생각할 걸세. 벌써 저녁 식사 시간이야. 망설이다가는 날이 새겠네. 어서 시작하세.

로더리고　그 이유를 들려주게나.

이아고　암, 충분히 납득하게 들려주지. (두 사람 퇴장)

제4막 제3장

　　성 안의 다른 방.
　　오셀로, 로도비코, 데스데모나, 에밀리아, 시종들 등장.

로도비코　이제 그만 들어가 보시오.

오셀로　괜찮습니다. 나도 좀 걷고 싶어서 그럽니다.

로도비코　부인, 그럼 안녕히. 대접 잘 받았습니다.

데스데모나　와 주셔서 정말 고맙습니다.

오셀로 당신은 가서 자요, 나도 곧 돌아올 테니. 에밀리아는 돌려보내고, 알았지?

데스데모나 네, 알았어요. (오셀로, 로도비코, 시종들 퇴장)

에밀리아 뭐라고 하세요? 아까보다는 풀리신 것 같은데요.

데스데모나 곧 돌아오신다고, 내게는 잠자리에 들어가 있으라고 하셨어. 그리고 자네를 돌려보내라고.

에밀리아 저를 돌려보내라고요?

데스데모나 그러니까 에밀리아 내 잠옷을 가져와. 그리고 돌아가서 자. 지금 비위를 거스르면 안 되니까.

에밀리아 부인은 그분을 만나지 않았더라면 좋았을 것을 그랬어요.

데스데모나 나는 그렇게 생각지 않아. 나는 진심으로 그이가 좋은 걸. 그이가 아무리 쌀쌀하게 대해도, 꾸중을 하고 기분 나쁜 얼굴을 하셔도, —이 핀을 빼 줘.— 나는 괜찮아. 그이를 사랑하니까.

에밀리아 이불은 침대에 깔아 두었어요.

데스데모나 아무래도 괜찮아. 참, 사람이란 왜 이렇게 어리석을까! 만일 내가 에밀리아보다 먼저 죽는다면 부탁이니 그 이불로 나를 감싸줘.

에밀리아 어머, 그게 무슨 흉한 말씀이세요!

데스데모나 우리 어머니에게는 바바라라는 몸종이 있었어. 바바라가 사랑을 했던 남자는 그 애를 버렸지. 그 애는 늘 〈버들 노래〉를 부르곤 했어……. 오래된 노래였는데 그 애의 운명을 노래한 듯한 가사였어. 바바라는 그 노래를 부르며 죽었지. 오늘 밤에 그 노래가 생각나. 나도 그 애처럼 고개를 한쪽으로 기울이고 그 노래를 부르고 싶은 생각이 간절해. 자, 어서 가 봐요.

에밀리아 잠옷을 가져올까요.

데스데모나 아냐, 여기 핀이나 빼 줘. 로도비코님은 참 훌륭한 분이셔.

에밀리아 잘 생기셨어요.

데스데모나 말솜씨도 좋으시잖아.

에밀리아 베니스에서는 그분의 입술에 입을 맞출 수만 있다면 팔레스타인까지 맨발로 걸어가도 좋다고 한 여자도 있었지요.

데스데모나 (노래 부른다.)

　무화과나무 그늘 아래

　한숨짓는 가엾은 아가씨

　부르자, 푸른 버들, 푸른 버들 노래를

　가슴에 손을 얹고

　무릎에 머리를 묻고

　부르자, 푸른 버들, 푸른 버들 노래를

　맑은 시냇물도 아가씨와 함께

　슬픈 노래 부르네

　부르자, 푸른 버들, 푸른 버들 노래를

　떨어지는 눈물방울에

　바위도 한숨짓네……

이것들을 저리 치워 줘. (노래 다시 계속)

　부르자, 푸른 버들, 푸른 버들 노래를

빨리 서둘러 줘, 그이가 곧 오실 테니……. (또다시 노래가 이어진다.)

　부르자, 푸른 버들 노래를

　버들가지를 화관삼아

　그를 원망 마라, 내 못난 탓이니……

그 다음이 뭐더라? 누굴까, 문을 두드리는 건?

에밀리아　바람이에요.

데스데모나　(다시 노래)

　거짓 사랑 나무랐더니

　그때 그 남자 하는 말이

　버들, 버들, 버들 노래 부르자

　내 다른 여자 사랑하거든

　당신도 다른 남자 데려다 자려무나.

어서 가 자요. 눈이 가려워, 울 일이 있으려나?

에밀리아　그런 게 아니에요.

데스데모나 그렇다던데……. 오오, 남자란! 남자란! 세상에는 자기 남편에게 지독한 욕을 보이는 여자가 있다던데, 에밀리아, 정말일까?

에밀리아 그야 물론 있지요.

데스데모나 온 세상을 다 얻는다고 해도 어떻게 그런 짓을 해?

에밀리아 그럼 부인은 안 하시겠어요?

데스데모나 그야 당연히 하지 않지, 저 달님에게 맹세코!

에밀리아 저도 달님 앞에서는 하지 않지요. 그렇지만 캄캄한 밤에는 할 수 있어요.

데스데모나 세상 전부를 얻는다고 그런 짓을 하겠어?

에밀리아 세상 전부라면 굉장하잖아요. 조금 나쁜 짓을 해서 그만큼 많이 얻는다면야 괜찮지 않아요?

데스데모나 아냐, 자네는 절대로 그렇게 하지 않을 거야.

에밀리아 아녜요, 틀림없이 할 수 있을 것 같아요. 대신에 흔적 없이 하지요. 그렇지만 일이 일인 만큼 가락지나 옷감 몇 필, 아니면 옷이나 모자나 용돈 같은 것으로는 하지 않겠어요. 그런데 세상 전부라고 하셨지요. 제 남편을 왕으로 만들 수 있다면야 다른 남자쯤 한번 보지요. 저 같으면 지옥으로 떨어지는 한이 있더라도 하겠어요.

데스데모나 나는 세상을 다 얻는다 해도 그런 나쁜 짓은 못해.

에밀리아 나쁜 짓이래야 이 세상 일 아닌가요. 그러니 애를 쓴 덕택으로 세상이 손에 들어온다면 그만한 나쁜 짓쯤 자기 세상 안의 일이니 곧 좋게 할 수 있지 않겠어요?

데스데모나 그래도 그런 여자는 없을 거야.

에밀리아 한 다스나 있을 겁니다. 어디 그뿐일까요? 나쁜 짓을 해서 얻은 세상을, 나쁜 짓을 해서 만든 자식들로 가득 채울 만큼 있어요. 어쨌든 여편네가 나쁜 짓을 하는 건 남편 때문이에요. 남편 구실을 게을리하고 여편네

주머니를 털어 다른 년에게 주거나, 갑자기 터무니없는 질투를 하여 가두어 놓고 때리고 심술궂게 용돈을 줄이고 하니까 그러죠. 이쪽도 화가 나지 않겠어요? 아무리 정숙한 여자라도 복수를 하고 싶어지지요. 남편들에게 가르쳐 줘야지. 여편네도 감각은 마찬가지라는 걸, 눈이나 코도, 그리고 단맛이나 신맛을 아는 것도 조금도 다르지 않다는 걸. 대체 아내들을 다른 여자들과 바꿔보는 건 무엇 때문일까요? 기분전환일까요? 그럴지도 모르죠. 본래 색을 좋아해서 그럴 수도 있고요. 하지만 여자도 남자처럼 색을 좋아하고 기분전환도 하고 싶고 실수를 할 때도 있지요. 그러니까 남자들도 여편네를 위해야죠. 그렇지 않으면 여자들의 나쁜 짓은 모두 남편이 가르쳐 준 거라고 말할 거예요.

데스데모나 어서 가서 자요. (에밀리아 퇴장) 하느님, 부디 나쁜 짓을 봐도 나쁜 짓을 배우지 말게 하고, 나쁜 짓을 거울삼아 자신을 개선하게 해주소서. (퇴장)

제5막

제5막 제1장

사이프러스 거리.
이아고와 로더리고 등장.

이아고 여기 이 노점대 뒤에 서 있게. 그 녀석이 곧 올 거야. 단검을 빼들고 있다가 콱 찔러! 빨리 해치워야 해. 겁낼 것 없어, 내가 곁에 바싹 붙어 있을 테니. 성공 아니면 실패야. 각오를 단단히 하게! 알겠지?
로더리고 곁에 있어 줘. 내가 실패할지도 모르니까.

이아고 바로 옆에 있을게. 대담하게 해. (그늘에 숨는다.)

로더리고 별로 내키지는 않지만, 듣고 보니 그만한 이유가 있었군. 뭐, 사람 하나 없어지는 것뿐이지. 자, 뺀다. 이것으로 그 녀석도 마지막이다.

이아고 (방백) 저 풋내기 여드름쟁이 녀석을 되지도 않는 이유로 꼬드겼더니 열이 올랐군. 자, 저놈이 카시오를 죽이든지 카시오가 저놈을 죽이든지 둘 다 죽든지 어쨌든 덕을 보는 건 나야. 그런데 만약 로더리고가 살아남으면, 내가 데스데모나에게 전한답시고 빼돌린 막대한 금과 보석을 돌려달라고 할 것이니……, 그건 안 되지. 그렇다고 카시오가 살아남더라도 내 꼴이 말이 아냐. 게다가 무어가 카시오에게 사실을 자백 받으려 할 것이니 이것도 대단히 위험하지. 암만해도 그놈을 죽여야겠어. 그렇게 하자. 이제 오나보다.

카시오 등장.

로더리고 그놈이다. 에잇, 각오해라! (카시오를 찌른다.)

카시오 하마터면 큰일 날 뻔했군. 다행히 내 옷은 네놈 것보다는 나아. 어디 네놈 것은 어떤가 보자. (칼을 빼 로더리고를 찌른다.)

로더리고 아, 당했다! (이아고, 뒤에서 카시오의 다리를 찌르고 퇴장)

카시오 나도 당했어. 사람 살려! 여! 살인이다! 살인이다! (쓰러진다.)

오셀로 등장.

오셀로 카시오 목소리다. 이아고가 약속을 지켰군.

로더리고 아, 내가 악당이었어!

오셀로 확실히 그랬지.

카시오 사람 살려! 여기 불 좀 비쳐줘. 의사를 불러 줘!

오셀로   그 녀석이야. 과연 이아고는 성실하고 정직해. 나의 모욕을 이렇게 갚아주다니! 갈보년, 네 상대는 이렇게 죽었다. 너의 저주받은 운명도 이제 끝장이다! 네 매력도 그 아름다운 눈도 내 가슴에서 지워버렸다. 갈보년아, 기다려라. 음탕한 냄새가 밴 네 침대를 너의 음탕한 피로 물들여 줄 테다! (퇴장)

로도비코와 그레시아노 등장.

카시오   이봐! 야경은 어디 있나? 누구 없어요? 살인이다! 살인!
그레시아노   무슨 사고가 났나 본데? 끔찍한 비명소리야.
카시오   이봐요, 사람 살려!
로도비코   저 소리는?
로더리고   아! 난 정말 나쁜 놈이야!
로도비코   두세 명이 신음하고 있군. 끔찍한 밤이군요. 무슨 계략이 있을지도 모르는데 둘이서만 저 근처에 갔다가는 위험할 수도 있소. (두 사람 물러선다.)
로더리고   아무도 없나? 이젠 틀렸어, 이렇게 출혈이 심하니…….
로도비코   저 소리는!

이아고, 횃불을 들고 다시 등장.

그레시아노   셔츠바람으로 달려오는 사람이 있소, 횃불과 칼을 들고.
이아고   누구냐, 살인이라고 소리 지르는 놈이?
로도비코   우리들도 모르겠소.
이아고   소리 지르는 것 들었지요?
카시오   여기야, 여기! 제발 좀 살려 줘!
이아고   어떻게 된 일이오?
그레시아노   저 사람은 오셀로 장군의 기수요.

로도비코 정말 그렇습니다. 용감한 사람이오.

이아고 대체 누가 그렇게 야단스레 소리를 지르는 거야?

카시오 이아고인가? 내가 다쳤어! 악한들한테 당했어! 좀 도와주게.

이아고 부관님이시군요? 악한이라니, 어떤 악한들이 이런 짓을?

카시오 그중 한 놈은 미처 달아나지 못하고 이 근처에 있을 거야.

이아고 괘씸한 놈들! 거기 누구요? (로도비코와 그레시아노에게) 이리 와서 좀 거들어 주시오.

로더리고 이보게, 이쪽도 부탁하네!

카시오 저놈이 그 패거리 중 한 놈이야!

이아고 에잇, 이 살인마! 죽일 놈! (로더리고를 찔러 죽인다.)

로더리고 앗, 이아고! 개 같은 놈!

이아고 어둠 속에서 살인을 하다니! 살인자, 다른 악한은 어디로 도망쳤어? 왜 이렇게 시내가 조용할까? 이봐요, 살인이다! 살인! 당신들은 누구요? 어느 편이오?

로도비코 잘 보면 알 수 있을 거요.

이아고 로도비코님이십니까?

로도비코 그렇소.

이아고 이거 실례했습니다. 카시오가 이렇게 악한한테 당했습니다.

그레시아노 카시오가?

이아고 어떻게 된 겁니까, 부관님?

카시오 다리가 두 동강이 났어.

이아고 거 참, 야단났군! 횃불 좀 부탁합니다. 내 셔츠로 동여맵시다.

비안카 등장.

비안카 무슨 일이세요, 대체? 쓰러진 분이 누구예요?

이아고 거기 누구냐, 떠드는 게!

비안카 나의 카시오! 소중한 카시오. 아, 카시오, 카시오, 카시오!

이아고 바로 그 갈보구나! 카시오님, 당신을 누가 이렇게 난도질했는지 모르겠습니까?

카시오 몰라.

그레시아노 이런 봉변을 당했으리라고는 생각도 못하고 부관을 찾아다니던 중이었지.

이아고 양말 끈을 좀 빌려 주시오. 됐어. 그리고 의자 같은 게 있었으면 좋겠어요. 조심해서 운반하려면.

비안카 아, 까무러치시네! 카시오, 카시오!

이아고 여러분, 암만해도 이 여자도 수상합니다. 카시오, 잠깐만 참으시오. 자, 횃불을 이쪽으로, 이놈의 얼굴을 확인해 봐야죠. 앗, 이 사람은 내 친구, 같은 고향 사람 로더리고가 아닌가? 확실히 로더리고다!

그레시아노 뭐, 베니스의?

이아고 바로 그 사람입니다. 당신도 아십니까?

그레시아노 암, 알고 있지!

이아고 그레시아노님이십니까? 이거 실례했습니다. 이런 소동 틈에 몰라뵈었습니다. 용서하십시오.

그레시아노 만나서 반갑소.

이아고 카시오님, 어떠시오? 의자를, 의자를!

그레시아노 바로 로더리고였군!

이아고 그렇습니다, 바로 그 녀석입니다. (의자를 들고 온다.) 됐어, 의자를 가져왔군! 힘이 센 사람이 조심해서 메고 가게. 나는 장군님의 주치의를 불러야겠소. (비안카에게) 당신은 손대지 말라구! 카시오, 여기 쓰러져 있는 사람은 내 친구요. 둘 사이에 무슨 원한이 있었소?

카시오 그런 일은 전혀 없었어. 난 그 사람을 몰라.

이아고 이봐, 빨리 안으로 메고 가게. (카시오와 로더리고를 메고 간다.) 잠깐 기다려! (비안카에게) 그런데 당신 얼굴빛이 창백하게 변하는군. 여러분, 이것 보세요. 이 여자 눈빛이 좀 무섭지요? 그렇게 쏘아봐도 소용없어. 실토

하지 않고는 못 배길걸. 이 여자를 자세히 보세요. 여러분, 아시겠지요? 그렇게 가만히 있어도 나쁜 짓은 저절로 탄로나기 마련이야.

에밀리아 등장.

에밀리아 웬일이에요? 어떻게 된 일이에요, 여보?

이아고 카시오님이 어둠 속에서 로더리고 일당에게 당했어. 다른 놈들은 다 도망쳤지. 그분은 중상을 입고 로더리고는 죽었어.

에밀리아 어머, 그분이! 가엾게도 카시오님이!

이아고 그건 오입질 탓이야. 이봐, 에밀리아. 카시오님한테 오늘 저녁 식사를 어디서 했는지 물어봐요. (비안카에게) 뭐야, 내가 한 말에 왜 떨지?

비안카 그분은 우리 집에서 저녁 식사를 하셨어요. 그렇지만 그것 때문에 떠는 건 아니에요.

이아고 역시 그랬군? 자, 명령이다! 가자.

에밀리아 원, 세상에 개보다도 못한 갈보년 같으니라고!

비안카 나는 갈보가 아니예요. 당치도 않은 소리 하지 말아요. 그런 말을 하는 당신처럼 떳떳한 여자니까!

에밀리아 나같이? 흥! 무슨 소리야!

이아고 여러분, 카시오님이 치료 받는 걸 보러 갑시다. 비안카, 너도 따라와! 더 물어볼 게 있으니까. 에밀리아, 당신은 성으로 가서 장군님과 부인께 이 사건을 보고해요. 여러분, 가실까요? (방백) 오늘 밤은 성공하느냐 완전히 파멸하느냐, 둘 중 하나다. (모두 퇴장)

제5막 제2장

성 안의 침실.
데스데모나가 침대에서 자고 있다. 오셀로, 등불을 들고 등장.

오셀로 (데스데모나를 내려다보며) 이것 때문이다. 이
것의 죄 때문이다. 진실로 순결한 별들아, 이제는 더
이상 이것의 이름을 내 입에 올리지 않게 해다오! 다
이것 때문이지만 그래도 아내의 피는 흘리게 하지 말
자. 눈보다 희고 대리석같이 매끄러운 피부에 상처
는 내지 말자…… 하지만 죽어야 한다. 그렇지 않으
면 또 다른 남자를 속일 것이다. 우선 이 촛불을 끄고 나서 목숨의 불도 꺼
야지. 그런데 촛불아, 나는 너를 한번 끄더라도 뉘우치고 다시 켤 수도 있
지. 그렇지만 자연이 만든 이 정교하고 아름다운 육체 속에 타고 있는 불은
한번 꺼버리면 결코 다시 켤 수 없구나. 프로메테우스의 불을 찾아 어디를
헤매야 되나. (촛불을 내려 놓는다.) 한번 꺾인 장미는 영영 살아날 길이 없
어 시들 수밖에 없지. 아직 가지에 있을 때 향기를 맡아 보자. (키스한다.)
아, 이 향기로운 입김! 정의의 신이라도 칼을 꺾지 않을 수 없겠구나! 한 번
더, 한 번만 더. 죽어서도 향기로운 입김이 이렇게 남아 있어다오. 나는 너
를 죽이고, 그리고 너를 안아 주겠어. 한 번만 더, 이게 마지막이다. 이렇게
사랑스러운 것이 그처럼 나쁠 수도 있을까. 눈물을 참을 수 없구나. 그러나
잔인한 눈물이다. 아니, 신성한 눈물이다. 사랑하기 때문에 철퇴를 내리는
거다. 잠을 깨는구나.

데스데모나 누구? 오셀로님?

오셀로 음, 데스데모나.

데스데모나 주무시지 않으세요?

오셀로 데스데모나, 오늘 밤 기도를 다 올렸소?

데스데모나 네, 끝마쳤어요.

오셀로 아직 하느님께 용서를 빌지 않은 죄가 있거든 지금 기도하시오.

데스데모나 여보, 그게 무슨 뜻인가요?

오셀로 어서 간단히 해요, 잠시 기다려 줄 테니. 마음의 준비도 없는 사람
을 죽이고 싶지는 않아. 아니, 절대로 그런 짓은 할 수 없어. 당신의 영혼까
지 죽이고 싶지는 않아.

데스데모나 저를 죽인다구요?

오셀로 그래.

데스데모나 오, 하느님, 이분을 용서하소서!

오셀로 아멘, 나도 진심으로 그렇게 비오.

데스데모나 그러시면 저를 죽인다고 하지 마세요!

오셀로 흥!

데스데모나 당신이 무서워요. 그렇게 무서운 눈으로 저를 보실 때는 예사롭지 않은 일이에요. 나쁜 짓도 안했는데 왜 무서운지 모르겠어요. 하지만 겁이 나요.

오셀로 지은 죄를 생각해 봐.

데스데모나 저는 당신을 사랑한 죄밖에 없어요.

오셀로 그러니까 죽어야 하는 거야.

데스데모나 사랑하니까 죽어야 한다는 건 이치에 맞지 않는 걸요. 왜 그렇게 입술을 깨물죠? 무서운 생각으로 몸을 떨고 계신 것이 틀림없어요. 그렇지만 저 때문에 그러는 건 아니지요?

오셀로 잠자코 조용히 있어!

데스데모나 그러지요……. 하지만 무슨 일이 있었나요?

오셀로 당신에게 선물한 그 손수건, 내가 그렇게도 소중히 하던 물건인데 그걸 카시오 놈에게 줬지?

데스데모나 아니오, 절대로! 불러다 물어보세요.

오셀로 거짓 맹세를 하지 않도록 잘 생각해 봐. 당신은 이 침대에서 죽어야 해.

데스데모나 거짓말은 하지 않아요. 하지만 제가 죽어야 하다니요?

오셀로 죽어야 해, 지금. 그러니까 정직하게 죄를 고백해야 하는 거야. 맹세를 하며 부인하려 해도 내가 이렇게 고통스러워하는 데는 확실한 근거가 있는 거라서 그걸 제거할 수도 억제할 수도 없어. 당신은 죽어야 해.

데스데모나 오, 하느님, 저를 구원해 주소서!

오셀로 아멘, 나도 그렇게 기도드리겠소.

데스데모나 그럼 당신도 저를 도와주세요! 저는 한번도 당신에게 나쁜 짓을 한 기억이 없어요! 카시오를 사랑한 적도 없어요. 단지 평소에 좋은 사람이라는 생각을 한 것뿐이에요. 손수건을 준 일도 없어요.

오셀로 아니, 그놈이 내 손수건을 가지고 있는 것을 내 눈으로 직접 봤어! 이 거짓말쟁이가 내 가슴을 돌같이 차갑게 만드는구나! 정의를 위해 당신을 제물로 삼을 작정이었는데 나를 단순한 살인자로 만들겠다는 거냐? 나는 그놈한테 있는 손수건을 봤어!

데스데모나 그럼 주웠겠지요. 전 절대로 준 적이 없어요. 그분을 이리 불러 주세요. 그리고 사실을 고백하게 하세요.

오셀로 그놈은 고백했어.

데스데모나 네? 뭐라고요?

오셀로 당신에게 손을 댔다고.

데스데모나 어떻게요? 부정을 저질렀다고요?

오셀로 그래.

데스데모나 그런 말을 할 리가 없어요.

오셀로 아니, 이제 그 녀석 입은 봉해졌어. 충성스러운 이아고가 처치해 버렸으니까.

데스데모나 그럼 그분은 죽었나요?

오셀로 그놈의 머리털 한 개 한 개가 생명을 가졌다 해도 내 복수의 상대로는 부족해.

데스데모나 그분은 아마 간계에 걸려든 모양이로군요. 저도 이제 파멸이고요.

오셀로 꺼져 없어져, 매춘부야! 내 눈앞에서 그놈을 위해 눈물을 흘리나?

데스데모나 저를 쫓아내셔도 좋아요. 하지만 제발 죽이지는 마세요.

오셀로 내려와, 매춘부년!

데스데모나 내일 죽이세요. 오늘 밤만은 용서해 주세요.

오셀로 아니, 반항하면……,

데스데모나 반시간만이라도!

오셀로 이렇게 된 이상 지체할 수 없어!

데스데모나 기도 올릴 동안만!

오셀로 이미 늦었어. (아내의 목을 졸라 죽인다.)

에밀리아 (문밖에서) 장군님! 장군님! 보세요, 나와 보세요. 장군님!

오셀로 뭐야, 이 소리는……. 아직 숨이 끊어지지 않은 건가? 잔인하더라도 자비심은 가졌어. 고통을 오래 끌지는 않겠어. 이렇게, 이렇게!

에밀리아 (문밖에서) 장군님! 장군님!

오셀로 누구냐?

에밀리아 (문밖에서) 장군님, 잠깐 여쭐 일이 있어요!

오셀로 음, 에밀리아. 곧 가겠다! 이젠 죽었구나. 카시오가 죽었다는 소식을 알리러 온 모양이군……. 흥, 이젠 꿈틀거리지 않아. 묘지처럼 고요하군. 에밀리아를 들어오게 해도 괜찮을까? 또 꿈틀거리는 것 같은데? 아니었어. 이제 어떻게 할까? 에밀리아가 들어오면 아내를 찾겠지……. 아내! 아내! 내게 아내는 없어. 아, 견디기 힘들구나! 아아, 정말 비참한 순간이다! 일식이 일어나 태양도 달도 빛을 잃고, 놀란 대지는 이 변고에 아가리를 딱 벌릴 것 지경이다!

에밀리아 (문밖에서) 급히 여쭐 말씀이 있어요, 장군님!

오셀로 아, 참, 깜박 잊었군. 들어와, 에밀리아. 문을 열어 줄 테니 잠깐만 기다려. 침대 커튼으로 가리자. 에밀리아, 어디 있나? (문을 연다.)

에밀리아 등장.

오셀로 지금이 몇 시인데, 대체 무슨 일이야?

에밀리아 장군님, 저쪽 거리에서 살인 사건이 일어났어요.

오셀로 뭐, 지금?

에밀리아 네, 지금요.

오셀로 달이 망령 들었기 때문이야. 달이 평소의 궤도에서 벗어나 지구에 가까워지면 사람들은 미치게 마련이지.

에밀리아 카시오님이 베니스 청년 로더리고를 죽였어요.

오셀로 로더리고가 죽었어? 카시오도 죽었나?

에밀리아 아뇨, 카시오님은 죽지 않았어요.

오셀로 카시오는 죽지 않았다고? 암살의 순서가 바뀌었군. 복수 계획이 수포로 돌아갔어.

데스데모나 아, 나는 죽을 이유가 없어!

에밀리아 저건 무슨 소리지요?

오셀로 저 소리라니, 무슨 말인가?

에밀리아 어머, 저건 부인 목소리예요! (커튼을 제친다.) 이런, 부인! 아무도 없어요? 누구 좀 와 주세요! 부인, 한 번만 더 말씀을! 데스데모나님! 말씀 좀 해보세요!

데스데모나 나는 억울해요.

에밀리아 대체 누가 이랬나요?

데스데모나 누가 한 게 아니라 내 손으로 그랬어요. 장군님께 말씀 전해줘요. 잘 있으라고……. (죽는다.)

오셀로 뭐라고? 누가 이렇게 했다고?

에밀리아 그걸 어떻게 알겠어요?

오셀로 아내는 자기를 죽인 게 내가 아니라고 그랬지?

에밀리아 그랬어요. 하지만 사실을 알아야겠어요.

오셀로 거짓말쟁이! 저것은 지옥에 떨어졌다. 죽인 것은 나야!

에밀리아 그렇다면 장군님은 악마예요! 그에 비하면 부인은 정말 천사예요.

오셀로 저것은 더러운 짓을 했어. 매춘부라구.

에밀리아 부인을 그렇게 모욕하다니, 당신이야말로 악마예요!

오셀로 마음이 물처럼 흔들리는 여자였어.

에밀리아 당신은 불처럼 분별이 없어요. 부인이 부정하다고요? 부인은 천사처럼 진실하셨어요!

오셀로 카시오하고 간통했어. 믿지 못하겠다면 네 남편에게 물어 봐. 내가 정당한 이유도 없이 이처럼 엄청난 짓을 했다면 그야말로 나는 지옥의 밑바닥으로 떨어져도 상관없어. 네 남편은 죄다 알고 있지.

에밀리아 제 남편이?

오셀로 네 남편이.

에밀리아 부인이 부정을 저질렀다는 것을요?

오셀로 음, 카시오하고. 만일 이 여자가 정숙했다면 보석으로 완벽한 세상을 만들어 준다 해도 부정을 저지르지 않았을 거야.

에밀리아 제 남편이!

오셀로 그래. 처음 내게 이야기해 준 게 그 사람이다. 성실한 사람이니 부정한 행위의 추함을 증오하는 거야.

에밀리아 제 남편이!

오셀로 아니, 몇 번이나 말해야 알겠나? 네 남편이라고 하지 않았나!

에밀리아 나쁜 계략이 부인을 함정에 빠뜨렸군요! 제 남편이 부인을 부정하다고 말했다고요?

오셀로 그렇다니까. 내 친구요, 네 남편이요, 성실하고 충성스러운 이아고 말이다.

에밀리아 그이가 그런 말을 했다면 그놈의 사악한 영혼은 매일매일 썩어빠져라! 터무니없는 거짓말쟁이! 부인은 이런 남편을 너무나 소중히 여기셨지!

오셀로 뭐라고?

에밀리아 맘대로 나쁜 짓을 해 봐요. 당신에게 과분한 부인을 이렇게 한 당신 같은 사람은 어차피 천당에 가지 못할 테니.

오셀로 조용히 해! 그래야 네게 이로울 테니.

에밀리아 어디 나까지 해치고 싶다면 맘대로 해 봐요. 머저리! 바보! 어리석은 무지렁이! 당신이 한 짓은……, 내가 칼을 무서워할까 봐? 당신이 한 짓을 사방에다 퍼뜨릴 거예요. 죽이려면 얼마든지 죽여요. 누구 좀 와줘요! 누구 없어요? 여기 누구 좀 와 줘요! 무어가 부인을 죽였어요! 살인이다! 살인!

몬타노, 그레시아노, 이아고 등장.

몬타노 무슨 일이냐? 무슨 일이오, 장군?

에밀리아 드디어 오셨군요, 이아고. 당신도 참 장하군. 살인죄를 뒤집어쓰게 됐으니.

그레시아노 무슨 일인가?

에밀리아 당신도 남자라면 이 끔찍한 악한을 논박해 보세요. 부인이 나쁜 짓을 했다는 말을 당신한테 들었다고 하던데요. 당신은 그런 말 하지 않았을 거야, 당신은 그런 악당이 아니니까. 뭐라고 말 좀 해 봐요. 가슴이 답답해요.

이아고 생각한 바를 말했을 뿐이야. 그것뿐이라고. 장군 스스로 그럴 거라고 짐작하신 이외의 말은 하지 않았어.

에밀리아 하지만 부인이 부정을 저질렀다고 장군께 말했잖아요?

이아고 말했어.

에밀리아 거짓말, 더러운 거짓말! 무서운 거짓말이야. 정말 황당한 거짓말이야! 부인이 카시오님하고 부정을 저질렀다고? 카시오님하고?

이아고 그래, 카시오하고! 입 못 다물어?

에밀리아 나는 입 다물지 못하겠어요. 떠들지 않고는 못 배기겠어요. 부인이 살해당했어요! 이 침상에서!

모두 아, 큰일이 일어났군!

오셀로 다들 그렇게 놀라지 마시오. 전부 사실입니다.

에밀리아 이아고, 당신의 무고 때문에 일어난 살인이에요.

그레시아노 믿을 수 없는 일이군.

몬타노 아, 가공할 소행이야.

에밀리아 인간도 아니야, 당신은 인간도 아니라고. 너무해! 그래, 생각나는 게 있어. 뭔가 이상하더라니. 당신은 인간이 아니야! 언젠가 그때도 그렇게 생각했었지. 차라리 죽고 싶어. 지독한 사람, 너무나 지독해!

이아고 뭐야, 미쳤어? 집에 가 있어!

에밀리아 여러분, 제 말을 들어보세요. 남편 말에 순종하는 게 당연하지만 지금은 싫습니다. 나는, 이아고, 절대로 집에 안 가겠어요.

오셀로 아! 아! 아! (침대에 쓰러진다.)

에밀리아 그렇게 쓰러져 몸부림치는 것이 당연해요. 세상 빛을 본 사람 중에 둘도 없이 사랑스럽고 순결한 분을 당신이 죽였으니!

오셀로 (일어나며) 저것이 간통을 했답니다! 숙부님이셨군요. 몰라봤습니다. 저기 숙부님의 조카딸이 쓰러져 있습니다. 방금 이 손으로 목숨을 끊어 놓았습니다. 잔혹하고 끔찍한 소행이라고 생각하시겠지요?

그레시아노 가엾은 데스데모나! 네 아버지가 돌아가셔서 차라리 다행이다. 너의 결혼에 큰 타격을 받아 슬퍼하던 나머지 노인은 생명줄을 놓고 말았다. 만일 지금 살아계셔서 이 광경을 보신다면 무슨 짓을 하실는지 모르겠다. 행운의 천사마저 떠밀어내고 지옥 불속으로라도 뛰어들지 모르지.

오셀로 가엾습니다. 하지만 이아고가 다 알고 있습니다. 이 여자는 카시오와 수없이 추잡스러운 행동을 했소. 카시오는 자백했습니다. 더구나 내가 아내에게 처음으로 준 선물인 사랑의 정표를 그놈에게 애욕에 대한 사례로 주었소. 난 그놈이 그걸 가지고 있는 것을 보았소. 손수건 말입니다. 그건 예전에 내 아버지가 어머니에게 선물한 것이었소.

에밀리아 아, 이걸 어쩌면 좋아! 오, 하느님!

이아고 야! 주둥이 닥쳐!

에밀리아 말할 테야. 나는 다 말하겠어. 닥치라고? 싫어! 북풍이 마구 불어대듯이 전부 말해 버리겠어. 신과 사람과 악마가 모두 몰려와서 입을 다물라고 악을 써도 다 말하겠어!

이아고 쓸데없는 말 하지 말고 집에 가!

에밀리아 누가 간대? (이아고, 에밀리아를 찌르려고 한다.)

그레시아노 이게 무슨 짓이오! 여자한테 칼을 대다니!

에밀리아 무어님, 어리석었어요! 당신이 말한 손수건은 내가 주워서 남편한테 갖다 준 거예요. 이상하게도 심각한 태도로 부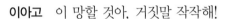인의 손수건을 훔쳐다 달라고 자꾸 졸라대기에 말이에요.

이아고 이 망할 것이!

에밀리아 부인이 카시오님께 드렸다고요? 틀렸어요, 아니에요. 부인이 떨어뜨린 걸 내가 주워서 남편에게 줬어요.

이아고 이 망할 것아, 거짓말 작작해!

에밀리아 하늘에 맹세코 절대로 거짓말이 아니에요, 여러분. 이 살인자, 바보! 이런 바보가 그렇게도 훌륭하신 부인을 어떻게 한 거야?

오셀로 벼락이나 맞고 뒈져라, 이 흉측하기 짝이 없는 악당 놈아! (이아고에게 달려든다. 이아고, 뒤에서 에밀리아를 찌르고 퇴장)

그레시아노 에밀리아가 쓰러졌어. 놈이 제 처를 죽이는군.

에밀리아 네, 결국은 이렇게……. 나를 부인 옆에 눕혀 주세요.

그레시아노 도망쳤어, 아내를 죽이고.

몬타노 극악무도한 악당이군. 자, 이 칼을 맡아 주시오. 방금 무어 장군한테서 뺏은 칼이오. 방에서 나가지 못하게 입구 밖에서 지키시오. 말을 듣지 않으면 차라리 죽여버리시오. 나는 저 악당을 쫓아가겠소. 실로 끔찍한 악한이군. (오셀로와 에밀리아만 남고 모두 퇴장)

오셀로 나는 이제 용기마저 상실했다. 저런 풋내기까지 내 손에서 칼을 뺏어 갔다. 이제 명예도 다 잃어버린 내가 새삼스럽게 무용담을 자랑해서 무엇하랴. 이젠 더 이상 아무 미련도 없다.

에밀리아 그 노래는 무슨 전조였나 봐요, 부인. 들리세요? 저는 백조같이 노래 부르며 죽어요. (노래한다.) 버들, 버들, 버들아. 무어님, 부인은 결백했어요. 부인은 당신을 사랑했어요. 잔인한 무어님. 저는 천당에 가요. 진실만 말했으니까요. 사실대로 말하며 죽는 거예요. 아, 나는 죽어요……. (숨이 끊어진다.)

오셀로 이 방에 칼이 또 한 자루 있었지. 얼음같이 찬 강물로 벼린 스페인의 명검이……, 아, 여기 있군. 숙부님, 나는 밖으로 나가야겠소.

그레시아노 (문밖에서) 그런 짓하면 살려두지 않겠다. 자네는 무기도 안 가졌잖아? 조용히 하지 않으면 재미없다.

오셀로 이리 들어오셔서 말씀하시오. 그러지 않으면 맨손으로라도 상대할 테요.

그레시아노 등장.

그레시아노 왜 그러나?

오셀로 보시오, 나는 칼을 가지고 있소. 이렇게 좋은 칼은 지금까지 어떤 군인도 허리에 차 본 적이 없을 것이오. 저도 한때는 이 빈약한 팔과 이 명검으로 당신 같은 분 스무 명, 서른 명이 떼를  지어 달려들어도 무찔렀지만……, 이젠 쓸데없는 큰소리지. 어느 누가 운명을 결정할 수 있단 말인가? 이젠 글렀소. 칼을 무서워하지 마시오. 이제 내 인생 항로는 끝났소. 내 마지막 항로의 부두에 배는 닿았소. 무서워서 그렇게 뒤로 물러섭니까? 겁내지 마십시오. 갈대 한 줄기가 이 오셀로의 가슴에 닿아도 물러날 것입니다. 그러면 이 오셀로는 어디로 가야 하나? 어디 봅시다. (침대를 돌아본다.) 당신은 어떤 얼굴을 하고 있소? 아아, 불운한 당신! 흰옷처럼 창백한 얼굴! 최후의 심판날 다시 만나게 되어, 당신의 이 얼굴을 보기만 해도 내 영혼은 하늘에서 내동댕이쳐져 지옥의 마귀들에게 뜯어먹히겠지. 얼굴이 얼음같이 차갑다! 당신이 정조도 이랬겠지? 아, 이 저주 받을 노예놈! 지옥의 악마들아, 나를 채찍질하여 이 천사 같은 모습이 안 보이는 곳으로 쫓아내 다오. 유황불로 나를 태워 다오! 깊은 불바다 속에 나를 처넣어 다오! 아, 데스데모나! 죽어버린 데스데모나! 죽었어! 아! 아!

로도비코, 몬타노, 들것에 누운 카시오, 잡힌 이아고, 관리들 등장.

로도비코 경솔하게 스스로 불운을 자초한 당사자는 어디 있나?

오셀로 오셀로라고 불리던 놈은 여기 있습니다.

로도비코 독사 같은 놈은 어디에 있나? 그 악당을 이리 끌어내라.

오셀로 어디 발 좀 보자. 악마는 발톱이 두 쪽으로 쪼개져 있다는 건 꾸며낸 말인가? 네놈이 악마라면 내 칼은 들어가지 않을 거다. (이아고를 찌른다.)

로도비코 칼을 뺏어!

이아고 피는 나지만 죽지는 않아!

오셀로 나도 서운할 거 없다. 오히려 살려 두고 싶다. 지금의 내 심정으로는 죽는 것이 더 행복할 것 같으니.

로도비코 오셀로, 한때는 그처럼 훌륭했던 당신이 극악무도한 놈의 간계에 걸려들었소. 당신에게는 뭐라고 말해야 좋을지 모르겠소.

오셀로 뭐라고 하셔도 좋습니다. 정의의 살인자라고나 해 두시오. 저는 조금도 개인적인 원한은 없습니다. 정의를 위해 한 것입니다.

로도비코 이놈은 이미 죄상을 자백했소. 당신과 공모해서 카시오를 죽이려 했다고요?

오셀로 그랬습니다.

카시오 장군님, 제게는 그렇게 당해야 할 이유가 없었습니다.

오셀로 분명히 그랬네, 용서하게. (로도비코에게) 무슨 이유로 내 육체와 영혼을 덫에 걸어 놓았는지, 이 악마 같은 놈에게 좀 물어봐 주시오.

이아고 물어볼 것 없습니다. 알만큼 알았으면 되지 않습니까? 나는 아무 말 하지 않겠습니다.

로도비코 그럼 기도도 안 하겠느냐?

그레시아노 고문으로 입을 열게 하면 되지.

오셀로 그래, 말을 안 하는 게 너로서는 제일 상책이다.

로도비코 당신은 몰랐겠지만 또 이런 일이 있었답니다. 여기 편지가 있소. 살해당한 로더리고의 주머니 속에서 발견된 것이오. 이것의 내용에는 카시오의 암살은 로더리고가 맡기로 되어 있었소.

오셀로 오, 악당!

카시오 극악무도한 놈!

로도비코 또 한 통의 불평을 적은 편지 역시 그놈 주머니에 있던 것으로 로더리고가 이 악당에게 보내려고 쓴 것 같소. 그런데 보내기 직전에 이아고가 찾아와서 그만 결말이 난 모양이오.

오셀로 아아, 천하에 몹쓸 놈! 그런데 카시오, 내가 아내에게 준 손수건이 어떻게 자네 손에 들어갔나?

카시오 제 방에 떨어져 있었습니다. 저놈이 조금 전에 고백했습니다. 제 방에 슬쩍 갖다 두었더니 과연 생각대로 걸려들더라고요.

오셀로 아, 난 바보같이! 바보였어! 바보였어!

카시오 그리고 로더리고의 편지에는 이아고를 비난하고 있었습니다. 지난번 야경 보던 밤에도 이놈이 로더리고를 부추겨서 일부러 저와 싸움을 시키고 그 때문에 저는 면직이 됐었죠. 거기다가 죽은 줄 알았던 로더리고가 깨어나 입을 열어 '이아고가 나를 찔렀다. 너를 죽이라고 시킨 것도 이아고다.'라는 말을 했습니다.

로도비코 오셀로 장군, 우리와 동행해야겠소. 당신의 관직은 모두 박탈하겠소. 카시오가 이 사이프러스를 통치하게 됐소. 이 악당에게는 오랫동안 극심한 고통을 줄 수 있는 고문으로 처벌하겠소. 당신은 베니스에 죄상이 보고될 때까지 죄수로 취급하겠소. 자, 데려가라.

오셀로 잠깐, 떠나기 전에 드릴 말씀이 있으니 들어주시오. 나는 국가를 위해 다소 공을 세운 게 있소. 그건 베니스에서도 알고 있소. 하지만 그걸 말하자는 게 아니오. 단지 내가 바라는 건 보고서에 이 불행한 사건을 기록할 때 사실 그대로의 나를 보고해 주길 바라오. 나를 조금이라도 두둔하거나 그렇다고 해서 악의를 개입시키거나 하지 말아 주시오. 예를 들면 이렇게 말이오. '분

별력은 부족했을지라도 아내를 진심으로 깊이 사랑한 사람이었다. 경솔하

게 남을 함부로 의심하지 않는 사람이었으나 속임수에 넘어가 극도로 당황한 바람에, 어리석은 인도인처럼 자신의 민족과도 바꿀 수 없는 값진 보석을 그 손에서 내던져 버렸다. 절대로 울지 않던 자가 슬픔에 못 이겨 아라비아의 고무나무가 수액을 흘리듯이 억수처럼 눈물을 쏟았다……' 이렇게 써 주시오. 그리고 또 한 가지만 더 전해 주시오. 언젠가 터번을 두른 터키 사람이 가증스럽게도 베니스 사람을 때리고 국가를 모욕한 것을 보고, 그는 개 같은 이교도 녀석의 멱살을 잡고 그 목을 찔렀다고요……, 이렇게. (자신을 찌른다.)

로도비코 정말 처참한 최후로구나!

그레시아노 지금까지 얘기한 게 다 허사가 됐군.

오셀로 (아내가 죽어있는 침대에 쓰러지며) 당신을 죽이기 전에 나는 키스했었지. 지금은 이렇게밖에 할 수 없어, 내 스스로 목숨을 끊고 당신에게 키스하며 죽는 길밖에. (침대에서 죽는다.)

카시오 이런 일이 생길까 염려했습니다, 진정 고결한 마음을 가진 분이었으니까요. 칼은 없는 줄 알았습니다.

로도비코 (이아고에게) 이 스파르타 개 같은 놈, 어떤 고통이나 굶주림이나 험한 바다보다도 더 잔악한 놈! 침대 위의 이 비참한 모습을 보아라……. 이 모두가 네놈의 소행이다. 눈도 멀어버릴 지경이라 가려야겠다. (침실의 커튼을 닫는다.) 그레시아노님, 이 집의 관리를 맡으시고 무어의 재산을 압수해 주시오. 친척인 당신이 상속 받아야 하니까. (카시오에게) 총독, 이 극악무도한 놈의 재판을 당신에게 일임하겠으니 때와 장소와 고문 방법을 결정하시오. 나는 곧 배로 출발하여 이 참사를 본국에 보고하겠소. (모두 퇴장)

리어왕

King Lear

배 경

브리튼

등장인물

리어 왕	브리튼 왕
프랑스 왕	
버건디	공작
콘월	공작, 리건의 남편
올버니	공작, 거너릴의 남편
켄트 〉	백작
글로스터	
에드거	글로스터의 적자(嫡子)
에드먼드	글로스터의 서자(庶子)
큐런	조정의 신하
노인	글로스터의 하인
시의(侍醫)	
광대	
오스왈드	거너릴의 집사
대장	에드먼드의 부하
시종	
전령	
콘월의 하인	
거너릴	
리건 〉	리어 왕의 딸
코딜리어	

그 밖에 리어 왕의 기사, 부대장, 사자들, 병사들, 시종들

작품 줄거리

리어 왕에게는 첫째 딸 거너릴과 둘째 딸 리건, 셋째 딸 코딜리어가 있었다. 자신은 왕의 명예만 간직하고 편안한 여생을 보내기 위해 자신의 영토를 딸들에게 나누어 주려고 하였다. 첫째 딸과 둘째 딸은 과장된 찬사와 마음에 없는 효성을 늘어놓아 자신들의 몫을 얻는다. 셋째 딸 코딜리어는 언니들의 아첨과 달리 아버지를 사랑함에 있어 딸의 도리를 다할 뿐이라고 한다. 아끼던 딸에게 크게 화가 난 리어 왕은 코딜리어를 추방하고 그녀 몫의 땅을 다른 두 딸들에게 나누어 준다. 이 처분에 충언을 하는 켄트 백작은 리어 왕의 노여움을 사 국외로 추방당한다. 평소에 코딜리어를 흠모하던 프랑스 왕이 코딜리어의 참되고 정직한 성품에 반해서 그녀를 왕비로 맞이한다. 그 후 리어 왕은 백 명의 기사를 데리고 큰 딸 거너릴과 둘째 딸 리건의 집에서 한 달씩 살겠다고 공언한다. 거너릴은 아버지 리어 왕의 기사들이 너무 많아 난동을 부린다며 기사를 반으로 줄여 달라고 한다. 리어 왕은 분노를 참지 못하고 둘째 딸 리건의 집으로 옮겨간다. 리건 역시 언니에게 돌아가라고 말하며 급기야 두 딸들은 기사의 수를 한 명도 받아들일 수 없다고 말한다. 리어 왕은 두 딸들의 푸대접에 격분한 나머지 폭풍우 치는 황야로 뛰쳐나가고 나중에는 실성을 하게 된다. 프랑스 왕비가 된 코딜리어가 아버지 리어 왕의 참상을 전해 듣자 프랑스 왕은 영국으로 군대를 파견한다. 아버지를 구하기 위해 군대를 이끌고 영국으로 진격한 코딜리어는 도버에서 리어 왕을 만나고 왕은 딸에게 용서를 구한다. 하지만 프랑스 군대는 영국 군대에 패배하고 리어 왕과 코딜리어는 함께 포로가 된 후 계략으로 코딜리어가 죽는다. 리어 왕은 딸의 주검을 보고 슬픔을 이기지 못하고 숨을 거둔다.

제1막

제1막 제1장

리어 왕의 궁전, 알현실.

켄트 백작, 글로스터 백작, 에드먼드 등장. 켄트와 글로스터가 이야기하는 동안 에드먼드는 뒤쪽에 서 있다.

켄트 국왕께서는 콘월 공보다 올버니 공에게 더 기운 것 같더군요.

글로스터 그렇게 보이긴 하는데 막상 영토 분배를 하신 걸 보면 어느 쪽을 더 생각하고 계시는지 도무지 알 수가 없어요. 양쪽에 똑같이 나누어 주었으니 아무리 따져 봐도 우열을 가릴 수가 없더군요.

켄트 (뒤에 서 있는 에드먼드를 돌아보며) 이 청년은 아드님이 아닙니까?

글로스터 내가 키우기는 했습니다만 내 아들이라고 할 때마다 어찌나 얼굴이 달아오르는지……. 이젠 면역이 됐지만요.

켄트 무슨 말씀이신지 잘 모르겠군요.

글로스터 이 녀석의 어미는 내 말을 잘 들었지요. 그래서 배가 점점 불룩해졌고……. 침상에서 남편을 맞기도 전에 요람에 아기가 생겼다고나 할까요. 이제 제 실수를 눈치 채셨죠?

켄트 실수라도 잘한 실수로군요. 이렇게 훌륭한 열매를 맺었으니.

글로스터 그런데 내게는 이 애보다 한 살 많은 적자가 하나 있어요. 이 녀석은 누가 부르지도 않는데 주제넘게 세상에 태어난 놈입니다. 제 어미는 아주 예쁜 여자라, 애가 생기기 전에는 상당히 재미를 보았죠. 그래서 사생아지만 자식으로 받아들이지 않을 수가 없더군요. 에드먼드, 이 어른을 아느냐?

에드먼드 (앞으로 걸어나오며) 아뇨, 모릅니다.

글로스터 켄트 백작이시다. 내가 존경하는 분이니 앞으로 잘 모셔라.

에드먼드 백작님께 인사드립니다.

켄트 반갑네. 앞으로 가까이 지내세.

에드먼드 예. 기대에 어긋나지 않도록 노력하겠습니다.

글로스터 애는 9년 동안 외국에 나가 있었는데 이번에 또 가게 되었죠. (나팔소리) 왕께서 오시는군요.

왕관을 받든 자를 선두로 리어 왕, 콘월, 올버니, 거너릴, 리건, 코딜리어, 시종들 등장.

리어 왕 글로스터, 프랑스 왕과 버건디 공작을 영접하시오.

글로스터 분부대로 거행하겠습니다. 폐하. (글로스터와 에드먼드 퇴장)

리어 왕 이제부터 그 동안 가슴속에 품어왔던 계획을 말하겠다. 그 지도를 다오. 우선 나의 왕국을 셋으로 나누어 놓았다. 나의 계획은 모든 국사를 늙은 내 어깨로부터 젊고 기운 있는 사람들에게 넘겨주고, 홀가분한 몸으로 조용히 여생을 보내는 것이다. 사위 콘월 공과 또 그에 못지않게 소중한 큰 사위 올버니 공에게 말하는데, 나는 지금 딸들에게 줄 재산을 발표하려고 한다. 이는 오직 뒷날 싸움의 씨를 없애기 위해서다. 프랑스 왕과 버건디 공작은 내 막내딸의 사랑을 얻으려 서로 경쟁하며 이미 오랫동안 이 궁정에 머물러 왔는데, 오늘 드디어 대답을 듣게 될 것이다. 자, 딸들아. 나는 이제부터 국가의 통치권과 영토 소유권, 행정 관리권들을 모두 넘겨 줄 작정인데, 너희들 중 누가 제일 이 아비를 사랑하고 있는지 말해 봐라. 나에 대한 사랑과 효성이 제일 지극한 딸에게 제일 큰 몫을 주겠다. 거너릴, 맏딸이니 너부터 먼저 말해 봐라.

거너릴 저는 말로는 도저히 표현할 수 없을 만큼 아버님을 사랑합니다. 제 눈이 보이는 기쁨보다도, 무한한 공간보다도, 자유보다도, 값지고 희귀한 그 무엇보다도, 사랑과 아름다움과 건강과 명예가 구비된 생명보다도 소중한 분으로서 아버님을 모시겠습니다. 일찍이 자식이 바치고 어버이가 받은 바

있는 최대의 애정을 가지고, 숨이 차고 말이 막힐 만한 효성을 가지고, 무엇과도 비교할 수 없는 애정으로 아버님을 모시며 효도를 다하겠습니다.

코딜리어 (방백) 이 코딜리어는 무어라고 말씀드릴까? 아버님을 사랑하지만 조용히 있어야지.

리어 왕 (지도를 가리키면서) 이 경계선부터 이 선까지, 울창한 숲과 기름진 평야와 풍요로운 강과 광활한 목장이 있는 이 경계선 내의 전부를 너의 영토로 하겠다. 이것은 영원히 너와 올버니의 자손의 것이다. 다음, 내가 지극히 사랑하는 둘째 딸 리건, 콘월 공의 아내인 너는 뭐라고 말하겠느냐?

리건 저도 언니와 똑같은 심정입니다. 그러니 가치도 동등하다고 생각해요. 정말이지 언니는 저의 효성을 그대로 표현했어요. 다만 말을 조금 첨가한다면, 저는 어떤 고귀한 사람이 누리는 낙일지라도 효 이외의 낙은 적으로 생각하고 소중한 아버님에 대한 사랑에서만 행복을 느끼고 있습니다.

코딜리어 (방백) 다음은 가엾은 이 코딜리어구나. 뭐라고 말씀드릴까? 아무래도 상관없어. 나의 애정은 말로 다 못할 만큼 큰 무게의 것이니까.

리어 왕 이 훌륭한 국토의 3분의 1이 너와 네 자손의 영원한 영토다. 넓이로나 가치로나 기쁨을 주는 능력에서나, 거너릴에게 준 것에 조금도 모자람이 없다. 다음은 나의 기쁨 코딜리어 차례다. 너는 막내지만 내 사랑으로는 결코 끝자리가 아니다. 맛 좋은 포도의 나라 프랑스 왕과 넓은 목장을 가진 버건디 공작이 너의 사랑을 얻으려고 경쟁을 하고는 있지만, 언니들 것보다 더욱 비옥한 영토를 받기 위하여 너는 무어라 말하겠느냐?

코딜리어 아무 할 말이 없습니다.

리어 왕 아무 할 말이 없어?

코딜리어 네, 아무 할 말이 없습니다.

리어 왕 아무 할 말이 없으면 아무 소득도 없을 것이니 다시 말해 봐라.

코딜리어 불행하게도 저는 제 마음을 표현할 수가 없습니다. 아버님을 사랑하는 것은 자식으로서의 본분입니다. 다만 그것뿐입니다.

리어 왕 뭐라구? 코딜리어! 다시 말해 보는 게 어떠냐, 네 재산이 손해를 입지 않도록 말이다.

코딜리어 아버님, 아버님은 저를 낳으시고 기르시고 그리고 사랑해 주셨습니다. 그 은혜의 보답으로 저는 당연히 할 의무를 다하겠습니다. 아버님께 복종하고 아버님을 사랑하고 아버님을 누구보다도 공경합니다. 언니들은 오직 아버님만을 사랑한다고 하면서 왜 남편을 맞았을까요? 저는 결혼한다면 아마 저의 맹세를 받아줄 남편을 위해 저의 사랑과 정성과 의무의 절반을 바치게 될 것입니다. 언니들처럼 오직 아버님만을 사랑하려면 저는 결혼 같은 건 하지 않겠어요.

리어 왕 좋다! 그러면 그 정직을 네 지참금으로 삼아라! 성스러운 태양의 위광을 두고, 밤의 마귀 헤카테의 암양의 비법과 우리의 생사를 좌우하는 성스러운 별을 두고 맹세한다. 나는 아비로서의 애정이나 한 핏줄이라는 것도 모두 부정하고, 이제부터 너를 영원히 남으로 생각하겠다. 스키티아의 야만인이나 식욕을 채우기 위해 제 육친을 잡아먹는 놈을 측은하게 여겨 도와주는 편이 차라리 낫겠다. 너 같은 딸자식을 사랑하기보다는 말이다.

켄트 폐하!

리어 왕 듣기 싫다, 켄트! 용의 노여움을 사지 마라. 나는 이 아이를 제일 사랑하고 있었다. 이 아이의 보호를 받으며 여생을 보낼까 했었는데. (코딜리어에게) 나가라, 보기 싫다! 저 애와 아비로서의 애정을 끊은 만큼 이제는 무덤이 내 안식처가 될 수밖에! 프랑스 왕을 불러라! 무얼 꾸물거리고 있느냐? 버건디 공작을 불러! 콘월과 올버니는 두 딸에게 준 재산 외에 셋째에게 주려던 재산도 갈라 가져라. 너는 정직이라는 오만함을 지참금 대신 가지고 시집을 가거라. 너희 둘에게만 나의 권리와 통치권과 왕위에 따르는 모든 의장을 넘겨주겠다. 나는 백 명의 기사를 거느리고, 너희들 부양 아래 한 달 교대로 생활하겠다. 나는 오직 왕이라는 명칭과 명예만을 보유하고, 국가의 통치며 수입이며 그 밖의 집행권을 너희들 두 사위에게 전부 맡기겠다. 그 증거로 이 자리에서 이 왕관을 둘이 함께 쓰도록 주겠다.

켄트 폐하! 저는 폐하를 주군으로 공경하고 부친같이 경애하며, 주인으로서 따르고 위대하신 보호자로서 그 행복을 위해 기도해 왔습니다.

리어 왕　시위가 당겨졌으니 화살에 맞지 않도록 조심하라.

켄트　차라리 쏘십시오. 그 화살에 제 심장이 뚫리더라도 물러서지 않겠습니다! 폐하의 마음에 광기가 있으시다면 켄트도 예의만 지키고 있을 순 없습니다. 왜 이러십니까? 국왕이 아부에 굴복할 때 충신이 간언하기를 두려워한다고 생각하십니까? 왕이 어리석은 행동을 할 때 명예를 존중하는 신하라면 진언을 아니 할 수 없습니다. 왕권을 그대로 보존하십시오. 깊이 생각하시어 이번의 경솔하신 처분을 거두십시오. 제 판단이 틀렸다면 목숨을 내놓겠습니다만, 막내따님은 절대로 효심이 뒤떨어지는 것이 아닙니다. 목소리가 낮아 쩡쩡 울려대지 않는다 해서 진심이 비어 있는 것은 아닙니다.

리어 왕　목숨이 아깝거든 아무 말도 마라, 켄트!

켄트　제 목숨은 폐하의 적과 싸우기 위해서 언제라도 버릴 각오입니다. 폐하의 일신을 위해서 버린다면 조금도 아깝지 않습니다.

리어 왕　물러가라, 보기 싫다!

켄트　눈을 뜨시고 잘 보십시오. 그리고 항상 저를 폐하의 진정한 과녁으로 삼으십시오.

리어 왕　정말 아폴로 신을 두고 맹세하지만…….

켄트　정말 아폴로 신을 두고 맹세하지만, 폐하의 맹세는 쓸데없습니다.

리어 왕　이 불충한 자 같으니! (칼을 잡는다.)

올버니, 콘월　고정하십시오, 폐하!

켄트　폐하의 의사를 죽이고 사례는 유행병 귀신에게 하십시오. 아까 하신 말씀, 취소하지 않으시면 이 목에서 소리가 나오는 한 단연 잘못이라고 규탄하겠습니다.

리어 왕　이 고얀 놈! 충성을 잊지 않았다면 내 명을 들어라! 너는 내가 이제껏 깨뜨려 본 일이 없는 맹세를 깨뜨리게 하려 하고, 불손한 태도로 나의 선포와 왕권 사이에 방해를 놓아 인정으로나 지위로나 도저히 참지 못할 일을 나에게 하라고 하니, 자, 국왕의 힘이 어떤 것인지 맛을 좀 봐라. 닷새의 여유를 주겠으니 그 동안 세파의 재난을 피할 수 있는 준비를 해라. 그러나

250　셰익스피어 4대비극

엿새째는 이 왕국으로부터 그 밉살스러운 등을 돌려라. 만약 열흘 후에도 추방된 몸을 국내에 둔다면 발견하는 즉시 사형에 처하겠다. 나가라! 주피터 신을 두고 맹세하지만 이 선고는 절대로 취소하지 않겠다.

켄트 그럼 안녕히 계십시오. 이제 이 나라에는 자유는 없고 추방만이 있을 뿐입니다. (코딜리어에게) 모든 신께서 공주님을 보호해 주시기를……. 공주님의 마음은 성실하고 말씀은 정당하셨습니다. (리건과 거너릴에게) 두 분의 거창한 말씀을 실천하고 좋은 결과가 진정한 효심에서 우러나기를 빕니다. 그리고 아, 두 분 공작 각하, 켄트는 이만 작별의 인사를 드립니다. 이제 새로운 나라에서 살겠습니다. (퇴장)

우렁찬 나팔소리. 글로스터, 프랑스 왕과 버건디 공작을 안내하여 등장. 시종들이 따라 나온다.

글로스터 프랑스 왕과 버건디 공작이십니다.

리어 왕 버건디 공작, 공작에게 먼저 묻겠는데 내 막내딸을 두고 여기 있는 프랑스 왕과 경쟁하는 공작은 공주의 지참금으로 최소한 어느 정도를 요구하시오? 아니면 구혼을 포기하겠소?

버건디 폐하, 저는 폐하께서 정해 놓으신 몫 이상은 바라지도 않고 또 폐하께서 그 이하를 주시리라 생각지도 않습니다.

리어 왕 버건디 공작, 저 애가 귀여웠던 때에는 나도 그렇게 생각했으나 지금은 가치가 떨어졌소. 저기 저렇게 서 있는 작은 몸뚱이 어딘가 아니, 저 몸 전부가 마음에 들거든, 내 노여움 말고는 아무것도 없는 빈털털이니 그리 알고 데려가시오.

버건디 폐하, 뭐라고 대답을 드려야 할지 모르겠습니다.

리어 왕 결점투성이에다 편들어 주는 사람도 없이 아비의 미움을 사게 되어 그 저주를 지참금으로 하는 의절 당한 딸년인데, 그래도 데려가겠소, 아니면 포기하겠소?

버건디 죄송하지만 폐하, 그러한 조건으로는 도저히 연분이 될 수 없습니다.

리어 왕 그럼 포기하시오. 나를 만든 신을 두고 맹세하지만 저 애의 재산은 그것이 전부니까. (프랑스 왕에게) 프랑스 왕과의 평소 우정을 생각하면 내가 증오하는 딸을 아내로 삼으라고 하지 못하겠소. 그러니 피를 나눈 아비가 자기 자식이라고 인정하는 것조차 창피하게 여기는 몰인정한 아이보다는 더 훌륭한 여  자에게 사랑을 돌리도록 하시오.

프랑스 왕 참으로 이상한 일입니다. 조금 전까지도 지극한 사랑의 대상이며 칭찬의 주제요, 노후의 위안이요, 가장 크고 깊은 사랑을 주던 따님이 무슨 나쁜 죄를 범했기에 순식간에 극진하던 총애를 잃고 말았는지요! 정녕 그 죄는 인륜에 어긋나는 해괴한 죄이겠지요. 그렇게도 자랑하시던 사랑이 흔적도 없이 사라져버리다니. 하지만 기적이 아니고서는 따님에게 그런 죄가 있으리라고 믿어지지 않습니다.

코딜리어 (리어 왕에게) 폐하께 부탁드립니다……. 제가 마음에 없는 말을 술술 잘 지껄이지 못하는 것이 흠일지 모르지만 저는 생각한 것은 반드시 실행을 합니다. 그러니 부디 한 마디만 변명하게 해주십시오. 제가 아버님의 총애를 상실한 것은 결코 악덕의 오명, 살인 또는 망측한 과오 때문이거나 음탕한 짓 혹은 불명예스런 행동 때문이 아니라, 단지 남의 안색을 살피는 눈이나 아첨하는 혓바닥을 가지지 않았기 때문입니다. 그런 것이 없어 아버님의 역정을 샀을지라도 그런 건 없는 편이 오히려 훌륭하다고 생각됩니다.

리어 왕 너 같은 딸은 차라리 태어나지 않았더라면 좋았을 것을, 아비의 마음을 거스르다니.

프랑스 왕 단지 그런 이유로? 말수가 적어 마음을 표현하지 않고 실천하는 천성 때문에? 버건디 공작, 공작은 이 공주께 뭐라고 말씀하시겠습니까? 사랑이 본질을 떠나 타산적이 되면 그것은 진정한 사랑이 아닙니다. 결혼 하지 않겠습니까? 공주님은 인품 자체가 훌륭한 결혼 지참금입니다.

버건디 폐하, 처음에 폐하께서 주기로 한 것만이라도 주십시오. 그러면 이 자리에서 곧 코딜리어 공주를 아내로 맞아 버건디 공작부인으로 삼겠습니다.

리어 왕 아무것도 못 주겠소. 하늘에 굳게 맹세했소. 내 마음은 요지부동이오.

버건디 그러시다면 유감스럽지만 공주께서는 아버님을 잃었기 때문에 남편도 잃을 수밖에 없습니다.

코딜리어 안심하세요, 버건디 공작! 재산을 노리는 혼담이라면 저 역시 거절하겠어요.

프랑스 왕 아름다운 코딜리어 공주, 당신은 아무것도 없더라도 가장 부유하고, 버림받았어도 가장 소중하며, 멸시를 받았어도 가장 사랑스러운 분입니다. 미덕의 당신을 이 자리에서 내 손에 넣겠소. 버려진 것을 줍는 것은 괜찮겠죠. 참 이상하게 주위 사람들은 몹시 멸시하는데 나의 마음은 오히려 사랑의 불꽃처럼 타오르는군요. 폐하! 지참금도 없이 우연히 내게 내던져진 따님은 저의 아내, 우리 국민의 왕후, 우리 프랑스의 왕비입니다. 버건디 공작이 떼를 지어 오더라도 귀중한 이 아가씨를 내게서 데려가지는 못합니다. 코딜리어 공주, 비록 저분들이 매정하다고 하더라도 작별 인사만은 하시오. 공주는 이 나라를 잃었지만 그것은 좋은 나라를 발견하기 위해서였소.

리어 왕 그 애를 당신 것으로 하시오. 내게는 그런 딸년이 없소. 두 번 다시 보기도 싫소. 빨리 떠나라. 은혜도 애정도 축복도 못 주겠다. 우린 들어갑시다. 버건디 공작.

나팔소리. 리어 왕, 버건디 공작, 콘월, 올버니, 글로스터, 그 밖의 시종들 퇴장.

프랑스 왕 언니들에게 작별 인사를 하오.

코딜리어 아버님의 소중한 언니들, 코딜리어는 눈물을 흘리며 작별하겠어

요. 언니들의 본심은 잘 알고 있지만 동생으로서 그것을 공개하지는 않겠어요. 다만 아버님을 잘 부탁해요. 아까 언니들이 공언한 효도에 아버님을 맡기겠어요. 아, 내가 아버님의 사랑을 잃지 않았더라면 아버님을 좀더 좋은 곳으로 모실 수 있었을 텐데. 그럼 두 분 언니, 안녕히.

리건 우리 일을 지시할 필요는 없어.

거너릴 그것보다 네 남편의 비위나 잘 맞춰라. 자선을 한 셈치고 너를 받아들인 남편이니까. 효도가 부족하여 곤란을 당하는 것은 당연하지.

코딜리어 때가 되면 가면은 벗겨지기 마련이에요. 나쁜 일은 아무리 감추어도 언젠가는 반드시 드러나고 마는 법이니까요. 그럼 행복하세요.

프랑스 왕 자, 갑시다. 코딜리어 공주. (프랑스 왕과 코딜리어 퇴장)

거너릴 애, 우리 둘과 관계 있는 일을 좀 의논해야겠어. 아버님은 오늘 밤에 출발하실 것 같구나.

리건 그래요, 언니네 집으로. 다음 달에는 우리 집으로.

거너릴 늙으셔서 변덕이 심하시구나. 가만히 보니 망령도 어지간하시더라. 그토록 애지중지하시던 막내를 무지막지하게 추방해 버리시다니 너무 심하지 않니?

리건 망령이 나신 거지 뭐예요. 하지만 예전에도 아버님이 하신 일을 조금도 깨닫지 못하셨어요.

거너릴 기력이 한창이실 때도 성미가 급하셨는데, 오랫동안 고질이 된 성벽에다가 이제는 늙어 몸이 약해지셔서 더욱 성미를 부리시니 걷잡을 수 없는 망령이지 뭐냐. 이젠 꼼짝없이 당할 수밖에 없게 됐구나.

리건 켄트를 추방하신 것처럼 우리도 언제 무슨 화를 입을는지 몰라요.

거너릴 아직 저기서는 프랑스 왕과의 작별 인사로 번잡하군. 애, 둘이 같이 대비하자꾸나. 만약 지금처럼 위세를 부리신다면 이번의 은퇴는 우리들에게 오히려 해가 될 테니 말이다.

리건 앞으로 잘 생각해 보도록 해요.

거너릴 무슨 조치를 취해야겠다. 쇠뿔도 단김에 빼랬다지 않니. (두 사람 퇴장)

제1막 제2장

글로스터 백작의 성 안.
에드먼드, 편지를 들고 등장.

에드먼드 자연이여, 너만이 나의 여신이다. 나는 너의 법칙에만 따르겠다. 무엇 때문에 빌어먹을 습관에 복종하고 쓸데없는 소리에 구속되어 재산 상속권을 박탈당해야 한담? 형보다 열두 달이나 열세 달쯤 늦게 태어났다고? 왜 사생아란 말이냐? 무엇이 첩의 자식이란 거냐? 나 역시 균형 잡힌 육체에 정신은 고아하고 체격도 근사하다. 어디가 정실의 자식보다 못하나? 왜 우리에게 서자라는 낙인을 찍는가? 왜 첩의 자식이란 말이냐? 어째서 무엇이 비천하단 말이냐? 첩의 자식, 첩의 자식이라고? 건강한 자연의 본능이 남의 눈을 피해 만든 인간이라 체력이며 기력이 월등한 것이 당연하지. 재미없고 김빠져 싫증난 잠자리에서 생시인지 잠결인지 모르는 사이에 만들어진 바보들의 무리와는 다르다. 자! 그러니 적자인 에드거 형, 형의 영토는 내가 차지해야겠어. 아버지의 사랑은 적자나 마찬가지로 서자인 이 에드먼드에게도 차별이 없어. 적자, 좋은 말이다. 자, 적자 형님, 만일 이 편지대로 일이 성공만 한다면 서자인 에드먼드가 적자를 누르게 되지. 나는 앞으로 반드시 성공하고 출세한다. 아, 여러 신들이여, 서자 편을 들어주옵소서!

글로스터 등장.

글로스터 켄트는 그렇게 해서 추방당하고, 버건디 공작은 성이 나서 가버리고, 폐하께서도 밤 사이에 왕권을 이양하고 떠나버리고 일정한 생활비만을 받게 되셨다! 그런데 이게 다 순식간에 일어났단 말이지? 에드먼드, 무슨 일이냐? 무슨 소식이냐?

에드먼드 (편지를 감추면서) 아, 아버님. 아무것도 아닙니다.

글로스터 왜 그렇게 기겁을 하며 편지를 감추려고 하느냐?

에드먼드 알려드릴 만한 일은 아무것도 없습니다.

글로스터 지금 무슨 편지를 읽고 있느냐?

에드먼드 아무것도 아닙니다. 아버님.

글로스터 아무것도 아니라고? 그럼 왜 그렇게 기겁을 해서 호주머니 속에 쑤셔 넣느냐? 아무것도 아니라면 감출 필요 없잖니. 어디 좀 보자. 아무것도 아니라면 안경도 필요 없겠구나.

에드먼드 아버님, 용서해 주십시오. 실은 형님에게서 온 편지입니다. 아직 다는 안 읽어봤지만, 아버님께서 보시면 안 될 것 같습니다.

글로스터 그 편지를 이리 내놓아라.

에드먼드 안 보여 드리자니 역정 내실 것이고 보여 드려도 역정 내실 것이고……. 아직 잘 모르겠습니다만 내용이 아주 좋지 않습니다.

글로스터 빨리 보자, 빨리.

에드먼드 형님을 위해 변명을 해 두겠습니다만, 아마 이것은 저의 효심을 떠보느라고 쓴 것 같습니다.

글로스터 (읽는다.) '노인을 공경하는 세상의 관습 때문에 인생을 가장 향락할 수 있는 청춘 시절을 외롭게 지내야 하고, 상속 받을 재산도 쓰지 못한 채 늙어서 인생의 참맛을 즐길 수 없게 된다. 나는 노인들의 포악한 압정에 복종하는 것은 어리석은 것임을 통감하기 시작했다. 노인들이 우리를 지배하는 것은 실력이 있어서가 아니라 우리가 감수하기 때문이다. 이 일에 관해서 의논해야겠으니 내게로 좀 와 다오. 다만 내가 잠을 깰 때까지 아버지가 영원히 주무시기만 한다면, 아버지 재산의 절반은 너의 몫이 될 것이며 너는 나의 사랑을 받는 아우로서 지내게 될 것이다. 에드거로부터'

음! 음모로구나. '내가 잠을 깰 때까지 영원히 주무시기만 한다면 아버지 재산의 절반은 너의 몫이 될 것이다.' 내 아들놈 에드거가, 그놈이 이것을 썼단 말인가? 그놈이 이런 음모를 꾸밀 심장과 두뇌를 가졌던가? 이 편지는 누가 가져왔느냐?

에드먼드 누가 가져온 것이 아닙니다. 교묘하게 제 방 창가에 던져져 있었습니다.

글로스터 이것은 분명히 네 형의 글씨지?

에드먼드 좋은 내용이라면 형님 글씨라고 단언하겠습니다만 이래서야 그렇지 않다고 말하고 싶습니다.

글로스터 분명히 네 형의 글씨다.

에드먼드 글씨는 형님의 글씨지만 형님의 본심은 설마 그렇지 않을 겁니다.

글로스터 그놈이 이 문제에 관해서 종전에도 네 마음을 떠본 일은 없었느냐?

에드먼드 그런 일은 한번도 없었습니다. 허나 종종 이렇게 말하더군요. 자식이 성장하면서 노쇠한 아버지는 자식의 보호를 받고, 아버지의 모든 수입은 자식이 관리하는 것이 당연하다고 말입니다.

글로스터 오, 나쁜 놈 같으니라고! 편지의 내용이 꼭 그렇다! 흉측한 짐승 같은 놈! 짐승보다 더 고얀 놈! 너 그놈을 찾아오너라. 그놈을 체포해야겠다. 무도한 악당 놈! 그놈이 지금 어디에 있느냐?

에드먼드 잘 모르겠습니다. 잠시 노기를 참으시고 확실한 증거를 잡을 때까지 형님의 마음을 살피시는 게 어떻겠습니까? 그것이 상책일 것 같습니다. 만일 형님의 뜻을 오해하시고 과격한 수단을 취하시면, 아버님 명예에 큰 흠이 생기고 형님의 효심을 산산이 짓밟게 될지도 모릅니다. 형님을 위해 제 목숨을 걸고 보증하겠습니다만, 형님은 저의 효심을 시험하려고 이런 편지를 쓴 것임에 틀림없습니다. 결코 위험한 의도는 아닐 것입니다.

글로스터 너는 그렇게 생각하느냐?

에드먼드 아버님께서 괜찮으시다면 형님과 제가 이 일에 관해 의논하는 것을 엿들을 수 있는 곳에 안내해 드릴 테니, 숨어서 아버님 귀로 충분히 들어보심이 어떻겠습니까? 오늘 밤이라도 안내해 드리겠습니다.

글로스터 설마 그놈이 그럴 수가!

에드먼드 절대로 그럴 리가 없습니다.

글로스터 이렇게 진심으로 저를 사랑하는 아비에게! 이런 일이 있을 수가! 에드먼드야, 그놈을 찾아내서, 알겠니? 그놈의 진심을 알아내 다오. 네 지혜껏 수단을 부려 봐라. 내 지위나 재산을 희생해서라도 확실한 진상을 알아내야겠다.

에드먼드 염려 마십시오. 형님을 당장 찾아내겠습니다. 그리고 있는 수단을 다해 일을 진행시켜서 곧 진상을 알려 드리겠습니다.

글로스터 최근 일식과 월식은 불길한 징조다. 학자들은 자연의 법칙에 비춰서 이러쿵저러쿵 이유를 붙이지만, 그런 변고 때문에 인간계는 확실히 재앙을 받게 마련이지. 애정은 식고 우의는 깨지고 형제는 반목하거든. 도시에는 폭동, 지방에는 반란, 궁중에는 역모 등이 일어나고 부자의 의는 끊어진다. 이 흉악한 아들놈의 경우도 그 전조가 들어맞는 거지. 자식들은 아비를 배반하고, 아비는 자식을 버리고, 임금은 자연의 도리에 어긋나는 행동을 하고, 이제 세상은 말세다. 음모, 허위, 배신, 기타 모든 망조가 무덤까지 귀찮게 우리를 쫓아오는구나. 에드먼드야, 이 악당을 찾아오너라. 네게는 조금도 피해가 가지 않게 하겠다. 용의주도하게 해라. 기품 있고 충실한 켄트가 추방당하다니, 그의 죄는 단지 정직함이란다! 해괴한 일이지. (글로스터 퇴장)

에드먼드 참 우습군. 운수가 나쁘면 자신의 어리석은 소행은 생각지 않고 재앙의 원인을 태양이나 달이나 별의 탓으로 돌리거든. 이건 마치 인간은 필연적으로 악한이 되고, 천체의 압박으로 바보가 되고, 별의 세력으로 악당이나 도둑이나 모반자가 되고, 별의 영향으로 주정꾼이나 거짓말쟁이나 간신이 되는 셈이 된다. 호색한에게는 그럴싸한 책임 회피책이지. 음탕한 기질은 별 때문이라고 하면 그만이니까. 아버지는 드래곤 별자리의 꼬리 밑에서 태어난 것이 된다. 그러기에 별의 이치로 봐서 나는 난폭하고 음탕하기 마련이지. 하지만 쳇, 내가 사생아로 태어날 때 설사 하늘에서 제일 순결한 별이 반짝이고 있었다 하더라도 나는 지금과 조금도 다르지 않았을 것이다. 아, 에드거다……

에드거 등장.

에드먼드 옛 희극의 마지막 장면처럼 때마침 잘 나타나는구나! 내 역은 미치 광이 거지 톰처럼 우울한 표정으로 한숨을 몰아쉬는 데서부터 시작해야지. 아아, 요사이 일식, 월식은 그런 불화의 전조였구나. 파, 솔, 라, 미.

에드거 왜 그러니, 에드먼드. 뭘 그렇게 골똘히 생각하고 있어?

에드먼드 형님, 저는 요전에 읽은 예언을 생각하고 있어요. 요즘 있었던 일식, 월식 뒤에는 어떤 일이 일어나나 하고.

에드거 넌 그런 일에 흥미가 있니?

에드먼드 불행히도 그 예언서에 씌어 있는 그대로 하나하나 실제로 일어나고 있는 걸요. 예를 들면 부자간의 불화, 변사, 기근, 오랜 우정의 파탄, 나라의 내란, 왕이나 귀족에 대한 비난과 공격, 이유 없는 의혹, 친구의 추방, 군대의 해산, 이혼 등등 이 밖의 여러 가지 흉사 말입니다.

에드거 대체 언제부터 점성술을 연구해 왔니?

에드먼드 그보다도 언제 아버님을 뵈었습니까?

에드거 지난밤에.

에드먼드 같이 이야기하셨어요?

에드거 암, 두 시간 동안이나.

에드먼드 좋은 기분으로 작별하셨습니까? 아버님의 말투나 안색에 화나신 기색은 안 보였습니까?

에드거 전혀, 그런 일은.

에드먼드 혹시 아버님의 비위를 거스르는 말씀은 안 하셨습니까? 잘 생각해 보세요. 아무튼 부탁입니다만 아버님의 노여움이 누그러지실 때까지 잠시 피하십시오. 대단히 화를 내고 계시니 형님을 해치게 되는지도 모릅니다. 그 노기가 그냥 있지는 않을 겁니다.

에드거　어떤 놈이 모략했구나!

에드먼드　그게 염려하는 점입니다. 그러니 아버님의 노기가 좀 가라앉을 때까지는 꾹 참고 계십시오. 우선 제 방에 가 계십시오. 그러면 기회를 봐서 아버님 말씀이 잘 들리는 곳에 안내해 드릴 테니까요. 자, 어서 갑시다. 열쇠는 여기 있습니다. 외출할 때는 무기를 지니고 다니세요.

에드거　무기를?

에드먼드　형님, 진정으로 형님을 생각해서 하는 충고입니다. 형님께 호의를 가진 자는 한 사람도 없습니다. 저도 보고 들은 것을 얘기한 것뿐입니다……. 하지만 무서운 진상을 도저히 말로는 다 할 수 없습니다. 자, 어서 저리로!

에드거　사정을 알려주겠니?

에드먼드　이번 일은 제가 힘이 되어 드리겠습니다. (에드거 퇴장) 아버지는 쉽게 곧이듣고 형은 마음씨가 착하지! 형은 자기가 남에게 나쁜 짓을 안 하니 남을 의심하지 않거든. 그의 고지식함을 이용하면 내 계략은 쉽게 진행된다! 일은 다 된 셈이다. 혈통으로 안 된다면 꾀라도 내어 영지를 차지해야겠다. 목적을 위해서라면 수단을 가릴까 보냐. (에드먼드 퇴장)

제1막 제3장

올버니 공작 저택의 한 방.
거너릴과 그의 집사 오스왈드 등장.

거너릴　아버님의 광대를 나무랐다고 아버님이 집사를 때렸다는 거예요?

오스왈드　네, 그렇습니다.

거너릴　기가 막혀. 밤낮으로 내게 욕만 보이는구나. 매시간 이래저래 나쁜 짓만 하시고 그럴 적마다 집안이 온통 난장판이구나. 이제는 더 이상 참을 수 없어. 아버님의 기사들은 난폭해지고 아버님은 사소한 일에도 우리를 야단만 치시는군. 사냥에서 돌아오셔도 나는 인사하지 않을 테야. 몸이 불편하다고 해요. 이제부터는 전처럼 받들어 모실 필요 없어요. 나무라신다면 내가 책임을 지겠어요. (무대 안쪽에서 뿔피리 소리)

오스왈드 돌아오시는 모양입니다. 소리가 들립니다.

거너릴 될 수 있는 대로 냉담한 태도를 해요, 집사나 다른 하인들도. 나는 그것을 계기로 삼을 테니까. 못마땅하면 동생에게 가시라지. 동생도 나와 같은 마음이니 잠자코 있지는 않을 거야. 망령 난 노인 같으니, 한번 양도한 권력을 언제까지나 휘두르겠다고! 정말 늙으면 어린애가 된다니까. 비위만 맞춰 줘선 안 되지. 떼를 쓰기 시작하면 나무라야지. 지금 일러둔 말 잊지 말아요.

오스왈드 네, 명심하겠습니다.

거너릴 아버님의 기사들에게도 냉정히 대해요. 그 때문에 무슨 일이 일어나도 상관없으니까. 집사 동료들한테도 그렇게 일러요. 나는 이것을 트집잡아서 하고 싶은 말을 다 할 테니까. 동생에게도 편지를 보내 나와 보조를 맞추라고 해야지. 식사 준비를 해 줘요.

제1막 제4장

올버니 공작의 저택.
변장을 한 켄트 등장.

켄트 딴 사람 목소리로 가장해서 나를 감출 수만 있다면 이렇게 변장을 한 목적은 충분히 달성될 테지. 한데 추방당한 켄트, 널 추방한 그분에게 봉사할 수 있다면, 네가 공경하는 주군께서 너의 노고를 인정해 주실 날이 반드시 올 것이다.

안에서 뿔피리 소리.

리어 왕이 기사와 시종들을 거느리고 등장.

리어 왕 곧 식사를 하겠다. 한시도 지체할 수 없다. 빨리 준비하라고 해라. (시종 한 사람 퇴장) 여봐라! 누구냐, 너는?

켄트 남자입니다.

리어 왕 넌 뭘 하는 사람이냐? 내게 무슨 용무가 있느냐?

켄트 보시는 바와 같은 사람입니다. 믿어 주시는 분께는 진심으로 봉사를 합니다. 정직한 사람을 사랑하며 말수 적고 현명한 사람과 교제하고, 신의 심판을 두려워하며 부득이한 경우엔 싸움도 하는 사람입니다. 그리고 신앙에 따라 물고기는 먹지 않습니다.

리어 왕 너는 대체 누구냐?

켄트 꽤나 정직하고 왕처럼 가난한 사람입니다.

리어 왕 왕이 왕으로서 어울리지 않게 구차하다면 넌 여간 가난하지가 않겠구나. 그래, 네 소원이 무엇이냐?

켄트 봉공을 하고 싶습니다.

리어 왕 누구에게 봉공을 하고 싶다는 거냐?

켄트 어르신네에게요.

리어 왕 너는 나를 아나?

켄트 아뇨, 모릅니다. 그런데 어르신네 얼굴에는 어딘지 주인 어른이라고 부르고 싶은 데가 있습니다.

리어 왕 그것이 뭐냐.

켄트 위엄입죠.

리어 왕 어떤 봉공을 할 줄 아나?

켄트 정당한 비밀은 굳게 지킬 줄 압니다. 말도 타고 달음질도 합니다. 꾸며댄 이야기는 엉망으로 만들지만 꾸밈없는 전갈은 정직하게 전할 수 있습니다. 보통 사람이 하는 일은 무엇이든 합니다. 그리고 제일 좋은 장점을 말하자면 부지런한 점입니다.

리어 왕　몇 살이냐?

켄트　노래 잘 부르는 여자에게 반할 만큼 젊지는 않지만, 여자에게 넋을 빼앗길 정도로 형편없이 늙지도 않았습니다. 이 잔등에는 사십팔 년의 세월을 짊어지고 있습니다.

리어 왕　따라오너라. 내 부하로 삼겠다. 식사 후에도 내 마음에 든다면 내 옆에 두지. 여봐라, 식사를! 식사를 가져와! 내 시종은 어디 갔느냐! 내 광대는? 너 가서 내 광대 좀 불러 오너라. (시종 퇴장, 오스왈드 등장) 여봐라! 내 딸애는 어디 있느냐?

오스왈드　잠깐, 실례하겠습니다……. (퇴장)

리어 왕　저놈이 뭐라구? 저 멍청이 놈을 불러! (기사 한 사람 퇴장) 내 광대는 어디 있느냐? 여봐라! 세상이 다 잠들었느냐? (기사 다시 등장) 어떻게 됐느냐! 그 개 같은 녀석은 어디 갔어?

기사　그놈 말이 공작부인께선 몸이 편찮으시다고 합니다.

리어 왕　내가 불렀는데 그 노예 놈이 왜 안 와?

기사　몹시 냉정한 말투로 오기 싫다고 했습니다.

리어 왕　오기 싫다고?

기사　폐하! 사정은 잘 모르겠습니다만 제 생각에는 이전과 비교해서 폐하를 대하는 접대가 후하지 않은 줄로 압니다. 모두 냉정하게 대하는 것처럼 보입니다. 공작 자신과 공작부인부터 시종들에 이르기까지 전부가.

리어 왕　음! 너도 그렇게 생각하느냐?

기사　제가 잘못 생각했다면 용서하십시오. 하지만 폐하, 폐하께 소홀하다고 생각하면 신하로서 잠자코 있을 수가 없습니다.

리어 왕　네 말을 들어보니 나도 생각나는 바가 있구나. 요즘 소홀히 대하는 기색이 보였지만이것은 그들이 정말로 불친절하다기보다는 나 자신이 의심이 많고 까다로운 탓에 그런 줄 알고 있었다. 앞으로 잘 살펴보기로 하자. 그런데 내 광대는 어디 갔느냐? 이틀 동안이나 못 봤구나.

기사 막내 공주님이 프랑스로 떠나고부터는 광대가 몹시 풀이 죽어 있습니다.

리어 왕 이제 그 말은 하지 마라. 그건 나도 알고 있다. 가서 딸애보고 내가 좀 할 얘기가 있단다고 그래라. (기사 퇴장) 넌 빨리 가서 광대를 불러오너라.

  오스왈드 등장.

리어 왕 여봐라, 너 이리 좀 오너라. 너는 나를 대체 누구로 아느냐?

오스왈드 주인 마님의 아버지입죠.

리어 왕 주인 마님의 아버지라? 주인의 종놈이······. 이 개 같은 놈, 노예 놈, 들개 놈아!

오스왈드 실례지만 저는 그런 사람이 아닙니다.

리어 왕 이 무례한 놈아! 나를 노려봐? (오스왈드를 때린다.)

오스왈드 저도 맞고만 있지 않겠습니다.

켄트 누구한테 발길질이냐, 이 축구공 같은 놈아! (그의 발꿈치를 찬다.)

리어 왕 참 잘했다. 믿음직하구나. 신세는 안 잊겠다.

켄트 이봐, 일어나 꺼져 버려! 이제 위아래 구별을 알았겠지. 나가, 나가! 또 한번 길게 뻗고 싶거든 그냥 있고. 그렇지 않으려면 꺼져! 아니, 이놈이 분별이 있나 없나? (오스왈드 퇴장)

리어 왕 너는 친절한 놈이다, 고맙다. 네 보수를 일부 선불해 주겠다. (돈을 준다.)

  광대 등장.

광대 내게도 이 사람 좀 빌려 줘요. 자, 이 광대 고깔을 주지. (켄트에게 광대가 쓰는 고깔을 준다.)

리어 왕 이놈아! 어떻게 된 거냐?

광대 이봐, 당신은 광대 모자를 쓰는 게 좋을 거야.

켄트 왜, 이 광대야?

광대 왜냐고? 쇠락해 가는 사람 편을 드니 그렇지. 당신도 바람 부는 대로 움직이지 않으면 감기에 걸려요. 자, 이 광대 고깔을 받아요. (리어 왕을 가리키며) 저 분은 두 딸을 내쫓고 셋째 딸에게는 마음에도 없는 축복을 해줬어요. 이런 사람 밑에 있으면 아무래도 이런 모자를 쓰게 돼요. 그런데 어때요, 아저씨! 나는 광대 고깔 둘하고 딸 둘만 가졌으면 좋겠어요!

리어 왕 왜 이놈아?

광대 재산은 딸에게 다 내주어도 광대 고깔만은 내가 가지고 싶으니 그렇죠. 이것은 내 거야. 가지고 싶거든 당신 딸들보고 딴 걸 달라고 해요.

리어 왕 말 조심해, 이놈아. 얻어맞기 전에.

광대 진리는 개와 같으니까 정직한 개는 매를 맞고 개집으로 쫓겨가야 하고, 아첨쟁이 암캐는 따뜻한 난롯불 옆에 누워 방귀만 뀌고 있거든요.

리어 왕 아픈 데만 찌르는구나……

광대 교훈을 하나 가르쳐 줄까요.

리어 왕 말해 봐.

광대 그럼 잘 들어 봐요, 아저씨! 겉치레보다 속을 채우고, 알고 있어도 말을 삼가고, 가진 것 있어도 꾸어 주지 말고, 걷느니보다는 말을 타고, 들어도 다 믿지를 말고, 따서 번 것보다 적게 걸고, 주색을 멀리하고, 그리고 집에 들어앉아 있으면 열의 곱인 스물보다도 돈이 많이 모인다.

켄트 쓸데없는 소리구나, 바보야.

광대 그럼 무료 변호사의 변론 같네. 제게 아무 보수도 안 주셨으니까요. 아저씨, 쓸데없는 것이라도 어디 쓸 데 좀 없을까요?

리어 왕 그야 안 될 말이지. 아무것도 아닌 것에서는 아무것도 나올 수 없으니까.

광대 (켄트에게) 제발 저 사람에게 좀 말해 주세요. 자기 영토의 소작료도 그 꼴이 되었다고요. 바보 말은 곧이듣지 않는다니까요.

리어 왕 씁쓸한 바보로군!

광대 당신은 씁쓸한 바보와 달콤한 바보의 구별을 할 줄 아나요?

리어 왕 몰라, 좀 가르쳐 줘.

광대 영토를 주어 버리라고 당신께 권고한 사람을 내게 데리고 와요. 없으면 당신이 그 사람 노릇을 대신 해요. 그러면 달콤한 바보와 씁쓸한 바보가 당장에 나타나리다. 달콤한 바보는 여기 있고 또 하나는 그쪽에 있어요.

리어 왕 이놈이 나보고 바보라고?

광대 다른 칭호는 전부 내주고 남은 것은 타고난 것뿐이니까요.

켄트 이놈이 아주 바보는 아닌데요.

광대 그야 영주님이나 훌륭한 분들이 내가 바보 노릇을 하게 놔둬야죠. 나 혼자 광대의 전매특허를 가지려고 해도 너도나도 몰려와서 한몫 끼겠다지 뭡니까. 귀부인네들까지 끼어들어서 나 혼자 광대 짓을 하게 놔둬야 말이죠. 아저씨, 달걀 하나만 주세요, 관을 두 개 드릴 테니까.

리어 왕 무슨 관을 두 개?

광대 달걀 한가운데를 쪼개어 속을 먹으면 관이 두 개 남잖아요. 당신이 왕관을 둘로 쪼개서 두 개 다 줘버렸을 때는, 자기가 탈 당나귀를 업고 진흙 길을 걸어갈 셈이었지요? 왕관을 줘버린 것은 그 대머리 골통 속에 지혜가 없어서지. 내가 하는 말을 바보 같은 소리라고 한다면 그렇게 여긴 놈부터 먼저 매를 맞아야 되지. (노래)

　올해는 바보가 손해 보는 해.

　현자가 바보 되어

　지혜가 잘 안 돌아

　하는 짓이 온통 실수뿐이네.

리어 왕 넌 언제부터 그렇게 노래를 불렀냐?

광대 당신이 따님들을 어머니로 삼던 그때부터죠. 당신은 그때 따님들에게 회초리를 내주고 바지를 벗어 엉덩이를 돌려댔으니까요. (노래)

　그때 그들은 기뻐서 울고

　나는 슬퍼서 노래 불렀지.

　왕께서 술래잡기 놀이를 하다가

바보들 축에 끼어들었네.

아저씨, 당신의 광대에게 거짓말을 가르칠 선생 좀 불러 줘요. 거짓말을 좀 배우고 싶으니.

리어 왕 거짓말하면 매 맞는다.

광대 당신하고 당신 따님들은 어떤 관계인지 모르겠군요. 따님들은 내가 참 말을 하면 때린다고 하고 당신은 내가 거짓말을 하면 때린다고 하고. 아, 이제 광대 노릇은 집어치우고 무엇이든지 좋으니 다른 짓을 해야겠군. 하지만 당신같이 되기는 싫어. 당신은 지혜의 양쪽 끝을 너무 잘라내 버려서 가운데는 아무것도 남은 게 없으니까. 저기 잘라낸 조각 하나가 마침 오는구먼.

거너릴 등장.

리어 왕 애, 왜 그러냐? 왜 그렇게 이맛살을 찌푸리고 있느냐? 요샌 줄곧 얼굴을 찡그리고 있는 것 같구나.

광대 당신도 딸의 찡그린 얼굴에 신경을 쓰지 않았던 시절엔 좋은 사람이었는데요. 이제는 아무것도 없는 숫자 영이 됐구먼. 당신보다는 내가 오히려 낫지. 나는 이래봬도 광대 바보지만 당신은 아무것도 아니거든. (거너릴에게) 네, 아무 말도 안 하지요. 말씀은 아니 하셔도 얼굴빛으로 알아볼 수 있으니까요. 쉿, 쉿!

　제아무리 뜬세상이 싫다고 해도

　빵이 없어 봐라, 배가 고프지.

(리어 왕을 가리키며) 저것은 알맹이 빠진 콩깍지요.

거너릴 무슨 소릴 해도 상관없는 이 광대뿐 아니라, 데리고 계신 다른 기사들도 모두 뭐라고 하면 곧 트집을 잡고 시비를 하며, 마침내는 망측하고 난폭해지는 것이 참을 수 없을 지경입니다. 실은 한번 확실히 말씀드려서 안전책을 강구하려고 생각했는데, 요즘의 아버님 말씀이나 행동에는 이상한 점이 많습니다. 혹시 아버님이 그런 난폭한 행동을 옹호하시고 선동하고 계신

것이 아닙니까? 만일 그렇다면 그 과오는 당연히 비난을 받아야 하며 또 저
희들로서도 어쩔 수가 없습니다. 아버님은 화를 내시겠지만 국가의 안녕을
위해서도 무슨 조치를 취해야 하겠습니다. 다른 때라면 저희도 불명예스럽
겠지만 이런 부득이한 사정이라면 현명한 처사라고 세상도 인정할 겁니다.

광대 아저씨, 아시겠죠?

　　참새가 모르고 뻐꾸기를 길렀다가

　　끝내는 뻐꾸기 새끼에게 먹혀 버렸지.

　　그리하여 촛불도 꺼지고

　　우리는 캄캄한 어둠 속에 남게 됐지.

리어 왕 네가 내 딸이냐?

거너릴 아버님께서는 본래 현명하시니 그 좋은 지혜를 좀
잘 써주세요. 그리고 요사이 같은 아버님답지 않은 광기는
좀 버리세요.

광대 수레가 말을 끌면 당나귀인들 모르겠소? 아줌마! 나
는 당신에게 반했어.

리어 왕 여기 누가 나를 알아보는 자가 없나? 이것은 리어가 아냐. 리어가
이렇게 걷고 이렇게 말을 하나? 리어의 눈은 어디 있어? 머리가 둔해지고
분별력이 줄고 있나? 하! 깨어 있나 깨어 있지 않나? 내가 누군지 누가 좀
말해 줄 수 없나?

광대 리어의 그림자요!

리어 왕 나는 그걸 알고 싶은 거다. 국왕의 표지로나 지력으로나 이성으로
판단해서 내게는 딸자식들이 있었던 것 같은데, 내가 잘못 알고 있었나?

광대 그 따님들이 당신을 유순한 아버지로 만들자는 거죠.

리어 왕 귀부인, 당신의 이름은?

거너릴 그렇게 놀란 체하시는 것이 바로 아버지의 망령이에요. 제발 저의 뜻
을 올바르게 이해해 주세요. 아버지는 존경 받는 노인이시니 현명하셔야 해
요. 아버지가 거느리고 계시는 백 명의 기사와 시종들은 정말 난폭하고 음
탕하고 방종한 사람들이라 저의 저택은 무뢰한들의 여인숙만 같아요. 폭식

과 음욕으로 이 위엄 있는 저택이 천한 주점이나 색시집 꼴이 되었어요. 그러니 시종들을 좀 줄여 주셔야겠어요. 만약 이 요청을 들어주시지 않는다면 제가 임의로 조치하겠어요. 아버지를 시중들 사람들은 연만하신 아버지께 알맞은, 분별 있고 아버지의 처지를 잘 아는 사람들만으로 남겨 두겠습니다.

리어 왕 지옥의 악마 같으니! 말을 준비해라! 내 시종을 다 불러! 돼먹지 못한 계집년 같으니, 네 신세는 안 지겠다. 내게는 딸이 또 있어.

거너릴 아버지는 저의 부하들을 마구 때리고 아버지의 난폭한 시종들은 마치 윗사람이 하인 취급하듯 해요.

올버니 등장.

리어 왕 이제 와서 후회해도 소용없지! (올버니를 보고) 아, 왔는가? 이것은 자네 뜻인가? 대답해 봐! 말을 준비해! 배은망덕하고 돌 같은 마음을 가진 악마년. 네가 자식의 탈을 쓰고 있으니 바다의 괴물보다 더 흉악하구나.

올버니 부디 고정하십시오.

리어 왕 (거너릴에게) 가증스러운 솔개야, 거짓말 마라! 내 부하는 모두 엄선한 사람들뿐이다. 신하의 본분을 잘 지키고 만사를 소홀히 않고 명예를 무엇보다도 존중하는 사람들이다. 아, 아주 작은 허물이었는데 코딜리어의 경우엔 어째서 그렇게 추악하게만 보였을까. 그 허물은 고문하는 도구처럼 나의 마음으로부터 모든 애정을 없애고 증오심만 늘게 하였구나. 오, 리어, 리어, 리어! (자기 머리를 치면서) 못난 생각만 끌어들이고 귀중한 분별은 쫓아버린 이걸 때릴 수밖에. 자, 부하들아, 가자. (기사들과 켄트 퇴장)

올버니 저는 아무 죄가 없습니다. 왜 역정을 내시는지 모르겠습니다.

리어 왕 그럴지도 모르지. 자연이여, 들어보십시오! 여신이여, 들으소서! 만약 저 인간의 몸에서 자식을 낳게 할 뜻이었다면 그 뜻을 거두십시오. 제발 저년의 배는 자식을 못 가지게 하소서. 저년의 몸속에 있는 생식력을 말려버리고, 그 타락한 육체로는 어미의 명예가 되는 자식을 낳지 못하게 하소서! 부득이 아이를 낳아야 한다면 가증스러운 자식을 낳아 그 자식이 성장하여 부모를 배반하고 평생 어미한테 고생의 씨가 되게 해주소서. 그 애로 인해 젊은 어미 이마에는 깊은 주름이 생기고 볼에는 눈물의 골이 패게 하소서. 자식을 생각하는 어미의 노고와 은혜는 죄다 모멸과 조소거리가 되게 해주소서. 그리하여 은혜를 잊는 자식을 갖는 것은 독사의 이빨보다 무섭다는 것을 깨닫게 해주소서! 비켜라, 비켜! (리어 왕 퇴장)

올버니 대체 어떻게 된 영문이오?

거너릴 당신은 모르셔도 괜찮아요. 실컷 마음대로 하게 놔두세요. 망령을 부리시는 거예요.

리어 왕, 미친 듯한 모습으로 다시 등장.

리어 왕 뭐야, 나의 시종을 단번에 쉰 명이나 줄여? 두 주일도 채 안 돼서?

올버니 대체 어떻게 된 겁니까?

리어 왕 말해 주지. (거너릴에게) 에이, 가증스러운 것! 너 같은 것 때문에 대장부가 이렇게 흥분하여 우는 게 창피하다. 너 때문에 이렇듯 뜨거운 눈물을 흘려야 하다니. 너 같은 건 독기 찬 안개에나 싸여라! 애비의 저주가 네 몸뚱이에 구멍을 뚫어 모든 감각을 마비시켜 버려라! 어리석은 늙은 눈아, 두 번 다시 이런 것으로 울면 너를 뽑아서 헛되이 흘리는 눈물과 함께 내던져 땅이나 적시게 하겠다. 끝내 이렇게 되고 마나? 하! 상관없다. 내게는 또 딸이 있지. 그 애는 친절하게 날 위로해 줄 거다. 네가 이렇게 했다는 것을 들으면 그 애는 너의 이리 같은 낯짝을 손톱으로 할퀴어 놓을 거다. 두고 봐라, 너는 내가 영원히 왕위를 내던져버린 거라고 생각하겠지만 나는 다시 예전같이 되어 보일 테다. (리어 왕 퇴장)

거너릴 지금 보셨지요?

올버니 물론 당신은 나의 소중한 아내지만 편파적으로 사물을 판단할 수는 없소.

거너릴 당신은 좀 가만히 계세요. 이봐! (광대에게) 넌 바보라기보다는 악당이지. 네 주인이나 따라가라!

광대 리어 아저씨, 리어 아저씨, 기다리세요! 광대를 데리고 가요.

　이것이 만약 여우라면

　그놈이 이런 딸이라면

　틀림없이 목매달아 죽이련만,

　내 모자 팔아서는 밧줄도 못 사니

　그래서 광대는 뒤만 쫓아간다오. (광대 퇴장)

거너릴 아버님한테는 좋은 충고가 됐지요. 그야 무장한 기사를 백 명이나 두는 것은 안전한 정책이겠지요. 꿈자리가 좀 사납거나 뜬소문, 공상, 불평, 불만이 있으면 언제든지 그들을 방패 삼아 아버님을 옹호하며 우리들의 생명을 위협할 수 있을 테니까요. 오스왈드! 거기 없어요?

올버니 그건 너무 지나친 염려가 아닐까.

거너릴 과신하는 것보다는 안전하죠. 해를 입지 않을까 두려워하는 것보다는 걱정거리가 되는 위험물을 제거하는 게 상책이에요. 아버지 속셈은 빤히 들여다보여요. 아버지가 하신 말을 동생에게 편지로 알려주기로 했어요. 만일 그렇게 설명해 줘도 동생이 못 알아듣고 노인과 시종 백 명을 부양한다면……, (오스왈드 등장) 오스왈드, 어떻게 됐어요? 동생에게 보낼 편지는 다 썼나요?

오스왈드 네, 다 됐습니다.

거너릴 동행을 데리고 곧 말을 타고 떠나요! 동생에게 내가 특히 걱정하고 있는 점을 낱낱이 이야기해요. 더욱 신빙성 있게 하기 위해서 그대의 의견을 적당히 덧붙여도 좋아요. 어서 떠나요. 그리고 속히 돌아와요. (오스왈드 퇴장) 여보. 당신의 친절한 방법을 나쁘다고 말할 수는 없지만, 그래도 세상은 당신을 온건하다고 칭찬하기보다는 분별이 없다고 비난할 거예요.

올버니 당신의 선견지명이 어디까지 맞을지 의문이구려. 잘하려고 서두르다가 오히려 나쁘게 되는 일도 종종 있으니까.

거너릴 염려 마세요. 그렇게 된다면…….

올버니 알았소, 알았소. 어디 결과를 봅시다. (두 사람 퇴장)

제1막 제5장

같은 저택의 안뜰.
리어 왕, 켄트. 광대 등장.

리어 왕 너는 이 편지를 가지고 나보다 한발 먼저 글로스터에게 가라. 딸이 편지를 읽고 나서 묻는 말 외에는 네가 아는 이야기라도 하지 마라. 빨리 가지 않으면 내가 먼저 도착하게 될 거다.

켄트 이 편지를 전할 때까지는 잠도 자지 않겠습니다. (켄트 퇴장)

광대 사람의 뇌가 발뒤꿈치에 달려 있다면 트지 않을까요?

리어 왕 그야 트겠지.

광대 그럼 안심하세요. 당신의 뇌는 거기에도 없으니 슬리퍼가 필요 없거든요.

리어 왕 하, 하, 하!

광대 또 다른 딸도 천성대로 할 걸요. 말하자면 두 자매는 밭사과와 산사과 정도의 차이뿐이거든요. 난 다 알고 있어요.

리어 왕 대체 네놈이 뭘 알고 있다는 거야?

광대 이쪽과 저쪽은 맛이 같죠. 사과는 다 맛이 같아요. 그런데 인간의 코가 왜 얼굴 한가운데에 있는지 아저씨는 알아요?

리어 왕 모른다.

광대 그야 코 양쪽에 눈을 붙여 놓기 위해서죠. 그렇게 해서도 냄새를 맡지 못할 때는 눈으로 알아보게 하기 위해서죠.

리어 왕 내가 그 애한테 잘못했어.

광대 굴은 어떻게 껍질을 만드는지 아세요?

리어 왕 몰라.

광대 저도 몰라요. 하지만 달팽이가 왜 집을 가지고 있는지는 알아요.

리어 왕 왜 그렇지?

광대 머리를 감춰 넣기 위해서죠, 뭐. 그것을 딸들에게 내주지 않고 또 뿔을 넣을 장소를 잃어버리지 않기 위해서죠.

리어 왕 이젠 자식이라고 생각하지 말아야지! 그렇게도 귀여워해 주었건만! 말 준비는 다 됐나?

광대 당나귀 같은 바보 하인들이 준비를 하러 갔어요. 북두칠성이 일곱 개밖에 없는 데는 재미있는 이유가 있죠.

리어 왕 그야 여덟 개가 아니니까 그렇지.

광대 맞았어. 당신도 제법 그럴듯한 광대가 될 수 있겠는걸.

리어 왕 영토를 도로 빼앗아야지! 배은망덕한 것 같으니!

광대 아저씨, 당신이 내 광대라면 내가 좀 갈겨 주겠어요. 나이보다 너무 빨리 늙어버렸으니까.

리어 왕 그게 무슨 소리냐?

광대 똑똑해지기 전에 늙어버리면 안 되잖아요.

리어 왕 아! 하느님, 제발 제정신을 갖게 해주십시오. 미치광이가 되고 싶지는 않습니다.

시종 등장.

리어 왕 어떻게 됐느냐! 말 준비는 다 됐느냐?

시종 준비는 다 됐습니다.

리어 왕 자, 가자.

광대 내가 떠나는 것을 보고 깔깔 웃는 숫처녀는 조심해요. 언제까지나 숫처녀로 있지는 못할 거야. 내가 아들놈을 단속하기 전에는. (모두 퇴장)

제2막

제2막 제1장

글로스터 백작의 성 안뜰.
에드먼드와 큐런, 좌우에서 등장.

에드먼드 안녕하시오. 큐런.

큐런 안녕하시오. 지금 아버님을 뵙고 알려드리고 오는 길입니다만, 오늘밤 콘월 공과 부인이 이곳으로 오신다는 소식입니다.

에드먼드 무슨 일일까요?

큐런 글쎄, 저도 모릅니다. 세간의 소문은 들으셨죠? 비밀히 수군대는 뜬 소문입니다만.

에드먼드 아직 못 들었는데, 대체 무슨 소문인가요?

큐런 콘월 공작과 올버니 공 사이에 전쟁이 날지도 모른다는 소문인데 못 들으셨나요?

에드먼드 전혀 못 들었소.

큐런 그럼 차차 듣게 될 거요. 안녕히 계시오. (큐런 퇴장)

에드먼드 공작이 오늘 밤 이곳에 온다고? 잘됐다, 아주 잘됐어! 이번에 반드시 내 일에 도움이 되도록 해야. 아버지는 형님을 체포하려고 수배를 해 놓았지. 그런데 한 가지 어려운 일이 있어. 그것을 꼭 해내야 해. 당장 착수하여 행운을 차지하자! (2층을 향하여) 형님! 잠깐만 내려오세요! 형님!
에드거 등장.

에드먼드 아버님이 감시하고 있습니다. 자, 빨리 도망가세요! 형님이 여기 숨어 있는 것이 탄로 났어요. 밤이라 잘됐습니다. 형님은 혹시 콘월 공의 험담을 하신 일이 없습니까? 오늘 밤 갑자기 공작이 여기 오신답니다. 부인 리건도 함께요. 그분의 편을 들어 올버니 공의 욕을 하신 일은 없습니까? 생각해 보세요.

에드거 전혀 그런 말 한 적이 없는데.

에드먼드 아버님이 오시나 봅니다. 용서하세요,
형님께 칼을 들어야겠어요. 형님도 칼을 빼들고
방어하는 척하세요. (큰 소리로) 항복해! 아버님
앞에 나와. 여봐라, 햇불을 가져와, 여기다! (작
은 소리로) 빨리 달아나세요. (큰 소리로) 햇불!
햇불을 가져와! (작은 소리로) 어서 가세요. (에드거 퇴장) 피가 조금 보이는 것이 열심히 싸운 것처럼 보이겠지. (자기 팔에 상처를 낸다.) 주정꾼들은 장난으로 이 이상의 짓도 하더군……. 아버님, 아버님! 여깁니다, 여기예요! 거 누구 없나?

글로스터와 햇불을 든 하인들 등장.

글로스터 아, 에드먼드, 그놈은 어디 있느냐?

에드먼드 방금 전까지 여기 어둠 속에서 칼을 빼들고 괴상한 주문을 외며 달님더러 가호해 달라고 기도하고 있었습니다.

글로스터 그래서 어디로 갔느냐?

에드먼드 보세요, 이렇게 부상을 입었습니다.

글로스터 그놈이 어디로 갔어, 에드먼드!

에드먼드 이쪽으로 달아났어요, 결국 제가…….

글로스터 야, 쫓아가! 놓치지 마라. (하인들 퇴장) 결국 어쨌다는 거냐?

에드먼드 결국 제가 아버님을 살해하는 일에 동의하지 않았기 때문입니다. 형님에게, 제 아비를 죽이는 자에게는 복수의 신들이 벼락을 내린다고 말하고, 또 자식이 아버지께 입은 은혜는 광대무변하다고 설명했지요. 그랬더니 자기의 무도한 계획을 제가 끝까지 반대하는 것을 보고는 갑자기 무방비인 저를 맹렬히 공격해 와서 제 팔을 찔렀습니다. 그러나 저도 저의 정당함에 분기하여 지지 않고 대항했기 때문에 그랬는지 아니면 제가 큰 소리를 질렀기 때문에 놀라서 그랬는지 별안간 도망쳐버렸습니다.

글로스터 멀리 도망친다면 몰라도 이 나라에 있는 한 제가 잡히지 않고 배길 것 같으냐! 잡히는 날에는 살려 두지 않겠다. 오늘 밤 나의 은인이며 귀중한 주인인 공작님이 오신다. 그분의 이름을 빌려 포고를 낼 테다. 이 악한을 잡아서 끌고 오는 자에겐 상금을 주고 숨기는 자는 사형에 처한다고.

에드먼드 형님에게 그런 계획을 중지하도록 충고해 봤으나 막무가내이기에 저는 심한 말로 계획을 폭로하겠다고 위협했지요. 그랬더니 형의 대답이 '야, 유산상속도 못 받을 서자 놈아! 반대한다고 누가 네 말을 곧이듣거나 너를 덕이 있고 가치 있는 인간이라고 생각할 줄 아느냐? 천만에, 내가 부인만 하는 날엔 ―설사 네가 내 필적을 꺼내 놓아 보여도 부인하겠지만― 나는 그것을 전부 네놈의 유혹, 모략, 간교라고 오히려 뒤집어씌울 테다. 내가 죽으면 너한테 돌아가는 이익이 크기 때문에 그로 인해 네놈이 나를 죽이려고 한다는 것을 사람들이 모른다고 생각하면 너는 세상을 너무 잘못 본 거야.' 라고요.

글로스터 지독하고 철저한 악당이구나! 그래, 제 편지도 모른다고 잡아떼? 그런 놈은 내 자식이 아냐. (안에서 나팔소리) 저것 봐, 공작님의 나팔소리다! 왜 오시는지 모르겠다. 좌우간 그놈이 도망가지 못하도록 항구는 모두 닫아버려야지. 공작님이 허락해 주실 거다. 그리고 그놈의 초상화를 각지에 보내어 누구나 그놈 얼굴을 알아보게 해야지. 내 영토는 효심이 지극한 네가 상속 받게 해주겠다.

콘월, 리건, 시종들 등장.

콘월 웬일이오? 지금 막 여기 오니 이상한 소문이 들리던데.

리건   그 소문이 사실이라면, 그 죄인에게는 어떠한 엄벌을 줘도 부족해요. 어떻게 된 일이죠?

글로스터   아, 부인. 이 늙은이의 가슴은 터질 것만 같습니다.

리건   정말인가요? 우리 아버님이 이름을 지어 준 아이가 당신의 생명을 노렸어요? 그 에드거가?

글로스터   아, 부인. 부끄럽기 짝이 없습니다!

리건   그는 혹시 우리 아버지의 기사들과 한패가 아니었던가요?

글로스터   그건 모르겠습니다. 그렇지만 너무나 쓰라린 일입니다.

에드먼드   그렇습니다. 바로 그 기사들과 한패였습니다.

리건   그렇다면 그가 그런 흉악한 생각을 갖게 됐다 해도 이상할 건 없어요. 에드거를 충동질해서 당신을 죽이려고 한 것은 그 패예요. 노인의 재산을 자기들이 마음대로 하려고 계획한 거예요. 오늘 저녁 언니가 보낸 편지에 그 기사들 얘기가 자세히 적혀 있었어요. 그들이 우리 집에 와서 묵게 되면 집을 비우라고 충고하더군요.

콘월   그래서 이렇게 집을 비우게 된 거요. 에드먼드, 이번에 아버지께 효도가 극진했다더군.

에드먼드   아닙니다. 그저 저의 의무를 다했을 뿐입니다.

글로스터   저 애가 그놈의 흉계를 알아냈지요. 그놈을 잡으려다가 보시는 바와 같이 상처까지 입었습니다.

콘월   그놈을 추격 중인가요?

글로스터   네, 그렇습니다.

콘월   체포만 하면 다시는 위해를 가하지 못하게 하겠소. 필요하다면 내 이름을 쓰시오. 에드먼드, 너의 효심에 감복했다. 너를 부하로 삼겠다. 이렇게 믿음직한 사람이 필요하거든.

에드먼드   부족한 점이 많습니다만 진심으로 충성을 다하겠습니다.

글로스터   저로서도 대단히 감사합니다.

콘월   아직 모르시죠, 우리가 왜 이렇게 찾아왔는지?

리건   글로스터 백작, 이런 시간에 어두운 밤길을 온 것은 중대한 용건이 있어서 그런 것인데, 당신의 고견을 들어야겠어요. 아버님과 언니가 불목하게 된 이유를 두 분이 동시에 편지로 보내왔습니다. 나로서는 집을 떠나 답장을 내는 것이 좋을 것 같아서, 사자는 여기서 보내려고 대기시켜 놓았습니다. 당신의 낙심은 잘 알겠지만 우리를 위해 충고를 해주세요. 그 충고를 당장 들어봐야 되겠어요.

글로스터 잘 알겠습니다. 두 분 모두 잘 오셨습니다. (나팔소리, 모두 퇴장)

제2막 제2장

글로스터 백작의 성 앞.
켄트와 오스왈드, 좌우에서 등장.

오스왈드 여보시오, 안녕하시오. 당신은 이 집 사람이오?

켄트 그렇소.

오스왈드 어디다 말을 매는 거요?

켄트 저기 저 도랑에 매는 게 좋겠지.

오스왈드 여보, 같은 사람끼리 그러지 말고 좀 가르쳐 주시오.

켄트 나는 같은 사람이 아니오.

오스왈드 그럼 내 마음대로 하지.

켄트 당신을 립스베리 가축 우리에 처넣어 두면 그렇게 못할걸.

오스왈드 왜 욕을 하지? 알지도 못하는 사람한테.

켄트 이봐, 나는 너를 잘 알아.

오스왈드 나를 어떻게 알아?

켄트 불한당, 악한, 먹다 남은 찌꺼기나 얻어 먹는 놈이지 뭐야. 비열하고 오만하고 경솔하고, 거지 근성이고 1년에 세 벌밖에 옷을 못 얻어 입으며, 연수입은 백 파운드밖에 안 되고 더러운 털양말이나 신는 악당. 겁이 많아 얻어맞으면 소송을 거는 놈! 사생아, 거울이나 들여다보는 건달, 주제넘게 참견하는 놈, 까다로운 놈, 재산이라곤 가방 하나밖에 없는 놈, 주인을 위한답시고 뚜쟁이 노릇이라도 불사하는 놈, 악한, 거지, 겁쟁이, 뚜쟁이, 이것들을 뒤범벅한 옴, 잡종 암캐의 맏아들 놈. 지금 내가 늘어놓은 이름을 하나라도 아니라고 부인만 해 봐, 깽깽거리도록 패줄 테니.

오스왈드 별 괘씸한 놈을 다 보겠네. 알지도 못하는 사이에 욕을 퍼붓다니.

켄트 이 철면피 같은 종놈아. 그래, 나를 모른다고 잡아떼? 왕 앞에서 내가 네 발꿈치를 걷어찬 지 불과 이틀도 안 됐다. 자, 어서 칼을 빼라, 이 악당 놈아! 달밤이니 잘됐다. 네 피로 명월탕을 끓여 놓겠다. 이 기생오라비 같은 야비한 놈아! 썩 칼을 빼라니까! (칼을 뺀다.)

오스왈드 저리 비켜! 너한테는 일 없어!

켄트 칼을 빼라, 이놈아! 왕께 불리한 편지를 가지고 왔지? 인형극으로 말하자면 허영 많은 여자의 편을 들어 그 여자 아버지의 왕좌를 뒤집어엎을 놈이다. 칼을 빼라, 악당아! 빼지 않으면 네 정강이의 살코기를 저며낼 테다! 빼, 악당 놈아! 자, 덤벼라!

오스왈드 사람 살려! 살인이다! 사람 살려!

켄트 덤벼, 이 노예 놈아! 맞서 봐라, 이 악당아! 맞서 봐, 이 능글맞은 노예 놈아! 덤벼라! (켄트가 오스왈드를 때린다.)

오스왈드 사람 살려요! 살인이다! 살인!

에드먼드, 칼을 빼들고 등장.

에드먼드 이런! 무슨 일이냐?

켄트 풋내기야, 소원이라면 상대하지! 자, 피 맛을 보여 주마. 이리 와, 젊은 양반!

글로스터, 콘월, 리건, 하인들 등장.

글로스터 칼을 빼들고, 대체 이게 웬 소동이냐?

콘월 목숨이 아깝거든 조용히 해라! 그래도 싸우는 놈은 사형이다. 대체 무슨 일이냐?

리건 언니의 사자와 아버님의 사자군요!

콘월 왜 싸움질이냐? 말해 봐.

오스왈드 저는 숨도 못 쉬겠습니다.

켄트 그야 그럴 테지, 너무 용기를 내셨으니까. 비겁한 악한아, 네놈은 신이 만든 인간이 아니라 재단사가 만든 놈이야.

콘월 이상한 소릴 하는구나. 재단사가 인간을 다 만들어?

켄트 암요. 석수나 화가라면 저렇게 서툰 것을 만들지 않았을 겁니다. 일을 배운 지 2년밖에 안 된 신출내기라 하더라도…….

콘월 그런데 왜 싸움이 벌어졌나?

오스왈드 저 늙은 놈의 흰 수염이 불쌍해서 목숨을 살려 줬더니…….

켄트 야! 이 뒈지다 만 사생아 놈아! 나리, 허락하신다면 이 거친 놈을 밟아 뭉개어 회반죽을 만들어 변소간의 벽을 바르겠습니다. 늙은 놈의 흰 수염이 불쌍해서라고? 이 방아깨비 같은 놈이!

콘월 입 닥쳐, 짐승 같은 것. 예의도 모르느냐?

켄트 잘 압니다. 그렇지만 화가 났을 때는 다르죠.

콘월 왜 화가 났지?

켄트 염치도 없는 저런 노예 놈이 칼을 차고 있으니까요. 저렇게 생글생글 하는 놈이 끊을래야 끊을 수 없는 신성한 혈육의 핏줄을 쥐새끼처럼 끊습니다. 저런 놈은 주인의 들끓는 마음에 아첨하여 불에는 기름을, 얼음 같은 마음에는 눈을 던집니다. 이랬다저랬다 하는 주인 기분에 따라 물총새의 주둥아리같이 이리저리 방향을 바꾸며, 개처럼 주인을 따라다니는 것밖에 모르는 놈입니다. (오스왈드에게) 왜 간질병자 같은 낯짝을 하나? 이놈이 내 말에 웃어? 나를 광대로 아나? 이 거위 같은 놈아, 만약 세어림 벌판에서 너를 만났다면 꽥꽥 울게 하여 곧장 캐멀롯까지 몰고 갔을 거다.

콘월 이 늙은 놈이 미쳤나?

글로스터 왜 싸움이 됐느냐? 그걸 말해.

켄트 아무리 원수라도 나와 저 악당만큼 상극은 없습니다.

콘월 왜 악당이란 말이냐? 저자가 무얼 어쨌다는 거냐?

켄트 저 낯짝이 마음에 안 들어요.

콘월 그럼 내 얼굴이나 저자 얼굴이나 내 아내의 얼굴도 모두 마음에 안 들겠구나.

켄트 정직하게 말하는 게 제 소임입니다만, 저는 이 순간 제 앞에 보이는 누구의 어깨 위에 얹혀 있는 얼굴보다도 훌륭한 얼굴을 보며 살아 왔습니다.

콘월 이놈은 솔직하다고 칭찬을 받으니 우쭐해서 일부러 난폭한 짓을 하고 천성과도 어울리지 않는 행동을 하는군. 아첨을 못한다고? 정직하고 솔직하니까 사실을 말 안 하고는 못 배긴단 말이지? 세상 사람들이 받아 주면 좋고 안 받아 줘도 할 말은 한다는 거지? 이런 종류의 악당을 나도 알고 있어. 솔직함을 간판으로 내걸고 뱃속에는 흉계를 감추고 있거든. 윗사람에게 쩔쩔매고 굽실대면서 주인의 비위를 맞추는 무리보다도 더 간악하고 흉측한 놈이야, 이런 놈은.

켄트 공작 각하, 진실과 성실을 가지고 위대하신 각하의 용서를 빕니다. 각하의 위광은 빛나는 태양신의 이마를 둘러싸는 후광과도 같사오며…….

콘월 그 말은 무슨 뜻으로 하는 거냐?

켄트 공작님 마음에 안 드시는 것 같아 제 말버릇을 고쳐 보려는 겁니다. 저는 아첨은 할 줄 모릅니다. 솔직한 말투로 속이는 놈은 진짜 악한입니다. 그런데 저로선 그런 놈이 될 수는 없습니다. 설사 당신이 역정을 내며 절더러 '그런 놈이 되어 보라.'고 할 수는 있을지라도.

콘월 (오스왈드에게) 한데 무엇 때문에 저놈을 화나게 했지?

오스왈드 저는 잘못이 없습니다. 며칠 전 저놈의 주인인 왕께서 오해로 인해 저를 때린 일이 있습니다. 그때 저놈이 한패가 되어 왕의 역정에 비위를 맞추며 뒤에서 제 발을 걸어찼습니다. 제가 쓰러지자 의기양양하여 조롱하고 마치 영웅이나 된 것같이 우쭐대면서 그것이 대견한 양 왕의 칭찬을 받았습니다. 일부러 져준 것을 가지고 엉뚱한 공로에 맛이 들었던지 여기서 또 칼을 뺐답니다.

켄트　비겁한 거짓말쟁이야. 너한테 걸리면 에이잭스(트로이 전쟁에 출전한 그리스 용사)도 비겁자가 될 수밖에 없겠구나!

콘월　쇠고랑을 가져오너라! 이 고집통이 늙은 악당, 허풍선이 나리, 버릇을 가르쳐 주겠다.

켄트　저는 늙어서 이제 버릇을 배울 수는 없습니다. 쇠고랑은 채우지 마시오. 저는 왕의 시종입니다. 왕의 심부름으로 여기 왔습니다. 그런 사람을 형틀에 채우면 왕의 위덕에 대해서 불경일 뿐 아니라 명백한 역심의 표시가 될 것입니다.

콘월　빨리 쇠고랑을 가져오너라! 나의 생명과 명예를 두고 엄명한다! 이놈을 정오까지 쇠고랑에 채워 놓아라.

리건　정오까지라고요? 밤까지 아니, 밤새도록 채워 놓게 하세요.

켄트　부인, 제가 아버님의 개라도 그런 학대는 하지 않을 것입니다.

리건　아버님이 데리고 있는 악한이니까 그렇지.

콘월　이놈이 바로 처형 편지에 있는 그 패거리다. 빨리 쇠고랑을 가져오너라. (하인들이 쇠고랑을 들고 온다.)

글로스터　공작님, 그러지 마십시오. 그놈의 죄는 크지만 왕께서 응징을 하실 겁니다. 그런 처벌은 비열하고 비루한 악당들이 좀도둑질이나 그 밖의 사소한 범죄 때문에 받는 처벌입니다. 왕의 사자가 그렇게 쇠고랑에 매인 것을 아시면 화를 내실 게 아닙니까?

콘월　그 책임은 내가 지겠소.

리건　언니야말로 성을 낼 거야, 자기 사자가 욕을 보고 공격을 당했다는 걸 알면. 저 다리에 쇠고랑을 채워요. (켄트, 쇠고랑에 매인다.) 여보, 우린 이제 가요. (글로스터와 켄트만 남고 퇴장)

글로스터　참 안됐구려. 공작의 뜻이니 어쩔 수 없어. 그분의 고집은 누구나 알다시피 아무도 말리거나 막을 수 없으니까. 그렇지만 내가 용서를 한 번 청해 보리다.

켄트 그만두시오. 밤새 자지 않고 걸어왔더니 몹시 고단합니다. 한잠 푹 자고 나서 잠이 깨면 휘파람이나 불겠소. 세상에는 착한 사람이라도 운이 기우는 법이 있으니까요. 그럼 안녕히 주무시오!

글로스터 이것은 공작의 실수야. 왕께서 화를 내실 거야. (글로스터 퇴장)

켄트 하늘의 축복을 버리고 뙤약볕으로 나간다…… 왕께선 이 격언을 몸소 체험하셔야 하는군. 이 땅을 비추는 등불이여, 어서 오라. 네 빛의 도움으로 이 편지를 읽고 싶다. 불운에 부딪히지 않고서는 기적이란 거의 볼 수 없지. 이것은 확실히 코딜리어님의 편지다. 내가 이렇게 변장을 하고 있다는 것을 다행히 알고 계시는 모양이구나. 시기를 보아 이 난세로부터 나라를 구하고 피해를 보상해 주실 모양이다. 피로와 밤샘으로 녹초가 되었다. 잠이 쏟아져 눈이 무거워지는 게 천만다행이다, 이 굴욕적인 잠자리를 보지 않아도 되니. 운명의 신이여, 후일 다시 미소를 보여 주고 행운의 수레바퀴를 돌려 다오! (켄트, 잔다.)

제2막 제3장

글로스터 백작의 성 근처 벌판.
에드거 등장.

에드거 나를 지명수배한 모양인데, 나무 구멍 속에 숨어서 잡히는 건 면했구나. 항구는 모두 봉쇄되고 엄중한 경계망을 치지 않은 곳이라곤 없다. 도망치는 데까지 도망쳐서 목숨을 보전해야지. 그리고 궁핍이 인간을 모멸하여 짐승처럼 비천하고 구차한 꼴을 해야겠다. 얼굴에는 숯검정을 칠하고 허리에는 남루한 천을 두르고 머리칼은 엉키게 하고 비바람이나 추위에도 벌거벗고 지내야겠다. 이 나라에서는 베들럼의 미치광이 거지들이 좋은 본보기다. 그들은 무서운 소리로 떠들며, 마비되어 무감각해진 자기 팔에 바늘, 나무, 꼬챙이,

못, 미질향나무의 가지 따위를 꽂았더군. 그런 무서운 꼴로 구차한 농가나 가난한 마을이나 양 우리나 물방앗간 등을 찾아다니면서, 때로는 미친놈의 저주도 하고 때로는 기도도 외며 동냥을 달라고 볶아댔었지. '불쌍한 거지 털리고드, 불쌍한 거지 톰입니다!' 이렇게 하면 연명은 할 수 있을 거야! 나는 이제 에드거가 아니야. (퇴장)

제2막 제4장

글로스터의 성 앞.
켄트는 쇠고랑에 채워져 있다. 리어 왕, 광대, 시종 등장.

리어 왕 이상하군, 이렇게 갑자기 집을 비우고 더욱이 내 사자도 돌려보내지 않는다는 건.

시종 제가 들은 바로는, 어젯밤까지도 떠날 계획이 없었다고 합니다.

켄트 어서 오십시오. 폐하!

리어 왕 허! 너는 그런 모욕을 당하고 있는데 재미가 있느냐?

켄트 천만의 말씀입니다.

광대 하, 하! 지독한 대님을 하고 있네. 말은 머리를, 개와 곰은 모가지를, 원숭이는 허리를, 사람은 다리를 묶이는군. 다리를 함부로 쓰면 나무 양말을 신기 마련이지.

리어 왕 너의 신분을 몰라보고 그렇게 한 놈이 누구냐?

켄트 두 분입니다. 따님과 사위님.

리어 왕 그럴 리가 없어.

켄트 아니, 맞습니다.

리어 왕 아냐, 그럴 리 없다.

켄트 제 말은 사실입니다.

리어 왕 아냐, 아냐. 그런 짓을 할 사람들이 아니야.

켄트 아닙니다, 실제로 그랬습니다.

리어 왕 주피터를 두고 맹세하지만 그렇지 않아!

켄트 주노를 두고 맹세하지만 그랬습니다.

리어 왕 그들이 감히 그럴 리가 없어. 할 수도 없겠지만 하려고도 안 했을 거다. 국왕의 사자에게 감히 그런 난폭한 짓을 하다니, 살인보다도 더 괘씸한 짓이다. 빨리 자세한 내용을 말해라. 내 사자인 네가 이런 처벌을 자초했는지 아니면 무슨 까닭으로 그들이 이런 처벌을 주었는지.

켄트 제가 그 댁에 도착해서 두 분께 폐하의 친서를 전하느라 무릎을 꿇고 있을 때, 제가 자리에서 채 일어나기도 전에 마침 사자 한 사람이 뛰어왔습니다. 그자는 급히 달려오는 바람에 땀범벅이 되어 숨을 헐떡거리면서, 저를 제치고 자기 주인 거너릴 마님의 편지를 내놓았습니다. 두 분은 그 자리에서 그걸 읽어 보고 나서 별안간 하인들을 불러 모으더니 말을 타고 떠나버렸습니다. 그리고 저보고는 '뒤따라오라, 틈이 나는 대로 답장을 쓰겠다.'고 하며 싸늘한 눈초리로 노려보셨습니다. 그리고 여기 와서 그놈을 만났습니다만 그놈의 인사에 저는 기분을 잡쳐버렸지요. 글쎄, 그놈은 지난번에 폐하의 어전에서 무례하게 군 놈이라 칼을 뺐습죠. 그랬더니 그 겁쟁이 놈이 비명을 질러 이 집 사람들을 죄다 깨워버렸습니다. 폐하의 사위님이나 따님은 제가 이런 욕을 보아도 싸다고 하는 겁니다.

광대 겨울은 아직 안 지나갔구나, 기러기들이 저리 날아가는 걸 보니.

　아비가 누더기를 걸치면

　자식은 모르는 척하지만

　아비가 돈주머니 차고 있으면

　자식들은 모두 다 효자.

　운명의 여신은 이름난 창녀라

　구차한 사람에겐 문을 열지 않는다.

하지만 당신은 따님들한테서 1년 내내 헤아려도 못다 헤아릴 만큼 홧주머니를 얻은 거요.

리어 왕　아, 이 가슴속에 화가 치미는구나! 홧덩어리야, 내려가거라! 치미는 슬픔아, 네가 있을 곳은 뱃속이다! 딸애는 어디 있느냐?

켄트　백작과 안에 계십니다.

리어 왕　너는 여기 있어. (퇴장)

시종　지금 말씀하신 것 이외는 무례한 짓을 안 하셨습니까?

켄트　전혀 안 했습니다. 그런데 왕께선 왜 이렇게 시종을 적게 데리고 오셨습니까?

광대　그런 것을 묻다가 쇠고랑을 차게 된 거라면 그거야 당연한 노릇이지.

켄트　어째서냐, 광대야?

광대　개미에게 가서 배워. 겨울에는 일을 안 하잖아. 코를 따라 가는 놈도 장님 아니면 모두 눈을 믿고 가지. 어떤 코라도 악취를 맡아내지 못하는 코는 없어. 커다란 수레바퀴가 산에서 굴러 내릴 때는 매달리지 말아야지. 매달리면 목이 부러지고 말 테니까. 하지만 그 커다란 수레바퀴가 올라갈 때는 뒤에서 밀어달라고 해야지. 현명한 사람이 이보다 더 좋은 것을 가르쳐 주면 지금 내가 가르쳐준 말은 도로 돌려줘. 이건 악한한테나 지키라고 해야지, 광대가 한 충고니까.

　돈이 탐이 나 굽실거리며
　겉으로만 부하인 척 따르는 놈은
　비라도 내리면 보따리 싸니,
　주인만이 혼자 남아 흠뻑 젖는다.
　그러나 나는, 광대는 이대로 남아 있겠다.
　똑똑한 놈은 달아난대도
　달아나는 악당은 바보가 돼도
　광대는 절대로 악당 안 된다.

켄트　광대야, 너는 그런 걸 어디서 배웠니?

광대　바보처럼 쇠고랑 차고 배운 건 아니야!

리어 왕, 글로스터 등장.

리어 왕 면회사절이라고? 내가 찾는데도? 둘 다 병이 났다고? 밤새 여행을 해서 피곤하다고? 순전히 핑계로구나. 아비를 배신하고 버리려는 작태로다. 좀더 그럴듯한 대답을 가져와.

글로스터 폐하, 아시다시피 공작은 불같은 기질이라 한번 말하면 요지부동인지라……

리어 왕 경을 칠 것! 염병이나 걸려라! 죽어버려! 박살이 나 버려라! 불 같다고? 기질이 어쩌고 어째? 이봐, 글로스터, 글로스터! 내가 콘월 부부를 만나려고 하는 거야.

글로스터 네, 그렇게 말씀드렸습니다.

리어 왕 말씀을 드렸다? 자네는 내가 누군지 알고 있나?

글로스터 잘 알고 있습니다.

리어 왕 국왕이 콘월하고 할 얘기가 있다는 거다. 아버지가 딸하고 할 얘기가 있다는 거다. 오라고 명령하는 거야. 이 말을 둘에게 전했느냐? 뭐라고? 불같다고? 불같은 공작이라고? 그 불같은 공작에게 이렇게 전하라. 내가……. 아냐, 혹시 정말 몸이 불편한지도 모르지. 건강한 사람이면 자진해서 하던 일도 병이 나면 태만해지게 마련이거든. 피로 때문에 육체만이 아니라 정신까지도 고통을 받게 되면 우리는 본성을 잃게 마련이지. 음, 참자. 병자의 발작을 건강한 사람과 같이 생각하다니. 나의 이 성급한 성질이 나빠. (켄트를 보며) 그런데 내 권세도 땅에 떨어졌구나! 무엇이 그를 이렇게 만들어 놓은 거냐? 공작 부부가 나를 멀리 하는 걸 보면 뭔가 흉계가 있는 게 틀림없어. 저 사자를 풀어 주어라. 공작 부부에게 내가 할 얘기가 있다고 전해라. 자, 빨리 나와서 내 말을 들어 보라고 해. 안 나오면 침실 입구에 가서 북을 쳐 잠을 쫓아 줄 테니.

글로스터 부디 화목하게 지내셨으면 좋겠습니다. (퇴장)

리어 왕 아이고, 울화통이 치미는구나. 울화통이! 진정하자.

광대 얼마든지 소리를 질러요, 아저씨. 점잔빼는 여편네가 뱀장어 요리를 하려고 산 뱀장어를 밀가루 반죽에 넣을 때처럼 말이야. 기어나오는 뱀장어 대가리를 때리며 '이놈아, 들어가, 들어가!' 하듯이 말야. 그 여자의 오라비 또한 말이 귀엽다고 여물에다 버터를 발라준 괴짜라지 뭐예요.

    콘월, 리건, 글로스터, 하인들 등장.

리어 왕　내외가 잘 있었나?

콘월　폐하께 인사 여쭙니다! (시종들이 켄트를 풀어 준다.)

리건　오랜만에 뵙게 되어 기쁩니다.

리어 왕　그렇지, 리건! 당연히 그래야지. 만일 만난 것이 기쁘지 않다면 네 어미가 간부인 셈이니 그 무덤을 파내어 이혼을 해야겠지. (켄트를 보고) 오, 풀렸느냐? 그 문제는 나중에 얘기하고……. 리건, 너의 언니는 지독한 년이 더라. 아아, 리건, 그년은 독수리같이 날카롭고 매정한 부리로 여기를 쪼았 다. (자기 가슴을 가리킨다.) 말로는 설명할 수도 없다. 믿어지지 않을 거다. 얼마나 비열한 수단으로……. 아, 리건!

리건　제발 진정하세요. 언니의 심정을 오해하신 것이 아닌가 합니다. 언니 가 효성을 소홀히 할 리가 없습니다.

리어 왕　뭐라고? 그건 무슨 뜻이냐?

리건　언니가 조금이라도 효도를 게을리 했다고는 생각되지 않습니다. 혹 시 언니가 아버님 시종들의 난폭함을 제지하였다면 거기에는 충분한 근거 와 정당한 목적이 있어 그런 것이고 언니에게는 잘못이 없다고 생각됩니다.

리어 왕　그 망할 년!

리건　아, 아버님은 늙으셨어요. 이제 고령이시고 기력도 얼마 안 남으셨으니 분별 있는 사람에게 의지하고 따르셔야 해요. 그러니 제발 언니에게로 돌아 가셔서 용서를 빌고 잘못했다고 말씀하세요.

리어 왕　그년에게 용서를 빌라고? 그게 애비가 할 짓이란 말이냐! '애야, 나 는 늙어빠졌다. (무릎을 꿇으며) 늙은이는 아무 소용이 없지. 무릎을 꿇고 애원한다. 부디 옷과 잠자리와 먹을 것을 좀 다오!' 이렇게 말이지?

리건 그만두세요! 보기 흉한 장난이군요. 언니에게로 돌아가세요.

리어 왕 (일어서면서) 절대로 안 가겠다. 그년은 내 부하를 반으로 줄인데다가, 나를 무섭게 노려보고 독설을 휘둘러서 독사같이 이 가슴을 물어뜯었다. 하늘에 있는 모든 복수가 그년의 머리 위에 내려라! 하늘의 독기여, 그년의 아직 태어나지 않은 자식들에게 스며들어 절름발이로 만드소서!

콘월 무슨 그런 말씀을!

리어 왕 날쌘 번개야, 눈을 멀게 하는 네 번갯불로 오만한 그년 눈을 찔러 다오! 강렬한 빛에서 뿜어오르는 수렁의 독기야, 내려와서 그년의 미모를 짓무르게 하고 그년의 오만을 꺾어버려라!

리건 아, 무서워! 화가 나면 내게도 저렇게 악담을 하시겠지.

리어 왕 아니다, 리건. 너를 저주하는 일은 절대로 없을 거다. 너는 본래 착한 마음을 지니고 있으니 몰인정한 짓은 안 하겠지. 그년의 눈은 사납지만 네 눈은 부드러워 사람을 노하게 만들지 않는다. 너는 나의 기쁨을 훼방하거나 시종을 줄이거나, 꽥꽥 말대답을 하거나 부양비를 깎거나 끝내는 내가 찾아오는 게 싫어서 문을 잠그거나 하지는 않을 테지. 너는 인간의 본분이나 자식의 의무나 예의범절이나 은혜를 갚는 길들을 잘 분간할 거다. 왕국의 반을 준 것을 너는 잊지 않았을 테니까.

리건 아버님, 이제 용건을 말씀하세요.

리어 왕 내 사자를 쇠고랑에 채운 놈은 누구냐? (안에서 나팔소리)

콘월 저 나팔소리는?

리건 틀림없이 언니일 거예요. 편지로 알려온 대로 벌써 오시는군요.

   오스왈드 등장.

리건 공작부인이 오셨나요?

리어 왕 요놈, 여우 같은 놈, 변덕스러운 여주인의 총애를 믿고 우쭐대서 잘난 체 뻐기는 놈, 썩 물러가라, 종놈아! 꼴도 보기 싫다.

콘월 왜 그러십니까?

리어 왕 내 사자에게 쇠고랑을 채운 놈이 누구냐? 리건, 너는 아니겠지?

거너릴 등장.

리어 왕 누구냐, 거기 오는 건? 아, 하느님! 늙은이를 가엾게 여기시고 온 세계를 다스리시는 자애로운 당신께서 효심을 기특하게 여기신다면, 부디 하늘의 사자를 내려 보내셔서 저를 보호해 주소서! (거너릴에게) 너는 이 수염을 봐도 부끄럽지 않으냐? 오, 리건! 너는 그년의 손을 잡는단 말이냐?

거너릴 손을 잡는 게 무엇이 나쁩니까? 제가 무슨 무례한 짓을 했습니까? 분별없는 사람이 생각하는 무례, 망령난 분이 말하는 무례, 그것이 모두 무례일 수는 없어요.

리어 왕 아, 이 가슴아, 너는 어지간히 질기구나! 용케 터지지 않는구나! 왜 내 사자에게 쇠고랑을 채웠어?

콘월 제가 채웠습니다. 그놈의 무례한 행동은 더한 처벌을 받아 마땅합니다.

리어 왕 뭣이, 네가? 네가 했어?

리건 아버님, 아버님은 연로하시니 연로하신 분답게 처신하세요. 이제 돌아가셔서 한 달이 찰 때까지 언니 집에 계시다가 시종들을 반으로 줄인 다음 제게로 오세요. 저는 지금은 집을 떠나 있으니 아버님을 모실 준비가 되어 있지 않아요.

리어 왕 저년한테로 돌아가라고? 그리고 시종 쉰 명을 내보내라고? 싫다. 그러느니 두 번 다시 한 지붕 밑에 살지 않겠다. 늑대나 올빼미의 벗이 되어 궁핍의 고통을 달래는 것이 낫지. 저년한테 가라고? 저년한테 갈 바에야 막내딸을 알몸으로 데려간 저 혈기왕성한 프랑스 왕 앞에 무릎을 꿇고 비천한 신하처럼 여생을 이어갈 연금을 얻어 쓰는 게 낫겠다. 저년한테 돌아가라고? 차라리 (오스왈드를 가리키며) 이 더러운 종놈의 노예가 되라고, 노새가 되라고 해라.

거너릴　그럼 마음대로 하세요.

리어 왕　(거너릴에게) 부탁이니 제발 나를 미치게
하지 말아라. 이제 네 신세는 지지 않겠다. 잘 있어
라. 두 번 다시 널 만나지 않겠다. 다시는 너와 얼
굴을 마주하지 않겠다. 하지만 너는 내 살과 피를
나눠 가진 딸이다. 아니, 내 살 속에 있는 병이지.
그래도 내 것이라고 하지 않을 수는 없겠지. 너는
내 핏속에 생긴 종기다. 곪아 터진 악성 종기다. 퉁
퉁 부은 부스럼이다. 그러나 나는 너를 책하지 않
겠다. 창피를 당할 날이 오더라도 내가 그걸 부르
지는 않겠다. 벼락의 신에게 벼락을 맞게 해달라고 부탁하지도 않겠다. 숭고
한 심판자 주피터 신에게 너를 고발하지도 않겠다. 뉘우칠 때가 되면 뉘우
쳐라. 기회를 봐서 좋은 사람이 되어라. 나는 참을 수 있다. 나와 내 백 명
의 기사는 리건한테 가면 돼.

리건　그렇게는 안 돼요. 저는 아버님이 오실 것을 예상하지도 못했고 맞아
들일 준비도 되어 있지 않아요. 언니 말을 들으세요. 그렇게 화내시는 모습
을 보고 냉정하게 판단해 보니 역시 나이 드신 탓이라고 여기지 않을 수가
없네요. 그러니……, 어쨌든 언니는 분별 있게 일을 처리할 거예요.

리어 왕　그 말을 진심으로 하는 거냐?

리건　네, 진심으로 하는 거예요. 시종이 쉰 명이라고요? 그만하면 되지 않
아요? 그 이상 둘 필요가 어디 있어요? 아니, 그것도 많지요. 그렇게 수가
많으면 비용으로나 위험하기로나 보통 일이 아닙니다. 한 집에서 두 주인 아
래 어떻게 그 많은 시종들이 평화롭게 지낼 수 있겠어요? 어려워요, 거의
불가능하지요.

거너릴　동생의 시종이나 제 시종을 부리면 안 되나요?

리건　왜 안 돼요? 만일 시종이 불손하면 저희들이 얼마든지 단속하지요.
만약 이번에 저희 집에 오시려면 글쎄, 그런 위험성이 내다보이니 제발 시종
을 스물다섯 명으로 줄이세요. 그 이상은 내줄 방도 없고 뒤치다꺼리도 해

줄 수 없으니까요.

리어 왕 너에게 모든 것을 주었는데…….

리건 정말 적당한 시기에 잘 주셨어요.

리어 왕 그리고 너희들을 후견인으로 일체의 권력을 맡기는 대신 일정한 수의 시종을 둔다는 조건이었는데 뭐, 스물다섯 명밖에 안 된다고? 리건, 진심으로 하는 말이냐?

리건 다시 한 번 말하겠어요. 그 이상은 절대로 안 돼요.

리어 왕 나쁜 것 옆에 더 나쁜 것이 나타나면 좋게 보이게 마련이지. 최악이 아닌 것이 그나마 가치가 있는 셈이 되니까. (거너릴에게) 네게로 가겠다. 네가 말한 쉰 명은 스물다섯 명의 배이니 네 효심이 저년의 두갑절이다.

거너릴 잠깐만요. 시종을 스물다섯 명이든 열 명이든 아니, 다섯 명이든 둘 필요가 어디 있어요? 집에는 그 갑절이나 되는 하인들이 있으니 언제든지 아버님 시중을 들 수 있잖아요?

리건 한 명도 필요 없어요.

리어 왕 오, 필요를 따지지 마라! 아무리 비천한 거지라도 하찮은 물건일망정 여분을 가지고 있다. 인간에게 필요 이상의 것을 허용하지 않는다면 인간의 생활은 짐승과 다를 게 없다. 너는 귀부인이지. 그런데 만일 옷을 따뜻하게 입는 것이 사치라면, 별로 따뜻하지도 않으면서 네가 입고 있는 그런 사치스런 옷이 무슨 필요가 있단 말이냐? 그러나 정말로 필요한 것은……, 하늘의 신들이여, 내게 인내를 주십시오. 내게는 인내가 필요합니다! 신들이여, 나는 이렇게 불쌍한 늙은이입니다. 슬픔이 가슴에 가득 차고 나이는 늙어서 어차피 불쌍한 신세입니다. 이 딸년들이 아비를 배반하게 하는 것이 당신의 뜻일지라도 내가 그걸 참고 견딜 수 있으리라는 바보 취급은 하지 말아 주십시오. 나에게 의분을 일으켜 주십시오! 여자나 무기로 쓰는 눈물 방울로 이 사내의 볼을 더럽히지 않게 해주십시오. 이 흉악한 마녀 같은 것들아! 반드시 복수를 하겠다. 두고 봐라, 꼭 할 테다. 어떻게 할지 아직은 나도 모르겠다만 온 세상을 벌벌 떨게 할 것이다. 네년들은 내가 울 줄 알겠지? 절대로 안 운다. 울 이유야 충분히 있지만, (폭풍 소리) 이 심장이 산산조각이 나기 전에는 울지 않을 테다. 아아, 광대야, 나는 미칠 것 같다! (리어 왕, 글로스터, 켄트, 광대 퇴장)

콘월 자, 안으로 들어갑시다. 폭풍우가 올 것 같소.

리건 이 집은 비좁아서 그 늙은이와 시종들이 다 들어갈 수 없어요.

거너릴 자업자득이지. 스스로 편한 것을 버렸으니 바보짓의 맛을 봐도 싸지 뭐야.

리건 아버님 한 분만이라면 기꺼이 환영해 드리겠는데 시종은 한 사람도 안 돼요.

거너릴 나도 그럴 결심이란다. 글로스터 백작은 어디 갔을까?

콘월 늙은이를 따라갔소. 아, 돌아오는군. (글로스터 다시 등장)

글로스터 왕께서는 대단히 노하셨습니다.

콘월 어디로 가셨소?

글로스터 말을 준비하라고 하셨습니다만 어디로 가실지는 모르겠습니다.

콘월 내버려 두는 게 좋아. 고집대로 하지 않으면 직성이 풀리지 않은 분이니까.

거너릴 백작, 절대로 만류하지 마세요.

글로스터 아아, 밤이 오고 사나운 바람이 몹시 불어옵니다. 이 근처 몇 마일 안에는 덤불 하나 없습니다.

리건 흥, 고집쟁이에게는 스스로 부른 고생이 좋은 약이 돼요. 성문을 닫으세요. 아버지는 난폭한 시종들을 데리고 있어요. 그들이 아버지를 부추겨 무슨 짓을 하게 될지 몰라요. 그러니 경계해야 해요.

콘월 리건 말이 옳소. 문을 닫으시오. 오늘 밤은 날씨가 험악하군요. 자, 폭풍우를 피합시다. (모두 퇴장)

제3막

제3막 제1장

황야.
천둥, 번개, 폭풍. 켄트와 한 시종이 좌우에서 등장.

켄트 누구냐? 이 험한 날씨에.

시종 험한 날씨처럼 마음이 매우 불안한 사람이오.

켄트 난 또 누구라고. 왕께선 어디 계시오?

시종 폭풍우와 싸우고 계시오. 바람에게 이 대지를 바다 속으로 날려버리라든가, 소용돌이치는 파도를 육지로 밀어 보내 천지를 뒤엎어 모든 것을 없애버리라고 호통을 치고 계십니다. 당신의 백발을 쥐어뜯고 계시는데 사정없이 불어 닥치는 광풍은 왕의 백발을 움켜잡고 조롱을 하고 있습니다. 인간의 몸이라는 소우주를 가지고 혹심한 폭풍우와 맞서 발버둥을 치고 계십니다. 젖을 다 빨려버린 허기진 어미 곰도 제 집에 들어가고 사자나 굶주린 늑대도 비에 젖지 않으려고 하는 이 밤에, 모자도 안 쓰고 뛰어다니며 될 대로 되라고 외치고 계십니다.

켄트 곁에 누가 있나요?

시종 광대가 있을 뿐입니다. 그놈은 열심히 익살을 부리며 상하신 왕의 마음을 위로해 드리려고 애를 쓰고 있습니다.

켄트 나는 당신의 인품을 잘 알고 있소. 그래서 당신을 믿고 중대한 일을 부탁하오. 교묘하게 가면을 쓰고 있어 아직 표면에 나타나 지는 않지만 실은 올버니 공과 콘월 공 사이는 금이 가 있소. 그런데 두 공작의 하인 중에는, 하기야 운명의 덕으로 높은 지위에 오른 사람에게는 그런 자들이 늘 붙어 있게 마련이지만, 겉으로는 충복인 척하면서 프랑스 왕의 첩자가 되어 우리의 정보를 몰래 프랑스에 보내는 자가 있소. 두 공작의 알력이나 음모, 그리고 선량한 노왕에 대한 두 공작의 가혹한 행실, 또 그것들은 표면상의 이유일 뿐 실은 그 속에 숨겨진 무슨 깊은 비밀이 있다는 따위를 샅샅이 보고하고 있소. 아무튼 프랑스군이 분열된 우리 나라를 공격해 올 것이 확실하오. 실제로 그들은 우리가 방심한 틈을 타 몰래 우리 나라의 어떤 항구에 이미 상륙하여 이리로 진격해 올 태세요. 그러니 부탁이오. 나를 믿고 지금 곧 도버로 가서, 왕께서 얼마나 학대를 받고 미칠 것 같은 비탄에 빠져 계시는지 정확히 보고해 주시오. 당신의 노고에 보답할 사람이 있을 것이오. 이렇게 말하는 나는 혈통으로나 가문으로나 확실한 사람이요. 당신에 대해서도 다소 알고 있고 신원도 확인해 두었기 때문에 이 일을 부탁하는 것이오.

시종 더 자세히 설명해 주시오.

켄트 걱정 마시오. 내가 외모 이상의 신분이라는 증거로 이 돈주머니를 당신에게 드리리다. 주머니를 열어 마음대로 쓰시오. 만일 코딜리어님을 뵙거든, 반드시 뵙게 되겠지만 이 반지를 보여 드리면 이 사람이 누군지 코딜리어님께서 직접 알려 주실 거요. 웬 비바람이 이렇게 심하담! 왕을 찾으러 가 봐야겠소.

시종 자, 악수를 나눕시다. 더 하실 말씀은 없소?

켄트 한 마디만 더, 제일 중요한 것이지. 당신은 저쪽으로 나는 이쪽으로 가니 폐하를 찾거든 처음 만나는 사람이 큰 소리를 질러 신호를 합시다. (따로따로 퇴장)

제3막 제2장

황야의 다른 곳.
폭풍우, 리어 왕과 광대 등장.

리어 왕 바람아, 불어라! 내 뺨을 찢어라! 날뛰어라! 불어 닥쳐라! 폭포수 같은 비야, 회오리바람아, 억수같이 퍼부어 높이 솟아 있는 첨탑을 가라앉히고 꼭대기에 달린 팔랑개비마저 익사시켜 버려라! 머릿속을 스치는 생각처럼 재빠른 유황불이여, 참나무를 두 동강 내는 천둥의 선도자인 번개여, 내 백발을 불태워라! 천지를 진동하는 뇌성이여, 둥근 지구를 때려부수어 납작하게 만들어라! 인간 창조의 모태를 찢어발기고 배은망덕한 인간을 만드는 씨는 모조리 없애버려라.

광대 오, 아저씨, 비 안 맞는 집에서 아첨하는 것이 밖에서 비 맞는 것보다는 나아요. 아저씨, 돌아가서 따님들더러 거둬 달라고 빌어요. 이런 밤은 똑똑한 놈이나 바보나 동정하지 않으니까요.

리어 왕 힘껏 울려라! 불길아, 타라! 비야, 쏟아져라! 비도 바람도 천둥도 번개도 내 딸은 아니다. 자연이여, 너희들을 불효라고 책하지는 않겠다. 너희들에게는 영토를 주지도 않았다. 너희들을 내 딸이라고 부른 적도 없었다. 너희들은 내게 복종할 의무가 없다. 그러니 마음대로 무서운 짓을 하여라. 나는 너희들의 노예다. 이처럼 가엾고 힘없고 쇠약하고 천대 받는 늙은이다. 그러나 나는 너희들을 비겁한 첩자라고 부르겠다. 저 악독한 두 딸의 편을 들어 이런 불쌍한 늙은이의 백발 위에 하늘의 군대를 끌고오다니! 아, 너무하는구나.

광대 머리를 들이밀 집이 있다는 것은 머리가 좋다는 증거지.

집도 절도 없는데
자식새끼 만들면
부모 자식 모두
비렁뱅이 신세 된다.
애지중지 소중한 것
차버리면
애꿎은 발가락의 티눈만 아파
긴긴 밤들을 울며 새운다.

그렇지. 어떤 미인도 거울 앞에서는 온갖 표정을 지어보이거든.

켄트 등장.

리어 왕 아니야. 나는 인내의 모범이 되어야지. 아무 말도 말아야지.

켄트 누구냐?

광대 윗사람과 아랫사람이다. 글쎄, 똑똑한 사람과 바보 말야.

켄트 아이고, 여기 계셨군요! 밤을 즐기는 짐승도 이런 밤은 싫어하지요. 이렇게 날씨가 험한 날엔 어둠 속을 헤매어 다니는 맹수들조차도 겁이 나서 굴속에 숨어 꼼짝도 않을 겁니다. 이렇게 처참한 번개, 이렇게 무서운 천둥, 이렇게 들끓는 폭풍우의 울부짖음은 태어나서 한번도 본 적이 없습니다. 사람의 몸으로는 이런 괴로움과 두려움을 도저히 감당할 수가 없을 겁니다.

리어 왕 우리 머리 위에 이렇게 무서운 폭풍우를 내려 보내는 위대한 신들이여, 한시바삐 적을 발견하소서! 무서워 떨어라. 너 비밀의 죄를 가슴속에 안고 있으면서도 아직껏 정의의 회초리를 받지 않고 있는 죄인아. 숨어 봐라, 살인자야, 위증자야, 간음을 범하고도 근엄한 척하는 놈아, 손발이 떨어지도록 덜덜 떨어 봐라. 교묘하게 남의 눈을 속여 사람을 모살하려고 한 악당아, 마음속에 깊이 숨어 있는 죄업들아, 너희들의 마음을 감싸고 있는 가슴패기를 찢고 나와 이 무서운 호출자에게 자비로움을 빌어라. 나는 네게 죄를 범했다기보다 침범을 당한 사람이다.

켄트 아아, 모자도 안 쓰시고…… 폐하, 근처에 오두막이 하나 있습니다. 비바람을 피하시는 데는 다소 도움이 될 겁니다. 그곳에서 잠깐만 쉬고 계십시오. 그러면 제가 그 냉혹한 집, 성벽을 쌓은 돌보다 더 차가운 집, 아까도 폐하께서 찾았지만 들어오지 못하게 하던 집, 그 집에 다시 가서 억지로라도 예의를 차리도록 해보겠습니다.

리어 왕 내 영혼이 미칠 것만 같구나. 얘, 왜 그러느냐? 광대야, 추우냐? 나도 춥구나. (켄트에게) 네가 말한 그 오두막은 어디 있느냐? 곤궁은 신기한 마술을 가졌도다. 천한 것도 귀한 것으로 해주니. 그 오두막으로 가자. 얘, 광대 놈아, 나는 마음 한편으로 너를 불쌍하게 생각하고 있단다.

광대 (노래한다.)

지혜가 모자라는 사람이라도

바람 부는 날이나 비오는 날도

운으로 생각하고 체념하여라.

날마다 비만 내리더라도.

리어 왕 네 말이 맞다, 광대야. 자, 그 오두막으로 안내해라. (리어 왕과 켄트 퇴장)

광대 탕녀의 욕정을 식히기에 안성맞춤인 좋은 밤이다. 가기 전에 예언이나 한마디 해야겠다.

신부가 수행보다 아첨을 먼저 배우게 될 때,

술장수가 물로 누룩을 망치게 될 때,

귀족이 재봉사의 선생이 될 때,

이교도 대신에 기둥서방만 화형당하게 될 때,

소송이 모두 정당하게 판결될 때,

빚에 쪼들리는 신하 없고 가난한 기사 없게 될 때,

욕이 남의 혀에 오르지 않게 될 때,

소매치기가 사람들 틈에 나타나지 않게 될 때,

고리대금업자가 들판에서 돈을 계산하게 될 때,

그리고 뚜쟁이나 갈보들이 교회를 세우게 될 때,

그때는 앨비온(잉글랜드)이라는 나라에 큰 혼란이 일어나지.

그때까지 살아 보면 알게 되겠지만

발은 걷는 데 쓰자는 것이지.

이런 예언은 멀린 예언자가 해야 되는데, 나는 그보다는 전 시대 사람이니까. (광대 퇴장)

제3막 제3장

글로스터 백작의 성 안.

글로스터와 에드먼드, 횃불을 들고 등장.

글로스터　아아, 이럴 수가 있느냐, 에드먼드야. 그렇게 의리도 인정도 없는 처사는 처음 보았다. 왕을 가엾게 생각하여 도와드리려고 공작 부부께 애원하다가 나는 집을 몰수당해 버렸다. 게다가 만약 다시 왕의 이야기를 꺼내거나 왕을 위해 탄원하거나 어떤 방법으로든 도와주거나 하면, 영원히 자기네의 노여움을 살 각오를 하라는 불호령이 내렸다.

에드먼드　지독히도 인정머리 없는 불효막심한 사람들이군요!

글로스터　아서라, 아무 말 말아라. 지금 두 공작 사이는 금이 가 있다. 게다가 더 무서운 일이 일어나고 있다. 오늘 밤 나는 한 통의 밀서를 받았는데 이걸 입 밖에 내면 위험하다. 밀서는……, 장롱 속에 감추어 자물쇠를 걸어뒀다. 지금 왕이 받는 학대에 대해서는 철저한 복수가 있을 거다. 벌써 군대가 일부 상륙했다. 우리는 폐하 편을 들어야 한다. 이제부터는 몰래 찾아가서 도와드려야겠다. 너는 가서 공작을 상대해라. 나의 뜻을 눈치 채지 않도록 말이다. 내 얘기를 묻거든 몸이 불편해서 누워 있다고 해라. 이 일로 목숨을 잃게 되더라도 ─사실 그런 위협도 당했지만─ 오랫동안 섬겨온 폐하를 꼭 도와드려야겠다. 에드먼드야, 무슨 일이 일어날 것만 같구나. 부디 몸조심해라. (퇴장)

에드먼드　이 어긋난 충성을 밀서와 함께 공작에게 알려야겠다. 이건 큰 공이 되겠는데! 그러면 저분이 잃은 재산은 몽땅 내 차지가 되지. 젊은이가 일어서는 건 늙은이가 쓰러질 때다. (퇴장)

제3막 제4장

황야의 오두막집 앞.
리어 왕, 켄트, 광대 등장.

켄트 여기입니다. 자, 들어가십시오. 캄캄한 황야에 쏟아지는 폭풍우는 사람으로서는 견디지 못합니다.

리어 왕 내 염려는 하지 마라.

켄트 들어가십시오.

리어 왕 내 가슴을 찢어 놓겠단 말이냐?

켄트 오히려 제 가슴을 찢고 싶습니다. 제발 들어가십시오.

리어 왕 이렇게 밀어닥치는 폭풍우에 흠뻑 젖은 것을 너는 대단한 일로 알고 있군. 네게는 그럴 테지. 하지만 큰 병을 앓고 있으면 작은 병은 느껴지지 않는다. 곰을 보면 누구든지 도망치지만 앞에 파도치는 바다가 가로막고 있으면 으르렁대는 곰에게 대적할 것이다. 마음에 고민이 없을 때는 육체의 고통이 예민하게 느껴지지. 내 가슴속에는 폭풍우가 일기 때문에 육체는 아무런 감각도 없다. 이 가슴을 치는 소리 말고는 아무것도 느껴지지 않는다. 불효자! 음식을 갖다 주는 손을 입으로 물어뜯는 격이 아니냐? 실컷 응징을 해줘야지! 아니야, 이제는 울지 않겠다. 이런 밤에 나를 내쫓다니! 비야, 억수같이 쏟아져라. 나는 끝까지 참겠다. 이런 밤에! 아, 리건, 거너릴! 모든 것을 아낌없이 내준 늙고 인자한 아비를. 아, 그것을 생각하면 미칠 것만 같다. 이젠 생각하지 말아야지! 그만두자.

켄트 제발 어서 들어가십시오.

리어 왕 너나 들어가서 편히 쉬어라. 이 폭풍우 덕분에 몸에 해로운 일들을 돌이켜 생각하지 않아도 되겠구나. 허나 들어가자. (광대를 보고) 들어가자, 집도 없는 가난뱅이……. 너 먼저 들어가라. 나는 가난한 자들을 위하여 기도를 올리고 자겠다. (광대, 들어간다.) 헐벗고 불쌍한 가난뱅이들아, 지금 너희들이 어디 있든지 이런 무자비한 폭풍우에 시달리며, 머리를 넣을 집도 없이 굶주린 배를 안고 구멍 난 누더기를 걸치고 어떻게 이런 험한 날씨를 감당하느냐? 아, 나는 이제까지 너무도 무관심했다. 영화를 누리는 자들이여, 이걸 약으로 삼아라. 폭우에 시달려 보고 가난뱅이들의 처지를 경험해 봐라. 그러면 너희들도 남는 것을 그들에게 나눠 주고 하늘의 정의를 보여주게 될 것이다.

에드거 (안에서) 한 길 반이다, 한 길 반이다! 나는 불쌍한 톰이다. (광대, 놀라며 오두막에서 뛰어나온다.)

광대 들어가지 마세요, 아저씨, 귀신이야. 사람 살려, 사람 살려!

켄트 내 손을 붙들어! (안에다 대고) 누구냐, 거기 있는 건?

광대 귀신이야, 귀신! 불쌍한 톰이라고 그랬어요.

켄트 거기 짚무더기에 앉아서 중얼거리는 놈은 누구냐? 이리 나와!

미치광이로 가장한 에드거 등장.

에드거 저리 가! 아, 악마가 쫓아온다! 가시 돋친 산 사나무 가지 사이로 찬바람이 분다. 흥! 악마야, 차가운 잠자리로 들어가서 몸뚱이를 녹여라.

리어 왕 너도 두 딸에게 모두 줘버렸느냐? 그래서 이 지경이 됐느냐?

에드거 누가 동냥을 좀 주지 않겠습니까? 이 불쌍한 톰에게. 악마가 톰을 끌고 다닙니다. 불속, 불꽃 속, 개울 속, 여울 속, 늪, 수렁 위로 끌고 다닙니다. 악마는 베개 밑에 칼을 넣어 놓거나 복도에 목매달 밧줄을 걸어 놓고 있습니다. 혹은 죽 그릇 옆에 쥐약을 갖다 놓고, 혹은 교만한 마음을 일으켜 다섯 치밖에 안 되는 다리를 말을 타고 건너게 하고, 반역자를 잡는답시고 제 그림자를 쫓게 하는 것도 그놈의 짓이야. 신의 가호로 당신은 미치지 마십시오! 톰은 추워요. 아, 떨려라. 신의 가호로 당신은 회오리바람도 별의 독기도 받지 말고, 악마에게 홀리지도 마십시오! 불쌍한 톰에게 적선 좀 베풀어 주세요. 톰은 악마에게 홀려 있습니다. 자, 이번엔 꼭 악마를 붙들어야지! 여기, 여기다! 아니, 저기다. (여전히 폭풍우)

리어 왕 뭐야, 이놈도 제 딸 때문에 이 꼴이 되었나? 너도 네 몫을 아무것도 남겨 놓지 않았느냐? 모두 줘버렸느냐?

광대 담요 한 장은 남겼군 그래. 그것마저 줘버렸더라면 이쪽이 창피해서 못 볼 거야.

리어 왕 공중에 떠돌며 죄지은 사람들 위에 내리 덮치는 독기여! 네 딸들의 머리 위에 떨어져라!

켄트 저 사람에게는 딸이 없습니다.

리어 왕 죽어라, 반역자야! 불효한 딸도 없는데 인간이 저렇게 망측하게 될 리가 없다. 버림받은 아비들이 저렇게 자기 육체를 무자비하게 취급하는 것은 요새 유행이냐? 당연한 벌이지! 제 아비의 피를 빨아먹는 펠리컨 같은 딸을 낳은 것은 본래 이 살이었으니까.

에드거 필리콕(남근)이 필리콕 언덕 위에 앉아 있구나. 여기, 여기, 쉬잇, 쉬잇!

광대 이렇게 추운 밤에는 모두 바보나 미치광이가 될 거야.

에드거 악마를 조심해요. 부모 말을 잘 듣고 약속을 꼭 지켜요. 함부로 맹세하지 말고 남의 아내를 범하지 말고 좋은 옷에 정신 팔지 말아요. 톰은 춥다.

리어 왕 너는 전에 무엇을 했나?

에드거 이래봬도 여간 아닌 건달이었지요. 머리는 지지고, 모자에는 애인한테 받은 장갑을 달고, 주인 아씨 색정을 맞춰 주는 짓도 좀 하고요. 입만 열었다 하면 맹세를 하고는 하느님의 인자한 얼굴 앞에서 깨뜨려 버리고, 자리 속에 있을 때는 성욕을 만족시킬 궁리를 하고 눈만 뜨면 그 짓을 하고요. 술고래에다 노름에 미치고, 여자에 있어서는 터키 왕을 뺨칠 정도로 호색이구요. 거짓말쟁이고 귀는 얇고 손은 잔인하고, 게으르기로는 돼지요 교활하기로는 여우요 욕심 많기로는 이리요 미치광이 같기로는 개요 잡아먹기로는 사자였지요. 구두 소리가 나고 비단옷 스치는 소리가 난다고 여자에게 한눈을 팔아서는 안 됩니다. 갈보집에는 발도 들여 놓지 말고 치마 속에는 손을 넣지 말고, 고리대금업자의 장부에는 사인을 하지 말고, 악마는 쫓아버리세요. 산사나무 사이를 찬바람이 불고 있군, 윙, 윙, 윙. 야, 이 난봉꾼아! 자,

통과시켜 줘라! (폭풍우 계속)

리어 왕 넌 무덤 속으로 들어가는 게 차라리 낫지 않겠냐? 이런 사나운 비바람을 알몸뚱이로 맞고 있느니. 사람이 저런 꼴밖에 될 수 없느냐. 저것 봐라. 너는 누에에게 비단도 얻지 못했고, 짐승에게 가죽도, 양에게 털도, 고양이에게 사향도 얻지 못했구나. 하! 여기 세 사람은 타락한 가짜들인데 너만이 진짜로다. 옷을 벗으면 인간은 너같이 불쌍하고 발가벗은 짐승에 불과해! 벗어라, 버리자, 빌어 입은 이런 것들은! 얘, 이 단추를 좀 빼라. (리어 왕, 옷을 벗으려고 몸부림친다.)

광대 아이구, 아저씨. 좀 참아요. 오늘 밤은 날씨가 나빠 헤엄은 못 쳐요. 넓은 벌판에 작은 불이 하나 있어 봤자 색골 늙은이의 심장 같은 거야. 조그만 불똥만 하나 있을 뿐 몸뚱이는 차디차거든. 저것 봐, 불이 이쪽으로 걸어오네.

글로스터, 횃불을 들고 등장.

에드거 저것은 악마 플리버티지벳이로구나. 저놈은 인경 칠 때 나타나서 첫닭 울 때까지 떠돌아다니거든. 우리를 삼눈쟁이, 사팔뜨기, 언청이로 만드는 것은 저놈의 짓이야. 밀 이삭을 썩히고 흙속의 약한 벌레를 곯리는 것도 저놈의 짓이야.
  마귀 쫓는 성자가 벌판을 세 번 돌다가
  꿈에 본 마귀와 그 부하를 만났지.
  성자는 이렇게 꾸짖었다네.
  마귀야, 내려와 맹세해라.
  마귀야, 나가거라. 썩 꺼져 없어져라!

켄트 왜 그러십니까? 폐하.

리어 왕 저건 누구냐?

켄트 거 누구냐? 무얼 찾느냐?

에드거 불쌍한 톰입니다. 이놈은 물에 노는 청개구리도, 두꺼비도, 올챙이도, 도마뱀도, 도롱뇽도 모두 먹습니다. 악마가 지랄을 하면 이놈은 화가 나서 푸성귀 대신 쇠똥을 먹고, 썩은 쥐나 하수구에 빠져 죽은 개도 삼키고, 웅덩이 물을 푸른 이끼째 함께 마셔버립니다. 이놈은 매를 맞고 마을에서 마을로 쫓겨다니며 쇠고랑에 채이고 감옥에 갇히던 놈인데, 이래봬도 윗도리를 세 벌, 셔츠를 여섯 벌 가졌던 놈입니다. 말도 타고 칼도 차고 다녔지요.

　생쥐와 들쥐들이

　기나긴 일곱 해 동안 톰의 음식이었지.

나를 따라다니는 놈을 조심해. 가만있어, 악마 스멀킨아. 가만있어, 이 악마야!

글로스터　이럴 수가, 폐하께서는 이런 놈하고 함께 계셨습니까?

에드거　염라대왕의 시종이지요! 그 이름은 모도라고도 하고 마후라고도 해요.

글로스터　폐하, 살과 피를 나눈 자식들까지 몹시 악독해져서 낳아준 부모를 미워하는 세상이 됐습니다.

에드거　불쌍한 톰은 추워요.

글로스터　자, 가시지요. 저는 폐하의 신하로서 따님들의 무정한 명령에 복종할 수는 없습니다. 저의 성문을 닫고 폐하를 이 밤중에 폭풍우 속에 고생하게 그냥 두라는 따님들의 엄명이었습니다만, 그럴 수는 없습니다. 저는 폐하를 따뜻한 불과 식사가 준비되어 있는 곳으로 안내해 드리려고 찾아왔습니다.

리어 왕　먼저 이 학자하고 문답을 해 보자. 천둥은 어째서 생기느냐?

켄트　폐하, 저분의 말대로 하십시오. 그 집으로 들어가십시오.

리어 왕　나는 이 박식한 그리스의 학자와 대화를 나누고 싶다. 무엇을 연구하고 있느냐?

에드거　악마의 퇴치법과 빈대 잡는 방법입니다.

리어 왕　네게 조용히 물어볼 것이 있다.

켄트　(글로스터에게) 한번 더 권해 보시오. 실성하시려는 것 같습니다.

글로스터　어디 노왕 잘못이겠습니까? (여전히 폭풍우) 딸들이 노왕을 죽이려고 하니 말이오. 아! 그 훌륭한 켄트! 가엾게도 추방당한 그는 꼭 이렇게 되리라고 말했지! 당신은 왕께서 실성하실 것 같다고 하지만 실은 나도 미칠 것 같소. 내게도 자식 하나가 있었는데 지금은 의절해 버렸소. 그놈이 내 목숨을 노리지 않았겠소? 최근, 아주 최근의 일이오. 나는 그놈을 사랑했었지요. 어떤 아비가 그렇게 사랑했겠소. 실은 그 설움 때문에 나는 미칠 것 같소. 대체 무슨 밤이 이 모양일까! (리어 왕에게) 폐하, 제발 부탁입니다.

리어 왕 아, 미안하네. (에드거에게) 너도 같이 가자.

에드거 톰은 추워요.

글로스터 너는 이 오두막 속에 들어가라. 그 속에서 몸을 녹여.

리어 왕 자, 같이 가자.

켄트 이쪽으로 오십시오.

리어 왕 아니야, 저 사람하고 같이 가겠다. 이제부터 나는 항상 저 철학 선생하고 같이 있겠다.

켄트 저 사람을 데리고 가게 해 드리시오.

글로스터 그럼 데리고 오시오.

켄트 따라와. 같이 가자.

리어 왕 자, 가자. 그리스의 학자 선생.

글로스터 조용히, 조용히, 쉿!

에드거 젊은 기사 롤랜드가 캄캄한 탑에 도착했을 때, 거인의 입버릇은 그 전이나 다름없었도다. '흐, 흥, 영국 사람의 피 냄새가 나는군.' (모두 퇴장)

제3막 제5장

글로스터의 성 안.
콘월과 에드먼드 등장.

콘월 이 성을 떠나기 전에 기어코 복수를 하고 말 테다.

에드먼드 부자간의 정을 어기면서까지 충성을 바치는데 나중에 비난 받을 일을 생각하니 어쩐지 두렵기만 합니다.

콘월 이제야 알았다. 네 형이 아비의 목숨을 노린 것도 네 형의 흉악한 성질 때문만은 아니었구나. 아비에게도 비난 받을 만한 점이 있어 그것이 아들에게 살의를 일으키게 한 이유가 된 것이다.

에드먼드 정당한 일을 하면서 그걸 반성해야만 하는 저의 운명은 얼마나 기구합니까! 이것이 아버지가 얘기하신 밀서입니다. 이것으로 보아 아버지는 프랑스군을 돕는 첩자라는 것이 판명되었습니다. 아, 아! 이런 반역이 없었더라면 내가 밀고자가 되는 일이 없었을 텐데!

콘월 내 아내에게 함께 가자.

에드먼드 이 밀서 내용이 사실이라면 공작께서는 대사건을 치러야 하겠습니다.

콘월 사실이든 아니든 이제 네가 글로스터 백작이 되었다. 네 아버지의 거처를 빨리 알아내어 곧 체포할 수 있게 하라.

에드먼드 (방백) 잘 됐어. 왕을 돕고 있을 때 발각되면 혐의는 더욱 짙어지는 거다. (콘월에게) 저는 어디까지나 충성을 다할 각오입니다. 충과 효 사이의 갈등이 제아무리 고통스럽더라도.

콘월 나는 너를 신임하겠다. 그리고 네 아버지 이상으로 너를 사랑하겠다. (두 사람 퇴장)

제3막 제6장

글로스터의 성 부근 농가.
글로스터와 켄트 등장.

글로스터 그래도 오두막보다는 나을 테니 조금만 참아 주시오. 국왕을 좀 더 편안히 모실 수 있도록 최선을 다할 생각이오. 곧 돌아오리다.

켄트　폐하께서는 극심한 울화로 인해 분별력을 상실하셨습니다. 친절한 배려에 정말로 감사드립니다. (글로스터 퇴장)

　리어 왕, 광대, 에드거 등장.

에드거　악마 프라테레토가 나를 부른다. 뭐, 네로 황제가 지옥의 호수에서 낚시질을 하고 있다고? (광대에게) 바보야, 기도를 해서 악마를 빨리 쫓아버려.

광대　아저씨, 좀 가르쳐줘요. 미친놈은 귀족인가요, 지주인가요?

리어 왕　왕이지, 왕이야!

광대　아냐, 귀족 아들을 가진 지주야. 다들 그러잖아요. 아들을 자기보다 먼저 귀족이 되게 한 지주는 미친놈이라고.

리어 왕　몇 천의 악마들이 시뻘겋게 단 부젓가락을 들고 그년들에게 덤벼들었으면 좋겠다.

에드거　악마가 내 잔등을 물어뜯고 있어요.

광대　늑대가 온순하다고 생각하고, 말을 병 없는 짐승이라고 믿고, 미소년의 사랑이나 갈보의 맹세를 참말이라고 믿는 놈은 미친놈이지.

리어 왕　그래, 그렇게 덤벼들게 하자. 곧 법정에서 심판하겠다. (에드거에게) 자, 박식한 재판장은 이리 앉아요. (광대에게) 현명한 당신은 여기에. 그리고 요 암여우들!

에드거　저기 악마가 버티고 서서 노려보고 있어요. 부인, 저것들이 재판을 구경하고 있는데 괜찮습니까? (노래)

에드거　강 건너 이리 오라, 베시야.

광대　(노래)

　　배가 물이 새네요

　　그이의 배는

　　건너려 해도 못 건너는

　　사랑의 강이라오.

에드거 악마가 꾀꼬리로 둔갑해서 불쌍한 톰에게 달라붙어 있어요. 악마 호프댄스는 톰의 뱃속에서 날청어 두 마리를 달라고 야단입니다. 꿀꿀거리지 마라, 시커먼 악마야! 네게 먹일 것은 아무것도 없으니까.

켄트 왜 그렇게 멍하니 서 계십니까? 자리에 누우셔서 좀 쉬십시오.

리어 왕 먼저 그년들을 재판해야지. 증인을 불러와. (에드거에게) 법관복을 입은 재판장님, 착석하시오. (광대에게) 당신은 배심원이군요. 그 옆에 앉아 주시오. (켄트에게) 당신도 앉아 주시오.

에드거 재판은 공정하게 합시다. (노래)

  잠이 들었느냐, 목동아

  네 양이 보리밭을 망치고 있다.

  소리 높여 휘파람을 불어라

  양이 덫에 걸리지 않게

  야옹! 어이쿠, 잿빛 고양이가 나왔네.

리어 왕 먼저 저년을 불러내. 거너릴 말이야. 여기 훌륭한 분들 앞에서 맹세합니다. 이년은 자기 아비인 불쌍한 왕을 발길로 찼습니다.

광대 이리 나와, 네가 거너릴이냐?

리어 왕 아니라곤 못 하지.

광대 이거 실례했어. 잘 만든 걸상인 줄만 알았지.

리어 왕 여기 또 하나 있다. 그 일그러진 낯짝은 심장이 돌로 되어 있다는 증거다. 그년을 붙잡아! 칼을 가져와, 칼을! 베어버려! 화형에 처해라! 법정도 매수되었나? 야, 부정한 재판관, 왜 저년을 놓쳤어?

에드거 제발 실성하지 마시기를!

켄트 아, 가엾어라! 그렇게도 여러 번 장담하시던 그 인내는 어디다 두셨습니까?

에드거 (방백) 폐하를 생각하니 눈물이 쏟아진다. 이러다간 연극을 망치고 말겠는걸.

리어 왕 요놈의 강아지들까지. 트레이도, 블랜치도, 스위트하트까지 죄다 날 보고 짖어대는구나.

에드거 톰이 쫓아 드리죠. 저리 가! 이놈의 들개들아! (노래)

콧등이 흰 놈이든 검은 놈이든

물면 이빨에 독이 있는 놈이든

집개, 사냥개, 잡종 개든

큰 개, 작은 개, 암캐, 수캐든

꼬리가 없는 개든, 기다란 개든

톰이 한바탕 혼을 내줄 테다.

이렇게 머리로 박치기하면

개들은 놀라 도망간다.

어허, 춥다, 추워. 자, 자, 출발이다! 밤 잔치판으로, 시장으로 가자. 불쌍한 톰아, 네 동냥주머니가 텅텅 비었구나.

리어 왕 다음은 리건을 해부할 차례다. 그년의 심장에 무엇이 나 있는지 살펴보도록 해라. 이렇게 냉혹한 심장이 만들어진다는 것은 자연 그 자체에 원인이 있는 게 아닐까? (에드거에게) 얘, 너를 시종으로 등용하겠다. 다만 그 옷차림이 보기 흉하구나. 페르시아식이라고 할는지는 모르지만 그건 갈아입어라.

켄트 폐하, 누워서 잠깐 쉬십시오.

리어 왕 (눕는다) 조용히 해줘, 커튼을 쳐라. 그래, 그래. 됐다. 날이 새거든 저녁을 먹자.

광대 그럼 난 해가 뜨면 자러 가야지.

글로스터 등장.

글로스터 (켄트에게) 이리 좀 나오시오. 폐하께서는 어디 계시오?

켄트 여기 계십니다. 하지만 조용히 하십시오. 실성을 하셨으니까요.

글로스터 어서 왕을 안아 일으키시오. 암살 음모가 있다는 소문이 지금 막 들어왔소. 여기 들것이 준비되어 있소. 그것에 태워 빨리 도버로 모시고 가시오. 거기로 가면 환대와 보호를 받을 것이오. 어서 왕을 안아 일으키시오. 조금이라도 지체하면 왕의 목숨은 물론 당신의 목숨도, 왕을 도와드리려던 사람들의 목숨까지도 달아나고 말 것이오. 빨리 안아 일으키시오. 빨리! 그리고 나를 따라오시오. 여행에 필요한 물건을 놓아둔 곳으로 안내하겠소.

켄트 피로에 지쳐 곤히 잠드셨군요. 이렇게 쉬고 계시면 어지럽던 신경도 다시 치유될지 모르는데 형편상 휴식이 허락되지 않는다면 회복될 가망이 없습니다. (광대에게) 자, 좀 거들어라, 왕을 안아 일으키자. 너도 뒤에 처져서는 안 돼.

글로스터 자, 자, 갑시다! (글로스터, 켄트, 광대, 리어 왕을 안고 퇴장)

에드거 지체 높은 어른도 우리와 마찬가지로 고통을 당하는 것을 보니 나의 불행 따위는 원망할 수도 없구나. 남들이 안락하게 지낼 때 자기 혼자만 고통을 받는 것이 제일 고통스럽지. 허나 슬픔에도 동료가 있고 고통에도 친구가 생기면 마음의 고통도 한결 수월해지지. 지금은 나의 고통도 가벼워져 견디기가 쉽구나. 나를 굽히게 하는 것이 왕의 고개도 숙이게 하고 있으니 말이다. 왕은 딸들 때문에! 나는 아버지 때문에! 톰아, 물러가라! 귀인들의 소동을 보고 있다가 때가 오면 나오너라. 내 명예를 더럽힌 오명이 벗겨지고 나의 신분을 되찾게 될 날이 머지않아 반드시 올 거다. 오늘 밤 더 이상 무슨 일이 일어나지 않기를, 제발 왕께선 무사하시기를! 자, 숨자, 숨어. (퇴장)

제3막 제7장

글로스터 성의 한 방.
콘월, 리건, 거너릴, 에드먼드, 시종들 등장.

콘월 (거너릴에게) 급히 돌아가서 남편께 이 편지를 보여 드리시오. 지금 막 프랑스군이 상륙했습니다. (시종에게) 여봐라, 모반자 글로스터를 빨리 찾아오너라.

리건 당장 교수형에 처하세요.

거너릴 눈을 뽑아버리는 게 좋아.

콘월 처분은 내게 맡기시오. 에드먼드! 너는 처형을 모시고 가라. 모반자인 너의 부친에게 하는 보복을 네가 보는 건 좋지 않다. 올버니 공 댁에 도착하 거든 긴급히 개전 태세를 갖추라고 전해라. 이쪽도 곧 준비를 하겠다. 앞으 로는 전령을 세워 신속한 정보를 전달하도록 하겠소, 처형. 안녕히 가십시 오. 그럼 잘 부탁하네. 글로스터 백작.

오스왈드 등장.

콘월 어떻게 됐느냐? 왕은 어디 계시냐?

오스왈드 글로스터 백작이 모시고 가버렸습니다. 왕의 기사 서른대여섯 명 이 열심히 왕의 행방을 찾고 있었습니다. 그러다 성문 앞에서 왕을 만나 백 작의 하인 수십 명과 합류하여 왕을 호위하고 도버를 향해 떠났습니다. 거 기에 자기네 편 군대가 기다리고 있다고 큰소리치더군요.

콘월 처형이 타고 가실 말을 준비해라.

거너릴 그럼, 잘 있어요. 두 사람 모두.

콘월 에드먼드, 잘 가게. (거너릴, 에드먼드, 오스왈드 퇴장) 모반자 글로 스터를 체포해 와라. 강도처럼 두 손을 결박해서 이리 끌고 오너라. (시종 들 퇴장) 재판을 거치지 않고 사형을 선고하는 것은 옳지 않은 일이지만, 홧 김에 권력을 휘두른다고 해서 누구라도 방해하지는 못하겠지. 비난하는 놈 은 있겠지만.

시종들이 글로스터를 끌고 들어온다.

콘월 누구냐? 반역자냐?

리건 배은망덕한 여우! 바로 그자로군요.

콘월 그 말라빠진 두 팔을 꽉 묶어라.

글로스터 왜 이러십니까? 잘 생각해 보시오, 두 분은 제 집의 손님이 아니십니까? 부당한 처사는 삼가하십시오.

콘월 빨리 묶지 못하겠느냐? (시종들 글로스터를 결박한다.)

리건 꽁꽁 묶어라, 더러운 반역자!

글로스터 부인께선 무자비한 분이군요. 나는 반역자가 아니오.

콘월 이 의자에 묶어라. 이 악당아, 본때를 보여주겠다. (리건은 그의 수염을 쥐어뜯는다.)

글로스터 자비로운 신들께서는 이 철면피 같은 소행에 놀랄 것입니다. 수염을 쥐어뜯다니, 너무나 무례하오.

리건 그래, 그렇게 흰 수염을 하고서 모반을 해?

글로스터 잔혹한 분이군요. 당신이 이 턱에서 뽑은 수염은 다시 살아나서 당신을 저주할 거요. 그래도 나는 이 집 주인 아닙니까? 주인의 얼굴에 날도둑 같은 손으로 폭행을 하는 것은 너무 심하잖소? 왜 이러시오?

콘월 이것 봐, 최근에 프랑스로부터 밀서를 받았지?

리건 솔직히 자백해! 증거를 잡고 있으니까.

콘월 그리고 최근 이 나라에 상륙한 프랑스군과 결탁해서 무슨 음모를 꾸미고 있는 거냐?

리건 미친 왕을 누구에게 넘겨줬는지 말해!.

글로스터 추측에 근거하여 쓰인 편지를 받긴 받았습니다만 그것은 어느 쪽에도 속하지 않는 제삼자가 보낸 것으로 적에게서 온 것이 아니오.

콘월 핑계대지 마라!

리건 거짓말쟁이!

콘월 왕을 어디로 보냈어?

글로스터 도버로 보냈소.

리건 왜 보냈지? 단단히 일러두었잖아? 만약

그런 짓을 하면······.

콘월 왜 도버로 보냈나? 대답해 봐.

글로스터 왜라뇨? 당신의 잔인한 손톱이 불쌍한 노왕의 눈을 뽑는 꼴이며, 흉포한 멧돼지의 어금니 같은 당신의 언니가 신성한 옥체를 쓰러뜨리는 것을 차마 볼 수 없어서지요. 왕께선 모진 폭풍우에 맨머리로 지옥 같은 밤의 어둠 속을 헤매셨소. 그런 폭풍우에는 바다가 하늘로 솟구쳐 올라 별의 광채라도 꺼버릴 기세였는데 왕은 오히려 비 오는 것을 바라셨소. 그런 무서운 밤이면 설사 늑대가 문밖에 와서 구원을 청해 짖더라도 '문지기, 문을 열어 줘.' 해야 하는 것 아닌가요? 맹수들도 두려워 떠는 밤에 당신들은······. 허나 두고 보시오, 그런 딸들에게는 반드시 복수의 여신이 내리덮칠 것이니.

콘월 두고 보라고? 당치 않은 소리. 여봐라, 의자를 꽉 붙들고 있어라. 네 눈알을 짓밟아주겠다. (글로스터의 눈 하나를 뽑아서 짓밟는다.)

글로스터 오래 살고 싶은 사람은 나를 좀 도와주시오. 아, 잔혹하도다! 아, 하느님!

리건 한쪽 눈이 다른 쪽 눈을 비웃고 있어요. 내친 김에 그쪽 눈도 마저 뽑아버려요!

콘월 복수의 여신께서 보고 싶으시다면······.

시종 1 나리, 그러지 마십시오! 저는 어려서부터 백작님을 모셔왔지만 지금 이것을 말리지 않는다면 시종으로서 자격이 없습니다.

리건 무엇이 어째? 이 개 같은 것이!

시종 1 그 턱에 수염만 달려 있다면 사정없이 잡아 뜯어 주고 싶구나.

리건 뭐라구?

콘월 이 종놈이? (칼을 빼든다.)

시종 1 (단검을 빼든다.) 그럼 해 봅시다. 상대해 드리지. 어디 이 성난 검을 당해낼 수 있거든 받아 보시오. (칼로 찌른다.)

리건 (다른 시종에게) 칼을 줘. 이 종놈이 감히 대들어? (칼을 받아 뒤에서 그를 찌른다.)

시종 1 아, 치명상이다. 백작님, 남은 눈 하나로도 잘 보셨지요, 제가 저자

에게 입힌 상처를. 아! (죽는다.)

콘월 이제 다시는 보지 못하도록 해야지. (글로스터의 남은 눈을 뽑아낸다.) 에잇, 더럽고 썩은 굴 같구나! 이제 네놈의 광채는 어디 갔지?

글로스터 온통 캄캄하고 의지할 곳 없구나! 내 아들 에드먼드는 어디 있느냐? 에드먼드야, 네 효성의 불길을 모두 일으켜 이 무서운 짓에 복수해 다오.

리건 이 몹쓸 반역자야! 너를 미워하는 아들을 불러 봐야 소용없어. 너의 모반을 밀고해 준 자가 바로 네 아들이다. 네 아들은 너무나 선량해서 너 같은 걸 동정하지 않는다.

글로스터 아, 내가 어리석었다! 그렇다면 에드거가 모략을 당한 거로구나. 자비로운 신들이여, 저의 잘못을 용서하시고 그 애에게는 행운을 내려주소서.

리건 이놈을 대문 밖으로 끌어내라, 냄새나 맡아가며 도버까지 가도록. (시종들이 글로스터를 끌고 퇴장) 여보, 왜 그래요? 안색이 좋지 않아요.

콘월 상처를 입었소. (시종에게) 저 눈 없는 악한을 쫓아버려라. 그리고 이 뒈진 놈은 쓰레기통에다 던져버려라. 리건, 출혈이 심하오. 하필 이럴 때 부상을 당했어. 나를 좀 부축해 줘요. (리건의 부축을 받으며 콘월 퇴장)

시종 2 저런 것들이 행복하게 산다면 내 무슨 짓이라도 서슴지 않고 하겠다.

시종 3 저런 여자가 오래 살아서 남처럼 편히 죽는다면 여자들은 모두 괴물이 될 거야.

시종 2 저 연로한 백작님의 손을 끌고 어디라도 가게 해 달라고 베들럼의 그 거지에게 부탁하자구. 미치광이 거지는 떠돌아다니는 게 본업이니 어디라도 갈 수 있을 거야.

시종 3 그게 좋겠어. 나는 베와 달걀 흰자를 가져다가 저 피투성이 얼굴에 발라 드려야지. 하느님, 저분을 지켜주소서! (퇴장)

제4막

제4막 제1장

황야.
에드거 등장.

에드거 차라리 이렇게 경멸당하고 있다는 사실을 자신이 알고 있는 편이 훨씬 낫다. 입으로만 간사하게 아첨을 하고 속으로 조소당하는 것보다는. 곤궁에 빠지고 운명에 버림받아 역경에 처하더라도 희망이 있다면 두려울 것은 없어. 좋은 처지에서 몰락하면 슬프지만 역경의 밑바닥에 떨어지면 다시 웃음이 돌아온다. 바람아, 불어라. 너는 눈에 보이지 않아도 몸으로 느껴지는구나. 너로 말미암아 불운의 구렁으로 떨어진 불쌍한 몸이지만 네가 아무리 불어도 이젠 하나도 무섭지 않다.

글로스터, 한 노인에게 이끌려 등장.

에드거 누가 오나 보다. 아니, 아버님이 아닌가, 가엾게도 눈이 어떻게 되신 모양이다! 아, 이럴 수가! 무슨 세상이 이렇단 말인가! 아아, 세상, 이 세상아! 덧없이 변해 가는 이 세상을 보고 있자니 넌더리가 나 오래 살고 싶은 생각이 사라지는구나.
노인 백작님, 저는 선대 때부터 팔십 년 동안이나 시종 노릇을 해 온 사람입니다.
글로스터 비켜라! 부탁이다. 물러가라! 네가 도와준다 해도 내게는 소용이 없어. 오히려 너마저 화를 입게 된다.
노인 그렇지만 길을 못 보시지 않습니까?

글로스터   나는 갈 곳이 없으니 눈도 필요 없어. 눈으로 볼 수 있을 때에는 오히려 잘 넘어졌지. 흔히 있는 일이지만 어중간하게 있으면 오히려 방심하게 되거든. 아무것도 없는 게 차라리 나아. 아, 내 아들 에드거! 살아서 너를 한번 만져볼 수만 있다면 내 눈을 되찾은 것 같을 텐데.

노인   누구냐? 거기 있는 사람은?

에드거   (방백) 아, 신이여! '지금이 가장 비참하다.'고 누가 말할 수 있겠는가! 나는 전보다 더 비참해졌다.

노인   미친 거지 톰이구나.

에드거   (방백) 앞으로 더 비참해질지도 몰라. '지금이 제일 비참하다.'고 말할 수 있는 동안은 아직 비참한 게 아니야.

노인   이놈아, 어딜 가?

글로스터   거지인가?

노인   미친 거지입니다.

글로스터   거지 노릇을 할 수 있다면 완전히 미치지는 않았겠군. 어젯밤 폭풍우 속에서 그런 놈을 봤어. 그걸 보니 사람도 벌레 같다는 생각이 들더군. 언뜻 자식 생각이 떠올랐는데 그때는 아직 노여움이 풀리지 않았었지. 허나 그 후 여러 가지 소문을 듣다 보니 깨닫게 되더군. 장난꾸러기들이 잠자리를 다루듯이 신들은 마음대로 인간을 다루지. 신들은 장난삼아 우리 인간들을 죽인단 말이야.

에드거   (방백) 대체 어쩌다 이렇게 됐을까? 슬픔에 빠져 있는 사람들을 상대로 광대 노릇을 해야 하는 건 가슴아픈 일이다! 나도 괴롭고 상대도 괴로운 일이야. 안녕하십니까, 영감님!

글로스터   저 녀석이 벌거벗었나?

노인   그렇습니다.

글로스터   그럼 자네는 이제 그만 돌아가게. 나를 위해 1마일이나 2마일쯤 따라와 줄 생각이 있다면 그 친절 대신 저 벌거숭이에게 입힐 옷을 좀 갖다주게. 나는 저놈에게 안내를 부탁하겠네.

노인 하지만 저놈은 미친놈인데요.

글로스터 미친놈이 장님의 길잡이가 되는 것도 시대의 포악한 명령 탓이지. 내가 하라는 대로 하게, 싫으면 말고. 하여튼 자네는 어서 집으로 돌아가.

노인 그럼 빨리 달려가서 저의 가장 좋은 옷을 한 벌 가지고 오겠습니다. 그 때문에 제게 재앙이 떨어진다 해도 저는 괜찮습니다. (퇴장)

글로스터 이것 봐, 벌거숭이!

에드거 불쌍한 톰은 추워요. (방백) 이젠 더 숨길 수 없구나.

글로스터 얘, 이리 오너라.

에드거 (방백) 하지만 그래도 숨기지 않을 수 없어. 아, 저 눈에서 피가 나고 있다.

글로스터 도버로 가는 길을 아나?

에드거 다 알지요. 담장이나 큰 문이나 말 다니는 길이나 사람 다니는 길이나 무엇이든지 모르는 게 없어요. 불쌍한 톰은 악마 놈에게 홀려서 제정신을 빼앗겼어요. 귀족 자제님, 당신일랑 악마에게 홀리지 않도록 조심하세요. 가엾은 톰에게는 악마가 한꺼번에 다섯 마리나 달라붙었어요. 오비디커트는 음란의 악마, 홉비디덴스는 벙어리의 악마, 마후는 도둑의 악마, 모도는 살인의 악마고, 플리버티지베트는 입을 실룩샐룩하는 악마로 이 맨 끝의 놈은 요즈음 궁녀나 시녀들에게 달라붙어 있어요. 그러니 영감님, 조심하세요.

글로스터 얘, 이 돈주머니를 받아라. 너는 재앙을 달게 여기고 모든 불운을 잘 참아 견디고 있구나. 예전에는 잘 몰랐었는데 내가 불행해지고 보니 그만큼 너를 행복하게 해주고 싶다. 하늘이시여, 언제나 그렇게 공평하게 처리해주십시오! 한껏 쓰고도 남을 만큼 가지고 게다가 포식을 하고 그리고 신의 뜻을 노예처럼 생각하고, 자기가 느끼지 못한다고 남의 가난을 돌보지 않는 자에게는 당장에 당신의 위력을 보여주십시오! 그러면 과잉이 없이 골고루 분배되고 그렇게 되면 모두가 풍족하게 될 것입니다. (에드거에게) 도버로 가는 길을 아나?

에드거 네, 압니다.

글로스터 그곳에는 보기만 해도 무섭게 솟아 있는 절벽이 있는데 꼭대기는 바다를 눈 아래로 내려다보고 있다. 그 절벽 꼭대기까지만 나를 데려다 다오. 그러면 내가 지니고 있는 값나가는 물건으로 네가 짊어지고 있는 비참함을 없애주겠다. 그 뒤로는 안내해 주지 않아도 좋다.

에드거 손을 이리 주십시오. 불쌍한 톰이 안내해 드리겠습니다. (퇴장)

제4막 제2장

올리버 공작 저택 앞.
거너릴, 에드먼드 등장.

거너릴 집까지 바래다 주셔서 고마워요. 그런데 웬일일까? 사람 좋은 우리 남편이 마중도 안 나오시고.

오스왈드 등장.

거너릴 공작님은 어디 계세요?
오스왈드 안에 계십니다만 다른 사람같이 변해버렸습니다. 적군이 상륙했다고 전하니까 빙그레 웃으시기만 하고, 부인이 돌아오셨다고 말씀드려도 '아아, 귀찮아.' 하시고, 글로스터 백작의 모반과 그 아드님의 충성을 말씀드렸더니 '바보 같은 놈. 그 반대야.' 하시며 꾸중을 하시더군요. 싫어해야 할 것이 마음에 들고 좋아해야 할 것이 오히려 화나게 하는 것 같습니다.
거너릴 (에드먼드에게) 그럼 당신은 돌아가세요. 그 양반은 겁쟁이라 무슨 일을 대담하게 해내질 못해요. 보복을 해야 할 만큼 모욕을 받더라도 모르는 체하는 사람이에요. 오는 도중에 얘기한 일은 우리 희망대로 실현될 거예요. 에드먼드, 콘월 공에게로 돌아가세요. 급히 군대를 소집해서 그 군대를 지휘하세요. 내가 남편 대신 칼을 들고 남편 손에는 물레를 쥐어 주겠어요. 이 사람은 믿을 수 있으니 우리들의 연락을 맡게 하겠어요. 당신이 용기를 내면 머잖아 한 부인으로부터만 명령을 듣게 될 겁니다. (반지를 주면서) 이걸 지니세요. 아무 말 말고 고개 좀 숙여 봐요. 이 키스가 말을 한다면 당신은 틀림없이 용기백배할 거예요. 아시겠죠? 그럼 안녕히.

에드먼드 당신을 위해서라면 죽음도 불사하겠습니다.

거너릴 나의 사랑하는 에드먼드! (에드먼드 퇴장) 같은 남자라도 이렇게 다를까! 에드먼드, 당신한테 여자의 정성을 다 바치겠어요. 우리집 바보는 내 몸을 새치기하고 있을 뿐이에요.

오스왈드 마님, 나리께서 오십니다. (오스왈드 퇴장)

올버니 등장.

거너릴 전에는 마중 나와 휘파람 정도는 불어 주셨잖아요?

올버니 오, 거너릴, 당신은 당신 얼굴에 거친 바람이 밀어붙이는 먼지만도 못한 사람이오! 걱정이 되는 건 당신의 그 성품이오. 자기를 낳아 준 부모조차 업신여기는 성품으로는 자기 본분을 지킬 수가 없을 거요. 자기를 길러 준 어미나무에서 가지인 제 몸을 잘라내면 시들다 마침내는 땔감밖에 못 될 거요.

거너릴 듣기 싫어요! 그런 바보 같은 설교는.

올버니 악한 자에게는 성인군자의 가르침도 악하게만 들리게 마련이오. 더

러운 것들은 더러운 것만 마음에 들지. 당신이 한 짓을 알겠소? 그것은 사람의 딸이 한 짓이 아니라 호랑이가 한 짓이지! 인정 많은 노인을, 더구나 아버지를 당신은 미치게 했소. 쇠사슬로 묶여 끌려다니는 곰조차도 그 어른의 손을 핥을 것을……. 그렇게도 잔인하고 부끄러운 짓이 어디 있단 말이오? 콘월 공도 그냥 두지는 않을 거요. 그 사람은 노왕에게 큰 은혜를 입고 그 덕택으로 왕족이 된 사람이니까! 만일 하늘이 신

의 사자를 시켜 이런 흉악무도한 자들을 당장에 응징하지 않으신다면 반드시 인간들끼리 동족을 잡아먹고 바다의 괴물처럼 되고 말 것이오.

거너릴 비겁한 사람! 뺨은 얻어맞기 위해서 갖고 있고 머리는 모욕당하기 위해서 달고 있는 거예요? 이마에 눈을 둘씩이나 달고 창피와 명예도 분간 못해요? 악인이 죄를 범하기 전에 처벌되는 것을 보고 측은해 하는 건 바보나 하는 짓이지. 프랑스 왕은 조용한 이 나라에 군기를 휘날리며 자랑스레 투구에 깃털을 꽂고 당신의 나라를 위협하기 시작하는데 당신은 설교나 좋아하는 바보처럼 가만히 앉아서, '아, 왜 이러는 거야?' 하고 소리나 지르겠단 말이에요?

올버니 악마 같으니, 반성 좀 해 봐! 진짜 악귀보다 당신같이 여자의 모습을 한 악귀가 더 무서워.

거너릴 정말로 어리석은 바보 같으니!

올버니 여자로 둔갑하여 본성을 감추고 있는 악마 같으니. 창피한 줄 알면 악마의 본성을 숨겨두도록 해! 홧김에 이 팔을 휘두르는 날엔 네 살과 뼈는 박살이 날 줄 알아! 악마지만 여자의 모습을 하고 있어 살려 둔다.

거너릴 호! 그 용기 대단하시군! 살쾡이 같으니!

사자 등장.

올버니 무슨 일이냐?

사자 공작님, 콘월 공이 돌아가셨습니다. 글로스터님의 남은 눈을 마저 빼려다가 시종에게 찔려서요.

올버니 글로스터의 눈을?

사자 어릴 때부터 부리던 시종이 보다 못해 말리려다 콘월 공에게 칼을 빼들었습니다. 공작께서 화가 나서 달려들 때 마님이 뒤에서 그를 찔러 죽였습니다만, 공작 자신도 치명상을 입어 곧 세상을 하직하고 말았습니다.

올버니 이거야말로 좋은 증거다. 하늘에는 우리들을 심판하는 신들이 계시다는……. 이렇게 빨리 이 땅의 죄악을 응징하시는구나! 그러나 아, 불쌍한 글로스터! 그래, 한쪽 눈을 잃으셨단 말이냐?

사자 두 눈, 두 눈을 다 잃으셨습니다. 마님, 이 편지에 급히 답장을 달라고 하셨습니다. 동생분의 편지입니다.

거너릴 (방백) 한편으로 생각하면 잘됐군. 하지만 동생이 과부가 되어 나의 에드먼드를 자기 곁에 두면, 내가 모처럼 쌓아 올린 꿈은 무참히 무너지고 남는 것은 무미건조한 인생이 되지 않을까? 어쨌든 생각에 따라서는 그리 나쁜 소식은 아니야. (퇴장)

올버니 글로스터가 눈을 뽑힐 때 그의 아들은 어디 있었느냐?

사자 마님을 모시고 이 댁으로 오셨습니다.

올버니 이곳엔 안 왔는데.

사자 아닙니다. 그분이 여기서 돌아가는 걸 보았습니다.

올버니 그는 이 잔인한 소행을 알고 있느냐?

사자 알다뿐입니까? 자기 부친을 밀고해 그 지경으로 만든 건 그 사람이었습니다. 아무런 거리낌없이 처벌이 행해지도록 일부러 자리를 피하셨는데요.

올버니 글로스터여, 내가 살아있는 한 국왕에게 바친 당신의 충성을 감사히 생각하고 당신 눈의 원수를 갚아 드리겠소. 이쪽으로 가까이 와서 더 아는 것이 있으면 자세히 말해보라. (두 사람 퇴장)

제4막 제3장

도버 근처의 프랑스군 진영.
켄트와 시종 등장.

켄트 프랑스 왕은 왜 그렇게 갑자기 귀국하셨습니까?

시종 본국에 해결하지 못한 문제가 있었는데, 그냥 두었다간 국가의 안위를 위협할 만큼 중대한 일이라 부득이하여 귀국하셨습니다.

켄트 누구를 지휘관으로 남겨 놓으셨소?

시종 라파르 장군을 남겨 놓았습니다.

켄트 왕비께서는 그 편지를 보시고 슬퍼하시던가요?

시종 네, 그렇습니다. 왕비께서는 편지를 받아들고 그 자리에서 읽으셨는데, 이따금 눈물 방울이 아름다운 뺨을 줄줄 흘러내렸습니다. 왕비께서는 슬픔을 참으려고 하셨지만 슬픔이 반역자처럼 왕비님의 명령을 안 듣는 것 같았습니다.

켄트 그 편지가 마음을 무척 아프게 하였군요.

시종 이성을 잃을 정도는 아니었습니다. 그렇지만 누가 왕비를 아름답게 하나 하며 자제심과 슬픔이 서로 다투는 것 같았습니다. 햇빛이 비치면서 비가 오는 일이 있지요. 마치 그와 같았습니다. 왕비께서 미소를 지으며 눈물을 흘리시는 모습은 더욱더 아름다웠습니다. 아름다운 입술의 행복한 미소는 눈에 어떤 손님이 와 있는지를 모르는 것 같았고, 그 손님이 두 눈에서 떠나는 모습은 진주가 다이아몬드에서 떨어져 나가는 것 같았습니다. 정말 슬픔처럼 아름답고 고귀한 것은 없다고나 할까요, 누구에게나 그렇게 잘 어울릴 수 있다면 말입니다.

켄트 무슨 말씀이 없었소?

시종 네, 한두 번 '아버님.' 하고 안타까운 듯이 부르셨습니다. 그리고 우시면서 '언니들, 언니들은 여자의 수치예요! 언니들, 켄트, 아버지, 언니들, 아아, 폭풍우 속을! 밤중에! 자비는 이 세상에 없단 말인가!' 하며 그 맑은 눈에서 성수 같은 눈물을 흘리시더니 혼자 슬픔을 달래려고 자리에서 일어나셨습니다.

켄트 별들이다. 인간의 성품을 지배하는 것은 천상의 별들이야. 그렇지 않고서야 한 부부 사이에서 이렇게 성품이 다른 자식들이 생겨날 리가 없어. 그 후 또 만나 뵈었소?

시종 아니오.

켄트 그때가 프랑스 왕이 귀국하기 전이었나요?

시종 아니오, 귀국한 후였습니다.

켄트 안타깝게도 실성을 하신 리어 왕은 지금 이 도시에 계십니다. 이따금 정신이 드실 때는 우리들이 왜 이 도시에 와 있는지 기억하시지만 따님과의 대면은 한사코 승낙하시지 않습니다.

시종 왜 그러실까요?

켄트 더할 나위 없는 치욕 때문이죠. 아버지로서의 축복도 주지 않고 이국의 낯선 땅으로 무자비하게 추방했을 뿐 아니라, 그토록 애지중지하시던 따님의 소중한 권리를 개보다도 못한 잔인한 딸들에게 내줘 버렸으니…… 이런저런 일들이 독사의 이빨처럼 당신의 마음을 깨물어 그 아픈 상처가 부끄러움의 불꽃으로 타올라 코딜리어님과의 대면을 회피하시는 것입니다.

시종 아아, 불쌍한 어른!

켄트 올버니와 콘월의 군대에 관해서는 얘기를 못 들었소?

시종 벌써 출전했다고 합니다.

켄트 그럼 폐하께 안내를 하겠으니 시중을 들어주시오. 나는 사정이 있어서 당분간 신분을 감추고 있어야 하지만, 머잖아 신분을 밝히게 되면 나와 알게 된 것을 후회하지는 않을 것이오. 자, 그럼 같이 갑시다. (두 사람 퇴장)

제4막 제4장

프랑스군의 진영.
고수와 기수를 선두로 코딜리어 등장. 시의와 병사들이 뒤따라 등장.

코딜리어 아아, 그분이 아버님이에요, 방금 전 만난
사람의 얘기로는. 파도가 몰아치는 바다처럼 광란하여 큰 소리로 노래하고, 머리에는 밭이랑에서 자라는 들우엉, 헴록, 쐐기풀, 들미나리아재비, 독보

리, 그리고 밀밭 사이에 무성한 잡초들을 관처럼 쓰고 계신다더군요. 곧 중대의 병사를 풀어 우거진 들을 샅샅이 뒤져 아버님을 모셔 오세요. (장교 퇴장) 의술의 힘을 빌려 어떻게든 아버님의 실성을 고칠 수 없을까요? 아버님을 치료해 주시는 사람에게는 내가 지니고 있는 보석을 모두 드리겠어요.

시의 치료 방법이 있습니다. 사람의 생명을 양육하는 것은 편안한 잠인데 폐하께서는 그게 부족합니다. 잠을 자게 하는 약초는 여러 가지 있으니 그 힘만 빌리면 고뇌하는 마음에도 편안한 잠이 찾아올 수 있습니다.

코딜리어 이 세상의 온갖 신비한 약초와, 아직 세상에 알려지지 않은 효험 있는 약초가 내 눈물에 적시어 자라나서, 그 훌륭한 분의 고뇌를 낫게 하는 데 도움이 되기를! 빨리 모셔 와요. 실성하셔서 분별이 없으시니 스스로 목숨을 버리실지도 모르니까요.

사자 등장.

사자 보고합니다! 영국군이 이곳으로 진격해 오고 있습니다.

코딜리어 알고 있어요. 무찌를 태세는 다 되었어요. 아, 아버님! 이번 출전은 아버님을 위한 것입니다. 프랑스 왕은 울며 애원하는 저를 동정했었어요. 엉뚱한 야심으로 거사를 일으킨 게 아닙니다. 단지 자식으로서 연로하신 아버님의 권리를 되찾아 드리자는 것뿐입니다. 아, 아버님! 얼른 목소리를 듣고 뵙고 싶어요! (모두 퇴장)

제4막 제5장

글로스터의 성.

리건과 오스왈드 등장.

리건 형부네 군대는 출전했나요?

오스왈드 네, 출전했습니다.

리건 형부 자신도 친히?

오스왈드 네, 권유에 못 이겨서 겨우 출전하셨습니다. 언니께서 훨씬 용감하셨습니다.

리건 에드먼드는 그곳에서 형부와 만나지 않았나요?

오스왈드 네, 그렇습니다.

리건 언니가 에드먼드에게 보내는 그 편지의 내용이 뭘까요?

오스왈드 글쎄요, 모르겠습니다.

리건 에드먼드는 갑자기 떠났어요. 글로스터를 눈만 빼고 죽이지 않은 것이 큰 실수였지. 그는 가는 곳마다 사람들의 마음을 자극하여 우리를 적으로 만들고 있어요. 에드먼드가 떠난 건 부친의 비참한 꼴을 보다 못해 어두운 밤과 마찬가지인 부친의 목숨을 끝장내 버릴 겸 적군의 병력도 정찰하기 위해서일 거예요.

오스왈드 저는 이 편지를 들고 그분을 뒤쫓아가겠습니다.

리건 우리 군대도 내일 출전하기로 했으니 하루쯤 묵었다 가도록 해요.

오스왈드 그렇게는 안 됩니다. 이 일에 대해서는 마님의 엄명이 있었습니다.

리건 왜 에드먼드에게 편지를 쓴 걸까? 용건은 말로 당신에게 전해도 되지 않아요? 아마 무슨 사연이 있는 모양이지. 무슨 일인지는 모르지만 당신한테 서운치 않게 해줄 테니 그 편지를 좀 뜯어보게 해주지 않겠어요?

오스왈드 그것은 좀……

리건 아, 다 알고 있어요. 당신 주인 마님은 남편을 사랑하지 않아요. 확실히 그래요. 그리고 언니가 지난번에 여기 왔을 때도 에드먼드에게 이상야릇한 눈짓과 의미심장한 표정을 보이더군요. 누가 모를 줄 알아요? 당신은 언니의 심복이지요?

오스왈드 제가요?

리건 다 알고 말하는 거예요. 당신은 우리 언니의 심복이야. 다 알아요. 그러니 내가 하는 말을 명심해 둬요. 우리 주인은 죽었어요. 그리고 에드먼드와 나는 이미 약속이 다 되어 있어요. 그가 당신 주인 마님과 결혼하는 것보다는 나와 결혼하는 게 유리할 거예요. 이만큼 말하면 다 알겠죠? 그를 만나면 이 점을 얘기해요. 그리고 당신 주인마님도 당신에게 이런 얘기를 듣고 분별을 차리라고 당부해 줘요. 그럼 잘 가요. 만일 그 눈먼 모반자의 거처를 알아내어 목이라도 베어 오면 출세는 따놓은 당상이지.

오스왈드 제가 그자를 만나게 되면 좋겠습니다! 그러면 제가 어느 편인가를 보여 드릴 수 있을 테니까요.

리건 잘 가요. (두 사람 퇴장)

제4막 제6장

도버 근처의 시골.
글로스터와 농부 차림의 에드거 등장.

글로스터 언제쯤 그 언덕 꼭대기에 닿을까?

에드거 지금 그 언덕에 올라가고 있어요. 자, 이렇게 힘이 들지 않습니까?

글로스터 평지 같은데 그래.

에드거 가파른 비탈길인데요. 봐요, 파도 소리가 들리지 않습니까?

글로스터 아니, 아무것도 안 들리는데.

에드거 그럼 눈이 아픈 바람에 다른 감각까지도 둔해졌나 보죠.

글로스터 하긴 그런지도 모르지. 그러고 보니 네 음성도 달라진 것 같다. 전보다 말씨도 부드러워지고 온전한 말을 하게 된 것 같아.

에드거 그건 잘못 아신 겁니다. 달라진 거라곤 입고 있는 옷뿐입니다.

글로스터 말씨가 달라진 것 같은데.

에드거 자, 여기입니다. 가만히 계십시오. 여기서 낮은 곳을 내려다보니 무

서워서 눈이 어찔어찔합니다! 중턱을 날고 있는 까마귀와 갈가마귀가 딱정
벌레만하게 보이는군요. 절벽에 매달려서 갯미나리를 캐고 있는 사람이 있
네. 참 위험한 직업도 다 있군. 몸뚱이가 머리통만하게 보이네. 모래밭을 걷
고 있는 어부들이 모두 생쥐같이 작아 보여요. 저기 닻을 내리고 있는 큰 배
는 거룻배만하게 보이고, 또 거룻배는 부표 같아서 눈에 들어오지도 않는데
요. 밀려오는 파도는 모래밭에 널려 있는 조약돌에 부딪치고 있지만 파도 소
리는 여기까지 들려오지도 않네요. 이제 그만 봐야지. 머리가 빙빙 돌고 눈
이 아찔해서 거꾸로 곤두박질할 것만 같아요.

글로스터 네가 서 있는 곳에 나를 세워 다오.

에드거 손을 주십시오. 자, 이제 한 발짝이면 낭떠러지입니다. 이 세상을 다
준다 해도 여기서는 못 뛰어내리겠는데요.

글로스터 손을 놓아라. 자, 돈주머니를 또 하나 주겠다. 이 속에는 가난뱅
이가 갖기에는 벅찰 정도의 보석이 있다. 요정이나 신의 혜택으로 이것이 네
게 복이 되기를 빈다! 저리로 멀찍이 가라. 나에게 인사하고 물러가는 네 발
소리를 들려 다오.

에드거 그럼 영감님, 안녕히 계십쇼.

글로스터 잘 가거라.

에드거 (방백) 아버님의 절망을 이렇게 우롱하는 것은 그
것을 고쳐 드리고 싶기 때문이야.

글로스터 (무릎을 꿇고) 아, 위대하신 하늘의 신들이여!
저는 이 세상을 하직하고 당신들이 보는 앞에서 이 몸에
내려진 크나큰 고뇌를 조용히 털어버리겠습니다. 제가 고
뇌를 더 참고 거역하지 못할 신들의 뜻에 대하여 원망을

하지 않는다 하더라도, 타다 남은 양초 심지 같은 지긋지긋한 이 목숨은 머
지않아 타 없어질 것입니다. 에드거가 아직 살아있다면 그 애에게 축복을
내려주소서! 자, 친구, 그럼 잘 가게.

에드거 이렇게 멀리 있습니다. 안녕히 계십시오! (글로스터, 앞으로 몸을
던지고 기절한다.) 사람이 목숨을 끊고 싶을 때에는 생각만으로도 보배 같

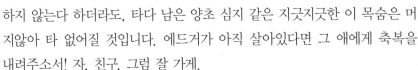

은 생명을 잃을 수도 있는데, 오시려던 곳에 실제로 왔다면 아버님은 지금쯤 생각하는 기능이 사라져버렸을 거야. (큰 소리로) 살아계신가, 돌아가셨나? 여보세요, 영감님! 여보세요, 안 들립니까? 말 좀 해 보세요! (방백) 정말 이대로 돌아가셨는지도 모르겠구나. 아니, 살아계시다. (큰 소리로) 당신은 누구시오?

글로스터 저리 가! 나를 죽게 내버려 둬.

에드거 대체 당신은 거미줄이요, 새털이요, 공기요? 그렇게 여러 길 낭떠러지에서 떨어졌으면 달걀같이 박살이 났을 것 아니오? 그런데 당신은 숨을 쉬며 몸도 아무렇지도 않고 피도 안 나며, 말도 하고 멀쩡하구려. 돛대 열 개를 이어도 당신이 거꾸로 떨어진 높이만큼은 못 될 거요. 생명을 건진 것은 기적이오. 한번 더 말을 해 보시오.

글로스터 대체 내가 떨어진 거냐, 안 떨어진 거냐?

에드거 이 흰 절벽의 꼭대기에서 떨어졌어요. 위를 쳐다보세요. 날카로운 소리로 노래하고 있는 종달새는 너무 멀어 보이지도 들리지도 않습니다. 자, 좀 쳐다보세요.

글로스터 아아, 보고 싶어도 나에게는 눈이 없어. 불행한 놈은 죽음으로써 불행을 면할 은혜조차 허용되지 않는단 말인가? 자살하여 폭군의 분노를 비웃어 주고, 오만한 의도를 꺾을 수 있었다면 그나마 위안이 되었을 것을…….

에드거 부축해 드리죠. 자, 일어서세요. 됐어요. 어때요? 다리가 말을 잘 듣나요? 설 수 있군요.

글로스터 설 수 있어. 아무렇지도 않아.

에드거 참 기적이군. 이 절벽 꼭대기에서 당신과 헤어진 자는 누구였습니까?

글로스터 불쌍한 거지였어.

에드거 여기 서서 쳐다보니 그놈의 눈은 두 개의 보름달 같고 코는 천 개나 되고 뿔은 파도치는 바다같이 꼬불꼬불하게 꼬였던데 그건 악마였어요. 그러니 당신은 운이 좋은 분입니다. 인간이 할 수 없는 일들을 하심으로써 존경을 받는, 누구에게나 공정한 신들이 당신을 구해주신 겁니다.

글로스터 이제부터는 고뇌란 놈이 '이젠 틀렸어.' 하고 비명을 지르며 뻗어버릴 때까지 꾹 참아야지. 그러고 보니 생각나는 게 있다. 네가 말한 악마를 난 사람인 줄만 알았구나. 하긴 그놈은 여러 번 '악마, 악마.' 하더라. 아무튼 그놈이 나를 저곳까지 데려다 줬다.

에드거 노여워하지 마시고 진정하십시오.

　야생화로 관을 만들어 쓴 리어 왕 등장.

에드거 아, 누가 오는군. 정신이 멀쩡하다면 저런 꼴은 안할 거야.

리어 왕 내가 돈을 위조한다 해도 나를 체포하진 못한다. 난 이 나라 왕이니까.

에드거 아, 저 모습은 가슴이 터질 것만 같구나!

리어 왕 그 점, 자연은 사람의 재주를 초월하거든. 자, 계약금을 받아라. 저놈의 활 쏘는 솜씨는 허수아비 같군. 힘껏 시위를 당겨 봐! 저 봐, 생쥐다! 쉬, 쉬, 이 구운 치즈 조각이 미끼로는 안성맞춤이다. 자, 이 장갑을 던지겠다. 도전의 표시다. 상대가 거인이라도 뒤로 물러서진 않겠다. 창을 든 병사를 불러라. 아, 날아가는 새처럼 과녁에 맞았다. 과녁에, 휙! 암호를 말해.

에드거 꽃박하.

리어 왕 통과.

글로스터 저건 귀에 익은 음성이구나.

리어 왕 하! 거너릴이구나. 흰 수염을 달고? 그것들은 개처럼 알랑거리면서 내가 수염도 나기 전부터 수염이 흰 노인처럼 현명한 분이라고 내게 말했어. 내가 하는 말에는 무엇이든 덮어놓고 '네.', 아니면 '옳은 말씀입니다.' 하고 맞장구를 쳤지. 허나 그것도 진심에서 나온 말은 아니었지. 언젠가 비에 흠뻑 젖고 바람이 불어 이가 딱딱 부딪칠 때, 천둥더러 가만히 있으라고 해도 말을 안 들었어. 그때 나는 그것들의 정체를 알아냈지! 쳇, 그것들의 말

을 믿을 수가 없어. 그것들은 나를 전능이라고
했어. 새빨간 거짓말이지……. 나 역시 학질에
걸리지 않고는 못 배기지 않는가?

글로스터 저 목소리를 나는 잘 알고 있다. 폐
하가 아니신가?

리어 왕 그렇다. 머리부터 발끝까지 어디로 보
나 왕이다! 내가 노려보면 신하들이 벌벌 떠는
꼴을 보라. 저놈의 목숨은 살려 주지. 네 죄목
은 뭐냐? 간통이냐? 죽이지는 않겠다. 간통을
했다고 사형을 해? 안 될 말이지! 굴뚝새도 그
짓을 한다. 조그만 금파리도 내 눈앞에서 흘레질을 하지 않느냐? 밀회를 하
게 해야지. 사실 글로스터의 사생아는 엄연한 정실에서 태어난 내 딸들보다
효자가 아니냐. 난장판이 되어 음란한 짓을 해라! 저기 웃음을 짓고 있는 부
인 좀 봐라. 그 얼굴로 봐선 사타구니까지 눈처럼 깨끗할 것만 같고 정숙한
체 시치미를 떼며 정사라는 말만 들어도 고개를 내젓지만, 음란한 짓을 하
는 데는 암내 난 고양이나 예민한 말보다도 더하잖은가. 저것들은 반인 반
수의 괴물이지. 허리 밑은 말이고 윗몸만 여자의 탈을 쓰고 있다. 허리띠까
지만 신의 영역이고 그 밑은 악마의 것이지. 여기는 죄다 지옥이다. 암흑이
다. 유황이 타고 있는 나락이다. 이글이글 탄다. 화상을 입는다. 썩어 문드
러져 악취가 난다. 에이, 참을 수가 없구나. 퉤, 퉤! 이봐! 약장수, 사향 한
온스만 가져다 줘, 속이 메스꺼우니. 자, 돈은 여기 있다.

글로스터 아, 그 손에 입 맞추게 해주십시오!

리어 왕 우선 손을 좀 씻어야겠어. 시체 냄새가 나니까.

글로스터 아, 대자연의 걸작이 마침내 폐허가 되었구나! 이 위대한 세계가
이렇게 무로 돌아가고 만단 말인가. 폐하, 저를 알아보시겠습니까?

리어 왕 그 눈을 잘 기억하고 있지. 나에게 추파를 던지는 거냐? 오냐, 실컷
음탕한 눈짓을 해봐라, 눈 없는 큐피드야. 아무리 그래도 나는 여자에게 반
하지는 않아. 이 결투장을 읽어 봐라. 그 글씨체를 똑똑히 봐 둬.

글로스터 글자 하나하나가 태양일지라도 저에게는 한 자도 보이지 않습니다.

에드거 (방백) 남에게 전해 들었다면 도저히 믿을 수 없겠지만 틀림없는 사실이다. 아, 심장이 터질 것만 같구나.

리어 왕 읽어 보라니까.

글로스터 아니, 옹이 구멍만도 못한 이 눈으로요?

리어 왕 어허, 그렇단 말이지? 얼굴엔 눈이 없고 주머니엔 돈이 없다? 눈은 중환이고 주머니는 빈털터리란 말이지. 하지만 세상 돌아가는 꼴쯤은 알 수 있을 테지.

글로스터 느낌으로 알아볼 수 있습니다.

리어 왕 뭐! 그럼 너는 미쳤구나? 눈이 없더라도 이 세상 돌아가는 것쯤은 알 수 있어. 귀로 보는 거야. 봐라, 저기 재판장이 비천한 도둑을 야단치고 있지 않나? 귀로 듣는 거야. 하지만 두 사람이 자리를 바꾼다면 어느 쪽이 재판관이고 어느 쪽이 도둑인지 가려내겠나? 농부의 개가 거지를 보고 짖는 것을 본 일이 있나?

글로스터 네, 본 일이 있습니다.

리어 왕 그 거지는 개를 보고 달아났지? 거기에 권력이라는 위대한 모습이 있는 거야. 개도 직책이랍시고 짖으면 사람이 복종하지. 이봐, 못된 야경, 그 잔학한 손을 멈춰! 왜 그 갈보를 매질하는 거야? 네 등이나 치려무나. 갈보라 해서 매질하고 있지만 너야말로 계집을 사고 싶어 흥분하고 있지 않느냐? 고리대금업자가 사기꾼을 교수형에 처하는 격이지. 누더기에 뚫린 구멍으로는 조그만 죄악도 다 들여다보이지만 법복이나 털가죽 외투는 모든 것이 다 감춰진다. 죄악에다 금으로 만든 갑옷을 입혀 봐. 법의 날카로운 창이 들어가지 못하고 부러진다. 그렇지만 누더기로 싸면 난쟁이의 지푸라기 화살로도 뚫리지. 죄지은 사람은 없어. 한 사람도 없어. 없는 거야. 내가 보증하겠다. 내 얘기 좀 들어 봐. 나는 고소인의 입을 틀어막을 권리를 가지고 있는 사람이야. 그대는 유리 눈이라도 해 박지 그래. 그리고 비열한 모사꾼처럼 보이지 않는 것도 보이는 척해 봐. 자, 자, 자! 내 장화를 좀 벗겨 줘.

세게, 더! 됐어.

에드거 (방백) 이치에 맞는 말과 맞지 않는 말이 마구 뒤섞여 있군. 광기 속에도 이성이 들어 있는 모양이야.

리어 왕 나의 불행을 위해 울어 준다면 내 눈을 주마. 나는 너를 잘 안다. 네 이름은 글로스터지. 너도 참아야 한다. 우린 울면서 이 세상에 태어났어. 너도 알다시피 우리가 처음으로 이 세상의 공기를 마실 때는 으앙으앙 울지 않느냐? 네게 일러줄 테니 잘 들어 둬라.

글로스터 아, 이럴 수가!

리어 왕 우리들이 태어날 때 바보들만 있는 이 큰 무대에 나온 것이 슬퍼서 울었던 거야. 이건 꽤 좋은 모자다. 음, 나사 천으로 기마의 발을 감싼 건 기막힌 묘안이었어. 나도 한번 해 봐야지. 그리고 사위 놈들을 몰래 습격할 수만 있다면 사정없이 죽여. 죽여, 죽여, 죽여라!

　시종, 하인들을 데리고 등장.

시종 오, 여기 계시군! 붙들어. 폐하, 공주님께서……

리어 왕 아무도 구원해 주는 사람이 없나? 뭐, 포로가 됐어? 나는 세상에 태어난 이래 운명의 조롱만 받아 왔다. 나를 잘 대우해 주게, 보석금을 낼 테니까. 의사를 불러다 줘. 뇌 속을 다쳤어.

시종 무엇이든지 분부대로 하겠습니다.

리어 왕 누가 구하러 안 오느냐? 나 혼자뿐이냐? 이러다간 울보가 되겠군. 사람의 눈을 뜰의 물뿌리개 대신 삼는 꼴이다. 가을날 먼지 안 나게 말이야. 나는 화려한 옷차림을 하고 죽을 테다. 말쑥한 새신랑처럼. 뭐, 즐겁게 하자고. 이봐, 이봐, 나는 국왕이다. 너희들은 알고 있느냐?

시종 네, 국왕이십니다. 분부대로 하겠습니다.

리어 왕 그럼 나는 아직 살 수 있겠군. 자, 잡을 테면 달려와서 잡아 봐라.

자, 자, 자! (뛰어간다. 하인들도 뒤따라 퇴장)

시종 미천한 사람도 저렇게 되면 불쌍한데 더구나 국왕의 신분으로…… 말도 안 돼! 다른 두 따님 때문에 천륜이 이래도 되나 하고 사람들의 저주를 받았지만, 다행히 이 따님은 그 저주를 씻어줄 것이다.

에드거 여보시오. 안녕하십니까?

시종 안녕하시오. 그런데 무슨 일이오?

에드거 혹시 전쟁이 일어난다는 소문은 못 들었습니까?

시종 그건 틀림없는 일이오. 누구나 다 알고 있소. 귀가 있는 사람이면 다 듣고 있소.

에드거 그렇다면 상대편 군사는 어디까지 다가와 있습니까?

시종 바로 코앞에 파죽지세로 다가와 있소. 그리고 이쪽 부대의 출전도 임박해 있소.

에드거 그것만 알면 됐습니다.

시종 이유가 있어 왕비께서는 여기 머물러 계시지만 군대는 이미 출동했소.

에드거 고맙습니다. (시종 퇴장)

글로스터 언제나 자비하신 신들이여, 제발 이 목숨을 끊어 주십시오. 당신의 부르심도 받지 않고 내 마음속에 있는 악마의 꼬임으로 죽음을 택하는 일이 두 번 다시 없도록!

에드거 영감님, 잘 기도하셨습니다.

글로스터 너는 누구냐?

에드거 전혀 쓸모없는 사람입니다. 운명의 매질에 뼈아픈 슬픔을 경험해 왔기 때문에 남의 불행에 동정이 갑니다. 손을 주십시오. 쉬실 곳으로 안내해 드리겠습니다.

글로스터 정말 고맙다. 하느님의 은총과 축복이 너에게 내리기를 빈다.

오스왈드 등장.

오스왈드 현상 붙은 수배자구나! 재수 좋다! 너의 눈 없는 그 머리는 본래 내 출세를 위해 만들어진 것이다. 이 재수 없는 늙은 반역자야, 빨리 네 죄를 돌이켜 반성하고 각오해라. 내가 칼을 뺐으니 네 목숨은 이제 내 것이다.

글로스터 오, 그 자비의 손으로 힘껏 찔러 다오. (에드거가 막는다.)

오스왈드 무례한 거지 놈아, 반역자로 수배된 놈을 뭣 때문에 옹호하려 드는 거냐? 비켜라, 비키지 않으면 그자의 불운에 너도 같이 말려든다. 빨리 비켜!

에드거 못 비킨다, 그 따위 이유로는.

오스왈드 비켜! 이 노예 놈아. 그러지 않으면 네 목숨은 없는 줄 알아.

에드거 이봐! 네 갈 길이나 가고 불쌍한 사람들에게 참견 마라. 그 따위 엄포로 목숨이 없어진다면 나는 벌써 두 주일 전에 없어졌게? 안 돼, 이 노인 옆에는 한 발짝도 못 와. 비켜, 비키라니까. 안 비키겠다면 한번 해보자. 네 대갈통과 내 몽둥이 중 어느 것이 더 딱딱한가. 나는 거짓말은 절대로 안 해.

오스왈드 입 닥쳐라. 이 쓰레기 같은 자식아! (두 사람 싸운다.)

에드거 그럼 네 앞니를 분질러 놓고 말겠다. 자, 덤벼! (오스왈드를 때려눕힌다.)

오스왈드 노예 놈, 네놈 손에 내가 죽다니. 이놈아, 이 돈주머니나 받아 둬라. 앞으로 잘 되고 싶거든 내 시체나 잘 묻어 주어라. 그리고 내 주머니 속의 편지를 글로스터 백작 에드먼드께 전해 주어라. 영국군 진영에 가서 찾으면 된다. 아! 하필 이때 죽음을 당하는구나! 여기서 이렇게 죽을 줄이야……. (죽는다.)

에드거 나는 너를 잘 안다. 악당이지만 충성을 다한 놈이었지. 네 주인 마님의 나쁜 짓을 위해서는 충실하기 이를 데 없는 놈이었어.

글로스터 뭐야, 그놈이 죽었나?

에드거 영감님, 거기 앉아서 잠깐 쉬십시오. 이자의 호주머니 속을 좀 뒤져봐야겠습니다. 그 편지라는 게 우리에게 도움이 될지도 모르니까요. 망나니의 손에 죽게 하지 못한 것이 유감이지만 저놈은 이제 죽었습니다. 그럼 편지를 좀 뜯어볼까? 실례를 좀 하자. 적의 마음속을 알려면 적의 심장까지도 찢어야 하는 판에 편지 정도 뜯어보는 것쯤이야 어떨라고. (편지를 읽는다.) '서로가 맹세한 것 잊지 말아 주세요. 그 사람을 없애버릴 기회는 얼마든지 있을 거예요. 당신의 결심 하나로 시기와 장소는 충분히 마련될 겁니다. 만일 그 사람이 승리하여 개선하는 날이면 모두 수포로 돌아갑니다. 그러면 나는 죄인이 되고 그 사람과의 잠자리는 나의 감옥이 됩니다. 그 숨막히는 잠자리에서 저를 구해내시고 노고의 대가로 그 자리에 당신이 들어오세요. 당신을 남편처럼 그리워하는 거너릴'

아, 여자의 욕정이란 끝이 없구나! 저 덕망 높은 남편의 목숨을 빼앗아 내 동생과 바꾸자는 흉계다. (오스왈드의 시체를 향해) 여기 모래 속에 너를 묻어 주마. 남편의 목숨을 노리는 색골의 더러운 심부름꾼아! 때를 노려 공작에게 이 흉측한 편지를 내보이고 모살을 당할 뻔한 공작을 깜짝 놀라게 해 드려야지. 그분에게는 다행이다. 네 최후의 꼬락서니와 네 임무를 내가 전달할 수 있게 됐으니.

글로스터 왕께선 실성하셨다. 그런데 하찮은 내 목숨은 얼마나 질기기에 이렇게 버티어 큰 슬픔을 뼈아프게 느껴야만 하는 걸까? 차라리 미치기라도 하면 좋으련만. 그렇게 되면 슬픔도 생각하지 않게 되고 이런저런 불행도 느끼지 못할 것 아닌가? (먼 곳에서 북소리)

에드거 손을 잡아 드리죠. 멀리서 북 치는 소리가 나는 군요. 자, 영감님, 어디 아는 집을 찾아가 보호를 부탁해 봅시다. (두 사람 퇴장)

제4막 제7장

프랑스군의 진영.
코딜리어, 켄트, 시의, 시종 등장.

코딜리어 아아, 켄트 백작님, 제가 얼마나 오래 살고 얼마나 노력을 해야 백작의 충성에 보답할 수 있을까요? 그러

기에는 인생이 너무 짧고 또 무슨 방법으로도 그 충성에는 보답하지 못할 것 같습니다.

켄트   그렇게 알아주시는 것만으로도 과분한 보상입니다. 지금 말씀드린 것은 사실 그대로입니다. 한마디도 보태거나 줄이지 않은 사실입니다.

코딜리어   옷을 갈아입으세요. 그 옷을 보면 지금까지 겪었을 백작님의 고통이 떠오릅니다. 부디 그 옷을 벗어버리세요.

켄트   용서하십시오. 지금 저의 정체가 드러나면 이제껏 계획해 온 모든 것이 틀어집니다. 적당한 시기가 올 때까지 저를 모르는 체하여 주십시오. 제발 부탁드립니다.

코딜리어   네, 알겠어요. (시의에게) 폐하의 용태는 어떠신가요?

시의   아직 주무시고 계십니다.

코딜리어   아! 인자한 신들이여, 학대 받은 아버님 마음의 큰 상처를 치료해 주소서! 자식들의 불효 때문에 헝클어진 마음의 줄을 제발 바로잡아 주소서!

시의   폐하를 깨워도 되겠습니까? 오랫동안 주무셨습니다.

코딜리어   당신의 판단에 맡기겠어요. 좋도록 하세요. 옷은 갈아입히셨나요?

시종   네, 곤히 주무시는 사이에 새 옷으로 갈아 입혀 드렸습니다.

시의   깨워 드릴 때 옆에 가까이 계십시오. 틀림없이 정신을 회복하실 것입니다.

코딜리어   그렇게 하지요.

　　의자에 잠든 리어 왕이 운반되어 나온다. 조용한 음악.

시의   더 가까이 오십시오. (안쪽을 보고) 음악을 더 크게!

코딜리어 아! 아버님, 저의 입술에 아버님을 회복시키는 묘약이 있어 두 언니가 아버님께 입힌 큰 상처가 이 키스로 치유되기를 바랍니다!

켄트 착하시고 효성이 지극하신 공주님!

코딜리어 설사 자신들의 아버지가 아니더라도 이 백발을 보면 측은한 마음이 생길 텐데……. 이 얼굴로 사나운 비바람과 맞서야 했나요? 천지를 뒤흔들며 무섭게 벼락을 치는 천둥과 맞서셨다죠? 더구나 번갯불이 하늘을 찢으며 번쩍이는데 한잠도 못 주무시고, 목숨을 건 보초병같이 이렇게 맨머리로! 나를 물어뜯은 원수네 집 개였다 할지라도 그런 밤에는 개를 난로 곁에 있게 했을 텐데. 그런데 가엾게도 아버님은 돼지와 떠돌아다니는 거지와 함께 곰팡내 나는 지푸라기를 뒤집어쓴 채 오두막에서 주무셨어요. 아아, 아아! 목숨과 정신이 함께 끊어지지 않으신 게 기적입니다. 잠이 깨신 것 같은데 말씀 여쭈어 보세요.

시의 왕비님께서 말씀하시는 게 좋을 것 같습니다.

코딜리어 폐하, 기분이 어떠세요?

리어 왕 무덤 속에서 나를 끌어내는 건 실례지. 당신은 천상의 영혼이군. 나는 지옥의 불수레에 꽁꽁 묶여 있어. 그래서 내 눈물은 녹은 납처럼 내 뺨을 태우고 있지.

코딜리어 저를 알아보시겠어요?

리어 왕 당신은 망령이군. 언제 죽었소?

코딜리어 아직, 아직도 착란이 심하세요!

시의 아직 잠을 덜 깨셨습니다. 잠시 놔두십시오.

리어 왕 내가 여태껏 어디 있었나? 여기는 어딘가? 햇빛이 비치나? 나는 기막히게 속고 있어. 남이 이런 꼴을 당하면 불쌍해서 견딜 수 없을 거야. 뭐라고 해야 좋을지 알 수 없구나. 이건 내 손인가? 정말 내 손이야? 어디 꼬집어 보자. 아프다, 아파. 지금 내가 어떤 지경인지 확실히 알고 싶구나.

코딜리어 (무릎을 꿇고) 아! 저 좀 보세요. 손을 들어 저를 축복해 주세요. (왕이 무릎을 꿇으려고 하는 것을 보고) 아니에요, 아버님. 무릎을 꿇으시면 안 돼요.

리어 왕 제발 나를 놀리지 마오. 나는 어리석은 바보 늙은이야. 나이는 여든 고개를 넘었지만 그 이상도 그 이하도 아니야. 그리고 솔직하게 말해서 정신이 성하진 않은 것 같아. 당신이나 이분을 알 것 같은데 확실치가 않아. 글쎄, 여기가 어딘지 전혀 모르겠군. 그리고 아무리 돌이켜 생각해 봐도 이 옷은 기억에 없고 어젯밤 어디서 잤는지도 생각이 안 나. 비웃을지도 모르지만 이 부인은 내 딸 코딜리어처럼 보이는군.

코딜리어 그렇습니다, 그렇습니다!

리어 왕 오, 역시 맞군. 눈물을 흘리느냐? 제발 울지 마라. 네가 독약을 준다 해도 나는 마시겠다. 너는 나를 원망하고 있을 거다. 내 기억에는 너의 언니들이 나를 몹시 학대했다. 네가 그랬다면 그러려니 하겠지만 그애들에게는 아무런 이유도 없었는데 말이다.

코딜리어 없습니다. 저에게도 그런 이유 같은 건 아무것도 없습니다.

리어 왕 나는 프랑스에 와 있느냐?

켄트 폐하의 영토 안에 계십니다.

리어 왕 속이지 말게.

시의 안심하십시오, 왕비님. 보시는 바와 같이 심한 정신 착란은 진정되셨습니다. 그러나 지금까지 있었던 일들을 되새기게 하는 건 아직 위험합니다. 안으로 모십시다. 그리고 좀더 진정이 될 때까지는 편안하게 해 드리는 게 좋겠습니다.

코딜리어 아버님, 안으로 들어가지 않으시겠어요?

리어 왕 나를 부디 용서해 다오. 모든 것을 잊고 용서해 다오. 나는 늙어서 바보가 됐으니까. (켄트와 시종만 남고 모두 퇴장)

시종 콘월 공작이 피살되었다는 게 사실입니까?

켄트 틀림없는 사실이오.

시종 그럼 그 군대의 지휘자는 누굽니까?

켄트 소문에는 글로스터의 서자라고 합니다.

시종 듣자니 추방당한 글로스터의 아들 에드거와 켄트 백작은 독일에 가 있다는 소문이던데요.

켄트 세간의 소문은 믿을 수가 있어야죠. 그런데 경계해야 할 시기가 왔소. 영국군이 빠르게 진격해 오고 있소.

시종 이번 전투는 치열할 것 같습니다. 그럼 안녕히 계시오. (시종 퇴장)

켄트 목숨을 건 내 계획이 들어맞는지 아닌지는 오늘 전투로 결판이 날 것이다. (켄트 퇴장)

제5막

제5막 제1장

도버 근처의 영국군 진영.
고수와 기수들을 선두로 에드먼드, 리건, 신하들, 병사들 등장.

에드먼드 공작에게 알아보고 오너라. 일전의 결의에 변경이 없으신지 그 후로 방침을 변경하셨는지. 공작은 늘 내키지 않는 마음에 흔들리고 있으니 최후의 결심을 알아 오너라. (장교 퇴장)

리건 언니의 시종은 사고를 당한 것이 틀림없어요.

에드먼드 그런지도 모릅니다.

리건 그런데 에드먼드. 내가 당신에게 호감을 가지고 있는 건 아시지요? 하지만 말씀해 보세요. 사실대로, 아무튼 사실대로 말씀해 보세요. 당신은 언니를 사랑하고 있는 게 아닌가요?

에드먼드 공적인 사랑을 말하는 것이라면 그렇다고 할 수 있습니다.

리건 그런데 당신은 혹시 형부만 들어갈 수 있는 곳까지 들

어가지 않았어요?

에드먼드 그건 부당한 말씀입니다.

리건 내가 보기에는 언니와 너무 가까워서 이미 언니 사람이 된 듯한 느낌이 드는데요?

에드먼드 내 명예를 두고 맹세하지만 절대로 그렇지 않습니다.

리건 언니라고 가만두지는 않을 거예요. 에드먼드, 당신은 언니하고 가까이 하지 마세요.

에드먼드 염려 마십시오. 아, 언니와 공작께서 오십니다.

고수와 기수들을 앞세우고 올버니, 거너릴, 병사들 등장.

거너릴 (방백) 동생에게 저 사람을 뺏길 바에는 차라리 전쟁에 지는 편이 나아.

올버니 콘월 공작부인, 반갑소! (에드먼드에게) 헌데 듣자니 국왕은 막내딸에게 가고, 우리의 정치를 싫어하는 일당도 따라갔다고 하오. 나는 옳지 않은 경우엔 용기를 내지 않는 사람이지만, 이번 일은 프랑스 왕이 리어 왕과 그 무리를 원조하려는 것이 아니고, 우리 나라를 침략하려고 하기 때문에 결코 그냥 넘어갈 수 없소. 하긴 리어 왕과 그 무리에게도 중대하고 정당한 이유가 있어서 우리에게 대항하는 것이겠지만.

에드먼드 지당하신 말씀입니다.

리건 새삼스럽게 왜 그런 말씀을 하세요?

거너릴 같이 합세해서 적을 무찔러요. 집안끼리의 사사로운 시비는 여기서 말할 성질이 못 되잖아요?

올버니 그럼 경험 많은 용사들을 소집하여 작전 계획을 세우도록 합시다.

에드먼드 곧 공작님의 막사로 가겠습니다.

리건 언닌 나와 같이 가요.

거너릴 싫다. 난 안 가겠어.

리건 그럴 일이 있으니 같이 가요.

거너릴 (방백) 흥, 그 이유를 나도 알지……. 그럼 가자.

　모두 퇴장하려고 할 때, 변장한 에드거 등장.

에드거 이렇게 비천한 사람입니다만 공작님께서 허락해 주신다면 긴히 한 말씀 올릴 것이 있습니다.

올버니 먼저들 가시오. 곧 뒤따라가겠소. 자, 말해 봐라. (올버니와 에드거만 남고 모두 퇴장)

에드거 전투 개시 전에 이 편지를 뜯어보십시오. 만약 공작님께서 승리를 거두시면 나팔을 불게 해서 이 편지를 가져온 저를 불러주십시오. 비천한 사람으로 보이겠지만, 이 편지에 씌어 있는 것이 거짓이 아니라는 것을 칼로써 증명해 보이겠습니다. 그러나 만일 당신이 전사하신다면 속세의 모든 번거로움도 끝장이 나고 음모도 사라지고 말 것입니다. 건승하시기를 빕니다.

올버니 그럼 읽어 보겠으니 기다려라.

에드거 그럴 수는 없습니다. 때가 오면 전령을 시켜 불러 주십시오. 반드시 나타나겠습니다.

올버니 그럼 잘 가라. 편지는 꼭 읽어 보겠다. (에드거 퇴장)

　에드먼드 등장.

에드먼드 적군이 나타났습니다. 단단히 대비하십시오. 믿을 만한 척후병이 정찰한 적의 병력과 군비에 관한 보고서가 여기 있습니다. (문서를 내준다.) 서두르셔야 되겠습니다.

올버니 곧 출전하겠소. (올버니 퇴장)

에드먼드 언니에게도 동생에게도 나는 사랑을 맹세했다. 자매가 서로 경계하는 꼴은 독사한테 물린 사람이 독사를 경계하는 꼴과 같더군. 어느 쪽을 택할까? 양쪽 다? 한쪽만? 양쪽 다 그만둘까? 양쪽 다 살아남으면 어느 쪽도 마음 놓고 향유할 수는 없지. 과부 쪽인 리건을 택하면 언니인 거너릴이 미친 듯이 날뛸 거야. 그렇다고 그녀의 남편이 살아있는 한 나의 승산은 거의 없지. 하지만 전쟁에는 그 남편의 위력을 이용해야 해. 일단 전쟁이 끝나면 남편을 방해물로 여기는 그 여자로 하여금 남편을 곧 없애버리게 해야지. 그는 리어 왕과 코딜리어에게 자비를 베풀 모양이지만, 전쟁이 끝나고 부녀가 우리 쪽 포로가 되면 사면을 하도록 그냥 두지는 않을 테다. 지금의 내 입장으로는 나 자신을 지키는 일이 우선이지 옳고 그름을 따지고 있을 때가 아니야. (에드먼드 퇴장)

제5막 제2장

양군 진영 사이의 평야.

경보, 프랑스군 등장. 코딜리어가 리어 왕의 손을 끌고 등장하여 무대를 가로질러서 퇴장.

에드거가 글로스터의 손을 끌고 등장.

에드거 자, 아저씨. 여기 이 나무 그늘 아래에서 쉬고 계세요. 그리고 정당한 편이 이기도록 기도해 주세요. 무사히 돌아올 수 있게 되면 기쁜 소식을 가지고 올께요.

글로스터 너에게 신의 은총이 있기를 빈다! (에드거 퇴장)

경보와 퇴각의 나팔소리, 에드거 등장.

에드거 영감님, 도망갑시다. 손을 주세요. 도망가요. 전쟁에 져 리어 왕과 공주님은 포로가 됐습니다.

글로스터 이젠 안 가겠다. 여기서도 썩어 없어질 수 있다.

에드거 아니, 또 나쁜 생각을 하십니까? 사람은 태어날 때와 마찬가지로 이 세상을 하직할 때도 뜻대로 되는 게 아니니 참아야 합니다. 무엇보다 중요한 것은 기회를 기다리는 일입니다. 자, 가십시다.

글로스터 듣고 보니 그 말도 옳군. (두 사람 퇴장)

제5막 제3장

도버 근처의 영국군 진영. 승리를 한 에드먼드, 고수와 기수를 선두로 등장. 포로가 된 리어 왕과 코딜리어 등장.
부대장과 병사들이 등장.

에드먼드 병사들은 이 두 사람을 끌고 가라. 명령이 있을 때까지 처분을 기다리고 엄중히 감시해라.

코딜리어 최선을 다하고도 최악의 결과를 얻는 게 우리가 처음은 아니지만 국왕이신 아버님의 고생을 생각하면 가슴이 무너질 것 같아요. 저 혼자라면 믿을 수 없는 운명의 여신의 찌푸린 얼굴쯤은 노려볼 수도 있습니다만, 아버님의 딸들인 언니들을 한번 만나 보지 않으시겠어요?

리어 왕 아니, 아니, 만나지 않겠다. 절대로 만나지 않겠다! 자, 감옥으로 가자꾸나. 둘이서 조롱 속의 새처럼 노래를 부르자꾸나. 네가 나보고 축복을 해 달라고 하면 나는 무릎을 꿇고 네게 용서를 빌겠다. 우리는 그렇게 나날을 보내면서 기도하고 노래하고 옛날이야기를 하고 화려한 나비들을 보고 웃으며 불쌍한 놈들이 얘기하는 궁중 소문이나 듣자꾸나. 그리고 그들을 통해 누가 실각하고 누가 득세하고 누가 등용되고 누가 쫓겨났는지를 그놈들하고 얘기하자꾸나. 우리는 제법 신의 밀사이기나 한 것처럼 세상에 일어나는 불가사의한 일을 아는 척하며, 감옥의 벽에 둘러싸여 달과 함께 차고 기우는 귀족들의 이합집산을 보면서 조용히 지내자꾸나.

에드먼드 둘을 데리고 나가라.

리어 왕 코딜리어, 너의 희생에 대해서는 신들이 몸소 향을 올려 주실 거다. 내가 너를 붙잡고 있지? 우리를 떼어 놓으려고 하는 놈은 하늘에서 횃불을 가지고 와 우리를 여우 몰듯 그을려 내몰아야 할 것이다. 눈물을 닦아라. 그것들이 염병에 걸려서 살과 껍질이 썩어 문드러지기 전에는 울지 말아라. 그것들이 굶어 죽는 꼴을 봐야지! 자, 가자. (리어 왕, 코딜리어 퇴장)

에드먼드 부대장, 이리 오게. 이것을 가지고 감옥까지 두 사람의 뒤를 따라가라. (쪽지를 준다.) 자네를 일계급 승진시켜 주겠다. 그 쪽지에 쓰인 대로 실행한다면 네 앞날은 확 트일 것이다. 명심해 둬라. 사람은 대세에 순응해야 한다. 인정이란 칼을 찬 군인에게는 어울리지 않는다. 이번의 중대한 임무는 왈가왈부를 허용치 않는다. 수락하겠느냐 아니면 다른 길을 택하겠느냐?

부대장 명령대로 하겠습니다.

에드먼드 그럼, 곧 착수해라. 일이 끝나면 행운이 기다리고 있을 것이다. 알았나? 그 쪽지에 씌어 있는 대로 처리해라.

부대장 말처럼 짐수레를 끌거나 말린 귀리를 먹을 수는 없지만 사람이 하는 일이라면 뭐든지 하겠습니다. (부대장 퇴장)

나팔소리. 올버니, 거너릴, 리건, 병사 등장.

올버니 오늘은 확실히 당신의 용맹한 혈통을 증명하셨소. 또 무운도 좋았소. 그리고 오늘 전투의 목표인 두 사람을 포로로 잡은 것은 대단한 공훈이오. 그 두 사람의 처분에 대해서는 그들의 죄와 우리의 안전을 고려해 공명한 결정이 되도록 처리해 주시오.

에드먼드 저 비참한 노왕을 어디 적당한 곳에 가두어 감시인을 붙여 두는 것이 적당하다고 생각합니다. 어리석은 백성들이 왕의 고령이나 위엄에 끌려 동정을 하고, 병사들까지 지도자인 우리의 눈으로 창을 겨눌까 우려됩니다. 프랑스 왕비도 같이 가두었습니다. 이유는 같습니다. 그리고 언제라도 법정에 출두하도록 해 놓았습니다. 그런데 우리는 지금 땀과 피에 젖어 있습니다. 친구는 친구를 잃었습니다. 전쟁의 가혹함을 느낀 사람이면 그 전쟁을 저주하게 마련입니다. 코딜리어와 그 부친의 문제는 후일 적당한 기회에 다시 논하는 것이 좋을 것 같습니다.

올버니 미안하지만 나는 이번 전쟁에서 당신을 나의 부하로 생각했었지 동료로는 생각하지 않았소.

리건 그 자격은 제가 드렸어요. 그 말을 하시기 전에 제 의사를 물어보셔야죠. 이분은 저의 지위와 신분을 위임받고 저의 군대를 지휘하셨어요. 저와는 이런 사이니 당연히 이분은 형부와 어깨를 견줄 만한 위치라고 할 수 있어요.

거너릴 그렇게 흥분하지 마라! 네게서 자격을 받지 않더라도 저분은 자기 자신의 가치로 높은 지위에 올라갈 분이야.

리건 아니, 내가 준 권리 때문에 이분은 다른 귀족에게 뒤지지 않는 신분이 될 수 있었던 거예요.

거너릴 그렇다면 차라리 네 남편으로 삼지 그래?

리건 농담이 진담이 될지 누가 알겠어요?

거너릴 저것 봐! 그런 소리 하는 사람의 눈은 역시 사팔뜨기로군.

리건 언니, 지금 나는 몹시 아파서 가만히 있지만 그렇지 않다면 성을 내고 대들었을 거예요. (에드먼드에게) 장군, 나는 당신에게 나의 부하들과 포로와 상속 재산을 모두 맡기겠어요. 마음대로 처리하세요. 그리고 이 몸도 당신의 것입니다. 성도 내주겠어요. 이 자리에서 당신을 나의 남편, 나의 주인으로 선언합니다.

거너릴 그렇게 네 맘대로 될 줄 알아?

올버니   어쨌거나 당신이 참견할 일이 아니오.

에드먼드   당신 역시 참견할 수는 없을 겁니다.

올버니   뭐라고? 첩의 자식아, 당치 않은 소리다!

리건   (에드먼드에게) 북을 울려 저의 신분이 당신의 것이 됐음을 증명하세요.

올버니   잠깐 기다려! 말할 게 있다. 에드먼드, 너를 대역죄로 체포하겠다! 너를 체포함과 동시에 이 금빛 독사 거너릴도! 리건, 처제의 요구에 대해서는 아내를 대신하여 내가 반대하오. 내 아내는 벌써 이 귀족과 재혼할 약속이 돼 있소. 그러니 나는 그녀의 남편으로서 당신의 혼담에 이의가 있소. 남편이 필요하다면 차라리 내게 구혼하시오. 저자는 이미 내 아내와 약속이 되어 있으니까.

거너릴   그런 서툰 연극은 집어치워요!

올버니   에드먼드, 아직도 위장을 하고 있구나. 나팔을 불게 하라. 네가 범한 흉악하고 명백한 대죄를 밝히려고 너에게 결투를 신청할 사람이 나타날 것이다. 만약 나타나지 않는다면 내가 상대하겠다! (장갑을 땅에 던져 결투를 청하며) 네 악업이 지금 내가 꾸짖은 것 이상임을 네 염통을 도려내어 증명해 보이겠다. 그전에는 빵 한 조각 입에 대지 않을 것이다.

리건   아아, 괴로워. 가슴이 아파!

거너릴   (방백) 그렇지 않으면 약효도 믿을 수 없었겠지.

에드먼드   그 대답은 이거다! (장갑을 던진다.) 나를 반역자라고 부르는 놈이 어떤 놈인지 모르지만, 악당에다 거짓말쟁이다. 나팔을 불어서 불러내라. 나타나는 놈이 누구든 가리지 않겠다. 나의 결백과 체면을 확실하게 증명해 보이겠다.

올버니   여봐라, 전령!

에드먼드   전령, 전령, 거기 없느냐!

올버니   네 자신만의 용기를 믿어라. 내 이름으로 징집된 너의 부하들은 모두 해산시켰으니까.

리건   아이고, 죽을 것 같아!

올버니 많이 아픈 모양이군. 내 막사로 데리고 가라. (리건, 부축을 받으며 퇴장)

전령 등장.

올버니 이리 오게, 전령. (대장에게) 나팔을 불게 하라. (전령에게) 이것을 읽어라. (나팔소리)

전령 (읽는다) '우리 군대 내의 지체나 지위 있는 자로서, 글로스터 백작을 자칭하는 에드먼드가 갖가지 대죄를 범한 대모반자라는 것을 결투로써 증명할 수 있는 자는, 세 번째 나팔소리를 신호로 출두하여라. 에드먼드는 도전에 응하겠다고 한다.' 불어라! (첫 번째 나팔소리) 또 한 번! (두 번째 나팔소리) 한 번 더! (세 번째 나팔소리, 안에서 화답하는 나팔소리)

무장한 에드거, 나팔수를 앞세우고 등장.

올버니 (전령에게) 물어보아라, 왜 나팔소리에 응하여 나타났는지를.

전령 당신은 누구요? 이름을 대시오. 신분을 말하오. 무슨 이유로 이 부름에 응했소?

에드거 이름은 반역자의 이빨에 물어뜯기고 벌레에 좀먹히고 말았습니다. 허나 신분은 여기 칼을 맞대고 싸우려는 상대에 못지않은 귀족 출신입니다.

올버니 그 상대가 누구냐?

에드거 글로스터 백작 에드먼드란 자는 어디 있느냐?

에드먼드 바로 나다. 할 말이 뭐냐?

에드거 칼을 빼라. 내 말이 귀족인 너의 비위에 맞지 않는다면 칼로써 정의를 증명해 봐라. 굳은 맹세로 명예로운 기사가 된 특권으로 너에게 단언

한다. 네가 아무리 힘이 세고 지위가 높고 젊다 하더라도, 또 싸움에 이겨 행운의 절정에 있다 하더라도, 제아무리 용기와 담력이 뛰어나다 하더라도 네놈은 모반자다. 네놈은 신과 형과 아버지를 배반하고 여기 이 공명 높으신 공작의 목숨을 노리는, 머리끝에서 발바닥의 때에 이르기까지 두꺼비만도 못한 더러운 모반자다. 네가 그걸 부정한다면 내 칼과 내 팔과 내 용기로 네 염통을 도려내어 사실을 증명해 보이겠다. 그리고 그 염통에 대고 말할 것이다. 너는 거짓말쟁이라고!

에드먼드 법도에 따라 마땅히 이름을 물어봐야 하겠지만 보아하니 의젓하고 용감하며 말투도 명문가 출신 같구나. 기사도의 예법에 따르면 당연히 거절해도 좋은 결투지만 그렇게 하고 싶지 않다. 모반자라는 오명을 네 머리에 돌려 주고, 지옥과 같은 그 가증스러운 거짓말을 네 가슴에 눌러 놓겠다. 그렇지만 그 오명도 네 가슴을 스칠 뿐 상처조차 남기지 않을 것이니 이 칼로 네 가슴에 새겨 영원히 남게 하겠다. 자, 나팔을 불어라. (경보의 나팔소리. 두 사람이 싸우다 에드먼드가 쓰러진다.)

올버니 가만, 죽이지 말라!

거너릴 이것은 음모예요, 에드먼드. 이름도 밝히지 않은 상대에게는 기사도의 예법에 따라 응할 필요가 없었어요. 당신은 진 게 아니에요. 계략과 속임수에 빠진 거예요.

올버니 입 닥쳐! 닥치지 않으면 이 편지로 입을 틀어막아 버릴 테다. (에드먼드에게) 이봐, 잠깐 기다려. (거너릴에게) 이 무도한 악마야, 네 죄상을 읽어 봐라. 찢지 마! 이미 다 알고 있는 모양이군.

거너릴 그래서 어떻다는 거죠? 국법은 내가 정해요. 당신 맘대로는 안 될걸요. 그걸로 날 고발할 수 있겠어요?

올버니 정말 지독한 계집이로군! 그럼 이 편지는 확실히 네 것이구나?

거너릴 내게 그런 걸 묻지 말아요. (거너릴 퇴장)

올버니 뒤따라가 봐. 무슨 짓을 할지 모르니 못하게 막아. (장교 한 사람

퇴장)

에드먼드 당신이 열거한 죄목들은 확실히 내가 범한 죄상이오. 이외에도 많이 있지만 때가 오면 다 알게 되겠지. 그러나 이미 지난 과거의 일이오. 나는 이제 과거의 사람이 되었소. 그런데 나를 이긴 행운아, 너는 대체 누구냐? 문벌 있는 사람이라면 용서하겠다.

에드거 서로 용서하자. 혈통에 있어서도 너에게 지지 않는 사람이다, 에드먼드. 혈통이 너보다 우월하다면 나에 대한 네 죄는 그만큼 더 무거울 것이다. 나는 에드거다. 너와 똑같은 아버지의 자식이다. 신은 공평하시다. 우리의 쾌락으로써 우리 스스로를 벌하는 도구로 쓰신다. 아버지는 어둡고 부도덕한 잠자리에서 너를 만든 대가로 두 눈을 잃으셨다.

에드먼드 그래, 그 말이 맞군. 운명의 수레바퀴가 한 바퀴 돈 모양이야. 이렇게 나는 제자리에 와 있어.

올버니 (에드거에게) 자네의 거동이 어딘지 고귀한 가문의 태생임을 알아볼 수 있었네. 자, 이 가슴으로 안게 해주게. 내가 한번이라도 자네나 부친을 미워했었다면 슬픔으로 이 가슴이 쪼개져도 좋네.

에드거 공작님, 잘 알고 있습니다.

올버니 지금까지 어디에 숨어 있었는가? 어떻게 부친의 불행을 알았는가?

에드거 그 불행을 제가 보살펴 왔습니다. 간단히 말씀드리겠습니다. 다 말씀드리고 나서, 아! 심장이 터져도 상관없습니다. 가혹한 선고가 내린 뒤에 바싹 뒤쫓아 오는 병사의 눈을 피해서……. 아! 목숨은 소중합니다. 단번에 죽기보다는 매순간 죽음의 고통을 당하더라도 살아가고자 하더군요. 생각한 끝에 누더기를 입고 개도 깔보는 미친 거지 꼴로 변장을 했지요. 그런 꼴로 우연히 아버님을 만났는데, 그때 그분의 피를 흘리는 눈은 보석 같은 두 눈알을 막 잃고 난 뒤였습니다. 그 후로 아버님을 위해 구걸도 하고 절망으로부터 구원도 해드렸습니다. 반시간 전 갑옷을 입을 때까지 이름을 밝히지 않았습니다만, 지금 생각하니 큰 잘못이었습니다. 이번 결투에 이기리라고는 생각하면서도 승패의 판가름이 웬지 불안하여, 부친께 축복을 구하며 지금까지의 모든 일을 말씀드렸지요. 그랬더니 이미 금이 가 있는 부친의 심장은 기쁘고도 슬픈 감정의 충격을 감당하지 못했던지……, 희비의 양극단 사이에 빙그레 웃으시며 숨을 거두고 마셨습니다.

에드먼드　이야기를 들으니 마음이 아프오. 이제 나의 죄를 뉘우칠 수 있을 것 같소. 얘기가 더 있을 것 같은데 계속해 주시오.

올버니　슬픈 이야기일 테니 그만하게. 그것만으로도 눈물이 쏟아질 것 같으니까.

에드거　슬픔을 싫어하는 사람에게는 이것이 끝이길 바라겠지만 또 있습니다. 자세히 이야기하면 이미 많은 슬픔에다 슬픔을 더하여 극도의 슬픔이 될 것입니다. 제가 통곡을 하고 있는데 누가 나타났습니다. 이분은 전에 저의 비참한 거지꼴을 봤을 때는 소름이 끼치는 듯 저를 피했던 분인데, 슬픔을 참고 있는 저를 알아보고 억센 두 팔로 제 목에 매달려 하늘을 찢을 듯이 통곡하며 저의 부친의 시신 위에 몸을 내던졌습니다. 그런 모습으로 리어 왕과 자신의 이야기를 했는데 그렇게 슬픈 이야기는 세상에 둘도 없을 것입니다. 이야기를 하면서도 그분은 슬픔을 감당하지 못하여 당장에 생명의 줄이 끊어질 것만 같았습니다. 그때 두 번째 나팔소리가 들렸기 때문에 실신한 그분을 두고 이곳으로 나왔습니다.

올버니　그분이 대체 누구요?

에드거　켄트 백작, 추방당한 켄트 백작입니다. 변장을 하고 자기를 추방했던 왕을 따라다니며 노예라도 하지 못할 시중을 들어온 분입니다.

　시종, 피가 묻은 단검을 들고 등장.

시종　큰일났습니다! 아, 큰일났습니다!

에드거　무슨 일이오?

올버니　빨리 말하라.

에드거　그 피 묻은 칼은 무엇이오?

시종　지금 막 가슴에서 뽑아 아직 따뜻하고 김이 오릅니다. 아! 돌아가셨습니다.

올버니 누가? 빨리 말해!

시종 마님, 마님께서요! 그리고 동생 분도 마님에게 독살당했습니다. 마님이 그렇게 말했습니다.

에드먼드 나는 두 사람에게 결혼 약속을 했으니 이젠 셋이 같이 결혼식을 올릴 차례구나.

에드거 켄트 백작이 오십니다.

켄트 등장.

올버니 죽었든 살았든 두 사람을 이리 옮겨오너라. (시종 퇴장) 이 천벌은 우리를 두려움에 떨게 할지언정 불쌍하다는 마음은 일으키지 않는다. (켄트를 보고) 아! 이분이 그분인가? 실례가 되는 줄 알지만 사태가 이러하니 인사말은 줄이겠습니다.

켄트 주군이신 폐하께 영원한 작별을 하러 왔습니다. 여기 안 계십니까?

올버니 큰일을 잊고 있었소! 말하라, 에드먼드. 왕은 어디 계시냐? 그리고 코딜리어는? (하인이 거너릴과 리건의 시체를 운반해 온다.) 켄트 백작, 저걸 보시오.

켄트 아아, 이게 웬일입니까?

에드먼드 어쨌든 이 에드먼드는 사랑을 받았소. 나 때문에 언니는 동생을 독살하고 스스로 목숨을 끊었소.

올버니 사실 그렇군. 시체의 얼굴을 덮어라.

에드먼드 숨이 차는군. 이제까지 난 나쁜 짓만 해왔지만 죽기 전에 한 가지라도 좋은 일을 하고 싶소. 빨리 성으로 사람을 보내시오. 서두르시오. 리어 왕과 코딜리어를 죽이라는 명령을 내렸소. 늦지 않게 빨리 보내시오.

올버니 뛰어가게, 뛰어가. 아! 빨리 뛰어가!

에드거 누구에게 가야 합니까? (에드먼드에게) 누가 명령을 받았어? 명령을 취소할 표시를 줘!

에드먼드 이 칼을 대장에게 보여 주시오.

올버니　빨리 뛰어가게. 목숨을 걸고 빨리! (에드거 퇴장)

에드먼드　당신 부인과 내가 명령을 내렸습니다. 코딜리어의 목을 졸라 죽이고 절망 끝에 자살한 것처럼 꾸미라는 명령을.

올버니　신들이여, 코딜리어를 지켜주소서! 저자를 데리고 나가라. (시종들이 에드먼드를 메고 나간다.)

　리어 왕이 절명한 코딜리어를 두 팔에 안고 등장, 대장 기타 뒤따라 등장.

리어 왕　울부짖어라, 울부짖어라, 울부짖어라! 너희들은 목석같은 인간들이냐? 내가 너희들 같은 혀와 눈을 가졌다면 하늘이 무너지도록 저주를 할 텐데! 이 애는 죽어버렸다. 사람이 죽었는지 살았는지는 나도 안다. 이 애는 죽어서 흙같이 돼버렸다. 거울을 다오. 거울이 입김으로 흐려지든 희미해지면 아직 살아있는 거다.

켄트　이것이 세상의 종말인가?

에드거　아니면 그 끔찍한 날의 그림자를 보고 있는 것인가?

올버니　하늘도 무너지고 시간도 멈춰버려라!

리어 왕　이 깃털이 움직인다. 이 애는 살아있다. 만약 살아 나기만 한다면 이제까지 내가 겪은 불행은 모두 보상될 것이다.

켄트　아, 고정하십시오!

리어 왕　저리로 가!

에드거　폐하의 충신 켄트 백작입니다.

리어 왕　다들 뒈져라. 네놈들은 다 살인자, 반역자다! 내가 이 애를 살릴 수 있었는데 이제는 끝이로구나! 코딜리어, 코딜리어, 아직 가면 안 된다. 조금만 기다려라. 앗! 말을 하나? 이 애의 목소리는 언제나 부드럽고 상냥하고 나직하여 여자로서는 더할 나위 없었지. 너를 목 졸라 죽인 그 노예 놈은 내가 죽여버렸다.

대장　그렇습니다. 폐하께서 죽여버리셨습니다.

리어 왕　여봐라, 내가 그렇지 않았더냐? 나도 한때는 크고 날카로운 칼을 휘둘러 닥치는 대로 놈들을 몰아내던 적이 있었지. 그렇게 고생한 탓으로 이젠 늙고 기운이 다 빠졌어. 너는 누구냐? 잘 보이지 않는구나. 곧 알아 볼 수 있겠지.

켄트   운명의 신이 더없이 사랑하고 더없이 미워한 사람이 있다면 폐하와 저는 서로가 그 한 사람을 보고 있는 셈입니다.

리어 왕   눈이 잘 보이지 않아. 너는 켄트가 아니냐?

켄트   네, 그렇습니다. 폐하의 신하 켄트입니다. 폐하의 신하 카이어스는 어디 있습니까?

리어 왕   그놈은 좋은 놈이었지. 정말이야. 그놈은 칼을 잘 쓰고 날쌔고……, 놈도 죽어서 썩어버렸어.

켄트   아닙니다. 죽지 않았습니다. 제가 바로 그 카이어스입니다.

리어 왕   그럼 곧 알아볼 수 있겠지.

켄트   폐하의 운이 기울기 시작할 때부터 저는 폐하의 슬픈 발자국을 줄곧 따라다녔습니다.

리어 왕   참 잘 왔다.

켄트   제가 바로 그 사람입니다. 이 세상엔 이제 기쁨도 없고 암흑 같은 죽음의 세계입니다. 따님 두 분은 스스로 목숨을 끊고 자포자기의 최후를 마쳤습니다.

리어 왕   음, 그랬을 거야.

올버니   지금 상태로는 잘 이해하지 못하시는 모양이오. 이래서는 우리 이름을 말씀드려도 소용없어.

에드거   아무 소용없습니다.

   대장 등장.

대장   에드먼드님이 돌아가셨습니다.

올버니   이런 때에 그건 대수롭지 않아. 귀족이며 나의 친구이신 두 분은 나의 의도를 알아주시오. 실의에 빠진 폐하를 도와드리기 위해서라면 어떤 수단이라도 강구하겠습니다. 노왕이 생존해 계시는 동안은 나의 통치권을 돌려 드리겠습니다. (에드거와 켄트에게) 그리고 두 분께는 본래의 권리 외에도 이번 공훈에 충분히 보상이 될 만한 영예와 특권을 수여하겠습니다. 친구는 모두 공적으로 상을 받을 것이며 원수는 다 처벌의 고배를 맛보게 될 것이오. 저런, 저런!

리어 왕 나의 귀여운 것이 목 졸려 죽었다! 이젠, 이젠, 생명이 끊겨졌어! 개나 말이나 쥐에게도 생명은 있는데 왜 너는 숨도 안 쉬느냐? 이제 너는 돌아오지 않겠구나. 영원히, 영원히, 영원히! 이 단추 좀 풀어 다오. 고맙다. 이걸 봐라! 이 애 얼굴을! 이 애 입술을! 이걸 봐라, 이걸!

에드거 기절하셨습니다! 정신 차리십시오, 폐하!

켄트 가슴이 터질 것 같구나! 차라리 터져버려라.

에드거 얼굴을 드십시오, 폐하!

켄트 영혼을 괴롭히지 마시오. 하늘나라로 가시게 놔두시오. 이 완고한 현세라는 고문대 위에서 더 이상 고문당하면 오히려 원망하실 겁니다.

에드거 운명하셨습니다.

켄트 지금까지 용케 견디셨소. 천수 이상으로 사신 거요.

올버니 유해를 옮겨라. 이제 우리의 임무는 온 나라가 조상을 하는 일이오. (켄트와 에드거에게) 나의 마음의 벗인 두 분은 이 나라를 위해 어지러운 국토를 회복시켜 주시오.

켄트 나는 곧 길을 떠나야 합니다. 주군이 부르시니 마다할 수 없습니다.

올버니 이 시대가 가져다 준 엄청난 슬픔을 우리는 달게 받아야 합니다. 어떤 말이 이 자리에 어울릴지는 모르겠으나 가슴에 느껴지는 생각을 말하겠습니다. 가장 연로하신 분이 가장 많이 참으셨습니다. 우리 젊은이들은 그만큼 고생도 하지 않을 것이요, 또 그만큼 오래 살지도 못할 것입니다. (모두 퇴장. 장송곡)

맥베스

Macbeth

배 경

스코틀랜드 및 영국

등장인물

덩컨	스코틀랜드 왕
맬컴 도널베인	} 왕자
맥베스	장군, 뒤에 스코틀랜드 왕
뱅쿠오	장군
맥더프 레녹스 로스 멘티스 앵거스 케스네스	} 스코틀랜드의 귀족
플리언스	뱅쿠오의 아들
시워드	영국군의 장군
젊은 시워드	시워드의 아들
시튼	맥베스의 휘하 장교
아들	맥더프의 아들
장교	
문지기	
노인	
전의(典醫)	영국 왕실 의사
시의(侍醫)	스코틀랜드 왕실 의사
자객 세 사람	
맥베스 부인	
맥더프 부인	
맥베스 부인의 시녀	
세 명의 마녀	
헤카테	지옥의 마귀
환영(幻影)	

그 밖의 귀족, 신사, 장교, 병사, 시종, 사자

 스코틀랜드의 장군 맥베스와 뱅쿠오는 개선 도중 만난 3명의 마녀들을 통해, 맥베스가 코더의 영주가 되고 또 나중에는 왕이 될 것이며 뱅쿠오에게는 자손이 왕이 된다는 예언을 듣게 된다. 맥베스 부인이 이 말을 듣고 그날 밤 덩컨 부자가 손님으로 자신의 성에 방문한 것을 절호의 기회라고 남편을 부추겨 잠든 덩컨 왕을 살해한다. 도망친 왕자들에게 혐의가 돌아가게 한 맥베스는 왕위에 오르고 자신의 비밀을 알고 있는 뱅쿠오 부자를 없애기 위해 암살을 계획하여 그의 아들은 도망치고 뱅쿠오는 살해한다. 맥더프가 잉글랜드에 있는 맬컴왕자에게 도망치자 맥베스는 그의 처자식들을 모두 살해한다. 맥베스의 폭정을 저주하는 소리와 귀족들의 반감을 사 반란이 일어나자 부인은 죄책감으로 인해 스스로 목숨을 끊는다.

마녀들은 예언을 하면서 버넘 숲이 쳐들어오지 않는 한, 여자 몸에서 태어난 자로 맥베스를 대적할 사람은 없을 거라고 승리를 확신시킨다. 맬컴을 옹립한 맥더프가 인솔한 군대는 버넘 숲속의 나뭇가지를 베어 몸을 감추면서 맥베스의 성(城)을 공격한다. 맥베스는 버넘 숲이 쳐들어오는 것에 두려움을 느끼면서도 용기를 내어 싸우지만 맥더프가 어머니의 배를 절개하고 나온 사람이라는 말을 듣고 절망적이 되어 대결 끝에 맥더프에게 살해된다.

제1막

제1막 제1장

황야.
천둥, 번개, 마녀 셋 등장.

마녀 1 우리 언제 다시 만날까? 천둥 울릴 때, 번개 칠 때, 아니면 비가 올 때?

마녀 2 소동이 가라앉고 전쟁의 승부가 결정된 다음에.

마녀 3 그건 해가 저물기 전이 될 거야.

마녀 1 장소는?

마녀 2 그 들판.

마녀 3 그래, 거기서 맥베스를 만나자.

마녀 1 그때 갈게, 늙어빠진 고양이야!

마녀 2 두꺼비가 부르는구나.

마녀 3 곧 간다니까!

모두 고운 건 더럽고, 더러운 건 곱다. 자, 날아서 가자, 자욱한 안개 속을 헤치고. (안개 속으로 사라진다.)

제1막 제2장

포레스 부근의 진영.
나팔소리, 덩컨 왕, 맬컴, 도널베인, 레녹스, 시종들 등장. 다른 쪽에서 부상 입은 부대장이 나온다.

덩컨 저 피투성이가 된 사람은 누구냐? 저 모습으로 보아 저 사람은 잘 알고 있겠구나. 반란군의 움직임이나 새로운 정보를 들을 수 있겠군.

맬컴 제가 포로가 될 뻔했을 때 적과 용감하게 싸워 저를 구해 준 사람이 바로 저 부대장입니다. 잘 왔소. 용감한 친구! 그대가 알고 있는 전황을 폐하게 보고하시오.

부대장 승패는 실로 판가름하기 어려웠습니다. 마치 물속에서 헤엄치다 지쳐 기진맥진한 사람들처럼 서로 엉켜 어쩔 줄 몰라 하고 있었습니다. 인간의 온갖 악행을 한 몸에 지닌 역적이며 잔인무도한 맥도널드는 서쪽의 여러 섬에서 보병과 기병들을 동원한데다가 운명의 여신마저 그의 흉책에 추파를 던지며 그놈의 정부가 된 듯싶었습니다. 그러나 어림도 없는 일, 용감한 맥베스 장군이 운명을 거스르며 피 묻은 칼을 휘둘러 아수라와도 같이 적병들을 물리치고 쳐들어갔습니다. 마침내 적장과 맞서기가 무섭게 적장의 목을 대나무 쪼개듯 단칼에 베어 성벽 위에 걸어두었습니다.

덩컨 오오, 과연 내 사촌이로다! 참으로 훌륭하구나.

부대장 그런데 해가 뜨는 동쪽에서 배를 난파시키는 폭풍과 무서운 뇌성이 일어나듯, 기쁨이 샘솟는 바로 그곳에 뜻하지 않은 비운이 일어나고 말았습니다. 다름이 아니라 용기로 무장한 정의의 군사들이 적병들을 추격하고 있는데, 때마침 기회를 염탐하던 노르웨이 왕이 신예 무기와 새 병력을 투입하여 공격해 왔습니다.

덩컨 맥베스와 뱅쿠오 두 장군이 그것을 보고 당황하지는 않았는가?

부대장 네. 독수리가 참새에게, 사자가 토끼에게 놀란 격이었다고나 할까요. 정확하게 말씀드리면 두 장군은 마치 2배의 탄약을 잰 대포처럼 적에게 2배의 공격을 가했습니다. 피바다에서 목욕을 할 셈이었는지, 또다시 이 세상에 골고다 언덕을 재현할 셈이었는지 알 수 없을 지경이었습니다. 아아, 정신이 혼미해지고 상처가 쑤셔서 견딜 수가 없습니다.

덩컨 네 보고는 상처 못지않게 훌륭하고 장하다. 어서 의사에게 보이도록 해라. (시종이 부대장을 부축하여 퇴장) 누구냐, 저들은?

로스와 앵거스 등장.

맬컴 로스 영주입니다.

레녹스 당황한 저 얼굴빛! 심상치 않은 일인 것 같습니다.

로스 폐하의 만수무강을 빕니다.

덩컨 어디서 오는 길이오?

로스 파이프에서 오는 길입니다. 그곳은 노르웨이군의 깃발이 하늘을 위압하고 우리 국민들의 간담을 서늘케 하고 있습니다. 노르웨이 왕은 역적 코더 영주의 원조를 얻어 대군을 거느리고 맹공격을 가해 왔습니다. 그렇지만 맥베스 장군은 전쟁의 여신 벨로나를 아내로 삼은 군사의 신 마르스처럼 갑옷을 몸에 두르고 용감히 맞서서, 베고 베이고 얽히고설키는 격전 끝에 마침내 아군에게 승리를 가져오게 하였습니다.

덩컨 참으로 다행한 일이오.

로스 그리하여 지금 노르웨이 왕 스위노는 강화를 청하고 있으나, 아군 측은 노르웨이 왕으로부터 1만 달러의 배상금을 받기 전에는 세인트코름 섬에서 전사자의 매장조차 허락하지 않을 작정이랍니다.

덩컨 이제는 더 이상 코더 영주가 나를 배신하지 못할 것이오. 돌아가서 그에게 사형을 선고하시오. 그리고 그의 작위를 맥베스에게 내리고 그를 영접해 주기 바라오.

로스 분부대로 거행하겠습니다.

덩컨 코더가 잃은 것을 맥베스가 얻게 되었군. (모두 퇴장)

제1막 제3장

황야.
천둥, 마녀 셋 등장.

마녀 1 애, 어딜 쏘다니다 왔니?

마녀 2 돼지 잡으러 갔었지.

마녀 3 넌?

마녀 1 뱃사람 여편네가 앞치마 자락에 밤톨을 싸가지고 오물오물 먹고 있기에, '좀 다오.' 했더니 그 뚱뚱한 계집이, '꺼져, 이 마녀야!' 하고 소리치지 않겠니? 남편은 알레포에 가 있는데 타이거호의 선장이래. 난 쳇바퀴를 타고 바다를 건너가서 꼬리 없는 쥐로 둔갑해 가지고 그 남편을 실컷 곯려 줄 테야.

마녀 2 내가 바람을 빌려 줄게.

마녀 3 내 바람도 빌려 줄게.

마녀 1 그 밖의 바람은 모두 내 손아귀에 있지. 뱃사람들의 지도에 나와 있는 항구란 항구, 구석구석을 내 마음대로 바람들을 몰고 다녀서 그년의 남편을 건초같이 말려 놓고 말 테야. 그 녀석의 눈꺼풀 위에 밤이고 낮이고 잠이 깃들지 못하게 해야지. 저주 받은 사람처럼 이레 낮 이레 밤의 9배에 또 9배를 배에서 허덕이다 수척하게 여위어 말라비틀어지게 만들고 말 거야. 배를 난파시킬 수는 없지만 폭풍에 실컷 시달리게 할 거야. 이봐, 이것 좀 봐.

마녀 2 어디 봐, 어디.

마녀 1 이건 뱃길잡이의 엄지손가락이야. 고국으로 돌아오다가 배가 난파당하여 물에 빠져 죽은 놈 거지. (안에서 북소리)

마녀 3 북소리다. 북소리! 맥베스가 온다.

   셋은 손을 맞잡고 춤추며 점점 빨리 맴돈다.

모두 (노래)

모두 운명을 조종하는 마녀 셋이서

모두 손에 손을 맞잡고 마음껏 돌자.

모두 바다든 뭍이든 뜻대로 돌자.

모두 너도 세 번 나도 세 번, 또 너도 세 번.

모두 그러면 모두 합해 아홉 번이 되네.

모두 쉿! 마술은 걸렸다. (별안간 춤을 멈추고 셋은 안개 속에 몸을 감춘다.)

맥베스와 뱅쿠오 등장.

맥베스 어둠인지 빛인지 분간할 수 없는 괴상한 날씨로구나.

뱅쿠오 포레스까지는 얼마나 되오? (안개가 차차 걷힌다.) 아니, 저것들은 무엇일까? 저렇게 말라 빠지고 괴상한 옷차림에, 땅 위의 생물 같지가 않은데……. 그래도 저기 땅 위에 서 있지 않은가? 그래, 너희들은 살아있는 것들이냐? 인간과 말을 할 수 있느냐? 내 말을 알아듣는지 거칠게 튼 손가락을 쪼글쪼글한 입술에 갖다 대는구나. 여자처럼 보이는데 수염이 나 있으니 무엇인지 알 수가 없군.

맥베스 말을 해 봐라. 너희들은 대체 무엇들이냐?

마녀 1 잘 돌아오셨어요. 맥베스님! 축하드려요. 글래미스 영주님!

마녀 2 잘 돌아오셨어요. 맥베스님! 축하드려요. 코더 영주님!

마녀 3 잘 돌아오셨어요. 맥베스님! 장차 왕이 되실 분.

뱅쿠오 왜 놀라시오? 너무 듣기 좋은 말이라 두려워하시는구려. 그런데 너희들은 대체 허깨비냐, 아니면 눈에 보이는 그대로냐? 너희들이 나의 귀한 동료에게 현재의 칭호와, 이번 전쟁으로 얻게 될 높은 작위와, 왕이 된다는 예언으로 환영을 하니 저분이 저렇게 어리둥절해 하지 않느냐! 그래, 내게는 아무 말도 안 해 줄 셈이냐? 너희들이 미래라는 씨앗을 꿰뚫어보는 힘이 있어 어떤 씨앗이 싹을 트고 어떤 씨앗이 썩어버리는지 예언할 수 있거든 말해 다오. 너희들의 예언이 좋든 나쁘든 두려워할 내가 아니다.

마녀 1 잘 돌아오셨어요.

마녀 2 잘 돌아오셨어요.

마녀 3 잘 돌아오셨어요.

마녀 1 맥베스님보다는 못하나 더 위대하신 분.

마녀 2 운이 그보다는 못하나 훨씬 더 운이 좋으신 분.

마녀 3 자신은 왕이 되지 못하나 자손은 왕이 되실 분, 뱅쿠오님!

마녀 1 뱅쿠오님과 맥베스님, 잘 돌아오셨어요. (안개가 짙어진다.)

맥베스 잠깐만 기다려라, 말이 애매하구나. 똑똑히 말해 봐라. 나의 선친 사이넬이 돌아가셔서 내가 글래미스 영주가 된 것은 알고 있다만, 코더 영주라니 웬 말이냐? 코더 영주는 아직 생존해 있지 않느냐? 더구나 왕이 된다는 말은 코더 영주가 된다는 말보다 더 믿지 못할 일. 대관절 어디서 그런 괴상한 소식을 들었느냐? 어째서 이 황야에서 길목을 가로막고 이상한 예언을 하며 인사를 하는 거냐. 자, 말해 봐라! (마녀들 사라진다.)

뱅쿠오 땅에도 물처럼 거품이 있는 모양이구려. 방금 저것들은 대체 어디로 사라져버렸을까?

맥베스 공중으로 사라졌소. 형체가 있더니 마치 입김처럼 바람 속으로 사라지고 말았소. 좀더 붙잡고 싶었는데!

뱅쿠오 정말로 그것들이 우리 눈앞에 나타났던 걸까요? 아니면 사람을 미치게 만드는 풀뿌리를 먹고 우리의 이성이 마비된 것이오?

맥베스 장군의 자손이 왕이 된다고?

뱅쿠오 장군은 왕이 되신다고!

맥베스 그리고 코더 영주가 된다고……, 안 그랬소?

뱅쿠오 확실히 그렇게 말했소. 그런데 저들은 누굴까?

로스와 앵거스 등장.

로스 맥베스 장군, 폐하께서는 장군의 전승을 가상히 여기고 계시오. 더욱이 장군이 적진에서 용감하게 싸웠다는 보고를 읽으시고는 경탄과 찬양이 뒤섞여 진심으로 기뻐하셨소. 다음 전황을 훑어보시고는 장군께서 완강한 노르웨이군 진중에 쳐들어가 조금도 두려워하지 않고 닥치는 대로 시체의

산을 쌓았다는 것도 알고 계시오. 잇따라 들어오는 전령들은 모두 다 나라를 위해 큰 공을 세우신 장군을 침이 마르게 찬양하셨소.

앵거스 우리 두 사람은 폐하의 치사를 전달하고 폐하께 장군을 안내하러 왔소. 은상은 따로 있을 것입니다.

로스 앞으로 더 큰 영예를 내리실 약속으로 장군을 코더 영주라고 부르라는 분부시오. 축하드립니다! 코더 영주님.

뱅쿠오 아니, 마녀의 말이 들어맞다니?

맥베스 코더 영주는 생존해 계시지 않소? 왜 내게 남의 옷을 입히려 하시오.

앵거스 코더 영주였던 그분은 아직 살아있지만 폐하의 엄벌로 곧 생명을 잃게 되었소. 정말로 노르웨이군과 결탁을 했는지 아니면 반란군에 비밀리에 원조와 편의를 제공했는지 아니면 그 두 가지의 수단으로 국가의 전복을 꾀하였는지 알 수는 없으나 아무튼 명백한 대역죄로 규명되어 몰락하게 되었소.

맥베스 (방백) 글래미스와 코더 영주라, 아직 제일 큰 것이 남아 있어……. (로스와 앵거스에게) 아, 수고들 하셨소. (뱅쿠오에게) 장군의 자손이 왕이 된다는 것도 거짓말은 아니겠구려. 내게 코더 영주를 안겨다 준 그것들이 장군께도 그렇게 예언했으니까!

뱅쿠오 장군께서 그 말을 믿는다면 코더 영주 외에 왕관까지 욕심이 날 것입니다. 아무튼 수상한 일이오. 흔히 악마의 앞잡이들은 사람을 해치려고 하찮은 진실로 유혹을 하나 중요한 순간에 우리를 배신한다오. 두 분, 잠깐만 이리 좀 오시오. (로스와 앵거스, 뱅쿠오 쪽으로 다가선다.)

맥베스 (방백) 두 가지는 맞았다. 왕위를 건 장대한 연극에는 안성맞춤의 서막이다. (큰 소리로) 두 분 수고하셨소. (방백) 이 수상한 유혹은 흉조도 길조도 아니다. 만일 그것이 흉조라면 진실을 나타내어 미래의 성공을 보증할 리 없을 게 아닌가? 나는 코더 영주가 되었다. 그런데 만약 그것이 길조라면 왜 내가 그런 유혹에 빠져야 하는 걸까? 무서운 환상에 머리칼이 곤두

서고 평온했던 나의 심장은 갈빗대를 쿵쿵 울리는구나. 마음속 공포에 비한다면 눈앞의 불안쯤은 아무것도 아니다. 아직은 공상에 불과하지만 살인이라는 상상만으로도 나의 약한 인간성을 왜 이리 뒤흔드는지…… . 심신의 기능은 망상 때문에 마비되고 환상말고는 눈앞에 아무것도 보이지 않는구나.

뱅쿠오 저것 좀 보시오. 맥베스 장군이 넋을 잃고 있구려.

맥베스 (방백) 만일 운명이 나를 왕이 되게 하겠다면, 가만히 있어도 운명이 내게 왕관을 갖다 줄 게 아닌가…… .

뱅쿠오 새로 주어진 영예는 갓 지은 의복처럼 얼마 동안은 낯설게 마련이지.

맥베스 (방백) 될 대로 되라지. 아무리 험악한 날들이라도 시간은 지나간다.

뱅쿠오 맥베스 장군, 이젠 가 보실까요.

맥베스 아, 용서하시오. 잠깐 잊었던 일을 돌이켜 생각하던 참이었소. 두 분의 수고는 마음속의 수첩에 적어 두고 매일같이 펴 보리다. 자, 폐하를 뵈러 갑시다. (뱅쿠오에게) 오늘 일을 잊지 마시오. 잘 기억해 두었다가 뒷날 흉금을 털어놓고 이야기해 봅시다.

뱅쿠오 그렇게 하지요.

맥베스 오늘은 이만. 자, 갑시다. (모두 퇴장)

제1막 제4장

포레스 궁전의 한 방.
나팔소리, 왕, 맬컴, 도널베인, 레녹스, 시종들 등장.

덩컨 코더의 사형은 집행했는가? 집행인은 아직 돌아오지 않았느냐?

맬컴 예, 아직 돌아오지 않았습니다. 그런데 사형 집행을 목격한 사람의 말에 의하면, 코더는 대역죄를 솔직히 인정하고 폐하의 용서를 빌며 깊은 참회의 뜻을 나타냈다고 합니다. 그런 그의 마지막 모습은 전 생애를 통하여 가장 훌륭한 것이었다고 말했습니다. 마치 죽음의 장면을 연습이라도 한 것처럼 태연하게 소중한 생명을 초개와 같이 버렸다고 합니다.

덩컨 얼굴만으로는 사람의 마음속을 알 길이 없구나. 그는 내가 가장 신임하였던 사람이 아니냐.

맥베스, 뱅쿠오, 로스, 앵거스 등장.

덩컨 오, 맥베스인가! 그대의 공적을 치하하는 문제로 고민하고 있던 차요. 그대의 공적은 너무 앞질러 나아가기 때문에 아무리 날개가 빠른 은상일지라도 따라갈 수가 없소. 차라리 공적이 적다면 나로서는 충분한 감사와 보답을 할 수 있었을 게 아니오. 그런데 장군의 공적이 어찌나 큰지 무엇으로도 보답하기가 어렵구려.

맥베스 소신의 충성은 신하된 자의 본분으로, 의무로써 이를 수행하는 기쁨이 바로 포상입니다. 폐하께서는 오직 신하들의 의무를 받아들이기만 하면 되십니다. 저희들은 국왕의 신하, 국가의 충복으로 매사에 폐하의 은총을 입고 있으니 그 보답으로 저희의 할 일을 하고 있을 따름입니다.

덩컨 잘 왔소. 이제 그대에게 새 지위를 심어 두었으니 그것이 잘 성장하도록 나도 힘을 기울이겠소. (뱅쿠오에게) 뱅쿠오, 그대의 공적도 누구 못지 않소. 세상은 이를 마땅히 인정해야 할 것이오. 자, 그대를 이 가슴에 한번 안아 보게 해주오.

뱅쿠오 폐하의 품안에서 소신이 성장하면 그 수확은 폐하께 바치겠습니다.

덩컨 기쁨이 넘쳐흘러 도리어 눈물 속으로 숨으려 하는구려! 왕자들이여, 가까운 친척들이여, 영주들과 그 밖의 측근 여러분들이여! 이제 선포하노니, 맏아들 맬컴을 왕세자로 책봉하여 앞으로는 컴벌랜드공이라 부르기로 하겠소. 물론 이 영광은 왕세자 한 사람이 지니는 것이 아니라, 수많은 영예가 모든 공신들 위에 무수한 별과 같이 빛을 내게 하리라! (맥베스에게) 그럼 이제부터 장군의 성 인버네스로 행차하여 수고를 더 끼쳐야겠소.

맥베스 휴식보다도 일을 하는 것이 폐하를 위하는 길이라면 더욱 행복합니다. 저는 지금 바로 앞질러 가서 폐하의 행차를 알려 아내를 기쁘게 해주겠

습니다. 그럼 이만 물러가겠습니다.

덩컨 믿음직스럽구려, 코더 영주.

맥베스 (방백) 컴벌랜드공이라! 이 한 계단! 내가 발을 헛디뎌 엉덩방아를 찧느냐 아니면 뛰어넘느냐! 어쨌든 내 앞길을 가로막고 있다. 별들아, 빛을 감추어라. 빛은 지옥처럼 시커먼 나의 야망을 엿보지 말고, 눈은 나의 손이 하는 짓을 엿보지 마라. 그렇지만 눈이 보면 질겁할 일을 단행해야만 한다. (퇴장)

덩컨 사실 그렇소, 뱅쿠오. 맥베스는 참으로 용감한 위인이오. 그 사람을 칭찬하는 말을 들으면 향연을 받는 것처럼 내 마음이 흐뭇하다오. 자, 어서 뒤를 따릅시다. 저렇듯 먼저 가서 나를 환대할 준비를 하겠다니 내 친척이지만 정말로 믿음직한 사람이오. (나팔소리, 모두 퇴장)

제1막 제5장

인버네스, 맥베스의 성 앞.
맥베스 부인, 편지를 읽으며 등장.

맥베스 부인 '······그것들을 만난 것은 전쟁에서 이기고 돌아오던 날이었소. 나중에 알았지만 믿을 만한 정보에 의하면, 그것들은 인간 이상의 불가사의한 지혜를 지닌 존재들이라오. 좀더 자세히 묻고 싶은 마음이 간절했지만 그들은 홀연히 공중으로 사라져버렸소. 내가 놀라움에 사로잡혀 망연히 서 있는데, 그때 마침 폐하의 사신이 오더니 나를 '코더 영주'라고 부르며 축하하지 않겠소? 앞서서 그 운명의 마녀들이 내게 이 칭호로 인사를 했었고 '머지않아 왕이 되실 분!'이라고 예언을 했는데 말이오. 나는 내가 가장 사랑하는 당신에게 이 일을 알리는 게 좋다고 생각했소. 미래에 약속된 영광을 당신이 알지 못하고 응당 누려야 할 기쁨을 놓쳐서는 안 된다고 생각했기 때문이오. 이 일을 명심해 두기 바라오. 이만.'

당신은 글래미스 영주이며 또한 코더 영주가 되셨습니다. 그러니 앞으로 예언된 지위도 차지하게 될 것입니다. 다만 저는 당신의 성품이 염려되는군요. 당신은 본래 달콤한 젖처럼 인정이 너무 많아 지름길을 취하지 못하는 위인이니. 당신은 훌륭하게 되기를 원하며 야심이 없는 것도 아니지만 출세에 필요불가결한 잔인성이 없는 사람이에요. 높은 지위는 탐나면서도 신성하게만 얻으려 하고, 나쁜 짓을 하기는 싫으면서 어떻게 해서든 이기고 싶어하는 분이에요. 글래미스 영주님, 당신이 소원하는 것, 그것이 이렇게 외치고 있답니다. '원하거든 단행하라!'고. 그런데 당신은 단행하기가 두려운 거예요. 단행하고 싶지 않은 것이 아니라……. 어서 돌아오세요. 저의 정기를 당신 귀에 불어넣어 드리겠어요. 그리고 이 혀의 채찍을 휘둘러 당신이 황금의 왕관을 차지하는 것을 방해하는 모든 것들을 내쫓아 줄 거예요. 지금 운명과 마력은 서로 협력하여 왕관을 당신의 머리 위에 씌워주려고 하지 않습니까.

　시종 등장.

맥베스 부인　무슨 일이냐?

시종　폐하께서 오늘 밤 이곳으로 행차하신다는 분부십니다.

맥베스 부인　정신 나간 소리! 영주님은 폐하와 함께 오시지 않는단 말이냐? 그렇다면 준비를 하라는 기별을 미리 주었을 텐데…….

시종　죄송합니다마는 사실입니다. 영주님께서 먼저 오시는 중이랍니다. 시종 한 사람이 영주님을 앞질러 방금 도착하여 숨이 끊어질 듯 헐떡거리며 간신히 이 소식만을 전했습니다.

맥베스 부인　그를 잘 보살펴 주어라. 엄청난 소식을 들고 왔구나. (시종 퇴장) 까마귀까지도 목쉰 소리로 울어대는군, 덩컨 왕이 죽으러 이 성에 들어온다고……. 자, 피비린내 나는 흉계를 돕는 악령들아! 나의 이 여자의 마음을 버리게 하고 머리끝에서 발끝까지 잔인한 마음으로 가득 차게 해 다오!

온몸의 피를 혼탁하게 하여 후회의 길을 틀어막고, 연민의 정이 흉계를 동요시키지 못하게 하여 실행과 계획 사이에 타협이 오가지 않도록 해 다오. 자, 살인의 앞잡이들아! 이 품안에 들어와서 내 젖을 쓰디쓴 담즙으로 바꾸어 다오. 너희들은 곳곳에서 인간의 재앙을 돕지 않느냐? 어두운 밤아, 오너라! 어서 와서 네 어둠을 지옥의 시커먼 연기로 휩싸이게 해라. 나의 예리한 칼이 낸 상처를 칼 자신도 보지 못하도록. 그리고 밝은 하늘이 암흑의 장막 사이로 들여다보며 '안 돼, 안 돼!' 하고 소리치지 못하도록.

맥베스 등장.

맥베스 부인 글래미스 영주님! 코더 영주님! 앞으로 더 훌륭하게 되실 분! 당신의 편지를 본 저는 현실을 훌쩍 뛰어넘어 황홀한 미지의 세계로 뛰어든 듯한 심정이랍니다.

맥베스 사랑하는 부인, 덩컨 왕이 오늘 밤 이곳에 행차하시오.

맥베스 부인 그리고 언제 떠나실 예정이세요?

맥베스 예정은 내일이오.

맥베스 부인 오, 그에게 내일은 영원히 없게 해야 합니다. 나의 영주님, 당신의 얼굴 표정은 수상한 내용의 책 같아요. 세상을 속이려면 세상 사람들과 같은 얼굴을 하고 눈과 손과 혀에 환영의 표정을 지어요. 겉으로는 무심한 꽃처럼 보이게 하고 그 꽃 밑에 숨은 독사가 되세요. 손님을 맞을 준비를 해야지요. 오늘 밤 큰일은 제게 맡겨요. 이 일이 성공한다면 앞으로 평생 왕권과 지배력은 우리의 것이 됩니다.

맥베스 이따가 다시 의논합시다.

맥베스 부인 그저 밝은 얼굴을 하세요. 수상한 표정은 마음속에 두려움이 있다는 증거입니다. 모든 일은 제게 맡기세요. (두 사람 퇴장)

제1막 제6장

같은 곳.

오보에 소리와 함께 덩컨 왕, 맬컴, 도널베인, 뱅쿠오, 레녹스, 맥더프, 로스, 앵거스, 시종들 등장.

덩컨 이 성은 좋은 곳에 자리 잡고 있군. 공기가 맑고 상쾌하여 기분이 좋구려.

뱅쿠오 제비가 집을 지은 것을 보니 이곳은 하늘의 미풍이 향기로운 모양입니다. 처마 밑이나 지붕 아래, 기둥이나 그 밖의 구석구석 어디에나 둥지를 짓고 있습니다. 제비들이 모여들어 새끼를 치는 곳치고 공기가 상쾌하지 않은 곳은 없습니다.

맥베스 부인 등장.

덩컨 오! 영주 부인이 나오는구려! 호의도 지나치면 때로 귀찮을 수도 있지만 역시 호의는 기쁘기 마련이오. 그러니 부인께 수고를 끼치는 나를 위하여 신의 축복을 빌어 주고 귀찮게 하는 나에게 감사를 해야 할 것이오.

맥베스 부인 왕실에 대한 저희들의 봉사를 두 배로 하고 또 두 배로 하더라도, 폐하께서 저희에게 내려주신 넓고 깊은 영광에 비하면 빈약하고 하찮을 뿐입니다. 종전의 작위에다 이번에 또 작위를 하사하시었으니 저희는 이 은혜를 어떻게 갚아야 할지 모르겠습니다.

덩컨 코더 영주는 어디 있소? 우리가 먼저 도착하여 그를 맞이하려고 하였으나 워낙 승마에 능한데다 충성심이 박차를 가하여 결국 영주가 먼저 도착하고 말았구려. 아름답고 기품 있는 부인, 오늘 밤은 기꺼이 댁의 손님이 되겠소.

맥베스 부인 폐하의 종복인 저희들은 저희 집 가신들이나 저희 자신 그리고 저희 재산 모두 폐하로부터 빌려 가지고 있는 것이니, 분부가 계시면 언제라도 도로 바칠 생각이옵니다.

덩컨 자, 손을 이리 주고 주인께 나를 안내하시오. 나는 그를 극진히 사랑하오. 앞으로도 그에 대한 나의 총애는 영원히 변치 않을 것이오. 자, 그럼 같이 갈까요, 부인. (왕은 맥베스 부인의 손을 잡고 성 안으로 들어간다.)

제1막 제7장

맥베스 성의 안뜰.

노천. 안쪽 좌우에 입구. 왼편 입구는 성문으로 통하고 오른편 입구는 성 안의 방으로 통한다. 이 좌우의 입구 가운데 정면 안쪽에는 커튼이 쳐진 제3의 입구가 있다. 반쯤 열린 커튼 사이로 방의 내부가 보이는데, 거기에는 2층으로 통하는 계단이 있으며 계단 전면에는 의자와 탁자가 놓여 있다.

오보에 소리와 함께 횃불, 접시와 식기 등을 든 시종들이 무대를 가로질러 간다. 이들이 오른편 입구를 출입할 때마다 안에서 축하 연회 소리가 떠들썩하게 새어 나온다. 이윽고 맥베스가 등장한다.

맥베스 나의 결단으로 여기서 모든 일이 끝난다면 당장 단행해야 할 것이다. 암살이 사태를 한꺼번에 해결하고 왕의 절명으로 모든 일이 결말난다면, 그리고 또 이 일격으로 모든 것이 해결되기만 한다면 —현세, 그렇다. 시간의 이쪽 언덕이며 여울인 현세에서 끝이 난다면 내세쯤은 무시해 버릴 수 있지 않겠는가. 그렇지만 이런 일은 반드시 현세에서 심판 받게 마련인 것을— 살생이란 한번 본보기를 보이면 배워서 그것을 가르친 자에게 되갚아 주지. 그리하여 공정한 정의의 손은 독배를 마련한 자의 입에 퍼부어 넣는다. 왕은 나를 굳게 믿고 이곳에 왔다. 나는 그의 가까운 친척이요 신하이니 어느 모로 보나 암살은 도저히 안 될 말. 게다가 주인으로서 문을 지켜 암살자를 막

아내야 하는 나 자신이 칼을 들려고 하다니……. 더욱이 덩컨 왕은 온화하며 대임 수행에 전혀 오점이 없는 분이니, 지금 그를 살해한다면 그 대죄는 평소의 덕망 덕분에 천사가 부는 나팔처럼 온 천하에 호소할 것이다. 그리하여 갓 태어난 벌거숭이 아기나 천마를 탄 천사를 대하듯 사람들의 가슴에 깃들인 연민의 정은 사람들 눈 속에 불어넣어 폭풍도 가라앉을 눈물을 쏟게 할 것이다. 이러면 나의 계략에 자극을 가할 박차가 없어지고 만다. 있는 것이라곤 날뛰는 야심뿐, 도가 지나치면 내가 먼저 나가떨어지고 말 것이다.

　맥베스 부인 등장.

맥베스　웬일이오. 무슨 일이 있소?

맥베스 부인　식사가 끝나 갑니다. 왜 자리를 뜨셨어요?

맥베스　폐하께서 나를 찾았소?

맥베스 부인　찾으셨어요. 모르고 계셨나요?

맥베스　이번 일은 더 이상 추진하지 맙시다. 폐하는 내게 큰 영예를 내렸소. 게다가 나는 많은 사람들로부터 귀한 신망을 얻고 있소. 모처럼 손에 들어온 빛나는 새 의복을 입어 보지도 않고 일부러 팽개쳐버릴 필요는 없지 않소?

맥베스 부인　그럼 지금까지 제게 말했던 그 야망은 술에 취해 잠들어 있을 때뿐이었나요? 술에 취했을 때는 대담했다가 이제야 잠에서 깨어나 파랗게 질리셨습니까? 이제부터는 당신의 애정 역시 그런 것으로 알겠어요. 당신은 마음속으로는 갈망하면서도 용감하게 행동으로 나타내기는 겁나시죠? 아름다운 인생을 누리고 싶으면서도 스스로 비겁자의 생활을 계속하겠단 말씀이세요? 생선을 먹고는 싶지만 발은 물에 적시기 싫은 고양이처럼 '탐은 나지만,' 그렇지만 '안 되지.' 하고 그만두겠단 말씀인가요?

맥베스　여보, 조용히 좀 하시오. 나는 인간다운 일이라면 뭐든지 하겠소. 그러나 그 이하의 짓을 하는 놈은 사람이 아니오.

맥베스 부인　그러면 당신이 이 계획을 제게 알릴 때는 인간이 아닌 짐승이

셨나요? 당신이 그런 결심을 피력했을 때야말로 가장 훌륭한 대장부이셨어요. 그렇지만 그때 이상의 존재가 된다면 더한층 대장부가 되십니다. 그때는 시간과 장소가 모두 여의치 않았는데도 당신은 기필코 그 일을 행하려고 결심하셨어요. 그런데 이제 그 두 가지를 다 갖추고 드디어 기회가 왔는데 당신은 그만 용기를 잃고 마시는군요. 저는 젖을 먹여 보았기 때문에 엄마 젖을 빠는 아기가 얼마나 귀여운지 잘 알고 있습니다. 그렇지만 마음만 먹으면 갓난아이가 엄마의 얼굴을 보며 방글방글 웃고 있을지라도 보드라운 잇몸에서 젖꼭지를 잡아 빼고 그 머리통을 박살낼 수도 있어요. 제가 만일 당신처럼 맹세를 했다면 말이죠.

맥베스 그렇지만 만약 실패한다면?

맥베스 부인 실패라니요? 용기를 내야 해요. 그러면 실패란 절대로 없을 거예요. 왕이 잠이 들면, 그래요, 낮의 고된 여행 때문에 곤히 잠들겠죠. 침실을 지키는 두 병사는 제가 포도주를 먹여 취하게 하겠어요. 그러면 뇌수를 지키는 기억력은 연기처럼 몽롱해지고 이성의 그릇은 증류기처럼 되고 말걸요. 이렇게 두 병사가 죽은 듯이 취해 돼지처럼 잠들어 버린다면 당신과 둘이서 무슨 짓인들 못하겠어요? 상대는 무방비의 덩컨 왕 혼자인데요. 암살의 대죄는 만취한 그 두 사람에게 덮어씌우면 되지 않겠어요?

맥베스 당신은 사내아이만 낳으시오! 그 대담한 기질로는 사내아이밖에 만들지 못하겠구려. 그건 그렇고 왕의 침실을 지키는 두 사람에게 피범벅을 해 두고 그자들의 단도를 사용하면 사람들은 그들의 소행으로 생각하지 않겠소?

맥베스 부인 누구든지 그렇게 생각하고말고요. 게다가 우리는 왕의 죽음을 전해 듣고 대성통곡할 테니까요.

맥베스 결심했소. 온몸의 힘을 분기시켜 이 무서운 일을 단행하겠소. 자, 들어가서 편안한 얼굴로 가장합시다. 마음속의 허위는 가면으로 숨겨야지. (퇴장)

제2막

제2막 제1장

같은 곳.

한두 시간 뒤, 정면 입구에서 뱅쿠오 등장. 플리언스가 횃불을 들고 아버지를 안내한다. 입구를 닫지 않은 채 무대 정면으로 나온다.

뱅쿠오 몇 시나 되었느냐?

플리언스 (하늘을 쳐다보며) 달이 졌습니다. 시간 알리는 소리는 못 들었습니다만.

뱅쿠오 달이 졌다면 자정쯤 되었겠군.

플리언스 더 되지 않았을까요?

뱅쿠오 애야, 이 칼을 좀 받아라……. 하늘은 참 인색도 하구나. 하늘의 불을 모두 꺼버리시다니……. (단도 혁대를 풀어서 아들에게 맡긴다.) 이것도 좀 들어라. 졸음이 무거운 납처럼 엄습해 오는구나. 그러나 자고 싶지는 않다. 인자한 천사들아! 부디 망상을 쫓아다오, 잠이 들면 슬그머니 찾아오는 망상을. (인기척에 깜짝 놀라며) 칼을 다오!

오른편 입구에서 맥베스와 횃불을 든 시종 등장.

뱅쿠오 누구냐?

맥베스 친구요.

뱅쿠오 아직 안 주무셨소? 폐하는 침실에 드셨습니다. 폐하는 자못 만족해하시며 맥의 시종들에게도 많은 선물을 하사하셨소. 그리고 그 다이아몬드는 극진한 환대를 받은 감사의 표시로 장군 부인께 내리신 선물이오. 아무튼 더없이 만족스러운 하루를 보내신 것 같소.

맥베스   갑작스러운 방문이라 모든 것이 여의치 않고 부족할 따름이오. 여유만 있었더라면 충분히 환대할 수 있었을 것을.

뱅쿠오   원, 무슨 말씀을. 모든 게 다 잘 되었소. 나는 지난밤에 그 괴상한 세 마녀의 꿈을 꾸었소. 그것들이 한 말의 일부가 장군에게 실현되었소.

맥베스   아, 나는 깜빡 잊었구려. 나중에 여유가 있을 때 그 일에 관해 상의를 좀 하고 싶은데……

뱅쿠오   언제라도 좋습니다.

맥베스   기회가 왔을 때 나를 지지해 준다면 당신께도 보답이 돌아갈 것이오.

뱅쿠오   섣불리 영예를 더하려다 도리어 잃어버리는 것만 아니라면, 그리고 마음에 거리낌이 없고 신하의 도리에 벗어나지 않는 일이라면 어느 때라도 상의하겠습니다.

맥베스   그럼 편히 쉬시오!

뱅쿠오   장군도 편히 쉬시오! (뱅쿠오와 플리언스 퇴장)

맥베스   여봐라, 가서 부인께 여쭈어라. 술이 마련되거든 종을 쳐달라고. 그리고 너는 그만 가서 자거라. (시종 퇴장. 맥베스, 탁자 옆에 앉는다. 그러자 갑자기 허공에 단검의 환상이 보인다.) 아, 저건 단검이 아닌가, 칼자루를 이쪽으로 향하고 내 눈앞에 나타난 저것은! 잡으려 해도 잡히지 않는구나. 눈에만 보이는 괘씸한 환상 같으니. 이놈, 실체가 없는 거냐? 눈에는 보이면서 손에는 잡히지 않는 것이. 아니면 마음에서, 열에 들뜬 머리에서 생겨난 공상이냐? 아직도 보이는군. (허리에서 자기 단검을 뽑아든다.) 지금 내 손의 단검과 똑같은 모양이구나. 그래, 내가 가려는 곳으로 길을 안내하겠단 말이지. 내가 지금 쓰려는 것은 바로 너다! (망연히 일어선다.) 이 눈이 어떻게 된 것이냐, 아니면 눈만 멀쩡한 것인가? 아직도 보이는구나. 이젠 단검에 피까지 묻어 있다. 아까는 그렇지 않았는데…… (제정신으로 돌아온다.) 아니, 그런 게 있을 리 없지. 잔인한 짓을 계획하니까 그런 것이 눈앞에 어른거릴 뿐이다……. 지금 이 시각, 세상의 반은 만물이 죽은 듯 조용하고, 휘장 속에 파묻혀 악몽에 시달리고 있다. 마녀들은 파리한 헤카테 여신에게 제사를 드리고, 말라빠진 자객은 파수병인 늑대의 울부짖음에 잠을 깨어 이렇게 살금살금 목표를 향해 유령처럼 걸어간다. 마치 로마의 정숙한 여자를 능욕하러 가던 타르퀸의 걸음걸이로. 움직이지 않는 대지여, 이 발이 어디를 향하든 행여라도 발소리를 듣지 말아 다오. 발밑의 조약돌들도 내가 가는 곳을 소문내지 말고, 지금 이 시각의 끔찍한 정적을 파괴하지 말아 다오. 그런데 이렇게 입으로만 위협해 보았자 그는 죽지 않는다. 말은 뜨거운 열기에 찬바람만 불어넣어 줄 뿐 아닌가. (안에서 종이 울린다.) 자, 가자. 가면 모든 게 끝이 난다. 종소리가 나를 부르지 않는가. 종소리를 듣지 마라, 덩컨. 너를 천국이나 지옥으로 들어가게 하는 저 종소리는 너의 조종이니까. (열려 있는 정면 입구로 발소리를 죽이며 들어가 한 발 한 발 계단을 올라간다.)

제2막 제2장

같은 곳.
맥베스 부인, 술잔을 들고 오른편 입구에서 등장.

맥베스 부인 침실을 지키는 두 병사를 취하게 한 이 술로 나는 대담해졌다. 그들은 술에 취해 잠이 들고 내 마음은 더욱 불타오른다. (멈칫한다.) 무슨 소릴까! 쉿! 저 올빼미의 날카로운 소리는 불길한 이 밤의 어둠 속에 스며드는 밤의 인사. 그렇다면 지금 단행하고 있나 보다. 문은 열려 있고 두 사람의 호위병은 임무도 잊은 채 코만 드르렁거리고 있다. 술에 약을 탔더니 생과 사가 그들 몸속에서 싸우고 있구나, 살릴 것이냐 죽일 것이냐 하면서.
맥베스 (안에서) 거기 누구냐!
맥베스 부인 그들이 잠을 깼다면 어떻게 하나! 아직 단행 못했을지도 모른다. 만약 실패하면 우리는 파멸이다. 쉿! 단검은 두 자루나 내놓았으니 설마 그이가 못 찾지는 않았을 테지. 자고 있는 왕의 얼굴이 아버님과 닮지만 않았던들 내가 해치웠을 것을. (부인이 계단 쪽으로 가려다가 돌아서자, 맥베스가 2층 입구에서 나타난다. 그의 양 팔은 피투성이고 왼손에는 두 자루의 단검을 쥔 채 휘청거리며 내려온다.) 여보!

맥베스 (낮은 목소리로) 해치웠소……. 무슨 소리 나지 않았소?

맥베스 부인 올빼미와 귀뚜라미 우는 소리밖에 나지 않았어요. 그런데 당신, 뭐라고 말씀하시지 않았어요?

맥베스 언제?

맥베스 부인 지금 금방.

맥베스 계단을 내려올 때 말이오?

맥베스 부인 네.

맥베스 쉿! (두 사람, 가만히 귀를 기울인다.) 옆방에서 자는 사람은 누구요?

맥베스 부인 도널베인이에요.

맥베스 이 한심한 꼴 좀 보라구!

맥베스 부인 왜 그런 어리석은 말씀을, 한심한 꼴이라니요.

맥베스 잠결에 한 놈이 '살인이야!' 하고 소리치는 바람에 두 놈 다 잠을 깨 버렸소. 나는 얼른 숨어서 엿들었지. 그러더니 기도를 중얼거리면서 다시 잠이 들더군.

맥베스 부인 그 방에는 두 사람이 같이 자고 있었어요.

맥베스 한 녀석은 '하느님이시여, 자비를!' 하며 기도를 올리고 또 한 녀석은 '아멘!'이라고 기도했소. 사형 집행인처럼 손에 피가 묻은 나를 보고 있기라도 하듯이 말이오. '하느님이시여, 자비를!' 하는 공포의 부르짖음을 듣고도 나는 '아멘!'이라고 하지 못했소.

맥베스 부인 너무 심각하게 생각하지 마세요.

맥베스 하지만 왜 '아멘!'이라고 하지 못했을까? 나야말로 하느님의 자비가 절실하게 필요한 사람인데, '아멘!' 소리가 목에 걸려 나오질 않았소.

맥베스 부인 이런 일을 너무 깊이 생각하지 마세요. 그렇게 깊게 생각하시다간 미쳐버리겠어요.

맥베스 누가 이렇게 외치는 것 같구려. '이제는 잠이 들지 못하리라! 맥베스는 잠을 죽여버렸다.'고……. 아, 천진난만한 잠, 고민에 엉킨 실타래를 풀어 주는 잠, 하루하루 생명의 죽음인 잠, 피곤을 씻어 주는 잠, 상처 난 마음에 영약인 잠, 자연이 베푸는 제 2의 생명, 이 세상의 그 어떤 향연도 이만한 영양분을 제공해 주지 못할 잠을…….

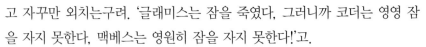

맥베스 부인 그게 어쨌단 말이에요?

맥베스 온 집안을 향하여 '이제는 잠들지 못하리라!' 고 자꾸만 외치는구려. '글래미스는 잠을 죽였다, 그러니까 코더는 영영 잠을 자지 못한다, 맥베스는 영원히 잠을 자지 못한다!'고.

맥베스 부인 외치다니, 대체 누가 그런단 말이에요? 이것 보세요, 영주님. 그렇게 미치도록 자꾸 생각하면 대장부의 기력을 잃게 됩니다. 자, 어서 손에 묻은 그 더러운 핏자국을 물에 씻어 버리세요. 단검은 거기에 두지 않고 왜 가지고 오셨어요? 어서 다시 가서 자고 있는 호위병들에게 쥐어주고 피범벅을 해 놓으세요.

맥베스 이젠 못 가겠소. 내가 한 일이 두려워 돌아가서 다시 볼 수가 없소.

맥베스 부인 그렇게 마음이 약하셔서……. 단검을 이리 주세요. 자는 사람이나 죽은 사람은 그림과 같아요. 그림에 그려진 마귀를 보고 무서워하는 건 아이들이나 할 짓이에요. 그가 아직 피를 흘리고 있으면 병사들 얼굴에 묻혀야지, 죄를 뒤집어씌울 수 있게. (부인은 계단을 올라간다. 이때 문 두드리는 소리가 들린다.)

맥베스 저 문 두드리는 소리는 어디서 나는 것일까? 이게 무슨 일인가……. 작은 소리에도 깜짝깜짝 놀라게 되니! 이 손 꼴이 뭐란 말이냐? 눈알이 튀어나올 것 같구나! 넵튠의 대양의 물로 내 손의 피를 씻을 수 있을까? 아니다, 오히려 이 손이 망망대해를 붉게 물들여 푸른 바다가 핏빛으로 변하리라.

맥베스 부인, 문을 닫으며 나온다.

맥베스 부인　제 손도 당신처럼 붉은 빛이 됐어요. 하지만 제 심장은 당신처럼 창백해지지 않아요. (문 두드리는 소리) 남쪽 성문에서 문 두드리는 소리가 나는군요. 자, 침실로 갑시다. 물만 조금 있으면 말끔히 씻어질 거예요. 아무 문제없으니 용기를 잃지 말아요! (문 두드리는 소리) 또 문 두드리는 소리가 나는군요. 어서 잠옷으로 갈아입으세요. 누가 부르러 왔을 때 아직 안자고 있었다고 의심 받으면 곤란하니까요. 그렇게 멍하니 서 계시지 마세요!
맥베스　저지른 죄를 기억하느니 멍하니 자신을 잊고 있는 게 낫지. (문 두드리는 소리) 그 문 두드리는 소리로 덩컨을 깨워라. 제발 깨워 다오! (두 사람 퇴장)

제2막 제3장

같은 곳.
술에 취한 문지기 등장. 안에서 문 두드리는 소리.

문지기　원, 무던히도 두드리는군! 내가 지옥의 문지기라면 열쇠를 돌려대느라 잠시도 틈이 없겠다. (문 두드리는 소리, 탕 탕 탕!) 누구냐? 지옥에 오면 자기 소개를 하는 법이다. 음, 너는 풍년이 들어 곡식 값이 내린 것을 고민하여 목매달아 죽은 농부로구나. 때마침 잘 왔다. 해님, 이 아첨꾼아. 여기는 지옥이다. 수건이나 넉넉히 준비해 둬라, 진땀깨나 뺄 테니. (문 두드리는 소리, 탕 탕 탕!) 대관절 누구냐? 지옥에서 묵비권은 통하지 않는다. 옳지, 거짓말쟁이 예수회 교도인 사기꾼이 왔나보다. 하느님의 이름으로 사기를 친 놈 같으니. 하지만 천국에선 그 사기도 통하지 않으렷다. 자, 들어오시지, 사기꾼 양반. (문 두드리는 소리, 탕 탕 탕!) 대체 누구냐? 음! 프랑스의 홀태바지에서조차 옷감을 잘라먹는 영국 재단사가 왔나보다. 들어오시오,

재단사 나리. 여기서는 지옥의 불로 다리미쯤은 달굴 수가 있다오. (문 두드리는 소리, 탕 탕 탕!) 그칠 줄을 모르는구나! 대체 누구란 말이냐? 그런데 여기는 지옥치고는 너무 춥구나. 지옥의 문지기 노릇은 그만 해야겠다. 향락의 오솔길을 걸어 영겁의 업화를 향하는 놈이면 직업을 막론하고 몇 놈쯤 통과시켜 주려고 했다만. (문 두드리는 소리) 네네, 지금 나갑니다! 제발 이 문지기에게 팁을 잊지 말아 주시오. (대문을 연다.)

맥더프와 레녹스 등장.

맥더프 간밤에 늦게 잤나? 이렇게 늦잠을 자는 걸 보니 말일세.

문지기 네, 두 번째 홰를 칠 때까지 마셨습지요. 그런데 말씀입니다. 술은 세 가지 자극을 준다그려.

맥더프 술이 세 가지 자극을 주다니 그게 무슨 소린가?

문지기 네. 코가 빨개지고 졸음이 오고 그리고 오줌이 마렵지요. 그런데 욕정은 술이란 놈이 자극시키기도 하고 아니기도 하던데요, 욕정이 일어나지만 힘이 있어야지요. 그러니 색에 관한 한 술은 두말하는 사기꾼이랍니다. 욕망을 일으키게 했다가 죽여버리고, 자극시켰다가는 물러서게 하고, 용기를 주었다가 실망하게 하고, 시작해 놓고는 꽁무니를 빼고, 결국 사람을 속아 넘어가게 해 놓고는 꿈나라로 보내고 만다그려.

맥더프 자넨 간밤에 술에 속아 넘어간 모양이군.

문지기 네, 목덜미를 붙잡혀 바로 넘어갔습지요. 하지만 저도 보복을 해줬답니다. 저도 술이란 놈에게 상당히 강한 편이라 말끔히 토해내 놈을 넘어뜨렸습지요. 이따금 다리를 붙들려 넘어질 뻔하기는 했습니다만.

맥더프 영주님은 일어나셨나?

이때 맥베스가 잠옷을 걸치고 등장.

맥더프   여기 나오시는구나. 문 두드리는 소리에 잠을 깨셨군.

레녹스   안녕하십니까, 영주님.

맥베스   두 분 안녕히 주무셨소?

맥더프   폐하께서는 일어나셨습니까?

맥베스   아직 안 일어나신 것 같소.

맥더프   제게 일찍 깨우라는 분부가 있었는데 하마터면 늦을 뻔했습니다.

맥베스   자, 안내하리다.

맥더프   이번 일은 기쁜 수고이신 줄은 압니다만 그래도 수고가 너무 크십니다.

맥베스   즐거이 하는 일이라 수고라고 할 게 없습니다. 바로 이 방입니다.

맥더프   깨워도 상관없겠지요? 분부하신 일이니까. (방 안으로 퇴장)

레녹스   폐하께서는 오늘 출발하십니까?

맥베스   네, 그러신다는 분부셨소.

레녹스   간밤은 정말 뒤숭숭한 밤이었지요. 우리 숙소에서는 바람에 굴뚝이 쓰러졌답니다. 소문으로는 하늘에서 곡성이 들리고, 죽음을 알리는 괴이한 신음소리에, 이 불행한 세상에 가공스러운 혼란과 변고가 일어날 징조를 예언하는 소리가 무시무시하게 들리고, 밤새도록 올빼미가 울었습니다. 또 열병에 걸린 것처럼 대지가 진동하기도 했답니다.

맥베스   아주 험악한 밤이었지요.

레녹스   젊은 저로서는 처음 당하는 괴이한 밤이었습니다.

맥더프 다시 등장.

맥더프   맙소사! 이런 끔찍한 일, 이렇게 끔찍한 일이 또 있을 수 있을까! 말로 할 수도, 상상도 할 수 없는 무서운 일이……

맥베스, 레녹스   대체 무슨 일이오?

맥더프 파괴의 손이 다시없는 보물을……, 극악무도한 반역이오. 신성한 전당을 두들겨 부수고 생명을 훔쳐가고 말았소.

맥베스 뭐라고? 생명이라고요?

레녹스 폐하의?

맥더프 침소에 가 보시오. 차마 눈 뜨고 볼 수 없는 참혹한 괴녀 고르곤의 모습이오. 나한테 묻지 말고 직접 보시오. (맥베스와 레녹스 퇴장) 일어나라, 모두 일어나! 종을 울려라, 반역이다! 모반이다! 뱅쿠오! 도널베인! 맬컴! 일어나시오! 죽음의 가면인 포근한 잠을 떨쳐버리고 진짜 죽음을 보시오! 일어나시오! 빨리 일어나서 이 광경을 보시오, 최후의 심판 바로 그 모습이오! 맬컴! 뱅쿠오! 무덤에서 깨어난 유령처럼 걸어오시오. 그렇지 않으면 이 끔찍한 광경에 도저히 어울리지 않소! (경종이 울린다.)

　맥베스 부인, 잠옷차림으로 등장.

맥베스 부인 무슨 일이에요? 그렇게 종을 울려 고이 잠든 사람들을 깨우고 있으니. 말씀하세요, 무슨 일인지!

맥더프 오, 부인! 제가 말을 해도 부인께서는 들으시면 안 됩니다. 부인네들은 듣기만 해도 그 자리에서 기절해 버릴 겁니다.

　뱅쿠오, 실내복을 걸치고 허둥지둥 등장.

맥더프 오, 뱅쿠오! 뱅쿠오! 폐하께서 암살당하셨소!

맥베스 부인 세상에 이럴 수가! 그것도 바로 저희 집에서!

뱅쿠오 어디서든 간에 너무나 잔인한 일이오. 여보시오, 맥더프. 지금 하신 말을 취소하시오. 제발 아니라고 말씀해 주시오.

맥베스 차라리 내가 한 시간 전에만 죽었던들 행복한 일생으로 끝났을 것을. 이제 인생의 진실함은 아무것도 남지 않았구나. 모든 것은 다 허위에 불과하다. 명예와 미덕도 죽어버렸다. 생명의 술은 다 쏟아지고 남아 있는 것은 입에 담을 가치조차 없는 찌꺼기뿐이로구나.

　맬컴과 도널베인, 오른편 입구로 허둥지둥 등장.

도널베인　무슨 일입니까?

맥베스　아직 모르시겠지만 왕자님들의 신상에 큰일이 났습니다. 왕자님들 혈통의 원천인 샘이 말라버렸습니다. 그 근원이 막히고 말았습니다.

맥더프　부왕께서 암살을 당하셨습니다.

맬컴　아니, 누구한테?

레녹스　침소를 지키던 자들의 소행인 것 같습니다. 둘 다 얼굴과 손이 온통 피투성이고, 단검도 피가 묻은 채 베개 맡에 놓여 있었습니다. 두 놈 다 눈을 멍하니 뜨고 실성한 것처럼 보였습니다. 폐하의 생명을 그런 자들에게 맡긴 것이 화근입니다.

맥베스　아아, 후회가 됩니다. 분개한 나머지 그 두 놈을 죽여버린 것이.

맥더프　왜 죽여버린 거요?

맥베스　이런 경황에 어느 누가 지각을 차리고, 분개하면서 절도를 지키고 충성하면서 냉정할 수가 있겠소? 분노에 불타는 조급한 충성이 그만 이성을 잃고 말았습니다. 왕은 이쪽에 쓰러져 은빛 피부에 핏발이 서 있는데 입을 벌린 상처는 마치 무참한 파괴의 입구, 대지가 갈라진 틈 같았소. 다른 한쪽에는 암살의 명백한 증거로 하수인들이 피에 물들어 있고 단검은 피가 묻은 채 곁에 팽개쳐져 있었소. 그걸 보고 누가 참을 수 있겠습니까? 충성심을 행동에 옮길 수 있는 용기를 가진 사람이라면.

맥베스 부인　(기절을 하는 척하며) 아, 나를 좀 데려가 주세요.

　맥베스, 부인 곁으로 온다.

맥더프　어서 부인을 돌봐 드리시오.

맬컴 (도널베인에게 방백) 우리가 제일 문제 삼아야 할 일인데 우리는 왜 입을 다물고 있을까?

도널베인 (맬컴에게 방백) 지금 무슨 말을 할 수 있겠소? 악이 송곳 구멍 같은 틈 사이에 숨어 있다가 언제 튀어나와 덤벼들지 모르는데. 자, 눈물은 간직해 두고 일단 피합시다.

맬컴 (도널베인에게 방백) 격렬한 슬픔도 가슴속에 그대로 눌러 두자.

　맥베스 부인의 시녀들 등장.

뱅쿠오 부인을 보살펴 드려라. (시녀들이 부인을 부축해 나간다.) 자, 다들 잠옷 바람이니 옷이나 갈아입은 다음 다시 모여 이 잔인무도한 사건의 진상을 규명합시다. 두려움과 의혹에 몸이 덜덜 떨립니다. 나는 신의 손을 대신하여 이 대역죄의 음모와 단호히 싸우겠소.

맥더프 아무렴, 그렇고말고.

모두 싸우다 뿐이겠소.

맥베스 속히 무장을 하고 즉시 회의장에 모입시다.

모두 그렇게 합시다. (맬컴과 도널베인만 남고 모두들 퇴장)

맬컴 어떻게 할 것인가? 저들과 행동을 같이 할 수는 없다. 원인도 모른 채 애통해 하는 것은 부정한 인간들이나 하는 짓, 난 영국으로 가겠다.

도널베인 나는 아일랜드로 가겠습니다. 피차 헤어져 있는 것이 안전할 것 같습니다. 이곳에는 미소 속에도 칼날이 숨어 있습니다. 핏줄이 가까울수록 더욱 잔인한 법이니까요.

맬컴 살인의 화살은 이미 시위를 떠나 아직 하늘을 날고 있다. 어쨌든 그 겨냥을 피하는 길이 가장 우선이니 어서 말에 오르자. 작별 인사를 하고 있을 때가 아니다. 얼른 여기를 빠져 나가자. 여기 있다가는 어떤 위험이 닥칠지 모른다. 피했다 해서 부끄러울 건 없으니. (두 사람 퇴장)

제2막 제4장

맥베스 성 앞.
몹시 음침한 날씨. 로스와 노인 한 사람 등장.

노인 저는 칠십 평생 수많은 일을 겪었습니다. 그 오랜 세월 동안 무서운 때도 있었고 괴이한 일도 많이 보았습니다. 그러나 간밤의 끔찍한 일들에 비하면 그런 일들은 아무 것도 아닙니다.

로스 (하늘을 쳐다보며) 노인장, 인간의 잔악한 소행에 하늘도 괴로운지 저렇게 살육의 무대를 위협하고 있구려. 대낮인데도 암흑의 밤이 태양의 빛을 지우고 말았소. 밤이 패권을 쥐고 있어 낮이 부끄러워하는지, 눈부신 햇살이 대지에 입을 맞춰야 할 이 시간에 암흑에 덮여 있소이다.

노인 간밤의 사건도 그렇습니다만 다른 일들도 자연의 이치에 어긋난 일들뿐입니다. 지난 화요일에는 의기양양하게 하늘 높이 날아오르던 매가 쥐나 잡는 올빼미한테 공격당하여 죽었답니다.

로스 그뿐 아니라 덩컨 왕의 말들은 ─참으로 괴이하지만 사실입니다.─ 늠름한 준마로서 가장 총애를 받던 말들이 별안간 사나워져 일제히 마구간을 부수고 뛰쳐나와 사람에게 달려들었답니다.

노인 말들끼리 서로 물어뜯기도 했다고요?

로스 그렇습니다. 정말이지 그런 광경에 나도 깜짝 놀랐어요.

맥더프가 성에서 나온다.

로스 오오, 맥더프, 어떻게 되어 가고 있습니까?

맥더프 (하늘을 가리키며) 저것이 보이지 않소?

로스 그 잔인무도한 암살자는 밝혀졌습니까?

맥더프 맥베스가 죽여버린 바로 그 두 사람이지요.

로스 저런! 왜 그런 짓을 했을까요?

맥더프 매수당한 거겠죠. 맬컴과 도널베인 두 왕자가 비밀리에 달아났소. 그 때문에 혐의를 받고 있습니다.

로스 이것은 자연에 역행하는 짓! 이 무슨 더러운 야욕인가, 감히 자기 생명의 근원을 탐식하려 들다니! 이제 왕위는 어쩔 수 없이 맥베스 장군께로 돌아가겠군요.

맥더프 벌써 왕으로 추대되어 대관식을 올리러 스콘 성당으로 떠나셨소.

로스 덩컨 왕의 유해는?

맥더프 코옴킬에다 모셨소. 대대로 유골을 안치하고 있는 종묘에 말이오.

로스 그럼 스콘으로 가시겠습니까?

맥더프 아니, 나는 파이프로 돌아가겠소.

로스 그래요? 나는 스콘으로 가 보겠습니다.

맥더프 그럼, 그곳의 일들이 잘 되기를 빌겠소. 잘 가시오! (방백) 낡은 옷이 새 옷보다 입기 편한 사태가 벌어지지 말아야 할 텐데!

로스 안녕히 가시오, 노인장.

노인 두 분에게 신의 축복이 내리기를! 또 악을 선으로, 원수를 친구로 삼는 사람들에게도! (모두 뿔뿔이 헤어진다.)

몇 주일이 지나간다.

제3막

제3막 제1장

포레스 궁전의 알현실.
뱅쿠오 등장.

뱅쿠오 드디어 성취했구나. 왕도, 코더 영주도, 글래미스 영주도 모두 다 마녀들이 약속한 대로 되었구나. 왠지 더러운 수단을 써서 차지한 것 같긴 하다만. 그러나 그 자리는 네 후손에게 전해지는 것이 아니라 대대로 왕의 조상이 될 사람은 나라고 마녀들이 예언했것다. 맥베스 너에게 들어맞은 것처럼 마녀들의 예언이 맞는다면, 정말로 너에게 실현된 것같이 내게도 그것이 신탁이 아닐 리 없으리라. 그러니 희망을 걸어도 되지 않는가? 그렇지만 쉿! 더 이상 말을 삼가도록 하자.

    나팔소리. 왕이 된 맥베스, 왕비가 된 맥베스 부인, 레녹스와 로스, 귀족들, 시종들 등장.

맥베스 우리의 주빈이 여기에 계셨군.
맥베스 부인 이분을 빼면 우리의 축하 연회에 구멍이 뚫린 것처럼 아무 소용없게 되고 말 겁니다.
맥베스 오늘 밤은 정식 만찬이니 꼭 참석하기 바라오.
뱅쿠오 분부에 순종하는 것이 신하 된 자의 의무인 줄 압니다.
맥베스 오후에 어디 나가실 거요?
뱅쿠오 그럴 생각입니다.
맥베스 나가지 않는다면 오늘 회의에 장군의 의견을 들으려고 했는데……. 장군의 고견은 언제나 무게가 있고 유익하지요. 그렇지만 내일로 미룹시다. 그래, 멀리 나가시오?
뱅쿠오 네, 그래도 만찬회까지는 돌아올 생각입니다. 만일 말이 잘 달려 주지 않는다면 한두 시간 더 늦어질지도 모르겠습니다.
맥베스 아무튼 축하 연회에는 꼭 나와 주시오.
뱅쿠오 네, 무슨 일이 있더라도 참석하겠습니다.
맥베스 듣자니 나의 잔인한 친척인 두 왕자가 영국과 아일랜드에 망명해 있다는데, 부친을 살해한 잔악한 죄를 자백하기는커녕 도리어 괴이한 낭설을 유포하고 있다 하오. 그런데 이 일은 내일 상의해야 할 국사와 함께 다시 의논합시다. 어서 말에 오르시오. 잘 다녀오시오. 이따 만납시다. 플리언스도 같이 가오?

뱅쿠오 네, 그렇습니다. 이만 물러가겠습니다.

맥베스 그대들의 말이 빠르고 다리가 튼튼한 놈이길 바라오. 그럼 잘 다녀오시오. (뱅쿠오 퇴장) 이제부터는 자유 시간을 갖도록 하시오. 오늘 모임을 한층 즐기기 위하여 만찬 때까지 나 혼자 있겠소. 다들 물러갔다가 그때 다시 봅시다! (맥베스와 시종 한 명만 남고 모두 퇴장) 여봐라. 그들이 대기하고 있느냐?

시종 네, 궁성 문밖에 대기하고 있습니다.

맥베스 이리 불러 들여라. (시종 퇴장) 이것만으로는 결코 안전하지 않다. 두려운 것은 뱅쿠오다. 그의 고결한 성품이 불안하다. 그는 매우 대담한데다가 용기를 행동에 옮길 수 있는 지혜를 가지고 있다. 내가 두려워하는 것은 뱅쿠오뿐이다. 그의 옆에서는 내 수호신이 맥을 못 춘다. 안토니오의 수호신이 시저 앞에서 그런 것처럼. 마녀들이 처음에 나를 왕이라 불렀을 때 그는 그들을 꾸짖고 자기에게도 예언을 하라고 명령하였다. 그러자 그들은 그를 미래 왕의 조상으로서 환영했었지. 내 머리에 실속 없는 왕관을 씌워 주고 손에는 쓸모없는 지휘봉을 쥐어 주고는, 왕좌는 결국 나의 후계자가 아닌 남의 자손에게 빼앗기게 되는 것이다. 그렇다면 나는 뱅쿠오의 자손들을 위하여 인자한 덩컨 왕을 암살한 셈이 아닌가! 뱅쿠오의 자손들을 왕으로 만들기 위하여 불멸의 보배인 영혼을 악마의 손에 넘겨 준 셈이 아닌가! 그렇게 될 바에야 차라리 결판을 내자. 운명아, 오너라! 나와 승부를 겨루자. 거기 누구냐?

시종이 자객 두 명을 데리고 등장.

맥베스 너는 부를 때까지 문밖에 나가서 대기하고 있어라. (시종 퇴장) 내가 너희들과 의논한 것이 어제였지?

자객 1 네, 폐하.

맥베스 그 동안 나의 말을 잘 생각해 보았는가? 여
태까지 너희들을 불행하게 만든 것은 바로 그자이다.
너희들은 오해하는 모양이나 나는 전혀 관계가 없는
일이다. 이는 어제 나눈 이야기로 충분히 알았을 것
이다. 즉, 너희들이 어떻게 기만과 학대를 받고 있었
는지, 앞잡이는 누구고 누가 이를 조종하고 있었는지,
그 밖의 모든 것을 다 설명해 주었다. 그러니 아무리
바보나 미치광이일지라도 진상을 납득했을 것 아니냐,
'이 모든 것들이 뱅쿠오의 짓이다.'라고.

자객 1 잘 알아들었습니다.

맥베스 그건 그렇고, 오늘은 너희들에게 물어보고 싶은 게 있어서 다시 불
렀다. 너희들은 그자를 그대로 내버려 둘 만큼 인내심이 강한가? 아니면 그
에게 핍박 받아 무덤 속으로 내쫓기고 처자식들이 길거리를 헤매게 만든, 그
친절한 분과 그의 자손들을 위해 기도를 올릴 만큼 신앙심이 깊단 말인가?

자객 1 저희들도 사람입니다, 폐하.

맥베스 음, 그래. 적어도 사람 축에는 들 테지. 사냥개 그레이하운드, 잡
종 스파이엘, 들개, 땅개, 불도그 같은 개들도 다 개라는 이름으로 불리듯
이. 그렇지만 빠른 놈, 느린 놈, 영리한 놈, 애완견, 사냥개 등, 자연이 부여
해 준 특징에 따라 하나하나 구분되어 특별한 칭호를 받고 있으니, 다 같은
개라도 격이 다르기 마련이다. 사람도 마찬가지다. 자, 너희들이 최하 등급
에 속하지 않는다는 것을 내게 증명해 보여 다오. 이제부터 너희에게 비밀
임무를 맡기겠다. 이를 실행하면 너희들은 너희들의 원수를 제거하게 될 뿐
아니라 나의 신임과 총애를 받게 되리라. 그자가 살아있는 한 나는 반은 병
든 것이나 다름없으니 그가 없어져야만 비로소 나의 생기가 회복될 것이다.

자객 2 저는 세상의 지독한 천대와 학대에 시달려 왔으니 세상에 대한 분
풀이라면 무슨 짓이든 하겠습니다.

자객 1 저 역시 얼마나 불행에 시달리고 악운에 부대끼어 왔는지, 이제는

이판사판 목숨 걸고 운명을 시험해 볼 작정입니다.

맥베스 두 사람 다 이제는 잘 알았을 것이다, 뱅쿠오가 너희들의 원수임을.

자객들 네, 알다 뿐이겠습니까!

맥베스 그는 나의 원수이기도 하다. 서로 대적하는 사이라 그가 살아있는 한순간 한순간이 나의 생명을 갉아먹고 있는 것 같다. 물론 왕권으로써 공공연히 그를 없애고 나의 의지를 정당화시킬 수도 있지만 함부로 할 수 없는 까닭이 있다. 즉 그에게도 친구이고 나에게도 친구인 사람들이 있는데 나로서는 그들의 호의를 잃고 싶지 않다. 그러한 이유로 이 손으로 그를 쓰러뜨려 놓고도 오히려 애통해 하는 척해야 하니 이렇게 너희들의 도움을 구하는 것이다. 그 밖에도 여러 가지 사정이 있어서 그러니 이 일은 아무도 모르게 실행해야 한다.

자객 2 폐하의 지시대로 반드시 실행하겠습니다.

자객 1 비록 저희들의 생명이…….

맥베스 너희들의 진심은 잘 알았다. 늦어도 한 시간 이내에 너희들이 잠복할 장소를 알려 줄 테니 궁성에서 멀찍이 떨어진 곳에서 오늘 밤 안으로 단행하도록 해라. 내가 혐의를 받아서는 절대 안 된다는 것을 명심해야 한다. 그런데 그의 아들 플리언스가 동행할 것이다. 일을 깨끗이 마무리하기 위해 그의 아들까지 없애 버리는 것이 아비를 없애는 것 못지않게 중요한 일이니 그 아들도 아비와 함께 컴컴한 운명의 길을 동행하게 해 줘라. 그럼 단단히 결심 하도록. 곧 다시 만나자.

자객들 결심은 이미 섰습니다.

맥베스 곧 부르겠다. 안에서 기다려라. (두 자객 퇴장) 모든 계획은 끝났다. 뱅쿠오, 네 영혼이 천당에 들기를 원한다면 오늘 밤 천당 가는 길을 찾아야 할 것이다. (다른 쪽 입구로 퇴장)

제3막 제2장

같은 곳.
맥베스 부인과 시종 등장.

맥베스 부인 뱅쿠오는 갔느냐?

시종 네, 밤에 다시 돌아오십니다.

맥베스 부인 폐하께 가서 아뢰어라, 드릴 말씀이 있으니 좀 뵙자고 한다고.

시종 네. (퇴장)

맥베스 부인 다 허무하고 소용없는 일이다, 욕망이 이루어져도 만족이 없는 한. 살인을 하고 얻은 명예도 이렇게 불안한 기쁨밖에 누리지 못할 바에야 차라리 살해당하는 신세가 더 낫겠다.

맥베스가 생각에 잠겨 등장.

맥베스 부인 왜 그러십니까, 폐하! 왜 늘 한심스러운 망상만 하고 계세요? 걱정거리는 마음에 걸리는 사람이 죽었을 때 함께 죽어 없어져야 하는 건데……. 어쩔 수 없는 일은 무시해 버리는 수밖에 없습니다. 지난 일은 지난 일일 뿐이에요.

맥베스 우리는 독사를 난도질했을 뿐이지 죽이지는 못했소. 머지않아 다시 소생할 것이니 못된 장난을 한 우리는 언제 그 뱀의 독 이빨에 물리게 될 지 알 수 없는 일이오. 그렇다고 우주가 산산이 부서지고 천지가 무너진다고 해서 불안 속에 식사를 하고 잠을 자며 밤마다 악몽에 시달리며 떨 수는 없지 않겠소? 양심의 가책이라는 이름 아래 이렇게 미칠 것처럼 불안하게 사느니, 차라리 우리 스스로 평화를 구하여 평화의 나라로 보낸 그 사람처럼 죽는 편이 낫지 않겠소? 덩컨은 지금 무덤 속에 있소. 인생의 끊임없는 열병을 다 치른 뒤에 편안히 잠들었소. 암살은 그의 모든 괴로움에 마지막을 고

해 주었소. 이제는 어떠한 칼날도, 독
약도, 내란도, 전쟁도 그를 더 이상 괴
롭히지는 못할 것이오.

맥베스 부인 자, 그만 가십시다. 폐하,
그 험상궂은 얼굴을 펴고 명랑하고 즐
겁게 오늘 밤 손님들을 맞으세요.

맥베스 그렇게 하리다. 당신도 그래야
지. 그리고 뱅쿠오에게는 특별한 관심을 가지고 눈으로나 입으로나 주빈으
로 접대하시오. 도저히 마음을 놓을 수가 없소. 왕의 존엄성을 아첨의 개
울 속에 담그고, 마음에 가면을 씌워 본심을 은폐해야 하는 동안은 안심
이 안 되오.

맥베스 부인 폐하, 그런 생각은 되도록 하지 마세요.

맥베스 아아, 내 마음속에는 전갈들이 우글대고 있는 것 같소. 어쨌든 뱅
쿠오와 그의 아들 플리언스가 아직 살아있으니 말이오.

맥베스 부인 하지만 그들의 생명이 영원한 것은 아니잖아요.

맥베스 그나마 다소 위안이 되오. 그들이라고 습격을 면할 수는 없을 테니.
그러니 당신도 마음을 편하게 가지시오. 박쥐가 사원 안을 날아다니고, 갑
충이 마녀 헤카테의 부름에 딱딱한 날개 소리를 내며 졸린 듯 잠을 재촉하
는 종이 울리기 전에 끔찍하고도 무서운 일이 일어날 것이니.

맥베스 부인 일어나다니요, 무슨 일이?

맥베스 자, 오너라. 눈을 어둡게 하는 밤아! 인자한 낮의 부드러움을 가리
고 너의 보이지 않는 잔인한 손으로, 나를 두려움에 떨게 하는 그의 생명의
증서를 갈가리 찢어버려라. 빛은 어두워지고 까마귀는 숲속 보금자리로 날
아들고 있다. 낮의 선량한 자들은 머리를 숙이고 잠들기 시작하고 밤의 악
한 무리들은 먹잇감을 찾아 일어난다. 내 말이 이상하게 들리는 모양이구
려. 당신은 잠자코 있으시오. 악으로 시작한 일은 악으로 종말을 짓는 수밖
에. 자, 함께 갑시다. (두 사람 퇴장)

제3막 제3장

궁전 밖.

숲의 언덕길, 궁 안의 정원으로 통하지만 궁전에서는 조금 떨어져 있다. 두 자객에 이어 또 한 자객이 등장.

자객 1 도대체 당신은 누구의 명령으로 우리를 따라오는 거요?

자객 3 맥베스 왕의 명령이오.

자객 2 이분을 의심할 필요는 없을 것 같네. 우리가 가는 길을 이처럼 정확하게 알고 있는 걸 보니.

자객 1 그럼 우리랑 합세하시오. 석양이 아직 꼬리를 끌고 있군. 길 가는 나그네가 날이 저물기 전 여인숙을 찾기 위해 말을 재촉할 시간이다. 우리가 기다리는 주인공도 이제 곧 나타나겠지.

자객 3 쉿! 말발굽 소리가 들린다.

뱅쿠오 (멀리서) 얘, 횃불을 이리 다오!

자객 2 바로 그자다. 초대를 받은 다른 사람들은 벌써 궁성에 들어갔다.

자객 1 길을 돌아가는 모양이다.

자객 3 음, 1마일쯤. 다른 사람들처럼 뱅쿠오는 여기서부터 궁전까지는 걸어서 간다.

뱅쿠오와 플리언스, 횃불을 들고 등장.

자객 2 횃불이 보인다. 횃불이!

자객 3 놈이다!

자객 1 가자!

뱅쿠오 오늘 밤은 비가 오실 모양이구나.

자객 1 그래, 많이 올 거다! (횃불을 쳐서 꺼버린다. 동시에 다른 두 자객은 뱅쿠오를 습격한다.)

뱅쿠오 아, 살인이다! 플리언스, 달아나라! 달아나, 빨리! 복수를 해 다오. 이 아비의 원수를 갚아 다오. 으윽, 고약한 놈! (죽는다. 플리언스가 도망간다.)

자객 3 누가 횃불을 껐나? 아들놈이 달아나버렸다.

자객 2 이런! 중대한 임무의 반을 놓쳤구나.

자객 1 자, 어서 가서 한 일만이라도 보고하자. (퇴장)

제3막 제4장

궁전의 홀.

정면이 한 계단 높게 되어 있고 좌우에 입구가 있다. 단 위는 옥좌. 그 앞에는 식탁이 있다. 그리고 이 식탁과 T자 모양으로 맞댄 긴 식탁이 무대 중앙에 놓인 연석이 마련되어 있다. 맥베스, 맥베스 부인, 로스, 레녹스, 귀족, 시종들 등장.

맥베스 각기 제 직분대로 앉으시오. 모두 잘 와 주셨소.

귀족들 초대해 주셔서 감사합니다.

맥베스는 부인을 단상으로 안내한다. 귀족들은 긴 식탁 양쪽에 자리를 잡고 앉는다. 가운데의 자리는 주인을 위해 비어 있다.

맥베스 나도 같이 어울려 미흡하나마 주인 노릇을 하겠소. (맥베스 옥좌에서 내려온다.) 여주인은 왕비 석에 앉아 있지만 기회를 보아 곧 여러분들에게 환영 인사를 할 것이오.

맥베스 부인 폐하께서 저를 대신하여 여러분께 인사말을 전해 주세요. 저는 진심으로 여러분을 환영한다고요.

맥베스가 왼편 입구 앞을 지날 때 자객 1이 입구에 나타난다.

그때 귀족들이 일어서서 부인에게 예를 올린다.

맥베스 자, 부인. 모두들 진심으로 기쁘게 답례를 하는구려. 양쪽 인원수가 같으니 나는 가운데에 앉겠소. 자, 마음껏 즐기시오. 이제 곧 축배를 듭시다. (입구로 다가가 자객에게 낮은 목소리로) 네 얼굴에 피가 묻어 있다.

자객 1 뱅쿠오의 피입니다.

맥베스 그자의 몸속에 머물러 있기보다는 네 얼굴에 묻어 있는 편이 훨씬 낫다. 그래, 잘 해치웠느냐?

자객 1 네, 이 손으로 그자의 목을 찔렀습니다.

맥베스 너는 목 따는 데 명수로구나! 그리고 플리언스를 처치한 자도 칭찬해 주어야지. 그것도 네가 했다면 너야말로 천하무적의 명수로다.

자객 1 죄송합니다. 플리언스는 달아나버렸습니다.

맥베스 그렇다면 또 불안의 발작이 엄습해 오겠구나. 그놈마저 처치했더라면 안심할 수 있을 것을……. 대리석처럼 견고하고 바위처럼 끄떡없으며, 만물을 둘러싼 공기처럼 자유로웠을 것을……. 나는 또다시 끝없는 의혹과 공포의 포로로서 좁은 감옥으로 밀려들어가 감금되고 열 겹 스무 겹으로 결박당한 꼴이로구나. 그런데 뱅쿠오만은 확실하느냐?

자객 1 네, 틀림없습니다. 머리에 스무 군데나 깊은 상처를 입고 개천 속에 처박혔습니다. 가장 작은 상처만으로도 목숨은 무사하지 못합니다.

맥베스 수고했다. 아비 뱀은 죽었구나. 달아난 새끼 뱀은 미구에 독을 지니게 되겠지만 지금 당장은 독이 없다. 그만 물러가라. 내일 다시 이야기하자. (자객 퇴장)

맥베스 부인 폐하, 환대가 소홀하십니다. 모처럼의 축하연도 식사 중에 환영의 뜻을 나타내지 않으면 음식점에서 식사를 하는 것이나 다름이 없습니다. 먹기만 한다면 자기네 집이 제일이지요. 편안한 자기 집에서와 다른 거라면 환대라는 양념이 아니겠어요? 환대 없는 연회는 아무 의미가 없습니다.

뱅쿠오의 유령이 나타나 맥베스의 자리에 앉는다.

맥베스　정말 그렇구려! 자, 식욕이야말로 소화의 근원이오. 마음껏 드시오!

레녹스　폐하께서도 앉으시지요.

맥베스　여기에 이 나라의 명문 귀족이 모두 한자리에 모였구려, 저 훌륭한 뱅쿠오 장군만 빼고 말이오. 차라리 그의 무심함을 원망하게 되면 좋으련만, 혹시 무슨 재앙이라도 있지 않나 염려가 되는구려.

로스　그분은 약속을 지키지 않으셨습니다. 하여튼 폐하께서도 자리에 앉아 주십시오.

맥베스　자리가 없는 것 같은데…….

로스　이쪽에 있습니다.

맥베스　어디?

레녹스　폐하, 여기 빈 자리가 있는데 왜 그러십니까?

맥베스　이건 누구의 장난이냐?

귀족들　대체 무엇을 말씀하는 것입니까?

맥베스　(유령에게) 아니다, 내가 하지 않았다. 그 피투성이 머리털을 내게 흔들지 마라. (맥베스 부인, 자리에서 일어선다)

로스　여러분, 그만 일어납시다. 폐하께서 편찮으신 것 같습니다.

맥베스 부인　(단에서 내려오며) 여러분, 부디 앉아 주세요. 폐하께서는 예전부터 가끔 이러십니다. 그냥 앉아 계셔요. 발작은 일시적이라 곧 나으십니다. 그렇게 뚫어지게 쳐다보면 도리어 심해져서 발작을 오래 끌게 됩니다. 염려 마시고 어서 잡수세요. (맥베스에게 낮은 목소리로) 이러고도 사내대장부라고 할 수 있겠어요?

맥베스　(낮은 소리로) 암, 대장부니까 이렇게 노려보고 있지. 악마도 질겁해서 외면할 저 끔찍한 모습을.

맥베스 부인　(낮은 소리로) 참 장하시군요! 그건 마음이 불안해서 생긴 환상이에요. 그때 공중에 떠올라 왕의 침소로 안내했다는 단검 같은 환상 말이에요. 고작 겨울날 화롯가에서 아이들이 할머니에게 듣는 도깨비 이야기처럼 조금도 무서워 할 게 없는데 그렇게 흥분하고 놀라니, 부끄럽지도 않으세요? 왜 그런 표정을 지으세요? 아무것도 없어요. 그냥 의자뿐이잖아요.

맥베스   아니, 저것 좀 보시오. 저기, 저것을! 어떻소? 뭐, 뭐가 무섭담? 머리를 흔들 수 있다면 어디 말도 해 봐라. 이미 땅속에 매장되었는데 이렇게 다시 토해 놓는다면 차라리 솔개의 밥통을 무덤으로 삼아야 할 판이 아니겠느냐? (유령 사라진다.)

맥베스 부인   (낮은 소리로) 아아, 어째서 그런 환영을 보고 놀라시는 거예요?

맥베스   (낮은 소리로) 내가 여기 이렇게 서 있는 것이 확실하다면 나는 이 눈으로 확실하게 보았소.

맥베스 부인   (낮은 소리로) 어리석은 말씀!

맥베스   (이리저리 걸어다니며 방백) 지금까지 헤아릴 수 없는 수많은 사람이 피를 흘렸다. 법률이 생겨나 이 세상을 정화시키기 이전인 태고 적이나 그 이후에도 끔찍한 살육은 있었지. 그런데 예전에는 골이 터지면 죽고 생명은 끝장이 났는데, 지금은 머리에 스무 군데나 치명상을 입고 죽은 녀석이 다시 살아나 의자에서 사람을 밀어내는구나. 이것은 예전의 살육보다도 더 괴이한 일이다.

맥베스 부인   (맥베스의 팔을 끌며) 자, 손님들이 기다리고 있습니다.

맥베스   아, 깜박 잊었구려……. 나를 이상하게 생각하지 마시오, 여러분. 나는 이상한 병이 있는데 나를 잘 아시는 분들은 모두 예사롭게 생각하지요. 그럼 나도 자리에 앉겠소. 자, 여러분의 건강을 비오. 내게도 술을 주시오, 철철 넘치도록. (맥베스, 잔을 들자 등 뒤에서 유령이 다시 나타난다.) 모두의 건강을 위하여 축배를 듭시다. 그리고 오늘 오지 않은 친구 뱅쿠오를 위해서도. 그의 불참은 참으로 유감스러운 일이오. 자, 축배를 듭시다! 그를 위하여, 여러분을 위하여, 우리 모두의 건강을 빌며!

귀족들   (잔을 들면서) 우리 모두 충성을 맹세하며 축배를 듭시다.

맥베스   (앉으려고 의자를 돌아본다.) 에잇, 꺼져라! 물러가라! 땅속으로 사라져라! (술잔을 떨어뜨린다.) 너의 뼈에는 이미 골수가 없고 피는 차디차게 식었다! 그렇게 노려봐도 네 눈동자로는 볼 수가 없다!

맥베스 부인 여러분, 괜찮습니다. 이런 일은 늘 있는 일이에요. 모처럼의 흥이 깨져 죄송합니다.

맥베스 인간이 할 수 있는 일이라면 무슨 일이라도 하겠다. 지금의 그 끔찍한 모습만 아니라면 텁수룩한 러시아 곰이건, 뿔 돋은 물소건, 하케니어의 범이건 어떤 모습으로라도 나오너라! 나의 이 건강한 근육이 꼼짝이나 할 것 같으냐. 그렇다면 다시 살아 나와 황야에서 대결해 보자. 그래도 내가 겁을 낸다면 어린 계집아이 취급을 해도 좋다. 물러가라, 징그러운 유령 같으니! 실체 없는 환상이여, 에잇, 물러가라! (유령 사라진다.) 음, 이제야 사라져버렸구나. 사라졌으니 나는 다시 대장부다. 자, 여러분. 그냥 앉으시오.

맥베스 부인 당신 때문에 유쾌했던 흥은 깨지고 기분 좋은 축하연은 엉망이 되고 말았어요.

맥베스 그럼, 그런 것이 여름날 구름처럼 느닷없이 엄습해 오는데 어떻게 놀라지 않을 수 있겠소? 나도 내가 왜 그랬는지 모르겠소. 그런 걸 보고도 모두들 태연하게 안색 하나 변하지 않는데 나만 공포에 질려 얼굴이 창백해지다니.

로스 그런 것이라니, 무엇을 말씀하는 것이십니까?

맥베스 부인 제발 아무것도 묻지 마세요. 다시 또 나빠지십니다. 말을 시키면 흥분하게 됩니다. 여러분, 오늘은 이만 합시다. 안녕히 가세요, 어서요. 퇴석의 순서는 개의치 마시고. (모두 일어선다.)

레녹스 안녕히 주무십시오. 폐하께서 속히 쾌유하시기를!

맥베스 부인 여러분, 안녕히 가세요! (맥베스와 맥베스 부인만 남고 모두 퇴장)

맥베스 아무래도 피를 보고야 말 것인가. 피는 피를 부른다고 한다. 실제로도 묘석이 움직이고 나무가 말을 한 적도 있었다. 무시무시한 징조로 까치나 까마귀들을 이용하여 숨어 있는 살인자를 알아낸 적도 있지 않는가……. 밤은 얼마나 깊었소?

맥베스 부인 새벽이 다 되었을 거예요.

맥베스 맥더프를 어떻게 생각하오? 일부러 초대를 했는데 올 뜻이 없었던 모양이오.

맥베스 부인 사람을 보내셨습니까?

맥베스 아니, 다른 사람에게 들었소. 내가 매수한 시종이 없는 집은 하나도 없으니 사람을 보내 보겠소. 내일 아침 일찍 마녀들을 찾아가겠소. 이렇게 된 바에야 최악의 결과라도 미리 알아내어 최후의 수단을 쓰겠소. 나는 무슨 짓이라도 할 테요. 어차피 피비린내 나는 일에 발을 들여놓았으니 더 이상 건너지 않으려 해도 돌이키기 어렵게 되었소. 지금 내 머릿속에는 무서운 생각들이 마구 떠오르고 천천히 앞뒤 잴 겨를 없이 곧 실행에 옮기고 싶소.

맥베스 부인 쉬셔야만 합니다. 잠은 삶에 필요한 자양분, 폐하께서는 그것이 부족하십니다.

맥베스 그렇소. 가서 잡시다. 이렇듯 환영에 현혹되는 것은 초보자의 불안 탓이오. 더 수련을 쌓아야지, 우리는 아직 미숙해. (두 사람 퇴장)

제3막 제5장

황야.
천둥, 마녀 셋 등장하여 헤카테와 만난다.

마녀 1 아니, 웬일이시오, 헤카테님. 화나셨수?

헤카테 화가 안 나게 됐어? 건방지고 뻔뻔스러운 노파들 같으니. 어째서 너희들 멋대로 생사에 관한 수수께끼를 던져 맥베스와 거래를 시작한 거냐. 마법의 스승이며 이 세상의 온갖 재앙을 조종하는 나를 무시하고 나의 화려한 솜씨를 자랑하지 못하게 하는 거냔 말이다. 그뿐이냐, 더욱 괘씸한 것은 너희들이 한 짓이 저 심술궂고 성 잘 내는 고집쟁이만을 위한 것이라는 사실이다. 그자 역시 다른 놈들과 마찬가지로 자기 이익만 생각하고 너희들은 거들떠보지도 않는데 말이다. 자, 이젠 너희들이 한 짓에 대한 속죄를 해라. 지금 당장 이곳을 출발하여 새벽녘에 지옥의 아케론 강 동굴에서 만나자. 맥베스가 자기의 운명을 알아보기 위해 그곳으로 올 것이다. 너희들의 마법 도구를 준비해 두어라, 주문과 그 밖의 것도 함께. 오늘 밤에는 가공스럽고 치명적인 일을 저질러야겠다. 큰 일은 오전 안에 끝마쳐야 한다. 나는 하늘로 날아가마. 저 달 한쪽 구석에는 물 한 방울이 괴어 있는데 땅에 떨어지기 전에 그것을 받아 마법으로 증류시키면, 그자의 눈앞에 환영들이 나타나 지혜도 은총도 공포도 무시한 채 헛된 야망을 끌어안게 될 게다. 알다시피 인간에게 방심은 가장 큰 적이니까.

음악. '오너라, 헤카테. 오너라, 헤카테.'의 노래. 구름이 내려온다.

헤카테　쉿, 나를 부르고 있다. 저것 봐, 나의 꼬마 정령들이 안개같이 뽀얀 구름 위에 앉아서 나를 기다리고 있구나. (훌쩍 구름을 타고 날아간다.)
마녀 1　서두르자, 헤카테가 곧 돌아올 테니. (모두 퇴장)

제3막 제6장

스코틀랜드의 어느 성.
레녹스와 귀족 한 사람 등장.

레녹스　내가 지금 한 이야기는 당신 생각과 같으나 좀더 깊이 해석할 여지가 있소. 아무튼 일이 참으로 복잡하게 되었구려. 인자하신 덩컨 왕은 맥베스의 애도를 받았소. 그러나 그는 이미 돌아가신 분. 그리고 용맹스러운 뱅쿠오는 늦은 밤길을 오다가 그만……, 플리언스가 달아난 걸 보면 그가 자신의

아버지를 죽인 게 아닐까요? 어쨌든 밤 늦게 나다닐 것이 아니구려, 원. 맬컴과 도널베인 두 왕자가 인자하신 자기 부친을 살해했다니 어처구니없게 생각지 않을 사람이 어디 있겠소? 천벌을 받을 일이지! 맥베스가 얼마나 애통해 하였소?

그 때문에 의분에 못 이겨 당장 그 두 역적을 베어 버린 것이 아니겠소? 술의 노예가 되고 잠의 종이 된 그놈들을 말이오. 올바른 처사였지요. 그놈들이 하는 변명을 들으면 누구든지 분개하지 않을 사람이 없을 테니 맥베스가 일을 잘 해결한 셈이지요. 두 왕자가 체포되는 날에는 —설마 그럴 리는 없겠지만— 부친을 살해한 죄의 대가를 톡톡히 맛보게 될 거요. 플리언스도 역시 마찬가지고. 그런데 가만 있자, 맥더프는 단지 솔직한 충언을 하고 폭군의 축하연에 불참한 탓으로 폭군의 노여움을 사고 말았다지요? 그분은 지금 어디에 은신 중인가요?

귀족　저 폭군에게 왕위 상속권을 찬탈당한 덩컨 왕의 왕세자는 현재 영국 궁정에 머물면서 고결한 에드워드 왕의 후한 대접을 받아, 불운한 처지에도 불구하고 그의 존엄함은 조금도 손상이 없다고 합니다. 맥더프는 이미 영국으로 건너가 그 훌륭한 왕에게 도움을 호소하고 왕세자를 위해 노섬벌랜드 백작과 그의 용감한 아들 시워드를 궐기시킬 계획이랍니다. 다행히 하느님이 용납하신다면 영국의 지원군과 함께 우리는 충성을 다할 것입니다. 그렇게 되면 우리는 다시 진수성찬과 숙면을 취하고 축하연과 연회석에서 정당한 명예를 받을 수 있게 될 것이오. 지금 우리는 이 모든 것을 간절히 갈망하는 바이오. 그런데 이 소식을 듣고 격분한 맥베스 왕도 전쟁 준비에 착수했다오.

레녹스　맥더프에게 사자를 보냈던가요?

귀족　보냈답니다. 그렇지만 '돌아가지 않겠다.'는 단호한 거절에 불쾌해진 사자는 휙 돌아서면서 '그런 대답을 한 것을 머지않아 후회하리다.'라고 말하는 듯이 무어라 중얼거렸답니다.

레녹스 그렇다면 그분께 경고를 해 준 셈이로군요. 지혜를 다하여 멀리 몸을 피하도록 말이오. 하늘의 천사가 맥더프보다 먼저 영국 궁전으로 날아가 임무를 전달해 주었으면 좋겠소. 저주 받은 폭군의 손 아래 신음하는 이 나라에 속히 축복이 내리도록 말이오.

귀족 그 천사 편에 나 역시 기도를 전하고 싶소. (퇴장)

제4막

제4막 제1장

동굴.

동굴 중앙에는 불길이 솟아오르는 화덕에 끓는 가마솥이 걸려 있다. 천둥소리와 더불어 불길 속에서 세 마녀가 차례로 나타난다.

마녀 1 세 번 울었다, 얼룩 고양이가.

마녀 2 내 고슴도치는 세 번하고도 한 번 더 울었어.

마녀 3 괴조(怪鳥)도 자꾸 운다. '어서 어서' 하고.

마녀 1 가마솥 주위를 빙빙 돌며 썩은 내장을 집어넣자. (모두 가마솥 주위를 왼쪽으로부터 돌기 시작한다.) 차디찬 돌 밑에서 서른 날 동안 밤낮없이 잠을 자면서 독을 빚어내는 두꺼비, 이놈을 먼저 마법의 솥에다 끓이자!

마녀들 불어나라, 늘어나라, 고통과 쓰라림아. 타올라라, 불길아. 끓어라, 가마솥아. (솥 안을 휘젓는다.)

마녀 2 늪에서 잡은 뱀 토막아, 가마솥 안에서 끓어라, 구워져라. 도롱뇽의 눈알과 개구리 발가락, 박쥐의 털과 개 혓바닥, 독사의 혓바닥과 독충의 침, 도마뱀의 다리와 올빼미 날개, 무서운 재앙의 부적이 되도록 지옥의 수

프처럼 펄펄 끓어라.

마녀들 불어나라, 늘어나라, 고통과 쓰라림아. 타올라라, 불길아. 끓어라, 가마솥아. (솥 안을 휘젓는다.)

마녀 3 용 비늘, 늑대 이빨, 마녀의 미라, 식인 상어의 목구멍과 밥주머니, 한밤에 캐낸 헴록의 뿌리, 신을 모독하는 유대 놈의 간, 염소 쓸개와 월식 때 무덤에서 꺾은 주목의 나뭇가지, 터키인의 코와 타타르인의 입술, 창부가 낳아 목 졸라 죽여 도랑에 버린 갓난아기 손가락, 죄다 넣어서 이 수프를 진하게 끓이자. 한 가지 더, 호랑이 내장까지 솥에 넣자꾸나. 더욱 진하게.

마녀들 불어나라, 늘어나라, 고통과 쓰라림아. 타올라라, 불길아. 끓어라, 가마솥아. (솥 안을 휘젓는다.)

마녀 2 자, 성성이 피로 식히자. 이제는 마력의 효험이 이루어졌다.

헤카테, 다른 마녀 셋을 데리고 등장.

헤카테 모두 잘했다. 수고들 했다. 나중에 골고루 몫을 나누어 주마. 자, 가마솥을 돌며 노래 부르자. 꼬마 요정, 큰 요정, 다 함께 원을 돌면서 열심히 만든 요리에 마법을 걸자.

음악과 노래, '검은 정령이……,' 시작된다. 헤카테 퇴장.

마녀 2 엄지손가락이 쑤시는 걸 보니 악독한 놈이 오고 있는가 보다. (문 두드리는 소리) 열려라, 자물쇠야. 누구든 들여보내라!

문이 열리고 맥베스의 모습이 나타난다.

맥베스 (들어오면서) 오, 너희들. 캄캄한 밤중에 몰래 몰려다니며 흉악한 짓을 하는 마녀들아! 지금 대체 무엇을 하고 있느냐!

마녀들 입으로는 말할 수 없는 비밀!

맥베스 너희들이 어떻게 예언할 수 있는지는 모르지만 너희들만이 아는 지혜로 내가 묻는 말에 대답해 다오. 대답을 한다고 해서 폭풍을 풀어 교회를 넘어뜨리든, 거품 이는 파도가 선박을 부수어 삼켜버리든, 바람에 보리 이삭이 쓰러지고 나무가 넘어지든, 파수병의 머리 위로 성벽이 무너지든, 궁성과 탑이 기울어 땅 위로 넘어지든, 만물을 낳는 소중한 자연의 종자가 엉망이 되어 우주 그 자체가 사라져 없어지든, 나는 아무래도 상관없으니 그저 내가 묻는 말에만 대답해 다오.

마녀 1 말씀해 보세요.

마녀 2 물어보세요.

마녀 3 대답을 해 드리겠어요.

마녀 1 우리들한테 들으시겠어요, 우리 스승님한테 들으시겠어요?

맥베스 스승님을 불러 다오. 만나고 싶으니.

마녀 1 제 새끼를 아홉 마리나 잡아먹은 암퇘지의 기름을 부어 넣자. 교수대에서 흘린 살인자의 피를 불길 속으로 던져 넣자.

마녀들 지옥에 있는 모든 마녀들아, 어서 나와 마법을 부려 할 일을 다 하려무나.

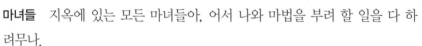

천둥, 환영 1, 맥베스와 같은 투구를 쓰고 솥 안에서 나타난다.

맥베스 네가 무엇인지는 모르지만 자, 나에게 말을 해라.

마녀 1 저쪽은 당신 마음을 잘 알고 있어요. 듣기만 하세요.

환영 1 맥베스! 맥베스! 맥베스! 경계하라, 맥더프를, 파이프의 영주를……. 그만 가야겠다. 할 말은 다했다. (솥 안으로 사라진다.)

맥베스 네가 무엇인지는 모르나 그 충고는 고맙다. 너는 내 불안을 알아맞혔다. 그렇지만 한 가지만 더…….

마녀 1 명령을 해도 소용없어요. 또 하나가 나온다. 아까보다 더 신통한 것이.

천둥, 환영 2, 피투성이가 된 아이의 모습을 하고 나타난다.

환영 2 맥베스! 맥베스! 맥베스!

맥베스 내 귀가 세 개라면 세 개의 귀를 모두 기울여 네 말을 듣고 싶다.

환영 2 잔인하고 대담하고 단호하게 시행하라. 인간의 힘일랑 일소에 붙여라. 여자 몸에서 태어난 자로 맥베스와 맞설 자는 없느니라. (솥 안으로 사라진다.)

맥베스 그렇다면 맥더프여, 살아있으라. 너 같은 걸 무서워할 필요가 없다. 하지만 분명히 해 두려면 운명의 증서를 한 장 받아 둬야겠다. 역시 맥더프를 살려 둘 수는 없다. 비굴한 두려움은 떨쳐버리고 으르렁거리는 천둥 속에서도 편안하게 잠들고 싶으니.

천둥. 왕관을 쓴 환영 3, 손에 나뭇가지를 들고 어린아이 모습으로 등장.

맥베스 이것은 무엇이냐. 왕자인 양 그 조그마한 머리에 왕관을 쓰고 있지 않느냐?

마녀들 잠자코 듣기만 하시우, 한마디도 하지 말고.

환영 3 사자 같은 기개로 용감하라. 누가 분개하건, 누가 초조해 하건, 반역자가 어디서 음모를 꾸미건 개의치 말라. 맥베스는 결코 패하지 않느니라. 버넘의 큰 숲이 던시네인의 높은 언덕을 향하여 쳐들어오지 않는 한. (사라진다.)

맥베스 그건 있을 수 없는 일. 이 세상에 누가 숲을 징집할 수 있으며 대지에 뿌리박은 나무에게 뽑히라고 명령할 수 있겠는가. 멋진 예언이로구나!

그렇다. 버넘 숲이 움직이기 전에는 반역자의 시체는 두 번 다시 소생하지 못할 것이다. 옥좌에 앉은 이 맥베스는 천수를 다하고 죽음의 시간에 이르면 다른 사람들과 마찬가지로 죽음에게 생명을 고이 바치게 될 것이다. 그런데 한 가지 더 알고 싶어 가슴이 답답하다. 마법의 힘으로 알 수 있는 것이라면 대답을 해 봐라. 정말로 뱅쿠오의 자손이 장차 이 나라에 군림하게 될 것인가?

마녀들 이젠 더 묻지 마세요.

맥베스 기어코 알아야겠다. 이를 거절한다면 너희들에게 영겁의 저주가 내리리라. 어서 대답하라!

피리 소리와 더불어 솥이 땅속으로 가라앉는다.

맥베스 저 솥은 왜 가라앉는가? 그리고 저 소리는 무엇인가?

마녀 1 나타나라!

마녀 2 나타나라!

마녀 3 나타나라!

마녀들 나타나서 마음을 슬프게 해 주어라. 그림자같이 나타났다가 그림자같이 사라져라.

여덟 왕의 환영이 하나씩 동굴 안을 가로질러 간다. 마지막 왕은 손에 거울을 들고 있다. 그 뒤에 뱅쿠오의 망령이 나타난다. 이 환영이 나타나는 동안 맥베스의 말이 이어진다.

맥베스 마치 뱅쿠오의 망령 같구나, 썩 물러가라! 네 왕관을 보니 내 눈알이 타는 것 같다. 그리고 왕관을 쓴 또 다른 놈, 네 머리 색깔이 처음 놈과 같구나. 셋째 놈도 먼저 놈과 똑같다. 더러운 마녀들 같으니! 왜 이런 것을 내게 보여주는가! 넷째 놈이다. 눈알아, 튀어나오라! 제기랄, 이 행렬은 최후의 심판날까지 계속되는 것이냐? 또 한 놈! 일곱째! 이젠 보기도 싫다. 여덟

째가 나타난다. 손에 거울을 들고 점점 더 많이 비춰 보이는구나. 그중 한 놈은 구슬 두 개와 지휘봉 세 개를 들고 있지 않은가! 이제 보니 예언이 모두 사실이구나. 무서운 광경이다…… 머리칼이 피에 엉긴 뱅쿠오가 날 보고 웃으면서 저들이 제 자손이라고 가리키고 있다. 이게 모두 틀림없는 사실이란 말이냐?

마녀 1 네, 사실이에요. 그런데 맥베스님은 왜 그렇게 멍하니 서 계셔요? 얘들아, 우리들의 즐거운 놀이를 보여 드려 이분의 기분을 돋우어 드리자. 나는 음악이 나오게 할 테니 너희들은 원무를 추어라. 그렇게 하면 이 위대하신 왕께서 우리의 영접을 고맙다고 치사하실 것 아니냐.

음악, 마녀들 춤을 추며 사라진다.

맥베스 어디로 갔지? 모두 사라져버렸나? 이 불길한 순간은 영원히 저주 받게 되리라. 밖에 아무도 없느냐? 들어오너라.

레녹스 등장.

레녹스 무슨 분부십니까?

맥베스 마녀들을 보지 못했소?

레녹스 네, 보지 못했습니다.

맥베스 그대 옆을 지나가지 않던가?

레녹스 네, 아무도 지나가지 않았습니다.

맥베스 그것들이 타고 다니는 공기는 썩어버려라! 그것들의 말을 듣는 놈들은 지옥에 떨어져라! 조금 아까 말발굽 소리가 났는데 누가 온 거요?

레녹스 영국으로 도망간 맥더프의 소식을 가지고 온 자들입니다.

맥베스 영국으로 도망갔다고?

레녹스 네, 폐하.

맥베스 (방백) 시간아, 네가 먼저 선수 쳤구나. 이제 가공스러운 일을 하려던 참이었는데……. 실행이 없는 계획은 아무리 빨라도 뒤지게 마련이지. 이 순간부터는 마음이 낳는 것은 손도 곧 낳도록 해야겠다. 음, 이제라도 당장 생각에 행동의 관을 씌워 계획하고 실천하겠다. 맥더프의 성을 습격하여 파이프를 점령하고 그의 처자식과 혈연관계가 있는 불운한 놈들에게 남김없이 칼날 맛을 보여주리라! 바보같이 호언장담만 하고 있을 때가 아니다. 결심이 무뎌지기 전에 실행에 옮겨야지. 이제 더 이상 환영은 보기 싫다! (큰 소리로) 그 사람들은 어디 있소? 날 그리로 안내해 주오. (모두 퇴장)

제4막 제2장

파이프에 있는 맥더프의 성.
맥더프 부인과 그의 아들. 이어서 로스 등장.

맥더프 부인 고국을 떠나야 되다니, 영주님이 대체 무슨 짓을 했다고 그러는 겁니까?

로스 지금은 참으셔야 합니다.

맥더프 부인 못 참는 쪽은 오히려 영주님이지요. 도망치다니 어리석은 짓이에요. 아무 짓도 하지 않았는데 두려워 도망을 가니 역적의 누명을 쓰게 되는 거예요.

로스 아닙니다. 두려워서가 아니라 분별이 있으셔서 그럴지도 모릅니다.

맥더프 부인 분별이라고요? 처자식을 버리고 성과 영지를 버리고 혼자 달아나는 것이 분별이에요? 그이는 아내와 자식을 사랑하지 않습니다. 인륜의 정이 없는 사람이에요. 새 중에 가장 작은 굴뚝새조차 둥우리 안의 제 새끼를 위해서라면 올빼미와도 싸우는데, 그이는 공포심뿐 애정이라곤 전혀 없는 사람이에요. 분별은 무슨 분별이에요? 아무런 짓도 하지 않았는데 달아날 필요가 어디 있습니까?

로스 제발 진정하십시오. 그분은 고결하고 현명하고 분별이 있으며 현재의 시국을 통찰하고 계시는 분입니다. 자세히 말씀드리지는 못하겠습니다만 아무튼 고약한 세상입니다. 지금 우리는 자신도 모르는 사이에 역적으로 몰리고 있으며, 두려움 때문에 떠도는 소문을 믿고 있지만 대체 무엇이 무서운지 자기 스스로도 모르는 형편입니다. 거칠고 사나운 바다 위를 정처 없이 표류하고 있는 셈이지요. 그럼 이만 실례하겠습니다. 머지  않아 다시 찾아뵙겠습니다. 재앙도 고비에 가장 심합니다. 하지만 이 고비만 넘기면 곧 원래대로 돌아갈 것입니다. (사내 아이에게) 자, 너도 잘 있어라.

맥더프 부인 엄연히 아비가 있으면서도 아비 없는 자식이 되었습니다.

로스 마음이 약해져 더 이상 지체하다가는 눈물을 보여 부인을 난처하게 만들 것 같습니다. 이만 가 보겠습니다. (허둥지둥 퇴장)

맥더프 부인 애야, 아버지는 돌아가셨다. 이제부터 어떻게 할 테냐? 어떻게 살아가겠느냐?

아들 새처럼 살지요, 어머니.

맥더프 부인 뭐? 벌레나 파리를 잡아먹고?

아들 무엇이든지 잡히는 대로, 새처럼 말이에요.

맥더프 부인 가엾어라! 너 같은 새는 그물도, 끈끈이도, 함정도, 새 덫도 무섭지 않나 보구나.

아들 무섭긴 뭐가 무서워요, 어머니. 불쌍한 새한테 그럴 리가 없어요. 어머니는 그렇게 말씀하시지만 아버지는 돌아가시지 않았어요.

맥더프 부인 아니다, 돌아가셨다. 아버지가 돌아가셨으니 너는 이제 어떻게 할 테냐?

아들 그럼 어머니는 남편 없이 어떻게 살아가실 거예요?

맥더프 부인 왜, 남편쯤은 시장에서 얼마든지 살 수 있단다.

아들 어머니는 그것을 샀다가 다시 팔려고요?

맥더프 부인 있는 지혜를 다 짜내는구나. 너처럼 어린 애가 어떻게 그런 말을 하느냐.

아들 아버지는 역적인가요. 어머니?

맥더프 부인 그렇단다.

아들 역적이 뭔데요?

맥더프 부인 맹세를 깨뜨리는 사람을 가리키는 말이란다.

아들 그런 짓을 하면 다 역적인가요?

맥더프 부인 그렇다, 역적은 모두 목을 매달아 죽인단다.

아들 그럼 맹세를 깨뜨린 사람은 다 목매달아 죽이나요? 누가 목을 매달죠?

맥더프 부인 그야 정직한 사람들이지.

아들 거짓말쟁이와 맹세를 하는 사람들은 다 바보로군요. 거짓말쟁이와 맹세를 하는 사람들은 얼마든지 많으니 정직한 사람들 몇 명쯤 때려눕혀서 도리어 목을 매달아 죽여 버리면 되잖아요.

맥더프 부인 어머나, 무슨 소릴 하는 거냐! 어쨌든 아버지도 없는 불쌍한 너는 이제 어떻게 할 테냐?

아들 아버지가 정말로 돌아가셨다면 어머니는 우실 것 아니에요. 울지 않는 걸 보니 내게 곧 새아버지가 생길 좋은 징조네요.

맥더프 부인 애도 참, 못하는 말이 없구나!

사자 등장.

사자 부인, 처음 뵙지만 부인을 알고 있습니다. 부인의 신변에 절박한 위험이 닥칠 것 같으니 미천한 이 사람의 충고를 들으셔서 어서 자제분들을 데리고 이곳을 피하십시오. 이렇게 놀라시게 해서 무례하다고 하시겠지만 참혹한 일이 다가오고 있습니다. 더 이상 지체할 수 없습니다! 하느님의 가호가 있으시기를! (퇴장)

맥더프 부인 아무런 잘못도 저지르지 않았는데 어디로 피해야 하나? 요즘 같은 어지러운 시국에서는 악한 일을 하고 칭찬을 받기도 하고 좋은 일을 하고도 욕을 당하는 수가 있다. 이를 어쩐다. 연약한 여자가 아무리 잘못을 저지른 적이 없다고 변명을 해봤자 무슨 소용이 있으려고.

　자객들 등장.

맥더프 부인　저 사람들은 누구인가?
자객　영주는 어디 있나?
맥더프 부인　너희 같은 인간들이 찾아낼 수 있는 더러운 곳에는 안 계실 게다.
자객　그는 역적이다.
아들　거짓말쟁이, 개 같은 악당 놈!
자객　요 녀석 좀 보게. (칼로 찌른다.) 송사리 역적 같으니!
아들　사람을 죽이네! 어머니, 어머니는 어서 달아나세요. (죽는다.)

　맥더프 부인이 '살인이다.'라고 부르짖으며 퇴장. 자객들이 뒤를 쫓는다.

제4막 제3장

영국, 에드워드 왕의 궁성 앞.
맬컴과 맥더프 등장.

맬컴　어디 남의 눈에 띄지 않는 곳으로 가서 우리의 슬픈 마음이 후련하게 울어나 봅시다.
맥더프　아니, 그보다는 용사답게 징벌의 칼을 들고 쓰러져 가는 조국을 구합시다. 아침이 올 때마다 새 과부가 통곡을 하고, 새 고아가 아우성을 치고, 새로운 비탄이 천상에 울려 퍼지고 있습니다. 하늘도 스코틀랜드의 비운에 공명하는지 덩달아 비통한 소리를 내고 있습니다.

맬컴   믿을 수 있는 일이라면 나는 믿겠소. 이해할 수 있는 일이라면 슬퍼하기도 하겠소. 그리고 구할 수 있다면 좋은 시기를 노려 구원도 하겠소. 그런데 그대의 말이 진실인지 잘 모르겠소. 이름을 입에 올리기만 해도 혀가 부르트는 저 폭군도 한때는 정직한 인간이라고 불렸던 사람이오. 그대 자신도 예전에는 그자를 존경했고 그자 역시 그대에게는 손을 대지 않았었지. 나는 나이 어린 사람이오. 그렇지만 나를 이용하면 그자의 환심을 살 수 있을 것이오. 노한 신을 달래려면 약하고 불쌍한 죄 없는 양을 제물로 바치는 것이 현명한 수단이니까.

맥더프   저는 반역자가 아닙니다.

맬컴   그런데 맥베스는 반역했소. 선량하고 후덕한 성품도 제왕이라는 위세 앞에서는 무너지게 마련. 내 생각에 따라 그대의 인품이 변하는 것은 아닐 거요. 그러나 용서하시오. 가장 빛나는 천사가 타락을 했을지라도 천사는 역시 천사인 것이오. 비록 온갖 추한 것이 덕의 가면을 쓸지라도, 참된 덕은 역시 덕으로 보일 수밖에 없는 것이오.

맥더프   저는 희망을 잃었습니다.

맬컴   그 점에 있어서도 의심스럽소. 어째서 그대는 그 위험한 곳에 정의 근원이며 소중한 아내와 자식을 떼어놓고 왔소? 작별의 인사도 없이 말이오. 내 의심을 모욕으로 생각지 마시오. 이건 나만의 자기 방어일 뿐이니까. 사실 내가 뭐라고 하든 그대가 한 일이 옳았는지도 모르지만.

맥더프   피를 흘려라, 피를. 불행한 조국아! 무서운 폭정아, 기반을 튼튼히 다져라! 선도 이제는 너를 막지 못할 테니 네 멋대로 포악을 행하라! 이제 너의 권리는 보장되어 있다. 왕자님, 저는 이만 물러가겠습니다. 저는 왕자님이 의심하는 그런 악인이 되고 싶지는 않습니다. 저 폭군이 쥐고 있는 전 국토에다 풍요한 동방을 덧붙여 준다 할지라도 말입니다.

맬컴 화내지 마시오. 그대를 의심해서 이런 말을 한 것이 아닙니다. 나 역시 잘 알고 있소. 조국이 압제 밑에 눌려 만신창이가 된데다가 매일같이 새로운 상처를 더하여 울며 피 흘리는 것을. 게다가 나를 위해 궐기해 줄 사람들도 있으리라 믿고 있소. 사실은 고결하신 영국 왕으로부터 정예군 수천의 원조도 제의 받고 있소. 그렇지만 내가 저 폭군의 머리를 베어 칼끝에 찔러 높이 쳐들게 된다 하더라도 불행한 조국은 새 계승자로 말미암아 전보다 더 고난을 겪게 될 것이오.

맥더프 새 계승자라니요?

맬컴 나 자신 말이오. 나 자신을 잘 알지만 내 몸에는 온갖 악덕이 뿌리를 내리고 있어 그것들이 싹트는 날이면 음흉한 맥베스마저 흰 눈처럼 순결하게 보일 것이오. 불쌍한 국민들은 그를 순한 양처럼 생각할 것이오. 새 왕이 뿌리는 수많은 재앙에 겁을 집어먹고 말이오.

맥더프 무서운 지옥의 악마들 중에 맥베스를 능가할 놈은 없습니다.

맬컴 사실 그는 잔인하고 호색하며 탐욕스럽고, 거짓되며 속임수를 잘 쓰는, 죄악이란 죄악은 죄다 가지고 있는 놈이오. 그렇지만 나의 음욕으로 말하자면 끝이 없다오. 남의 아내건 처녀건 나이 많은 여자건 내 정욕의 물통을 다 채우지는 못하오. 나의 욕정은 자제의 방해로 나를 억합한다오. 이런 통치자보다는 차라리 맥베스가 낫지.

맥더프 방탕은 인성에 대한 일종의 포악입니다. 이 때문에 경건한 왕좌가 전복당하고, 숱한 국왕들이 멸망을 당하였습니다. 하지만 당연한 권리를 행사하시면서 두려워할 필요는 없습니다. 쾌락은 얼마든지 은밀히 만족시키면서 시치미 떼고 세상을 속일 수도 있지 않습니까? 스스로 응할 여자도 얼마든지 있습니다. 국왕의 의향을 알아채고 몸을 바치는 여자는 부지기수, 아무리 탐욕한다고 해도 다 상대하실 수 없으실 겁니다.

맬컴 그것뿐만이 아니오. 타고난 나쁜 근성에는 끝없는 탐욕으로 가득 차, 내가 왕이 되는 날에는 귀족들의 목을 베어 영지를 몰수하고 이 사람의 보석, 저 사람의 저택을 탐내고, 뺏으면 뺏을수록 탐욕에 맛을 들여 결국 부당한 시비까지 걸어 그들의 재산을 노려 충성스러운 사람들을 멸망케 하고 말 거요.

맥더프 탐욕이란 왕성한 여름 같은 욕정보다 더 뿌리가 깊고 더 강렬합니다. 사실 현재까지 수많은 국왕들이 탐욕이라는 칼에 쓰러지지 않았습니까? 하지만 염려하지 마십시오. 스코틀랜드에는 왕자님의 모든 탐욕을 충족시킬 왕자님의 영지가 있으니까요. 다른 미덕으로 보상한다면 전혀 문제될 것이 없습니다.

맬컴 그런데 나에게는 대신할 다른 미덕이 전혀 없소. 왕자다운 미덕 가령 공정, 진실, 절제, 신념, 관용, 불굴, 자비, 겸손, 경건, 인내, 용기, 의지력 등등, 이러한 미덕들은 전혀 갖추지 못한 채 죄악이란 죄악은 모두 지니고 죄를 범하고 있소. 내가 만일 권력을 잡는다면 달콤한 젖은 지옥에 쏟아버리고 세상의 평화를 교란시켜 지상의 질서를 혼란에 빠뜨리고 말 것이오.

맥더프 아아, 스코틀랜드여! 스코틀랜드여!

맬컴 나는 이런 위인이오. 이런 인간이 나라를 다스릴 자격이 있는지 말해 보시오.

맥더프 다스릴 자격이라고요? 천만에! 살아있을 자격조차 없습니다. 아아, 가련한 조국이여! 피 묻은 지휘봉을 쥔 폭군의 지배를 언제쯤 벗어나 다시 평화로운 날을 볼 것인가? 왕실의 정통 계승권자는 스스로를 비하하며 자신의 혈통을 저주하고 있지 않은가! 부왕께서는 성자 같은 왕이셨소. 그리고 왕후께서는 서 있는 시간보다 더 오랜 시간을 신 앞에 꿇어 앉아 기도를 하셨소. 그럼, 안녕히 계십시오! 왕자님이 친히 고백하신 그 악덕들 때문에 저는 스코틀랜드로부터 영영 멀어지고 말았습니다. 아아, 이제는 나의 모든 희망이 사라져버렸구나!

맬컴 맥더프경! 진실한 그대의 고결한 비탄은 나의 시커먼 의혹을 깨끗이 씻어 주어, 내 영혼은 경의 진실과 고결한 마음을 믿을 수 있게 되었소. 악마 같은 맥베스가 나를 손아귀에 넣으려고 갖가지 술책을 꾀하였기에 사람을 경솔히 믿지 않고 경계한 것이오. 그러니 하느님, 이제 우리 두 삶의 중인이 되어 주옵소서! 이제부터 나는 경의 인도 에 따르고 아까 말한 나의 저주들을 모두 취소 하겠소. 그리고 나 스스로에게 가한 결점과 비 난은 나의 본성과는 전혀 상관이 없음을 이 자 리에서 밝힙니다. 나는 아직 여자를 모르는 동 정이오. 위증은 해본 적이 없고 내 물건조차 탐 내 보지 않았소. 신의를 깨뜨려 본 적도 없고 진

실을 생명처럼 아끼는 사람이오. 거짓말은 아까 경에게 한 그것이 태어나서 처음이오. 이처럼 진실한 나를 이제 경과 불행한 조국의 지시에 맡기겠습니 다. 실은 경이 이곳에 도착하기 전에 노시워드경이 군비를 갖춘 일만 명의 정예부대를 거느리고 이미 출동했소. 자, 우리도 같이 떠납시다. 우리의 대 의명분과 일치하여 꼭 성공할 것입니다! 왜 아무 말이 없소?

맥더프　희망과 절망이 한꺼번에 찾아오니 어떻게 조화시켜야 할지 모르겠 습니다.

　전의가 궁성에서 나간다.

맬컴　잠깐만, (전의에게) 국왕께서 행차하시오?

전의　네, 한 떼의 환자들이 폐하의 치료를 기다리고 있답니다. 고명한 의 술로도 효험이 없는 병도 신의 영험을 받으신 폐하께서 한 번 손을 대면 곧 낫는답니다.

맬컴　고맙소, 전의님. (전의 퇴장)

맥더프　무슨 병 말씀입니까?

맬컴　소위 연주창이라는 병입니다. 영국에 와서 저 고결하신 왕께서 행하 는 비상한 기적을 종종 목격했었소. 어떻게 그런 영험을 얻으셨는지는 왕 자 신만이 알고 계시오. 아무튼 차마 볼 수 없을 정도로 끔찍한 병에 걸려 젊 은 의사들도 속수무책인 환자들을, 국왕은 그들의 목에 금화 한 닢을 걸고 성스러운 기도를 올리는 것으로써 치료해 주십니다. 들자니 이 영험력은 국

왕에게 대대로 물려진다 하오. 이 신통력뿐만 아니라 천부적인 예언력도 지니고 계시며 온갖 축복이 옥좌를 둘러싸고 있으니 이는 폐하께서 신의 축복을 받고 계신 증거입니다.

로스 등장.

맥더프 저기 누가 옵니다.

맬컴 고국 사람인 듯한데…….

맥더프 아, 로스 아닌가? 잘 왔네!

맬컴 오, 이제서야 알아보겠소. 하느님, 우리들 동포의 사이를 멀어지게 하는 이유를 빨리 없애 주소서!

로스 아멘!

맥더프 스코틀랜드의 형편은 여전한가?

로스 아, 비참한 조국이여! 제가 조국의 실정을 잘 알고 있다는 것조차 끔찍하군요! 조국이라기보다는 무덤입니다. 바보가 아닌 다음에야 누구 하나 웃는 낯을 보이는 사람이 없습니다. 하늘을 찢는 탄식과 신음, 규탄이 귀를 울려도 아무도 관심을 갖지 않습니다. 조종 소리가 울려도 누가 죽었는지 물어보는 사람조차 없습니다. 선량한 사람들의 목숨은 모자에 꽂은 꽃보다 쉽게 시들고, 병도 걸리지 않은 채 죽어 갑니다.

맥더프 아아, 너무도 참혹한, 그렇지만 너무도 확실한 이야기로군!

맬컴 최근의 소식은 무엇이오?

로스 한 시간 전에 일어난 일을 이야기하는 사람은 조롱을 당합니다. 1분마다 새로운 참사가 일어나고 있으니까요.

맥더프 내 아내는?

로스 무사하십니다.

맥더프 애들은?

로스 역시 잘들 있지요.

맥더프 폭군도 아직 거기까지는 마수를 뻗치지 않았군.

로스　네, 다들 무사했습니다. 제가 떠나올 때까지는.

맥더프　왜 그렇게 말이 인색한가? 대체 어떻게 되어가고 있나?

로스　제가 참혹한 소식을 가지고 이곳으로 올 때 들은 소문으로는 수많은 기사들이 궐기했답니다. 폭군의 병력이 속속 출동하는 것을 보면 이 소문은 사실인 것 같습니다. 마침내 때가 왔습니다. 왕자님께서 스코틀랜드에 나타나시기만 하면 곧 군대가 편성되고, 비참한 고통에서 벗어나기 위하여 여자들까지도 일어나 싸울 기세입니다.

맬컴　이제는 동포들이 안심을 해도 좋소. 우리는 조국을 향하여 출발할 참이오. 인자하신 영국 왕은 명장 시워드와 일만의 병력을 빌려 주셨소. 어느 기독교 국가라도 그만한 백전연마의 명장은 둘도 없을 것이오.

로스　아아, 뜻밖의 이 기쁜 소식에 갈음할 정도의 기쁜 소식으로 대답할 수 있다면 얼마나 좋겠습니까? 그러나 제 소식은 아무도 없는 황야에서나 외쳐야 할 것입니다.

맥더프　대체 무슨 소식이기에! 공적인 것인가, 아니면 개인적인 슬픈 소식인가?

로스　진실한 사람이라면 누구나 다 그 슬픔을 나누지 않을 수 없을 것입니다. 그것은 당신 개인에 관한 소식입니다.

맥더프　나에 관한 것이라면 숨기지 말고 얼른 말하게.

로스　당신의 귀가 저의 혀를 원망하지 말기를! 생전 처음 들으실 슬픈 소식입니다.

맥더프　음, 짐작이 가는군.

로스　당신의 성은 습격을 당하고 부인과 아이들은 참살되었습니다. 그 광경을 설명한다는 것은 참살당한 사람들의 시체 위에 당신 시체까지 쌓는 격이 될 것입니다.

맬컴　아아, 하느님! 맥더프, 그렇게 모자로 얼굴을 가리지 말고 눈물로 슬픔을 토해내시오. 토할 길 없는 슬픔을 벅찬 가슴에 쌓아 두면 마침내 가습을 터지게 하고 만다오.

맥더프 어린 것들까지?

로스 네, 부인, 아이들, 시종 할 것 없이 눈에 띄는 대로 모조리.

맥더프 그런데 나는 그곳을 떠나야 했다니! 아내도 참살 당했다고?

로스 네, 그렇습니다.

맬컴 진정하시오, 이제 치명적인 복수로 이 크나큰 슬픔을 치유하도록 합시다.

맥더프 그놈에게는 자식이 없다! 나의 귀여운 아이들을 모두 죽였다고? 오, 지옥의 독수리 같으니! 모조리? 아아, 귀여운 병아리와 어미닭을 단번에 모조리 채갔단 말인가?

맬컴 대장부답게 참으시오.

맥더프 참으리다. 하지만 대장부 역시 슬퍼하지 않을 수 없소. 나에게 보배 같은 아내와 자식들이 있었던 것을 염두에 두지 않은 것이 후회가 되는군요. 하늘은 가만히 보고만 있었단 말인가? 죄 많은 맥더프, 너 때문에 모두 참살되지 않았는가? 나는 나쁜 놈이다. 아무 죄도 없이 오직 나 때문에 가족들이 살육당하다니, 그들의 영혼 위에 안식을 내리소서!

맬컴 이 일을 칼을 가는 숫돌로 삼고 슬픔은 분노로 돌리시오. 마음이 무뎌지지 않게 분발시키시오.

맥더프 아, 눈으로는 여자처럼 울고 혀로는 허풍선이처럼 떠들 수 있다면 얼마나 좋겠소! 하느님, 모든 장애물을 없애서서 저를 빨리 저 스코틀랜드의 악마와 맞서게 해 주소서. 그놈을 이 칼이 닿는 곳에 데려다 놓으십시오. 그가 만약 이 칼을 피할 수 있다면 그때는 그놈을 용서해 주셔도 좋습니다!

맬컴 참으로 대장부다운 말씀이오. 자, 국왕 폐하께 갑시다. 군대는 출동을 기다리고 남은 것은 작별 인사뿐이오. 맥베스는 이제 다 익은 과일이나 다름 없으니 흔들기만 하면 떨어질 것이오. 천사군은 우리를 격려하고 있소. 마음 껏 기운을 북돋웁시다. 아무리 긴 밤이라도 날은 밝아 옵니다. (모두 퇴장)

제5막

제5막 제1장

단시네인성의 한 방.
시의와 시녀 등장.

시의 이틀 밤이나 함께 지켜보았으나 말한 바와 같은 증상은 볼 수 없구려. 대체 왕비님께서 그렇게 걸어다니신 것이 언제부터였소?

시녀 왕께서 출전하신 뒤부터 줄곧 목격해 왔습니다. 왕비님께서 침상에서 일어나시어 잠옷을 걸치시고는, 뭔가 글을 쓰고 읽어 보신 다음 봉해 가지고 침상으로 돌아가시겠지요. 그런데 그렇게 하시는 동안 내내 깊은 잠에 빠져 있더라니까요.

시의 심한 정신 착란인가 보오. 잠이 드신 채로 깨어 있을 때처럼 행동하시다니! 그런데 몽유 상태로 걸어다니면서 무슨 말씀을 하시는지 들은 적은 없소?

시녀 들었지만 말씀드리기 거북한 내용이에요.

시의 내게야 상관없지 않소. 무슨 말이었소?

시녀 안 돼요. 시의님에게든 누구에게든 말씀드릴 수 없습니다. 직접 듣지 않고는 제 이야기를 아무도 믿지 않을 거예요.

맥베스 부인, 촛불을 들고 등장.

시녀 저것 보세요, 나타났습니다! 바로 저런 모습이에요. 정말 깊은 잠에 빠

 져 있다니까요. 여기 숨어서 조심해서 보세요.

시의 저 촛불을 어떻게 손에?

시녀 머리맡에 있는 촛불이에요. 머리맡에 켜 두라고 분부를 하시거든요.

시의 저것 봐요, 눈을 뜨고 계시는데…….

시녀 네, 하지만 아무 것도 보이지는 않아요.

시의 대체 저게 무얼 하시는 것일까? 손을 문 지르고 계시니.

시녀 저렇게 늘 손 씻는 시늉을 하신답니다. 십오 분 가량이나 계속하는 경우도 있어요.

맥베스 부인 아직도 여기에 흔적이…….

시의 가만, 무슨 말을 하시는군! 잊어버리지 않도록 적어 두어야겠다.

맥베스 부인 지워져라, 이 망할 흔적 같으니! 지워지라니까! 하나, 둘, 2시. 이제 단행할 시간이다. 지옥은 컴컴하기도 하구나! 아니, 여보. 군인이 그렇게 겁을 내세요? 누가 알까 봐 그러세요? 이제 우리의 권력을 심판할 자가 어디 있겠어요. 그런데 그 늙은이가 그토록 피가 많을 줄이야 누가 생각인들 했겠어요?

시의 (시녀에게) 들었소?

맥베스 부인 파이프의 영주는 아내가 있었지. 그 부인은 지금 어디 있을까? 이 손은 도저히 말끔하게 씻어지지 않는단 말인가? 그만두세요. 이제 제발 그만두세요. 그렇게 겁을 내시면 일을 망치고 만다니까요.

시의 이런! 알아서는 안 될 일을 알고 말았군.

시녀 왕비님께는 하면 안 될 말씀을 하셨습니다. 그 밖에 또 어떤 일이 있었는지 모를 일이에요.

맥베스 부인 아직도 피비린내가 나는구나. 아라비아의 모든 향수를 가지고도 이 작은 손 하나를 말끔하게 씻어 내지는 못할 것이다. 아, 아, 아!

시의 마음이 무거워 저렇게 깊은 탄식을 하시는군!

시녀 왕비의 권위를 다 가진다 해도 가슴속에 깊은 비탄을 숨기고 있는 것은 괴로울 거예요.

시의 암, 암, 그렇고말고…….

시녀 부디 낫게 해 드리세요, 시의님.

시의 이 병은 내 힘으로 고칠 도리가 없소. 하긴 몽유병자 중에도 편안하게 운명한 분들이 없지 않지만.

맥베스 부인 손을 씻고 잠옷을 입으세요, 그렇게 질린 얼굴 하지 마시고. 뱅쿠오는 이미 땅속에 파묻힌 사람이에요. 무덤에서 살아 나올 수는 없습니다.

시의 음, 그렇게 된 거였군.

맥베스 부인 자, 침소로 갑시다. 누가 문을 두드리고 있군요. 자, 자, 손을 이리 주세요. 이미 저지른 일은 어쩔 수 없잖아요. 자, 침소로 가서 쉬어요.

시의 이젠 침실로 가시오?

시녀 네, 곧장.

시의 흉측한 소문이 퍼지고 있소. 순리를 어기면 혼란이 생기게 마련이오. 병이 든 영혼은 귀 없는 베개에 마음속 비밀을 누설하는 법. 왕비님께서는 의사보다도 신부가 더 필요하오. 하느님, 우리들을 용서하옵소서! 잘 돌보아 드리시오. 위험한 도구들은 치우고 곁에서 항상 지켜보시오. 그럼 난 가겠소. 내 눈은 흐릿해지고 의식은 혼란에 빠져 버렸소. 생각은 많아도 말을 할 수가 없구려.

시녀 안녕히 가세요, 시의님. (두 사람 퇴장)

제5막 제2장

단시네인 부근의 시골.

북과 군기를 든 병사들에 이어 멘티스, 케스네스, 앵거스, 레녹스, 병사들 등장.

멘티스 영국군이 다가오고 있소. 지휘는
맬컴 왕자님과 그의 숙부인 시워드 장군,
그리고 용감한 맥더프가 맡고 있소. 그분
들은 복수심에 불타고 있습니다. 사실 그
분들의 절실한 원한을 안다면 죽은 시체
라도 맹렬하게 분기하여 공격에 가담할 것
이오.

앵거스 아마도 버넘 숲 근처에서 우리와 합세하게 될 것 같군요. 그쪽으로
진격해 들어오는 것을 보니.

케스네스 도널베인 왕자님도 맬컴 왕자님과 같이 있는지 아시는 분 없소?

레녹스 같이 계시지 않는 것이 확실하오. 나는 명문가 자제분들의 명단을
가지고 있습니다. 그 중에 시워드 장군의 자제분을 비롯하여 아직 수염도 나
지 않은 많은 젊은이들이 적혀 있지만 그 왕자님은 없었소.

멘티스 폭군 맥베스 쪽의 정세는 어떻소?

케스네스 단시네인성의 방비를 강화하고 있다고 하오. 그가 미쳤다고 보는
사람도 있지만 그를 덜 증오하는 사람들은 그것을 격분한 용기라고도 하오.
아무튼 그의 미쳐 날뛰는 마음을 자제력의 혁대 안에 죄어 둘 수 없는 것
만은 분명합니다.

앵거스 이젠 그도 느낄 것이오. 자신이 비밀리에 저지른 살육이 손에 달라
붙어 떨어지지 않고 마음속에서 시시각각 반란이 일어나 그의 불의를 책망
하고 있다는 것을 말이오. 그의 휘하에 있는 사람들은 할 수 없이 명령에 움
직이고 있을 뿐 절대로 충성된 마음에서 움직이는 것이 아니오. 거인의 옷
을 난쟁이가 훔쳐 입은 격으로, 지금은 그도 왕의 칭호가 자기 몸에 맞지 않
는다는 것을 절실히 깨닫고 있을 것이오.

멘티스 하긴 그의 고뇌에 찬 마음이 동요되고 놀라는 것도 무리는 아니오,
그의 마음 자체가 자기 존재를 저주하는 판이니.

케스네스 자, 어서 진군하여 우리의 충절을 정당한 군주에게 바치기로 합시
다. 병든 이 나라를 구할 그분과 함께 나라를 정화시키기 위해 우리의 피를

최후의 한 방울까지 바칩시다.

레녹스 물론이오. 우리의 피를 바쳐 군주의 꽃을 적시고 잡초란 잡초는 송두리째 뽑아버립시다. 자, 어서 버넘으로 진군합시다. (진군하며 퇴장)

제5막 제3장

단시네인성의 안뜰.
맥베스, 시의, 시종들 등장.

맥베스 그런 보고는 이제 그만 가져오너라! 달아날 놈은 다 달아나라! 버넘 숲이 단시네인으로 쳐들어오지 않는 한 겁날 것은 하나도 없다. 애송이 맬컴이 다 뭐냐. 그 역시 여자가 낳은 놈 아닌가? 인간의 운명을 환히 알고 있는 마녀들이 내게 확언한 바 있다. '두려워 말라, 맥베스. 여자에게서 태어난 자로서 그대를 맞설 자는 없느니라.'라고. 그러니 못 믿을 영주 놈들아, 멋대로 달아나고 마음대로 도망쳐서 영국의 놈팡이들과 한패가 되려무나. 나의 의지나 내가 지닌 용기가 그런 의심과 공포 따위로 꺾일까 보냐! 흔들릴 것 같으냐!

시종 등장.

맥베스 악마한테 끌려가 시커먼 칠이나 하고 오지 그래! 새파래진 낯짝이 뭐냐, 바보 같은 놈! 어디서 그런 거위 같은 상판대기를 하고 있느냐?
시종 방금 약 일만의……,
맥베스 거위라도 쳐들어왔단 말이냐?
시종 적군들입니다, 폐하.
맥베스 낯가죽을 벗겨서라도 그 상판을 좀 빨갛게 하고 오너라. 겁쟁이 놈 같으니, 무슨 군사 말이냐. 못난 놈아, 죽어 없어져버려라! 하얗게 질린 네

놈 낯짝을 보면 멀쩡한 사람까지 겁쟁이가 되겠다. 무슨 군사 말이냐, 겁먹어 새파래진 녀석아!

시종　영국의 군사입니다.

맥베스　그 낯짝, 보기도 싫다. 썩 꺼지지 못하겠느냐. (시종 퇴장) 여봐라, 시튼! (고뇌에 잠겨서) 그런 낯짝을 보기만 해도 마음이 우울해진다. 시튼, 거기 없느냐? 이번 전쟁으로 나는 영원한 기쁨을 누리거나 아니면 몰락을 당하거나 할 것이다. 이제는 살 만큼 살았다. 나의 인생도 황혼기에 접어들었다. 노년에 당연히 따라야 할 명예니 존경이니 복종이니 친구 같은 것은 나와 인연이 없다. 아니, 그와 반대로 목소리는 낮지만 뿌리 깊은 저주와 함께 아첨이나 마음에도 없는 말들만 내게 달라붙는구나. 물리치려고 해도 그쪽으로 마음이 쏠려 물리칠 수가 없다. 시튼!

　시튼 등장.

시튼　무슨 분부십니까?

맥베스　또 다른 보고가 없느냐?

시튼　지금까지의 보고가 모두 사실임이 판명되었습니다.

맥베스　나는 끝까지 싸울 테다, 이 뼈에서 살이 다 떨어져 나갈 때까지. 갑옷을 다오.

시튼　아직까지는 갑옷을 입을 필요가 없다고 봅니다.

맥베스　아니다. 지금 입어야 한다. 기마대를 더 동원하여 전국을 감시하라. 공포심을 조장하는 놈들은 교수형에 처해라. 당장 갑옷을 갖다 다오. (시튼, 갑옷을 가지러 나간다.) 시의, 왕비는 어떠오?

시의　네, 병환이라기보다는 격심한 망상에 사로잡혀 안식을 얻지 못하시는 것 같습니다.

맥베스　그러니 그것을 고쳐 달라는 거요. 그래, 그대는 마음의 병은 치료하지 못한단 말이오? 뿌리 깊은 근심을 기억에서 몰아내고 뇌수에 박힌 고뇌를 지울 수 없단 말이오? 가슴을 답답하게 짓누르는 독소를 마음에서 없애 기분 좋고 감미로운 망각의 잠자리에 누울 비방이 없단 말이오?

시의   그것은 환자 스스로 치료해야 합니다.

시튼이 갑옷을 들고 무구(武具) 시종과 함께 등장. 무구 시종은 맥베스에게 갑옷을 입히기 시작한다.

맥베스   의술 따위는 개에게나 던져 줘라, 내게는 필요 없으니. 자, 갑옷을 입혀라. 지휘봉을 이리 다오. 시튼, 군대를 더 파견하게. 시의, 영주들이 모두 달아나고 있소. ―(무구 시종에게) 자, 어서 입혀라.― 시의, 그대의 의술로 이 나라의 병세를 진찰하고 병증을 짚어 내어 독소를 완전히 씻어 회복시킬 수 있다면 나는 당신을 찬양하겠소. 찬양하는 소리가 메아리쳐 울리고 그 메아리가 다시 되돌아와 울릴 정도로 말이오. ―(무구 시종에게) 그것은 벗기라니까!― 대황이나 센나 또는 뭐라도 좋으니 설사약을 써서 영국 놈들을 모조리 쓸어버릴 수는 없을까? 그놈들 소문은 들었소?

시의   네, 폐하께서 전쟁 준비를 하시는 것을 보고 저희들도 그들의 소문을 들었습니다.

맥베스   (무구 시종에게) 그 갑옷은 들고 따라오너라. 죽음도 파멸도 두렵지 않다, 버넘 숲이 단시네인으로 옮겨 오지 않는 한. (맥베스 퇴장, 시튼도 무구 시종과 함께 뒤따라 퇴장)

시의   (방백) 이 단시네인에서 탈출할 수만 있다면 아무리 좋은 일이 생긴다 해도 이곳으로 다시 돌아올까 보냐. (퇴장)

제5막 제4장

버넘 숲 부근.

북소리와 군기, 맬컴, 시워드, 시워드의 아들, 맥더프, 멘티스, 케스네스,

앵거스, 레녹스, 로스, 병사들 진군하며 등장.

맬컴 여러분, 이제 집에서 편히 쉴 날도 머지않았소.

멘티스 그건 의심할 여지가 없습니다.

시워드 저기 저 숲은?

멘티스 버넘 숲입니다.

맬컴 병사들에게 각기 나뭇가지를 하나씩 꺾어 앞에 들게 이르시오. 그렇게 하면 우리 쪽 병력이 은폐되어 적의 척후병은 잘못된 보고를 할 것이오.

병사들 네, 잘 알았습니다.

시워드 보아하니 자신만만한 폭군은 단시네인에 가만히 앉아서 아군의 포위를 기다리고 있는 모양이오.

맬컴 그로서는 다른 도리가 없겠지요. 지위가 높든지 낮든지 할 것 없이 기회만 있으면 반란을 일으키고 있으니까요. 지금은 어쩔 수 없이 붙어 있는 자들밖에 없는데 그들 역시 이미 그에게서 마음이 떠난 듯하오.

맥더프 그 추측을 확인하기 위해서라도 있는 힘껏 싸웁시다.

시워드 때가 왔소! 우리가 얻은 것과 잃은 것이 무엇인지 정확히 심판하여 줄 때가. 흔히 불확실하면서 희망적인 예측을 하지만 공격만이 확실한 결과를 판정해 줄 것이오. 자, 목표를 향해 진군합시다. (진군하면서 모두 퇴장)

제5막 제5장

단시네인성의 안뜰.

맥베스, 시튼, 북과 군기 등을 든 병사들 등장.

맥베스 군기를 바깥 성벽에 매달아라! 끊임없이 '적이 온다!'는 함성을 지르고 있구나. 난공불락의 이 성에 포위가 다 뭐냐. 기아와 질병에게 모조리 다 잡아먹힐 때까지 내버려 두어라. 반역자들만 영국 놈들에게 합세하지 않았던들 이쪽에서 먼저 수염을 맞대고 싸워 놈들을 제 나라로 쫓아버릴 수 있었을 것을. (안에서 여자들의 비명) 저 소리는 무엇이냐?

시튼 부인들의 울음소리입니다. (퇴장)

맥베스 이제는 공포의 맛도 거의 다 잊어버렸구나. 밤에 비명소리를 들으면 가슴이 서늘해진 적도 있었다. 무서운 이야기를 들으면 머리칼이 쭈뼛 곤두선 적도 있었다. 공포도 실컷 맛보았다. 그렇지만 지금은 살인의 기억도 예사이고 아무리 무서운 일이라도 끄떡하지 않는다.

시튼, 다시 등장.

맥베스 무엇 때문에 우느냐?

시튼 왕비님께서 운명하셨습니다.

맥베스 지금이 아니라도 언젠가는 죽어야 할 사람, 한 번은 그런 소식을 들어야 할 게 아닌가. 내일, 내일, 또 내일은 매일같이 살금살금 인류 역사의 최후 순간까지 기어들고, 우리의 어제라는 날들은 어리석은 자들이 무덤으로 가는 길을 비추어 왔다. 꺼져라, 꺼져. 짧은 찰나의 촛불아! 인생이란 한낱 그림자, 가련한 배우. 자신의 무대 위에서 활개치고 안달하지만 얼마 못 가 영영 잊혀버리지 않는가. 그것은 바보가 떠들어대는 독백 같다고나 할까. 아무런 의미도 없이 고래고래 고함을 지른다.

사자 등장.

맥베스 혓바닥을 놀리러 왔구나, 어서 말해라.

사자 폐하, 분명히 제 눈으로 본 일을 말씀드려야겠지만 어떻게 말씀드려야 좋을지…….

맥베스 얼른 말하라!

사자 소인이 언덕 위에서 망을 보느라 버넘 숲 쪽을 살피고 있는데 느닷없이 숲이 움직이는 듯한 느껌이 들었습니다.

맥베스 고약한 거짓말쟁이 같으니!

사자 사실이 아니라면 어떠한 화라도 감수하겠습니다. 3마일 이내의 지점에서 확실히 이쪽으로 오고 있습니다. 숲이 움직이며 접근하고 있습니다.

맥베스 만약 거짓말이라면 근처 나무에다 너를 산 채로 매달아 굶어 죽게할 테다. 네 말이 사실이라면 네가 나를 그렇게 해도 좋다. 나의 결심이 흔들리는구나! 악마들이 그럴듯하게 꾸며 거짓말을 한 게 아닐까? '염려하지 마라, 버넘 숲이 단시네인을 향해 쳐들어오지 않는 한.'이라고 하지 않았는가? 그런데 지금 그 버넘 숲이 단시네인을 향해 쳐들어온다고 한다. 무기를, 무기를, 무기를 들고 나서라! 자, 출격이다! 저놈이 한 말이 사실이라면 이젠 피할 수도 지체할 수도 없다. 이젠 태양도 쳐다보기 싫다. 이 세상의 질서가 무너져 버렸으면 좋겠구나. 경종을 울려라! 바람아, 불어라! 오라, 파멸이여! 갑옷이라도 등에 짊어지고 죽겠다. (허둥지둥 퇴장)

제5막 제6장

단시네인성 성문 앞,
북과 군기, 맬컴, 시워드, 맥더프, 휘하 군사들
이 나뭇가지를 앞에 들고 등장.

맬컴 자, 다 왔소. 이제는 위장한 나뭇가지들을 내던지고 우리의 모습을 드러냅시다. 숙부님은 아드님과 함께 제1진을 지휘해 주십시오. 맥더프와 저는 작전대로 후방을 맡겠습니다.

시워드 자, 가자! 오늘 밤 폭군의 군대를 만나면 쓰러질 때가지 싸우겠다.

맥더프 진군 나팔을 힘차게 불어라! 유혈과 살육을 알리는 요란한 나팔을.
(나팔 불며 진군)

제5막 제7장

같은 장소.
맥베스 등장.

맥베스 나는 말뚝에 매어져 있는 곰 신세이다. 달아나려야 달아날 수가 없으니 이렇게 된 이상 달려드는 개들을 해치우는 수밖에 별 도리가 없다. 대체 여자가 낳지 않은 놈이 누구란 말이냐? 그놈 말고는 난 무서운 놈이 없다.

젊은 시워드 등장.

젊은 시워드 누구냐, 이름을 대라!
맥베스 내 이름을 들으면 너는 질겁할 것이다.
젊은 시워드 천만에! 지옥의 악마보다 더 무서운 이름을 말한다 해도 두려울 것이 없다.
맥베스 내 이름은 맥베스다.
젊은 시워드 악마가 제 이름을 대도 이렇게 밉지는 않을 것이다.
맥베스 그래. 이보다 더 무섭지는 않겠지.
젊은 시워드 듣기 싫다. 더러운 폭군 놈아! 이 칼로 네 거짓을 폭로시키고야 말겠다. (두 사람이 맞붙어 싸운다. 젊은 시워드가 당하여 죽는다.)
맥베스 너도 여자가 낳은 놈이로구나. 어떠한 검을 휘둘러도 어떤 무기를 들고 오더라도 어림없지. 여자가 낳은 놈이라면 그 누구도 나를 대적하지 못한다.

맥베스가 퇴장하고 곧 안에서 몹시 격렬하게 싸우는 소리가 들려온다. 반대 방향에서 맥더프 등장.

맥더프   저쪽에서 떠들썩한 소동이 벌어지는구나. 폭군아, 낯짝을 드러내라! 네가 내 칼에 죽지 않는다면 나는 아내와 자식들의 망령한테 영원한 괴로움을 받을 것이다. 고용되어 창을 든 가련한 민병들을 베어서 무엇하랴. 맥베스! 나의 원수는 네놈뿐이다. 네놈을 만나지 못하면 이 칼은 피도 보지 못한 채 칼집에 도로 들어가는 수밖에 없다. 저기로군. 저 요란한 소리는 만만찮은 상대가 있다는 증거. 운명이여! 제발 그놈을 만나게 해다오. 그이상 바랄 게 없다. (맥베스를 쫓아 퇴장. 안에서 요란한 북, 종, 나팔소리)

맬컴과 시워드 등장.

시워드   이쪽이오. 성은 순식간에 함락되었소. 폭군의 부하들은 자기네들끼리 편을 갈라 맞붙어 싸우고 있소. 우리 편 영주들도 용감히 싸우고 있으니 말할 것도 없이 오늘의 승리는 왕자님의 것, 이제 할 일도 별로 없는 것 같소.
맬컴   적병들 중에는 이쪽을 피해 멀리 도망가는 자도 많았습니다.
시워드   자, 입성합시다. (두 사람, 성문을 들어간다. 북과 나팔소리)

제5막 제8장

같은 장소.
맥베스 등장.

맥베스   왜 내가 로마의 못난이들처럼 자결을 해야 한단 말인가? 살아있는 적들이 있는 한 놈들을 닥치는 대로 베어 죽이고 말 테다.

맥더프가 뒤를 쫓아 등장.

맥더프 거기 서라! 지옥의 개 같은 놈, 거기 서라!

맥베스 많은 적들 중에 너만은 피하고 싶었다. 물러가라, 내 영혼은 이미 네 가족의 피를 너무 많이 마셨다.

맥더프 너 같은 놈과는 말을 나눌 필요가 없다. 이 칼이 내 말을 대신하리라. 피에 미친 이 극악무도한 악당 놈아, 너에 대한 대답은 이것뿐이다! (두 사람 싸운다. 안에서 북과 나팔소리)

맥베스 헛수고하지 마라! 너의 칼이 아무리 날카롭다 할지라도 허공에 칼자국을 낼 수 없듯이 내 몸에 상처를 낼 수 없을 것이다. 그 칼로 머리칼이나 자르려무나. 내 생명에는 마력이 있어서 여자가 낳은 놈한테는 절대 굴복하지 않는다.

맥더프 그까짓 마력은 이제 단념하는 것이 좋을 것 같다. 네가 굳게 믿어 온 마녀한테 물어봐라. 그러면 이 맥더프는 달이 차기 전에 어머니 배를 가르고 나왔다고 알려줄 게다.

맥베스 그 말을 하는 혓바닥은 저주나 받아라! 그말 한 마디에 대장부답던 나의 용기가 모두 꺾이고 마는구나. 요술쟁이 악마들 같으니! 이젠 누가 속을까 보냐. 두 가지의 뜻을 내세워 약속을 지키는 척하다 막판에 사람을 속이다니! 맥더프, 너와는 싸우기 싫다.

맥더프 비겁한 놈아, 그렇다면 항복을 해라! 그렇게 목숨을 보전하고 싶으면 세상의 웃음거리나 되어라. 희귀한 괴물인 양 너의 목을 막대 끝에 매달아 놓고 그 아래에 '폭군을 보라.'고 써 붙이겠다.

맥베스 누가 항복한단 말이냐! 풋내기 맬컴의 발 앞에서 땅을 핥으며 어중이떠중이들의 저주에 욕을 보지는 않을 테다. 설사 버넘 숲이 단시네인으로 쳐들어올지라도, 그리고 여자가 낳지 않았다는 너와 대적할지라도 나는 마지막 힘을 다해 싸우겠다. 방패를 던져버릴 테니 자, 덤벼라, 맥더프! 도중에 먼저 '손들었다.' 하고 우는 소리를 하는 자는 지옥행이다! (두 사람이 성벽 아래에서 결전 끝에 맥베스가 당한다.)

제5막 제9장

단시네인성 안.
전투 중지를 알리는 나팔소리. 북과 군기, 이어 맬컴, 시워드, 로스, 그 밖의 영주들, 병사들 등장.

맬컴 여기 보이지 않는 전우들이 무사히 돌아와 주었으면 좋겠는데.
시워드 약간의 희생은 어쩔 수 없는 일이오. 이만한 대승리에 손실은 극히 미미할 것이라고 봅니다.
맬컴 맥더프가 보이지 않습니다. 그리고 장군의 아드님도…….
로스 장군님의 자제분께서는 군인의 의무를 다하셨습니다. 이제 겨우 성년이 된 어린 나이였지만 일보도 물러서지 않고 분투하였습니다. 그분은 용맹스러운 대장부임을 증명하시고 용사답게 전사하였습니다.

시워드 그 애가 전사했다고?
로스 네, 싸움터에서 유해를 옮겨 놓았습니다. 용사의 슬픔을 자제분의 인격으로 계량하지 마십시오. 그렇게 하면 슬픔이 한이 없을 테니까요.
시워드 아……, 정면에 상처를 입었던가요?
로스 이마에…….
시워드 그렇다면 신의 용사가 되리라! 설사 머리털 수만큼 수많은 자식을 가졌다 할지라도 그보다 더 장한 죽음은 바라지 않겠소. 이것으로써 그 애에 대한 애도는 다했소.

맬컴 아직 다하지 않았습니다. 못다한 슬픔은 내가 대신 애도하겠습니다.

시워드 이것으로 충분하오. 용감히 싸워 군인의 의무를 다했다지 않소. 오직 신의 가호를 빌 뿐이오! 저쪽에 기쁜 소식이 있는 것 같구려.

맥더프, 맥베스의 목을 장대에 매달고 등장.

맥더프 국왕 폐하 만세! 맬컴 왕자님, 이젠 국왕이십니다. 보십시오! 왕위 찬탈자의 가증스러운 머리가 여기 있습니다. 이제는 천하태평의 시대가 올 것입니다. 진주 같은 이 나라의 정수들이 새 왕의 주위에 둘러서서 저와 똑같은 축하를 진심으로 외치고 있습니다. 자, 다들 소리 높여 외칩시다. 스코틀랜드 국왕 만세!

모두 스코틀랜드 국왕 만세! (나팔소리)

맬컴 빠른 시일 안에 여러분들의 충성을 헤아려 각각 응분의 보답을 할 것이오. 영주들과 나의 근친 여러분들을 백작으로 봉하니, 이는 스코틀랜드가 처음으로 수여하는 명예로운 칭호가 될 것이오. 앞으로 시국에 맞추어 새로 확립시켜야 할 일들이 많이 있습니다. 잔인무도한 폭군의 마수를 피해 해외로 망명한 동포들을 불러온다든가, 참수된 이 살인마와 독살스럽게 제 손으로 생명을 끊은 마귀 같은 왕비의 잔학한 부하들을 잡아낸다든가, 그 밖의 필요한 일들을 신의 가호 아래 시간과 장소를 가려 적절하게 실행하겠소. 끝으로 여러분 모두에게 감사를 드리오. 스콘에서 거행될 대관식에 모두 참석해 주기 바라오. (나팔소리, 모두 행진하며 퇴장)

■작품 해설

　1601년 경의 작품으로 추정되는 《햄릿》은 셰익스피어 작품 중에서 대표작으로 손꼽힌다. 덴마크 왕실을 배경으로 쓰여진 이 희곡은 모두 제 5막으로 구성되어 있다.

　햄릿 왕자의 고뇌를 주제로 하고 있는 이 작품에서 햄릿은 아버지의 원수를 갚고 국가의 질서를 회복해야 하는 것이다. 그러나 우유부단한 성격의 그는 결단을 내리지 못하고 적절한 시기를 놓친다. 특히, 사느냐 죽느냐 그것이 문제로다 하는 독백은 햄릿의 그러한 성격을 잘 드러낸다.

　《햄릿》은 하나의 복수비극으로 주인공인 왕자의 인간상을 사색과 행동, 진실과 허위, 양심과 결단, 신념과 회의 등등의 틈바구니에서 삶을 초극해 보려는 한 인물의 모습이 영원한 수수께끼처럼 제시되어 있다. 셰익스피어의 작품 중에서 가장 인간적인 면을 지닌 작품으로 꼽히는 이 극은 주인공의 성격을 해석하는 문제에 있어서 많은 문제와 논쟁거리를 가져오게 했다.

　《오셀로》에 관한 최초의 상연 기록은 1604년 11월 1일 〈국왕 소속 극단〉에 의해 상연되었다는 기록이 있다. 제작 연대도 1604년으로 추정된다. 오셀로의 원 제목은 '베니스의 무어인 오셀로의 비극'이다. 모두 5막으로 구성되어 있는 작품 최초의 인쇄판은 셰익스피어 사후 1623년에 출판되었다.

　흑인의 직업 군인인 오셀로는 베니스 공국에 고용된 장군이다. 오셀로는 성격이 단순하고 낭만적 이상주의자다. 여주인공 데스데모나는 순진하고 아름답지만 사랑하는 남자를 위해 아버지를 버릴 만큼 결단성이 강하다. 오셀로의 아내에 대한 애정이 악역 이야고의 간계에 의해 무참히 허물어지는 과정을 그린 비극으로 심리적 갈등보다는 인간적 불신과 신뢰 등이 돋보이는 작품이다.

셰익스피어는 이 작품에서 악마와 같은 이야고의 사악성을 마음껏 발휘하게 하여 오셀로를 우매하고도 취약한 인물로 만들고 파멸시킨다. 이야고의 '무동기 (無動機)의 악'이라는 악의 추구는 인간의 악(惡)을 강렬하게 묘사한다. 이 작품은 어떤 역사적 사실을 배경으로 한 것이 아니라 일종의 가정 비극이라고 볼 수 있다. 그럼에도 불구하고 셰익스피어 4대 비극 중 가장 현실적이며 비극적인 색채가 강한 작품으로 인간의 사랑과 질투, 그리고 그것이 빚어낸 결과는 충분히 셰익스피어의 천재성을 돋보이게 한다.

《리어 왕》의 제작 연대는 1605년으로 추정되고, 상연에 관한 가장 오래된 기록으로는 1606년 12월 26일 궁정에서 상연되었다.

《리어 왕》은 모두 5막으로 구성되었으며 영국의 전설적인 리어 왕에서 소재를 얻었다. 늙은 왕의 세 딸에 대한 애정의 시험이라는 모티브를 바탕에 깔고 있으며 혈육 간의 유대의 파괴가 우주적 질서의 붕괴로 확대되는 과정을 그린 비극이다. 리어왕의 처절한 비극은 명석한 지혜가 필요함에도 분별력이 없으면 비극의 원인을 자초하게 된다는 것이다. 리어 왕은 모든 것을 다 빼앗기고 나서야 왕도 일개의 인간에 불과하며, 한낱 벌거벗은 동물에 지나지 않음을 깨닫게 된다. 또한 리어 왕의 비극과 함께 글로스터 백작의 비극 역시 은혜를 저버린 인간을 표현하고 있다.

인간성의 선과 악의 문제가 근원적 차원에서 다루어진 작품도 좀처럼 찾기 힘들며, 또한 삶이 원초적으로 비극을 내포하고 있음을 조명한 경우도 드물다. 리어 왕은 셰익스피어의 비극 중에서 가장 규모가 크고 비극의 감정이 고조된 최고의 작품으로 평가받고 있다.

《맥베스》의 집필 연대는 1606년으로 추정되고 있다. 최초의 상연 연대 역시 1606년경으로 추정된다. 이 이야기는 장군인 맥베스가 덩컨 왕을 죽이고 왕관을 쓰지만 자신의 내부에서 일어나는 양심의 반격과 영주들의 반란으로 무참히 죽게 된다. 이처럼 인간이 자기 분수를 넘어 지나친 욕심을 갖게 되면 이것이 파멸의 원인이 되며 피가 피를 부르고 살인의 보복은 또 다른 살인으로 끝난다는 것을 보여 준다.

셰익스피어는 작중인물에 대한 성격들을 매우 특이하게 묘사하고 있다. 맥베스는 평소 야심은 있지만 이를 실천할 능력이 없고 마음이 약하다. 왕위를 찬탈한 것이 반역죄임을 안 그는 인간적인 번민에 사로잡힌다. 그의 부인은 양심이라고는 전혀 없고 야망이 큰 인물이다. 맥베스가 왕위에 오르자 양심이 남아 있던 맥베스는 미래의 상황에 불안을 느끼고 위험인물들을 처단한다. 그의 아내는 지난날의 죄책감에 시달려 몽유병자가 되어 생을 마감한다.

악이 선을 배제하고 무질서가 질서를 파괴하는 충돌상은 인간 사회의 보편적인 현상이다. 그러한 현상의 단면을 깊이 통찰하여 우리에게 인과응보의 교훈을 준다. 권력에 이끌려 한 왕위 찬탈과 그것이 초래하는 비극적 결말을 보면서 인간의 양심과 영혼의 붕괴라는 명제를 다뤄 맥베스는 악인이면서도 우리에게 공포와 더불어 공감을 자아내게 해 준다.

■셰익스피어 연보

연 도	생 애	작 품	주요 사건
1557년	아버지 존 셰익스피어 메리 아든과 결혼, 영국 중부 워릭셔 주(州) 스트 랫퍼드에 자리 잡다.		
1558년	존의 맏딸 조운 태어나다(9월 15 일 세례 받음). 존, 시(市)의 보안관 에 선출.		메리 여왕의 뒤를 이어 엘리자베스 1세가 25세의 나이로 여왕 즉위.
1561년	존, 시의 재무관에 임명(2기 동안 근무).		
1562년	존의 둘째 딸 마거릿 태어나다(12 월 20일 세례 받고 다음 해에 죽다).		
1563년	존의 첫째 딸 조운 사망(4월 30일 매장).		
1564년	존의 맏아들 윌리엄 셰익스피어 태 어나다(4월 26일 홀리 트리니티 교 회에서 세례 받음).		
1565년 (1세)	존 시의회 참의원에 선출.		
1566년 (2세)	존의 둘째 아들 길버트 태어나다(10 월 12일 세례 받음).		
1568년 (4세)	존, 시장에 선출되어 취임.		
1569년 (5세)	존의 셋째 딸 조운(맏딸이 죽음에 따라 같은 이름을 지음) 태어나다(4 월 5일 세례 받음).		
1571년 (7세)	존, 시의회 의장과 시장 대리에 선출 되다. 존의 넷째 딸 앤 태어나다(9월 28일 세례 받음).		
1574년 (10세)	존의 셋째 아들 리처드 태어나다(3 월 11일 세례 받음).		
1576년 (12세)	존, 문장(紋章) 사용의 허가원을 내다.		
1578년 (14세)	존, 집을 담보로 40파운드를 빚내 다.		
1579년 (15세)	존, 아내의 재산 일부를 팔다. 넷째 딸 앤 사망.		
1780년 (16세)	존의 넷째 아들 에드먼드 태어나다 (5월 3일 세례 받음).		
1582년 (18세)	윌리엄 셰익스피어 여덟 살 위인 앤 해서웨이와 결혼하다(11월 27일 결 혼허가증 발행).		런던에 전염병 창궐

1583년 (19세)	맏딸 수잔나 태어나다(5월 26일 세례).	아일랜드에서 반란이 일어남.
1585년 (21세)	쌍둥이 남매 햄넷(남)과 주디스(여) 태어나다(2월 2일 세례 받음).	스페인과 전쟁 시작. 네델란드 반군 지원.
1587년 (23세)	존, 시의회에서 해임.	엘리자베스를 암살하려던 메리 스튜어트 단두대에 처형.
1588년 (24세)	셰익스피어가 런던 극장가에 진출.	스페인 무적함대 격파. 메리 여왕 사망.
1589년 (25세)	《소네트집》 완성.	스페인을 공격하던 해군 선박 40척과 병사 1500명 전사. 목사 L. 윌리엄이 양말 짜는 기계 발명.
1590년 (26세)	《헨리 6세》 2·3부 초연.	
1591년 (27세)	《헨리 6세》 1부 초연.	
1592년 (28세)	《리처드 3세》《실수의 희극》 초연. 《비너스와 아도니스》 집필.	보물을 가득 실은 스페인 보물선 디아스호 나포.
1593년 (29세)	《말괄량이 길들이기》《타이터스 앤 드러니커스》 초연됨. 《루크리스의 능욕》집필.	
1594년 (30세)	'궁내대신 소속 극장'의 간부로서 주주가 되다.	《타이터스 앤 드러니커스》《루크리스의 능욕》 출판. 《베로나의 두 신사》《사랑의 헛수고》《로미오와 줄리엣》 초연.	엘리자베스 여왕 암살 사건 발생. 아일랜드에서 반란이 일어남.
1595년 (31세)	《존 왕》《베니스의 상인》 초연.	유럽 전역에서 전쟁이 벌어짐.
1596년 (32세)	쌍둥이로 태어났던 맏아들 햄넷 죽다(8월 11일 매장). 10월 20일 존에게 문장 사용의 허가가 내려지다.	《리처드 2세》《한여름 밤의 꿈》 집필.	흉년으로 무역 쇠퇴, 물가 폭등, 실업자 대량 발생으로 어려움을 겪음.
1597년 (33세)	스트랫퍼드의 제일가는 저택을 60파운드로 사들이다.	《리처드 2세》《리처드 3세》《로미오와 줄리엣》 출판. 《헨리 4세》 1부·2부 집필.	
1598년 (34세)	벤 존슨의 희곡 십인십색(十人十色)에 출연하다.	《헨리 4세》 1부·2부 《사랑의 헛수고》 출판. 《헛소동》《헨리 5세》 초연.	아일랜드에서 반란이 일어나자 진압군 파견.
1599년 (35세)	'글로브 극장'이 개관되다. 글로브 극장 공동 경영자 중 한 사람이 되다.	《뜻대로 하세요》《십이야(夜)》 초연. 《로미오와 줄리엣》 출판. 《줄리어스 시저》 집필.	
1600년 (36세)		《뜻대로 하세요》《헛소동 한여름 밤의 꿈》 출판 《윈저의 즐거운 아낙네들》 초연.	동인도 회사 설립.
1601년 (37세)	2월 7일 '글로브 극장'에서 《리처드 2세》 초연. 아버지 존 타계 하다(9월 8일 매장)	《햄릿》 집필. 《트로일러스와 크레시다》 초연.	아일랜드 킨세일 전투에서 패배.

1602년 (38세)	스트랫퍼드 에이번 가까운 교외의 토지 107에이커를 320파운드로 사 들이다.	《윈저의 즐거운 아낙네들》《헨리 6 세》 2부 출판. 《끝이 좋으면 다좋 아》 초연.	
1603년 (39세)	5월 19일 '궁내대신 소속 극장'을 '국 왕 극장'이라 개칭(改稱) 하다.	《트로일러스와 크레시다》《햄릿》 출판.	아일랜드 반란 진압. 엘리자베스 여 왕 70세에 사망. 제임스 1세 즉위.
1604년 (40세)		《되는대로》《오셀로》 집필.	스페인과 평화협정 체결하고 전쟁 종결.
1605년 (41세)	스트랫퍼드 에이번 부근 토지의 권 리를 440파운드에 사다.	《리어 왕》 초연.	가이 팍스가 의사당 폭파와 국왕 암살을 시도한 화약 음모 사건이 발 각된 후 처형.
1606년 (42세)		《맥베스》《안토니오스와 클레오 파트라》 초연.	제임스 왕정 연합 계획 실패. 미국 버지니아로 식민지 개척을 위한 원 정대 출발.
1607년 (43세)	6월 5일 맏딸 수잔나 의사인 존 홀 과 결혼. 동생 에드먼드 런던에서 죽다.	《아테네의 타이먼》《코리올레이너 스》 초연.	버지니아 제임스타운에 식민지 정 착.
1608년 (44세)	수잔나의 첫딸 엘리자베스 태어나 다(2월 3일 세례 받음). 어머니 메리 세상을 떠나다(9월 5일 매장).	《리어 왕》 출판. 《페리클레스》 초 연.	
1609년 (45세)	'국왕 극장'이 옥내(屋內) 극장인 '블 랙 플라이어스'를 흡수해서 '글로브 극장'과 함께 두 개의 극장을 소유 하게 되다.	《트로일러스와 크레시다》《페리클 레스》 출판. 《소네트집》 출판. 《심 벌린》 초연.	아일랜드의 노던 공작의 반란이 일 어남. 동인도 회사 선원 윌리엄 킬 링이 코코스 제도 발견.
1610년 (46세)	은퇴 후 고향으로 돌아가다.	《겨울 이야기》 초연.	왕정 재정 계획이 실패함.
1611년 (47세)		《템페스트》 집필.	제임스 왕의 명령으로 흠정역 영역 성경 발행.
1612년 (48세)	동생 길버트 죽다.	《헨리 8세》 집필.	제임스 1세의 큰아들 헨리 왕자 사 망. 런던 최초의 침례교회 설립.
1613년 (49세)	3월 런던에 140파운드를 주고 집을 사다. 6월 29일 《헨리 8세》 공연 도 중 '글로브 극장'이 화재로 전소됨. 동생 리처드 죽다.		
1614년 (50세)	6월 '글로브 극장'을 다시 준공.		
1616년 (52세)	2월 10일 둘째 딸 주디스가 토머스 퀴니와 결혼하다. 3월 15일 유서(遺 書)를 작성하다. 4월 23일 셰익스피 어 세상을 떠나다(4월 25일 고향 홀 리 트리니티 교회에 안장).		
1622년		《오셀로》 출판.	
1623년	아내 앤 해서웨이 죽다(8월 6일 묻 히다).